U0464853

GONG LIU WENCUN
XIAOSHUO JUBEN BAOGAOWENXUE JUAN

小说 剧本 报告文学卷

公刘文存

公 刘 著　刘 粹 编

时代出版传媒股份有限公司
安徽文艺出版社

图书在版编目（CIP）数据

公刘文存.小说剧本报告文学卷/公刘著；刘粹编.—合肥：安徽文艺出版社，2018.6
ISBN 978-7-5396-5760-8

Ⅰ．①公… Ⅱ．①公… ②刘… Ⅲ．①中国文学－当代文学－作品综合集②小说集－中国－当代③剧本－作品集－中国－当代④报告文学－作品集－中国－当代 Ⅳ．①I217.2

中国版本图书馆CIP数据核字(2018)第054367号

出 版 人：朱寒冬	特约策划：万直纯
选题策划：朱寒冬　岑　杰	丛书统筹：岑　杰
本册责编：秦　雯　张　磊	装帧设计：张诚鑫

出版发行：时代出版传媒股份有限公司　www.press-mart.com
　　　　　安徽文艺出版社　　www.awpub.com
地　　址：合肥市翡翠路1118号　邮政编码：230071
营 销 部：(0551)63533889
印　　制：安徽新华印刷股份有限公司　　(0551)65859551

开本：700×1000　1/16　印张：321　本册字数：500千字
版次：2018年6月第1版　2018年6月第1次印刷
定价：780.00元(全9册)

（如发现印装质量问题，影响阅读，请与出版社联系调换）

版权所有，侵权必究

MULU

目　录

·小　说·

003／浮生画

012／吃人世界

020／暴　动

041／未庄解放记

047／红　云

062／荣　誉

082／山中黎明

096／生命之歌

111／太阳的家乡

128／祝你一路平安

158／国境一条街

173／大军寨

185／孟丙纪事

196／肠梗阻

206 / **沉睡的森林**

　　　　——"昨天的土地"之一

222 / **先有鸡，后有蛋**

　　　　——"昨天的土地"之二

243 / **井**

　　　　——"昨天的土地"之三

271 / **白花花**

　　　　——"昨天的土地"之四

285 / **哑　子**

　　　　——"昨天的土地"之五

299 / **头　颅**

　　　·剧　本·

381 / **卖稿人家**(舞台独幕剧)

384 / **阿诗玛**(电影文学剧本)

432 / **望夫云**(电影文学剧本)

　　　·报告文学·

493 / **裂　缝**

516 / **找到了金钥匙的人**

　　　　——记凤阳县委书记陈庭元

530 / **社会栋梁**

540 / **水火并举**

小 说
XIAO　　SHUO

浮 生 画

一

是一个大都市的深夜,十二点钟的光景。

更夫来往巡逻,一阵阵的竹柝声敲出了无边的无奈与寂寞,浓重的雾气从四方八面流来了,霓虹灯模糊了,电灯模糊了,一切光明都没有了,只有黑暗。

这时,有三个披着单衣的汉子起落着无节拍的脚步,走过一条最繁盛的大街。一个低垂着头,两只手交叉在胸前;一个则两只手插在对襟褂儿的两个口袋里,那一对发亮的眼睛像夜里的猫头鹰一般四下乱溜;还有一个只顾听着孟姜女小调儿,反反复复地不知唱了几多遍了,老是:

正月里来是新——呀春,
家家呀——户户点红灯……

实在哼得太腻人了,那个猫头鹰一般的家伙便会使劲地眨眼睛,愤愤然地骂道:"他妈的你家出丧,没有红灯,点白灯!"

被骂的人头也不回还是哼他的,而骂的那个家伙却也就像不曾骂过一般,让那些单调的声音重新钻进耳朵里来,声也不声了。

这三个人，便这样地踯躅在夜深的街心，谁也不提醒谁，或是开口说句什么像样的话，间或他愤怒地呵斥一声，间或他长叹一次，一切都是无原因的，一切也都是无目的的，彼此都像失了弹性的簧条，任凭什么刺激都探不出丝毫反应。

他们不知走过了几多街坊，没有人注意他们，而他们也从不看看任何一个擦过身旁的夜行者。站岗的警士拖着那分不清身体与木棒的迷蒙的影子，没精打采地走上走下，狗的吠声都没有了，在夜的国度里，真缺乏生气。

最后，当他们走近一个弄堂口的时候，他们迟疑了步子，而且逐渐转身向那摇曳着一点昏灯的地方走去了。那是一个测字摊子，桌子边的围布被风鼓得呼呼作响，"占吉凶、卜祸福、问行旅、定终身"十二个拙劣的又大又丑的字乱动着；测字先生是一个年近五十岁的人，胡须已经斑白了，一双因睡眠不足而毫无光彩的眼睛老爱从老花镜上端翻出来看人。这也就是说，那副铜架的老式眼镜像千斤的重负一般压在鼻骨节以下来了。他背后浮动着几个人头侧着耳朵似乎在倾听什么，而测字先生也就在那块白瓷板上起劲地画着什么……

他们三个走到桌边，想坐，没有椅子，于是他们一个个把胳膊伏在桌上，大家都瞪着眼睛往那瓷板上看，都想要发现什么似的，可是由那一双双游移不定的眼光看来，好像又不太聚精会神。

"这年头，穷人多啦……可是发财由命，勉强不到的……"测字先生探手进风灯框子里把灯花一弹，远远的带着同情的声调提起了话头，可是，没有回声，虽然连原来站在背后的人算起来一共有五个。

"喂，你这位——伙计气色不大好呢……怕是失意着吧？……不过，就我看来，你的晦气也快尽了……喂，伙计，快出头了吧！"测字先生向着那爱垂着头的汉子唠叨了一大堆。但是，除了其余的四个人都用了一种关切的眼光对他一射之外，毫无动静。——连他自己在内。

测字先生叹了一声，究竟这是替别人太息，还是替自己发泄，无法猜度，或许,这两种心情都有吧。停了一会,他还是鼓起精神说下去:"唉……人呀,有的想走却要爬,有的不走还要飞!……"

"可是,话又说回来,吃得苦中苦,方为人上人呀……"

仍然是沉默,人家说石沉大海,总也得响一下呀,看样子今天夜里准没有生意的了,测字先生心里乱想着,他失望了,他几乎想叫起来,或者拉住这五个人,要他们测测字,或者问点什么。这时,他只好明明白白地说,他要求他们关顾一点生意。

"随便谈谈吧,哪一位?哪——一位?……"

背后的两个人不知什么时候走掉了,而他们三个也不约而同地离开了那个摊子。

测字先生抬头一看,多么空虚呵,他恨不得拉他们回来,不要钱也可以,只要有伴,只要有伴……

夜还长呢,他怎么熬得过?他还等待什么?

二

同一个时候,在另外一条街上,也有两个人拖着他们的影子像幽灵一般走着。他们两个是因为参加政治活动而被开除了的大学生,他们苦闷,尤其不幸的就是他们对这种苦闷又具有特别的敏感。

一个瘦长,背微微有点弓形;另一个却十分结实,不高不矮,满身都是劲,只有他的脚步在街上踏得劈啪作响。正像他们身材上的区别一样,个性也一样不同,前者有希望,但经不起失望,有着爱怨尤的脾气,对于一件事物的争取,不想彻底也不能彻底。但这精壮的一个则不然,革命的热情一如他身上的傻劲一般,那样巨大,那样永久。只顾向前不爱回头看的角儿,当然免不了会有点鲁莽。

"怎么样?回去吧……"瘦长个子的开口说了。

"当然,不回去,还有什么走头呢?"那结实的大学生这样回答。

问话的人太息了一声,点点头,不再说了。

他们走着,脚步快了起来,不一会,他们便停留在一家蹩脚的公寓门口,推开了那虚掩着的铁门,接着门内有一个不耐烦的声音抛了过来:"谁呀,三更半夜的……"他们不理,径自进去了;随后又是一个异样的带着讥讽意味的声音答腔:"还有哪个?还不是那两位大学生!——其实,也不只他俩,这公寓住的哪一个不是夜游魂!尽是他妈的——鬼变的!"

公寓里并不静,乱哄哄的,各色各样的声音都有。

这两个人的脚步声静止在一间横有"平字八号"横额的房门口,瘦长个子的捞出了钥匙,开了锁,接着门重新关上了。不一会,光便从板缝里乱漏出来。

瘦长个子的从口袋里摸出两个冰冷的烧饼来,递了一个给倒在床上的同伴,自己则转身去倒开水,一壁吃着,一壁喝水。当那又冷又硬的烧饼哽过喉咙时,好像咽不下去了,脸上现出一副痛苦的样子,于是他向那躺在床上的人说:"这烧饼真难咽下去——你的呢?不要开水吗?"

"我的,我的早吞下去了。"床上有这么个粗鲁的回答。

这种答话的语气实在太不客气,于是瘦长个子的冒火了,可是他猛然想起一句什么"同是天涯沦落人"的诗句来:"真的,他是我的好同志呢,为什么,为什么——我好意思生气?"结果,他只是含糊地骂了一声:"麻木!"

在他看来,他同伴的确是太天真,失学——他不管,失业——他不在乎,可是吃呀住呀少不了,日子可不能这般鬼混呀,归根结底,还是一句:"麻木!"

但他究竟麻木不麻木呢?

隔壁房里,突然地,有谁用粗哑的嗓子唱起《十八摸》来了:

"一摸摸到大腿边……姐姐心跳呀!脸红呀——满面……"胡琴也加进来了,男人的粗野而淫荡的笑声轰地爆发,有一个人叫着:"不要光唱呀,要动手呀……"

八号房间里的两个大学生心上一震,那睡在床上的猛然跳了起来,瘦长个子的只是望着他跳起来的同伴,心里禁不住负疚地抱歉着:"呵,麻木的不是他,这,这些才是真正的麻木!"

隔壁房间里就这样闹嚷嚷地吵上整个钟头。

后来,胡琴声没了,沙嘎的歌声也没有了,一切似乎都静了下来。可是,有一种疲倦的摸索的脚步声在自己房门口响起来,房门哑的一声被推开,有一张贫血的粉脸出现了:"先生,唱一个什么吧……从《十八摸》《桃花江》到《义勇军进行曲》……都会的。"

"不要,不要,快出去!"那结实的大学生汹汹地说。

"呵,何必这样凶呢?不是生活逼人,谁愿干卖嗓子的生意呀?唉,真是……"门复又合上了,房子里的人倒反而茫然地发起呆来,都向着门出神。

"她——她们也委实苦呢!"

"这也是被压迫的一群……"

"哼,《义勇军进行曲》也当作卖唱的歌了。"

"完了,完了,战后的事情哪一件是从前能猜得着的呢!多少罪恶呀!……"

"这就是今年——1946年的春天?"

"对,1946年的春天,一个不成其春天的春天!"

"本来嘛,我们苦八年,不,全体的人民艰难地支撑八年,原来就是把这八年当作一个冬天看。可是冬天虽然过了,春天却迟迟地不见来到……"

瘦长个子的讲完这话后,空气便一直沉闷下来。

他们陷入在一个沉痛的回忆中。

那是两个月前的一个早晨,他们两个为了张贴"反对内战,争取民主"的标语而遭了几个打手的袭击,一个被脚践踏了胸部,一个则被打破了脑壳。幸亏同学人多手快,就近往医院里一抬,不然,他们早已不在人世了。

消息一传出去，市民们纷纷自动地捐献、慰劳，一束束的花，一盒盒的点心，多么伟大的同情呵！有了这些东西，他们觉得自己够光荣了，而且他们认清了自己的力量并不孤单，稍微有一点人性的人都会是他们的好同志；谁说这仅仅是学生运动，不，不，一千一万个不！这乃是全中国人民的民主运动！

谁有人民，谁便有长城。

整整过了三夜两天，他们才清醒过来。当他们睁眼便看见这座长城时，他们笑了，骄傲而勇敢地笑了，力量从心里长大，力量从人民手中传递而来……任凭惨案发生后，速接而来的都是那么卑污、那么下作，但他们精神的能耐是巨大的，它接受了一切，它更嘲笑那一切！

报纸上登的多是"×大学生受奸匪利用殴伤抗战军人……"之类的无耻胡说，就他们的记忆，以及所有的目睹者亲眼看见的事实而言，那些打他们的分明是歪歪地戴着鸭舌帽，卷起袖筒子的下流人物，哪里有什么抗战军人？更哪里会有抗战军人挨揍的事情？

事件发生不到两个钟头，便有人送无头公案的文告给学校当局，列举了三条莫名其妙的东西：好像说证明今日被殴者为本处职员啰，以及要求开除肇事学生的学籍啰，还有，赔偿医药费，保证以后不发生同样的事情啰等等。

第三天晚上，他们又亲自收到两封恐吓信，每封信中都附有一颗子弹，意思大概说："闭紧嘴，锁住腿，别活动，少通消息！"

学校迫于某处的压力，忍痛贴出布告，一个白发苍苍的老教授在叙别会上讲道："孩子们，别灰心，别丧气，死的绝对拉不住活的！你们走后，还有我们，我们完了，还有人民！民主是我们中国唯一的生路，民主是大家的要求，只要问心无愧，对得住国家民族，对得住孙中山先生，我们一定会胜利的！不，民主一定会胜利的！"

三

那结伴的三人，走到一家大公司面前，突然有一个黑影窜了出来，这三个汉子吓了一跳，正想走动时那家伙却厉声喝道："别动！看老子的左轮！"

于是他们只得硬着头皮站定，等那家伙来"干活"，过了一会，那个人轻步跑近来，除了两只眼睛外什么都给罩上了黑纱："原来——呵，同路人，我还以为是谁呢……穷汉子，入会吧，我料定你们三更半夜在街上走总是没米下锅的'人物'！……如何？"

"放就放吧，明日老天保佑，总算还有米下锅……"

"好，你们走吧，可是别声张，小心你们的脑袋！"

他们慌忙地弯进别一条街，没走多久，"嘟嘟——嘟——"一辆黑得发亮的小包车梭的飞过去了，隐隐约约的可以分辨清楚，那是一辆罪恶的车子。里面坐着一个艳装的女人，而那男人则正在得意地笑着。

当他们看见自己的影子无力的晃着时，他们恨那辆包车，他们痛苦。当他们想到前面那家伙有了生意做时，他们又痛快起来。

"——喂，过路客佬，到我家里坐坐去……来吧！"有一个女人拦在他们面前了，"什么？"他们三个不约而同地冲了过去。只见那女人深深地吁了口气，渐渐地走远了。

这时，三个人的脚步都加快起来，像是有什么可怕的东西在后面追赶，又像是有什么紧要的事情在等待发生，他们心都卜嗵卜嗵地跳起来，不是别的，他们只是担心自己的老婆也在外面这样……

其实，明知道生活这样苦，自己又失了业，她们不这样，一家又怎样活下去呢？

可是，有一个妒忌心鼓舞着他们，要他们赶紧回去，他们自己也觉得有回去的必要，这在人世间最后的财产都保不住吗？那——那怎么算男人？

于是，他们速速地穿过繁盛的市区，走向自己的归宿处所贫民窟去了。

万一，发现老婆不在家呢，或是另外有男人在那儿呢？

——那末，他们决不迟疑，"明天，入会去！"

他们三个人虽都已回到自己的家，但各人却有各人不幸的遭遇。

那个哼孟姜女小调儿的一回去，果然不见了自己的老婆，只有一个六岁的男孩子蹲在暗角上打瞌睡，大门不曾关上，屋里也没有灯，孩子听见开门的声音，猛然惊醒，睁开惺忪的倦眼，藉着天井头上漏下的一点星光，他认出了那是爸爸。

"娘呢？"

"不知道……她找你去……去了。"

"找我？……哼，野男人多着呢！他妈的你这个小杂种怎么不睡呀？"

"娘说……她一有钱就会买东西回来给我吃的……我要等东西吃……我……我不困。"

"唉，钱……钱，万恶的钱呀，老子就挣不到钱！"

孩子看见爸发脾气了，忙的逃开去。

原来他爸爸把上衣一脱，往桌上一摔，拳头砰的一下捶着桌子，全身也就颓然地倒在一条板凳上了。

他想把一切都打烂，不然他真无法发泄满肚子的怨气，但是他不曾踩死一只蚂蚁，又默默地披衣出去。

孩子的哭声落在后面。

他到哪里去呢？在这茫茫的人世间，而且外面还是一片漆黑。

他想了好久，最后还是决定去那两个同伴家里。——因为那两个人的家眷是挤在一幢屋里过活的。

他推门进去，他最先看到的是两对扭打着的夫妻和一些号啕大哭的孩子。

他一声不响地跨过门槛，拖了一条板凳就往那暗暗的灯边一坐，悠缓而痛苦地叹了一口气。

立刻满屋子都没有了响动,所有的人都望着他,大人们忘了打架,孩子们屏住哭泣。

"是你?"那猫头鹰一般的工人惊讶地叫了。

"怎么？你……"另一个也问道。

"是我,……我的老婆……她走了。"

他这一句话,比一千句一万句"不要打了"的劝解还更有力,两对扭打着的人都松了劲似的垂下了头,缩回了手,而且,沉重地拖着步子走开了。

"是的,我的老婆走了。"他继续说下去,"可是,我决不打她,她出去……出去……也是为了生活呀!我知道,明天,米缸里就要空了……孩子叫饿,要哭,我回去的时候,灯也没有一盏。唉,哪里像家呀,真是十八层地狱一样又黑又苦呵!"

"我……我们也是一样的,米缸里再挖也挖不出什么了。"猫头鹰样的汉子说完这句话时,好像很抱歉地看了看自己的女人。

"爸,饿呀……我好饿呀……"不知究竟是哪家的孩子这样嚷起来,但是大家都没有理会他。

一段长时间的沉默。

远远地,有鸡叫了。

"爸,鸡在叫呢!……"又不知哪家的孩子这样说。

"哼,鸡叫了,天光还远呢!"坐在灯边上的人似答应非答应的说完这句话,接着起身便走了。

大家又无言地望着他出去。

他走了,大门不曾关上,模模糊糊地可以看见那边天上有一片暗红色的黎明。

1946 年 4 月 27—30 日《中国新报·文林》

吃人世界

由于偶然的机缘，我曾在某地的法院服务过一个短时间，我担任的职务是录事，因此，在频频的抄写中，得悉了许许多多的故事。

这样的差事是并不很愉快的，尤其是当我发现了那全部的、没有尽数的文件竟尽是些犯罪的记载时，不由得很痛苦地联想起了自己不久前才离开的学校。的确，法院所执行的事物泰半是没有教育力量的，只是惩罚，惩罚而已。

这还是其次，最使我痛苦，并深入我的灵魂中令它不安的是另一桩事，这桩事就是我对世界的认识，我以为人类是很顽劣的东西，而这个世界也就正塞满着他们的罪行。譬如抢劫啰，偷窃啰，杀人啰，欺骗、拐诱、强奸、酗酒以及风化案件啰，这些各色各样的情节都叫我吃惊，为什么人类处处都表现得如此不可救药呢？

我不得不悲观起来。

我的结论是教育的无力与全盘惨败，将来监狱不仅要变作任何人的旅馆，甚至要变作所有人的家庭。但这种危机怎样才可能挽救呢？我觉得需要一种新型的教育，可是，我从不了解到所谓新型的教育制度是有赖于新型的社会体系的建立的，结果，自然而然地便落进了幻想的圈套。

突然，有一桩案子把我从这许多片面的、纷乱的事实所构成的圈套中救了出来。这桩案子是很奇怪的，而且是可怖的。它记述着一个丝毫不假的人吃人的故事，起先，我也曾为它包含的兽性的野蛮成分所骇倒，可是，仔细的抄写赐给我以冷静思考的机会，最后我不得不承认在我面前展开的不单单是一册案卷,而实在是这世界的最具体的本质了!

我开始明白到:贫穷虽是引起犯罪的最大最根本的原因,然而贫穷本身绝不等于罪恶;不过,若要基于另一观点来看,贫穷诚然是罪过,但过错则绝不在于贫穷者自己。所有抢劫、偷窃、杀人等等罪行,不过是环绕并包裹着本质的一些浮面现象而已。

这个人吃人的故事是触怒过所有的这个国度的文明人的,它引起了社会的极大骚动。大概是受了周遭许多愤怒、詈骂、添油加醋的叙述,以及廉价的同情与叹息声的感染吧,出事地点的法院负责人迷惑了,不知所措起来。于是他们把犯人送到我所在的这个法院里来请求这里复判,原因是我所在的这个法院是一个比较大的单位。

犯人经过了许多城镇,在解押中,沿途都人山人海,像看一只什么稀奇古怪的野兽似的。在这些看客中,固然有很多的老爷太太少爷小姐,但也不少同样的穷朋友。他们明晓得这犯人是从那不远的、闹着严重饥荒的地方来的。他的罪过是吃了活人,吃了死尸,吃了儿女,最后又吃老婆……而且他们也明晓得自己也受了灾荒的牵连,也离吃人的日子不远了。但是,他们却仍然相信自己是人,犯人是野兽。

就我的记忆,还能记得起那地方的新闻纸上,一直就连篇累牍地刊载着愚蠢的议论,有的说这是命运;有的说他是疯子;有的像学者一样断定这是地质的关系,理由是饥饿由于灾荒,而灾荒则由于土地太坏;还有人认为是人性的善恶问题……众说纷纭,莫衷一是,但归纳起来,大致是承认犯人为野兽者居多。

就依照我们的"舆论"来说吧,为什么人会变野兽呢?

现在,且一字不改地把犯人的供词抄录一份。理由是:一、应当存真;二、告诉这人变野兽的变法。

☆☆☆

我吃了人!吃了别人,也吃了自家人,我连……连老婆儿女都……吃了!

(不,不,不,我现在要你讲的是你的名字,你生在哪里?你有多大年纪?——推事)

我吃了人,不错,老婆儿女我都吃下去了!

(呔!你吃了人,我晓得,不然我怎么抓了你来!我问你的名字!听见没有?——推事用力在桌上拍了一下)

呵……(为之一惊,停顿片刻)我的名字吗?我叫作韩家进,不,不,这是李秀才取的谱名,我……我的名字叫大狗。唔,唔,大狗。

(籍贯呢?——就是说,你哪里人?——推事)

盘山县,大王墟。

(几多岁?——推事)

三十。唔,唔,三十。

(好,现在,你老老实实地招来,你为什么要吃人?你怎样吃人的?你吃了几多个?……——推事)

是,是,老爷。我吃了人,没的吃呀!没的吃嘛!我吃了人吃了好多,老婆儿女都吃了!

(怎么搞的?要你讲你又不讲,真是!这就完了吗?要详细一点!懂不懂?就是要你仔仔细细从头说起。——推事)

是,是,是。

去年冬上,没有落雪,天气暖得很,可是,今年就出虫了!虫子一出来可就不得了啦,满天飞呵,成群结队的,就像落雨一样,又密又猛,人站在地里也拦不住,原先还是结结实实的压得弯腰的稻子啰,一下子工夫就被啃个精光了。唉,气得哪个眼珠子不翻白?可是,有什么法子呢?就只听见咝咝的飞得直响,眼皮都没有眨呀,又来了!托托托地落了一地,沙沙沙地又吃起来了!

我的地不多,三四工子①,一家五口,爷、老婆、七岁的女,还有一个吃乳的仔。三四工地,出得几多粮呢?平日都不够,还要加上虫吃,灌了浆的都吃光了,剩下一些瘪谷,还不到一担,当然是不够吃呀。

还有官家……官家征粮,哎,不瞒你说,硬有万恶呀!少了一粒都不行,保长老爷、甲长老爷更是三天一催、五天一逼,口口声声吓我们老百姓,又是叫枪杆子来呀,又是犯法坐牢呀,又是枪毙呀,逼得我连种谷②都留不住,瘪谷又不要。唉,要是年成好,过拣过剔都没有话,只怪吃了皇帝的饭,当然要完皇帝的粮呀!哪里晓得碰上坏年成,皇帝老子也要看看我们连饭都没有的吃呀,这样过劲!唉!

后来,听说城里有官来救命来了。说得好听,又有米,又有钱,哪晓得等了又等,还是没有青天。救命的没来,催命的倒来了。有一个大清早十几条枪来了,还有一个什么官,还有保长、甲长都来了,我声都没响,他们就打了过来,枪托子往我腰子上筑,还有一根鞭子样的东西照准我的脸抽了一下,我只觉得头昏眼花,鼻子里一股子腥,我晓得是吐血了!

半天半天,我才回头;我家的只是望着我哭。我想哭什么呢?又有什么哭头?只好怪命苦呀,哪个叫我们不做官呢?

中饭边子,我一跷一拐地出去借谷,哪儿借呀,难呵,家家户户一样的,都没有饭吃呀,想了半天,才打算到李家庄子上的十七爷房里去借借看。十七爷还没起床,十七奶奶就向我说:"没有,没有,我什么都没有收到,自家要饿死了,还有借你们?走!走!走!"好在管账的魏先生这时候来了,他是熟人,算是给我转了个脸,说是可以跟我去向十七爷讲情,不过借归借、约归约,不立个真凭实据的字纸,就办不到。我就问:要怎样的字纸呢?他说借一还三。我想了想,觉得太高了,想打个一二商量。哪晓得魏先生脚一顿,手一撇,骂

---

① 乡下人用"工"做单位,计算的方法是一天能耕的面积叫一工。
② 就是留到来年做种子的谷。

我不识抬举。我通身吓得一震,早上打出的伤马上就痛起来了!我站不住了,看见他也要走了,就咬紧牙齿借下来。字据归十七爷写。一下子,桌椅板凳都叫人从屋里搬走了——好了这是押脚。

总算借到了三担半谷子,爷说:"留下半担自家吃吧!横竖票上是完三担呀……"我不肯,我晓得官家秤大要抹尾子要过拣的。第二天,我推到乡公所去,一路伤口痛得死,没有法,还是挨到了。的确,过过秤,三担半谷子只算三担。有一个扶秤的还说秤太平了,便宜了我呢……

回到屋里,一粒米都没有了!爷说:"怎么办呢?"我家的也问我:"怎么办呢?"我就说:"叫我到哪里去变!我晓得怎么办?问你们自己呀!"

爷活了五六十年,他说他再苦也没有这样苦过;说老实话,三十年来我也就没有顶撞他一句半句,这回子顶了他,他倒不发气,掉过头就只见他眼泪花四下直溅,我想横一回心不理他,可是终究横不过去,软下来了。

后来,我们听见说是榆树叶子可以吃的,就赶忙四下林子里去搜。我和我家的有气没命地拖起袋子到处跑,搞了几天,算是有了七个麻袋满满的。

过下子又说什么地方有野芹了,人家都蜂了去。我两口子也跟了去,抢呀抢的又抢到了四小袋,袋子没有了,不穿的裤子也两头打起结套来灌。我老婆累了,又跟人家打了一架,她就赌气不抢了。"造孽呀!造孽呀!"她就只晓得向我叫。我说:"抢吧,还是要抢呀,顾命要紧,怄怄气又算得什么呀!"我家的脾气拗得很,就像茅厕里的石头,又硬又臭!

有一天,爷在那里尝到一点观音土,人家说吃得,他也说吃得,回来一说,我们又去挖土了。挖土的地方可挤得很,各人脚下踩稳一块,就算占住了;有的就往地下一倒,躺在那里,让亲人在四边挖。

先前还在用柴烧火煮野芹菜吃,后来,可就连柴都要留起来了,嫩一点的树皮全剥了来吃:漫说油盐,就生熟也管不了了呀。

一天一天挨过去,蚂蚁爬在热锅上呀,真急得不得了。好不容易立了冬,总眼巴巴指望春天一到,就可以重新来过了。哪晓得老头子吃观音土吃坏哦,肚子胀得老高,看看没有法子,委实吃不下了。那时,他又想吃荤,怎么办呢?只好把老牛拖来杀了,唉,就只这一条老牛啊。

牛也瘦得不成样子了,看样子也是拖不过年底的,没有料给它吃呀!当然是剩下一把骨头。我几回提起刀,总杀不下手,它也就扑地跪下去,闭起眼睛不看我,鼻子喷气也喷不响了,我晓得它是想活啊——我也想活啊!

杀了牛,大半年才算闻到了肉香,端给爷吃,爷已经不会动了!放下牛肉,又抬我爷出去埋:我杀牛的日子,差不多家家都吃尽了牲口了!

有一天,我在野地找吃的,不知怎的背后有人用劲推我,我差不多要跌到地上。回头一看,是同村子的阿金,他睁着发青的眼睛珠子看我,看得我吓起来了,他也叫了起来,马上就没有命样地跑了。我把这桩事告诉老九,他说:"我晓得了,他想吃掉你!"

"他跑掉了,好像还蛮怕我嘛!"

"自然啰,你还有一点力气,他没有打倒你,就怕你要吃他呀!"

老九说完了,再向我通身打量了一眼,眼睛珠子也是青青地睁了出来,临走的时候又说:"你还不晓得吗?下土不久的尸身都挖起来吃了!"说完还古怪地笑了一下,活像个鬼。回家的路上,我想起了爷的坟,匆匆忙忙跑去一看,坏了,全翻动了,什么也没有了!

记不清是不是这时候起,我也想吃人了!

第二天,我又在四下钻,远远地就看见坟地上围着一堆人,发沙的喉咙在叫,我跑去一看,啊哟,他们原来在分一个尸身!他们拿了一只手给我,我也就拿来吃了,大家都吃,只听到骨头咬得啪啦啪啦地响。

回到屋里,老婆指指床上的小鬼,就是我的小仔,没有奶吃,死了!我想,死了就死了吧,管他!轻轻地把他一提,我家的跟在后头问:"埋吧?"

"当然埋呀!"我回头一看,她很艰难地走着,眼圈黑黑的,不是灰色的,又发青;还不,她全身剩下的一点血都涌上来了,不晓得弄成一种什么色气了!

没有走几多远,我想起她应该吃点什么,草根树皮都吃完了,她也快死了吧!也好让她吃吃肉吧,我就把小鬼丢在地上,一只脚踩住他的一只脚,再用手拿起另一只,一撕就两半了。就像一片干叶子,一下就碎得破破烂烂了。

我拿回去,要她吃,她不吃,想哭,又哭不出眼泪。我不管,还是吃呀吃的,后来她也就吃了。

隔一下子,好多人跑到我家里,把我的女儿抢去分了,在这些人中间,我看到好像有阿金和老九,我已经认不太清了,他们嘴角上、鼻尖上都巴满了横一条竖一条的血丝;我想同他们讨一点回来,他们不肯。

就这样没有过几天,天又下雪了。

风刮得很大,出不了屋。脚一出门,风就把我吹倒了!

"怎么办呢?吃不到肉了!"

不!我并没有说过这样的话,我只是看了看我家的。

她坐在床沿上说:"你就要吃我了!……"

"不,你吃我吧!"我说。

"不,还是你吃我吧!"她说。我不晓得怎么地把她一推,她就倒在地上死了。

我又吃了起来。第二天,还剩下好多。我接着吃下去,正在吸骨髓的时候,好多好多枪杆子又来了,我也就被抓起来了。

☆☆☆

吓人的故事到这里,本应随着犯人的口供完了而完了,可是,还应当补充一点。这就是那位解押他来这儿的法警对我说的话。

他说:"这只畜生(指犯人)第一回来吃白米饭,就像一只狼,他妈的,真凶,吞了七八碗呢……奇怪,也真他妈的奇怪,第二天他就吃不进了,一看见吃的东西就呜呜地干哭!"

我听了很骇异。

等到他告诉我"一吃饭,就叫:'来呀,吃肉呀——呀我怕呀!'"这是脚,不,不,不,这是我的小仔啊……'他妈的真疯啦!",于是,我觉得没有什么可骇异的地方。

他能叫,这就还是一点未泯的人性的光辉。

请正视另外一些真正的吃人的野兽吧。

原载于《中国新报·新文艺》1947年2月11日

暴　动

一

　　棚户请愿队的代表一直就不准进市政府的大门，呈文由卫兵班长传了上去，一等四个钟头，不见下落。好几次因为班长荡出来，做代表的周金城和那绰号一面锣的马家祥想迎上去探听回音，都被守门的卫兵用枪刺拦住，连开口的机会都没有。只见班长每次都是厌恶地摆一摆手，立刻扭转身子，又踱着那不宽不窄的步子走进里面去了。

　　当代表的没法子，只好退回人群中。这时人群渐渐骚动起来，大家都觉得很不耐烦、失望和愤怒。同时，八月的毒日头也叫人晒得难受，从七点钟到此刻十一点钟，大家鹄立在没遮没拦的街心，早已经是口干舌苦了。队伍排不起来，男男女女的到处蠕动；起先是少数几个老人家离开了人群，走上跟市政府对面朝南的行人道，往阴暗的角落坐下，后来不知怎么的，便索性通通上了行人道，三三两两地各自找阴处躲太阳了。

　　周金城是个四十开外、微微有些驼背的高个子，因此，就是挤在人最多的地方，他还是要比别人多晒到些太阳；这会子大家朝四方散去，他也就跟着拉车子的老二和老六，三个人一边不知谈着些什么一边跨过马路去了。最后，剩下一面锣一个人站在老地方，动也不动的，一直等到有三四颗黄豆般大的汗珠从他的额角上渗下来，一颗紧接一颗地滚过睫毛落下地去的时候，他才吃了一惊。他发觉自己原来站在四面都有太阳的街中间，脚下半点影子也没有,这是日当午了。再四下一望,同伴们邻舍们都结集在后背的行人道上。他突然觉得有点无聊,便直朝着周金城站的地方走去。

他走到周金城的面前,周朝他看了一眼,彼此都不说话。这时,好不容易吹来一口风,虽然风也是热得很。一面锣下意识地舒了一口气,伸伸腰子,动手将对襟大褂的扣子解开,但是忽然间热风里飘来一句话,教一面锣听了很不舒服,原来打算解扣子的手就好像被衣裳粘住了,那巨大有力的巴掌平铺在胸前,像是在保卫自己的心脏。

"指望老周、一面锣,哼,选出两条屄来啦!老周平时间能言善辩的,今天屁也不响半个了。一面锣更加是,往往三句话不对劲,就像戏台上打锣,闹个喧天,今日里也都破啦,一棍子也打不响啦!……"

一面锣听声音识得出这是夹尾巴狗在讲话,心里想:这明明是埋怨我嘛,一定的,大家都在骂我无用了。正预备搭腔,旁边的老周却猛然喊了起来:

"有话明讲!你才是一条屄!老子又不巴望当这个屄代表!谁叫你瞎眼睛选我呀?是好汉就不背地里做鬼,有本事,你夹尾巴狗出来做做看呀!"老周边叫边跳的,颈子都争红了。

这一闹可非同小可,远远近近的人全惊动了,陆续有人向老周这边走来,说长说短地开始了询问和劝解。夹尾巴狗看见苗头不对,人人向着他们两个,便不敢回嘴,趁势溜了开去;但这一溜,又引起了一伙小鬼的哄笑。他们不约而同地唱起了那支专门编来跟夹尾巴狗开玩笑的山歌:

夹——尾巴——狗,
找——对——头,
找错了石头当骨——头,
咬来咬去呀——吃不消!……

哈哈哈哈……哈……

这班小鬼笑得前栽后仰,眼泪哗哗的,引得大人们都忍不住笑了起来,结果把那缩在人家店铺阶台上打瞌睡的马老大吵醒了。

论年纪,七十三岁,马老大的确是真金不换的老大,整个的棚户区再也没有盖得过他;而秉性又十分直白,炮仗性子,有话就说,绝不瞒半个字。凭了这把年纪和这股脾气,他很能赢得大大小小的尊重。恰好他是夹尾巴狗的舅父,所以,当他一晓得这事情的经过以后,马上就气呼呼地骂起外甥来。接着就去向周金城一面锣两人赔不是,他说:"大人大量,跟他斗什么?他年纪轻,不懂事,乱说话,溜了就溜了。哪个不晓得,他叫都叫作夹尾巴狗嘛。整天夹起个尾巴,东嗅嗅、西嗅嗅的,要和他斗气,那我早半辈子就气死啦!……漫说是我们大家的正经事还没有了,你看,看热闹的有多少,叫人笑话啊。唉……"老头子咳了两下,语调愈来愈沉重,"穷人不帮穷人忙,穷人哪还有过的日子?大家推举你们出来,原就是说你们能写两笔,能说两句,就是画个押,圈圈也比我们画得圆呀。你们再闹意见,那眼看今天这个愿请不到,大家就都要上丁家山①去住了!……"马老大说到这里,喉咙里哽咽了好半天,接不下去了。四周站着人都难过得低下头,有些女人已经在偷偷地抹眼泪。

"你们大家说,是不是呀?……"沉闷了许久,马老大才问出了这句话。周围的男人女人个个点头称是,有些男人答应的声音是异常地微弱,微弱得与他们强壮的身子怪不相称。

老周是当兵出身,生来一副服软不服硬的性子,经老头子这么一说,再想一想这么大伙人的共同命运,刹那间满肚子的怨气都消了,连忙对马老大说道:"不,不,不,我绝不会生狗子哥的气,不信,我可以赌咒,要是我口是心非,叫我天诛地灭!"

他一口气说了一串咒语,大家晓得他有这么一种脾气,一急了就赌咒发

---

① 指坟山。各地大致都有这种话,就是用本地的一个坟山或打靶场来代表"死亡"的意思。

誓愿,指天划地,所以也就不去阻止他,让他说完。不但如此,而且他的作古认真反而使得大家更轻松,于是,众人都善意地笑了,连一面锣在内。大家都说:"好啦好啦,一天的云都散啦。"

正在这当口,一面锣瞧见那班长又踱出来了,便赶紧用双手撇开人群,一直跑过街面去,一壁嚷道:"官长!官长!到底怎样了呀?求求你给我们催个回信,求求你……我们……实在……等了大半天了!"

班长似乎吃了一惊,起先是厌恶地朝一面锣瞅了瞅,又站定下来,望望对过街上请愿的人群,再望望天,然后用着很不乐意的、鄙夷的、懒倦的调子说:"差得远呢!这时候怕还在第二科的张科员手里,还没有传上去呢!"说着是老样子摆了摆手,向里边走去。但刚到门槛旁边,却回头补上一句:"连科长都还没有看到呈文呢!……"说完,莫名其妙地笑了笑,便头也不掉地径自去了。

一面锣失望到极点,有一种仇恨和羞耻的情感教他低下了头。忽然,他看见胸前有一片明晃晃的东西,而且特别烫热,几乎要灼伤他;他跳了起来,一看,才知道那是两把交叉着的晒滚了的刺刀。

这时,不知什么时候过街来的老周从背后拉了他一把,他随着转过身去,只见街的那边,有一千多只眼睛望住他,好像都在迫切地追着问:"怎么啦?……怎么啦?"但他又禁不住回头看了看市政府的屋子,两个卫兵立刻用恶狠狠的眼光盯他一眼。

"怎么啦?——一面锣!"一上行人道,马老大迎面就这样问他。一面锣觉得这一问倒难住了他,好像有许多话要说,但又偏偏说不出来。他一阵发愣,才有气无力地说了几句;他觉得自己今天真虚弱,就像生了一场大病,依他往日的脾气,刚才夹尾巴狗骂人,早就应该✕过他的十八代祖宗了!但是他只感到自己浑身没有劲,浑身不舒服,受了欺负,满肚子委屈。

"还不是老样子!——他说,呈文还在什么张科员手里,第二科的;科长还没有看见哩,漫说市长……"

"哎呀,科长还不得音讯!"

"你听,市长还不见呈文影子呢!"

"我们清早站起,站了大半天,做官的晓也不晓得!"

"怎么不晓得?!上呈文又不是头一回!拆棚子的事闹也闹了半年了,市长命令了几回,不是回回都提到我们的呈文么?还骂我们违法乱……乱挤(纪)的!"

"父母官啊,这就是父母官啊!"在众人七嘴八舌中,马老大也咒骂起来。他一面骂,一面气得不停地将旱烟筒敲骑楼柱子;突然,旱烟筒子啪地一下断了,留下约莫六寸长的半截在受惊的老人手里。老头子嘴唇微微抖了一下,赶忙蹲了下去,拾起那地上的半截,下意识地把它们兜拢来,接着又忙乱地丢掉,又再拾起来,然后轻轻地轻轻地抚摸着,像抚摸什么人的尸首。

众人立刻跟着惊慌起来了,他们知道发生了什么事情。人群骚乱得厉害,像一大锅正在沸腾的开水,不知谁带头叫道:"呀!我知道,这根旱烟筒跟马老大过了三十年,赛过亲生骨肉呀!"

一面锣和老周都望了望烟筒杆子,油光水滑。三十年的日子好不容易呀!他们两个心里都这样想。想着想着,一面锣忽然觉得很生气,便猛地跳起来一喊:

"请不到愿!马老大气坏了,敲断了做了三十年老伴的旱烟筒!"

"气坏了马老大!请不到愿不回头!"

"今天硬要请到愿!"

"冲进去!"

"市长不要搭架子!"

"天呀!我们饭也没吃,茶也没一口喝啊!"一个女人尖锐地叫喊一声。

群众鼓噪起来,就像一堆干柴着了火,呼呼呼地从这头烧过街那头,众人好比一窝蜂,拥过去,叫声响得吓人,路上行人纷纷向四处逃开。马老大本来一直蹲在那里瞪着地上的两截烟筒杆子发呆,这时,也惶惑地站了起来,跟着大伙跑了两步,忽然又冲回原处,拾起断烟筒,不知喊了一声什么,便跌跌撞撞地跑过街去了。

市政府门口的卫兵显得十分慌张,高高地举起枪刺,向暴动的人群劈去;人群后退了两步,但立刻又像潮水似的涌上去了。

正在最紧急的当口,班长气急败坏地跑了出来,嚷道:"老表,老表,不要乱来!市长……不不,科长就要出来对你们训话了!"

站在最前面的一面锣听了这话,动了动脑筋,心想,听听也好,不好再说,于是便转过身来,挥动双手,叫众人静下。

"先听他怎么说!"

"好,听听看!"人群中响起了回音。

约莫过了十分钟,科长才大摇大摆地出来。一套深灰色西装,头发梳得光溜溜的,装起一副威严样子,手里还夹着半截烟卷。

开头三分钟,他并不讲话,只是毫不在乎地抽抽烟,一个头一侧一侧地睨视着这片黑压压的显得十分污秽的群众。

"你们知道不知道?"他开口了。

"你们今天又犯了国法!"他说完这话,把夹在手指中间的烟蒂用力一摔,然后又用力踏熄了它。

"你们犯的是《维持社会秩序紧急措置方案》!"他一字一顿地说完了这个法的名字,接着他便滔滔不绝地说下去,"为了维持戡乱时期社会秩序,该方案规定,严禁十个人以上的请愿游行!你们自己看一看,你们现在有多少个十个人!你们破坏了社会秩序,就有奸匪嫌疑!

"你们说!你们是不是受人煽动,专门跟政府为难?你们中间有没有共产党?你们说!我知道,一定有!一定混进了共产党!不然,政府为了整顿市容,命令你们搬开,你们凭什么理由不搬?最近,政府得到情报,有奸匪共产党派了放火队到后方各大城市,专门放火烧屋,试问你们的棚子经不经火?烧掉你们的茅棚倒不要紧,要是燃着了旁边住家的店铺,怎么得了?你们赔得起?

"况且,政府又不是不照顾你们,特在墨山腾出公地来,叫你们去搭棚子住,又不去!真不知好歹!

"政府决定了十五号拆棚户,就一定在十五号拆!已经拖了半年了,这次决不再拖!你们的呈文,我和市长都看过了,市长说:理由不足,不予考虑!听见没有?你们的请求,政府绝不考虑!……"说到这里,科长神气十足地全场扫了一眼。

老周是再也忍不住了,便顶了上去。

"科长先生,我们也说过,搬到墨山去,我们就没有日子过,就死路一条啊。不是不搬,不是不服从政府的命令。科长先生知道,我们这八百多棚户就靠城里人的钱过日子啊!"

"我不管!我不知道!"科长粗鲁地插嘴。

"有的拉黄包车,有的帮人清沟、修自来水,有的做苦力脚夫、打短工,有的收荒货,像我,就是推大板车……还有,马老大可怜,一大把年纪,皆在捡粪、守茅厕呢。余有……女人就帮人纳鞋底、倒马桶、洗衣服……"

"我晓得,我晓得,不要啰唆了!"

"刚才他还说我不知道,现在又说我晓得!"不知谁在底下嘟囔了一句。

"什么?哪一个?哪个骂我?"科长显然是听到了老百姓对他的批评,于是气势汹汹地从阶台上跳下来,又跑上去,踮起脚尖向人群中间搜索,但是他找不出说这话的究竟是谁,结果便随意抓住一个,指着他的鼻子骂起来。

"好!你说什么?你说得好!有理!你说!再说一遍呀!我马上叫人抓起你!你说,是不是你说的?"

"不要冤枉他!老六,你不要怕,是我说的!我说,我说科长刚才还推不知道,怎么一下子又全晓得了?……"一个极雄壮极大胆的声音响了起来,这是夹尾巴狗在说话!

"好!有种!"

"夹尾巴狗不再夹尾巴了！"

群众十分兴奋，一个个都情不自主地夸奖起夹尾巴狗来，称赞夹尾巴狗的胆识和义气：他们都说夹尾巴狗变了！因为他们从来没有想到夹尾巴狗能够做这么一条好汉。

科长完全慌了，就他一生做官的经验，他从来没有碰到过也从来没有想过，天下竟有这样大胆的老百姓。他脸孔发红，但立刻又褪尽血色，变得异样地苍白，嘴唇发抖，两眼圆瞪，说不出话。

"你科长老爷住洋房，哪里晓得我们棚户的苦处！"夹尾巴狗勇敢地说下去。

"对呀！科长住洋房！"

"市长也住洋房！就在交通公园侧边！"

"只许州官放火！"一面锣领头大喊。

"不许百姓点灯！"几百个人齐声相和。

"呵！无法无天！造反啦！造反啦！"科长像发了狂似的摇着双手，对卫兵们叫道，"抓！抓！还不快跟我抓起来！有反动分子！……"

科长气急败坏，挣了半天，才讲出这么几句话。卫兵犹疑了片刻，便端好枪刺向人群逼来，但是前面的不让路，一面锣和老周最先拉起手，接着便男男女女老老小小都拉起手来了；卫兵没有法子，只好用刺刀虚晃了两下，老周的臂膀被割破了，血一滴一滴地淌出来，但是他的手还是紧紧地拉住一面锣的手，拉得那么有力，青筋暴凸起来，卜碌卜碌地跳着，一阵快似一阵。

后面的群众又响起了雷一样的口号："市长出来！"

情形愈来愈僵了，卫兵人少，胆子怯，不敢冲。请愿队伍愈叫愈响，街上的过路人都吓得乱跑，家家户户的铺门，上个哒哒叫。科长又急又气，暴跳了一阵子，就杀猪似的叫一声跑进去了。

接着，班长出来了，带着六个兄弟，扛了一挺轻机枪。

人群乱了起来，有人逃开去，女人开始号哭，小鬼就拼命溜掉。

请愿失败了。

一面锣转身叫大家不要怕,不要逃,话还没说完,一枪托从后背上打下来,他跟跄了四五步,就跌倒在阴沟板上,从此就昏昏迷迷不省人事,连自己是什么时候被同伴拖开的也不知道。

众人都散了,只有老周还徘徊在阶台附近,不时抬起头来盯住那挺轻机枪,眼光阴鸷,一句话也不说。

"滚开,你想找死!"卫兵赶了下来,用枪刺指着他的鼻子呵斥。

老周沉默地让过刺刀,横过马路去的时候,还掉头朝那挺轻机枪看一眼。

他一面走着,一面想着从早上到刚才发生的一切,他觉得他今天经历了好几天的变化,起先他只是希望请愿成功就好,并没有想到失败以后会有怎样的一种情形,又应该怎么去对付;后来生了一阵夹尾巴狗的气,但经过马老大一劝,又忽而觉得不但没有这桩事,并且更使他高兴起来,对于请愿,他又充满了信心;可是,此刻,他却感到自己的心好像被打扫过以后又再被别的东西塞得满满的,他心上已经没有了别的事物了,他只记得一件东西,那就是机关枪,机关枪……

关于机关枪,他觉得有话要找人说,于是他加快了脚步,赶上前面的两个人。不错,那是老二和老六兄弟。

"喂,老六!"

"哟,你一个人摸在后头?哎呀!你手上有血!"

"我当过兵!"老周文不对题地说。

"我晓得,我听你早先说过。"老六答过,显然有点吃惊。

"我在军队里,是机枪手,就是专门开机关枪的……"

"唔。"

"要是我能把那挺轻机枪夺过来,那我就……"

老二和老六吓了一跳,他们晓得这是什么意思。

二

已经是夜深了,不大点灯的棚户区,早就天上地下黑成了一片。所有参加请愿队的人都零零落落地回来了,唯有一面锣不知是为了什么,还不见影踪。

他女人等得好心焦,六神无主的,总以为出了什么岔子。邻舍告诉她,说一面锣挨了一枪托,当场就被搀进茶馆,歇了两三个钟头,到下午五点钟光景大家陪他回来,但走着走着他就一个人落在后头了,叫他快点,他不肯,还说:不要紧,又没有伤到哪里,你们先走好了。邻舍拗不过他,只好各自走了,以后的事,邻舍便都不晓得了。

家祥嫂子听了这些七嘴八舌的报告,越发没有了主意,最后,她决定上街去找自己的男人,一路上跌跌碰碰的,就像一个疯婆;她跑中正路——市政府的所在地——跑茶楼,跑一些她以为会见着一面锣的地方,可是,跑来跑去,连影子也不见一个。

她只好回家去。

回到家里,还是不见男人,她愈想愈不对,禁不住痛心地哭起来,她想,一面锣一定是吃了枪子了,被打死了。她愈疑愈当真,愈哭愈伤心,不一会儿,那十三岁的女儿荷香和刚学走路的小女儿根娣都从瞌睡中吓醒,一同大哭起来。"天呀,丈夫天呀①……搁下我孤儿寡妇怎样过呀?一面锣呵,你死不得呀,你要——回——来——呀!"

啪!

一个巴掌打在妇人脸上。在静悄悄的像死过去了似的夜里,这一巴掌响得分外清脆,像是谁家灶里偶然爆开了一根生火的毛竹。

---

① "丈夫天"意思还是丈夫,封建妇女的语汇之一,把丈夫看作天一般重要。

"哭什么哭？你巴不得我死啦！无缘无故来咒我！哼！咒得好！寡妇日子好难挨？你才快活呢！嫁老人啦卖老×啦……哭丧！"

男人回来了。啊，只要他回来就好，家祥嫂子这样想。虽然她冤冤枉枉地吃了一巴掌，但她还是很高兴地抹掉眼泪，不再哭了。两个女儿也跟着停了下来，蹲在娘身边，眼泪汪汪地朝她们爸爸看着，不停地吸着鼻子。

一面锣没有再开口，只是随手拎了一张竹交椅坐下，望了望黑暗中的三个大小人影，又不由得长叹一声。

坐了一会，他忽然无缘无故地烦躁起来，觉得心上好气闷。

"这个屋子真闷人……操他娘！连这种棚子都不准穷人住哩！"他恨恨地想着。

他起身找线香，接了个火，点着一根早已揉得不成样子了的香烟，刚预备凑上嘴抽，忽然他又将烟捻熄，大步走出了门。

"屋里气闷，走走就回来。"他对女人说。

"喂，慢走，这里有三万块钱。"

"咦，哪里来的钱？"

"日上卖了奶……就是那罐救济番薯（分署）……"

"嘿。"

一面锣接了钱，卷在巴掌心，就一径向外边去了。

走不多远，突然迎面一口逆风，灰沙很多，很凉，吹得人汗毛竖起来。一面锣颠踬了一下，觉得这风有点邪，便赶紧扭转身子，朝左边两个棚子中间的夹道跑去。

约莫走了三丈远，他听见旁边的一个棚子里有人说话，细看，还有一点绿豆大的灯火，他再定定神，一想，知道这是老周的家，于是嚷道："老周，没有睡？"

"呵，一面锣吗？进来进来。"

一面锣推门进去，一眼看见老周的老婆在替男人扎膀子，那还是今天刺刀划破的地方。

"怎样？还痛吗？血止了吧？"

"血是止了,刚刚她在外边替我弄了些草药来敷,不要紧。横竖——穷人的血不抵钱!"老周说完这话,神情显得很不自然,喉咙里咕噜咕噜地响了一阵,像是在吞着一块难吞的东西。

"哼!穷人的血不抵钱!我来问你,十五号拆棚子,你到底打算怎么样?……"

"我?我打算……没有路走的时候,就,就跟他干!"一个拳头落在床板上,全屋子震得哗啦啦响。

"你呢?"老周反问一面锣。

一面锣就像老早预备好了来回答似的,一点也不含糊地说出一个字"干!",说完撇头就走,但是,刚跨了两步,却有一件东西从他摊开的巴掌中间掉出来。

"掉了什么?钱!——"老周女人的眼睛尖,一下子就看出那是钞票。

"唔,钱,卖奶粉的钱。"

"啊,你们的奶粉也卖啦,我听她说,差不多家家户户都卖啦。谁有这个福气,我们吃洋奶——修修来生吧。哈哈……"老周苦笑了两声。

他女人的话匣子这次可找到钥匙了,话匣子一开,就像不再打算停的。

"你们没有看到呢,你们请愿去了,来收奶粉的人才阔气哪,雇了一个大板车,人手都有五六个,谈好价钱就挨家挨户收,见罐头三万块。啧啧……连钞票都装了两旅行袋,都是一万一张的,崭新的票子……啧啧……真阔气!"

一面锣听了这女人的话,倒站定下来,也跟着叹息了一声说:"不知道他们转一下手要卖多少。起码三万五六总要卖吧……"

"何止!"老周也加入了谈话。

他女人却噘起嘴说:"咦,人家都说,要卖上十万哪。"

"滚滚滚!三十万!又不是卖×——"

老周生气了。

一面锣看了看他们夫妻两个,便匆匆把钱塞进口袋,开门走了。

到哪里去呢?一面锣背着门站定了一会,但仍旧没有什么决定,只是提起了脚步,无目的地走着。

走着走着,他发觉自己已在棚户区南边的一排树下了。

忽然,他停了下来,接着便放轻脚步向一排篱笆靠拢过去。他听见那儿有两个熟悉的声音。一个说:"马老大呀,我问你,你晓得不晓得,老周今天想抢那挺机关枪呢。"说这话的,一听就知道是拉车的老六。

"谁说的?不要瞎说!"

"真的!他亲口告诉我的!"

"他!他怎么说?"

"他说,他当过兵,问我知道不知道。我说我知道。他又说他当的是机枪——机枪什么呀,我搅不清楚,反正开机关枪的就是了。后来,他就说,要是他有机关枪……他就……"一面锣听到这里,不由得通身一震。

"他就怎么?"

"不,不晓得,他没有说下去。"

"哦,哦……"马老大分明很害怕,他牙齿喳喳作响,有点气喘,"哦,不要说了,不要说了,千万莫跟闲人谈这桩事呀!要杀头的呀!……唉,回去吧,回去吧——阿弥陀佛!"

一面锣却全都听下肚了,他连忙蹑手蹑脚地走开去,免得教马老大担惊受怕。

三

十五号。

东边天上布满了火烧云,又是个大热天。

太阳冉冉地升起来，站在棚户区中央望去，它已经爬过了东边土埂子上的两棵大榕树了。沿土埂子向左边下方走去，有一排被炮火打得稀烂的危墙，砖头歪三倒四的几乎是悬在半空中，有的墙缝里生出谷浆树，而砖头也就依赖树根的盘绕而彼此攀结得更牢一点。马老大曾经指着这堵墙说过："谷浆树长大了，根子一长粗可就完蛋啦！"这地方地势最高，从前是东岳庙的正殿，这墙就是东岳庙的墙。站在这墙下可以一眼看尽整个棚户区，但是很少有人起这个看他们自己破屋子的念头，一来是怕墙倒，二来也根本没有这份闲情。

但是，这天却有人上这儿来了。

大约八点钟光景，两个全副武装的保安团兵士扛着一挺机关枪来"占领"这块高地。另外还有三个兵拿了铁锹，开始在墙脚边挖土。和这同时，整个棚户区都被包围起来了，总门口，就是那插了一块"东岳庙救济站"牌子的地方，也架了一挺机关枪。到处都有兵走动，看看总在四十个左右。

棚户区内是静悄悄的，家家户户都不见有人出来。但不多久，女人被压抑的啜泣声却像最厉害的传染病一般，传遍了各个棚户了。

"呔！人都死光啦！"

有一个小军官站在大门口拉开嗓子叫骂。

"喂！这个！一个一个拆过去！先拆这个！这是哪个人住的？……喂，喂喂，快出来，有人没有？没有，老子就动手啦！"他用脚使劲地踢板壁，踢一阵又眼贴着壁缝张望一阵。

这棚子门是朝里开的。一个老头子听到带头的呼喝，吓得发抖，但终于摸着板壁，在转角的地方出现了。

"老……老……老爷，是我……我住。我……我还有一个儿子……拉车去……去了。"他已经讲话都讲不清了，两腿不住地打战。

"好！你住归你拆！"小军官说完，又气势汹汹地跳上一块公众磨刀用的大红石上去叫喊，"各人拆各人的！听见没有？……你——你出来，贼头贼脑的看什么？出来！动手！快点拆！"没说完就跳下地来，直往另一个棚子窜去，因为就在刚才，他发现那棚子里有人伸头出来向他望了一眼。

"拆！拆！拆！"士兵也开始围拢来，大声怪气地迫老头子拆。

"哎哟！"那边棚子里传出一声惊呼，立刻小军官连跌带跑地奔出来，肩膀上的血像泉水一样喷个不停，衣上、手上、头上、地上，全部溅满了血。兵士们看见了，连忙赶上去扶住，其中有一个在半路上扣了扳机，朝天放了一枪。

七八个兵士拥进那棚子里去了，一眨眼间就拖出一个中年男子来。他手上也满溅着血。有一个兵士缴来一把菜刀，女人哭哭啼啼地跟着冲出来。兵士们回头用枪托子打她，把她按倒在地上，撕她的头发。

"救命哇！……救命哇！人都要打死啦……捉了人呀……救……命……哇！……"她边哭边喊。兵士们可还不放手，踢她的屁股、肚子、腰眼；她愈叫得高，也就踢得愈凶。就像一下子从天上掉下来一样，所有棚户的户主都出来了，很多很多的人，里面还夹杂着几个胆子大的婆娘。大家都紧张得很，没有谁个开声。

这时，有两个兵士走向老头子的棚子，用那把血淋淋的菜刀将一段绑帐篷顶的绳子割下；随后就回转身去，邀同一大伙同伴将那抓来的男子紧紧地绑在总门口的柱子上。

帐篷顶慢慢地跌落，棚角上的一根柱子哗啦一声倒了下来，接着，整个的棚子都垮了。

老头子斜着眼睛望着自己的屋子发愣，突然，他扑上前，从那一堆破烂中间抽出一根木杠，抓起就向兵士群里打去，但是不曾打中，木杠远远地落在黄泥路上。他用力太猛，全身栽倒下去，眼睛直瞪着，嘴里翻白痰。

兵士们四散逃开，他们给这突如其来的动作吓傻了。群众骚动得厉害，但是仍然没有人出声。

"开枪！"

那个早已不被人注意的小军官，仆在地上猛然大喊。

兵士这才惊醒过来，每个人都慌慌张张地端起了枪。机枪手也开始瞄准了。

就在这一眨眼间，一面锣从人群中跳了出来，像疯狂了似的向兵士们冲去，他叫都来不及叫一声，拣中了一个比较孱弱的敌人，近脸就是两拳，那兵士眼睛鼻子都打出了血，整个身体也就像烧熔蜡烛似的，瘫软地跌倒了。一面锣一弯腰便把枪夺到手中，又向前面冲去。

"官逼民反呀——抢枪！"

不知谁发的号令。

轰！大家都挤上去了。

"抢枪呀！抢——"又有人在喊，但是，不等他喊完，声音却中断了，像被刀切了一样。

"砰！砰砰！"

手忙脚乱的兵士开枪了。

老周就像地底下钻出来的一个恶鬼，突然出现在机枪手的正前方。他扑上去，双手用力地卡住那个机枪手的颈子。被卡住的人连换口气的时间都没有，只见白眼珠子翻了翻，就斜着身子仆在子弹箱上，同时，机关枪响了起来。

"哒哒哒哒——啪——"不响了。老周听了很奇怪，但忽然没有办法思索这个问题的究竟了，他觉得腹部有点疼，还有点发麻。他想休息一下，于是将手攀住机枪，颓然地躺了下去。

"啪啪啪——哒哒哒——哒哒哒哒哒哒哒……"

机关枪又响起来了，这回是从后面射来的。人群中一片惨叫，许多人痛苦地扭了扭身子，倒下去，便永远不再爬起来了。

群众拼命奔跑，一面锣拿着一杆枪赶过去拦住众人，叫道："不要怕！不要怕！死了亲人，更要拼呀！"

"拼呀！"

人群又掉转头，向兵士们蹬的地方扑去。

"哒哒哒——哒哒哒哒哒哒……"

机关枪声、哭声、喊杀声，混成一片。

群众又退了下来，一面锣心想："杀伤太大啊，肉身挡不了炮子，人会死干净的，要——干掉机枪！"

怎样才能干掉那挺机枪呢？一面锣实在为这个问题苦恼。忽然，他记起今天一大早老周就偷偷地对他说道："这些二只牛真蠢！一定都是没有上过阵的新兵，机枪阵地做在那么一堵墙面前，幸亏没有大炮火，不然，一震，哼！那才是看上了好风水呢！"这些话好像还在耳朵边，可是，老周此刻在什么地方呢？死啦？他真想找到老周商量个计策，看看怎样才能把那挺机枪干掉。

他沉思了片刻。

"呵哈！有了！炮火震得倒，难道手推不倒吗？"他几乎高兴得笑了出来。这问题一解决，他便觉得脑子全都活络了，身上也有劲多了。于是他向旁边的人群喊道：

"上坡子！推倒那堵墙！活埋机关枪！"

他刚叫到这里，猛然身子偏了一偏，似乎头上给铁锤锤了一下，耳朵里嗡嗡地不断气鸣。他定了定神，又嗅着自己脸上有血腥味，用手一抹，呀！天！抹下一只耳朵！他自己已经分不清这究竟是谁的耳朵，赶忙蹲在一块麻石背后，向群众喊着，指挥他们各人找各人的地方掩藏，不要挤在一堆，让兵士打靶子。这时女人们哭着，纷纷跳出棚子，拿来许多菜刀、柴刀、铲子、锄头、木棒。男人发现了她们，就各自去接，不一会就大家都有了家伙了。兵士们失落的枪支倒被掷在地上，因为他们很少人会用。

剩下的兵士都逃出棚户区外去了，总门口很安静；"东岳庙救济站"的牌子已被打得粉碎，绑在下面柱子上的男子低垂着头，嘴角上滴着血。就在他脚下，有一个女人抱住他的小腿，眼睛紧闭，枯干得发黄的长头发散落一地，有几束已经被血染红了。此外，远处还有几十具尸体，有兵士，但大部分是老百姓。

在这几十具尸体当中,却有两个活人:一个是还能呼吸说话的老周;另一个完全健康的是老六,老周的好朋友。他是在用一块石头干掉那个小军官之后,发现老周受伤,便一直留下来陪着他的。

"谁?你——老……老六……"

"是老六,老周。"

老周昏迷了许久,这才微微地睁开眼睛。两手的手指节痉挛着,抓着地上的泥沙,他想坐起来。

"别动!"老六赶忙制止他。

"什么时候了?"

"该打午时炮了。"

"啊……怎……样了?"

"不……不知道,老总都退了。"

"我们……赢……赢了?"老周心目中,棚区就好比是战场,所以他的问话叫老六惶惑,一时竟答不上来。

"赢了?嗯,赢了,……我们的人死得很……很多。"

"啪!啪!"又是两枪。

"机关枪呢?"老周不理那枪声,只顾问下去。

老六却有点怯,不,有点担心事,因此,对老周的问话便显得有点心不在焉的样子。

"啊,机、机关枪,你干掉了一挺。还有一挺……在那、那边墙脚下。"

"啊!难怪……我好像听见……扫射了好久。唔,有……有谁去干……干掉它吗?"老周说到最后一句话时,脸上突然现出异常的光彩,但是老六并不曾注意到。

"不知道——这一会,好久不响了。"

"啊,不响了?"

老周又试着动了动身子,然而,还是爬不起来。

"老六……你……你知道我……我也当……当过兵……兵吗？"

"我知道。"老六有点烦，心想，怎么这个时候，人都要死了，还谈这些。

"我开机关枪，在……火线上……那才死的人多，这……这算……算什么。"

"嗯。"

"我……早年，跟孙大帅……孙……传芳……打、打南兵，民国……廿二年……我又跟……跟委员……长……长……打……打红军。打来打去，都是……打……自家人……今天……一样，也是一样，也是机……机关枪……唉……。"

"嗯，打来打去，穷人吃苦。"

"唔，老六，你不……不晓得……唉，廿二年……在江西……包围红军，一个红军……红小鬼……就跟我……跟刚才……一样，他、他跳进……我的壕沟，用……用手抱住我叫……叫'老乡，中国人……不打……中国人！'我……唉、唉，我……咬……咬紧牙齿……摇……摇下去，下去，小鬼……就用胸口……顶……顶住枪眼，让……他们的……兄弟……冲了出去……唉，红军，红……红军……"

"红军？共产党？"老六好像这才听清他在讲什么，显得十分吃惊。

"哦，我……当时……吓昏了……后来，我……亲手……埋了那个……那个小……小鬼，哭……哭……哭他！我私下问……问几个弟兄……弟兄，问他们……为什……什么……红军……这样……卖命？有人说……他们……是……是为穷……穷人自己……打……打天下啦。唉……唉！"

"唔，我也听说过，说共产党是专门打阔佬的。"老六同意地说，但是回话的时候，仍然习惯地四向里张望一下。

"哦……今天……今天，哦，我……我才……明白……对，穷人没有什么要害……怕的，只怕……不卖命……"

"是，只怕不卖命。"

老周忽然睁大了眼睛,急迫地问老六:"老六,你说……说,我们……要不要机关枪?"

老六没有回答,他想起请愿的那天,老周也说过和这差不多的话。

"穷人……应当……有枪……有枪……就好……好了!……哎,你……怎……怎么不睬……我?"他不再说下去了,喉咙里咕噜咕噜地响了几声。

"哎呀!老周!老周!"老六慌了。

老周合上眼睛,不答。

老六立刻翻了个身,伏在地上,两手撑着身体,恐怖地注视着老周的渐渐不再起伏的胸部。

"怎么啦?——你,老周!老周!"

老六的问话还没有说完,突然轰的一声,接着,便是砖块崩落和树枝折断的声音。老六听声音知道,这一定是墙倒了!他跳了起来,什么危险也不管了。

"啊哈!——天有眼!"老六看见是东边角上灰尘滚滚的,真的,墙倒了,他不禁快活得叫了起来。

可是,当他再看一下之后,却发现在烟尘弥漫当中,有两个人影,他们是站在土坡上,双手摊开,两只脚也是扒开的,像一对奇怪而巨大的什么菩萨。老六这才发现,有力量推倒那墙的并不是天,实在是人。

再过一会,两个人的轮廓更清晰了,这一下老六吃惊不小,原来这两个人并非别个,一个是他二哥,一个是夹尾巴狗。他开始有些不相信,擦擦眼睛再看,硬是他俩,一点也不错。他不得不相信了。

于是老六手舞足蹈起来,简直是高兴得什么都忘记了。要不是脚下一声呻吟,他几乎根本就忘记了身边还有一个马上要断气的老周。

他重新趴在地上,望着周金城。

"什……"老周显然是被刚才倒墙的巨响吓转来了。

"老周,老周,墙倒了,东岳庙的墙倒了!我们的人推倒的,我看见,一个是老二,一个……你猜不到,想不到,一个是夹尾巴狗!哈哈,这下把机枪干掉了,那些王八羔子归了西天啦!……老周!——老周!你!活下去!要活——下——"

老周脸上突然露出笑容,笑得很甜。老六的眼泪珠子簌簌地滴在他的脸上,沿着那久经风霜的黧黑的鼻沟,打了两个滚,便一颗一颗地落到地上去了。

尾声

暴动是失败了。

三个钟头以后,官厅调来了大批的军队和保安团;棚户在八挺机关枪和一门小钢炮的轰射下,所有的"武装"都被解除了,一面锣和其他四十几个男子被认作首犯,押上囚车,拖到城外活埋了。

第二天,大批的宪兵警察又来到棚户区,捉去了几十个女人。一面锣的老婆是自己冲上去的,她号哭着,要宪兵交还她的男人。

"我也不要活了呵……死!就死在一起吧!……"

被捉的女人并不知道是犯了什么法,总以为还是昨天的案子没有了。但是,十七号的报纸地方版上却赫然登着一行大字新闻:

棚户区妇人集体作弊
以木屑代五磅装奶粉

原载于香港《大公报·文艺》1949年6月13日、20日

未庄解放记

——贺鲁迅先生家乡的光复，贺中国人民的阿Q命运的永远结束。

这天大清早，六斤从她鲁镇娘家回到未庄，人还离庄子有三四里地，但心却早飞回去了。她逢人就告诉："解——解放军来啦！共产党来啦！我家爷今天天光边从城里摇船回来，亲眼看见的！"她爷就是七斤，帮人撑航船有几十年光景了，虽然世道一年比一年坏，他却咬紧牙关苦熬，一直不曾改行。这年头，谁不知道，行行都不是人做的。

"共产党打下了县城，就要来未庄了。"经六斤这么一张扬，她本人还没有踏进庄子，这消息在未庄上已经是无人不知无人不晓了。

一般说来，未庄上对共产党要来的消息的反应，也可以分为三类：一类是老一辈子的，或者那种自以为阅历甚多的酒店里的掌柜们，他们见了面，多半总是叹息几声，说两句："又不晓得要变个什么花样。""管他呢，谁来做皇帝都是要百姓完粮的！"然后各自走散。另一类便是赵太爷、假洋鬼子这一党。假洋鬼子本来是在省城杭州做什么官的，这回逃难到赵家来，成天跟赵太爷叽里咕噜，说共产党都长了两条红眉毛。还有一些女将，而且特别有本领，会开双枪，中央军就是不经这些女将打，所以退下来，没有办法。当然，同时也谈到分田分地的事，赵太爷对这个也盘问得最详尽。然而，走也的确是走投无路，虽然心上着急，也就只好看着这个天下，看它究竟要怎么个变法了。此外，再有一类是年轻小伙子。这批人，照老一辈子的说法，就是：聋天哑地，都巴不得过一夜就变了共产党才好啦！这时候他们大都分成几群，一群群全在

041

谈共产党、解放军、新四军、红军,还有三五支队……有的时候,也偶尔谈起分田的事,但到底怎么个分法,谁也说不出个道理来,只是大家都这样希望:要是共产党真能把地分给种地的人才好哩。

未庄上真个可以说是人声鼎沸,到处闹哄哄的。年轻的媳妇、闺女一听到是六斤带来的消息,早已一窝蜂似的拥进六斤家里去了,六斤也就说了一遍又一遍的,说着她爷从绍兴城看见的一切。"我爷说呢,解、解放军是天兵天将,头天下昼听说是还在萧山,哪晓得当日半夜就进城了,狗都没有惊动一只,第二天店家开门一看:哎——呀,共产党来啦!他们都打地铺,睡在人家屋檐下哩!"说到这里,大家都不约而同地笑出声来,听的人和讲的人都很满意。

"中央军呢?"有一个人问。

"中央军?"六斤不屑地扬了扬眉毛,"屁滚尿流,早就跑啦!"这个腔调和这个动作,是她才从七斤那儿学来的,她这样说时,觉得自己太大胆,本来不好这样说的,但是忽然又想到:连爷都不怕犯法,我怕什么?于是她便笑嘻嘻而又十分紧张地继续说下去了。

离六斤家门不远,有一座不知是什么女人的贞节牌坊,在那牌坊下面正聚拢着一堆年轻的做田佬,似乎在争辩着什么,吵嚷嚷的。

"总要共产党比国民党好就好,就怕……"

"怕什么?"有一个严厉的声音追着问道。

"怕一代不……不如一代。"说这话的人不是别个,正是赵白眼。他靠了赵太爷做起了未庄的保长,一天到晚,只晓得拿赵太爷的指头当腰杆,到处绑人捉人,敲诈勒索,未庄上的人把他恨透了,背地里都叫他狗腿子。这时他着一件半新不旧的蓝竹布长衫,站在一群泥腿子中间,特别显得与众不同,高人一等。

"嗯,不错,共产党我倒晓得一点,共产党样样都不好,就只有一样好,就是不捉壮丁!嘿,赵保长,你晓得吗?!"说这话的人做了一个鬼脸,叫人一看就知道是取笑赵白眼。赵白眼愣了一下,便噘着嘴独自走开了。大家也就哄笑起来。

接着，取笑赵白眼的年轻人又指着保长背影骂道："你们晓得不？他这几天又奉了赵太爷的圣旨，到处缩头缩脑地打听消息，就怕共产啦！拿了根鸡毛当令箭，还想在做田佬面前逞威风，这真叫作不知天高地厚，不晓得死到临头啦！告诉你，如今变了天啦，毛泽东是我们穷人的王，他就要带兵来未庄，帮穷人打天下，不作兴蒋介石啦，赵太爷、洋鬼子、保长，全都没有份啦。喂，捉壮丁的，你听清了没有？你没有份啦！"说完他便站起身来，狠狠地朝赵白眼去的方向吐了一口唾沫。随之而起的又是大伙一阵哄笑。

说这话的人是王胡的老弟，王胡在打日本鬼子的时候，跟三五支队上了山，近十年都在四明山上攒来攒去，枪杆子丢不下，也就没有再回未庄来替赵太爷做田，不过，他名下佃的田，却一直由他老弟做着。王胡老弟年轻，才不过二十挂零，没有胡须，所以村上人就叫他"唔没胡"，后来叫久了，土音一讹，便变成"麦糊"了，从此，人家就叫他麦糊。麦糊多亏有了这么一位哥哥，因之对于共产党、新四军、三五支队等等，倒是比较旁人清楚些。他常常收到别人代他哥哥带来的口信，他晓得有一天王胡会回来的，而许许多多像他王胡哥一样的兄弟都会来的，不过他一直闷在肚里，不向别人说起罢了。

当他们还在起哄的时候，忽然，只看见许多妇女像一队野鸭似的从六斤家里挤出来，叽叽呱呱的，煞是热闹。有一个小娃子拉着六斤的手直叫："姆娘，姆娘。那些兵问我：有没有中央军躲在未庄？我问他是不是中央军，他说不是，我就跑回来了。"过了一阵，他又昂起个小头，天真地问道："他们是不是共产党？姆娘！"六斤没好声没好气地答应着："是，是，是。喷，你个小孩子管那些干什么呀？——还不快回去牵牢牛，净缠住我干什么？"随后她又朝女伴们叫道，"你看，说了是天兵天将嘛，才话到他，他就来了！"

麦糊他们一伙晓得这小鬼是六斤的侄儿，放的也是赵太爷家的牛。一个蛮懂事的孩子，名叫贵根。

妇女们跑一阵也就各自回家了，她们原来是藉着一股好奇的冲动出来看共产党的,但是不知怎么的,想起共产党的兵也是兵,兵总不是好东西,于是又纷纷地缩了头,溜回去了。到底是男人胆子大些,陆陆续续地去到庄子外头张望,果然,解放军来了,好威武的人马呀!愈走愈近了。

和这同时,赵太爷家里正忙成一片、乱成一片。赵太爷正和赵太太吵架,赵太爷说他要去迎接解放军,赵太太不答应,哭哭闹闹说:"你去不得嘛,去不得呵,他们要共你的产啊……呜呜。"可是赵太爷自有他一套算盘,他一面斥责女人:"你妇道人家懂得什么?!"一面偷偷地禁不住得意地和假洋鬼子说,"我正是为了不要他共产,才去欢迎的啊,以退为进,此之理也!"

终于,赵太爷穿着停当,带了大串炮仗香烛,去到村口。未庄的人看见他也来了,都大为纳罕。有些年纪大的,不免心上又起了一阵暗雾:"共产党来了,难道——又有赵太爷的份?"不由得想起了民国十六年闹的革命。但人们却自然而然地远远站了开去,结果分成了两边:一边是上百个做田佬,一边是赵太爷和他的几个用人。

解放军到了庄口,赵太爷赶忙迎了上去,和那个骑马的带头的共产党拉起话来,只听见他说什么:"解放军救斯民于水火,登斯民于衽席,万民感恩。我是本地的绅士,谨代表未庄百户人烟,欢迎王师!"说毕便掉头朝用人们喝道,"呜爆!"

爆竹响起来了,但忽然有一个声音怒吼起来:"我们老百姓也有爆竹!"接着,只见硝烟中有一个人跑进庄去,一路喊着叫着,要各家妇女拿出爆竹来。紧跟着他又有好几个人跑进去了,直到他们跑到未庄的那首,还依稀听见这么一句话:"敬神的爆竹也拿出来!穷人的军队来了!"

六斤的男人也从地里赶回来了,一个解放军士兵迎上去,两手搭着他的肩说道:"辛苦了,老乡!做田好苦呀……做出谷子都给别人得了。"六斤的男人一开始有点吃惊,但立刻就看出了对方的和善,心想:"这种兵真个是天下少见呵。"不一会便亲热地攀谈起来了,六斤男人坐在自己的锄头上,那兵士就坐在地上,旁边还围了许多人。

那个兵士告诉他们,说他自己也是做田佬,地主太狠心,共产党帮他们翻身,把土地分了,把地主和国民党赶跑了,现在北方鸡不飞、狗不咬的,太平得很,只因为"天下农民是一家呀,所以,我们就渡过长江,到南方来救南方的庄稼人了"。说到这里,他非常诚恳地笑起来:"想不到国民党跑得真快,一碰就散。嘿,老乡,你们庄子上有国民党兵吗?"

"你说中央军?没有,没有!"

"逃啦?"兵士问。

"逃啦,早就逃啦!"做田佬大伙儿作答。

哈哈哈……他们快活地笑了,无忧无虑地笑了。

解放军开进未庄去了,墙上到处贴满了"约法八章""三大纪律""八项注意"等等。妇女们胆子也大了,纷纷拿了敬神的爆竹,在自家门口噼里啪啦地打起来。

兵士们都和老百姓谈起话来,很是融洽。至于赵太爷呢,却只有一个长官模样的在和他寒暄着。这个长官起先和他沿着街坊走,随后就沿着庄子里的麻石路走,忽然,他们停了下来,原来是赵太爷看见了小D。小D如今也有四十来岁了,但因为日子过得苦,从头到脚都是干巴巴的,看上去像一个老头,简直比七十岁的赵太爷还出老得多哩。

"呵,D大哥,呵呵呵,一切好吗?到哪儿去啊?"

"哎!"小D吓了一跳,马上像躲什么似的把眼睛向地上看,不知说什么好,但又不敢走。

解放军长官上前轻轻地安慰他:"是害怕我们解放军吗?老乡,不用怕,解放军纪律严明,不拿老百姓一针一线的……"

小D听到这话,才猛然发觉自己面前站的是个共产党,他想看看清楚共产党是什么模样,但又有些迟疑,最后却又蓦地记得哪儿听到的一句话:"只要共产党来,穷人就睛了天啦!"他觉得有了勇气,便答道:"不是怕你,老总,是从来没有人叫我大哥,我一直叫小D……"虽然他仍然没有抬头看看这个共产党。

这个共产党更走近了一步,向他说:"不,从今天起,你是 D 大哥了。老乡,挺直腰杆好好做人、好好生活吧。"说完便拍了拍他的肩走到赵太爷那边去了。但他并没有和赵太爷多讲话,也就分了手:"回头会到府上来拜访!"说完他也朝赵太爷笑了笑。这笑,对赵太爷就像别人给了他一个哑谜似的。"笑什么呢?笑什么呀?"他在回家的路上,一路问着自己。

他就这样一路好好歹歹地胡乱猜着,突然,一不留神,在一个石阶上碰了一下,几乎要跌倒下去。他定神一看,呵,原来是土谷祠!因此,他忽然想起了近二十年都不曾想到过的阿 Q,"要是阿 Q 在会怎样呢?要是革命党都像阿 Q 那样才好办哩!不,不,阿 Q 在世也会变的,小 D 不似乎也在变了吗?共产党真不容易对付呵,唉,唉!"

这一点钟,赵太爷像老了十年。但在未庄的另一处,在咸亨酒店里,那个掌柜的却年轻了十年。他在亲眼看到解放军代贵根看牛、回来报告长官、问牛是谁家的这桩事的经过之后,他感动极了,连忙亲身下窖去抬出陈年花雕,要慰劳解放军。他说:"我被蒋介石、被旧社会骗了几十年,变得不敢相信世上会有好人,今天看到你们共产党、解放军这么多好人,救了我们未庄,救了我们中国,还不应该大谢特谢吗?这坛酒又算得什么呢?……"

但解放军仍然婉言辞谢了他的好意,他们说:"我们没有什么功劳,一样都是老百姓,不过多背了一杆枪罢了。老百姓帮老百姓,老百姓救老百姓,是应该的。我们即便要喝酒,也得照价付钱,绝不叫做买卖的吃亏。何况,我们还有任务,国民党还没有完全消灭,还有许多庄子、县城等我们去解放它们。你们愿意看见我们喝醉酒打不成仗吗?"说到这里,士兵们都和善地笑了起来,未庄的男女老幼也都笑了起来,他们笑得那么亲热,就像未庄解放了几十年上百年,军民早已成为一家似的,哪里像才解放几个钟头的地方呢!

1949 年 5 月 15 日夜 9 时落笔

红 云

一

在部队离开上犹向粤北进军的第二天早上,像往常一样,三连正踏着急速的步子向南前进,忽然,队伍后面远远的地方,传来一声短促的叫喊:"喂!——前面是不是八分队?"连长杨大名停下来回头看了看,心想:这是谁呀?正纳闷间,山坡上小路拐弯的那边,冒出了一匹牲口,却不见人,再仔细一看,才发现原来牲口屁股后头,跟着一个小鬼,腰间挎了一大包东西,肩上扛着一支卡宾,看样子是个通讯员。怕是上级送来什么文件吧?杨大名这样猜想,于是,他和指导员招呼了一声,便决定留下来等一等。

"喂!——哪个单位的?"杨大名跳上一个土墩,用双手合成喇叭筒,朝来人喊起来。

"三中队!喂,你听着!《先锋报》来啦!有——好——消——息!毛主席宣布——中华人民共和国——成立啦!"

哈!什么?杨大名猛地跳下土墩,使劲地说:"快一点!小鬼!你骑上牲口不行吗?"

"不成哪……这家伙的腿瘸啦!"

小鬼在远处应着,并且扬起顺手折来的一根枯树枝,大声催着那只该死的畜生。

共和国!中华人民共和国!杨大名心里就像有十几个铁锤在打铁,乒乒乒乒地震得乱响,耳边似乎也有上百张嘴凑在一起对他大叫大嚷:快跑!快跑!快读它!这一张油印的团报,真比什么都可爱啊!他急得不行,撒开腿就迎着小鬼冲去,唉,唉,他妈的!这截路真长,赛过华北到华南哪!

终于,杨大名从小鬼那儿拿到了一沓《先锋报》,小鬼笑嘻嘻地看住他,心想:简直动手抢啦!杨大名本想就地坐下,在膝头上展开报纸,美美地读一读,可是,他想起了连队,不!应该让大家伙儿早一点知道!这样一想,就立刻飞也似的向队伍撵去。

"指导员!老吴!老吴!快叫队伍停下!停下!有好消息!"杨大名大声叫着,拼命扬着手中的报纸。可是,队伍里看来没有一个人听见他的叫唤,仍然一个劲儿地朝前开。杨大名心里一急,猛然想起了这都怨那个小鬼搞的好事,忍不住扭过头去,对通讯员咕噜道:"哼!这种时候,偏偏你的牲口会瘸腿!"

小鬼很机灵,当他看见三连长那张乐得开了花的脸,知道发脾气是假的,便逗趣似的也故意指着牲口说:"咱们走得人疲马乏,怨谁呀,怨这路哪!得儿!咦!——"几乎全团都知道,打渡江以来,小鬼就一直对南方的路有意见,不论它是泥泞的公路、乡下的田埂,还是山间的羊肠小道,一有机会他就要向人发牢骚:"嘀!咱们家呀,一马平川,多带劲呀,谁见过这号路!"

连长这一说不打紧,可真的又引得小鬼怨起路来了。他照准一块拦在路当中的石头,使劲一踢,把它踢到了路旁。当他刚拉过牲口,准备往回走时,忽然记起了团长的叮咛,便慌张地转回来,对着三连长的背影喊道:"首长嘱咐过——读了报——要组织讨论——边行军——边讨论……"

杨大名跑得太猛,风在耳边呜呜作响,小鬼究竟喊些什么,他没有听清楚。

队伍停下来了,杨大名气喘吁吁地跑上前去,把报纸往指导员怀里一塞,咧开嘴笑着叫道:"毛主席宣布啦,咱们自己的中华人民共和国成立啦!"

这一切,全都是在几秒钟内发生的事。

指导员从地上拾起不知什么时候掉下去的报纸,匆匆地瞄了瞄两行大标题,便拉开嗓门对着拉得长长的整个连队叫道:"同志们!报告好消息!毛主席在北京宣布啦,咱们的中华人民共和国已经成立啦!……一二三排长,跑步来领《先锋报》,各班读了报,宿营后组织讨论!"

"毛主席万岁!"

"共产党万岁!"

"中华人民共和国万岁!"

"万岁!""万岁!""万万岁!"……

欢呼的口号声像火山一般突然爆发了。

三分钟以后,各班都有了一张油印小报。

整个连队,就像一锅开水,沸腾着骄傲与欢乐。

"一二三排长,照原队形,领队前进!"杨大名大声下着命令。事后,连他自己都吃了一惊:"怎么?我是在指挥唱歌还是咋的?"

"耽误了五分钟。"指导员看了看表说。

"五分钟算什么?不要紧!老吴,我保险队伍走得更快,不信你看!"杨大名勒紧腰间拴着的子弹带,调皮地朝指导员眨了眨眼睛。

二

部队打罢两阳战役以后,拉回那龙进行为时十分短暂的休整。

三连刚号定房子,指导员正在临时的连部屋里解绑腿,杨大名走进来,劈头就说:"喂,老吴,我看那事儿该解决解决了吧!"

"什么事儿呀?"

一个亲切的问话声从门外跟着杨大名进来。杨大名愣住了,尽管这声音再熟悉不过,可就是想不起是谁。

"团长来了!"指导员撒开手站起来,卷好了的半截绑腿朝墙角滚过去,在地上铺成了一根绿带子。

杨大名转过身去,用立正姿势报告道:"团长,我正想和指导员商量一桩事……是这样,部队在江西境内的时候,一听咱们中华人民共和国成立了,战士们就自动凑了一点钱……"

团长打断他的话,问道:"凑钱干啥?"说罢,从屋角里拖出来一把大概是房东家小孩用的竹交椅坐下。

"凑钱做一面五星国旗。"他大声回答着,同时,不知道为了什么原因,他用眼角瞟了瞟堂屋的墙壁。"有的战士把几个月留下没花的津贴费都拿了出来……"为了避免说到自己连保健费都捐出来了的事实,他改变话题说,"一路来,战士老在念叨着,所以——"

"所以,我明白了。对,应该做,赶紧抓紧时间做,谁知道,说不定哪天又有战斗任务……"团长很感动,脸上带着毫不掩饰的热烈的神采,"我赞成三连同志们的这个主意——喂,你们坐下呀,该解绑腿的就解你的吧——此外,我的意见是,这面国旗,应该做得大大的,越大越好!越大越好!……中华人民共和国是个伟大的国家,我们的国旗必须要够气派,不然,就不相称!"

团长做了一个断然的手势。

三连长和指导员都默默地听着,虽说这是个建议,然而,从语气的坚决上面看来,倒像是发布一道战斗命令。

团长是个将近四十岁的人,身板壮实,生着一颗大脑袋。他的下级常在一起谈他红军时代的战斗故事,也常议论他宽阔而凸出的前额和硕大的已经开始变得秃顶了的脑壳。他的记忆力和他的勇敢一样,都是出奇地令人敬羡。如果他对什么人说"好,我忘不了!"或者"对,说了算数!",那么,没问题,即使一百年后他再碰见你,也会追问到底的。

杨大名了解这个,因此他马上叫通讯员去请文化教员来办这桩做国旗的大事。

团长赏识地看了杨大名一眼,那意思好像是说:"嘿!总算你懂得我,可我也懂得你呀!"的确,团长是很器重杨大名这个人的,常常背地里夸奖他"小伙子,有出息!"。在他看来,这个青年连长有许多优点:肯干,该严肃的地方严肃,该活泼的地方活泼,有一股子真正的军人气概,打起仗来,作风泼辣;不过,也有个短处,就是有点逞强好胜,压根儿不"尿"敌人。当然,说他自高自大冤枉他,但他总有些偏爱自己的连队,遇上战斗,就不免把自己连队的长处看得特别重了些,而对敌人的某些优势(哪怕是暂时的)考虑得比较不足。

文化教员进来了,团长也就不再想下去,只听见杨大名在说:

"教员,请你领通讯员上街去买布做国旗。做国旗的事你是知道的:这是个政治任务,一定要完成得好!尺码、比例,这张剪报上都有。"说着,他从记事本里抽出一张染着血迹的破损了的纸头,交给了文化教员,"你跟裁缝好好合计,不准有半点差错!还有,尽钱买,尽钱做,越大越好。"他特别强调了最后一句。

指导员又补充道:"我记得,那五颗星的摆法就很有讲究……这也得注意。呶,钱在这儿。"

文化教员接过钱,刚刚转身要走,坐在小交椅上的团长又把他叫回来。

"你的任务,光是做一面旗吗?"团长有个习惯,就是说起话来,爱用问话开头,"我想,不应当光是做一面旗了事,要对卖布的老乡和裁缝铺子的老乡进行宣传,宣传这面旗的来历……懂吗?"

文化教员看见团长说话时挥着的右手没有大拇指,手背上缠着一个灰色的布套(团长觉得这样做起事来要方便些),一阵痛心的感觉像小虫一样啃咬着他的全身,他挺了挺胸说:"是,团长,我要向老乡宣传,为了这面国旗,我们有多少同志流了血,献出了生命!"

杨大名和指导员不约而同地望着团长的右手,然后又彼此会意地交换了一下眼色。

团长对这个懂事的青年很满意,等他走了之后,便自言自语道:"这是新区,我们要抓紧一切机会,进行革命教育!"接着,轻轻吁了一口气,说,"的确,这面红旗,是我们用鲜血染红的啊!"

这时,杨大名陡然扬起头来:"可惜,张套牛已经见不到这面国旗了。"

团长听三连长提起张套牛,立刻变得沉默起来。他知道,张套牛是三连有名的战斗英雄和模范党员,在两阳战役中英勇牺牲了,但是他还不知道原来张套牛就是第一个提议做国旗的人。等到指导员说明了这一层,他更不禁怀着双倍的悲恸回想起他和张套牛的最后一次见面来。

……那是一个南方的多雾的早晨。

海风夹着一股又腥又咸的气味,拂过海岸、丛林和河汊纵横的小块冲积平原;然而,浓重的晨雾却像是某种吹不动的神秘的胶汁,始终粘住人们的鼻子和睫毛。在大雾的那边,就是刘安琪匪军盘踞着的阳江城。

战士们借着雾气的掩护,正在紧张地挖工事。

他,团长,像每次战斗前夕都必定要做的那样,来到了火线上,巡视每一条壕沟、每一个掩体……他有个牢不可破的观念,那就是:我要对战士的生命负责,我决不容许任何轻敌思想和偷懒的现象。战争,当然免不了伤亡。可是,有一样指挥员应该记住,只要我们少牺牲一个,就等于多打死敌人十个!我们的人,都是些什么材料做的人啊!

照例,他是静悄悄地走来的,谁也不惊动,可是,如果发现了什么问题,他就会用平静的调子给你指出来,甚至——旁边有工具的话——他会亲自做个正确的榜样给你看,然后,说不定什么时候,他又不见了。

这时,他走近一伙战士身旁,一面观察他们的工作,一面听着他们的谈话。

"多好的黑土啊!"一个战士说。

"真是!一把捏得出油来哩!"另一个人也赞叹地附和。

第三个人抹了抹额角上的汗,又继续抡起十字镐挖下去。"这地方开拖拉机多美!"这声音是异样的深沉,深沉得叫人怀疑,是不是他刚才一镐从地底下刨出来的。

大雾迷蒙,团长看不清说话人的脸相,但听声音就知道这是七班长张套牛——贺功大会上听过多次了啊。

"班长,依你说,咱们中国能不能造拖拉机?"有人向张套牛发问。

"眼前能不能造,我不知道,可我敢说中国一定要造!一定能造!"张套牛热烈地回答了那个同志。

"打完仗,俺就去学开拖拉机。班长,你说说,能学会不能学会?"一个胶东口音愉快地响起来。

"哪那么容易!咱又不懂机器,那么大个铁家伙……"不知道是谁提出了怀疑。

"往后要学的东西多着哪!印把子才掌到手,新问题还说不定有多少,到那时呀,一人要顶十人用哪……"张套牛提醒着大家,并且打侧面驳斥了刚才发言的人。

团长笑了,心想:"这个张套牛懂得抓'点子'!多么动人的谈话,多么美丽的理想哟,一群挖着战壕的人,却在兴致勃勃地谈论着和平与丰收,真有意思!"

"说得对!张套牛!"

"团长!"战士们都吃了一惊,但也十分高兴,一面立正敬礼,一面却在心里咕噜:原来他都听了去啦!

团长走近来拍了拍张套牛的肩,他接触到单衣下凸起的肌肉和暖和的体温,不由得产生了一种信赖的感觉。这一天,他好多次带着深厚的爱想起张套牛:张套牛不是一个普通的战士,不但勇敢、坚定、乐观,而且肯磨脑子,很明显,他没有读过斯大林的著作,他不知道"取得政权——这仅仅是事情的开始"那句话,可是,他用自己的心感觉到了这个!

杨大名和指导员与团长不同,他们有他们各自的心思。

杨大名想起了张套牛牺牲的那次战斗。记得很清楚，时间是1949年10月25日下午，地点是阳江鸡脚村，敌人是伪一〇七团。

鸡脚村后面，是一排起伏的山岗，左面是飞鹰岭，右面是猪头山，在这两个制高点中间，有一个在十万分之一的地图上也找不到任何标志的平山包。敌人就依附着这三点，摆成一个马蹄形的阵地，妄想凭着它来对我军挡一阵，好掩护刘安琪兵团残匪向海边逃跑。

团指挥所立刻识破了敌人的阴谋，指出解决这一股敌人对整个战役的重要意义。

三连担任主攻的任务。

从敌人已经暴露出来的火力看来，大致是这样分布的：南北两个山岗上，都配置了轻重机枪各两挺，当中的平山包，有重机枪和八二炮，而且还有临时筑起来的碉堡。显然，要从正面硬突来通过这个火网是不行的，必须另外选择进攻的道路。

晌午时分，杨大名领着张套牛沿着飞鹰岭北面的山洼摸去，发现从这里一直可以绕到飞鹰岭和平山包的背后去，路并不远，两三里光景。可惜，山洼里有不少地方都是齐膝盖深的水草烂泥，很难走，但也正因为这样，敌人才满不在乎地毫无戒备。

他们俩回到自己的阵地后，把路上的情况向战士们做了介绍，大家听了都手痒痒的，恨不得立时就干——连长去看过，张套牛也去看过，都说能行，那还有啥问题？

不大一会儿，张套牛便接过命令，领着担任突击的七班和八班去了。清一色的冲锋枪，每人配备了六颗手榴弹，张套牛还抱着二十公斤炸药。他们悄悄地从山洼里摸过去，通过烂泥地的时候，大家都弄得满身是泥，多数人的鞋子陷在泥里拔不出来。脚板上、脚背上，扎的尽是刺，水草一团一团地纠缠在腿弯里，散发出腐烂的难闻的气息。

当他们一气爬到飞鹰岭和平山包上,离敌人的主阵地只有五十公尺左右时,敌人才慌张地射击,但是,他们已经冲上去了,手榴弹四处炸响,满山都是烟火。

山那边,冲锋号响了,张套牛兴奋地叫了一声:"同志们,冲呀,我们的主力来接应啦!"

飞鹰岭的战斗解决得比较快,原因是八班的几个战士把敌人的机枪给炸哑了。可是,平山包上,敌人的重机枪却仍然在碉堡内向我们正面进攻的部队扫射。张套牛急得不行,抱着炸药,纵身跳过一堆大概是敌人砍来修鹿砦用的木料,猫着腰,巧妙地避过了那带着扑哧扑哧的急响、落在他身子四周的子弹,一下冲到碉堡后面,选好一个缺口,把炸药安好,又把香火对着捻子,点着后,才急忙滚到一个坟堆旁,摘下枪向散乱地缩在四处的敌人对射起来。过了一分钟,两分钟,三分钟……碉堡那边竟没有半点动静,那挺浑蛋的机枪还在狂吼,张套牛又惊又急,他趁着和他对射的敌人换梭子的时机,立起来便跑,待跑近一看,原来捻子受了潮,灭了!怎么办呢?他想了一下,忽然挺直身子立起来,把胳膊一扬,喊道:"同志们,冲呀!"喊罢,便伏下身去,张开两排钢牙,咔嚓一口,把雷管咬破。"轰!"碉堡被爆破了!那叫导火索受了潮的、南方天空中饱含水分的空气,也随着变得干燥和呛人起来……

三连占领了平山包和飞鹰岭,猪头山的敌人也在兄弟部队的猛攻下,抛弃山头逃跑了。

而张套牛却合上了眼睛,静静地躺着,脸上带着满足的神气,十月的阳光照着他,仿佛正睡得很香。一株青青的被炸断的马尾松,覆盖着他的胸部,新鲜的松脂在弹片削过的地方凝结起来,发出淡淡的香气。

杨大名仿佛害怕惊醒他似的,轻轻地从他口袋里捡出党费证、日记本、家信、一点钱,还有一张因为折叠过久而被磨损的剪报,上面画着国旗的图案并附有制法说明。杨大名把这些捧在胸前,脱下帽子,在一旁站了许久许久……

指导员想着的是另外一些事情。

……张套牛的党费证，上面都是血，它还存在我的皮包里……他的决心书，还有七班的请战书……政委亲身来参加过我们的支部大会……大家第三次选张套牛做模范党员……政委说些什么呀？啊，对了，他说……像这样的同志，他的忠诚与勇敢，那是用不着讨论的，这样一个人，值得我们学一辈子！……是啊，优秀的共产党员、活动分子……七班的战士都哭得像小娃娃似的……为什么他会牺牲呢？

"是个好同志啊！"团长沉思地叹息。

"好同志啊！"三连长和指导员同时附声说。

又是一阵沉默。

不知沉默了多久……

忽然，警卫员进屋来报告："团长，师部有电话来，政委急着到处找您。"

团长这才慢慢起立，缓步走向门边，停了片刻，他猛然掉过头来，激动而有力地说道："多少同志牺牲了，他们牺牲得有价值！……红旗是用我们共产党员、革命战士的鲜血染红的……毫无疑问，为了保卫我们的胜利果实，为了全人类的解放，我们还要准备流血，一直流到全世界都挂起红旗，到那时候，人类就再也不用流血了。"

三

合浦解放！钦州解放！白崇禧被打垮了！伟大的粤桂边战役结束了！

在十万大山里，昂然行进着的是无敌的第三连。

没有村落，没有锅灶，没有稻草，一天蹚大小几十道水，四天才吃上三顿饭，可是，战士们知道他们将要去亲手解放最南边的国境线，一个个全都显得特别精神饱满、情绪高涨，走起路来，就像野火烧山，虎虎的有股风。

杨大名的心情和他的战士一样,又兴奋,又紧张。

"想想看,你想想看啊,我们走了多少路!从太岳打到两广,如今还要打到边疆上去!一直打到竖着界碑的地方为止!……别说肉做的腿杆子,就是一人配上两根铁桩,也要磨掉半截哪!"

部队越过防城之后,他对指导员说了这么一段话。事实上,一路来这话他已经不知说过多少遍了。杨大名从来就是这样一个人,只要他有了什么有趣的遭遇或者是愉快的心事,他一定得说出来,他相信,多说几遍绝不至于有坏处,别人也可以分享一部分快乐呀!

指导员柔和地笑了笑。杨大名明白,指导员也是打心眼里痛快哩。可是,此刻他却想不起这个,也不愿想起这个,他认为,这都是他感染了指导员的结果。

于是,他又指了指前面,说:"瞧,那边就是东兴镇!"他看了指导员一眼,发觉这个不爱说话的小个子眼里,闪着异样的幸福的光芒,一个冲动叫他捉住了指导员的几个手指,问道:"到了东兴,你打算干啥?"

"我?"指导员从沉思中惊醒过来,但随后活泼地笑了笑,说,"你看,是不是该对大家讲一次话呢?"他说话时的神情,又快活又亲昵。

在部队迫近东兴镇的那天夜里,接到了侦察员的报告:驻扎在东兴镇的残匪两个保安团,已经逃到竹山墟,企图登船渡海到海南岛去。

团指挥所也得到了同样的情报。

正当杨大名和指导员在一道研究情况的当儿,命令下来了,三连担任主攻任务。"这是粤桂边战斗的尾声底尾声,不准一个敌人漏网!"团长斩钉截铁的声音在电话机里隆隆地震响。

"请首长放心!一定完成任务!"

十分钟后,连部的电话铃又响了。

"你们的进攻计划做好了没有?"又是团长的声音,听上去很严厉。杨大

名笑了笑,心想:老脾气! 一打仗就总是这样子! ……然而,他却认真地回答了上级的询问:

"在我连阵地与敌人阵地中间,是一块二百多公尺的开阔地;旁边有一个小河汊,海水倒灌进来,把河汊弄成了个喇叭口,有的地方河底给潮水淘得相当深,不过,一般说来,是水深齐腰的样子。"

对方显然有点着急,便在电话里问道:"那么,你打算啥时候动手呢?"

"我问过这一带的老乡,他们说,海潮是早涨晚落,因此,我们打算明天下午四点钟发起攻击。当然,这还得请指挥所审查决定。"

"战士们情绪怎样?"团长的语调当中充满了不胜关注的感情。

"情绪高极啦,大家都知道,这是我们在粤桂边的最后一仗,加上到了边疆,就更起劲了,都说要打个漂亮仗、打落水狗,打给帝国主义看看!"杨大名答话的时候,十分自豪。

"敌人呢?"

"您知道,敌人是两个保安团,估计不足数,其中有一个团要差到三分之一。打仗,那就不用提啦,根本不能打,军事素质太低。"说到这里,杨大名不自觉地抿了抿嘴。

团长迅速地把话头接了过去:"当然,那是一定的道理。他们训练不足,一群乌合之众,……可是,更主要的还是政治问题,没有一个老百姓支持他们,况且是拉来的兵,又连吃败仗,士气不振,可当官的却硬逼着他们漂海去送死,这,就注定了他们逃不了!"

"是,正是这样。团长还有什么指示?"

"唔,"团长沉吟了片刻,忽然警觉地注意到了一个问题,便说,"有,就是要死猫当成活老虎打,注意骄傲自满的轻敌思想! 不许它滋长! 要有,就必须纠正! 你有,就先纠正你自己!"

杨大名正想解释什么,那头却挂断了。

五更时分,派到海边去活动的侦察员回来了,又补充了一些新的情况。

杨大名立刻又把这些材料分别向营、团首长作了汇报。团指挥所批准了三连的作战计划。

时针指着四点。

发起攻击的信号枪响了,战士们就像一窝小老虎似的向敌人的阵地扑去;一群敌人从芦苇地里钻出来,没命地朝海滩上跑,嘴里嗷嗷叫着,紧接着又有几个拿手枪的家伙跳出芦苇,大声吆喝着,撵了上去,把人群往回赶。同时,缩在芦苇中的敌人胡乱地开枪回击,有两个战士倒了下去。杨大名突然生起气来,夺过一个战士手中的轻机枪,冲到开阔地左边的一个沙丘上,架起机枪就扫,敌人被压在芦苇地里,抬不起头来,战士们就一气占领了敌人的阵地。这时,杨大名四下一看,发现自己的人一个不留地都冲过去了,不由得宽慰地吐了一口闷气,拉开领子,让海风灌进去:"这风真好!……刚才,那两个,兴许是摔跤了吧!"

海滩上遗下了几十具敌尸,躲在芦苇里的土匪一听说要用火攻,全都缴枪当了俘虏,只有少数几个泅水逃跑,不久也就淹死了。

战斗像风暴一样地袭来,又像风暴一样地过去了。

第二天拂晓,三连奉命继续向东兴挺进,杨大名挺起胸,走在头里;朝霞映红了他的脸,青翠的竹林、阔大的芭蕉叶、堇色的铃兰花和娇嫩的含羞草,都在晨风中摇摆着;成群的海鸥,低低地掠过……杨大名是个不爱看风景的人。可是,这时他却惊讶地发觉到:哎,原来,竟有这样美丽的景致!

突然,后面传来嘚嘚紧响的马蹄声。

杨大名站住一看:"啊!团长,是您啊!"他竟忘记了敬礼,就跑上去迎接。

团长并不忙着下马,他伸出右手来挽住杨大名,俯下身子,咬着他的耳朵机密地说:"你猜,我赶来干啥?我看你们升旗来啦!"

杨大名听了,快活得连话都讲不出来,他想:咱们的团长呀,您多好啊!您想得多周到。三连长立刻跑去找指导员,一看,指导员正捏着个小本儿,边走边写。"你写些啥？""升旗典礼的讲话提纲。"

"好小子！瞒着我啊！"杨大名用两个拳头在他背上使劲捶了捶，又说，"好好拟吧，我要跟你谈的正是这个。你瞧，是谁来参加升旗典礼来啦？"

部队在群众的欢呼声中，踏着整齐雄壮的步伐，进入了东兴市区。

"就在这儿升旗。"团长和三连长、指导员并排走着，走到紧靠河岸的原伪镇公所门口，他停下来，指了指一根空着的旗杆。

队伍集合起来了。杨大名双手捧着国旗，庄严地站着。指导员开始对全连讲话："我今天主要只想谈一谈，关于我们连做的这面国旗的来历。"他首先回顾到上犹的行军，回顾到两阳战役和粤桂边战役，接着又谈起七班长张套牛，还有其他的先烈，谈起他们的远大理想和英雄行为，最后，他号召大家向他们学习，并且领着战士们呼了两句口号：

"烈士们永垂不朽！"

"我们的国旗万岁！"

之后，指导员宣布，请团长讲话。战士们的目光唰地一下都集中到这个敬爱的人身上去，掌声像春天的焦雷，滚过了东兴镇，滚过了北仑河。

团长信步走到队伍跟前，又用问话开始了他的演说。

"同志们，你们知道这是什么地方？"

大家齐声回答："东兴！"

"那是条什么河？"团长用眼角斜斜地瞟了瞟他背后的一条河，这条河被几天前的一场豪雨搅得浑黄不堪，但却十分平静、十分驯服。

大家齐声回答："北仑河！"

"同志们，刚才指导员已经说过了，东兴镇和北仑河，这是我们伟大祖国的边疆……这当然是正确的；我们决不要别人一寸土，我们也决不让任何敌人来侵占我们一寸土！"

团长讲得很慢，很平静，他并不打算选择什么惊人的句子，但却十分吸引人。

"什么是祖国？这一条河，河边的房子，住在房子里的大人和小孩，他们的现在和未来……再加上这面五星红旗，这就是祖国！我们保卫祖国，就先要保卫住他们！"团长停顿了一下，习惯地用没有大拇指的右手向后一甩，继续说，"帝国主义是不甘心我们中国人民有自己的祖国的……它会用明枪暗箭来害我们，我们要警惕！同志们，我们要记住毛主席的话，只要国外还有帝国主义存在，只要国内还有反动阶级存在，我们人民解放军就永远是一支战斗队！"

"好，现在我们升旗。"

杨大名双手捧住国旗，操着正步走向团长，立定时，使劲碰了碰脚跟，不知道是昨天的痛苦还是今天的快乐激动了他，也许二者都有，他的声音微微发抖："请团长主持升旗！"

团长接过国旗，发布了一道简短的命令：选派二十四名战士对空实弹排射！

在枪弹轰鸣中，红旗飞升了。

战士们仰起头来，最大的庄严与最大的快乐使他们的眼睛显得神采异常。

太阳从海上升起来了，用它最初的金色的光芒吻着国旗。

风吹着，国旗骄傲地飘着，并且似乎还在无止境地纵情飞升着。

她越飞越高，越来越大，我们的国旗变成了一朵燃烧着真理之火的红云，载负着中国人民的战斗与胜利、幸福与欢乐飞到祖国的上空、大洋的上空，对全亚洲投射出万道光芒……

1952 年 7 月，昆明

荣　誉

一

教导员党延禄在一次剿匪战斗中,头部负了一处足以致命的伤;不知道是他的生命力顽强还是由于外科医生精心治疗的缘故,总之,在连续施行多次冒险的手术之后,党延禄又活转来了。他从自己的病历表上查明了入院的日期:1950年12月12日。可是,等到他伤愈出院时,已经过去了两年零三个月了。

他带着一张被医生批明为二等甲级的残疾证和简单的行李搬进了招待所。第二天,就接到了协理员的通知:"组织上决定让你复员了,党延禄同志!"党延禄从椅子上蹦起来,跑去抓住协理员的手,摇他的肩膀,使劲拽他胸前的纽扣,热烈地和他争辩,并且列举了许多理由,企图使对方信服:把这样一个教导员留在部队里是绝对必要的,虽然,这个人的头盖骨上有"一点点小毛病"。

"党延禄同志,你和我说得再多也是白费,我只是负责传达上级的命令。你知道,要想改变这个决定,我根本没有权力。"协理员摆了摆手,脸上没有任何表情,"而且,老实说,像你这样的……要求,太多了!不能考虑!"

协理员拉了拉上衣,把纽扣摸平,忽然遇见了党延禄阴沉而且含着愤怒的眼光,在极短暂的时刻内,他稍稍感到忸怩不安,便试图缓和一下,改口说:

"一般说来,是不能考虑……不过……党延禄同志,你的伤口才好不久,说话太多,会妨碍健康的,还是多休息一会儿吧。"他把这些关切的话说得十分干燥,点了点头,便走出了房门。

党延禄追了两步,但立刻又转回来,倒在床上,心里抱怨着,但一想到这个协理员每天不知道要和多少不愿复员的军人打交道,因而不轻易流露感情已经成为他的习惯时,便又原谅他了。

他决定要亲自去找司令员。

关于司令员的为人,他略微知道一点,据说,这是个很严厉的人,有时,甚至还表现得相当固执。没有问题,准是个铁石心肠!党延禄暗自思忖着,可是,请求一下试试看吧,也许,他会答应咧。出乎他意料的是,将军的办公室居然很快打来电话,说是司令员接到了他的信,并且准备接见他。

党延禄匆匆忙忙刮了刮胡子,换上一套干净制服,别上所有的大小十几个纪念章、奖章,同时,也没有忘记带那份招待所发下来的转业军人登记表——这也是"控诉"的证据!他想到这个,宽慰地笑了笑,紧张的心境平静下来。

"你就是党延禄同志吗?"坐在沙发里的司令员摘下老花眼镜,把公文夹子合拢,放到膝盖上,微微欠了欠身子,招呼着客人坐下。

他到底会不会答应呢?一阵怀疑和担心的感觉像冷水一样淋过心头,党延禄脱下帽子,对着这个开始变得秃头的、有着赫赫威名的人,惶惑地笑了笑,笨拙地坐在一旁,抬起眼皮望了一眼,又连忙低下了头,唉,真不知道该从哪儿说起啊!

"听说,你的头部负过伤,而且很严重,住院住了两年零三个月?"司令员带着毫不掩饰的惊喜,注视着眼前这个小个子的面孔黄瘦的青年人,他觉得,就凭这副模样,竟然打败了死神,真是一个奇迹。

"是的。"党延禄站立起来,吃惊地瞪大眼睛,但立刻又很艰难地咽了一口气,坐下去了。

司令员看见他的惊讶的神气，便解释道："刚才我给陆军医院打过电话，从他们那儿了解了你的一些情况……你的身体很不好。是吗？——还不光是残疾的问题，是全部的健康情形不好。唔，很不好。你别摇头，我不打算吓唬你，这是医生亲口对我说的。怎么？就这样你还是坚决要求干军队吗？同志，这样要不得！自己的身体本钱多大，要老老实实估价，不要虚报！"司令员的十分严峻的脸色，此刻忽然露出一丝笑意，"当然，我了解你的心……"

"对了，对了，司令员同志，你了解我的心就好了。我的身体本钱不够，可还有这颗共产党员的心哪！"党延禄戳了戳自己的心窝，便突然闭口不说了，嘴唇紧紧地抿成一条线，上下颚咬得像铁一般。

司令员精细地观察到这一切变化，心里想道："这才是他的庐山真面目呢，好倔强的家伙！"

"那么，好吧，你说吧，为什么不愿意复员转业？"司令员摊开两只大巴掌，眼光由这一个指头移向那一个指头，好像在那些手指中间可以探索到他所需要的答案似的。

党延禄用手捋了捋脖子，可是，脖子上的青筋仍然倏地一下爆了起来，他几乎是大声叫喊："司令员同志！您知道我住院住了两年零三个月；可是别的同志们呢，干了两年零三个月的工作！我呢，整整躺了两年！是两年，不是两个月，更不是两天啊！"

"不要这么激动！"司令员的声调中含有责备的意味。

"司令员同志，我那个营是1950年1月间进驻边疆的，12月，我受了伤，倒下来，一躺就是两年多，为了解放边疆，我流过血；如今要建设边疆了，我能够不管？解放她就是为了要把她建设好，流过血的人，如今就应该为她流汗……"

"是啊，如今要建设边疆了，建设边疆是大家的事，谁都不能不管。你说得很对。这样看起来，要是我们把你派去建设边疆，你是不会有意见的啰？"司令员猛然间站起来，朝党延禄看了一眼，目光中忽地闪过了一种顽皮的笑意。

党延禄的心变得温暖起来,答道:"哪能有意见呢?我还巴不得咧。"

"那你说说看,你愿意怎样建设边疆?"司令员一面在房中来回踱步,一面发问。

"这个……"党延禄嗫嚅着,"好比,随便说吧,在边疆一个什么地点,我栽它一棵树,天天少不了浇水呀、施肥呀、松土呀,等个三年五年,也许要等个十年八年,小树秧子长大成材了;原来没有这棵树,现在有了,这不就是建设么?……当然,栽树并不算什么建设……我的意思只是想说明,建设是长期的、艰苦的。"说到这里,他感到自己的思想还是没有得到完满的准确的说明;他有点害臊、发急,他在司令员面前,多么像战士在他面前啊,真把人给窘死了。

可是,司令员却像记起了什么重要的事情似的,三步并作两步地迈到办公桌前,把手指探进笔筒中,掏出了一块什么东西,叫道:"不!不!党延禄同志!栽树也是建设!而且是很重要的建设!你快告诉我,你愿不愿去边疆栽树?"

党延禄被这个问题弄迷惑了,他不知所措地说:"我不过是随便举了个例子……司令员同志。"

"不!我可不是随便举例子!我问你,假如我派你去边疆栽树,"他扬了扬手中捏着的橡皮,"栽这个!你去吗?"说罢,他把党延禄通身上下打量一遍,猛然弯下腰来,指了指绿色的军用胶鞋,"栽这个!你去吗?"

"栽橡胶?"

"对了,就是栽橡胶。我们正需要一个栽橡胶的干部,你去不去?"

"这倒的确是建设。"

"当然是建设。你到底去不去?"

党延禄犹疑了几秒钟,眼皮微微合上,但又蓦地睁开来,并腿答道:"报告司令员同志!我去!"

"决定了?"

"决定了!"

司令员把橡皮往桌上一丢,正打算去握一握党延禄的手,可是,橡皮在桌上蹦了几下,掉在地上了。党延禄赶忙拾起它,交还给司令员。司令员把这一小块橡皮托在手心上,反复端详了片刻,说道:"送给你,党延禄同志!今天我代表人民送给你一小块橡皮,明天,你就得还给人民橡胶!成百吨成千吨的橡胶!"

党延禄接过那沾着司令员手上汗气的橡皮,小心地藏进口袋。他感到他们彼此间变得亲近起来了,不像是职位悬殊的上下级,倒像是一对为着某一桩共同事业而操劳的知心朋友。

接着,司令员便详细地说明了自己的建议。说罢,他又从抽屉中翻出来一本文件:"你看,这就是他们的报告——××场,一般干部的情绪还正常,个别人员中,尚有不愿长期留在边疆、对培植橡树缺乏信心等不安思想……党延禄同志,这就是问题!我们要重视这个问题!如何以党的组织工作和思想教育工作来保证这个科学的、工业的又是国防的新兴事业顺利成功,这就是你的任务!"

党延禄还想看一看这份报告,但是,司令员却把它合上了。他说:"别忙,将来有时间看!等你把准备工作做好了,我们还要专门谈一次,到时候,我替你请几位专家来,咱们好好向人家请教一下。虽说有技术副场长,可你这位场长,也不是可以不懂技术!你当然明白,要想做一个好的党的工作者,就必须什么都懂!要不,就谈不上领导!"

党延禄为难地笑了笑,心想:"什么都懂?我可是恰恰相反,什么都不懂啊。"他有点着慌了。

"怎么?害怕了吗?拿出勇气来!有祖国支持你,怕什么?"

"不,不是害怕,司令员同志,我是在想……"党延禄挺了挺胸,现出什么都不怕的样子,故意改变话题说,"说来说去,这不还是离开部队了嘛!"

"咳,你这个人真是死心眼!要说复员转业,我不是早就复员转业了吗?你瞧,刚才我和你谈了半天,就不是以司令员的身份来谈的;唉,你怎么忘了,我还兼着个省主席呀!"说罢,司令员纵情大笑起来。接着,他又威吓地竖起一只手指,对着党延禄的鼻尖点了点,补充道:"在这个意义上说来,你还是我手下的兵!"

党延禄望着这个全心全意地笑着的将军,心里禁不住私语起来:"为什么要说他严厉、固执呢?多么好的一个同志啊!"他也由衷地亲热地笑了。

这一夜,他怀着极其满意的心情,睡了一个好觉,仿佛他去谒见司令员,本来就为的是请求批准去边疆开辟橡胶园似的。

二

四月末的一个傍晚,党延禄来到一个名叫木瓜寨的地方。虽说所有由外地寄给橡胶场的信件都由街子上转,可是从这里去橡胶场,还得走一个马站的山路。

场里得到了新场长要来的消息后,早就派了专人来接,不等党延禄进街打听,一个皮肤晒得黑黑的、肌肉结实的年轻人,已经跑过来把他的铺盖从马背上扛了下来。

"我想,您一定是我们的场长,呶,部队上下来的!"说话的人指了指党延禄身上穿的一套洗得发白的夏季军服。"来,让我自我介绍一下,我叫金槐,青年团员,病虫害——干部,橡胶树有了病、生了虫,都找我。"临了,青年哼了一声,好像对自己的工作有点不满意。

党延禄默默地看了一眼,他觉得这个小伙子倒怪爽快、热情的,只是为什么要看不起自己的职业呢?奇怪!要不是初认识,他真想问一问究竟。

不过,事实上并不需要他开口,当天晚上,他们借住在和金槐熟识的老乡家里,睡觉以前,金槐已经自动地把什么都告诉他了,包括橡胶场的建场历史,最近发生的比较大的事情,有几个什么样的同志,他们的性格如何,自己的经历,甚至还顺便提到了在学校里的一场失败的恋爱。

"你不知道。"金槐不知不觉地把"您"改成了"你",亲密地谈起来,"我听见美国鬼子在东北和朝鲜撒细菌的消息时,真是恨得咬牙!我是从广播里听来的——一张报纸到我们这儿要走一个半月!……我当时就想,为什么我不在朝鲜,不在东北,倒钻到这个倒霉的山窝窝里来了呢?唉!要不,反细菌战我的病虫害学不也就立了功!唉,唉,当英雄多么光荣!对了,志愿军英雄回国的时候,到一处群众欢迎一处,那股热劲儿呀——当然,这也是从广播里听来的——听着听着,我的心简直都要跳出来了。唉!你不知道……"

"我知道。"党延禄在黑暗中微笑着说。

"啊,什么?你知道什么?"

"金槐同志,说得不好听你莫要见怪,依我看,你这个人有点儿狂热。"

"不!"金槐一翻身坐起来,因为用力过猛,以致整个竹楼都吱呀吱呀地呻吟开了,"不是狂热,是理想!我希望当一个英雄,就是说——"他猛地一挥手,根据这一手势,党延禄察觉到在这个学生出身的青年人的尚未稳定的性格中,还隐藏着某些坚强的成分。"要在最重要的地方,做些最重要的事情!大事情……"忽然,他换了一个语调,低声问道,"你当过英雄吗,场长同志?"

党延禄沉吟了半晌,说道:"怎么说呢?出席过英模会。不过,那已经是几年以前的事了。"

金槐挪了挪身子,坐得更近了。"那么,这就是说,你当过英雄……可是,如今你离开部队了,当英雄的机会当然就少了;而且你又钻到这个山窝窝里来,当英雄的机会就更加少了!"

党延禄忽然生起气来,叫道:"谁说我离开部队了?我还是个兵!"稍为停了停,他又轻轻地添上一句,"我接受任务临走的时候,我们的司令员还对我说:'记住,党延禄同志,不管在什么战线上,你都是一名人民解放军!'金槐同志,你懂不懂这句话的意思? 我懂。司令员的意思是说:要拿出革命军人的英雄气概来,不论走到什么地方,都要带领群众,战胜困难,取得胜利。"

"场长同志,你不高兴了吗?"金槐怯生生地探问着。"没有。"党延禄起身赤脚走到放脸盆的地方,摸着了毛巾,擦了擦头上、身上的汗,又回来躺下了。

"好,既然没有,那我就还要说。我肚子里憋的有话,为什么不说呢? 我是青年团员,你是共产党员——是吧? 我想一定是的,我不懂,你可以教给我,对吗?"

"你说吧。"

"场长同志,你想想,一个人能够在这个地方当英雄吗? 到处都是山,一出门,一抬头就看见山,什么人也不来这里,什么人也不知道这里,甚至连地图上也找不着它! 这么偏僻,这么荒凉——不、不,你等我说完呀! 退一万步说,就假设有这么一个人,他在我们这里成了英雄,可也不能公开宣传呀,不能登报,不能接见记者,因为这是国防秘密! 于是乎,这个人当了英雄,和没当英雄一样,有谁知道他呢? 有谁知道他呢?"

金槐很有把握地结束了自己的论辩。他的这一番道理使得党延禄感到了莫大的兴趣。党延禄索性揉了揉眼皮,也坐了起来。

"金槐同志,你的话不对。第一,我们的橡胶场也许在地图上找不到,可是,在人民的心上一定能找到;第二,英雄,就是一种荣誉。别人知道不知道,不能成为荣誉存在不存在的先决条件。荣誉是什么? 依我看,荣誉就是对祖国对共产主义事业做了贡献后的一种幸福的感觉。这样说,似乎说得很玄,很不好懂,但的确就是这样。你信不信? 我还打算在你说的这个山窝窝里争取新的荣誉呢。"

"你……我当然相信,至于我自己,那……那……还得想一想。"说罢,金槐就抱住膝盖,陷进了沉思。

"对,你应该好好想一想。"

这一夜的谈话就到这里结束。此后,金槐只开过一次口,他向场长讨一支香烟。

"对不起,没有,医生不准我抽烟。"

空气十分郁闷,连一丝风也没有,党延禄忽然记起金槐曾经带着警告的意味对他说过,这里每天只能办公六小时,从上午十点钟到下午四点钟,根本不能工作,这段时间,老天只允许你做两件事:要么张着嘴休息,要么张着嘴睡觉!可是,一个人怎么能老是张着嘴休息、张着嘴睡觉呢?那多么难看!党延禄想到这里,眼前仿佛出现了许多张张着的嘴,还一律耷拉着舌头呢……他疲倦地笑了,心中骂了一声:"这就是亚热带。"便睡着了。

第二天,天色透亮,党延禄醒过来,他发现金槐已经在楼下院子里帮老乡劈竹瓦了。金槐的动作很熟练,好像他一直就是做这门手艺似的;在他左脚跟前,已经积起了好高的一堆,但他并不觉得累,还是全神贯注地劈着竹节,用斧背轻轻地捶击着,把竹筒压成竹片。这时,党延禄在楼上收拾着行李,不时看一看金槐。他觉得自己是越发喜欢这个"狂热分子"了,他心里不住地捉摸着:"这家伙的确是精力充沛,满身的干劲呢,可惜直到现在他还不知道应该把力量往哪个地方使,对,我要引导他!……"

一会儿,他们匆匆吃了早饭,便上路了。赶马人闷着头吸着旱烟,间或以一种不乐意的腔调,在后面懒洋洋地吆喝着牲口。他本来不愿意来,借口说这一段小路不好走,其实是嫌不能结帮,倒回来的一趟又是空着驮子,没有赚头。结果是说了许多好话,加了两万块钱,才勉强解决问题。金槐看见这般情景,哼了哼鼻子,原来打算加在马背上的一床带来过夜用的薄线毡,也干脆自己夹着走了。

走了一阵,赶马人把披在身上的棕毛蓑衣脱下,往地上一丢,嚷道:"要饮牲口了,牲口渴了。"他们只得停下来,在路旁等着。这时,马儿卸下了驮子,轻轻地伸着脖颈,摇着尾巴,马铃叮当地响起来。它把嘴埋进了一条山溪中,大概是因为水很清凉,能解暑热,饱饮了两口之后,便舒服地大声喷起鼻子来。一只黄鹂怀着好奇的心情,从树林里飞出来,立刻毫不客气地落到马背上。开始,它还兴致盎然地转动着小头,观察看大马蝇在牲口身上飞旋和叮咬,到后来,它却完全忘记了自己是站在客人背上,一心梳理起黄绿二色交杂的羽毛来了。

金槐看着那只小黄鹂,忽然扑哧一声笑出来。

"你笑什么?"党延禄问道。

"你看那只小黄鹂!你看它那副神气!"金槐仍然捂住嘴,偷偷地笑着。

"是啊!"党延禄却另有所感,他看看头上瓦蓝瓦蓝的天,看看四面山上野生的牛肚果树、槟榔树、蓖麻和木薯,又看看这条通向橡胶场的弯弯曲曲的小路和路旁的茂草,说道,"边疆多么美好,多么可爱啊!"接着,他又自言自语似的说道,"不久以前,别人介绍我读了一本书,是个苏联作家写的,书名叫作《科尔奇斯》。那本书写得真好,那里面写的苏联边疆简直和我们这里一模一样,也是热得不得了,潮湿,大片的森林,恶性疟疾,猛一到,人类简直不能生存……可是后来呢,有几个共产党员去了,科学家也去了,于是,那地方就变成了果子园!全苏联最出名的果子园!唉,多好!"他摇了摇头,叹息了一声立起来说,"总有一天,我们这里也会变得好起来的,像他们一样!"

赶马人通知说,可以走了,他们才又继续向前面走去,这是一段上坡路,又窄又陡,很不好走。而且太阳像一团火球似的滚过了山顶,一切都像在燃烧。薄雾撤退了,夜里留下的最后一点凉意也已消失,乱石子路烫得不能落脚,空气简直和火焰一样,吸进去,几乎把肺叶都烧焦了。

"嚯,果然名不虚传,真热!"党延禄敞开衫领,摘下帽子来拼命扇着。

"还没有到热的时候哩,到六七月间,你试试,那才够呛!"金槐一脚踩进深过膝盖的草棵里,往前赶了一步,和党延禄并排了。党延禄回转头来,朝他笑了笑,突然,他使劲拖了金槐一把,叫道:"蛇母舅!"金槐跳起来,定睛一看,原来他刚才不小心踩翻了一块石头,惊动了石头下面藏着的一窝蜥蜴,大大小小,总有四五只,其中那只做母亲的,样子十分狰狞,鼓着一对小眼,还打算追过来咬他哩。

"你叫它什么？蛇母舅？"金槐问道。

"我们家乡管它叫蛇母舅，也许不同类，不过也是四条腿，尾巴特别长……这儿有蚂蟥没有？"

"有哩，水蚂蟥、旱蚂蟥，都有，不过这条路上倒还少见。"

党延禄又扭转头来，笑着说道："1950年，我们出去剿匪，也是在边疆，可不是这一带，那回呀，蚂蟥可把我整苦了。也难怪，没有经验，起初小腿肚子上吊住了两三个，倒还不觉得，等到后来连大腿弯里也爬了进来时，已经晚了，血已经给它吸了不少去了。"

金槐听了，下意识地朝自己腿杆上看了看，再一抬头，却发觉党延禄的左边脑壳上有一条马蹄形的锯痕，上面不长头发，那嫩皮被汗水浸过以后，更加显得鲜红。他吃了一惊，赶忙问道："场长同志，你的脑壳上怎么啦？"

"怎么啦？"党延禄伸手摸了摸头，顿时笑起来，"哦，这个呀，挂了彩，开刀，留下的伤口！"

金槐心上哆嗦了一下。"脑袋上开刀！"他跳进草棵，赶了两步，又和党延禄并排了，"场长，这就是你刚才说的剿匪负的伤吗？"说罢，他又怜惜地看了看那条马蹄形的锯痕。

"就是。是1950年剿匪时负的伤，不过不是蚂蟥咬的那一回。"

"你负伤好几次了吧？"

"唔，有五次了。就数这次厉害，几乎——革命到底啦。"他掸了掸身上和肩上的灰尘，便对金槐谈起了自己的经历……

党延禄愈说得多，金槐心上便愈来愈强烈地产生了一个设想，他觉得和他同行的是一位年青时候有过很大作为的长者，现在，他正伴送着这位老人到什么地方去休养。于是，他怀着尊敬的心情问道："你多大年纪了？"

"我吗？你猜猜。"

金槐迷惘了片刻，才重新回到现实中来。"有没有三十？"

"哦,还不到哩,今年二十八,可能我的长相老点。"

金槐感到胸口有点压抑,轻轻舒了一口气,应道:"我也二十三岁了,可你为革命做了那么多!我怎么办呢?"

党延禄使劲把帽子往头上一套,有力地拽住金槐的手,说道:"不要紧!我现在还不等于是一切都从头来过吗?咱们一齐干!好不好?"

金槐立即又变得活泼起来,笑着说:"场长同志,你有爱人没有?"

"还没有哩。"

一股莫名的冲动,使金槐喊起来:"我一定跟你介绍一个!"

党延禄笑了笑,便说:"先谢谢你吧。不过,别忙,慢慢来。"

薄暮时分,他们和晚霞一道出现在橡胶场中。

全体人员都跑出来迎接他们。不大一会儿,人们自然而然地分成了两部分,副场长和党延禄在一块,正在介绍场里的情况;另外所有的人都围住金槐,听他眉飞色舞而又低声细语地讲说什么;金槐不时朝党延禄这边飞过来眼色,可是,党延禄却装着没看见。

"……我想,关于这一层,我们的梦想家一定早就和您谈过了。"副场长暗示着他的谈话告一段落,他把香烟头塞在嘴里,猛力吸了两口,便丢到地上,用脚踩熄了。

"谁?梦想家?"

"哦,你还不知道?"副场长带着嘲讽的意味解释道,"就是金槐同志,去接您的那个人,他是我们这里有名的梦想家。想必……他和您说过,为什么他要自告奋勇去接您吧?他一听说新来的场长是个解放军,他就……"说到这里,副场长很有礼貌地微笑一下,停住了。

"为什么给他取这么个名字?"党延禄并不关心别人对他做何揣测,倒是对金槐的外号很感兴趣。

"道理很简单,因为他一天到晚想当英雄。说实在的,这个人什么都好,就是有点儿英雄崇拜。不过,话又说回来,这一代青年的共同特点就是都有点儿英雄崇拜。"

党延禄听了对我们青年的这样不公正的评论,心中有点愤慨,但引起他更严重关注的是另一个问题:"他是不是不安心工作?"

"也说不上不安心。"副场长闪烁其词地支吾着,"只是老觉得待在这里没有出息罢了。"

"哦。"党延禄走了两步,回头看看暮色苍茫中,那一伙年轻人依然挤在一堆说笑,很是热闹。他便对副场长说:"不过,想当英雄毕竟不是什么坏事情。"语气之中含有批评的意思。

"不,"副场长摇摇头,表示有不同的见解,"哪那么容易当上英雄?别忘了,我们都是普通人哪!"

党延禄本来还想答辩,但一想到才来就和副场长争吵,很不合适,便不再作声,只是心里还在暗暗抗议道:"你以为英雄是天上掉下来的?英雄就是从普通人中成长起来的嘛!"

三

第二天绝早,党延禄就邀请副场长领他上各处去看一遍。副场长给他解说了栽培橡树的一系列方法步骤之后,领他参观了催芽床和苗床的工作。接着,又把他带到一片开垦不久的山坡上,用手指了指那一棵棵、一行行栽得有条有理的树秧子,说道:"你看,这就是已经定植了的橡树,这都是3月下旬从苗圃里移过来的。不知道什么缘故,今年的雨季来得特别早,按一般情况说来,总要到4月才下大雨的。"

"怎么?这里雨季已经开始了吗?——总算我有运气,行军六天,没有淋到一点雨!"

副场长听他脱口就说"行军",不觉微微露齿一笑,他抬头看了一下天色,只见灰蒙蒙的一片,云彩带着雨脚,因此他很有把握地说:"马上就要叫您淋一淋了。"

党延禄忧愁地望了望头上的天,心想:"真不习惯啊,雨季一来就是半年!"可是他嘴上却问道:"这些橡树吃得消吗?这么小!"

"怎么吃不消!雨量不足的地方,它还懒得长呢。"说着,他扯了扯党延禄的袖口,指给他看一棵橡树,"你看,这棵定植苗是我们全场的宠儿!头天运到,第二天就发芽,现在已经有四十几天了,你估计估计,它有多高?——六十五公分!长得快的时候,几乎每天平均长两公分!别人第一蓬叶子还不稳定,它倒第三蓬都抽芽了,我们的梦想家开玩笑说:数它的觉悟最高了,是社会主义的速度!"

党延禄快活地笑起来:"哦,要是株株都像它就好了。"

他们一直沿着楼梯般的畦田一层一层往上走。党延禄把脚抬得高高的,路上的葛藤、毒鱼藤和开着紫色小花的毛蔓豆简直密极了,初来的人在这些藤科植物中间走路,一不小心就会被绊倒。还有一种贴着地面生长的草,也把人刺得慌。"啊哟,这都是有意栽的吧?"

"对。有了它,雨水再大,表土也不至于被冲跑。"

党延禄不放过任何一个问题,往往当副场长作了答复,他自己却还要复述一遍,并且不停地敲着额角,像是决心要把什么东西敲进去一样。就这样一问一答的,不觉又走回刚才欣赏过的那棵"宠儿"面前了。党延禄猛然记起了一桩事,便问道:"副场长同志,依您看,我们争取五六年内割胶,有这个可能吗?"

"在外国,一般都要七八年,"

"不,也许五六年能行。我这回临走的时候,见了几位专家,据他们说,如果我们能在试种过程中摸到橡树移植到新环境以后的生长规律,我们就可以插手进去,干涉它,要它长快一点……"

副场长把头甩过一边,尽量掩盖自己的不以为然的神色,答道:"当然,若是按照米丘林的学说,那也许有提早的可能。"

"关于科学,我虽然是外行,可是我相信:米丘林的学说就是我们的学说!"党延禄温和然而坚决地纠正了他。

副场长感觉到了这个新来的场长那锐利的目光,便含糊地答了一声:"对,试试看吧。"

党延禄却丝毫也不想让步,他默默地想着:"这正是关系到事业成败的原则问题!"同时,也再一次感到缺乏业务知识是切肤之痛。"我以为我们大家对祖国都负有责任!头一个五年计划我们不能交货,难道第二个五年计划还不能争取早点交货吗?……"

他们的谈话不愉快地中断了,副场长借故说要去行温汤浸种,走了。党延禄望着副场长的背影,心中责备起自己来:"为什么要性急呢?不行!这样下去不行!我要好好团结他,帮助他……对了,老党呀老党,说来说去,你还是要好好学习;不懂,就没有发言权啊!"他竖起两只大拇指,捺了捺感到有点眩晕的太阳穴,便径自下山去了。

"场长好!"

一个蹲在地上挖土塘子的工人,恭敬地站起来对他鞠了个躬。他看看这个工人,年纪和他自己不相上下,高颧骨、凹眼睛,脸形很像广东人,这面貌忽然叫他记起前天夜里金槐对他谈到的一个人,一个从马来亚归国的华侨割胶工人,他便试探地问道:"你是从马来亚回国的吗?"

那人喜形于色地答道:"是呀,场长。"党延禄这回听得很清楚:原来对方操着不纯的普通话,把"是啊,场长"说成了"细啊,强讲"。

"生活怎么样?过得惯吗?"

那工人两只大手把铁锹柄握住,坦白地望着党延禄说:"才来的时候不大习惯,以后就慢慢好了。"

"这就好。马来亚的物质条件可能比这里高,可是,那是为资本家、帝国主义工作呀!"党延禄尽量把话说得又慢又容易懂,他抬起胳臂在半空里画了一道弧线,"在这里,我们自己是主人哪!而且,我们的物质条件将来也要改善的。"

"这个,我明白。我在马来亚进过集中营……能回祖国,再高兴不过啰。"说着,那工人把粘在铁锹柄上的一块黑泥剥下来,托到鼻子边闻了闻。党延禄看见他这个无意中做的动作,很是感动,心想:"这是个爱国者!他会干出成绩来的!至于集中营,我们以后谈吧。"于是他问道:"同志,你是割胶工人吧?"

"是啊!"工人眼神中流露出委屈的情绪,"我真想割胶,可是没办法,天天挖土塘子!"

党延禄故意提高嗓音说:"没关系,过几年你就要带徒弟,忙都忙不过来啦。"

工人立刻变得兴奋起来,应道:"快啦,快啦。"接着便用一种神秘的语气低声讲述起来,"场长,我说呀,这里橡树一定能长起来。第一,这里气候好,再合适也没有了。真的,我一闲下来的时间,就到四处山上乱跑,哈!你猜我发现了什么?这里山上……"他转过身去用手一指,"就在那边,有一种树,我们在马来亚把它叫作'野萝当',它也是一种有胶的树,就是胶量不大,可是,用它来接种再好不过了,和巴西橡树接种,就特别出胶……还有木薯,四五斤重一个,还有好多草,都和马来亚一模一样!"他喘了一口气,像作结论似的说:"我相信,这一带将来有前途!"

党延禄也兴奋起来,他掏出小记事册,飞快地涂了几行,刚想发问,工人却又继续发表他的第二点印象了。

"再有,就是这里比海南岛还好——回国以后,我到过海南岛,那里有台风,要造防护林,花很多钱,这里根本不怕!你看,不落雪,不降霜,不刮台风,水又足,天气又热,土质又好,栽一株就有一株的指望!"工人把铁锹猛一下插进土里,不断眨着眼睛,努力隐忍着,才没有迸出热泪,他自己也被自己的话鼓舞起来了。

"好,好,你谈得很好,对我帮助很大!"党延禄上前捏住工人的手,用力摇了几下。

这时,苗圃那边忽然传来了一声惊叫。党延禄扭头一看,只见金槐正在地上拼命践踏着什么,他想去看看究竟是发生了什么事,便向工人告辞道:"以后我们多谈谈,你住在哪里?是那一排偏屋吗?好,我一定来找你!"

金槐并没有发觉场长已经从背后走近来,他仍然一个劲地踩着,嘴里还在不住地骂:"浑蛋!奸细!"

党延禄忍住笑,问道:"你在骂谁呀?"

金槐听见这声调,慌张地跳过一旁,说道:"是你啊,场长?我在骂白蚂蚁哩!"他不太好意思地指了指那被他踩得粉碎的白蚂蚁窝,又补充说,"本来该用火烧,可是来不及了,我身上忘了带火柴。"

"白蚂蚁很坏吗?"党延禄好奇地蹲下去,顺手摘了一根草梗,拨弄起那被踩得稀烂的蚁窝来。

"坏得很!你看,它一方面叫作蚂蚁,一方面又长一对翅膀,爬的当中它算飞,飞的当中它算爬的,实际上它哪一类也不属!就凭这样子,它还专门跟我作对呢。你瞧,大一点的幼苗,它钻进去吃须根,遇上小一点的幼苗,它干脆把人家的主根也吃了,你看它有多么可恶!"

党延禄认真地点了点头,又关心地问道:"这里白蚂蚁多不多?是不是还有旁的虫害?"

"白蚂蚁是刚才发现的,别处有没有还不知道。不过,不要紧,回头我配制杀虫剂,消灭它们……对了,还有一种蝼蛄,也是要对付的。唉,麻烦得很哩!"

"蝼蛄是什么东西?"

党延禄愈来愈有兴趣,他觉得自己真像刚发蒙的小学生,对于他,简直到处都是学问!等到金槐把蝼蛄的形状、颜色、特点形容了许多,他才恍然大悟地叫道:"啊!那就是我们说的土狗啊!"

"对了。不过我们愈来愈不怕它了,等这些幼苗的第一蓬叶子都稳定了,就不用怕土狗了。"金槐又恢复了他那乐观的什么都不在乎的神气。

一个穿白色工作服的身影,在不远的一所矮屋的窗口晃了一下。党延禄猜想那就是副场长,他的心情又沉重起来,便把金槐拉过一边,低声问道:"金槐同志,你觉得副场长这人怎么样?不,我不是问他的一般作风,我是想了解了解你对他整个人的看法……"

金槐皱了皱眉,但立即迅速地说出了自己的意见。

"这个人有技术,有经验,甚至还可以说是有事业心,就是欠缺一点儿理想!好比说,对我们眼前从事的事业,他就很少考虑它的重要的——怎么说呢?对了,很少考虑它的实用价值,而总爱强调它的单纯的试验性质……"

"够了,够了,我明白了。"党延禄不让金槐再说下去。

"怎么?你和副场长谈过了吗?"金槐倒关切地反问起他来,"他说过什么?——哎呀!"金槐望了望天,又抹了抹脖子上的雨水,惊叫起来,"下雨啦!场长,你快跑,快跑!"

雨势来得真猛,他们的动作仅仅来得及没有使全身透湿,但也已经差不多了。金槐说了一声他要去配药,便又冒雨跑到对过的化验室去了。剩下个党延禄,站在屋檐下呆呆地看了一阵天,最后,只有回自己房里去。

他看了看表,正十点。怎么办呢?吐舌头的时间到了,是不是真的要睡觉呢?他犹疑了片刻,向窗外的白茫茫的世界望了一眼,听了听四周轰轰然的单调的响声,只觉得这场暴雨不但丝毫没有带来清凉的感觉,反而更加变得窒息和闷热起来。他敞开衣领,竭力抑制着自己心里的烦躁情绪。在一本笔记本上写下了一行:

"新的生活,对我说来,是一本尚未揭开的书……"

思路被打断了,他脑子里忽而又升起了另一个念头:"党团员应该在一块开个会!"于是他急急忙忙翻了翻小记事册,找到了团员名单,一共有三个:金槐、马应清,还有一个比他早调来不几天的出纳员郭大忠。党员呢?只有他自己一个。一个党员、三个团员,难啊,难啊……他们三个能给我多少帮助呢？想到这里，他又拿起笔记本写了一行：

"重要的是要有一颗勇敢的心。"

他默默地念诵着：只要我们四个人都坚定地行动起来，那么，在这个橡胶场里，至少就有四颗勇敢的心，慢慢的我们就会有几十颗上百颗这样的心。是的！我们决不会辜负祖国的嘱托，我们决不会叫祖国失望的！

☆☆☆

这一天，他们四个人开会开到夜深才散。党延禄才回到卧室，金槐便夹着一大沓有关橡胶的书籍，推门进来了，他叫道："场长！我们订合同！我教你业务，你教我……"

"小声点！副场长他们都睡了。"党延禄指了指一层竹篾编成的墙壁。

金槐扮了个鬼脸："你教我……"

"我教你如何当英雄！"党延禄取笑地抢白他一句。

"那有什么不可以？"金槐意识到自己的嗓音又太大了，便故意蹑手蹑脚地坐近桌子旁边，低声笑道，"你教我政治，和教我如何当英雄，本质上一样。好，闲话少说，上课！"金槐忽然神气严肃地挑出一本比较薄的小书来，摆在党延禄面前，"一晚上讲一课。"

"深不深？"

"你说哪儿话？"金槐抓起书来，拍了拍封皮，"你看，这不明明写着是常识吗？"

党延禄抓了抓头皮，说道："既是这样，那就一晚上讲两课吧。"

"场长，你不是叫别人不要性急吗？那你又为啥性急呀？不打算睡觉了吗？"金槐又朗朗地笑起来。

"我横竖明天中午可以睡，怕就怕你支持不住。我是想，如果不太难，那就赶快学完它，再慢慢学难的，学专门的。"

"我？当然可以不睡觉！"看金槐说话的神气，就好像他是从来不需要睡眠的人一样，"说真话，场长，我担心的是你，你不是不能太多用脑子吗？"说着,他看了看党延禄的带着伤痕的头。

"不要紧,不要紧。你看,只顾争论,把时间浪费了。"他把手表脱下来,放在桌上。

"好倔强的人啊!"金槐怀着尊敬的情感,重新翻开了书。

隔壁屋里传来副场长在竹床上翻身的响声。他醒了。

"……橡树,是一种高大的乔木……"金槐的年轻的生气勃勃的声音,在夜的群山中响了起来。

"哦,他在上第一课呢。"副场长躺在床上,暗自思量,"看起来这位新场长,也是一个想当英雄的人呢!当然,他和金槐不同……也许,实际上是他在给金槐上课?谁知道!"他迷迷糊糊地感觉到:从今天起,橡胶场的情况就会有所改变了,不错,他们行动起来了,但这种行动究竟是属于什么性质的?他还无法判断。那么,我要不要参加进去呢?他感到有一种兴奋和苦恼相混合的甜蜜的感觉在啃啮着他的心。他的生命踏着迂缓的步子,过去了几十年,从来也没有体会过现在这样的像面临大跳跃之前的感觉。不,不参加是不可能的!在他的平静的生活的河流中,已经掀起了汹涌的浪涛。不,不前进是不可能的!……

1954年元旦,浮图关

山中黎明

排长陈斌能奉命带领一个班,护送着地质勘探队到国境线上探矿,已经有三十七天了。勘探队以每天三平方公里的速度向前推进着。自从那天过了砧板河以后,这一带地方的一草一木,便立刻都唤起了他的许多回忆,三年以前,他从另一条路进入这个地区,并且就在这里和土匪戴老威打过一场恶仗。那时候,他还是个战士。

山还是原来的山,路也还是原来的路,可是,他前后两次执行的任务却又是多么的不相同啊!每当他想起这个,并且因此意识到祖国和自己的惊人进步时,总免不了又惊又喜。虽说他从1948年参军到如今,也经历了较长时期的锻炼和各种各样的考验,但在观察问题时,却依然或多或少保持着农民的思想习惯,这就是:愿意根据自己的经历去理解、辨别和判断一切。也许正是因为这个特点,促使勘探队的领队——教授和他由互不了解而变成朋友。教授也往往能从个人的某些变化出发,进而达到承认和拥护社会变革的结论。就这样,在这一点上,他们两个出身、教养、气质都有着极大差异的人,取得了如此和谐的合作。

这天天不亮,他们一行十几个人就离开了宿营地,向一座在地图上标明为三一九〇高地的削壁进发。目的是对那里的矿体露头部分做一次精查,搜集更多的材料,以便最后证实矿脉的走向和矿区的大小。矿区究竟有多大,那是很难判断的,翻过削壁,就是外国地方,谁知道那边有没有矿呢?不过,总而言之,用教授的话来说,"决定关头在今天"。

按季节来说,现在是深秋九月,大雁南飞的日子。可是,在南方边疆,酷热的程度并不稍减于盛夏,特别是这个待勘查的矿区的位置,正坐落在一个峡谷当中,空气就更加显得窒闷了。雨季已过去,赤裸裸的,看来似乎含有大量硷质的地面干燥得裂了开来,踩上去不但橐橐作响,而且脚底下总是腾起一些灰尘。天空是明净瓦蓝的,游离的蛛丝在半空里懒洋洋地飘浮着,一丝风也没有。不知道是什么缘故,这里的大小山头,不但不长树,就是野草也少见——当然,背阴的山洼洼除外。这样,看上去就分外叫人感觉荒僻,好像离自己熟悉的世界越来越遥远了。幸亏他们都是些坚强的人,一群是驻守边疆的卫国战士,一群是以跋山涉水、餐风宿露的地质工作者,在他们的心里有一种强烈的力量支持着,这就是:友谊、成功的希望和建设祖国边疆的崇高信念。

　　"多少啦,小雷?"

　　教授爬上山顶以后,便站定下来,背着双手,拄着他的手杖,把全身的重量都支在这根结实、沉重而且多节的木棍上。他轻轻地喘息着,下巴上的汗珠通过敞开的衬衫,成串地直接滴向瘦削的蜡黄色的胸脯。教授对自己汗气腾腾的身子无动于衷地看了一眼,立即又昂起头来,眺望四方,眉宇之间,现出心事重重的样子。

　　"二千七百公尺。"紧跟在他后边的年轻人从口袋里掏出袖珍测高计,看了看,便这样回答。可是,他立刻又怀疑起来:会不会看错了?于是,他用手背擦了擦因为潮湿而互相粘牢的睫毛,又仔细核对了一次,证实了的确如此,才放下心来。接着,便静静地走过一旁,不时用眼角瞟着教授,观察他的脸色,琢磨他此刻想的什么,同时,也等候着随时可能发出的新的询问。

　　这个年轻人名叫雷文清,地质学院的学生,还没有毕业,现在正是他的实习期。教授就在他读书的那所学院里,担任了好几门主要的课程。这些年来,师生间的频繁的接触,使他深深了解到教授的性格和作风,这是一个严格的、沉默的,无论在治学和私生活方面都十分刻苦的老头子。当然,说他老,其实是不公平的,论年纪,还不满五十呢,只不过是因为长期患着关节炎和胃病,把人折磨得格外衰弱罢了。

像所有的不十分成熟的青年一样,雷文清还不大习惯于做独立的思考。在学术的研究上,教授说的每一句话,他都奉为经典,是无条件相信的。只有一次,在一个据说是"不完全属于学术范围之内"的问题上,他提出过异议,而且还是悄悄儿对陈斌能说的。

"陈排长,你知道我为什么要来实习?老实告诉你,除了来考一考自己外,还有一个目的……"

"什么目的?"陈斌能自然是猜不透的。

"老头子说,搞地质工作的人容易得胃病、关节炎,他说,这是一种职业病,你明白吗?"

"明白,明白。肠胃不好、关节炎,得这种病的,在我们部队里也不少!"陈斌能忽然记起自己去年进医院检查过一次,医生诊断的结果,不也正是胃病和关节炎嘛。他笑了笑,却没有说出来,他知道,如果告诉了雷文清,那么,他那热情的关切就立刻会使得双方,甚至影响到战士们都不安宁的。而且,凭心说,对于治好这种讨厌的慢性病,他自己都是早已绝望了的,既然如此,又何必惊动别人呢?

"我看不见得。我这回就偏要试一试,看看会不会得胃病、关节炎!"小雷并不会注意到陈斌能的反应,倒是自己给自己的问题做出了答复。

教授在研究有色金属方面有着特殊的成就,也正是这个原因,使他自己成了国内有名的专家。跟随这样一位学术界的权威出来做野外调查工作,在雷文清说来,实在是幸运和光荣万分的。如果末了教授能在总结报告中夸奖他一句半句,譬如说——我有一个得力的助手,他给我的帮助很大……不、不,何必要说"很大"呢?只消一个"不少"也就够荣耀的了。就这样,雷文清怀着兢兢业业的心情,期望在实习期满那天,能够带着值得向旁人夸耀的成绩和评语回去。因此,每当他独自和教授相处的时候,总是竭力把自己弄得严肃一些,以便在教授的心目中,造成老成持重和可以信托的印象。但是,叫他自己也感到遗憾的是:尽管做了许多抑制和努力,他的天生的毛毛躁躁的性子,还是不免要叫他干出不少蠢事来。

"主峰有多高?"教授问话的时候,并没有把脸转过来;在他的闪闪反光的老花镜片后面,藏着一对眯缝的警觉的眼睛,它们似乎在警告对方:小心回答!否则,从那里射出来的锐利的一瞥将使你面红耳赤。这个习惯的表情,雷文清早已熟悉;他知道,教授的记忆力强得惊人,根本用不着旁人提醒,所以要问,无非是有意测验测验他。

"海拔三千一百九十公尺。"

"哦。"这时,教授才改变原来的姿势,表示自己已经休息够了,"这样说来,我们还要爬四百九十公尺啰?四百九十公尺……说起来容易,走可得费些劲哟!"他看着远处的削壁,摇了摇头,"至少还有五里路……好吧,看看图吧。"于是,他接过雷文清递来的五万分之一的地形图和地质图,蹲下去,专心致志地看起来。有时,他蹙着眉,沉吟着,发出含义不明的唔唔声,有时,他又把双手支在地上,凝视着图纸上的某一点,全身就像凝固了一样,连眼皮都不眨一下。

战士们根据陈斌能划定的警戒圈,各人走上了各人的岗位;其余的人,都随便找了个地方歇脚。地上四散地布满了笠帽、水壶、背囊以及发黑的汗巾。

趁着教授看图的当儿,陈斌能对雷文清暗暗打了个招呼,小雷猜想准是有什么"机密"要告诉他了,但他压制住好奇心,装出成人的沉着的口吻,说道:"有事要和我谈吗,陈排长?"

陈斌能故意神秘地点点头,这富有吸力的一下子,立刻就将小雷摆好的"架势"摧毁了。他匆匆忙忙背起那装着铁锤、洗砂勺、矿山罗盘和笔记本的工作袋,把精心地用美术字装饰起来的竹笠往背上一挂,跳了过来,望着陈排长亲热地催促着:"说吧,说吧,别这么扮神弄鬼的!……"

"咱们这就往吊死崖去吗?"

"什么吊死崖?"

"你连吊死崖都不知道?"陈斌能指了指远处的那座削壁,光秃秃的,简直像一块没有刨平的粗糙的大门板,凡是岩缝里沁出泉水的地方,周围又都被浸得斑斑驳驳的,在太阳的照射之下发出银子般的炫目的亮光。总的说来,它给人的印象是不大动人的,不过是一座普通的悬岩罢了。然而,在陈斌能的心上,这座普通的悬岩却占据了一个重要的位置。"你们地图上连这个也没有吗?"雷文清从语气中听出了责难和诧异的意思。

"哦,你说这个哟!——怎么没有?它就叫三一九〇呀!谁管它什么吊死崖不吊死崖哩。"雷文清轻蔑地扭曲嘴唇,反驳着。

"你看,我问你的话你还没有答!"

"你问过我什么来着?——对!想起来了。"雷文清使劲在自己头上打了一拳,"我们今天就要在那座削壁下面工作一天,马上就走。"说到这里,他向教授瞟了一眼,又改口道,"只要他说走,就走。"

陈斌能会意地笑了笑:"那是当然。"说罢,便坐到地上,脱下胶鞋,抖起沙土来。

雷文清立刻学着样,他不但脱下鞋子,而且把短袜也脱了。"你不知道,今天的工作很有意思……"他把下面的话吞了回去,一面忍不住又瞟了教授一眼。

陈斌能却别有用意地接上去:"就是,今天的工作特别有意思。"语气之中,他着重强调了"特别"两个字。

雷文清忽然觉察到话中有话,便抬起头来,瞪大眼睛,问道:"你怎么知道特别有意思?"

"我是说我自己,"陈斌能好像堕入了沉思似的,"那座削壁下面有两个洞——不,其实是一个洞的两个口,我就在右手那个洞口捉过土匪头子戴老威……"

雷文清跳起来,叫道:"真的吗?"他甚至忘记了自己是一只脚穿着袜子,另一只脚却光着脚丫。"讲讲！讲讲！你是怎么捉住他的？"

这时，教授卷起图纸，走过来，一面举起挎在腰间的水壶饮水，一面慢吞吞地说道："这么说，你是来过这儿的啰？哎，怎么早不说！"

雷文清一看教授来了，慌忙地用一只脚站在地上，给另一只光脚套袜子。陈斌能看着他那副摇摇摆摆就要倒下去的样子，赶紧爬起来扶了一把，说道："急什么？你看你！……我觉得说不说都没多大关系。当兵嘛，就要打仗；打仗嘛，少不了抓俘虏。的确，没有什么……"

"喂，你弄错了，我不像他那样，成天想听你的战斗故事。"教授斜起眼角瞄了雷文清一眼，这个年轻的学生被刚才穿袜子的事弄得狼狈不堪，此刻正涨红着脸，默默地站在一旁。"我是想知道，你在那个山洞里剿匪的时候，有没有留心看一看石头？"

"石头？"陈斌能吃了一惊。

"正是，石头，就是我们这些日子天天四处寻找的矿石。"

陈斌能笑起来，坦率地望着教授说："没有。那时候谁懂什么地质呀？就是现在，也还是不懂！"

"哦。"教授失望地摆了摆手，改变话题说，"不，你现在可以算作半个内行了。譬如说，你已经懂得选标本，懂得什么叫良矿、中矿、贫矿，你又会洗砂子，听小雷说，甚至你还会剥土……是吗？说真的，要是你复员转业，也搞我们这一行的话，那我们开头是很欢迎的！注意！是开头欢迎，后头就不大欢迎了，后来我们要妒忌你，你太能干了。"

陈斌能脸红起来，轻轻地说了一声："你真能开玩笑……"

教授没有理会他的辩解，却忽而又感慨道："可惜，可惜，记得我们刚来的时候，地委的负责同志还说过，帝国主义几次想把矿山划界划过去；解放前后，这里又有一股惯匪，叫什么戴老龟的，把矿石敲下来，卖给外国人……"

"不是戴老龟，是戴老威……"陈斌能纠正他说，紧接着，他像是想起了什么重大的事情，猛然跳起来，捉住教授的干瘦的两手，叫道，"你刚才说什么,工程师?"他总是叫不惯"教授",而乐意叫"工程师","戴老威把矿石敲下来,卖给英国鬼子、美国鬼子了吗?"

教授急忙抽出那被他握痛了的手,惶惑地解释着:"是呀,是呀。"

"哦,我想起来了!1950年,就是我们到这里来剿匪的那年,我也听说过,说是戴老威用一种什么宝石到外国去换枪……"

雷文清听出了神,插嘴说:"什么宝石?一定是矿石!我保险!"

教授白了他一眼,掉过头来,忽然发觉几乎所有的人都在四周围凑热闹。他一向认为:如果别人未经邀请就自动跑来,参与他的纯粹私人性质的闲谈,那是不合适的。因此,他立刻便从心里厌烦起来,一挥手,把人们驱散:"走!走!回头再谈!"雷文清悻悻然地暗自嘟噜:"你看,一场有趣的谈话,才开始就又结束了。唉!"他不满意地踢了一脚,一些大大小小的石子随着咪溜溜地滚下山去。陈斌能仿佛理解到他的心情,便对他说道:"工作第一,晚上谈吧。"这么一说,雷文清倒不好意思起来了。

他们重新踏上了崎岖的山路。不一会,便顺着微微倾斜的下坡,转进了一条天然的狭长的石巷。原来站在山顶上还可以隐约望见的勘探队的绿色帐篷,已经被远远地弃置在山的那边了。雷文清突然通身打了一个寒战,放快步子,有意挨近陈斌能的肩膀,悄悄地问道:"怎么样?这一带如今还不大平静?"

"哪里话!土匪早他妈的给打跑了!"这个问题,叫陈斌能很不愉快,他觉得仿佛自己受了侮辱似的,哼了一声,便跑上前去招呼战士们去了。远远地,雷文清听见他的充满自信而又威武的声音:"注意了,跟——我——来!"脸颊不觉有点热辣辣的。他想,应该找个机会,和他解释解释才是。

上午十点钟光景,他们到达了目的地,陈斌能把一同来的九个战士分成了三个战斗小组:两个小组分别控制着削壁左右两侧的制高点,一个小组则跟着他从右手洞口进洞搜索。教授、雷文清和其他一些人员便在洞外的附近地区着手布置工作,他们根据地形,初步决定以削壁做底边,画一个等边三角形,并且就在这个三角形的范围内,进行露头调查。

然而,陈斌能还没有出来,万一有了情况呢?……

过了一会儿,洞内传出来一阵嗡嗡的谈话声,接着,便是沉重而刺耳的碰击声和摩擦声,看样子,是在拖一件什么东西。

岩洞里忽然飞出来一只大蝙蝠,它惊慌地吱吱叫着,洞里出现的人类和洞外强烈的阳光,把它吓昏了,因此,没有能够飞几圈,便颓然扑跌在地上。

"工程师!你们来看!洞里有这样的石头,整整有七个背篓!"陈斌能一手举枪,一手举着一长条暗红色的石片,从左手洞口冲了出来。

"什么?真的吗?"教授迎着他跑上去,接过石片,用袖子拂了拂,翻来覆去地审视起来。陈斌能在一旁激动地喘着气,当他看见教授用指甲在石片上使劲刮了一下,却并不见留下痕迹时,便立刻从自己裤袋里摸出一把小刀来,递了过去。……

人们都蜂拥进洞,七手八脚地帮着战士们把七个背篓都拖出来了。

"喂,你们看!这里写的有字,什么?"雷文清弯下腰去,谨慎地用手掌擦掉污泥和积尘,"戴——记!你们看、看,戴记!"说完,他把陈斌能拉了过来,"准是土匪头戴老威的!你不是说他用矿石去外国换枪吗?"接着,他又把所有的人一个个都拉来看他的新发现。等他比较冷静下来,正想找教授,问问他的意见时,却听见教授在人群中用他那惯常的不紧不慢的声调说道:"这的确是一个重要的证据!陈斌能同志,你除了听别人说过的那一点外,其他的情况就不了解了吗?"

"是啊,糟糕得很!除了和别人闲谈听来一句半句外,更多的情况就不了解了……你知道,当时,我还只是个战士,而且,我在那边洞口捉到了戴老威以后,就立刻把他押回连部,连这个洞都没有进,今天……还是头……一回哩。"陈斌能一向不习惯在大庭广众之中谈论自己,他不喜欢这样做,如果万不得已要说两句,那就必定会口吃起来的。

雷文清不知道被什么感动得长叹了一声,说道:"难怪,你从来也没有和我说起过,这里还放的有七背篓矿石……"

"不知道土匪是怎么把它们偷运出国的?"人群中,有人发出了疑问。

雷文清很快就接嘴道:"那还不是抓些兄弟民族来帮他背!"他从地上拾起那用棕毛编结的背带,摸了摸已经霉烂不堪的垫额头用的小块粗牛皮,心里就想象着:一群衣不蔽体的兄弟民族同胞,以自己的额头,顶住背篓,背篓里装的则尽是沉重的矿石,他们沿着陡峭的山路走去,一步一个血印;该死的戴老威拿着枪在一旁驱赶,吆喝着、辱骂着、鞭打着,而在界碑那边,在某一座腐烂的城市里,殖民地的总督们和将军们却在碰杯、狞笑,矿石抛在他们的桌上,顿时就变成了澄黄雪亮的金银和花花绿绿的钞票……哦,这就是噩梦一般的过去!这就是昔日边疆的悲惨命运!

这一天的勘探工作进行得十分顺利,每个人的工作效率也挺高,而根据教授多年积累的丰富经验,可以判明:这是个极有价值、极有前途的矿。这一切,都使教授感到十分满意。他虽然严格地控制着自己,保持着沉默寡言的风度,但终于不免和一切老年人一样,只要心境愉快一点,话就多起来。

在归去的路上,他断断续续和陈斌能谈了许多关于下一阶段的任务。其中有一多半的话语,陈斌能都听不懂。陈斌能只能捕捉住一两个名词、术语,来猜测整段整段话的意义。

钻探机……两三千斤重……柴油机,还有什么泵浦,又有什么钻杆……陈斌能含含糊糊地点着头,偶尔答应一句什么话,用"是"或者"啊"来表示自己的赞同和惊诧。就这样,几乎一直走到了帐篷门口,他总共才确信不移地明白了一桩事:工程师的兴致很好。也就是说,这次的勘探任务,成功的把握很大。

"陈排长!"雷文清趁教授不注意的时候,把陈斌能拉过一旁耳语道,"不好办了!我估计他的毛病又要发了!"

"谁呀?谁的毛病又要发了?"陈斌能愕然地大声问道。

"小声点……"他急忙用手掩住同伴的嘴,"我是说老头子,他的胃病呀、关节炎呀,今天夜里怕是又要发作了。"

陈斌能吁了一口气,说:"哦,是吗?那你怎么见得?"

"我当然知道他!他这个人呀,忙的时候,胃也不痛,关节也不痛。可是,只要工作一有了眉目,他就会哼起来,像发了热病一样……"说到这里,雷文清咻咻地窃笑了几声,停一停又说,"这个人,一休息就要生病。"

陈斌能听了,敬意地看了看在前面蹒跚而行的教授,心里突然腾起一股激情,便挨近雷文清的耳朵说:"不要紧,咱们先提防着点。我挎包里还有一筒鸡蛋挂面,回头下了给他吃。这样,胃里会舒畅些……"

"你怎么会有挂面?"

陈斌能支吾着,不愿说出真正的原因,只是随便凑付了一句:"我平素就愿意吃面……"

"好,就这么办。"雷文清不再追究了,"不过,最好事先别让他知道我们跟他改善生活,要不,他又会不答应的。"

"对,我不说。"

山地的夜晚降临得特别早,不知道从哪里流出来的雾气,正在峡谷中泛滥。夕阳已经落下去了,残霞像一缕杂色的羽毛,满天飘浮,终于消散得无影无踪。在这样的时刻,行路人都渴望着早一点投宿,喝一碗热茶,吃一点熟饭,能有一个伸伸腿的地方,睡得着就睡,睡不着就看看灯火、数数星星……在这样的时刻,最好是希望吧,幻想吧,不要作声吧。

然而,雷文清却忍不住还要说话。

"好老陈,你还在生我的气吗?"

"干么?你疯了吗?我无缘无故生你什么气?"陈斌能扭头看了看雷文清,发觉他的眼睛在昏暗中怯怯地闪着光,他忽然想起了自己家乡的小弟弟,如果他犯了什么过失,怕也是这样的吧?可是,他不明白,为什么雷文清要这样呢?于是,他拉着雷文清的手紧紧地握着。

"我没有打过仗,除了在电影上看过土匪外,也没有见过一个真的土匪……别看我老瞪着你们的枪,巴不得自己也有一支,可真的要我动手杀人,我就会害怕……"雷文清觉得委婉的解释还不如直截了当的告白好,"当我刚走到削壁下面时,的确有点发毛,我想,要是土匪钻出洞来,怎么办呢？这么一想,我把我自己给吓住了,于是乎,就说出一些蠢话……"

陈斌能不等他说完,便笑起来:"嗳,说了半天,你是担心这个？你误会了！当时,我的确有些不高兴,可和这些完全不相干！我生气的是,为了这个吊死崖,我们在这里剿匪剿了一年多,还能不铲草除根?！如果地质勘探队来了都保护不住,那我们这三年在边疆干什么？那我们又怎么对得起全国人民和毛主席？你想想看,这不是侮辱人吗？当然要生气！"他换了个更加温和的口气,接着说下去,"要说生气,也是一下子的事,过去了就算了。倒是你们这些知识分子呀,芝麻大的事情也要考虑半天！"

"不是这样。应该考虑的……你还不怎么了解……知识分子。"雷文清心里一直在发愁,他怕陈斌能笑话他。但是,这个问题似乎很简单,却偏偏说不清楚……

"算了,算了。"陈斌能看着雷文清那烦恼的样子,便拍了拍他的肩,戏谑着,"你看,我的肚子已经瘪得肚皮贴脊梁了,哪还有什么'气'呀！"

在他们进入野营时,天色已经完全黑下来。三两只夜鸟急急忙忙掠过天空,人们仅仅可以感觉到那一晃而过的模糊可辨的影子。群山仍然在散发着白天吸收的太多的热气,最初一颗星星的出现,并没有带来丝毫凉意。留在野营地警戒的两个战士,已经帮着勘探队的炊事员生起了熊熊的灶火,架起了行军锅,蓝色的和金色的火苗跳跃着,一会儿舔着锅沿,一会儿拍着锅盖。而锅里也正在煮着什么,沸腾的水在唱着快乐的歌。

这情景叫教授打心眼里感到温暖和愉快,他笑嘻嘻地用孩子气的活泼的声音叫道:"洗脚！洗脚！先洗脚,后吃饭！"说罢,他便亲自动手,打了一大盆热水,对陈斌能招呼着,"来,来,一块儿洗！"陈斌能也就很爽快地脱了鞋袜,把他的两只黑红的有着几块铜钱大伤疤的脚,和教授的一对白里透青,瘦小却倒也结实的脚面对面放在一起。他一面弯下腰去,用手向小腿上泼水,一面止不住兴奋地想着:你看,标准的知识分子和工农兵!真是,连脚都大不一样咧……但是,尽管脚是两样的脚,可它们走的是一条路……在我们之间,共同点是愈来愈多了,而不同的地方,则愈来愈少了……这个变化多大!没有革命,没有党,没有一颗忠诚的心,能办得到吗?

陈斌能正想着,雷文清来了。

"给你们!防蚊油。别忘了洗完脚就擦!"他递过一个小玻璃瓶来,又转脸向教授问道,"今天怕又忘了吃阿的平吧?"教授捏捏口袋,笑了笑,什么也没说,雷文清便立刻明白了。

"你要是病了,我们怎么办呢?"他咕噜着,跑去舀来一茶缸开水,一直看到教授吞下药,才满意地咂咂嘴走开了。

可是,不到半分钟,他又出现在陈斌能身旁。他不断用手肘碰着陈斌能的腰肢,含糊其词地低声耳语:"那个呢?"陈斌能会意地笑起来,说道:"你去拿吧,挎包就在枕头旁边……"

"鬼鬼祟祟的干吗?"教授狐疑地看了他们一眼。

"没有什么。"陈斌能想起雷文清在路上的叮嘱,便扭扭擦干脚,涂上防蚊油,拿着鞋避开了。而雷文清却顽皮地扮了个鬼脸,高声应道:"回头你就明白啦!"

教授掉进了闷葫芦。等他把一切都弄清楚时,面已经端到他面前了;开始,他拒绝这种"过分的享受",唠叨着、推让着,一直到陈斌能同意也吃下一碗为止。

晚餐以后,照例是散步时间,雷文清把筷子一放,便缠住了陈斌能,要求他把白天没有讲完的战斗故事继续讲完。陈斌能说:"既然答应了你,当然就要办到!"于是,他回到帐篷里,对班长和战士们交代了一下夜间警备的任务和口令,便同那在门外耐心等候的雷文清走向旷野,找了块干净石头坐下来。

"我上午说到哪儿了?"

"你说到……不,其实你什么也没有说!"

两个人都仔细一想,真的,真的什么也没有说。可是,既然如此,为什么却老觉得像是故事开了个头似的呢?陈斌能和雷文清彼此都怔住了,但立刻又好笑了一场。

"好吧。"陈斌能开始讲起来,"1950年,说也凑巧,和现在一样,也是9月间,上级命令我们那个连进驻大曼山,目的就是要全歼盘踞吊死崖的惯匪戴老威……"

"怎么?讲战斗故事了吗?"教授在黑暗中问道,显然,他还正在散步。

雷文清站了起来,说道:"是呀!你听不听?"

"听是想听啊,就是没有时间!好吧,我不打扰你们,你谈你们的吧,我还要回去整理一些材料哩。"他走了几步,又转身嘱咐着,"小雷,别忘了,回头把你的记录拿给我!"

教授回到专门为他支起来的小帐篷里,盘腿坐在地铺上,把一只空木箱竖了起来,安好灯,便埋头写起笔记来了。

拨一次油灯捻子,又拨一次,再拨一次,夜深了。

为什么雷文清还不来?

教授决定出去找他。走不多远,果然,凭借着星光,透过朦胧的夜雾,隐约可以看见,这两个人还坐在原处,故事怕还没谈完哩。

"后来呢?"这是雷文清的声音。

"后来,我就心生一计,从口袋里掏出个小本儿,故意翻了翻,假装里面贴有他的照片似的,看一看他,又对一对小本儿,又吓唬他:'你还想冒充胁从分子?哼!你明明是戴老威!装什么蒜!乖乖地跟我走!'我这么一说,那土匪头子就吓软了腿扑通一声跪下来,又哭又叫:'不要杀我,不要杀我,我就是戴老威,不要杀我啊……'你说可笑不可笑?"

的确可笑,教授在黑暗中,也独自微笑起来。

"就这么完了吗?"雷文清还有点不满足似的站起来,伸了伸腰肢。

"完了。"

"党委给你记了功没有?"

"特功。"陈斌能说得既羞怯又自豪。

雷文清在野地里做起柔软体操来,陈斌能则使劲地踢着腿,甩着胳膊,等到两个人都运动得感到血脉流畅了,才停下来。

"打了那么些仗,总算盼到了今天!"陈斌能感慨地说。

"你说什么?我不懂你的意思。"

"我的意思,懂不懂都没关系。我是说……我们有多少同志为它流过血啊!……"他抬起头来,疼爱地注视着群山,"咳,这些大山呀,睡了几千年,也终于要醒过来啦!"

夜深了,所有的星辰都眨起眼来。

雷文清望了望四周围的峰峦起伏的山岭,在它们的顶峰,星星眨着眼睛;星光倾泻着,群山仿佛被灌注了某种生命力,仿佛都变成活东西了。

"是你们的枪弹把它唤醒的。"雷文清向前跨了一步,紧挽住陈斌能的手臂。

"不,是你们的铁锤把它唤醒的。"

"不,是你们的枪弹最先把它唤醒的!"

教授迈步走了过来,挽起陈斌能的另一只手臂。

在斗争中互相挽紧的手臂是多么强有力啊!信赖这样的手臂,是绝不会错的!

星光灿烂,预示着在这荒僻的边疆,将有一个美好的黎明。

1954 年春节,昆明

生命之歌

——在云南思茅城的重建工作中,人民解放军起了卓越的作用。这篇小说,除人物是虚构外,其他如事件、纪年、地名、数字、语录,乃至文中引用的春联,全部都是真实的记录。

要探索人的心灵是件困难的事情。它需要敏感、细致的观察和较长的时间,而且它首先就需要你本人具备一颗纯洁的和善于引起共鸣的心。然而,有的时候,由于某种偶然的机缘,你能很快地了解一个人,既彻底,且深刻,正如古话说的那样:得来全不费功夫。

就拿我来说吧,在我登上这辆超龄的、已经不大适宜于长程奔驰的军用卡车的时候,我绝没有想到,在马上就要开始的乏味的旅途生活中,能够和阔别数年的朋友异地重逢,并且通过她,使我得以了解一位政治委员的内心世界:它是如此单纯,而又如此美丽。

我不知道应当怎样来叙述这桩事情的经过。但是,我必须适当地说明,我的这位同学——政治委员的妻子——是怎样的一个人;我不打算描写她的外貌,我只是想说,她是属于那种坦白的、有着对别人倾吐心曲的意愿的类型的人。这种人,她(他)们之所以愿意把自己的一切揭示给别人,只不过由于天性豁达和心地善良,她(他)们都有着坚强的头脑,能够承受艰苦,懂得如何去选择正确的方向,走上人生的大路。

从第一天起,她就坐在卡车的一个角落里,脚下放着简单的行李:被盖卷、一只小手提箱和一个网袋。车子愈往前走,就愈接近燠热的南方边疆,为了免于窒闷,驾驶员好意地把帆布篷解开,然而,灰尘立刻和阳光一道扑了进来。她从手提箱里拣出一条绢质的头巾来,把头发、两颊、脖子都裹住,仅仅露出那像蓝天一样明净的眼睛。她既不像某些人那样,成天昏昏欲睡,只是偶尔用懒洋洋的鼻音说两句话;也不像另外一些人那样,怨气冲天,唠叨不休,或者毫无礼貌地对着邻人的脸大声打喷嚏……她却是时而默默地思索着,时而平静地叙述着。

这样,我知道了,在她和我们前沿某团政治委员李岸的共同生活中,这些年来发生了什么、经历了什么。

"从部队渡江的日子起,我们两个就天南地北地分开了那时间,我成为他的妻子才不过一个月。……丈夫打仗去了,我却留在后方的一所设备很差的陆军医院里,白天替彩号们开刀和做石膏绷带;晚上,一有空闲,便收听新华社的广播,并且想象着那因为梅雨而变得泥泞不堪的江南农村和人困马乏却仍然战火纷飞、向前迅速推进着的前线,就这样一直想到头痛,我才勉强上床睡觉。

"紧接着,是他的音讯杳然。

"那些日子,正是我们这个时代的一个历史高潮。半个中国在红旗、马蹄和硝烟中翻腾,人民解放军像浪涛一样,卷过了一个又一个的省份。而我呢,也就像所有有亲人在军队中的妇女一样,每天带着兴奋而又焦灼不安的心情,读着和打听着战报,甚至于有时也相信谣言和传说;欢悦、痛苦、激动、担心、失眠,写信又写信,等待又等待……

"似乎'那边'一切都乱成了一团:交通阻隔,车辆缺乏,桥梁被炸毁,革命秩序还来不及建立;我每次跑到军邮站去查问信件,都只能得到失望的回答。于是,我抱怨起来。开始我责怪南方的山、南方的河、南方的路,后来看见报纸上公布:所有被蒋介石匪帮破坏了的铁路、公路和航道,都已经大致恢复,我便转而怀疑军邮,也许是哪一个冒冒失失的家伙把我的信遗失了吧?最后,我甚至骂我自己——根本问题是自己太倒霉了。然而,我从来没有抱怨过他的懒散和不知体贴,不,我连想都不会这样想。我始终相信:他会给我信的。

"事实呢? 的确是他不会写信回来。

"这种令人忧虑的情况,一直继续到他和他的步兵团进驻了我们此刻正要去的那个县城以后,才算是告一结束。

"……我们离开了五年,我也怀念了他五年。这当中,也曾发生过我离他反而愈来愈远的情形:起初是我们一部分医生、护士奉调到淮河工地上创办工人医院,我也是其中脱下军装、换上蓝制服的一个。后来,我又参加志愿医疗队,去了一趟朝鲜。表面上,我和他的位置似乎颠倒了一下,然而,还是我来怀念他。没有办法,女人终归是女人。我们女人的感情总是自然而然地趋向于纤细和缠绵,不能像你们男子那样洒脱。譬如说,不论在什么样的情况下,我总能挤出时间写信,可是他不行——唉,不能责备他,这不是他的过错,他忙啊!

"你自己读吧,这就是他给我写的信,四年总共写了五封,全部在这儿。……你不觉得太少吗? 少的确是少了些。可是,就这么几封信,倒也告诉了我:人应该怎样生活,应该怎样保持人的尊严和相信人的力量。比起在边疆坚持工作的我们的人来,我做得实在太少了。"

第一封信

我希望你接到这封信时的第一个反应不是惊奇。如果不幸竟是这样,那也千万别告诉我,我知道了会不高兴的。惊奇,只有对那些等待丈夫等待得厌倦、灰心、垂头丧气,甚至于在灵魂中变得陌生起来的妻子,才是适用的。

等待,仍然还是必需的。我很佩服你的勇气,因为你敢于把自己的命运和像我这样的一个职业军人紧紧连接在一起。但是我还要劝告你,要更好地学会等待。我们的路还很漫长,前面依旧有着残酷的斗争。这个时代是决斗的时代,除非不活下去,要活就无从回避。陶渊明活在今天他绝不会去采菊,屠格涅夫活在今天也绝不会去打猎,旧的田园生活的恬静和凝寂和我们身上的气质是绝对地冲突着的……无意中我仿佛又谈起哲学来了。不说了,好在你会懂得我的。

我现在住着的地方,你一定听说过它。然而,只要我说出它的实际情况,你将不免大吃一惊。这个城市,虽然我们从任何一本小学的地理课本上都可以毫不费力地找到它(记得我小时候,学校里的地理教员就对我提起过它,而且都是用"物产丰盛,商业繁荣,地居要冲"诸如此类的句子来描述的),但它却几乎是一个没有居民的城市。偶尔能发现几个人,也是上了年纪的老人和五六岁的娃娃。年龄在他们身上,除了影响身材的高矮外,似乎就不再有什么作用。同样的黄瘦不堪,同样的脾脏肿大,同样的哮喘和呛咳,同样的没有表情的脸,同样的艰难的步履,还有同样的混浊而深思的眼光……没有成年人,没有声音,甚至连吵架相骂之类并不受人欢迎的声音都没有。虽然阳光灿烂地照耀着他们破败的住屋,但是总缺少生气。没有守夜的狗吠,没有报晓的鸡啼,人们像在坟墓里昏睡。

这不能叫作生活。生活也不能这样照旧下去。

你也许会问,这一切是怎样造成的呢?好,我来告诉你。

据说,远在1900年,这里流行过可怕的鼠疫。老鼠在屋梁上跑着跑着会突然掉下地来死掉,乌鸦吃了鼠肉,在天上飞着飞着也会突然掉下地来死掉,所有的家禽和牲畜都因为瘟症蔓延而灭绝了,人也死了将近一万。可是,悲恸的人们还来不及擦干眼泪,清朝和民国的封建军阀,又先后于1912年和1918年在这里两次动员民团丁壮,去镇压傣族和拉祜族的起义。就这样,大民族主义者一手制造的大屠杀,又断送了无数青年的生命。过了五年,这个多灾多难的边城,复又遭到了恶性疟疾的毁灭性的袭击,全家、全街死绝的不计其数。有一位比较客观的旧军医,曾经在他的手记中这样描写道:"开始是一家哭,后来是一路哭,最后是没人哭。"从此,死神光临着这座空城,残存的人家不上三十户。豺狼虎豹踏倒了所有的篱笆,野生的棘丛和有毒的菌类霸占着庭院,果实在枝头腐烂,昔日的闹市有团团的鬼火滚过,城垛雉堞剥落的剥落、倒塌的倒塌,空留下鼓楼上的铜铃在晚风中发出空洞的回响。城市荒芜了,像一个垂死的病人偃卧在荒野之中——有谁来救治它呢?生机被窒息着,仿佛是真正绝望了。

因此,我们解放了它,实质上就意味着接收了一座仅仅在地图上存在的城市。一切,都得从头做起。

那么,你可能还要追究:难道过去的执政者在这儿什么都没有留下来吗?当然,说什么也没有留下是不符合实情的。他们留下了一个卫生院院长,这个真正是掌握着生杀大权的"父母官",原来正是头号的反革命恶棍!我们进城不久,就根据全县群众的蘸血画押的控诉书,抓来公审枪决了。(千万无辜死者的墓碑和遗孤,早已经判决了他的死刑,我们的枪弹,不过是执行了人民的意志而已。)

几个月来的体验,使我深深地理解到:如果不把国民党政权彻底推翻,中国就很难成为一个具有高度文化的民族而登上现代的世界舞台;这个反动政权的愚妄昏庸和腐败自私,终有一天会将我们的大好河山化为一片沙漠。每天夜里,借着一星灯火,我翻阅从敌人的档案中清查出来的文件和数据,这些惊心动魄和血泪斑斑的纸张,每每叫我解衣上床后,还是辗转不能成眠!你不知道,这里的人民过去是过着什么样的日子!反动派明明知道城市已经由衰落、破败而日益走向灭亡;外地的行商裹足不前;坝子里疫病横行;四乡劳动力也逐渐减少,趋近于零,在死神牙缝里讨日子过的几户人家,也是被迫不施肥、不锄草地耕作,广种薄收,打下的杂粮不够做面糊糊吃;然而,就这样,他们还闭着眼睛要壮丁,要赋税,敲诈勒索,并不稍减于人烟稠密的当年!抗日战争末期,曾经有一个美帝国主义的"医药顾问"来这里调查,他的报告书上说,此地有三十三种病菌流行,猖獗的程度胜过黑暗大陆(非洲)……这个家伙的话当然有些夸张,我们此刻还来不及做全盘的科学研究,但是,这一堆材料,至少可以告诉我们一个概念:过去,这片土地的主人是国民党和死亡,而我们已经达到的成就,只不过是做了事情的一半,必须等到把死亡也战胜了,人民才算站稳了脚跟。

我们现在正在竭尽全力与死神做斗争。

在这场斗争才一开始的时候,我有些困惑,不知道应该从什么地方下手。你知道,就是到目前为止,我们的战士们还得拿出二分之一的精力去对付土匪,土匪一日不剿灭,那就几乎会把我们已经达到的成就都一笔勾销。我们的人力不够,而要复兴这个城,又恰恰是这么千头万绪。怎么办呢?我们只能试着先搞环境卫生,做几桩迫不及待的工作:收拾骷髅,掩埋尸骨,拆毁了一些半倒塌的腐朽的房屋,清除了十万担以上的一丈高的蒿草、铁蒺藜、仙人掌和形状类似中国古代兵器——方天画戟似的圆金刚,疏通了几条主要的水沟,对全城的水井进行了一次消毒……

战士们出去剿匪时,不但对远近山寨里的农民宣传剿匪政策、民族政策和人民解放军的三大纪律八项注意,而且还要反复地殷勤地劝告他们来县城赶街子——县里又有街子了。然而,群众摇摇头,他们不相信,也不敢冒生命的危险下坝子来。你看,我们每前进一步,都是多么艰难哟!

我们没有吃的,没有肉,没有蔬菜;大家都吃盐水泡饭,如果能分到一点后方运来的酸菜,那就完全有理由叫作改善生活了——你千万莫要误会,以为我是在私下向你诉苦,不,不是这样,我是在发愁:战士们的情绪会不会发生不好的变化?战士们并不怕吃苦,但是怕吃了苦而没有代价;当然,事实上,吃这样的苦绝不会是毫无代价的,但有些短视的人却看不见。这就需要说服和教育。政治委员,真是一种艰苦的职务啊!

如果有你在我身旁,也许,我的心情会比现在好些。可是,什么时候你才能来呢?(我不能干预你的自由,来或者不来,那是只有你自己才能决定的事。)我不敢设想。这里太糟了,你会不习惯的。而且,女人总是比较胆小和有着洁癖的——原谅我,我绝不是有意菲薄女性。因此,即便你愿意和我住在一起,那目前也不适宜。还是别考虑这些吧,管你自己的工作!

岸 1950 年 12 月

第二封信

上次给你的信中,记得我曾经说过我感到困惑,现在事实证明:我不仅困惑,而且差不多犯了错误。不过,我正在弥补这个过失。

事情是这样的:前些日子,我去访问了本城的一个年纪最大的老人。这个老人姓潘,可是,他已经不记得自己有过什么名字了——他不和别人交往,别的人也淡忘了他。我问他对我们从事的重建工作印象如何、有什么感想,他想了想,才用支离破碎、令人费解的语言说了几句。当时我一面惊骇地想到,原来一旦失去了正常的集体的生活,语言就会像无源之水那样被蒸发掉,剩下来的,也只是若干连不成一片的死水汪子;一面努力猜测他的意思,我想,假如我没有领会错的话,那就大致是这样:好是好啰,就是还不像有人住着。县城最热闹的时候,远远地在斑鸠坡上就能听见坝子上的人喊马嘶唎……他说的斑鸠坡,是指坝子北边的一个山哑口。

这句话给了我很大的启发,的确是如此,作为一个城市来说,它还缺少那应有的喧嚣、杂闹和蓬蓬勃勃的生命的呼吸。

那天回来,我就和参谋长(你一定还记得他,他不是老爱开你的玩笑吗?他还是老样子,嘻嘻哈哈的,我每天骂他盲目乐观,都改不了)商量了一系列的办法。我们决定集中所有的司号员,规定他们练号的时间——其实,他们的号已经吹得很不错,不用练我也很满意了;又组织了几个文化教员,搞起了广播(就像屋顶喊话那样,不是什么无线电);每天除了坚持上早操外,还宣布了必须绕城跑一圈的"纪律"……所有这些，在一个不相干的人看来，也许是很滑稽可笑的，可是对我们呢，却是庄严的决议。我们要想尽一切方法，使得残存的居民知道自己还活着，这块土地的主人是人，而不是什么妖魔鬼怪或者猛兽毒蛇；甚至，我还设法从别处弄来三只小狗和一只正怀着孕的母猫，不过，眼下我还得用绳子拴着它们，对它们管得紧些，只怕它们跑远了，会给四处出没的饿狼一口吞掉。

今天，我们又清理出来一条街道。我也参加了两小时的劳动……读到这里，恐怕你会嘲笑我们吧？怎么？还在除草吗？一点儿也不错，正是这样！你不要因为听说我们去年在除草，今年还在除草，就以为我们的工作效率低得惊人。实际情况完全相反。第一，我们不可能以全部力量投进去，在广泛的意义上说来，我们要使之复苏的不只是这一座城，而是几百平方公里的边疆地区；第二，我们的工作成绩曾经几次受到通报表扬，其中优秀的代表人物，还出席过英模大会。这里的草长得太快，一个雨季就长一丈多高；人不践踏的地方当然会长草，而我们的人不够。一年多来，我们始终像一批斩荆棘、辟草莱的开拓者，似乎我们不是在有过辉煌的文化的地方生活，倒像是在什么蛮荒旷野中和自然做着令人筋疲力尽的斗争；一想到这个，就叫我生气。

但是，不论怎样，我们一定会战胜它的。这一点我确信不疑。我们的社会制度，我们的人民会支持我们的！譬如说，最近，政府就派了一批医生和科学工作者来这里考察，并且成立了一个历史上空前未有的疟疾防治所。你想想看，这是多么值得欢欣鼓舞的事！只要人民活下去，城市就绝不会灭亡，赋予城市以生命的是人民的生命，永远对土地起着决定性作用的乃是人民的意志、智慧和创造性的劳动。

上面我向你提起过的，那个贡献了重要建议的潘老头，他就变了许多，我想，拿他的变化来说明这座城市的变化是再好不过的了。最初我是在什么情况下见过他的呢？我来说给你听吧。

有一天，我记不清确切的日期了，反正是去年 6 月间，我从自己的住所去访问本县的县长。顺便在这里说一声,县长是个很老实的青年,过去当过一小支游击队的领导人,他和我已经成了很好的朋友了。那时是夏天,热得连一丝风都没有的黄昏。我穿过一座倒塌了的牌坊,原来歇在刻着"旌表"字样的残石上、对着远处的新坟眺望的几只老鸦,这时忽然惊飞起来,呱呱地连声聒噪。我没有理会它们,但心头却感到一阵厌烦,便加紧了步子从满布青苔的石板路上踩过去。往年留在这些石板上的州官百姓们的马蹄脚印,如今都已模糊难辨;而两旁鳞次栉比的房舍屋宇、买卖人家,也早已全部淹没在荒草之中了。一个人在这样的地方走着、感觉着、思索着,他的心就不期而然地会收缩起来。而正在这种时候,我突然发觉到,在路旁某处,在一个幽暗的角落里,似乎有什么在向我窥视。我蓦地停下来,仔细看了看,才看出在我左边的残砖败瓦堆中,蹲着一个人——那一刹那,说实在话,我并不能肯定他是人;他干瘪、抖索、黧黑、衣不蔽体,活像一个幽灵。他正在那儿挖掘什么,也许是听见了陌生的皮鞋的响声,才迟钝地扭转头来的。他一直木然地望着我既不起立走开,也不回过头去,眼睛没有光,只有当他把眼皮轻轻地闭上一会儿的时候,我才深深地了解到:他看见了我,但他很痛苦!我刚走上前,打算和他交谈几句,他却惊惶起来,抓住他的破篮子,跟跟跄跄往相反的方向走去了。

这一夜,我几次被噩梦惊醒,以致通讯员都被我弄得心神不安了。我一点也不害怕,我只是特别悲哀,我想:究竟是什么使他放弃了人的尊严呢?记得仿佛是高尔基说过:人——这个字听起来多么骄傲!可是,野蛮的旧世界却剥夺了千千万万人的自尊心,把他们贬低到生物的水平!

这是个不愉快的回忆,但一想到如今毕竟不再存在着这种可怕的犯罪的现象时,倒也又可以引为安慰。

听说,这个潘老头流落在外的小儿子已经回来了。我想找个时间去探望探望他。他过去大概有过不止这一个儿子的,但恐怕都早死了。

你在信上说愿意来这个新生的县城,这很好;然而,我想弄清楚,这是由于好奇呢，还是决心和我们一道奋斗？你一定会考虑到，我们的目标是引导并且帮助边疆上的各族人民，建设文明的富裕的生活。然而，要完成这一切，却绝不是短期内所能达到的，也许，需要我们抛却青丝，换作白发，耗尽毕生的精力……

岸　1951年5月

第三封信

首先要请你注意，与其认为这是一封信，还不如把它看作便条的好。

昨天，团长从前边回来，他给我带来了一大包普洱茶并且郑重其事地告诉我说，这是真正的普洱春芽，直接从茶园里买来的。现在都寄给你，款待你的客人吧，你尽可以夸耀这种茶。

此外，我还要告诉你一件叫我生气的事。这件事发生在今天早晨，吹起床号以前。

按照我的习惯，我还是每天比一般人早起半个钟头。这段时间，我用来散步、呼吸呼吸新鲜空气，并且计划一下即将来到的一天的工作。没想到，今天却遇见一个没有礼貌的战士。他赤膊跑过街心，到厕所去小解，我在门口等了等，他一出来，就叫住他，告诉他以后要穿好衣服，不兴这样随便。你听他居然回答了一句什么，他说："城里又没有几个老乡，有什么关系！"我厉声告诫了他一顿……你替我想一想，这样下去还了得吗？为了这个调皮捣蛋的家伙，难道要全团跟着他丢人吗？他也不想想，他不但是革命军人，而且还是这个县城的居民。照理说，难道他不应当担负起双份的责任来爱护这个城市、尊重这个城市吗？为了这桩事和其他好些类似的问题，下午我要召集一个会议……

短期内，我将要离开这里，任务是什么，我没有权利告诉你，时间要半年，也许更多一点。你既然摆不脱那边的工作,暂时就不必考虑来的事情吧。至于信,只要你不怕参谋长将来笑话,就请仍寄原处,只是劝你节制点,别写得太多,真不好意思。

岸　1952年1月

第四封信

我一回来,参谋长就笑嘻嘻地对我说:"你有三斤信!"接着他就交给我厚厚一沓子,虽说没有三斤,可也够我整整读一天。这些信叫我十分迷乱,因为我拆开它们的时候并不会仔细核对邮戳上的日期,于是信里所谈的事件就颠三倒四地纠缠成了一堆。后来,我才弄清楚,原来这半年你的变动也很大,刚刚到了淮河工地,忽而又要去朝鲜前线。你也开始像一个真正的军人那样劳碌起来了,我衷心为你高兴。革命军人是人道的高贵的豪迈的职业,如果我能再活一辈子,我还会毫不迟疑地选择它的。

你征求我的意见,我能说些什么呢?到朝鲜去!单是这一句话,就已经是英勇、同志爱和自我牺牲的象征了;你是幸福的,我只能羡慕你。

你是个独立的人,我也是个独立的人,我相信你,正如相信我自己一样。既然我们都有着对共产主义必定胜利的不移的信念,那就是说,不论在我们各自的生命的途程中,遇到什么样的坎坷和风险,我们都定能唾弃那些引诱我们走向堕落、虚伪和渺小的东西,而不断地把自己推向更崇高、更纯洁的境界。

然而,虽说我们彼此都在独立地走路,却应该互相寻求支持,这种互相给予对方的支持,对被支持者来说,都是不可缺少的。

你的来信中,不止一次地埋怨我给你写得太少,这一点,我承认;可是你居然说,仿佛我对你的感情是某种经过"压缩"了的爱情,这是错误的,至少,是你的偏见。爱情是不能压缩的,就好像水银不能压缩一样。爱情必须是专一地倾注的,无穷无尽的,永远沸腾的,并且是最能温暖人的心灵的。你能说,我们的祖先,当他们还不知道使用笔墨的时候,就没有动人的爱情了吗?不,爱情是一个永恒的主题!但每一对纯洁的爱人写下的诗歌都只有他们自己能无限度地揣摩、领会和享受。至于通信的多寡,那不过是一个不很可靠的标志。重要的,是内心的真诚。

近来,我常常考虑到我们两个人的职业。读了你的这些来信后,思想就更加明确起来。我觉得,我们的不同的职业似乎有着某种内在的联系,我们都是为了使活人不痛苦,才去接触死亡的。我拿枪打死敌人,是为了其他更多的人,你拿刀挖掉某一块肉,是为了挽救整个的人体。看起来,我们仿佛都是硬心肠。其实,我们这种人的心肠最软。只有那帮资产阶级的大小打手和江湖郎中才是死亡贩子,我们却是人类生命的真正的守护者。

我想,这不是骄矜和自吹自擂,这乃是正当的自豪。

也许,我们注定要分离很久而不能见面,但是,比起这种思念的痛苦来,我们有更大的权利去享受整个时代的欢乐。

我很不习惯于这种心情的表白,但是,我可以向你保证:我想的比写的要多得多。

应该和你谈一谈你所关心的这座城市。可能是因为我自己离开了这里半年,觉得变化特别大:首先映入眼帘的是,全城的房子都刷上了一层白垩,所有的洼坑都被填平,街道整洁起来了,新设了贸易公司、粮仓、新华书店和一所学校,四乡的农民都进城赶街,市集上到处散发着油煎粑粑的香气,飘荡着无花果、芭蕉的甜味和芳香,负重的马帮带着叮咚的木铃穿过闹市,马儿把热粪留在石板上,而不到一分钟又被打扫得毫无痕迹……

此外,我还要向你预告有关这座城市的一项基本建设工程,一座小型的火力发电站正在筹划中。值得骄傲的是,担任修建工作的不是旁人,而是我们军工。你知道,我是喜欢电,甚至崇拜电的;我相信,那在电线中奔跑的不是什么电子、中子，而是具有魔力的传播文明的血液。我敢保险，只要我们的火力发电站一旦发动起来，那么，家家户户每天夜晚就都会像过节一样快活！你想一想吧，电的好处有多大！白昼延长了，劳动延长了，而且，在灯光下面，还可以看见孩子用半握着的小拳揉醒自己，望着这个奇异的用线吊着的小太阳微笑……

土地复活了！

你和我们一道庆贺吧。

今天上午，潘老头听通讯员说我回来了，便跑来看我。他说，他的小儿子已经在防疟训练班毕了业，下乡参加工作去了。接着，便伸出胳膊给我看，说是我们的卫生所又给他进行了两次免疫注射。这个老头变得既活泼又唠叨，他把他儿子告诉他的许多卫生之道搬出来，对我做了一次宣传，并且像医生似的问我一向过得怎么样，有没有打摆子、是不是经常吃阿的平等等。这些话使我很感兴趣，但尤其引人注意的是，他的眼珠乌黑发亮，仿佛是拨开浓雾后的晴天。

"天气变好了。"他笑着对我说。

我点点头，肯定地同意了他："对，变好了。"

其实，自然条件何尝有什么大改变，只是社会变了，人们的心理变了。

住在团部斜对门的一家老乡，也在门上贴了这么一副春联：

战胜大自然风调雨顺
消灭反动派国泰民安

这是人民的希望，也是恢复了人的尊严的人民对自己的力量的信心。

把命运掌握在自己手中的人民是不可征服的。我相信，朝鲜人民也正是这样一种人民。愿你和这个懂得如何保卫人的尊严的民族，一道去战胜万恶的敌人！你可以把这个当作我的祝福。

你离我愈来愈远了,但你完全可以感觉到:我的心始终和你在一起。

这封信要什么时候才能送到你的手中呢?我不敢想象。

岸　1952年7月

第五封信

今天是八一,这个日子对我们永远是神圣的。

全城的人都参加了示威游行。我不知道别的城市是怎样的,也不知道朝鲜战地又是一番什么景象,但是,我相信,再也不可能找到这种使我感动的队伍了。到现在为止,这个城市只有两千多个普通居民,剩下的就全部是部队。然而,今天这两千多个居民都毫无例外地走进了广场,走向了街头。没有一个旁观者,他们都是游行的参与者,正如同他们都是生活的建设者一样。尽管队伍不长,却分外壮丽动人。这里的老人和小孩流着眼泪高呼"中国人民解放军万岁""中国共产党万岁""毛主席万岁"的口号,他们的激动是完全可以理解的。为什么不尽情流一流欢乐的眼泪呢?他们过去从来都没有流过这种眼泪啊!

不过,这个环绕全城一周的游行,对我们却另外还有一种告别的意义。这也就是我马上要对你说的:我们的部队最近就要离开这儿了。我们要去接收一个比原先的这里并不更好的地区,我们要带着枪去警卫,也要带着锄头去耕耘。详细的情况我也不很了然,我只能告诉你,此行的目的地,是我们祖国大陆的最南的边境。在那里,敌人偷偷摸摸地对我们进行斗争;和北纬三十八度线不一样,他们的心计和行动,带着更加阴险、更加诡谲、更加下流的性质。不过,你放心,我们不怕。

在这里度过的两年,是难以忘怀的两年。生活是严峻的,我们每个人的生命——我不仅是指肉体,而且更主要的是指内在的精神力量,在这里都受到了过去不会经历过的考验。回顾起来，仿佛我们的全部工作，就是在这里编了一支生命之歌。如今，这支歌已经流传开了，它振奋了强者、激励了弱者、医治了伤者。我们不打算从这里把这支歌带走，因为本来就是为它而编的。我们将要到更偏远的地方去，在国境线上，另编一支新歌，而我们的顽强的无坚不摧的生命，又将加入进去，成为一个一个的构成伟大乐章的音符——你愿做这样一个音符吗？离开了集体，个人的生命就变得毫无意义；离开了曲谱，孤立的音符也绝不能成为音乐。

真的，我们是愈离愈远了。

说我不发愁，那是假的。可是，我住的院子里，不知怎么栽有一棵柳树和一棵松树，一看到它们，我就只能责备自己了。

也许，这个偶然的巧合正是某种神秘的象征！

我一想起毛主席的教导，我就会驱散愁思，振作起来——要像柳树那样落地长根，插枝成荫，要像松树那样挺秀劲拔，万年长青。边疆需要我啊！而我，唉，不能不承认，我又是多么的需要你啊……

岸　1952 年 8 月

"其实，他就不写，我也知道的。"我的朋友的微微羞怯的眼光，落在最后一行显得潦草的笔迹上。

她用一块洁白的手绢包藏起这束珍贵的信件，然后，又带着无限柔情，轻声说道："我怎么能不来呢？他说边疆需要他，这就是说，边疆也需要我啊！"

1954 年 3 月 6 日写于复兴后的云南思茅城

太阳的家乡

午夜。这是军区抗疟队在朵里黑逗留的最后几个小时。他们在这里的工作已经告一阶段,天一亮,就要动身到哀牢山那边的另一个重点防治区去。人们为新的斗争任务所激动,很早就都醒来了。年纪大一些的队员比较沉得住气,他们还想闭住眼睛,勉强再睡一会儿,可是,那些已经悄悄起床了的、刚从军医中学毕业出来的爱叫好动的小伙子,却叫人难以安眠,不是把油布在地上拖得窸窣作响,就是不小心将铺盖索子纠缠在别人的蚊帐顶上,总之是大家都非起来打背包不可。

这样闹腾了二十分钟,看看天色,离拂晓还早着咧,于是,被吵起来的人把爱吵闹的家伙好好埋怨了一顿,但随即又高高兴兴地彼此挽起手,三三两两地出去了,他们想趁着这个机会,到寨子附近的各处走走,做一次告别的巡行。

屋子里只留下四个人:队长、助理军医、一个名叫嘎嘎的本地工人兼向导,还有那因为害怕伤风而待在屋里的年轻的队员小马。

此刻,仍然在忙碌着的只有队长一个。助理军医带着心满意足的神气坐在自己的单薄的背包上,不知道为什么微微发笑。嘎嘎的行李也早已捆好了,他像一个陀螺似的在队长身边转来转去,想帮他一点忙,但又插不上手。小马则摊开雨衣躺在地上,背靠着铺盖,用挑剔的眼光望着队长,看着他一会儿在被子上拍打一阵,一会儿又把垫单抽出来,跑到门外去抖个不停,心想:队长倒真是个好队长,就是未免太爱干净了,婆婆妈妈的……嘴里也就忍不住说:"嗨,队长！就这么几件东西,你足足包了有三个钟头！"

队长照旧做他认为应该做的事情,头也不抬,只是带着嘲笑的意味应道:"你看你又来了不是！夸张！夸张！——你的最大的毛病就是夸张！"

小马猛一下跳起来,跑到烛台边,扬起袖子,装模作样地说道:"好,好,我们来对表！你说我夸——"忽然,他缩回自己的被烫着了的手,那原来就极不济事的微弱的烛光,可怜地颤抖了一阵,便熄灭了。

热心的嘎嘎终于找到了为队长服务的机会,他擦燃了一根火柴,但立刻又被谁吹灭了。

"你算了吧,蜡烛点完了。"这是小马的声音,接着,他在黑暗中打亮了手电。

这时,队长才加速了动作,不一会便把一切都收拾妥了。

小马玩弄着手电,可是,马上就厌烦起来,黑暗并不会使他感到不安,他是害怕沉默。因此,他不加选择地说出了那第一个进入他脑中的思想:"我说呀,队长,我们多光荣！我们是第一批进入这个'死亡区'的人……"他还想往下发表意见,却被队长打断了。

"我同意你的第一句话,可是不能同意第二句。"

"为什么?"小马热烈地反驳起来,"难道说,在我们来这个朵里黑以前,还有什么人对这里的恶性疟疾挑过战？——不,我绝对不相信,世界上还有谁像我们这样,敢冒这么大的危险！"

队长又嘲笑着说:"又是夸张！"

"也许,你在你们那个军医中学还选修过'吹牛原理'吧?"助理军医忽而插嘴进来,开了个玩笑。但小马却从语气中听出有奚落的意味。在他的心目中,助理军医就像一般资历较老,但没有受过正规训练的同行那样,心里其实是羡慕别人,巴不得哪天自己也去住住学,可另一方面又自恃有些经验,虽然说不上是存心瞧不起别人,却总有那么一点儿不对劲儿。

小马正想回敬他两句,队长忽而严肃地说:"只要我拿出证据来,你就会无话可说——要不要看看证据?"说罢,拍了拍垫着坐的马褡子。

这富有诱惑力的拍拍两下子,立刻叫小马兴奋起来。他嚷道:"当然要看!"

队长起身推开了一扇只有城市里才可以看到的带格子的大窗户——为了说服老乡加开这样的窗户,他们费了多少口舌啊——下弦月在天上羞怯地照射着,发出一种稀有的淡红色的光辉。

"简直是神话中的月亮!"小马吃惊地想着,脸上流露出困惑的神情。他顾盼了一下四周,感到小屋中的一切,包括活人在内,都显得朦胧而暧昧起来了;什么虫子在墙角嚯嚯地叫着,永恒的山岳矗立在远方,孤独的槟榔树在窗外摇晃着自己的身影,在这种情景下,队长要谈一个令人不能置信的故事,并且说可以拿出证据来——哎,真像个狂想的夜晚啊。

"好,好,我这就找给你看。"队长仍然慢条斯理地说着话,一面把手探进马褡子里掏着。不多一会儿,他拿出来一个油布包,花了不少时间,才把捆得紧紧的三四道绳子解下来,然后,又是一层叠着一层的包皮纸,最后才看见一个不大的布面记事本,上面布满了灰色的和绿色的霉斑。立刻,一股难闻的气味从这个神秘的本子里散发出来。小马不耐烦地吹着口哨,但眼睛却牢牢地盯着这个仿佛刚从水里捞出来的黏答答的本子。究竟那里头有些什么花样呢?奇怪!队长小心翼翼地揭开封皮,又看看自己的手指,然后才动手把那一页页黏在一起的纸张分开来,"你不是要证据吗,小马?——证据就在这里!这个本子告诉我们,有一个人到这里调查过疟疾,比我们来得早,而且早得多,我估计总有十五年……"

"什么?"小马伸手就去抓那个本子,队长对着他的手腕打了一巴掌,"干啥?你没看见我把它看得多么珍贵!"

助理军医和嘎嘎都走近来,就像那个本子变成了磁石,而他们全都变成了一些铁片似的,被吸引过来。助理军医对那有着霉斑的封皮看了一眼,便用敬重的口气问道:"队长,你这是从哪儿把它弄来的?"停了停,又用内行的神气说,"怎么?这里面保存着许多原始记录吗?"

"我还来不及翻一遍呢。"队长解释着,"这是昨天夜里我们房东给的,他听说我们要走。特意把我找去,他说:'这个本本是我爹临死前交给我的,说是上面写着治病驱邪的药方子……我爹不认识字,我也不认识字,要它有什么用呢?送给你,怕还多少有点用处。'我就收下了,随便看了两眼,还没有发现什么名堂。不过,我已经知道:这个本子的主人名字叫梁新,大概还是医学院的毕业生。"

小马仿佛在考虑什么,沉思了一下说:"借给我看看行不行,队长?"说着又打亮了手电。

这时,助理军医却叫道:"不行!不行!"他把队长那只已经伸给小马的手挡了回去,"时间还早得很咧,我看,最好是请队长读一遍——能读多少读多少,让我们大家听听!"

"赞成!"小马高兴地叫起来,立刻换作骑马的姿势坐在队长的马褡子上,把下颌伸出去,搁在队长的肩头上,"队长,我给你打手电!你就快念吧!"

"好,你们听着!"

2月28日

……这个寨子的名字非常古怪!朵里黑,为什么要叫朵里黑呢?我问过许多人,谁也不知道。

看起来,这该是一个少数民族的寨子,然而,住在这里的又全都是些汉人,这又该怎么解释呢?

3月4日

来朵里黑四天了,工作却没有开始,人们都不信任我,他们把我看作阴谋家、危险分子,有一个人曾经问我:"梁先生,你是不是在省城犯案了？"真糟糕！

另外一些人又把我看成傻瓜、疯子，我到臭水坑里去捞孑孓，他们就围在我身边，指手画脚，甚至公开嘲笑我："是不是打算捞回去炒来吃？"他们哈哈大笑，很开心。一些小孩子似乎对我亲近些，可是这又有什么用呢？他们不过是对我的眼镜发生兴趣罢了，能指望儿童的"支持"吗？笑话！

人们啊，你们为什么不相信我呢？我难道不正是为了拯救你们的生命，使你们免于疟疾的威胁才来的吗？

3月8日

今天总算是把房子问题解决了，我想，在结束了这种可悲的"游牧生活"之后，我一定可以比较顺利地进行自己的研究工作了。

我的房东是个好心肠的老头子。然而，他身上至少有四种病：疟疾、脾脏肿大、橡皮腿和严重的哮喘症。我不懂，是什么力量支持着他，竟然活了五十五岁，而且短期内大概还不至于死去。

生命是脆弱的，但也是顽强的。

3月9日

我的房东姓罕。这位罕老头只有一个儿子和一个女儿。他的为他养过十一个儿女的老婆去世了，死于"痧症"，另外大大小小九个孩子，也相继死于"痧症"。这里的老百姓把疟疾一概称作"痧"，有泥鳅痧、蛤蟆痧、羊毛痧、青痧、红痧等等。他们认为这些病都是瘴毒引起的，他们对蚊子并无仇恨。

罕老头告诉我，原来朵里黑是濮奴人住的地方，后来，在一次大瘟疫中，濮奴人死绝了，汉人才搬了进来。朵里黑是个好地方，出产富足，稻子一年三熟，就是天气热，也正因为热，才叫朵里黑——据罕老头说：朵里黑在濮奴话中,意思就是太阳住的地方。自然,我们不妨把它改得更文雅些,那就是太阳的家乡……

哦,太阳的家乡!多么出色的名字!

3月15日

我对老百姓说,你们应该扑灭蚊虫,是蚊虫叫你们打摆子。他们不相信,我又说,蚊虫身上还有一种"小虫子",蚊虫叮人的时候,便把这种小虫子"装"进人的血管,小虫子一作怪,人就病了,他们还是摇头。于是我把他们领来看了看显微镜,当他们看到镜头下边的疟蚊的胃囊和唾液腺时,他们害怕了。然而,使他们骇怕的是这景象本身,而不是那些致命的原虫。

他们依旧怀疑。他们说,哪一天要领我去看看瘴气,就知道到底是蚊虫厉害还是瘴气厉害了。好吧,看就看吧,我倒很愿意见识见识它!

3月17日

邻家有个孩子病了,显然是因为衣衫单薄、营养不良等外因诱发的疟疾,人们却议论纷纷,说他一定是遇到瘴气了。我问他们,理由呢?他们说,今天早上,孩子的娘叫小石宝上山去采鸡棕①回来就病倒了,这不是中了瘴毒是什么?我当时真想骂这帮家伙一顿,只是后来想到得罪了这个寨子的人,这个寨子非把我撵出去不可,才忍住了。唉,愚顽的大众啊,你们什么时候才能接受科学呢?你们叫我怎么说呢?如果我告诉你们,普通的蚊子是晚上叮人的,而疟蚊则是白天叮人的,你们信不信呢?

---

① 云南特产的一种菌类,棕黄色,比一般蘑菇大,味鲜。

3月18日

小石宝的病愈来愈沉重了。我今天去看了五次,反正近得很,就在隔壁。我让他服了药。可是,不管我怎么劝说,他娘都不同意给病人打针。有什么办法呢?明天再试试看吧。就在我诊病的时候,有一伙妇道人家进进出出,找着小石宝的娘叽叽咕咕,不知道怂恿她干什么。反正是出什么主意吧,请江湖郎中,要不就是请巫婆。管他哩!我已经明白:这种悲惨的情况,不是我一个人的力量所能改变的,根本问题是要办教育,叫人们接受科学。同时,我还应该提醒我自己:你的工作是调查研究,至于遇上这类事情,你所应该做的,仅仅是凭良心而已。

3月19日

果然,不出所料,不,不,应该说是出人意料——谁能想到竟会有这样可怕的迷信陋习呢?

小石宝的娘和寨子里的一伙人,今天出去了一整天。回来的时候,我问她上哪里去了。她期期艾艾,似乎很为难的样子,晚上,还是罕老头说了出来,原来是别人带她去山上刨坟去了。我大吃一惊,追问他为什么。罕老头答道:"找皮寒鬼咧!"我要求他说得更详细些,他才说:"刨坟翻尸,翻过来就是反过来的意思,有病变无病。"并且说,他自己这条命就是这样保下来的……

3月20日

孩子的病没有什么起色。他娘有点惊慌。我问她:不是找了皮寒鬼了吗?她忽然哭起来,哭得很伤心,从她的悲痛的倾诉中,我约莫听清了一个大意。她说,她只有这么一个小石宝,男人早死了,另外几个孩子也都夭折了,如果小石宝有个三长两短,她也就不想活了。

是啊,苦难的大众啊,我不是来帮助你们了吗?可你们为何不了解我呢？

我终于替病人打了一针。科学胜利了。

3月23日

天还不亮，我就被人摇醒了，睁眼一看，屋里已经挤满了人，他们的神色全都十分紧张，我以为出了什么事情，一问，才知道是要我去看瘴气。

于是我就跟着他们去了，走到寨子外，他们指着远处山脚下，神秘地说："那不就是！"其实，我去过那个地方，我记得很清楚，那个地方有个积水池，也就是本地人叫作乌龙潭的，水和别处的水一样，一点也不特别，只是如今有一股雾气冉冉上升罢了。比较不寻常的是，这股雾气略带淡青色，并且显得凝滞，移动也比较缓慢。难道就因为这个而叫作瘴气吗？这些色调上和运动上的特点，是完全可以找到科学的解释的。只是，现在我还不大明了……

这些领我来的人很注意我的表情，我觉察到了这个，因而我故意沉默不语。是的，这纯粹是科学问题，怎么能轻易发言呢？我还要好好研究一番才是。

在归来的路上，他们又威吓着说："这还不算厉害，还有一种五彩瘴，人一闻就死！"我问他们谁见过，他们摇头："哼！见了不就死了！"我马上就质问，既然见了就死了，那是谁告诉你们的呢？难道是皮寒鬼托梦吗？他们答不上来了，只好乱支吾："老人传下来的。"什么都是老人传下来的！真可笑！

3月24日

无论如何，我应该按照预定的计划行事了。第一步，调查居民点三公里以内的自然条件；第二步，做卡片记录；第三步，居民健康情况普查……想来阻力一定是不小的,我本来就是在孤军苦斗啊!

为了科学,我愿意忍受一切!

3月25日

我开始了有系统有步骤地调查工作。整个白天都在野外消磨,初步填了几张表、画了一些图,第一天的成绩应该说是不小的。这里的水的清洁程度是低下的,简直惊人,不知道为什么,连布良江这么大的河的上游,竟然都和死水一样肮脏!

3月26日

今天才从野外回来,罕老头就告诉我一桩不幸的消息:小石宝的娘死了。真是的!死得这么突然!我去看了看,刚刚痊愈不久的小石宝还蹲在门角上哭呢。据罕老头说,她早上就叫着不舒服,说是夜里盗汗,发高热,不一会便喘起粗气来,倒在床上,不会说话了……没有疑问,准又是脑型恶性疟疾①!唉!

3月30日

小石宝被山上的阿卡人②领去做养子了。可怜的小石宝!在阿卡寨又有什么样的命运等着你呢?不知怎么搞的,我连做卡片的心思都没有了——毕竟是我救活的孩子啊!

队长念到这里,忽然被嘎嘎打断了。

"什么?小石宝也到阿卡……到哈尼人家里去啦?"嘎嘎的两眼含着泪

---

① 这种疟疾常使人大脑语言中枢失灵,病人丧失说话能力。云南俗称为"闷头摆",又名"哑瘴"。
② 阿卡族,即哈尼族,旧中国把他们叫作阿卡,有侮谩之意。"卡"作奴隶解。

119

水,声音有些颤抖,这一本他所不认识的医学家的遗札,使他想起了孩提时代亲身经历过的悲剧,仿佛那隐藏在记忆底层的事物,刹那间都揭开了帷幕,清晰地呈现在他的眼前。他有着一个和小石宝一样的童年。他想,也许,小石宝就是我吧？这个疑问是如此有力地激动了他,以致使他感到了深深的苦恼……

"嘘!"小马把食指放在唇边,吹出短促的哨音,警告着嘎嘎,不让他说话。

助理军医拉了拉嘎嘎的衣裳,低声说道:"让队长读完它再说!"同时他又不以为然地瞟了小马一眼。

嘎嘎呜咽着,把头埋进自己的巴掌里,全身都蜷伏在黑暗中。队长忽而意识到:我大概是触动了嘎嘎的什么伤心事了。他想停下来问问他,但又看见屋子的四角都有香烟头在一闪一闪的发亮。哦,原来人们早都回来了,大家都一言不发。他醒悟到,这种严肃的沉静就是希望他、催促他继续读下去的表示,于是他没有说一句多余的话,又读了起来。

4月5日

今天下大雨,没有办法出去,只好和罕老头闲扯。这个罕老头真是个憨老头。他直到如今,还坚持疟疾流行是因为这一带地面不干净,出了几条大蟒,早晚到水沟边吃水、吐气,吃过的水和吐出的气都有毒,人吃着这股水,闻着这股气,就要打摆子。

我把他住的房间仔细看过一遍。卧室黑得怕人,但这也有理论,叫作"黑房亮灶"。接着,我发现他床脚挖了一个一尺见方的土坑,里面湿漉漉的,周围撒的有灰。我问他这是什么,他说:"这是尿灰塘,家家户户都有。"他也挂着一顶积满灰尘的破帐子,窟窿大得可以伸进去一只拳头。我告诉他应该补一补了。他却答道:"补什么？补衣裳的布都没有!能遮风、遮羞就行了。"

4月6日

雨一直不停,又是一天关在又黑又臭的土屋里。

我利用白天的时间构思了一下自己的学术论文,我想,把题目叫作"论云南南部的疟疾",比较堂皇得体。但仅仅凭手头的一些资料还是很不足的,今后应该在当地居民生活习惯方面多做考察,同时,土人治疟的药方,乃至有关的民间俗谚,都不应忽略……

如果我终于写成了它,那也就可以无愧于社会了。

4月7日

天乍晴,较往常酷热万分。布良江水比以往更加浑浊,但鹅卵石滩上却比以往清洁了。遍地的牛粪、马粪和人粪,都被这一连两天两夜的豪雨冲刷一净。寨子里的石板路也显得光滑起来,然而,另一方面积水坑却愈加龌龊了,成群的蚊蚋在水草上和空地上盘旋。在阳光暴晒下,水蒸气中卷着一股恶臭……

小孩赤身露体地在各处嬉戏,不论男的女的,一律鼓着圆圆的肚皮,看起来,至少都有三号脾肿。

上山砍柴的老头和妇女,涉布良江时,全都脱得一丝不挂,露出了枯黄的四肢和干瘪的乳房,蚊子在他们身后追逐,他们却习以为常。

而这一切,据说都是为了节省衣服。唉,中国人的"贫"和"病",就是这样互为因果……然而,"贫"和"病"又是从何而来呢?我不了解。

4月8日

我开始了第三步工作,不知道为什么,人们都不愿意对我说出自己的真实的健康情况,而提到扎血,就更加骇怕了,费了许多唇舌,才算是检查了五个人,都制了血片。也许是太急躁了,制血片时,我不小心割破了手指,流的血比制五十个血片的血还要多。

困难啊！也不知道第三步工作能不能做好？我真没有把握。

4月12日

我病了！也许是破伤风？根据一切征象看来，都像是破伤风，我怎么办呢？我要死了！什么都完了！

4月××日

我不知道自己睡了几天，今天似乎清醒一点。

罕老头和许多人来看我，只是叹息，仿佛我是死定了。哎呀，我真害怕，害怕得心都在发抖……我想起了一句古话：回光返照……

我的科学，你救救我吧！

孤立无援，这是最大的痛苦……

"怎么？他死啦？"助理军医吃了一惊。

"不知道，只是底下没有了……一个字也没有了……"队长的声调也很怅惘。

化验员在漆黑的角落里惋惜地咕噜着："唉，他怎么不小心一点呢？做个血片都会割破手指……真是太冤了，多好的一个人！"

"好人？"小马怀疑地朝那暗角落瞪了一眼，"我看他也不见得好到哪里去！你没有听到刚才念的什么？什么'愚顽的大众'啰、'根本问题是要办教育'啰，这是什么立场、观点？大不了是个超阶级的专家罢了！"

助理军医搔了搔头皮，猛然抬起头来，驳道："这些不用你说别人也知道！至少应该承认人家是个有良心、对事业很认真的人！人家活在旧时代嘛，要是活到了新社会，还不一样可以改造！"说到这里，他忽然忍不住地哼了一声，又继续说下去，"就拿你自己来说吧，你没有参加革命以前，你又知道什么立场、观点？"

小马的自尊心被刺伤了,他跳起来,叫道:"这和我有什么关系?——哦,你就把我和他看得一样?"

队长使劲把马褡子一拍:"你们这是干啥?要吵架啦?——小马,你坐下,不准再叫!我知道你们两个一天不抬三次杠就不行。"当他看到小马已经像一根烧熔了的蜡烛似的坐回原处时,才改变口气说,"不管怎么样,有一点我们应该肯定,这个人比我们进入疟区要早,在旧社会,在那样的条件下,这个人敢于这样做,至少他的勇气是值得佩服的……怎么,小马,你同意不同意?"队长望着尴尬不堪的小马,微笑起来。

助理军医认为队长支持了他的见解,因而自以为是胜利者。然而,当他一听队长往下说了个"但是",便赶忙收敛起得意的笑容,紧张地谛听起来了。

"但是,"队长继续发表他的意见,"另一方面,我们也应该看到,他至少有两大根本问题不能解决。也就是说,他有两大根本困难无法克服。两个什么困难呢?一个是当时的反动政府,不合理的社会制度,给他造成了困难,没有人支持他、帮助他,人民也不了解他。另一个困难是他自己给自己带来的限制,他没有正确的世界观和人生观,他不懂得科学本身不能成为什么目的,为人民服务才是科学的目的。他也不了解人民,他虽然看到了旧中国的'贫''病'现象,但他再也没有可能去挖挖'贫'和'病'的根子,他不懂得什么是阶级压迫和阶级斗争……"

小马听了队长的这一番谈论,心里慢慢舒坦下来,他觉得这些话全都说得有道理,不像助理军医那样,自己说不出个名堂,还偏偏爱讽刺别人。这么一想,他便把刚才的不愉快忘记了,热心地思索起来,像是自己参加了一个讨论某种重大而严肃的问题的座谈会似的,也总想发发言,讲上两句。

助理军医也在考虑队长的话,他想,队长无疑问是正确的,对这样一个人的评价只能是这样,如果让他来说,仍然不外乎是这些话,不过不像队长说得这样恰切、扼要而已。世界上有多少人会像小马那样幼稚、片面?于是,他高兴地接嘴说道:"不过,这个人也可以合上眼了,所有他做不到的事,咱们都做

123

到了。"

队长笑了笑,把本子重新包裹好,一面平静地应道:"话是不错,可就是要看这个'咱们'怎么解释了。要是光凭我们这几个人,那——"队长系好马褡子,摇了摇头,站起来把话说完,"怕是不成,别看眼前我们取得了不小的成绩!……是啊,成绩的确不小,你们看,发病率由百分之八十二点四下降到百分之五点三,一号脾肿全部消灭,其余的各号脾肿也平均小了三号多,环境卫生改善了,封建迷信打破了,死亡率降低了,劳动力增加了,因而荒地也大部消灭了,生产随着发展了,可是,能不能把这些都归功于我们抗疟队呢?我看是不能。"

队长望着没有天花板的屋顶,用力甩了一下胳膊,仿佛那儿有个人正在和他争辩似的。他说:"我的看法是,应该把这些成绩看成我们的党和国家,我们整个社会力量的总和,而不能仅仅把它看作是抗疟队的努力的结果。不错!"他愈说愈激昂起来,"我们同志们做了许多工作,克服了许多困难。可是,打个比方,如果没有土地改革,这里的农民买得起蚊帐吗?他们哪来的钱刷石灰、砌茅房、开窗户、修沟、填塘?要不是许许多多的几千年的老规矩都一个一个推翻了,我们怎么能叫农民不相信瘴气的胡说?……"

"别说这个了,要是没有共产党、没有人民政府,农民活都活不下去,有的恐怕简直不愿活了——活着没指望嘛!"小马终于找到了发言的机会。

"不错。活都活不下去!"一直沉默着的嘎嘎突然站起来,"同志们不知道,我小时候就和那个本子上写的小石宝一样!刚才队长念到那里,叫我好伤心!我现在记起来了,我恐怕还是汉人,不是哈尼。……"

"这是怎么的?"小马感到了很大的兴趣。

大家都精神一振,纷纷围拢来,听嘎嘎谈他自己的身世。

"记得我六岁还不知道是七岁,和小石宝一样,全家都死光了,就剩下我一个,没有吃的,我只好到处讨饭。后来有个阿卡大叔——那时候作兴叫阿卡——把我领上山去,帮他放牛……就一直长大到如今。"

"那怎么早不见你说呢？你看,还有这么一段!"助理军医咋呼起来。

嘎嘎显得很为难的样子："说实话,我是刚才模模糊糊记起来的……"他窘迫地向大家微笑着,看来他自己还感到有些惶惑。

众人望着队长,队长却点了点头："唔,这是完全可以理解的……"

"你既然不是哈尼人,那为什么又取了个哈尼族的名字呢?"小马侧着头,怀疑地提出了新问题。

助理军医立刻驳斥他："你没听说,一个哈尼人收养了他?"

嘎嘎笑了笑,显得活泼起来,他从另一方面答复了小马："不,我的名字不是个哈尼名字——对了,这一下我都记起来了,都记起来了!"嘎嘎快活地拍拍手,又拍拍后脑,仿佛他发现了什么宝贝似的,"有一回,我问别人,为什么我的名字跟谁都不一样?别人就告诉我,说我是乌鸦叫的那天捡来的,乌鸦是不吉利的鸟雀,你是不吉利的娃娃……对了,他们就是这么说的,所以,我的名字叫'嘎嘎',就像乌鸦叫一样。"

"呵,这又是一个证据,我敢担保,嘎嘎你不是哈尼人!"小马在人群中挥舞着手臂,大声地叫着。

"呃,你看你,又是夸张!"队长望着小马苦笑,"这个问题以后再谈吧!好不好,嘎嘎?"然后他转过头来对大家说,时候不早了,该动身了。

于是全体都忙碌起来。有的牵牲口,准备把队长的行李和显微镜等仪器上驮子,有的在看天色,有的在用手电四处照射,检查有没有遗漏的物件,大部分人则在收拾背包,但嘴里却仍然交谈着有关嘎嘎的"新闻"。

"要是他就是小石宝的话,那才真有趣呢!"不知谁在暗中猜测着。

"我看,有可能!"另外一个人蛮有把握地回答。

队长听了这些交谈,心中也怦然跳动了一下,他想了想,便去找到嘎嘎说："嘎嘎,你的事我们回头一定好好了解一下,要是你不喜欢现在的这个名字,我可以帮你另起一个。"

天还没有透亮,但人们听见抗疟队弄出来的种种声响,便都爬起来了。

他们端着昨晚早已蒸好的米粑,舀起一缸一缸的甜酒,打着火把,烧着松明,聚在寨口上准备欢送。有些被惊醒了的娃娃,眼睛还不曾揉开,忽然听见大人说抗疟队的解放军叔叔要走了,立刻哇的一声哭了起来。

抗疟队在说了无数安慰的、感谢的、亲切的言辞之后,终于收下了一些诚心诚意的礼物,走出了寨子。这时,他们在一家人家的牛栏①面前走过,小马蓦地停下来,凝神听了听,扭转身子便往回跑去,一直钻进牛栏,在里面拍打了一阵子,才笑嘻嘻地重新钻了出来,见了队长,他叫道:"你看!最后一只蚊子!"

队长看见他这副天真的样子,忍不住也对他滑稽地鼓了鼓腮帮。

"嘿,我知道,你又要说了:夸张!夸张!"小马把手掌上的死蚊子搓掉,装出不满意的神气嘟哝着。

"不,这回你猜错了。"队长笑着对他说,"我同意你的说法,这是最后一只蚊子!至少,我希望如此!"

小马立刻情绪高涨起来:"那还差不离!"说罢,他看了看东方泛起的玫瑰色的黎明,脱口便唱起了"白毛女"的插曲。

　　太阳出来了!
　　啊唷咿呀唷唷!
　　太阳出来了!
　　……

队长温和地注视着他,不知怎么的,他觉得小马的年轻而热情饱满的生命十分感动他,他想:是的,太阳出来了,太阳回到了自己的家乡了。于是,他

---

① 云南边疆的汉族聚居的寨子,一般都把牛栏设在寨外,这种牛栏很大,可以容得下四五条大牛犊。

回过头来,扬着手,招呼那仍然伫立在寨外的老乡们回去,那些朵里黑的人们也用招手回答,却迟迟不肯转身。他看见在火把和松明的光芒中,不,也许是在朝霞的映照下,朵里黑的人们的脸庞一个个是多么丰满而红润!于是,他自然而然地想到了明天,我们美好的共产主义的明天,这些脸庞,应该是属于那些未来的健壮的男人们和女人们的啊!他深深地相信:在明天,我们人民将不但是勤劳、勇敢、善良的人民,而且也将是美丽、健康、长寿的人民!

　　　　　　　　　　1964年3月7日,思茅——大理

祝你一路平安

一

第四十一号国防公路兴工修筑以后，在边防某团的驻地附近，忽然出现了某种神秘的电波，这显然是有一座敌人的电台在国境线上活动，而不难推想得到，这座电台的主要任务就是收集有关筑路的情报。

这些该死的电波使团长十分激恼，因此，他让侦察股长当他的助手，亲自来领导这全部的侦察工作。经过我们的无线电台连续数昼夜的空中搜捕，现在已经可以肯定：敌人的这座电台是藏匿在一百五十里外紧靠边境的大森林中。于是，剩下来的事情便是要派一个精悍有力的战斗小组出去，证实这个判断，务必最后消灭敌人，挖掉这座电台。

在这种时候，团长自然而然就想起了张德发和他的侦察排。"又该着他们露一手了。"团长微笑着，在心里替张德发他们高兴。他叫人去把张德发请来，自己则不慌不忙地推开墙上的布帘，用红蓝铅笔在五万分之一的巨幅军用地图上画着记号，同时脑子里考虑着将要产生的种种问题。

不大一会儿，张德发来了。关于发现了敌人的电台的消息，他是早已略有所闻，而且昨天侦察股长也对他做了相当露骨的暗示，告诉他最近可能有某种不寻常的任务，因此，他就更加心中有数了。不过，此刻他却尽力压制着自己内心的兴奋和企望，装出毫无所知的样子，等待他敬爱的首长自动把一切都说出来。

团长慢慢地转过身来,他许久不说话,只是用打量的目光反复地看着张德发。他的注视是这样严峻而专注,几乎使张德发有点发窘了。然而,张德发毕竟勇敢地迎接了这种视线,他心里在想:"老首长啦,我身上还有什么东西是您所不知道的?……"

团长似乎看出了张德发的思想,目光变得柔和起来,一丝笑意从眼神中掠过:"呃,怎么样?手痒不痒?"说着,他伸出双手,撒开十个手指,对着站在他面前的侦察排长摇了摇。

张德发也不言语,只是笑,一颗漂亮的黑痣在他嘴角上跳动着。团长对他点了点头,示意要他走到地图跟前去。"张德发同志,现在我们有了一个问题,你一定要负责把它解决一下。"团长的语气是坚决的,但态度上却充分显示着对对方的尊重和友爱,这是团长一向具有的特点。

当下,团长把有关敌人电台的活动情况,对张德发做了全面而又扼要的介绍后,便指着地图上靠近国界、已经被他用蓝铅笔圈起来的地区问道:"没有忘记吧?"

"团长同志,侦察兵走过的地方,他就忘不了。"张德发确信不疑地回答。

"别忙,别忙,我知道,侦察兵都有一条毛病——好吹牛。对吧?"团长做了一个手势,结束了自己开的玩笑,"你倒先给我说说,这一带的自然情况、地形、交通条件、居民的民族成分等等。"

张德发稍稍思索了一下,便说:"那里有一片大森林。这片森林,形状像一只草鞋,两头圆,中间窄,长有二十里,最宽的地方有六七里;森林的北半部,里面有个大湖——过去的地图上都没有这个湖,不知道如今添上了没有?从我们这里去,只有一条通路,此外就无路可走。我们要过螳螂江,没有桥,要蹚水;现在没问题,雨季麻烦些。过江后有一段险路;其实呢,也不算什么,约莫三里路长的一截狭道,是打埋伏的好地方。绕着森林前后左右有六个寨子,其中四个是拉祜族的,两个是傣族的。每个寨子的人口都不多,而且好像是没有民兵。"张德发忽然两脸发红,微微口吃起来。关于民兵这一层,他了解得不够确切,这使他觉得很难为情,虽然团长并不曾提出这方面的问题。

"是啊,很糟糕,那几个寨子始终是人民武装的空白点。也许,敌人就是钻这个空子……"显然,团长并没有注意到张德发面部表情的变化,相反的,他对张德发刚才所做的、简洁有力的叙述感到相当满意,不过他不愿当面夸奖他的部下罢了。"正因为这样,就更增加了我们行动上的困难……"团长接着说了两句,又沉吟不语了。

"团长同志,那里虽说没有民兵,老乡却是很好的。这个我敢保险,我在那一带转悠过一年多,和他们很多人都认识。"张德发说话的时候,心中暗暗着急,他生怕团长会改变主意,改派步兵连队去,那他的侦察排就会失去大显身手的机会了。因此,不知不觉的他说话就带上了一点夸张的味道。

"1951年以后,你就没有再去过那儿吧?"

"是的,团长同志,剿匪战斗结束以后,就没有去过。"因为猜不透团长问话的用意何在,张德发有些恐慌。

突然,团长快活地嘲笑起来,说:"这几年怕都把你们养胖了吧?胖了也就一定懒了,胖和懒总是连在一起的……"

"不,我们经常演习呢,团长同志。"张德发分辩着。

团长立即锋利地驳他:"演习?演习不如实战。"

张德发也就绝不错过良机,连忙说道:"就是呀。所以,我请求上级把这个任务一定交给我们。"

团长眯起一只眼睛,含有深意地笑了笑,心想:好滑头的家伙!他快步走过来,出其不意地抓住张德发的右手,把衣袖往上一捋,捏了捏张德发胳膊上的肌肉:"嘿,还结实!要是胖了就糟了!告诉你,我可不要浑身虚胖的兵!"他放开张德发的手臂,感慨起来,"目前我们所处的环境,可以说是相对的和平环境;一个人处在这种环境里,如果忘了警惕,忘了锻炼,那——我敢担保,他身上的每根神经都会变成脂肪!"他停了停,若有所思地望了张德发一眼,忽而迅速地走到桌子跟前坐下,"好吧,那你说说打算怎么办吧,情况就是这样。"

张德发绕到桌子前面,用锐利的眼睛朝墙上的巨幅地图的某个角落扫了一眼,开始用沉着的、蛮有把握的调子说起来。

"我想,最好是让我一个人先去跑一趟。敌人既然把电台安置在森林中,那他们就少不了要和四周围的寨子打交道,不然他们吃什么呢?我在那些寨子里,还有不少熟人,头人、群众,我都认得一些。通过他们,先摸一摸敌人的底。了解一下,敌人有多少人?带了些什么武器?老乡们砍柴打猎的时候,有没有碰见过?大致是在哪一带活动?当然,最好是能摸到敌人的行动规律……此外,我还想了解一下,除了利用通讯的方式以外,敌人和境外有没有其他的联系?总之,只有把这些情况掌握了以后,我们才好下手。比方说,我们到底应该去多少个人?眼前就不好决定。"他蓦地结束了这段陈述,等待着团长发表意见——赞同呢还是反对?

团长这时却闭上了眼睛,看上去仿佛睡着了似的。闭着眼睛听别人的建议,这是团长的习惯。他觉得这样做,似乎可以更好地把注意力集中在耳朵上,而大脑的思索力也就可以得到充分的发挥。

"就你一个人去吗?"他忽然睁开眼问道。

"单独出去活动,这也不是头一回了。"

"不会出问题?"

"不会。"张德发坚定地回答。

"不要见怪。"团长解释着,"我不是不相信你,我是替你担心——这件事委实太大了,军区首长也在等着听我们的战报。"他特别强调地再说了一遍,"战报。"然后,他站起来,向张德发伸过一只手来,"好,你就准备吧,后天回来向我汇报。"

张德发接住团长的手握了握,就像每次接受任务一样,心中不无激动,但他把这一切都藏在心里。党和上级的信赖、首长的明显的器重,以及自己内心的责任感,还有某种隐藏着的追求荣誉和功勋的冲动,这时,它们都已巧妙地和对敌人的憎恨交织在一起了。他由于过分克制自己,不愿流露感情,以至于面部表情显得简直有几分冷淡。他规规矩矩敬了个礼,走了。

团长目送着张德发离去,他望着这个二十五岁有着宽肩膀的结实的背影,直到他消失。多么可爱的、有才能有希望的青年啊,正是通过他的手把张德发从普通的战士逐级擢升为侦察排长的。他了解张德发、信任张德发,而这种了解与信任都是通过无数次血与火的考验的。他深信,这一次,张德发也一定能像以往那样,绝不会玷辱他的祖国、他的光荣的侦察排和他自己的。

二

就像钟表那样准确,两天以后,张德发又回到了团长的房间。

他满身灰尘,也来不及拍掉。因为汗渍的关系,草绿色的军衣蒙上了层朦胧的棕红色。腿肚上、脚踝上和拴着草绳的布鞋上,都沾满黑色的污泥和腐烂的破碎的荒草败叶。脸庞则由于烈日暴晒和睡眠不足而变成了暗褐色,往日十分显眼的那颗黑痣似乎不见了,只有那两排坚实、整齐的牙齿,仍然在闪闪发光。总之,他通身上下都在散发着太阳的、古森林的和汗的气息,就像一个侦察兵所应有的那样。

团长一看这光景,就明白他是从什么地方钻回来的了。他给张德发递过来一杯水和一支烟,带着毫不掩饰的关怀的神情说:"坐下谈吧。"

张德发一口气就把一杯热水喝下去了;他把香烟拿在手里捏了捏,忽然觉得还是不抽的好,又放了回去。

"我把六个寨子都跑了一遍……"

"也就是说,绕着森林跑了一圈?"团长饶有兴趣地问。

"是的,团长同志,绕着森林跑了一圈。其中有五个寨子敌人都去过,只有一个特别穷的拉祜族寨子,敌人没有去。根据我从老乡口里了解到的情况，有几桩事情是确定了的，不用怀疑了的。这就是：敌人一共有四名，背的都是清一色的自动武器，老乡说，他们看到有一个还背了个铁盒子——想必那就是无线电台了……"

"不，是报话机——一个背在身上的铁盒子还不能就算作一座无线电台。"团长温和地纠正着。

不过，张德发并不去领会团长说这话的意思，他根本没有工夫去考虑报话机和无线电台究竟有什么差别，他只管说他自己的："最奇怪的是，这批敌人穿的是我们的衣服，人民解放军的衣服，胸章、帽花齐全，不同的是穿黄胶鞋，就是李弥残匪的那种鞋。"

团长轻轻地吐了一口气，没有什么表示。

张德发不知道为什么向蒙着布帘的墙张望了一阵，忽然站起来，从自己上衣口袋里掏出来两张五千元的票子："这是土匪在寨子里买东西用的人民币！"他交给了团长。

团长对着光，仔细看了看票子，就把它们压在玻璃板下面去了。他仍然沉思着，一言不发。

"还是他妈的真人民币呢，不知道为什么这回不用假票子啦！"张德发开始骂起来，但他自己并不觉得。

团长站起来，走到墙边，把布帘推开了一半，却接着又把它拉上。他站在原地不动，停了半晌，才抬起头说："张德发同志，敌人是愈来愈狡猾了，你明白吗？"然而，与其说这句话是对张德发说的，还不如说是对他自己说的。

"是啊，团长同志。就拿这回了解的情况来说吧，你就没有办法摸着敌人的行动规律。敌人在树林里隐蔽得很巧妙，他们有放哨的，根本不让老乡接近他们；他们买吃的，有时是下午进寨子，有时是天黑以后，有时又天不大亮就来了……"张德发讲着，显然，他是从他的角度去理解刚才团长所说的话的。

"那么，你打算怎么办呢？"团长的眼中，又出现了那种严峻而专注的目光。

张德发立刻拉平衣裳,英武地并腿答道:"我带两个人去,坚决把它吃了!"

"这两个人是谁?"团长的态度十分冷静。

"万人和、段家兴。"

"倒都是出色的侦察员,只是还嫌少了。这样吧,你带三个人去,连你自己一共四个。"

"带谁好呢?……"张德发皱着眉头,自言自语。几秒钟后,他提出了新的人选:"团长同志,让我把洪仁同志带去吧。"

"洪仁?谁?是那个小鬼吧?"一丝慈祥的笑意像影子一样在团长的唇边出现了一下,立刻又在短髭中消失了。

"是的,团长同志。您不知道,前天我来团部接受任务回去以后,他就牢牢地盯着我,一步也不放松,直到我动身的时候,还拉着我的手要求我带他去,嘿,差不多要哭了!"张德发说到这里,忍不住笑起来。

"好吧,就算上他一个吧。那么,你们在今天把准备工作做好,回头我还要叫侦察股长去检查。记住,有半点马虎我都不答应!"团长威吓地伸出一根指头,戳了戳,"还有什么困难没有?"

张德发想了想,便说:"最好能给我们一条烟。"

"什么?"团长吃了一惊。

张德发连忙加以说明:"不是我们抽。我是想送给老乡,兴许还能发挥一点作用——吓唬吓唬敌人。这里面有一段故事,不知道您愿意听不?"他望着团长,拿不定主意是说下去呢还是不说。

"说吧。"团长对他投过来一个鼓励的眼色,并且重新坐定下来。

"这个故事是蛮蚌寨的一个老鲊①告诉我的。这个老鲊是个怪精灵的家

---

① "老鲊"是傣族头人的一种职名。

伙。他见我到他的寨子去,就拉我上他家里——剿匪的时候我在他家里住过。我拐弯抹角地向他打听情况,他也拐弯抹角地净想套我的话。闹了半天,我才弄清楚,原来他也正在怀疑那四个穿解放军衣服的家伙是'冒充的大军'。于是,他对我说,他是怎么'试'出这四个土匪来的。有一天,他在篾笆箩里找一样东西,无意中发现了半支香烟,他拿起一看,原来是不知什么时候剿匪部队扔下的'金团结'①,这时,他心生一计,便把它捡在口袋里藏好。说也凑巧,这天下午,那四个穿黄胶鞋的家伙又从老林里鬼鬼祟祟地爬出来了,一直往蛮蚌这个方向走来;他是头人,土匪进寨子就一定要找他。因此,他不慌不忙地把这半截烟头点着,放在篾桌上,等候土匪上楼。果然,四个土匪一看见烟,就一窝蜂似的挤上去抢,这个老鲊心里已经猜着了三分,便故意向他们献殷勤,说:'今天我们寨子里到了一些大军,不晓得咯是和你家一个单位?这支烟就是一位同志摆下来的,他怕是出去解手去了,咯要碰碰头?'那个眼快手快,把烟头抢到了手的家伙定睛一看,大叫一声:'金团结!'就好像捏着了一颗炸雷那样,把它丢到地上,拉起其余的三个土匪,不要命地滚下楼去了……"

起初,团长听着这个故事,只是嘴角浮着一点笑容,心里却在赞扬他的这个能干的下级:"他快要成了民族工作的专家了,通晓三种语言呢,傣话、拉祜话,还有哈尼话……"可是,不大一会儿,故事就把他整个地吸引住了,他开始大笑起来,最后,越发笑得前仰后合,简直是止都止不住了。他不得不掏出手绢来一再地擦眼泪,好久,才说出一句话来:"《三国演义》上说,死诸葛吓退活仲达,现在看起来是真有其事了。你看,不是吗?我们的半支'金团结'就吓跑了四个烂土匪!"

"因此,我想领一条烟。"张德发没料到这个笑话的效力有这么大,他微微感到吃惊。但是,尽管如此,团长的快活的心情也感染了他,他不再犹豫

---

① "金团结"是一种军用纸烟的牌名。

了,大胆地说出了自己的想法:"一个寨子散一包,布个疑阵,说不定还能把敌人吓得缩回老林,不敢动弹呢!要是真能那样,我们追起来也就方便多了。"

团长听了这话,虽然明知道有些天真和不切实际,但仍然爽爽快快地批了个条子,心想:就是为了那半支烟,再拿出一条金团结来,也是值得的!

不过,侦察排长从团长房里出来以后,却因为忙于种种准备工作,把这张条子掖在口袋里,忘记去领了。

三

第二天傍晚,有四个侦察员出现在森林北端的一个村落外面。这是一个特别穷困的拉祜人的寨子。十几间破败的茅屋,零零落落地分散在一片山坡上。看起来,寨子里的男人们和女人们下地去了还没有回来,只有家家户户拴在竹楼上的狗用凶恶的吠声迎接了他们。领头走的张德发做了个手势,叫大家谨慎地避开了狗①,绕道来到了一家地势最高的孤立的人家。

竹楼上的小门是半掩着的,不时有暗蓝色的炊烟从屋里冒出来。他们循着次序默默地走了进去。跟在张德发后面的,是沉默寡言、大手大脚的万人和,这个人虽说有很多英勇事迹在全团流传,可大家总觉得摸不透他的脾气,对他有点儿"敬畏"。紧跟着他亦步亦趋的年轻小伙子是洪仁,是个刚从农村出来不久的新兵。最后一个叫段家兴,天生就一双漆黑发亮的眼珠,有事没事滴溜溜转,一看就知道是个机灵鬼,他勇敢、活泼,尽管他贫嘴损人,每天依旧有一大伙人围着他,像跑马灯一样转个不停。

屋里只有一位瘦弱的老大妈,她正蹲在火塘边上用小瓦罐煮着什么,身旁放着几个烤熟了的苞谷。侦察员们走进屋,她也不打招呼。等到她认为小

---

① 这不仅是为了军事上的理由,而且是为了执行民族政策;狗,在拉祜人看来,乃是一种神圣的图腾。

瓦罐里盛的东西已经煮熟了，才用颤巍巍的瘦手把它从三脚架①上取下来，放在热灰里窝着；接着，她便捡起苞谷，走到侦察员们跟前，默默地一人一个地递进他们手里。递完了，又像母亲一样望着他们，两手交叉着抱在胸前，等待客人把苞谷吃下去。

张德发用拉祜话急切而又委婉地和老大妈交谈起来。

"排长认得她？"洪仁低声问万人和。

"当然认得啰。"爱管闲事的段家兴接嘴应道，"剿匪的时候……"

"剿匪那年，你又不跟排长在一起！"万人和没好气地顶撞着。其实，引起他反感的倒并不是那句话，而是段家兴的叽叽喳喳、自作聪明的脾气。

段家兴觉得受了侮辱，立刻不甘示弱地答道："不在一起就不兴知道啦？"心上更嘀咕着，"真讨厌人！"说真的，他不喜欢万人和那种以洪仁的保护人自居的样子，他认为这种态度本身就包含了对他的轻视；他调到这个侦察排来固然是晚一点，可他过去在老单位做的工作也不会比万人和不光彩呀。不过，有时他也不能不承认，万人和比他稳重、老练，在党的支部大会或者革命军人大会上，威信比他高，得的选票也总是比他多，虽然平日间"群众关系"似乎还不如他来得热络。

万人和却再也没有回嘴，低下头用牙去咬自己的指甲，显然有些不高兴。段家兴一见这景象，吓得吐了一下舌头，赶忙把身子转向另一边，装着若无其事似的轻轻地打起呼哨来。

其间，张德发已经说服了老大妈，他首先把苞谷送回火塘边，又解下自己的干粮袋，对着还站在一旁难过的老大妈拍了拍："您看，这不是带的有！"

接着，他们很快地烧了一锅开水，从口袋里掏出几只辣椒和一块盐巴，三下两下就把"晚饭"吃完了。

---

① 三脚架是云南境内许多兄弟民族通用的一种炊事用具，铁质；关于它，禁忌甚多，不能亵渎。

天黑下来。什么地方有人在吹着芦笙,调子是哀怨的,像是在倾诉一个凄凉、忧郁而且没有结局的故事。夜,显得加倍的寂寥。

段家兴早就不能忍受这种寂静了,他望望排长,排长正抱着膝盖坐在火塘边,似乎在沉思;他望望老大妈,老大妈缩在一个暗角落里,默默地淌着眼泪。"可怜的老大妈又不知道为什么伤心了!"段家兴同情地想道,但立刻就决定不去管她了,他害怕眼泪。

"来,尝尝我的烟丝!"忽然,他像变戏法的人似的,从他的衬帽①里摸出一个薄薄的纸包来,又从裤兜里取出两片干树叶子,异常熟练地卷了两根"羊腿肚",分了一根给万人和,自己点着一根津津有味地吸起来了。

"谈点什么吧,啊?"他用胳膊肘碰了碰万人和。

万人和没有理他,却转向洪仁关切地问道:"呃,你在想什么?"

洪仁正用拳头托着下巴,呆呆地望着火苗出神。"我在想……明天是怎么个样子……"

"怎么个样子?打呗!"段家兴兴奋地打断他,并且带着炫耀自己的神气教训起这个新兵来,"我告诉你,你记着就是,不大胆就当不了好侦察兵!"

"同样也要勇敢、沉着、冷静、机智。"万人和说出了自己的意见,他诚恳地望着这个迫切要求同志引导的青年。洪仁感激地看了看万人和的眼睛,他觉得这对眼睛就是万人和的一片好心。

"还需要坚忍,对侦察兵来说,忍耐、克制自己和善于等待也是一种重要的……品质,或者说是本领。"张德发忽然扭过头来,也参加了讨论。

"对,还需要坚忍。"万人和沉吟着,因为看见排长这样真诚地来帮助战士而深深受到感动,"呃,坚忍……"排长说的话,使他想起了一个故事。于是他违背了自己的不多说话的本性,开始滔滔不绝地谈起来。

"还是在自卫战争初期。有一次,一个侦察员奉了上级的命令,要去某个

---

① 战士们为了爱惜制帽,往往自己另做一顶碗形便帽,作为衬底。

地方执行一项任务。可是,走到半路上,猛然间和敌人的便衣碰头了,他立刻跑到一个大坟包前面趴下来;敌人很狡猾,动作也很迅速,也立刻在大坟包的那边趴下来。这个大坟包是个孤立的土墩,四周围什么也没有,一片开阔地,只是在三百公尺外,才有一个稀稀拉拉的矮树林子。怎么办呢?双方心里都有数,这一回可真要拼个你死我活了。"

"没问题,谁先立起来谁就挨打!"在一旁听着的段家兴以内行的口气断言道。

"不错,正是这样,谁先立起来谁就挨打!"万人和迅速地望了排长一眼,排长似乎有点不安,他悄悄地恢复原来的姿势,把脸朝向火塘那边去了。万人和继续讲下去:"这时,我们这个侦察员就耐心地等,等呀等呀,半个钟头过去了,一个钟头过去了,又一个钟头过去了,只听见敌人趴在那边地上净折腾,唉声叹气的。他知道,那个狗东西快要耐不住了,他自己就更加紧张起来,一动也不动。哈!终于敌人受不了啦,爬起来往刚才来的路上跑。于是,我们这个同志眼都不眨,一枪打过去,就把那家伙撂倒了!"

洪仁完全被故事抓住了。凡是关于老侦察员们如何建立功勋的惊险传说,都会使他听得透不过气来。隔了许久,他才问道:"这个同志是谁?"

张德发猝然立起来应道:"你管他是谁呢!"

这时,万人和却对着段家兴和洪仁意味深长地笑了笑,段家兴用眨眼睛来回答他,表示他已经猜着是怎么回事了。只有洪仁,对排长态度的突然变化还感到困惑。不过,他很快就丢开了这种困惑,重新返回去思索那个故事去了。他模模糊糊地感觉到,在敌我双方之间,似乎是在举行一种比赛,胜负不但决定了侦察员的惊人的坚忍和耐心,沉着和自信,机警和勇敢,无畏的精神和自我克制的能力,而且更主要的是决定于侦察员在政治上、道义上的优势,只有那秉着对自己所从事的事业的正义性有着坚定不移的认识的人,只有那把个人生死放在整体利益之下的人,才能获得最后的胜利。这种信心乃是侦察员的全部力量的源泉。为什么敌人的便衣终于支持不住要逃跑呢?

就因为他缺乏这种信心,他在精神上早就已经是个失败者了。

这些思想一下子在洪仁的脑中闪过,虽然,它们还不是很明晰的,不是很有条理的,但洪仁实实在在地感觉到了它们。这种感觉使洪仁衷心喜悦起来,他觉得自己仿佛更加成熟了。

这样的长夜是多么好啊! 在战斗前夕,谈着无穷无尽的战斗故事,然后又从这些战斗故事中汲取力量,去迎接新的战斗。洪仁是狂热地爱上了自己的侦察兵的职务了。

他央求万人和再讲一个故事。

然而,排长出来干涉了,他说:"不早了,该睡了,而且,我们只顾自己叽叽喳喳,人家老大妈也该休息了。"

老大妈疲倦地微笑着,她一直就缩在那个角落里,静静地听战士们交谈,虽然她一句也听不懂。

洪仁站起来,伸了伸腰,对老大妈抱歉地笑了笑,立刻,老大妈的加倍慈祥的眼光也就落到了他的身上。他忸怩了一下,心想:"我已经是个真正的战士了,我早就不习惯母亲的爱抚了……"

张德发拿起手提式,推门出去了,他说:"我先站一班岗,你们睡吧。"

临睡之前,洪仁又从万人和那里知道:老大妈原来是孤苦伶仃的一个人,儿子早死了,女儿嫁了别寨的人,仅有的一个孙子,又在1951年因为替我们报信带路,被土匪杀死了。洪仁忽然想起了那从进屋起就老是落在他身上的疼爱的眼光,他心里激动得不得了,翻来覆去怎么也睡不着。

"你怎么啦,洪仁?"耳边悄悄地响起了万人和的声音。

段家兴在火塘边打着鼾,排长在门外放哨。

"睡不着。我……我想去替老大妈背水,你看她多大年岁了,一定背不动的——我们又用了人家的水。"洪仁一骨碌爬了起来。

"傻小子!"万人和伸出大手,把洪仁按了下去,"这山里背水得走多远哪,暴露了目标怎办? 又是三更半夜的……完成任务回来再背,咱俩一道去背！啊？睡吧睡吧。"万人和像哄小弟弟一样拍了拍他,看他再不说什么了,才蹑手蹑脚地往自己睡的地方爬去。

老大妈也在不安地转侧着。从她睡觉的那间小屋里,不时传出来被抑制着的轻微的叹息。也许,她是梦见了她的可爱的小孙子吧?洪仁迷迷糊糊地寻思着,终于睡着了。

一会儿,老大妈出来了。她根本没有合眼,她在担心,生怕她的客人们着了凉,因此,每当火塘渐渐黯淡下去,她便要爬起来添把柴,拨一拨火,并且把屋里熟睡的人们环顾一遍。这时,她心里就会悲痛地想着:"唉,我什么也拿不出来给他们盖哟……"有一次,她刚把火塘烧旺,猛然间却发现洪仁的眼角上挂着一滴眼泪,她立刻就忍不住伤心地唏嘘了,回到小屋里,独自默默地叨念到天明:"善心的娃娃啊,莫非你也有什么难过的事情?"

四

拂晓。侦察员们出动了。

在森林的上空,浮动着一层淡蓝色的、像烟一样的匀薄的柔光,到处都是静悄悄的。

按照预定的路线,他们从正北方进入了森林。就像鱼游进了深海一样,侦察员们从地面上消失了。

他们全都换了便衣,浑身上下全是拉祜汉子的打扮:右衽银扣小褂、蓝靛粗布的无裆大脚裤、大盘子黑包头。段家兴的腰杆上还插了一管不长不短的银皮烟嘴。只是大家脚上仍然穿着军用胶鞋,外面用鬃毛裹了好几层,再用绳子扎牢,走起路来,既不出声响,又不留痕迹。

他们四个人都静悄悄地走着,宛如四只巨大的猫。菱形的队形,慢慢向前移动,眼观六路,耳听八方,稍有一点可疑的迹象,全体就马上停止下来。

浓雾弥漫,没走多久就把他们的衣衫浸透了,早晨的空气又冷又潮湿,但是他们连寒噤都不敢打一个。早醒的鸟儿迟疑地试了试嗓子，但立刻就发觉到：天气太坏了，这样讨厌的阴晴的黎明，真不值得去为它歌唱！当然，它们没有想到，这一切对于侦察兵，却是再理想不过的。

洪仁是刚从步兵连队中调来侦察排的，调他的理由是：年轻、聪明，也用心，有培养前途；同时，还有一条很重要的理由，他的射击技术的确可以说是惊人的高明。如果根据靶场记录来看，那是会使不少老战士都眼红的。然而，就说他在步兵连队里待的时间吧，可也真短，短得完全能够用天数计算，而不是以月数和年数去计算。正因为这样，你就没有办法叫他不特别看重今天的侦察任务——他的第一次侦察任务。他觉得一切都这样新奇，这样真实而又这样不可思议。每一步都充满危险，然而就在这种危险中，蕴藏着他过去根本享受不到的乐趣。他认为所有被他发现、被他觉察到的事物都是最重要的、最有价值的。不过，他并不满足，总希望能首先看到敌人，并且由他——正是由他，而不是别人——来决定这一场战斗的命运。许多东西都在刺激着他的想象力，但他又有点害怕去想象。是的，他害怕，毕竟战场不是靶场啊！他不得不拿出很大的注意力去留神别人的动作，跟别人那样做，这样，就使得他每个细胞都感觉到紧张———一生中从来不曾经历过的那种紧张。

另外三个人不是这样。他们不像洪仁，他们都是些久经战阵富有经验的老兵。此刻，他们什么也不想，生活里的一切对于他们说来都已经是不重要的了，他们在所有主要之点中选择了一点最主要的：完成任务。如果不能完成任务，那不仅意味着个人与集体都蒙受羞辱，而且，在他们看来，那是个良心、道德的问题，完不成任务，和"革命军人"这个名词所包含的神圣意义是绝对相反的。一如他们携带的手提式、手枪和匕首，这个思想也是他们的武器，而且是最锐利的武器。凭着这个思想，他们相信胜利在握。

森林里没有路。到处都是湿漉漉的。霉烂的叶子、腐朽的树干、青苔、像烟膏一样的淤泥，都增加了行动的困难。他们之中，偶尔有谁不小心踩折了一根枯枝，发出噼啪的爆响，也会使大家不由自主地哆嗦一下。

也不知道这样走了有多久,糨糊一样又稠又黏的雾气渐渐变得稀薄,终于消散得无影无踪了。森林里,有些生命活跃起来,有些则隐匿到它们的洞穴中去。而侦察员们既不能因此活跃,也无从隐匿自身;不错,现在他们要捕捉敌人是容易得多了,可是,同样的,敌人要躲避他们也容易得多了,在淡青色的晨曦中,彼此都能看得相当清楚。

而在这种时候,无论是一只野鸡的急叫惊飞,还是一头麋鹿的突然逃走,对侦察员们都会构成一种威胁,这些禽兽的无心的举动,往往会起到向敌人告密的作用。

他们十分小心、十分警惕地走着,向南,向南,一直向南。

森林有时浓密,如同整团整团的乌云落到了地上,树叶子也失去了通常可见的绿色,变成了蓝的、紫的、暗红的,或者干脆就是黑的了;但有时又比较稀疏,在这种地方,就可以幸运地看见一面镜子那么大的蓝天,和一圈如同白昼打着手电似的阳光。

活到了头的大树,无声无息地倒下来,就像一朵开败了的小花,在森林中,自然的力量是如此残酷而专横地支配着一切;不管是庞大的还是渺小的,不管是一株古木还是一茎弱草,都逃不脱它的掌握,这种景象真可以说是惊心动魄。然而,无畏的侦察员们仍然挺进着;他们的脸色苍白,心头却是火热。他们知道,死神正在每个阴暗的角落里向他们窥伺,但是他们蔑视它,犹如蔑视敌人、懦夫和变节者。

他们攀越了不计其数的藤萝。这些藤萝互相攀附着、纠缠着,织成了一张张巨大的罗网。有毒的赤蜘蛛又在这种大罗网上织起它的小罗网,它们就像螃蟹那样舞动着双钳,对准搅扰了它的安居的侦察员们喷射着毒液。遍地都是长满毒刺的荨麻。侦察员们的腿上划满了一道道鲜红的血印。

终于,可以望见一块草坪了。

张德发的位置是在菱形队形的尖端,他停下来,全组也就随着停下来了。

这是一个普通的草坪,在许多原始森林中都不难找到这种草坪。它供猎人歇足，樵夫堆柴，但也常常成为罪恶的渊薮。现在，遗留在这个草坪上的只有一架倒败的窝棚和一堆篝火的余烬……

没有人烟。

张德发做了一个手势，侦察员们立刻摆成弧形散兵线，向着草坪包抄过去。

他们扑了一个空，除了几片破布、一双烂袜子和三四个生了锈的空罐头筒以外，什么也没有。敌人不在这里。

"休息一下。"张德发命令道。

万人和被指派到南方二百公尺以外去放哨。张德发自己则仍然在坪地上来回巡视着、检查着。他用脚撩拨着那堆炭灰，忽然弯下腰去，拾起一束没有完全烧毁的残缺的纸片，他翻了翻，什么也看不出，乌黑焦黄的一团。纸片立刻化作碎屑掉满一地。

尽管如此，有一点却是十分明显的：这块草坪，曾经一度做过敌人的电台所在地。"这些土匪往哪里跑了呢？仅仅是搬家，还是逃出国境了？"张德发心神不宁地苦苦思索着，自己盘问着自己。

洪仁站在一棵树下，丝毫也没有想到应该利用这个机会坐一坐，他的心不在这里，他的心早已继续走到森林深处去了。

为自己选了一块干净地方坐下的段家兴，已经抓紧时间把脚上裹着的棕毛重新绑扎了一下，动作熟练而又从容不迫，当他把要做的事情做好以后，甚至还满意地拍了拍腿肚。他抬起头来，看见了因为紧张过度而坐立不安的洪仁："怎么，你的嘴唇都乌了！"他压低嗓音惊呼着。

洪仁机械地摸了摸嘴，慢慢地又意识到了自己的存在。"冷……"他的舌头发僵，似乎不再能习惯于说话了。

不幸的是，他一开始感觉到冷，很快就冷得难以忍耐了。他不时伸出右脚或者左脚来，踢蹬一下，到后来，就不知不觉地两只脚轮替着落地，跳起来了。

"立定！"张德发用严厉的目光扫了他一眼，"不许乱蹦乱跳！敌人就会来要了你的脑袋！"排长低声警告着。

满面羞愧的洪仁笔挺地站着，咬着嘴唇，他痛恨着自己，简直要哭出来了。

张德发又看了看段家兴，他倒一切弄得很妥帖。这时，张德发禁不住探头望望远处的岗哨，心想："要是换作万人和，那他一定会教洪仁怎么做的……"接着，他就命令继续进发了。

三个钟头以后，他们来到了湖滨。在这个森林中，除了鹰、夜猫鸦、青鸡、山雉、鹧鸪、红毛鹦哥、绿豆鸟、火雀、鹡鸰和各种长嘴短嘴的啄木鸟之外，又出现了灰色的鹭鸶、秃尾巴的凫和长着蓝缎子一般的羽毛的水鸟了。

严格地说起来，这不能叫作湖，不过是一片林中沼泽而已。然而，它的面积很大，而且要想沿着所谓岸边走的话，几乎是不可能的事——非陷入泥坑终于灭顶不可。人们必须绕很远一截路，才能达到眼前完全可以看得一清二楚的对岸。

厚厚的一层落叶在水里腐烂着。太阳晒着它，蒸发着一股浓烈的恶臭。铁锈色的水面上，浮着一片凝然不动的油质，发出五颜六色的神秘的闪光。像这样的水，难道还有人敢去接触吗？然而，就在这个奇怪的湖里，就在对岸的水草丛中，系着一只大独木舟。这只独木舟是用一棵大树挖成的，至少可以坐七八个人。

侦察员们发现那只独木舟时，不由得目瞪口呆了。

显然，这只独木舟和敌人是有着某种关联的。

张德发最先由潜伏的地点向湖边空旷的草滩爬去，其余的人也照着他的榜样做。

他们在草滩附近盘桓了一阵，目力所能达到的地方，什么也没有发现，敌人并不在这里。

"绕着这个湖走一圈。"张德发轻声发出了指示。

在这四个人当中,只有张德发是有表的,但他并不去看它。时间,对于深入森林的他们,几乎不再有什么影响了,他们失去了小时、分和秒的观念,一天被简单化为两部分:白昼和黑夜。

当侦察员们终于兜了半个圈子,来到了湖的对岸时,段家兴突然发觉天黑下来了。"排长同志,是不是夜了?"他对着张德发耳语。

"还早哩,才下午三点。"只有在这种时候,张德发才看了看表,涂着磷的表面放射着黯淡的绿光。"怕是要下雨了!"他想。

他们找见了那只独木舟,设法把它拖上岸来,藏入一堆刺蓬中,上面再铺上一些树枝和枯草。等到把一切都拾掇好,他们已经是又饿又乏,浑身出冷汗了。

"这个该死的湖才只绕了一半呢。"张德发向还不曾搜索过的西方看了一眼,心中暗自咕噜着。于是,他让大家坐下来休息,吃一点东西。自己走到几十步外担任警戒去了。

天色越发暗下来,远处什么地方传来骇人的呼啸,那是风在咆哮。在原始森林中央,风是窜不进来的。人们能够感觉到地球在转动,能够看见云彩从地上升起来,随着气流的方向在林间疾驰,旋转、冻结,然而不能直接感觉到风。

一阵急雨落在湖心,啪啪啪地打耳光似的响着,四周的树木纷纷发出回声。水草骚动起来了,开始了疯狂的摇摆;几只幸灾乐祸的癞蛤蟆跳来跳去,粗声大气地咽咽叫着。

万人和拉着洪仁连忙向稠密的树丛中跑去,段家兴紧紧地跟在后面,一边跑,一边低声咒骂。起初,躲在树荫下就像躲在屋里一样,雨点哗哗地打在树叶上,如同打着屋顶。可是,不大一会儿,这幢"大屋子"就到处都漏了。头上的水珠串成了线,一直往领子里灌;遍地都是水洼,吱吱地冒着气泡。

洪仁嚼着干粮,拧着自己的衣服。但他立刻就放弃了拧干它的念头。雨下得这样猛,他们一个个湿得就像刚从水里捞出来似的;干粮是和着雨水咽下去的,连肠子都泡胀了,还能指望有身干衣服吗?

"我去问问排长怎么办。"万人和对洪仁和段家兴交代了一声,使劲擦了擦眼皮,便迈着大步走了。

他在排长那里待了一阵,守着排长"吃了饭",两人才一路回来。

"走吧,横竖都是淋雨!"张德发露出白皙的牙齿,低声苦笑着。

他们默默地沿着湖沼向西方走去。动身的时候,洪仁一连打了几个喷嚏,都被嘈杂的雨声掩盖掉了,谁也没有注意到。

这一带的树林和走过的树林没有什么差别。有时稠密,有时疏落。他们的队形随着环境的变化而变化着。在稠密的地方他们保持菱形,到了比较空旷处,就改成一路纵队。这些变换全都是自动进行的,他们每个人为自己选择适当的位置,决定前后保持多大的间隔距离,是弓着背走,还是匍匐前进。

又一座柞树林被抛到身后去了,侦察员们踏进了桦树林的疆界。而前面,在桦树皮不再闪着白光的地方,隐隐约约地可以看到瘦骨嶙峋的高耸的铁杉和云杉。显然,那里是属于杉树的领域。

他们艰难地抬着腿,身子是愈来愈沉重了。

洪仁忽然听到自己的太阳穴突突地跳着,胸口也仿佛有个什么东西在冲撞,他一张嘴,便不由自主地咳嗽了一声。他自己吓了一跳,手足无措地茫然站住了。马上他就看见了排长惊骇而又愤怒的眼神,他喘了一口气,又痛苦地咳嗽起来。

张德发绝望地想道:"他着凉了。"急急忙忙跑过来,在洪仁的背上抚拍了两下。"该死!忍一忍!你要把我们都暴露了!"他呵斥着,努力压制着自己,不让脾气发作。

洪仁的脸色铁青,他使劲咬住颚骨,摘下大盘子包头,紧紧地捂住嘴,两只大眼饱含泪水。他终于把咳嗽忍下去了。

这时,他们已经走到了湖的尽头。按照张德发的意图,本来要扭转头,循着来路倒回去一街,再沿着森林的西缘前进,最后插入森林的蜂腰部分去的。

147

他打算在那里找个隐蔽的地点,让大家睡一会,等待天完全黑下来,再继续向南搜索。可是,发生在洪仁身上的这桩意外,却把他的计划全盘打乱了。

怎么办呢?

张德发考虑了片刻,决定只有回去,一切都必须等到明天再说。

洪仁低着头,不敢正视段家兴恼怒的表情,也规避着万人和的混合着责备、怅恨和怜惜的眼光。

张德发把小组笔直领向森林外缘。侦察员们泄气了,这个和谐一致的整体似乎受到了某种伤害;他们的心情都变得很不好,然而却各有各的原因。

穿出了森林以后,他们的脚步更快了,匆匆忙忙的,好像有什么东西在背后撵他们。张德发和万人和都闷闷不乐地沉默着,只有段家兴一路不停嘴地说着各种各样难听的话,洪仁不敢吭声。

回到老大妈的小屋里,洪仁立刻为自己找了一个顶暗的角落蹲下;老大妈到处找他,要给他水喝,他反而用双手把脸蒙得严严的,他觉得自己是罪人,而罪人是没有脸见人的,更没有资格去接受别人的爱。

最后,还是万人和走过去对他说:"现在到家了,你也不用再憋得自己难受了,要咳嗽就痛痛快快咳嗽干净吧,回头吃点药就好了,明天咱们再出去!……"

洪仁惭愧地嗫嚅着:"不,万人和同志,我现在不想……"可是,他话还没说完,就又爆发了一阵剧烈的咳嗽。

这下子,可惹得段家兴冒火了。

"明天你还让他去?好感冒的人就不能当侦察兵!我看你还是趁早别干这一行吧!不怕叫人笑掉牙齿!"段家兴气势汹汹地一会儿对着万人和,一会儿对着洪仁嚷道。

段家兴的这种态度触怒了张德发,他厌恶地挥了挥手,厉声说:"你少说两句不行?……他的心白得就像一张纸,你要是真心想帮助他,那就该在这张纸上画些好画儿、写些好字儿,不要乱涂!"稍停,他又指着段家兴说道,

"你说好感冒的人就不能当侦察兵，可是依我看，好侮辱自己同志的还简直不能当兵哩！"

"我侮辱了他？难道洪仁今天还不该受批评吗？谁都知道，随便哪只小鸟叫一叫，一里路外都能听见。他当侦察兵，又是个团员，就该自觉嘛。"段家兴设法替自己辩护，"我……我……我又没有说什么坏话，还不都是想刺激刺激他进步！"

万人和毫不容情地反驳他："算了吧！刺激人家进步！我看你呀，毛病就在舌头太长，吵死了！"说罢，他望了望洪仁，洪仁的脑袋一直垂到胸脯上，仿佛他在受审判似的。万人和忽然长叹了一声。

段家兴知道自己在这个问题上已经不得人心了，索性厚起脸皮开个玩笑，顺水推舟，好把论争结束，于是他模仿着万人和的腔调说："我看你呀，毛病就在一天说不上三句话，把人憋死了！"

张德发嘴角上的那颗黑痣跳动起来，接着，万人和也笑了，甚至洪仁都不好意思地笑了。

五

第二天绝早，张德发就把大家都叫起来了。太阳还在酣睡，门外是一个万籁俱寂的寒夜。

他们轻手轻脚地做好所有的准备工作，然后，又轻手轻脚地在火塘上煮了一锅苞谷饭，另外还煨了一瓦罐野菜菌子汤，这些野菜和菌子都是老大妈昨天专门为客人们拔来的。

老大妈也爬起来了，她一声不响地坐在一旁，一手拿着团棉花，一手拿着个滚子,在那里心不在焉地纺线子①。侦察员们把早餐做好了,极力劝她也吃一点,她不吃,只是看不够似的望着他们,唇边挂着一丝疲倦的笑容。

可是,这时发生的一桩事情,使她一下子失去了笑容,悲痛地哭起来了。

洪仁不小心打碎了她的唯一的一只瓷碗②。

"又是你!"段家兴跺着脚,骂了一声,便赌气走开了。

万人和赶紧跑过去,帮着洪仁从竹板上拾起那些碎片,他没有看洪仁一眼,洪仁却觉得他仿佛在说:"好兄弟,这回可叫我也没有什么说的了,你怎么净出事故呢?"

洪仁呆呆地站了一阵,用连他自己也听不清的喉音咕噜了一声:"我赔!"便走到门外去,说实在的,他是一粒饭也吃不下去了。

这桩事情真是难为了排长,要他把洪仁申斥一顿吧,可又并非什么了不得的问题,不过是打碎了个把瓷碗;可是要他把自己的这个看法直说了吧,老大妈怕更要哭得厉害——老大妈委实太穷了,怎么能叫她不看重一个碗呢?在这种场合下,他的脑子似乎变得迟钝了,他只会笨嘴笨舌地一再重复着说:"老大妈,别难过,我们会赔你的……"

老大妈依然伤心地啜泣着,完全不理会张德发的劝解。

张德发不知所措地望着她,不能理解她为什么这样悲恸。他拿出一张万元的人民币来,老大妈"啊"了一声,把排长的手挡了回去,哭得更令人心酸了。

显然,这里面存在着一种使人迷惘的,一下子很难探明原因,也绝非任何宽慰所能平复的悲哀。

张德发看了看表,低声命令道:"出发!"接着又俯下身子柔和地说,"老大妈,这一万块钱你先收下,我们回来再说——如果是要碗,那我们就是上昆明也得替你捎一个回来!"

---

① 云南的许多兄弟民族妇女,都不会用纺车,单凭双手纺线,有时一边走路一边纺线,自然,抽出来的棉纱是很不匀净的。

② 拉祜人认为打碎饭碗乃是凶兆人。

老大妈追到门口的时候,侦察员们已经在黑暗中消失了。于是她颓然坐在门槛上,由于那古老的迷信和恐惧,一阵惊慌和痛苦的感情,牢牢地攫住了她,她好像被提到了半空中,然后又被狠狠地摔下来。她昏厥过去了,只有那两片干瘪的嘴唇在冰冷的空气中颤动,仿佛在喃喃地诉说着什么……

张德发领着自己的侦察小组飞快地走着,刚才在老大妈家发生的事情,已经和耳边的风一样,吹到老远去了。他们紧贴着森林的边沿走,一直向南奔去。张德发决心要在天明以前,把全体都带到国境线上,然后,如他自己对自己要求的,"像梳手一样倒梳过来",敌人就一定逃不脱了。

此刻,万恶的敌人正在干什么呢?也许还在发无线电报吧?"好吧,你发吧,你发完了我再给你发个丧报!"张德发暗自咒骂着。

原始森林像一头毛发蓬松的巨兽,我们的胆大包天的侦察员们挨着这头野兽走,而且,马上就要向它挑战了。

天明时分,他们来到了大森林的最南端。张德发和万人和商量了一下,便带着段家兴兜一个大圈子到国境线上去了。洪仁留在万人和身旁,他们两个的任务是担任警戒,在万一被敌人发觉的情况下,坚决予以阻击。

洪仁在紧张之际,又增添了几分好奇的纳闷。"排长他们究竟是干什么去了呢?"他想问问万人和,但又不敢开口。

过了好长时候,洪仁看见排长和段家兴回来了,不过是背朝着森林倒退回来的,他们把裹着脚的鬃毛解下来拿在手里,穿着军用胶鞋,脚后跟提得高高的,以一种奇怪的可笑的姿势"前进着"。洪仁吃了一惊,但也立刻就恍然大悟——这是在欺骗敌人,叫敌人不敢从这里窜出国去。"好狡猾的排长啊!"他心里佩服地叫着,高兴得像在捉迷藏游戏中得胜了的小孩子一样。

侦察小组重新集结在一起,张德发叮嘱大家做好战斗准备,各人把自己再检查一遍。"昨天我们把北边全部搜索过了,敌人既然不在那里,那就一定在这里!"说罢,他又掉过头去看了看留在泥泞的道路上的清晰的脚印,脸上现出满意的神情。

"走吧!"

不久,他们来到了一片松林。这里遍地都铺满着厚厚的一层松针,青的、黄的、棕红的,互相夹杂着。在松针上走路是很惬意的事情,它干爽、软滑,而且还富有弹性。可是,侦察员们宁愿不享受它,他们怕它,因为它会发出讨厌的沙沙的响声,这种响声会把什么都弄得混淆不清,使人难以辨别:究竟哪些是自己人的脚步声,哪些是敌人的脚步声。

他们匍匐前进着,速度特别慢,这样用手肘和膝盖爬行,比较能够控制自己,不至于发出窸窸窣窣的声响,同时,也有更充分的时间来向四周进行观察。

已经爬到了松林的尽头了,再过去就是别的树木的世界了。那里有椿树、菁树和苍老多节的槲树。它们都是一些庞大的有着很神气的浓荫的家伙。

就在这个时候,洪仁却发现了在他左方的一棵松树菟下,胡乱地抛散着几团揉皱了的手纸。"这不是敌人解手留下的还会是谁呢?兄弟民族就不用手纸……"洪仁机警地判断着。他做了个手势,向同伴们招呼了一下,便径向那棵树下爬过去了。

他们顺着洪仁指的方向一看,也就都明白了。

张德发叫万人和、段家兴停下来,静候洪仁的消息。

"这就是我们的新兵!别看他初出茅庐,蛮像一个呱呱叫的侦察员呢。"张德发得意地盯着那正在向前爬去的洪仁,这个年轻小伙子的机敏发现和自告奋勇地采取行动,都使得当排长的他感到由衷的高兴。

洪仁到达了目的地。他像磨盘似的围着那棵松树转了一圈,忽然觉察到不远的地方,在拌着泥浆和积水的椿树、菁树、槲树的落叶上,有着十分明显的新鲜的脚印,于是他轻轻地吹了吹口哨,暗示给排长他们:又有了新的发现了。接着,他便继续循着那脚印爬去。

剩下的三个人立刻跟踪前进。

一个拐弯,洪仁的身影被地面上隆起的树根遮住了。

几乎与这同时,前方传来一阵沉重的扑击声,仿佛是有什么巨大的东西从高处落到了地上。

万人和一跃而起,冲向前去,他刚跳过那堆隆起的树根。就几乎绊倒在两个正在格斗着的人身上。

不错,正是洪仁!洪仁被一个躯干粗大的土匪压在地上。土匪的一只手已经快要卡住他的脖子,另一只手正举着一把刺刀,却被洪仁狠狠地扼紧了手腕,刺不下来。万人和分明听到洪仁的喉管咯咯地响着,他一急,便扑了上去,那土匪像猪一般嚎叫了一声,立刻瘫痪着四肢,滚过一边去了。万人和从土匪背上拔出匕首,顺势就在敌人衣服上擦了擦,连忙赶过来拉着洪仁的手:"怎么样?伤着了没有?"

"这是狗血!"洪仁朝自己右肩上的一大摊血渍望了一眼,便蹦起来,忿忿地说道:"呸!从树上跳下来……我掏他的老窠去!"

张德发和段家兴也赶过来了,他们警惕地分开站着,隐蔽着自己。张德发并且早就特别留神地看了看出事的地点,他看出来敌人在树上搭了一个伪装得相当巧妙的窝,显然,这是土匪的哨棚,是用来瞭望、报警和掩护那座无线电台的。

可是,他还来不及阻止,洪仁已经敏捷地爬上树去了。

毕竟是新兵!还不懂得抓大头。冲动、好胜,容易被一支枪和几发子弹等唾手可得的"缴获"所引诱,而把自己置于不值得去为它冒险的境地。

什么地方有人吆喝了一声,接着就爆发了一阵密集的枪击。万人和迅速卧倒在地上,眯着眼睛察看目标。洪仁从树上翻下来,他的头正好枕在万人和的脚踝上。

"洪仁!洪仁!"万人和轻轻地唤着。

没有回答。

万人和小心地抽出了自己的脚,掉转身子爬到洪仁跟前。"上面有一支枪……"洪仁无力地向着树顶转动着眼珠。万人和点点头,然而洪仁却看不

153

见了,他闭上了眼睛。一颗子弹洞穿了他的腰部,另外一颗则从左胁钻入了胸腔……

一声猛烈的爆炸!又一声!万人和跳起来,飞快地穿过树丛。一晃眼间,他似乎看见了排长和段家兴一起一伏奔跑着的影子。

"追!"张德发在喊。

眼前忽然展开了一块坪地,敌人的窝棚已经被手榴弹摧毁了,在倒塌了的、炸断了的木棍间,横陈着一具血肉模糊的尸首。而窝棚后面的芜杂的枝条中,伸出来两管黑黑的枪口,敌人的自动枪在吐着恶毒的火舌。

侦察员们伏在大树背后还击着。

一场激烈的对射开始了。局面似乎陷入了僵持状态……

然而,在敌人听见粗重的呼吸声以前,万人和已经举着一颗炸弹站在他们背后了。

张德发和段家兴都跑了上来,敌人还来不及苏醒,他们已经把土匪的枪支夺过手,几乎是同时厉声喝道:"就你们两个?还有没有?"

"没有了,长官,总共四个。我们俩,唉,还有那里、那里……"一个生着一对奸诈的小眼、面目可憎的土匪讨好卖乖地答道。

张德发回到坪地上搜查了一遍,他把死尸踢开,从炸烂了的窝棚里捡出一架报话机、几本笔记簿、一张用复写纸临摹的地图、几支铅笔、指南针和一些盖着伪造印信的证件。

"谁是报务员?"张德发叫道。

"我、我,是我。"另一个脸孔白净、下巴上稀稀拉拉生着几根胡须的家伙应道。

"那你照样把它背上!"张德发看着这个年轻的土匪把报话机背上了。

段家兴一边动手将匪徒们身上佩戴的伪造的胸章、帽花摘下来,一边咬牙切齿地骂着匪徒们:"1950年云南解放,你们不投降;1951年我们剿匪,你们又不投降;1952年,1953年,一直到1954年了,你们还要来捣鬼!谁要来捣鬼,我们就揍死他,不管是你们还是你们的美国干老子!……"

"别给他说了!"张德发制止他说下去。

他们押着俘虏走近匪徒们原先的哨棚时,一直保持着沉默的万人和痛骂起来了。

"你们这些狗东西!是谁开枪打死了他?"他指了指躺在地上的洪仁,一步蹿上来,抓住匪报务员的衣领,使劲摇了摇,"是不是你打死的?快说!"

匪报务员看着这个攥着拳头站在他身旁的、因为哀悼战友的牺牲而泪如泉涌的大汉,他浑身瘫软了,不由自主地倒在地上,后来竟然骇得号啕大哭了。

"爬起来!把我们这个同志抬走!"张德发厉声命令着。

洪仁的遗体是当天黄昏时候入土的。

老大妈的不幸的预感竟然成了事实,当她泪流满面地将这一切都说出来时,连从来不信鬼神怪道的张德发都不禁黯然了。

"把这个娃娃和我的孙子埋在一起吧。"她向排长恳求着。

除了万人和被指定看守俘虏外,张德发、段家兴和老大妈都来到了墓地。

段家兴帮洪仁脱掉便衣,换上死者自己的军装,一边流着眼泪,一边仿佛在和洪仁谈心似的,低声忏悔着:"洪仁同志呀,我昨天不该乱骂你,你要原谅我。洪仁同志,请你一定要原谅我哟!要不,我会难过一辈子的!……"

"他会原谅你的,只要你能改……"张德发脸色苍白,他代洪仁回答着。

"我改。"段家兴怯生生地看了排长一眼,"排长同志,回去以后,你交一个新同志给我吧,我一定要把他'带'出来。"

张德发没有答复他,他在想:"一个战士要成长起来是多么难啊!……"

他们把土坑挖好,把洪仁的尸首安置停当,就一锹一锹地掩土了。

夕阳西下,苍茫的夜雾升腾起来。在暮色中,老大妈显得更加瘦小和衰弱了。她望着西方的落日,忽然惊慌地感觉到,仿佛太阳也一道被埋进这坟墓里去了。

她的生命中曾经有过一个太阳,那就是她的心爱的孙子,但早已埋进土里去了。如今,紧靠着她孙子的坟头,又埋葬了另一个同样叫她疼爱的人。这个娃娃叫什么名字,她并不知道,可是她怜惜他,就像怜惜她自己的儿子、孙子一样。

"回去吧,老大妈。"

张德发在一旁搀着她。

她看了张德发一眼,这个强壮的后生的胳膊,使她心上异样地温暖起来。"我还有好多儿女呢!"她骄傲地想着。于是她颤巍巍地立起来,也不要别人搀她,便自己坚强地走回去了。

怀着这种倔强的自豪的母爱,她坚持着要亲自做一餐饭,招待这些像她儿子、孙子一样的客人。她炒了几个鸡蛋、烧了一只鹌鹑,又往别家借了一筒甜酒,她把这些酒菜一样一样送到坟头上摆过,然后再拿回屋来。

谁有心思吃呢?张德发把自己的洋瓷碗给了俘虏,老大妈却赶上去一把夺下来,用最厉害的拉祜骂人话诅咒着。

"给他吃吧,老大妈,要不,明天我们只好背他了。"张德发有气无力地用拉祜话解释着。

"那……你多少也得吃一点呀!……"

张德发便在老大妈的笆箩里随便抓了一个泥钵子,盛了半碗苞谷饭,勉强地咀嚼起来。

"唉,你看你……"老大妈匆匆跑过来,把泥钵子夺走,却塞给他一个竹碗。

张德发望着竹碗,立刻省悟过来,感激地看了老大妈一眼。老大妈却像做错了什么事似的,低垂着眼睛,坐到她惯常爱蹲的那个角落里去了,只见那两片干瘪的嘴唇在颤动,仿佛在喃喃地诉说着什么……

半个月以后。

这天张德发又出现在团长的房中,和他一起的还有万人和、段家兴。他们三个全都是穿戴整齐,表情严肃。显然,这三个侦察员是奉命前来晋见首长的。

"我代表团党委会、团部给你们两种奖励。"团长神色庄重地宣布道,"第一种奖励,是为了你们在大森林里的功劳,每人记大功一次。此外,顺便也可以告诉你们,军区首长对我们的战报很满意,很满意。不错,你们把那颗毒牙拔掉了。可是,为了叫它今后再也长不出来,我们又决定给你们第二种奖励:侦察排暂时改编为武工队,仍然是由你,张德发同志,由你带领,到那六个寨子去发动群众,建立民兵,消灭空白点。"团长顿了顿,又提醒道,"斗争是艰苦的,要做好思想准备。至于人员缺额问题……"说到这里,团长忽然想起,本来今天在他面前应该是站着四个人的,然而……他的眼神倏然黯淡下来,嗓音变得有些喑哑,"我会给你们补足的。"便不再往下说了。

他们三个退出去了。

斗争在等待着他们。而我们英勇的侦察兵毫无畏惧地迎上前去。

海燕是不怕暴风雨的,但我们仍然应当为他们祝福。

一路平安!

1954 年 8 月 3 日,大理

国境一条街

那天,边防检查站政委张同在军区开罢了边防工作会议,回到了孟崩,正逢上赶街子。街子上熙熙攘攘的繁荣景象,使他很高兴。他觉得比起一个月前离开这里的时候,市面显得更加热闹了。首先,贸易公司门口的一包一包堆得高齐屋檐的棉花和草果①,就吸引了他的注意;一群出售土产的面色黝黑的哈尼人,把汗流浃背的验收员团团围住,看着他过磅,另一群哈尼人正蹲在地上,用唱歌似的调子数着自己手里的人民币,有些数完了的便互相拉扯着往国营百货商店跑去,一路上又笑又闹。而国营百货商店呢,却早已忙得像个蜂窝似的,那些扎着花色头巾的傣族妇女,正内三层、外三层地挤在柜台跟前,选择自己心爱的衣料、梳子和阳伞。街上到处都摆有地摊,货物的种类也很多,从现成的紧身女衫、金黄色的和尚帽子、缎带、纸花、针线、献佛用的各式贡物、猪肉、小鸡、生烟,直到任何冷落的市集也绝不会缺少的米干、甜酒、糖蔗、香蕉和面芭蕉②。但在整个街子上最使张同兴奋的还是菜市场的出现。当他看到傣族农民开始出售自己种植的蔬菜,黄瓜呀豆荚呀时,他就忍不住微笑着自言自语:"嘿,这才是新事物咧!"他想:我们部队向老乡宣传种菜、施肥,并且自己开辟菜园,做样子给他们看,这些如今总算都有了结果了。因此,他的心境愈加愉快起来。他踏着遍地都是的一摊一摊的猩红的槟

---

① 一种香料。
② 较普通芭蕉大,皮色淡黄,肉如面粉,可充饥,食之无味。

榔渣①，在人群中侧着身子穿过，向每一个对他打招呼的老乡点头还礼。看他这副轻松的样子，就仿佛他不是从远道跋涉归来，倒是来赶街子似的。

"啊，认识，认识，都认识……"他望着每一张脸孔，心里默默地说着，"怎么能不认识呢？我在孟崩工作又不是十天半月！在这里等了两年多了，再不认识才该打屁股呢！"于是他一面仍然和熟人们微笑，一面就有意寻找着那些在他脑子里闪过的附近各寨的熟人的影子。如果正好那人也来了，那么，不管对方是否发觉了他，他都会笑起来，并且，他会自己对自己说："你看，那不就是他！"

他就这样走着，一直走到了街子的尽头，只要再往右手拐个弯，就可以看到那门口挂着"孟崩边防检查站"的长条木牌的房子了。可是，这当儿忽然有人在背后叫他："喂，政委，到底把你盼回来啦！"他回头一看，只见远处土坎上有谁在向他拼命挥手，可是又被哈尼人放在路上卖的一大堆草排拦住过不来。张同走近了两步，才看出那叫他的人是孟崩的一个中等头人鲊波宰，便客气地应道："是啊，回来啦。你是来赶街子吗？"说着，他便向土坎走去。

鲊波宰匆匆忙忙搬开几张草排，伸过那一只黥满了图案花纹②的手来，和张同紧紧地握了握，并且操着熟练的汉话连声说："辛苦了，辛苦了。"

"街子上的买卖还不错啊！"张同寒暄着。他知道，鲊波宰对他并非是真的有什么话要谈，他所以要显得这样热情，只不过是这么三个原因：第一，他的弟弟现在仍在境外附匪，为了表明他们兄弟间并没有什么联系，他必须多与大军以及政府人员接近；其次，也可以利用这种场合来向老百姓显示显示自己与共产党的交情；最后，还可以借着这种机会表现他的口才。谁都知道，在孟崩的许多大小头人中，要数鲊波宰的汉话说得最流畅，虽然他不识汉文。

---

① 傣族人喜爱咀嚼的一种"食物"，以槟榔、石灰、生烟等混合捣碎搅拌而成，结成胶状硬块，嚼之满嘴血红，牙齿变黑。与傣族经济关系较密切的哈尼、攸乐、佧佤等族人民也嗜食此物。

② 部分傣族男子至今仍保持着古代的文身的习惯。

"不错,不错。改成三天一个街子了,生意还是这样好!"鲊波宰眉飞色舞地应承着,仿佛他正是因为赶街子发了财似的。

"啊?现在不是五天一街啦?"张同心想,嘿,又是一个新事物!才离开一个月光景,变得好快呀!

"你咋个还不晓得?哦,对了,对了,你当然不晓得啰!这还是十天前才改过来的新规矩。为了这个,我们孟崩区政府还出了告示哩。"鲊波宰热烈地解释着。他不等张同答话,又说:"喏,这位王文书,念给我们听,还把新规矩新道理讲给我们听哩!"

张同跟着他的眼光看了看,不知道他指的是谁,诧异地说:"哪位王文书?""你还不认识他?"说着他飞快地转了个身,把离他有三四尺远的一个背朝着这边的男子拉了过来,"来来来,我给你们介绍一下,这位是政委,这位是区政府新来的文书……"

张同和这个新来的文书拉了拉手。不知道为什么,这个文书的手上出冷汗,手指又滑又腻又冰凉,以致使得张同感到仿佛自己刚才是不小心摸着了一条蛇,一阵说不出来的恶心的感觉立刻爬过他的全身,使得他的脊椎骨都打了一个冷战。

"怎么,原先那个文书呢?"他问鲊波宰,希望迅速找到什么话题,来摆脱这种讨厌的感觉。

"病啦,送到景楠住医院去了。"

"现在的新国家就是好,病了也不用担心,生命有保障。……"新来的文书在一旁突然插嘴说道。

张同同意地点了点头,朝说话的人打量了一眼。这个人约莫有三十岁,一张方方的肌肉松弛的脸,中等身材,穿着一套灰色干部服,显得不大合身,没有戴帽子,长长的头发不修边幅地蓬松着,有一绺垂在右边额角上,也就是在这额角上,贴着一块发黄的纱布。

"好像在哪儿见过,面熟得很哪!"张同猛然觉得自己似乎认识这个人,但又想不起确切的时间和地点,以及是由于什么机缘和他相遇的。他沉吟了一下,又打量了文书一眼。

文书转动着脖子,干咳着,似乎是制服领子过于逼仄了,使他很不好受。接着,他搔了搔头,立刻,那绺披下来的头发便完全把纱布遮住了。就在这一瞬间,张同忽然留神到,在这个似曾相识的陌生人眼中,出现了某种不安的神色,但这种不安也仅仅是那么一闪而已。那人重新变得沉静起来,甚至在嘴角上还掠过了一丝傲慢的笑意。

张同捕捉住了这一瞬即逝的闪光和笑意,并且把它们放在心里反复琢磨着。但他随即宽慰地想道:不论谁,乍见生人,特别是见到职位较高的生人,总不免有点腼腆不安的——可不是!他敢肯定是见过这个人的!而且他模模糊糊地感觉到,这个人和某桩不愉快的事情有关(事实上,这种耐人寻味的闪光和笑意,也加强了他的联想)。可是,究竟是桩什么事情呢?真该死!此刻他简直无论如何都想不起来了。

在这几秒钟内,张同的脑子里,每一个细胞都经受了紧张思索的最大痛苦,然而,他失望了,根本没有答案。他竭力控制住自己,不让自己叹息,相反的,却笑着问道:"尊姓?"

"我叫王健。"那人微微地把下颌贴近胸前,说话的调子十分平稳。显然,你从这样简洁得体的回答中,是找不到任何半点值得怀疑的东西的。

张同决定离开他们,便说:"你怕是有什么事在等着鲊波宰吧?好,好,我也该回去了,不打搅你们。"

一会儿,他走下了土坎,便听见上面有两个声音在用傣话交谈,他们在谈什么呢?他真想知道啊!可是,听不清,即使听清了,他也不懂。张同的傣话还很不高明,十句中只能懂一句半句罢了。

回到检查站后,他和几个跑来迎接他的助理员谈了谈一般的工作情况,接着,他审慎地询问起关于这个名叫王健的人来。他们告诉他,这个王健到孟崩还不上十天,傣话说得很好,见面就熟,因此,和老乡关系搞得不错。而且，不知怎么搞的，他几乎和每个头人都熟识。特别令人注意的是，一到街子天，他就整天"泡"在人堆里，东扯西拉的。助理员们所能向张同汇报的，也就只有这些。

张同有些纳闷，刚才一路上那么好的心情，早已飞到九霄云外去了。革命军人的警惕性、自己的特殊职责、令人苦恼的模糊的记忆，还有某种难以解释的预感，都在促使他对这个名叫王健的陌生人不能完全放心，他脱下外衣，随便擦了个脸，便走出了自己的楼房，倚着走廊上的一排栏杆，向远方凝神眺望起来。这时，深知首长脾气的助理员们一个个悄悄地退了出去，他们心里却全都在思量着：可能是问题出在这个姓王的家伙头上了。

从检查站的楼上望出去，不但可以看见孟崩坝子里远远近近的五六个寨子，还可以看见界河，这条界河和内地的任何一条小河一样，没有什么特殊出色之处。可是，因为对岸有着李弥残匪的碉堡和关卡，有着美帝国主义的铅弹和皮鞭，而这边却是我们的祖国、我们的身家性命和我们自幼珍爱的一切，这样，这条普通的小河就不能不被赋予神圣的意义。人们对于它，就不能不产生一种休戚相共的、愿意把命运付托给它的感情；可以抛弃自己的肉体，可以停止自己的心脏的跳动，但是不能丧失它。这些一再激动过千百个战士的思想，此刻又像波涛一般在张同的心头汹涌。他的忧虑的眼光，落在界河的潾潾水波上。他看见阳光像碎金子一样在河上闪耀，热风沿着水面轻轻吹拂，渡口上的菩提树枝叶婆娑，清闲的船夫坐在沙岸上吹笛子……

但就在这小河的下游，在小河的河曲地带，两岸密布着灌木林和刺蓬的所在，水不过齐腰深，只要不是雨季涨水的日子，随时都可以涉渡，那是一条走私、潜越国境的最合适的通路。

张同想起了骚乱的、充满着阴谋与罪恶、血与火的1951年。在那三百个紧张的白昼和失眠的黑夜，在这条又窄又浅的界河两岸，敌人曾经是多么猖狂啊！那时没有边防检查站，我们的部队为了追歼到处流窜的股匪，从来不能固定在一个寨子住上三天，因而赶孟崩街子的老乡，只是匆匆忙忙地在市上互通一下有无,便赶紧跑回家去躲起来。就是街子天,有时土匪简直就明目张胆地进来论货抽税,在街上鸣枪示威。和他们一道招摇过市的,还有没有护照的外国人,他们全都是职业的走私能手和情报贩子。这批万恶的吸血毒虫,曾经肆无忌惮地蛀蚀过我们祖国的边疆。

"不!你们再也别想过来了!"张同激动地捶着栏杆,在牙齿缝里狠狠地说着。他想吐一口气,然而,当他的目光一接触到那个弯弯的河曲地带,他又感到一阵心烦——无论如何,这片浅滩和这些丛林对我们总是一种危险,应该把它划为禁区!他烦躁地想着,开始在走廊上踱起步来。

街子散了,喧嚣的人声渐渐平息下来。山居的哈尼人三三两两地背着空了的背篓和填得鼓鼓的筒帕①回家去了。几个傣族老大妈挑起了她们的盛米干的坛子和锣锅,也走出了寨外。从国外来赶街的农民和小贩,正牵着牲口向检查站走来,他们要在检查站吊销登记,才过河去。张同看见他们当中的几个已经走近门口,并且正向着检查站的楼上指指戳戳,似乎在说他什么,他决定回到房里去,避免和这些人打招呼。

不大一会儿,他听见了楼下值班室里的人声,助理员在用傣话和外国人交谈。他无意去听它。他用两只手支着办公桌,低下了头,眼光游移在压着许多照片的玻璃板上,但是,心又重新坠入沉思。

今早在街子上和那个神秘的陌生者邂逅的经过,清晰地重现在他眼前……

为什么他要用背朝着我?——人家不是在等候鲊波宰吗?为什么他要突然插嘴,说些一听就教人感到不诚恳的话?——我恐怕是有了成见了吧?可能人家的确是感激人民政府呢?那么,当我瞟他一眼时,为什么他要惊慌不安?而且,他怎么又能一下子镇定下来,甚至于一变而对着我傲慢地微

---

① 云南境内许多兄弟民族的妇女都能自织的一种背囊,类似挎包,色彩艳丽、图案工整,上面串有珠饰、流苏。

笑？——是呀，是呀，这个、这个人怕就是我曾经见过他的那个！

可是，在什么时间、什么地点我见过他的呢？

一张方方的肌肉松弛的脸……长长的头发不修边幅地蓬散着……右边额角上贴着一块纱布！……见他的鬼去吧！右边额角上贴着一块纱布，我何尝见过这么一个家伙呢？

不，还是见过，见过的！张同的头垂得更低了，他的双手不再支在桌上，而是反绞在后脑勺上，每个手指都不停地抽动着。忽然，在他的玻璃板下，出现了另外一组照片，不，是另外一组幻影，其中有一张，浮动着一个人头，也是方方的肌肉松弛的脸。可是，没有头发，头发被剃光了，同时，右边额角上也没有贴着什么纱布，而是一道长长的刀痕……应该有蓬散的长发呀，应该有纱布呀。然而，它很顽强，就是没有，没有……张同失望地叹了一口气。他抬起头来，幻影消失了，但他猛然间记起了一桩事情。

还是在边防工作会议正在进行的中途，他听到了一个消息，说是在南方边境某条公路上，参加筑路的一队劳改犯人组织了一次暴动，因为我们负责看押的人麻痹大意，致使受了些损失。后来，又听说，经过事后周密的调查侦讯，证明并不是全体劳改犯人有组织地起来反抗，而只是极少数特别顽恶的反革命分子，利用公路坍方时的紧急局面，趁机逃跑，除了其中三人正在追缉中外，其余的都已就地伏法。等到会议结束，他临走的前夜，主持会议的处长却特地来找了他一趟。处长携来三张照片，说："这就是逃跑了的三个犯人……根据各方面的条件来判断，这三个坏家伙一定会设法和匪特接上关系，然后再混出国去，你们孟崩和沽浪这两个口子要特别注意。除了孟崩和沽浪，别处就没有他们的路。"接着，处长又拣出其中的一张，轻轻掂了两下，扔回桌上，"这个家伙，名字叫作唐殿选，在国民党军队九十三师干过连长，九十三师驻扎在景楠一带时，他就学会了一口流利的傣话，他起初跟着李弥出国，后来又假装自新，回来登记，暗地里搞破坏活动，被我们发觉了才扣起来的。像这种东西，到了你们那里就会变成地头蛇，你要留神，不能叫他漏了网。"因此,张同自然而然地对这张照片看了两眼,有些特点就进入了他的脑海:一张方方的肌肉松弛的脸,光头,右边额角上隐隐的有一道刀痕。

"可不能光凭这张照片啊,那边公安局寄照片来的时候就说明了这是一年以前照的。"处长似乎看出了张同的心思,"不过轮廓总是在的……我马上叫人把他们翻印几套,寄给你们。可惜来不及让你明天亲自带走。"

当时他以为照片马上会寄来的,可是许多日子了,还没寄来哩！这使他心里很懊恼,他责怪着自己:为什么当时不更仔细地看看那照片呢？

张同的回忆像开了闸的洪水似的,一股脑儿涌了出来。他觉得刚才的许多疑团都烟消云散了,不值得再去考虑了。此刻,他已经能听见自己的心脏在快乐地搏动。为了最后证实这位"文书"的真正身份而必须采取的若干决定,也一个接一个地自动跳上心头来了。

他跑下楼去,努力抑制着自己的兴奋情绪,向他的助理员们简单介绍了一下有关唐殿选的情况,立刻就给他们布置了几项工作:上鲊波宰家里去了解他和王健的关系,以及其他头人和王健的关系；准备照相机,下一个街子天要设法摄取这位文书的正面半身相；如果军区有文件来,立刻送给他看,不得延误一分钟。同时,他向大家宣布,他马上就去找区长,希望能弄清楚这个王健究竟是通过谁的介绍当起文书来的。说完,他匆匆忙忙穿上衣服出去了。下了石阶,忽然又若有所思地站了站,自言自语地惋惜着:"嗳,要是民族工作队的人没有下乡去多好！"

区长过去是个总叭①,五十多岁,一脸络腮胡。他看见边防检查站的政委来找他,立刻忙着张罗起来,拿茶杯、搬凳子,一举一动都显得十分艰难。张同忙说:"我自己来吧！"可是区长却坚持要招待他的客人,便叫道:"文书,你来帮我一下！"

张同听他叫文书,连忙摇手制止,低声向区长说:"不用叫文书了,你若是

---

① 总叭,是傣族土司制度中的一种官衔,即大头人。

方便,我们出去谈谈如何?"

区长看了看张同,仿佛从他的神色和他低沉的声音中有所领悟似的,便随着他出去了。走了几步,张同故意把步子放慢,做出漫不经心的样子回头看了看,只见区政府门口伸出来一个脑袋,正是那张方方的肌肉松弛的脸,但它一接触到张同的眼光,立刻诡秘地缩了回去。张同心中暗暗叫道:"糟了!怕要惊动他了!"

"怎么,原先的那个文书病了吗?"张同把话说出去了,才后悔自己太冲动,弄得说话欠礼貌;又想到这当中还不仅是军队和政府的关系问题,而且还有个团结上层的问题,于是,心境又冷静下来。

"是了嘛。"区长的回答很简单。

"他是什么病?区长!"

"我……也不了解嘛。"区长摇摇头。

"这个新来的文书是他介绍的吧?"张同试探着。

"不是嘛。"区长的汉话说得很差,不论用得上或用不上,他一律在语尾上加个"嘛"字。

"那么是谁介绍的呢?"张同警惕起来。

"这个……他是……自我介绍嘛。"

"什么?"张同哭笑不得,"你说清楚点,区长,我的意思是问,他是咋个样子到区政府来的?"

区长吃了一惊,他那突出的喉核在他多皱的脖子上忽上忽下地颤动了好一阵,才说:"我们孟崩找不着这号人才嘛,又要懂汉话,又要懂傣话,还要懂汉文,上头的公事我又认不得,都是汉字……他是个难得的人才嘛,我就找他来相帮几天工作嘛。"

"哦,是你去找他来的?"

"不是、不是嘛,"区长仿佛觉察到了某种严重的东西,赶忙口吃着更正,"是他来找我的嘛……"

"他认得你？"张同追问了一声。

"人不认得，不认得，他在上头——区长用手往天上一指，张同懂得那意思是说在自治区政府所在地景楠——了解到文书病了，他就来孟崩自我介绍了嘛。"

又是自我介绍！张同不耐烦地皱了皱眉头："那说来说去，他和老文书还是认得的啰。"

"不了解嘛。"区长搔了搔头皮，又补充道，"文书没有给他写介绍信嘛——我是说病了的那个文书嘛……"

"他在干部表上是怎么填的？有没有他的照片？"

"没有。他说是暂时代代的嘛。"

张同完全失望了，他不知道怎样才能使这个区长也懂得一点儿对敌斗争，懂得一点儿警惕性。他想，事到如今，是既不便公开批评他随便录用生人，又不能明明白白把什么都告诉他，他长叹了一声，心想：好吧，这回就让我们用事实来帮助他、教育他吧！于是，便改口问道："这个文书工作怎么样？"

"不错嘛。"区长也吐了一口气，他觉得空气比较和缓些了。

张同咬了咬嘴唇，决定再做最后一次的努力："区长，依你看，这个人怎么样？"

区长沉吟了一下，可是，他知道的汉话实在有限，终于还是说了一句："不错嘛。"

这一场不得要领的谈话，弄得张同难受极了。他回到检查站，脑子发胀，心里又急又烦。幸亏助理员从鲊波宰家里带来的材料还多少安慰了他。

原来鲊波宰过去并不认识这个王健。不过，王健对他却大献殷勤。他看见鲊波宰四十开外了，还没有个儿子，便劝他夫妻吃一种药；据说这种药灵得很，一服即可得嗣。可惜的是这种仙丹中国不能出产。"那边，外国地面一定有卖的，你何不捎信叫你兄弟代你买一瓶呢？来来来，我给你写信，你只要告诉我地点就行了。"据助理员转述鲊波宰的话——王健当时就是这么说的。

"后来呢?"张同追问下去。

助理员不自觉地模仿起鲊波宰的语气,接着说:"不好啰,不好啰,我写信劝他回来自新,他信都不回,他咋个还会给我老婆买生儿子的药?不好!政府晓得了问我,我咋个说?"

"不要紧,这有什么关系?"助理员又把王健的话说了一遍,"公是公,私是私,政府还能叫你兄弟不和、六亲不认吗?你放心!我大小也是个政府的干部嘛,共产党的政策我比你清楚,快来快来,告诉我地点,我给你写。"

张同渐渐收敛起笑容,眉头习惯地皱成一堆。他一边听着助理员的汇报,一边思索着。他想,敌人的模样是愈来愈清楚了。

"……鲊波宰始终没有让他写,也没有告诉他地点。"助理员结束他的汇报时,顺便发表了一些个人的感想,"我看,鲊波宰这个人表现得还不错。不过,王健这家伙似乎很急,到处抓,总想通过上层找到国外的关系。"

张同点了点头,没有说什么,助理员便退出去了。

"不!他跑不了!我们要看住他,必要的时候就先下手!"许久,张同才断然做出决定,迈步走到桌前,拟了一份向上级请示的电报。

第二天上午,张同又接到了新的情报。说是昨天黄昏时候,有人看见区政府的文书到界河边上"散步",并且找着渡口的船夫聊天。

"聊了些什么?"张同急忙问道。

来做报告的助理员迅速答道:"他先问,河里鱼多不多?又问,哪里好游水洗澡?雨季涨水的时候,水大不大?最后还问,除了这个渡口外,就没有旁的渡口了吗?就是这些,这都是船夫亲口告诉我的。"

"这个船夫可靠不可靠?"张同怀疑起来。

"政委同志,你忘啦?这个船夫一家都是积极分子,男的是民兵,女的是'妇女会'。"

张同考虑了一会,便把几个助理员都召集拢来,开了一个会,一方面是让大家再凑一凑材料,另一方面是要每个人都动动脑筋,出个主意。你一言我一语的,这个会开了半个钟头:最后由张同归纳了一下,同时也说了说他自己对情况的估计。

"刚才大家都说过了,敌人这两天活动得特别厉害——现在,我们可以设想两种情况,加以判断,第一种情况是:王健和唐殿选本是一个人,那么,我敢说,唐殿选之所以在孟崩驻脚,那是迫不得已。你们想想看,在内地,他怎么能站得住脚?事情很明显,他的目的是到国外去投奔李弥!……孟崩这个地方,不过是块跳板……刚从劳改队里跑出来哩,需要喘一口气,同时,顺便到各处钻一钻,看看是不是能在这边就找上电线杆①,接上关系。当然,如果竟然让他接上了关系,又不碰上咱们,也许,混得好,他就长期在这里混下去,做残匪的耳目。同时咱们更应该警觉到的是:唐殿选之所以混进区政府当文书,那是有企图的。他想乘机搞点什么花样,做出点成绩来,等找上电线杆,接上了关系,说不定还能捞一笔。这是一。此外,还有一种情况,那就是:即便王健和唐殿选是两个人,那么,这个王健也绝不是什么好东西,一看样子,是打算跑,要有行动,迟早也不出这两三天。因此我说,我们大家都得动员起来,界河拐弯的地方每天要加派一个哨,渡口也一样……我担心的是,就怕等不到下一个街子天,相照不成,唉,不知道为什么军区还不把他的照片寄来?"张同稍停了一会,忽然目光炯炯地问道,"谁和区政府的卫生员熟悉?既然照片暂时来不了,那我们就要了解一下,他右边额角上为什么老贴着块纱布?到底是生了疖子还是碰破了皮?"说到这里,他嘲弄地笑了笑,"这样,我们就完成了最后一步工作,如果那是一种伪装,我们就不客气,逮捕他!"

"谁去执行?"他再问一遍。

"我去执行,政委同志,"一个助理员站起来,"卫生员是个青年团员,不会出问题的。我会告诉他这全盘的情况,叫他懂得责任重大……"

---

① 美蒋特务打入大陆,设站相连,企图深入后方,这种潜伏的破坏分子名之为"电线杆"。

"不，"张同厉声打断了他，"为什么要告诉他全盘的情况？只要对他说：我们需要了解这一点，仅仅这一点，就够了。这样，就既不会骇着他，也不会骇着了敌人。"他做了个手势，叫对方坐下后，又继续说下去，"应该提醒这个卫生员，愈是用随便的方式愈好，最好是像开玩笑那样……"

然而，事情的发展并没有像张同预料的那样，王健仍旧留在孟崩。显然，他是在等待下一个街子天，他还准备做最后一次挣扎。至于逃犯唐殿选的照片，则在他们散会后就收到了。唐殿选的照片，再一次有力地证明了王健就是他的化名。只有委托卫生员办的那桩事，还不曾动手。据助理员说，原因是卫生员"一开始就从心里讨厌这个文书"，因此，得有一段时间让他去搞好交情，不然的话，"玩笑怎么开得起来呢"？但只要纱布一天不揭掉，张同就一天有顾虑。他想，既然王健已经混进了区政府，那么，要逮捕他，就必须十拿十稳，否则，万一出了个差错，在这个边疆兄弟民族地区，影响就太大了。同时，还必须尽可能逮活的，"要知道，和他一道逃跑的还有两个哩。"他又把自己的这些思想，告诉了随时都和他保持接触的助理员们。

终于度过了焦躁不安的最后一夜，又轮着孟崩的街子天了。张同为自己选择了一个隐蔽的地点，从那里可以看见整个的街子，但街子上的来往行人却不容易发觉他。为了消磨时间，他买了一串黄瓜，心不在焉地连皮带肉地啃着，但眼睛却在人群中紧张地搜寻。不一会，他看见卫生员陪着王健过来了，王健的眼神很不安定，左顾右盼的，似乎也在寻找什么人；他竭力想摆脱卫生员，对卫生员的搭讪很少搭理。张同等他走到了合适的位置后，咔嗒一声，便把罪犯的脸相收进了镜箱。

忽然，王健和鲊波宰碰在一起了。他和鲊波宰叽咕着什么，可是，鲊波宰却不理他，扭头和别人打起招呼来。立刻，鲊波宰就消失了踪影，王健愕然地站在原处，目光阴沉地向四面扫视。然后，他也甩开卫生员，独自向街子的另一端走去。张同把这些都看在眼里，他觉得很有趣，心想，只要我们工作得好，匪特在群众中一定是孤立的，没有一个正直的人愿意受他欺骗，要消灭这帮游魂是完全有把握的。他想把这些思想告诉谁,可是,他身边一个人也没有。

街子散了以后,张同就深切地感觉到:最后一幕快要开演了。王健在今天毫无收获,完全的绝望必然会增强他冒险越境的念头。无论如何,敌人是要试一试的。不过,他还没有想到,他回到检查站时,桌上就有一封回电在等着他,"立即逮捕"。

于是他带着几个人,立刻赶到区政府。一看,王健的房门上了锁,仔细一听,里面却有人在喘息、呻吟。他们把门砸开,看见卫生员倒在地上,满嘴鲜血,一张掀翻的桌子压在他身上,但在他手里却紧捏着一块肮脏的纱布。一切都明白了,敌人已经逃跑!追!张同立刻冲了出去,其他的人也紧紧跟在后头。

张同他们就像旋风一样跑着,寨子丢在他们后头,田野丢在他们后头,缅寺丢在他们后头,塔井①丢在他们后头……追呀,追呀,一直向界河追去!

王健,不,这时我们完全有理由直呼他本来的姓名了,唐殿选在前面奔跑着,颠跛着。就要落下去的太阳从背后照着他,使他永远摆不脱自己的长条的黑影。他跑一阵,又回头看一眼。忽然,他号叫起来,像一头负伤的落荒而逃的狼。河曲地带的哨兵逼过来了,唐殿选抱着头,跟跄了几步,转身又沿着河岸向渡口跑去。可是,船夫却早已把船荡到河心去了,而且,那棵菩提树下,似乎也闪着刺刀的寒光……唐殿选又猛然急转,再往丛林冲去。然而,他被自己的裤脚绊了一跤,等到爬起来时,张同等一伙人已经扑到了跟前。

唐殿选从腰间拔出匕首,一面注视着追来的人,一面一直倒退……

"站住!"张同厉声喝道。

唐殿选仍然在一步一步倒退,张同他们围成半圆形逼上去。

---

① 傣族地区常见的一种井,井上筑有一小型浮屠,旁边凿一小门,由此可以取水,里边墙上嵌一小镜,供行人整理仪容之用。

突然，唐殿选把匕首向着张同投过去，张同一闪，匕首落在草地上，一个助理员赶上来，一脚把它踢得老远老远。唐殿选脸孔惨白，转身跳入水中。

"开枪！"张同一声令下，三四颗子弹便带着扑哧扑哧的急响钻进了波浪。

水上浮起了一摊摊的污血，界河的水流立刻把这些污血挟走。在下游不远的地方，在河曲附近的浅滩上，波浪喷着愤怒的白沫，掷它、打它，这些卑鄙的罪犯的污血立即化为乌有了。

土匪仍然带着疯狂的绝望，拼命地游着，而代表祖国和正义的枪弹，也毫不放松地追击着。

土匪挣扎着，在快要游到界河一半的地方，才慢慢地沉没下去。片刻之后，那家伙又痉挛着浮了上来，他伸出一条胳膊，攀住了对岸的外国土地，摸索着，终于抓着了几根外国的水草，希望这几根脆弱的水草能够挽救他的卑劣的生命。他把头探出水面，然后，打了一个响噎，便再度沉入水底，向着下游流去。

张同他们站在岸上盯着那具恶贯满盈的尸体，直到他在水中消失。

一个战士跺了跺脚，说道："狗东西！便宜了他！没有逮住活的！"

张同看了那战士一眼，心中升腾起一个庄严的思想："谁要背叛祖国，祖国的土地也决不收容他！"

1954年8月9日，大理

大军寨

　　三年前,我们还在云南边疆和气焰嚣张的土匪进行激烈的斗争。那时间,敌人是多么猖狂啊,单是号称"小台湾"的地方就不下数十个。我们呢?除了从淮海战场上带下来的来不及洗掉的泥土外,就只剩下十万大山追歼中没有全部打光的少量子弹了。一切补给都必须寄希望于遥远的内地大城市。供应线时刻被截断,广大的乡村在动荡中,局面是严重的。

　　而且,部队是多么迫切地需要休整啊,哪怕是很短暂的休整也好。可是,不可能,形势不允许。于是,我们喘息未定,又挥戈投入战斗了。

　　我们要在几乎是没有根据地的情况下高度分散、持续作战。当然,根据地还是有的,但不是通常的军事术语中所指的那种根据地,我们的根据地是边疆各族劳动人民的心。

　　正是这颗伟大的心,一开始就保证了我们立于不败之地。

　　如今,我们又在这片用我们自己的鲜血洗过的土地上,盖起了成千成万幢营房。我们要长期驻守在边疆,我们要用不倦的警卫来报答那曾经在最艰苦的日子里支持过我们各族人民的心。

　　边疆将不再是荒僻的,我们的劳动就是证明。

　　看一看我们的营房吧!

　　灿烂的太阳照耀着。一列列整齐的营房就像接受检阅的队伍似的,坚定地站立在山麓下。刷着白垩的墙垣发出耀眼的光。在空气明净的日子里,很远就可以看清每一行筒瓦前端的五角星的标记。屋檐的薄板漆成了朱红色,刚刚安装起玻璃的窗棂也一样漆成朱红色。殷勤的蜜蜂已经来访问过许多次了,它们想和屋子的主人们打个商量,分一个什么角落给它们,让它们也好建筑新居。至于道路,就是到了雨季,也是平整而结实的,没有积水,没有泥泞,而路旁战士们辛勤栽培的幼树却更加欣欣向荣了。入夜,整个的驻地是灯火辉煌,一眼望去,如同一座真正的城市。

这一切多么值得自豪!我们是白手起家的,地基,我们辟;石头,我们开;木料,我们砍;砖瓦,我们烧。一句话,营房是我们自己造的。

部队修建营房,这对边疆各族人民说来,也是生活当中的重大事件。多年来在斗争中培养出来的休戚与共的感情,使他们不能不对自己的子弟兵的一举一动都特别关切。

"大军长住下来了,盖房子了!"

"大军在砌墙脚了!"

"大军在上椽子了!"

"大军在上瓦了……"

诸如此类的消息,就像长着翅膀的小鸟似的,飞进了每个村寨、每户人家。

不久,在各族人民的谈话中,就不约而同地出现了一个名词:"大军寨"。他们把部队新修的营房叫作"大军寨"。

论说实际情况,我们的营房,比起一个普通的寨子来,真不知道要大多少倍。可是,在这些朴实的山居人们的观念中,就没有什么比寨子更大的东西。他们愿意按照自己的习惯来称呼我们的营房,而他们叫起来和我们听起来,也因此格外感到亲切。

还没等到营房完全竣工,远近百十里地的各族同胞便纷纷赶来了,有的是帮着部队搬家,有的敲锣打鼓送来了锦旗,有的是为了观光,有的则除了来看看"大军寨"究竟是什么模样外,捎带着还要探望一下自己认识的"娃娃"。

这天,在我们的某一个"大军寨"中,来了一位远道的客人——一位苗族老大妈。她有五十多岁了,方方的脸,细长的眼睛,眉毛淡得简直看不见,下巴颏的皮肤却有着许多褶皱,这分明是有发胖的迹象了。老大妈浑身上下都是清一色的蓝靛粗布衣裙,只是鞋面上绣了几朵红花。这双鞋她平日里一向舍不得穿,就说这四天的旱路吧,也都是光着脚走过来的,一直到了大军寨口,她才在一条小河沟里洗了洗脚,把它穿上。

她是来找武廷贵营长的。1951年土匪作乱那阵子,武廷贵带了一连人,住在她那个寨子里。武廷贵当时还是连长。他和他的通讯员借住在老大妈家里,老大妈因为曾经接待过这样一位房客,至今还引为骄傲。

关于她自己,她觉得是什么也不值得一提的。

然而,武营长却像敬爱自己的亲娘一样敬爱着她:时常对别人谈起她,以至于上至师长,下至新入伍的战士,全都熟知这位老大妈了。

武营长曾经答应过她,说是等到一打完仗,就要去拜望她老人家。可是,仗打完了,新任务却一个接一个,简直忙得喘不过气来,又哪儿有工夫去重游旧地呢?武营长老是因为这个感到内疚。这也是大家都知道的。

现在,老大妈却不顾长途跋涉的辛苦,跑来看他了。

"哦,您、您老人家就是红岩寨的盘大妈吗?"

当这位年迈的远方来客说明了自己的身份和要找什么人之后,哨兵都不由得又惊又喜了。哨兵定睛看了看老大妈,心想,真的和他想象的差不多,菩萨样的面孔,难怪有菩萨样的心肠……

老大妈把随身背来的一床麻布毯子和两筒鸡蛋①交给哨兵检查,自己很懂规矩地退过一旁,仿佛做错了什么事情似的,抱歉地解释着:"咯,看见鸡蛋呀,就叫我心疼!……那年子,你们武连长挂了彩,流了好多血哟,我想煮两个鸡蛋给他吃,满寨子都找不到!都叫那些土匪抢光了。"她接过哨兵递回来的麻布毯子和鸡蛋,弯下腰去小心把它们重新包好,临走的时候忽然转过头

---

① 云南边疆兄弟民族多用稻草包扎鸡蛋,十枚为一筒。

来微笑着说:"如今呀,我一个人就养了七只母鸡,我姑娘家的还不算在内咧!"哨兵望着她那劲健的步伐,心想,看起来,她似乎比她实有的岁数还要年轻些。

"怎么,武连长不在大军寨啦?"老大妈失望地垂下双肩,伤心起来。

"不是,您误会了,盘大妈,我们营长——他不是连长,他升了营长了——要回来的,他给大家上课去了。您先在这里等一等。"

公务员把盘大妈径直领进了武营长的寝室,替她搬过来一张椅子,招呼她坐下,又用最快的动作倒了一杯热茶,放在她面前,然后,对听错了话的老大妈再安慰了一遍,便出去了。

"盘大妈,您要什么的话,叫我一声得了,我就住在那边小屋里。"公务员离开的时候,还亲切地叮嘱着。

"多像我的那个小儿子!"盘大妈喜欢懂事的、尊敬长辈的后生,这个年纪轻轻的公务员使她高兴起来。"不知道他玩不玩陀螺①?"老大妈呷了一口茶,微笑着,并且因为自己忘了带几个陀螺来而暗暗懊悔。她记得很清楚,剿匪那年,就有不少年轻的大军爱和寨子上的小娃娃一起玩陀螺,瞧他们玩起来的那股劲呀,就好像玩一年都不嫌累咧。

她又试着把刚才在门口和她谈话的那个哨兵,和这个公务员比较了一下:"当然,站岗的年纪要大些……可也是个娃娃! 嗐,我看啊,这些毛主席的人哪,怕都是一个个挑过拣过的咧!"她满意地叹了一口气,又呷了一口茶。

忽然,她有点得意地觉察到,这两个大军仿佛都早就认识她盘大妈似的,你看,他们口口声声叫得多亲,脸上都现出十分恭敬的神色。这是怎么回事呢? 她的确没有见过他们呀,盘大妈怀疑地寻思着:"凡是我见过的大军,就没有一个不记得的……"

红岩寨离这里足足二百四十里,不是每个大军都到过红岩寨呀,何况她

---

① 陀螺是云南境内许多兄弟民族中少年们心爱的玩具。

盘大妈很少出门，一辈子好事丑事都没有做过，别人哪里会晓得这么一个穷老婆子呢？"嘻，我呀，跑反①都没有上过三天，还数这回离家的路长、日子久咧！"她自言自语了一阵，蓦地又像记起了什么事情似的，匆匆忙忙地解开麻布毯子，取出已经微微焐热了的两筒鸡蛋，把它们并排摆在桌上，心满意足地瞟了一眼，又自己对自己谈起话来，"嘻，总算把你们带到了，回头，我就要叫他把你们都吃了，你们可要好好补一补他哟！……嘻，你们不知道，他底子差……流了好多血哟……"

她把鸡蛋摆好以后，很快就没有事情可做了。

她只好慢慢地一口一口呷茶。

"哦，这房子是朝西的……"她望着窗子上一片金色的夕阳，惋惜地想着。

这片阳光在玻璃窗上不断变幻着，构成了各种各样精巧动人的图案。盘大妈不由自主地向自己的鞋头看了一眼，鞋头上的花样比这些个差多了。于是，盘大妈吃惊地想到："玻璃……玻璃……玻璃怕也算一宝吧？"

她立起身来，走近窗子跟前，开始用手珍爱地、温柔地抚摸起来，她的粗糙的、有着许多老茧的巴掌，产生了一种从来不会体验过的，光洁、平滑、熨帖的感觉，她快活地笑了。

渐渐地，她感到了阳光的灼热。

不知道什么时候起，太阳晒着了鸡蛋了。

盘大妈赶紧扭转身来，把鸡蛋藏到阴凉处："要晒坏的，该死！"

这回，鸡蛋被摆在根本晒不到太阳的地方。可是，她把鸡蛋摆好以后，很快又没有事情可做了。

还要等多久他才回来呢？

总是忙，总是忙，大军啊，怎么就没见过你们有闲下来的时刻？

---

① 指旧社会的兵灾。

一架小闹钟在桌上滴答滴答地响着,盘大妈望着那根又细又长的针,它不停地走,转了一圈又一圈,它也忙咧,就像大军一样……

她想把那架小闹钟拿到近处来仔细瞧瞧,但她又害怕:"说不定会把它弄坏呢,那老武就不能工作了——大军不像我们苗家,看太阳办事。"

盘大妈压制住自己的好奇心,重新呷起茶来。

停了一会,她忽然醒悟到,还没有好好看一看他的房子哩。"嗐,我可以一边等他,一边帮他收拾收拾呀。"她宽慰地想着,望着自己瘦小的、布满青筋的手;她爱劳动,一不劳动了,这双手简直就没有地方放啦!

可是,没有什么需要收拾的,一切都摆在最合适的地方。

而且,老实说,这个"一切"的内容一点也不复杂,甚至应该说是过于简陋了。一张床、一张桌子、两把椅子,这就是全部的陈设。

除了桌子上放的墨盒、毛笔、一把发光的大肚子的铝质茶壶、几个杯子和一只小闹钟以外,其余的物件,盘大妈全都认得,三年前就熟悉它们了。

被子还是那床旧被子,只是绿布被面被洗得越发白了。被头大概是磨破了,已经打上了一块很大的补丁。

帐子还是那顶旧帐子,虽然它是十分整洁的。

军用皮包也还是那个旧皮包。"怕他照旧拿它当枕头枕吧?"盘大妈怜惜地想着。皮包上五角星的红颜色已经掉光了,由于汗渍的关系,许多地方出现了黑色的斑痕。

都是旧的原来的东西,什么也不会添置。

"可是,这是新房子呀,多么好的新房子呀,瞎!"盘大妈带着挑剔的神气,又把武营长的寝室环顾了一遍。这间寝室里的纯粹军人式的简单的设备,怎么也无法使她满足,她总觉得,这几件可怜的一条胳膊就全部可以挟走的东西和这间雪白、漂亮的房子是不相称的,"瞎,还盖三年前的被子!连我盘大妈都在贸易小组扯了七尺花布做衣裳咧!"她开始抱怨起来,"这些娃娃也真是!成天只会盘算怎样叫苗家、汉家老百姓过好日子,可就是自己不会过日子！你看，房子大得能住下一家人，却连媳妇也没有一个！"

她愈想愈觉得自己对。"不会过日子！"她断然地想到，并且决定要劝一劝老武，赶快娶一门亲。接着，她又想起了自己的小儿子今年冬天就要上门①去了，过两年，他就会带着媳妇回家来……老武啊老武，你就是少个娘在身边替你操心咧。

于是盘大妈设想起来，如果她是武营长的亲娘，那她一定要……不、不可能。"我怎么会有这么大的福气，我怎能养得出这么好的儿子呢？"她摇了摇头，暗暗自嘲地笑了。

接着，她坐回原处，竭力描摹起武营长的模样来，眯缝着眼睛，带着母亲忆念自己疼爱的儿子时的那种幸福的发痴的神情。"不知道他的模样儿变了没有？……"然后，她又一件一件地对自己解答。首先她断定眉毛是不会变的，像他那样的眉毛怎么能变呢？黑得就像两只黑蛾子似的。其次，满脸的胡楂儿也是变不了的，真少见！年纪轻轻的就长了那么一副络腮胡子？三天不刮就长多长！想到这里，盘大妈忽而记起了红岩寨的民兵们给武营长取的一个绰号："豪猪"，她仿佛又听到了他和那些民兵在亲切地互相谈笑……盘大妈也忍不住微笑了。

"脸呢？"盘大妈又想起了武营长的因为睡眠不足和营养不良而日益消瘦的脸，"还是那样蜡黄蜡黄的吗？"

特别是武营长负伤以后的那些日子，失血过多，脸色是多么难看啊，苍白、干枯，而且往往还笼罩着一层阴影。

盘大妈回忆着那些不吉利的日子，一切都清清楚楚，仿佛事情就发生在昨天。

那天早晨，老武带队伍出发去搜山的时候，还是有说有笑的，天擦黑的辰

---

① 云南境内许多兄弟民族均盛行"上门"，一般是男子先到女家操作一年至三年，然后携妻子、儿女归来。

179

光,却被两个战士抬回来了。

当那两个战士把用冬棕树临时扎成的担架放在盘大妈住屋门口时,她是多么惊骇和痛苦啊。

"老武!老武!你怎么啦?伤在哪里?快告诉你盘大妈呀!"盘大妈哭叫着,不知道应该怎么办。

等到战士们把挂彩的连长安顿好了以后,她才知道他是在追击土匪时,在一条箐沟①里负伤的,子弹射穿了小腿肚。这桩不幸的事情叫盘大妈偷偷地哭了好几回。

可是,更讨厌的是,他负伤没几天,就到了苗家过年的节气了。

苗家有个规矩,过年三天,寨子里不许有外人借住。

怎么办呢?这是祖祖辈辈传下来的家法呀。

她不敢擅自改动这个家法,那样会得罪老祖宗的。

她也不能要这样一个受伤的大军搬出去住,谁都不能昧良心,大军是为了苗家过好日子,才来这号深山大箐沟打蟊贼的呀。

盘大妈开始整夜失眠了,悄悄地叹息,悄悄地擦眼泪,在床上翻来覆去。

日子一天一天风快地过去,眼看就要过年了。

寨子里风传着各种各样的议论。

过年本来是应该快活的,可是,盘大妈的脸上失去了笑容:她到处打探,看看别家的动静。然而,无论是赞成把大军留下,还是主张请大军暂时离开的意见,她都不耐烦听完。

回到家里,她也不敢接触老武的眼光,老武愈是像儿子一样温顺地望着她,她就愈是觉得自己犯了罪似的,必须急急忙忙借故走开,或是躲到暗角落去。

后来,不知道是谁透露了风声,这桩事情传到大军耳朵里去了。

---

① 云南方言,长满丛林和茂草的深谷叫作箐沟。

那时担任连长的老武立即就下令全连离开老乡家,搬到野地里去露营。这正是除夕前一天。

这天,时刻都守在连长床边、寸步不离的小通讯员也忽然成日不见了,原来他去到寨外一块坡地上,为连长搭了一个暂时安身的窝棚。

当晚,神不知鬼不觉的,部队撤出红岩寨了。

盘大妈突然发觉老武不在了,小通讯员也不在了,她急得大哭起来,把大儿子、小儿子都痛骂了一场,责备他们的疏忽,连病人都看不住!

全寨子的人都点着火把和松明子出去四处寻找。

那些曾经主张请大军离寨三天的人也跟着来了。到了这种时候,他们猛然醒悟到自己犯了大错。"怎么能做这样伤天害理的事呢!"他们严正地责问着自己,心里难过得要死,因而也就特别热心地跑在前头,他们希望先找到这些好心肠的大军来赎回自己的罪过。

夜,是骚乱的。

到处充满了焦躁的、恳求的呼喊。

火把和松明子在风中闪烁着,忽明忽灭……

在许多人影中,闪过了盘大妈那疲倦的泪痕斑斑的脸。

终于把部队找到了。战士们被一个一个硬拖回了红岩寨。

他们的连长也被两个气力最大的民兵抬了回来,盘大妈一路哭着、笑着、唠叨着,用各种各样的话威吓那两个民兵,不准他们颠动老武,要他们小心他的伤口。

寨中的老辈们商量了一下,便决定了一个他们认为最好的办法。这个办法是:发动家家户户都拿出多余的男人的衣裤来,一个大军分一件穿上,这么一来,大军就可以算作"苗家"了,哪怕过年也兴住在寨子里了。"老祖宗不会见怪的。"老人们满意地说着,他们因为想出了这么巧妙的主意而十分得意。

民兵们和青年妇女起初是不同意的,他们的理由是:"大军就是不穿苗家

181

的衣裳,也早就和我们是一家了。"不过,他们后来还是让步了,为的是免得叫老人们过年不快活。

哪有这许多男人的衣裤呀?最后,只好把鞋、帽、项圈和牛角做的烟盒都拿来分配。"嘻,算是一点意思嘛。"盘大妈把一件小衫铺在老武盖着的薄被子上,又把一个牛角烟盒塞进小通讯员的裤袋,笑吟吟地解释着。

小通讯员立刻把牛角烟盒取出来,托在手心里,好奇地玩赏着。

"早晓得这样,不搬多好,白搭了一个窝棚……"小通讯员嘟囔着,他显然是不乐意露营的,"不管怎么说,这里比那个四面透风的鬼窝棚强多了!"

躺在床上养伤的人费力地侧转身子,投过来严厉的一瞥:"你要尊重兄弟民族的风俗习惯!"

小通讯员自知理亏,低下头,溜出去了。

很快从门外传来一阵咕咕、咕咕的啼声,还夹杂着翅膀的拍击声。"这个小鬼!又去逗鸽子去了!"躺在床上的人暗自猜测着。

啪!仿佛有个什么很脆弱的东西,在地上跌碎了。

鸽子惊惶地叫着:咕咕咕——咕咕——咕咕咕。

小通讯员哎呀了一声,但立刻抑制着,接着是一阵窸窣的响声,似乎有人在暗中摸索着。

"连长,我把鸽子蛋打碎了……"犯了过失的小鬼低声坦白。

好一顿批评啊!看着这个小鬼哭得这样伤心,连盘大妈都过意不去咧。

"瞎,一个鸽蛋有什么关系?娃娃嘛,大白天走路还兴踩死蚂蚁哩,又不犯忌!"盘大妈极力替这个面色黝黑、五官清秀的少年求情。

事后,在连长睡着了以后,小通讯员怀着感激的心情对盘大妈说:"我不会下蛋,要不,我宁愿下一个赔你家!"

这桩风波几乎马上被所有的人忘记了。

然而,有一天……

盘大妈的鸽子突然紧张地声嘶力竭地叫个不停,在屋檐下来往飞翔,没有一个地点它能落上几秒钟。

为什么不安啊？盘大妈诧异起来，她爬上竹梯往鸽窝里一看，哎呀，原来是一对小鸽子孵出来了，眼睛还没张开呢，它们以一种幼鸟特有的姿态在窝里"爬"着，唧唧地叫着。她笑了笑，心想，这也值得大惊小怪？孵出来了就孵出来了嘛，赶紧衔些谷子来喂它们嘛！她决定不去理会它了。可是，慢着！有点不对！只有一只是鸽子，另外一只是什么？天哪！斑鸠！——不错，是斑鸠！

这时，她才想起来，有一个鸽蛋早给老武的通讯员打了，准是这个小鬼又到什么树上掏了斑鸠窝，弄了个斑鸠蛋来凑数，喀，淘气呀，淘气！

可怜的母鸽子几乎被吓死了。

连我盘大妈都吃了一惊咧。

盘大妈微笑着，从回忆中醒了过来。

她恍恍惚惚地再把房间环顾了一遍，哦，小通讯员已经不再和他的首长住一间屋了。"他不知道还在不在？"盘大妈把落在额上的一绺麻白的头发拢向后去，忽然惊觉到，窗子上的那片阳光已经射到武营长的床上去了。

还要等多久哪？她烦躁起来，呷了一口茶，又立刻吐了——茶都凉了。

附近响起下课号。一下子，公务员就陪着武营长回来了。

盘大妈自己也不知道为什么她没有扑过去，而是慢慢走到她的像儿子一样的亲人跟前，用瘦小的发抖的手抓起武营长的手："嗐，三年了哇，老武！"

"大妈……"武营长欲言又止，改口说道，"我陪您老人家去看看那年在红岩寨住过的人吧，他们全都惦记着您哩。"

一出门，就碰上一伙听到消息赶来看盘大妈的熟人，打头的正是当年打碎鸽蛋、掏斑鸠窝的小通讯员。他长得多高多大了啊，要不是那张五官清秀、黝黑的脸，几乎会不认得哩。

盘大妈和每一个认得的和不认得的"娃娃"打着招呼。

她又转过身来仔细看了看那曾经是淘气少年的大军。

"他如今当了班长啦。"武营长介绍着。

盘大妈夸奖地笑了笑。可是,她忽然发现这个年轻的班长眼角上布满了细碎的皱纹,"他……太阳才出上哩,怎么就有了?"她感到有点悲伤,于是侧过脸来,又看了看武营长,也一样!眼角上也布满了皱纹!

"嗐,都是太操心了的缘故啊!"眼泪簌簌地落在盘大妈的胸前,"打蒋介石、打蠡贼、盖大军寨、练兵、上课……"

"大妈,您怎么啦?"武营长挽起她的一只胳膊,"见面了该快活嘛!莫要难过。走,我们看营房去!""不,我不难过。……"盘大妈信任地让班长挽起她的另一只胳膊。她就像一位自豪的母亲那样走着,挽着她的胳膊的和跟在她身后的,全都是她的值得骄傲的儿子。

三年的日子不是白白过去的,一切都比她想象的还要好。

最要紧的是:苗家活在世上,更加有了指望,有了信心。

雪白的大军寨在阳光下闪耀着,盘大妈觉得那是幸福和希望在闪光,它们是这样近,伸手就能拿到……

1954 年 8 月 19 日,大理

孟丙纪事

一

根据边防区指挥部的命令,五连来到傣族聚居地区孟丙驻防。孟丙是一块突出的、三面与外国接壤的小坝子,正是由于处在这样一种位置,它经常受到境外国民党残部骚扰的威胁。

傣族的老乡们热烈地欢迎了自己的军队,叭龙①、北京代表②、民兵队长和妇女会主席把连长、指导员依次请到他们家里去,按照本民族的礼节,用槟榔、面芭蕉、粽粑、甜酒和番茄芝麻凉糕款待尊贵的客人。特别是北京代表,还用枧树叶子蘸水洒在连长和指导员头上,又用两股白棉线分别缠住连长和指导员的手腕,为他们祝福。

在寨子里,在田坝中,在菩提树的浓荫下,到处都有参加了民兵的傣族小伙子围着战士们攀谈,钦羡地摸弄着战士们的枪支和帽花。尽管彼此都不懂得对方说的什么,嘴巴却都一直没有闲着,说汉话的顾自己说汉话,说傣话的顾自己说傣话,此外,还不停地比画着手势,点头嬉笑,交换着友爱的目光。

傣族姑娘们也在人群中奔忙,光着被太阳晒得黝黑的脚片子,一会儿从寨里跑到寨外,一会儿又由寨外跑回寨里。她们为战士们提来了一壶又一壶

---

① 叭龙,是傣族头人中的一级,过去有权统辖八个到十个寨子。
② 兄弟民族对曾经晋京观礼的代表的尊称。

的香茶,这些香茶都是她们亲手上山采来晒干焙制的。当她们把香茶放到客人的脚下,羞怯地低声说了"同志,请啰!"以后,立刻便微微提起红绿二色相间的筒裙,踏着匀称而迅速的碎步,像蝴蝶一样地飞过一边去了,而真正的蝴蝶也就紧跟着她们飞去——她们那挽得高高的发髻上,插着一排月牙形的馥郁的缅桂花。

一群正在浅河里打着水仗的小孩子,也放弃了他们玩得起劲的游戏,光着身子跑上岸来了。起初,他们对套着枪衣、整整齐齐摆在地上的几挺机枪发生了兴趣。"你们看!枪穿衣服!"他们尖声嚷着。这时,那个自己也像小鬼一样淘气的十八岁的战士金亮生,对着这群小家伙做了个打拍子的动作,于是,不等到邀请,一个齐唱节目就自动演出了。

  东方红,
  太阳升,
  中国出了个毛泽东……

这些小家伙用劲地咬着每一个字音,力求它们准确,虽然终于显得十分生硬,可是,流露在每一张小脸上的那种认真的热烈的神气,却使得战士们深深地感动了。

响起了一片掌声。"再来一个!"战士们叫着,民兵们在当中帮腔,"水!——水!——"①姑娘们则互相搭着肩膀、搂着腰肢挤在一起,捂着嘴咯咯地笑着。

金亮生把自己的枪卸下来,交给坐在他身旁的炊事班班长谢良才,就跑进了小鬼堆里,叽叽喳喳地说了些什么,接着,又用非常夸张的姿势打起拍子来。

------

① 傣人在表示赞扬、欢呼时,则高喊"水!——水!——"

在人们的笑闹中,连长和指导员走出寨子;叭龙、北京代表、民兵队长和妇女会主席都跟在他们后头,那唯一的一位翻译也跟在他们后头。

指导员一眼就望见了正在蹦蹦跳跳的金亮生。他和连长都很喜欢这个无忧无虑的战士,一得闲,就爱和他说个笑话,逗乐。"怎么啦?金亮生,你懂他们的话?"

金亮生立正答道:"报告指导员同志!不懂也没关系!解放军和兄弟民族是一条心嘛,还能不了解?"

指导员亲切地嘲笑道:"嗬!说得怪漂亮!"

连长猛然记起正是指导员自己前不几天说过"解放军和兄弟民族是一条心嘛……",于是,他断定金亮生是有意套用这句话来开心的,便忍不住扑哧一声笑出来;他对指导员丢了一个眼色,但指导员没有注意到,指导员的眼光已被炊事班班长谢良才吸引过去了。

其实,谢良才也并没有做什么不寻常的举动,他不过是在那里望着连首长们微笑罢了。谢良才是个爱深思的人,平素一向是不苟言笑的,也许正是这个缘故,指导员觉得他的笑容中大有文章。

然而,指导员并没有追究这个,倒是转过身去和连长商量了一下,便叫值星排长吹哨子让全连集合了。

全连集合以后,由连长讲了几句话,大意是说,立刻动手盖营房,木料、竹子、草排都就地取给;按照傣族的风俗习惯,一家盖房子,全寨动手,因此,也就必须欢迎他们来帮忙,虽然部队上并不缺乏人力。"……不管怎么样,我们可以借这个共同劳动的机会了解一些情况,大家一定要主动地团结傣族老乡,为将来的工作打下一个基础。同时,等到营房盖好了,我们也按傣族的规矩请一次客,我们要把孟丙的老乡统统请到,摆一桌真正的酒席给他们看!"连长的话说到这里就算结束。临了,他朝那站在队伍的末尾的谢良才瞟了一眼,仿佛在补充着自己刚才不曾说完全的意思:"至于说到酒席,那就要看你的炊事班啰。"

187

战士们都有着一双多么灵巧、能干的手啊！简直可以说是万能。那些在参军以前就干过木工、泥工的，更是抓紧机会，大显身手。原来打算来帮忙的傣族老乡，只好退到一边，带着惊讶的神情看着一幢一幢的营房在向阳的山坡上"自动生长出来"。要不，他们就来到那座露天伙房，好奇地观看炊事班如何淘米、煮饭、烧水、炒菜。而在这种情况下，就连从来不知道什么叫作卖弄的谢良才都会不由自主地兴奋起来，因为他想起了那桌已经迫在眉睫的"真正的酒席"……要是办不好，那才叫作丢人呢。

顽皮的金亮生也不时溜进伙房来看一眼，立刻就走掉。他是来打听下一餐吃什么的。如果是吃馍，他就赶紧去报告北方籍的同志；如果是吃米饭，他就通知自己的南方同乡。这样，来来去去的路上，免不了要和傣族老乡打招呼，照例，这种"招呼"总是以笑、拍肩膀、彼此说一些含糊不清的话来开始，又以笑、拍肩膀、彼此说一些含糊不清的话来结束。这样多弄了几回之后，金亮生也觉得腻味了，心想："老是笑不能解决问题呀，总该互相谈一点什么才对呀！"

可是，言语不通，有什么办法呢？

金亮生又想到，今后连队还要长期地驻在这里，难道说，这一辈子见着傣族老乡都只能露露牙齿了事吗？结果会怎么样呢？他简直不敢设想了。于是，他皱着眉，把这个令人忧虑的思想告诉了谢良才。谢良才回答他的是淡然一笑："学呗！"

"哼，"金亮生不同意谢良才这种轻松的态度，"傣话跟外国话一样难哩！"说罢，他却立刻又在心里向自己坦白："我才懒得去学它哩……"

二

营房很快就盖好了。不但有宿舍、饭堂、厨房、洗澡间、厕所，而且还有一所结实、宽敞、四面透光的俱乐部。

军民联欢的宴会举行过了,老乡们很满意,正如谢良才所希望的,事情进行得很顺利。

从今以后,就要开始正规的军营生活了。起床、熄灯、出操、上课,一切都听号音办事。

可是,客人们才散去,残汤剩羹刚刚来得及收拾好,指导员却把大家集合到四壁都刷着白垩土的、散发着新鲜木料和新鲜茅草的香气的俱乐部里,向全连提出了一个新问题。

他一开始就数了数劳动成果,说:"现在我们真的要在孟丙安家立业了……可是,我和连长都感觉到,我们还缺一样东西。"说到这里,他停下来望着连长隐秘地笑了笑,又加重语气重复了一遍,"同志们,我们缺少的这样东西很重要,没有它,我们的工作就很难开展。"

这段话在战士们当中引起了一阵轻微的骚动。指导员在队伍面前踱着步子,他在考虑着怎样才能说明这个问题的严重性。忽然他咬了咬嘴唇,对战士们坦白地自陈起来:"到孟丙的那天,嗨……我和连长就和庙里的菩萨差不多,被人家抬到这里,抬到那里,无论干什么都要靠翻译。当时我就想,真糟糕!在这种时候,娘老子给我们生一张嘴巴有什么用呢?除了吃饭,真是什么用处也没有!"

战士们窃窃地笑起来。

"不要笑,一点儿也不可笑!"指导员挥了挥手,"我们要长期驻守在孟丙,要团结傣族同胞,保卫边防,共同对敌斗争;不能老是挑水、扫地、剃头、治病,这些工作固然要做,可是我们还要做许许多多的其他的群众工作,而这一切的一切,离开了傣话是不行的。"

指导员原想就这样结束讲话的,可是他猛然又想起了什么,仰起头来说道:"不错,上级为我们配了一个翻译。可是,一个翻译怎么够?而且……"指导员皱起眉头,换了一种愤慨的调子说下去,"刚才大家都看到,连长和我在联欢会上足足说了四五十分钟,可是他拢总还没有说上十句,就'翻译'完了。译不全还事小,译错了怎么办?总而言之,必须掀起一个学习傣话的运动!不错,学习是自觉自愿的,但也不妨点点名,比方说,谢良才同志……"

"到!"谢良才响亮地回答了指导员。

"听说,不论什么话,你一学就会……你先不要摇头——谁出了名,谁就得永远保持他的名声。"指导员微笑着,声音变得和善起来,"我知道,你是洛阳人,可你会说山东话、安徽话、云南话,甚至还会说广东话,对不对?1950年我们在凉山剿匪时,我记得你还学了一阵彝话……"

"报告指导员同志,彝话早忘啦。"谢良才老实招供着。

"忘啦?怕是你把它放在借来的水桶里,一起还给了彝人吧?"指导员的打趣,引起了哄堂大笑。

"这么长时间不说它,自然就……"老实的谢良才红着脸申辩着,不过,他的用意更多的还是针对那些笑他笑得最起劲的战士,"这还不跟武器一样,你们试试看,搁久了不摸它,看它听使唤不听使唤!"

"好好好,"指导员和解地对着他说,"我们不要求你再使唤那个旧武器,彝话在这里没有用,我们要求你在最短期内熟练这个新武器,学会傣话。你是共产党员,老同志……"

金亮生在队伍里悄悄补充着:"又是天才。"

指导员听见了这一声提示,立刻喊出金亮生的名字。

"在这里!"第三排的什么角落里,响起了一个刚刚由童音转变为成人的嗓子的回答,听上去有点尖细,又有点粗嘎。

"你也应该学好!你年纪轻,舌头还没有长硬……"

金亮生着急了,他迫不及待地打断了指导员的话:"我咋能学得好呢?指导员同志!"

"你'咋'不能学好呢?"指导员模仿着金亮生的语调驳斥他,"咋、咋、咋!你又不是河南人,你是云南人,那请你先告诉我,你这满口河南腔又是'咋'样学会的呢?"

就像许多云南籍的新战士那样，金亮生一来到部队上，也极力仿效着老战士、班、排长的榜样，不但在战斗动作上、军人作风上，一举一动向他们前辈学习，就连生活习惯、某些小嗜好，都全盘接受过来，吃馍、吃蒜、喝醋、喝胡辣汤、唱一段梆子、扯一尺花布轧一个伞套等等。至于说话，那就更不用提了。在新、老成分之间，无形中产生了一种新的语言，其中混杂着南北各省的口音，而且混杂得十分巧妙，几乎不露痕迹，叫人听了觉着自古以来就有这么一种话似的。这种现象在连队中半点也不奇怪，大家全认为，这些事物也正是我们部队的传统的一部分，是值得保存和继承的。虽然并没有谁去提倡它，但它本身有某种顽强的力量，不知不觉地就在一个新加入的成员身上，打下了烙印。因此，当指导员提出这个问题来时，金亮生也只好瞪着眼，答不上来了。

"不知道咋搞的……我又没有专门去学它。"他抹了一下额角上的汗，腼腆地笑着。停了停，他觉得自己找到了一个理由了，胆子壮起来，又说："不管河南话、云南话，反正都是汉话！可这傣话……"

指导员挥了挥手，表示他不愿再纠缠下去了："傣话又怎么样？你和谢良才订个合同，一起学！三个月以后，我要考你们的……自然，我也学，我也应考。"

三

三个月很快就过去了。

指导员说话算话，他果真布置了一场考试。不过，这个考法很别致，既不发卷子，也不用笔墨——五连俱乐部举办了一次傣话讲演比赛。讲演题是："我是怎样学会了傣话的。"评判员是孟丙的叭龙、北京代表、民兵队长、妇女会主席，和那个不知道为什么今天特别显得神色不安的翻译。团部也派了俱乐部主任和宣教助理员来参加，因为指导员早已为这桩事打了报告了。到会的人除了全连的干部、战士外,还有一大群跑来看热闹的傣族老乡。

参加此赛的人一共有七个,指导员、文化教员、谢良才、金亮生,还有其他三个战士。

在临时搭成的讲台上,悬着一条鲜艳夺目的红布,上面贴着一行用图案字剪成的口号:"掌握新的工具——傣话!"此外,那铺在桌上的奖品也很吸引人,战士们的羡慕的眼光不时落到它上面。他们不约而同地思量着,不知道谁得第一名?看啊,不但团里发奖,连孟丙寨的老乡都用黄布和黑布做了一面锦旗呢,那弯弯扭扭像子了一样的傣文,也不知道写了些什么。

指导员是第一名登台讲演的,可是,他几乎把要讲的东西都忘光了。他全心全意为这一场比赛高兴,他觉得,这是一个良好的开端,而一个良好的开端,就可以说是事情成功了一半。他在台上站了许久,掌声才平息下来。他很感动,掌声的热烈程度是和战士们对这个问题的认识程度成正比例的,这一点,他深信不疑。

指导员的讲演十分简短,恰像一段开幕词那样,中肯而又得体。他首先说明举行比赛的意义,号召全体同志努力学习傣话,接着便对评判员们和孟丙的所有的老乡们致谢,称他们为"老师",顺便又向他们做了一些开展政治攻势、瓦解境外残匪的宣传。

参加比赛的战士们相继登台,引起了全场极大的注意。大家全都抱着紧张、严肃的心情,静听他们的讲演,希望从他们身上得到信心和支持,如果他们学好了,那也就是说,任何人都能学好。

正因为这样,所以,每当听懂了他们说的一句半句时,就有许多人点头称是,为他们高兴,也为自己高兴。但一遇着台上的人现出尴尬的神色,巴掌使劲贴着裤缝擦汗时,立刻就有许多人暗暗叫道:"糟糕!卡壳了!"

然而,最出人意料的还是金亮生,他讲得不好。起先,他说了一大堆关于谢良才怎样教他利用注音符号学习傣话的"秘诀",枯燥乏味。后来,他又似乎有点发慌,经常挫顿,把自己弄得就像一个活塞出了毛病的水龙头似的,一下子毫无头绪地说一大摊,一下子又无话可说。不过,尽管如此,当金亮生谁也不看,咚咚咚跑下台来的时候,同志们还是报以经久不息的掌声。

金亮生垂头丧气只不过三分钟,很快就又兴高采烈地跟着大家哈哈大笑起来。和他一同学习傣话的好朋友——谢良才,获得了惊人的成功。金亮生衷心感到快活,立刻就把自己不幸的失败忘得一干二净了。

原来,谢良才一出现在台上,评判员们和挤在窗户外边观看的老乡们就不约而同地鼓掌欢呼:"双棍!双棍!好呀,双棍!"

谢良才也毫不示弱地用傣话和他们亲切地逗笑着。

"同志们,你们看,我活了二十六岁,汉话的名字只有一个,倒是傣话连诨名都有了。老乡都叫我'双棍',为什么要叫我'双棍'呢?我现在就来谈谈它的来历。"

谢良才笑嘻嘻地用流利的傣话说着。一百几十双眼睛都注视着他,仿佛他本人就是一个活的窍门似的。在战士们心目中,这个沉默、质朴、勤劳的炊事班班长的威信更高了。

"才来孟丙的那阵,我们不是出动了不少人去搞社会调查吗?这个诨名就是那时间得来的。"

民兵队长突然扑哧笑了一声,连忙用手捂住嘴,再也不往台上看了。但是谢良才的嘲笑的声调继续在耳边响着。

"有一回,我上民兵队长家去统计人口,他家里成年人只有他和他老婆两个,本来我应该说'双滚'(翻译成汉话就是二人的),可是,鬼知道怎么搞的,一下没咬准音,说成了'双棍'(翻译成汉话就是一对屁股),闹了个大笑话……往后,傣族老乡见着我就大叫'双棍',而我呢,也就变成了一对屁股了。"

评判员们、老乡们和五连的战士们立刻轰的一声大笑起来。有些战士听傣话的能力还很差,他们只是"猜着了"其中的含意,便跟着别人笑了,但立刻又感到有点苦恼,于是,笑容蓦地消失了。

193

接着,谢良才又毫不在乎地公开了他的许多出洋相的故事:怎样追在"彬乃"(小娃娃)背后喊"朴涛"(老大爷),怎样在该说"对不起"的地方,反而脱口就说"没关系",怎样原来打算买黄瓜的,结果却叫人送来了辣椒等等,以至于几乎叫人家误会成了疯子。他说:"……这都是心悦的关系。其实,也没有什么,这回错了,下回就不会再错了。要是怕丢人,就干脆别学。决心学,就要顽强,一有说傣话的机会,决不放过;要用脑子,仔细琢磨傣话的规律。当然,方法各人有各人的创造,根本问题还是指导员说的那个……只要明白为什么学它,就保险能学好。"

谢良才的话说完了,战士们却静默着。片刻之后,不知道是谁第一个跑上台去拦腰把谢良才抱住,于是,欢呼声像火山一样爆发了,人们都拥了上去,谢良才被抛向了半空……

指导员和连长在一旁微笑着。

"谢良才是怎么搞的?我看他怕是要在孟丙落户了。"连长故意做出怀疑的神气,"傣话说起来跟倒水一样!"

"他的确是钻进去了。"指导员赞叹着。

"简直和当了战斗英雄一样!"连长不无感慨地说。

指导员似乎是回答连长:"一切带头突破困难的人都是英雄!"稍停,他又激动地碰了碰连长的手肘,"战士们有了信心了,他们看到了一个活的榜样!"

谢良才得了第一名。授奖完毕以后,由团俱乐部主任宣读了团首长签署的命令。命令的内容大致是这样,推广五连的先进经验,在全团范围内开展群众性的民族语言学习运动,把这一学习列为今后单位和个人的评功项目之一;要求各单位在年底以前,连排干部中有三人、每班有两人具备一般的会话能力。

战士们一个一个都聚精会神听团首长的命令,生怕漏了一个字,他们隐隐地感到自豪,因为不是别人,正是他们自己的五连,又赢得了新的光荣;但另一方面也感到焦急,巴不得马上把傣话学会了,就像谢良才一样。

最后是请来宾讲话,评判员们互相推让了一阵,北京代表终于走上台去了。

他并没有戴帽子,但他向全场行了个举手礼。

"来到了大军住的地方,就要兴大军的规矩。"他解释着,同时不停地搓着手,思索着说什么好。

"多亏有大军,我们能太太平平住在这边界地上……"北京代表指了指窗外长满凤尾竹的河坝,"大军到我们孟丙来,盖房子不算,还要学我们傣话,这回我们相信大军是要长住了去了,扎实宽心啰。"

围在窗外的老乡们都纷纷点头,重复着北京代表说过的话:"扎实宽心啰,大军同志!"仿佛为他作证似的。

"往后,大军有什么困难,来找我就是!我们大家相帮……不怕!哪样都不怕!"北京代表拍拍自己的胸,忽然,他操着生硬的汉话说道,"我也要学汉话!不懂汉话吃亏啰,去年子,我上北京见毛主席,一句话都没有说!样事靠翻译,难啰!"

大家又惊又喜地喊叫起来,战士们把巴掌都拍红了。

人声沸腾中,指导员对着连长和所有参加比赛的人喊道:"你们看,这就是我们掌握这个工具后的第一个好结果!"

金亮生磨磨蹭蹭地挨近指导员,悄悄地检讨起来:"指导员同志,我在学习中的自觉性还不够……"

"下回再来嘛,有什么关系?"指导员用力拍了拍金亮生那孩子似的瘦削的肩膀,"走吧,一起照相去!俱乐部主任把照相机子带来了!"

1954 年 8 月 10 日,大理草稿
1956 年 12 月 15 日,北京修订

肠梗阻

县委书记老晋死了。医生说,是肠梗阻引起了肠坏死,无法挽救。真糟糕!什么病不能得,得了个这号病!

我算是他的非正式秘书。上级责成我:一要仔细清点他遗留下的每一张纸,每一个字,不得散失;二要赶快写一篇悼词,准备开追悼会。我想了想,觉得第二个任务比第一个任务当紧,于是,我把他生前带进病房压在褥子下面的一个小本子往兜里一揣,又在他的办公室门上加了一把锁,便回我自己屋里写悼词去了。

可哪儿也不清静,哪儿都在谈论老晋的死,各种各样的说法,各种各样的感情;机关在谈,住家户在谈,街上行人在谈……我躲进招待所,临时借了一间空房,心想这儿该能集中思想了,刚抖开几张旧报,正待琢磨那些已故中央一级领导人的悼词的章法,不料,这里住着的南来北往的出差人员也谈起来了。听,窗子下边就是——

"他叫啥名字?那个肠子出了毛病的县太爷。"一个操着河南口音的人,用这种近年来大家逐渐习惯了的冷漠的甚至是幸灾乐祸的口气问另外一个什么人。

"晋步。"

"啥?进步?"

"哪里,同音不同字,实际上是韩、赵、魏三家分晋的那个晋。"

"嗬,好——名字嘛。"又是那种可恶的腔调。

"可不是好名字！不过,我听人说,在先他干脆连姓都没有！"

"咋?"河南人产生了兴趣。

"听人说,他从小就没了爹妈,叫一个老羊倌收下了,跟上放羊,羊是老财的,老财就管他叫羊杂碎,当然是故意作践娃娃啦。八路军来了,他要参军,人家问他叫什么,他说他没有名字;再追问,他只好说老财管他叫羊杂碎。一个同志也是好意,说:那你就姓了杨吧,杨家将的杨,名字可以另起。这小羊倌一听就哭了,死活不依,这才由文书给他报了个大号:晋步。"

"五十多了吧?"河南口音又由感到兴趣变成了感到关切。

"谁知道！就怕他自己也没有准星。"

"这老头儿也怪凄怆的哩。"

"谁说不是！前几年可折腾苦了。林彪、'四人帮'找了一伙人,专门踩他的肚子……"

"啊?! 专门踩肚子?! 咋哩?"河南人愤怒起来。

"唉,走资派嘛,踏上一万只脚,叫他永世不得翻身呀。"对方故意说着反话。

这时候,另一个声音插了进来,看来,这个人更了解情况。

"老晋盘肠大战的故事,你们听说过没有?——还是跟日本人打仗的那会儿,他就是八路军赫赫有名的战斗英雄！他那副肠子,掏出来哪一寸不光荣！"

"哦,这就该着踩肚子?! 好狠心的灰孙子们！"这位河南同志恨得咬牙了。

一阵子叹息过去,那比较不清楚底细的两个人当中的另一个又拾起了话头:

"你说盘肠大战,那肠子——打断了吧?"

"那还用问！"

河南同志接了上去:"后来咋?"

"接上了。以前还只是天阴下雨痛，这几年就差不多见天都痛了。有人见过，发作起来，寒冬腊月也能冒黄豆大的汗珠子。"

"也真难为他了。好人！可……怎么老跟他的肠子过不去呢？"河南同志作了结论，又提出了问题。

"倒也是。不过，这一回与别人无干。怕是累的，打倒了'四人帮'，这老汉才又担任一把手。"

……

窗子下边的闲人终于走散了。

我也就从盘肠大战写起。可是，笔杆子真沉，写得十分吃力，加了一个夜班，好歹算是写完了。我不放心，又对照着那些旧报纸，反复琢磨了两遍，觉得一切该写的似乎都写到了，虽然，有些段落好像只是列了一堆题目。我放下笔，心上却一点也不见轻松，跑到龙头底下用凉水冲了冲头，果然活动一些，不由得又想起了窗子下边的那句话："好人！可……怎么老跟他的肠子过不去呢？"我望了望窗外，几乎脱口而出：你们问我吗？我也糊涂着哩。

我回到桌子跟前坐下，眼睛盯着稿纸发起愣来，脑子里始终摆不脱这个冷丁古怪而又无法解答的问题：怎么老跟他的肠子过不去呢？不过，我又想，窗子下边那位河南同志所谓的"老"的意思，恐怕和我的未必一样，我指的实在是这最后一次。

不过，很快我就得救了，我想起了规格问题。老晋无论办什么事，都有一套讲究，这就是各式各样的规格；追悼会应该有不同的规格，悼词也应该有不同的规格。我记得，给劳动模范韩锁开追悼会，他就吩咐过："写一个十分钟的材料。"后来，人事局孟局长去世了，他又叫我"写一个十五分钟的材料"，而且特别叮嘱，"一定要比韩锁多五分钟"。那么，如今轮到老晋本人了，怎么办？我几乎不假思索就找到了答案，总得相当二十分钟。于是，我马上摘下手表，把它搁在桌上，看准了起点，就慢慢地默念起悼词草稿来。

十七分钟。

我再念一遍。

还是十七分钟。

不行,差三分钟,我只好又拿起了笔。写了一段,转身又勾了,重写,重勾,再重写,再重勾,不知不觉天都大亮了。楼上楼下的旅客窸窸窣窣你进他出,开门关门乒乒乓乓,洗脸刷牙稀里哗啦,唉,像任何一家县级招待所一样,一天最热闹的高峰期到了,当然无法再写下去。我决定披衣出去走走,换一换脑筋。这家招待所是利用扒平城墙后从旧墙基直到护城壕之间的一大片空地盖起来的,出了大门就等于出了城门。城外的空气好。可是,今天偏不,这空中竟到处弥漫着一股本地生烟呛鼻的辣味。原来,大台阶上坐了个面熟面熟的老汉,正在闷着头抽烟哩。我紧走了两步,哟,这不是双楼大爷吗?我赶上去打过招呼。双楼大爷抬头看了看我,我才发现,他的眼皮子肿得厉害,脸盘子上像刀刻下的无数道皱纹仿佛又叫谁往深里挖了挖。装束也与平素不同,正正规规的:蓝布帽子是新的,有股子樟脑味儿;下身是拆洗过的栗壳色的大裆棉裤,扎了脚;上身换了件干干净净的灰制服褂子,袖管上裹了一块黑纱。双楼大爷我是熟悉的,几乎是认得了老晋那一天,也就同时认得了他。这会儿,我还能清清楚楚记得晋书记逢人就这么介绍:"陈双楼,我的老战友、老房东、老伙计……"而只要老晋这么一说,双楼大爷也就必定粗声大气地添上一句:"往下说!往下说!怎么不说呀?而今还是老抬杠!"说罢,两人照例要捧腹大笑一通。虽说,我也觉察到,越往后似乎越笑得不那么自在了,不知为什么,在他们两个人之间,渐渐地生出了一点隔膜。

"俺知道了。"老汉站起身来,凑近我咕噜了一声。一反往常,这声音简直不是他的,细弱、无力,悲哀中还夹着一点苦闷。

我忽然灵机一动:眼前,这不正是送上门来的活字典吗?还差三分钟,他一定能给咱补上!我把双楼大爷让进了招待所那间空房,专心给沏了一杯酽得发苦的浓茶。我知道他爱喝这种茶,不等他坐暖板凳,就单刀直入地提出了要求。

"那还愁!"双楼大爷是痛快人,他把烟锅子朝鞋底上一磕,就过五关斩六将地开了讲。如果说,起初还有那么一点嗓子发涩,后来却越说越热烈,越说越动心,我要不是老惦记着那个三分钟,早就融化在他这一片感情的汪洋大海中了。我还算清醒,毕竟不是要替晋书记立传,我得掐着时辰从老汉那儿挖出我需要的东西来——今天下班前得交卷哩。因此,我找了一个替他添水的机会,谨慎地打断了老汉的回忆:"大爷,这些我都写了,比较缺的是后半生的事迹,你能不能给我多说说?"

"后半生?"双楼大爷困惑地眨着眼睛。

"对,就是侧重讲一点……搞社会主义革命和社会主义建设的部分。"我实在说不明白,只好又耍开了干部腔。

老汉停了片刻,说出来的依旧是那句老话:"那还愁!"

我高兴得什么似的,抓起一沓稿纸,就拉开了采访记录的架势。

这回不说盘肠大战了,可惜,又说起了全县三十万黎民百姓怕有一半人都知道的发展他这个中农入党的故事。我都能背得出来了:办互助组的年头,老晋当时是公安局长,下到他那个小村村蹲点,看来看去硬是看中了直心直肠、敢作敢为的陈双楼,并且当了他的入党介绍人。有人看不惯,告了老晋一状,说他不依靠贫雇农,倒依靠中农,不讲阶级斗争,只讲发展生产,一时闹得风风雨雨。果然,上头派人下来调查了,但都叫这个盘肠大战的硬汉子给顶了。当然,他陈双楼也不含糊,用他自己的话说:豁出三十六颗牙不要,也得咬住牛嚼子爬坡!带头干!他串联了十来户积极分子,办起了全县第一个初级社,还当选了党支部书记。他在支部会上说:共产党不姓共姓什么?说罢,就从自家槽头牵出来一头大黄牛,又捐献了多少年从嘴角上抠下来的二百斤小米,周济了入社的穷兄弟度过春荒。这些事,自然都和老晋的教育、帮助分不开。至于老晋,那更是好样儿的!大牲口不足,他就和大家一起人拉犁,肩膀叫绳子勒得血糊翻花地叫人不忍看,他还满不在乎。白天误不了给社员们鼓劲,讲什么楼上楼下,电灯电话,黑夜倒不声不响地点上松明子,趴在桌上把着手教小会计怎样一个钱掰作两半使,还要万笔清。瞧!二十多年前,咱老晋就是这么个人!

老农民彼此告诉起来,似乎往往容易离题,其实,那也不过是离题,并不走题的。双楼大爷不例外。听起来是说他个人,细想还是说的老晋。接下去他就讲开了,老晋调回县里提升了县委书记,他却上台下台,三起三落,老婆气得骂他不识羞,他也气得一趟一趟地往城里颠。五八年,他憋不住对老晋吼叫起来:"谁叫你派这些工作队下乡捣乱?!当初你是这样干的吗?"一跺脚回了村,就一头扎进林业队去了。"还是栽两棵树吧,后人能得些实惠!"事隔多年了,老汉说到这里,还禁不住愤愤不平。而我在一旁听着,也就自然而然想起了一首基层干部中尽人皆知的顺口溜:"二百斤小米子一头牛,三起三落不识羞。"一想到这首顺口溜,我就想笑,但到底不曾笑出来,这哪里是对双楼大爷的嘲谑,这是对……对我们这些当干部的抗议呀!不过,话真扯远了,我得提醒他刹车了。

"大爷,这些也都写到了,虽说不那么详细。你能不能给咱说说公社化以后——"

"公社化?那,没有了!"真没来由,双楼大爷突然面带怒容,闭紧了的嘴是撬也撬不开了。

我感到十分地纳闷,无奈把稿纸收起,报纸折好,实在无事可做了,便又把本来没有尘土的桌子擦了再擦,好像永远也擦不干净了。

双楼大爷是个好老汉,他身上还保持着时下一般人中间已日见淡薄的拙直和温厚。他肯定是看出了我的扫兴和尴尬,竟兀自苦笑了一声,又恢复了他的铜锣嗓子:"你呀,你就没听过我双楼子说话,打公社化以来,我跟他是三老加一老——老抬杠!"

关于这一层,我倒是风闻过一点,可也确实不摸底。聪明的老汉立刻又从我的面部表情中读懂了我的内心独白。他解释起来,但是,话音却低了下去,低得怕人。

"种地的不叫算撒下几升籽、打下几石粮,叫算什么?叫算政治账!我算不过人家,自愿让贤。可是跟上鬼啦?到了林业队,又遇上了砍树打柴大炼钢铁!我寻思这是谁发热说胡话哩?一打听,吓我一跳!别处的我不敢多嘴,县上的老晋,可真叫人窝火!他先命令砍集体的,后命令砍个人的,先命令砍大的,后命令砍小的……八十三户人家的锅都叫砸了个烂渣渣,才化了两疙瘩铁!等老晋多少退了点烧,又叫大家在光秃秃的山上栽核桃,说什么灾年能顶粮食,平时也好换几个活钱;我想,这倒像句人话,就又动员老娘娘猴娃娃快快响应上级号召。桃三杏四梨五年,核桃树下耐心烦。好容易盼到核桃都坐下果了,又下来一道圣旨,说什么这一个个干鲜果子上都有阶级斗争,不能抓了钱丢了线,因此上,大队批的批,公社判的判,树也没人管了。说话间到了'文化大革命',县委大院一黑夜叫战斗队糊下一墙的大字报,老晋这个头号走资派,到底也没能逃脱果子越多越修的罪名,七斗呀,八斗呀,一直斗到七四年,才从五七农场的大电网里活出来。好,捡下一条命,学下一个乖,'四人帮'叫毁林造地,他就造地毁林,真的是连一根镢把也不留呀!这不,去年咱村才又稀稀落落栽了百十棵树秧子……我这个林业队长,想找个上吊的地方都没有呀!"双楼大爷说不下去了,哽咽了半天,才又猛然大叫一声,"老晋呀老晋!我早就丑话在先啦,你一天改造这个,改造那个,小心这七品官的乌纱帽早晚把你先改造了!"瞧老汉的神情,就好比晋书记还活在世上,正站在他面前和他抬杠似的,"唉,我可不是编派死人,你倒想想,后二十年,特别是这几年,他哪有半点当年发展我这个中农入党的气派!"说到这儿,双楼大爷长长地吐了一口气,和缓下来了,"也兴许是俺不了解人家了。你见天跟定他屁股转,你自家看着写吧。我该上他家去了,只怕有什么粗笨营生,在等老汉我去操持呢。"

说罢,他抬腿就走,可是,刚迈出门槛又掉转头叮咛:"我说这些,多半是气话,你可不要出去嚷嚷!唉,这些事也不能尽怨他一个啊。……去年他到俺们公社落实农业政策,提起植树造林,又发明了十大优越性;填了挖,挖了填,都有十大优越性!亏他不绕嘴!他在台上只顾念本本,我在台下臊得脖子红……唉,不说不说!这回我真走了!"

老汉一走,我心里很不是滋味。这老汉,未免也说得太过分了,你一个老农民,你就没有局限性?不行!非补足这三分钟不可!对了,何不去翻一翻晋书记的遗物,遗物会说话的!我相信,遗物应该最有发言权。

我直奔晋书记生前的办公室。

太叫人失望了——差不多花了我半前晌的工夫,把桌子上、抽屉里放的东西统统翻了一遍,除了全套的《红旗》杂志、各类文件、一些报表以外,竟都是积压了半年甚至一年之久,就等他批阅的冤、错、假案的全部案卷和复查结论,还有来访群众递的各色状子。它们有的封皮上蒙了厚厚一层尘土,有的页子里夹满了烟末子、烟灰,可就是寻不见他批上半个字,画过一个圈。

原来是这样!

但我还不死心,又从兜里掏出来那个小本子。大概,这个小本子里保存着它主人的心声吧?

第一页,"新提法",什么意思?我没闹懂它!接着往下翻。啊,天哪,晋书记,晋书记,这果真是你的亲笔手迹吗?你就打算这么心安理得地一直写下去吗?看,他都记了些什么呀!从"按既定方针办"一直到"实践是检验真理的唯一标准"和"坚持四项原则",全有!这太出人意料了,我感到一阵头晕,就像让别人捏住鼻子灌了酒。啊,喝酒!七七年夏天的那个傍晚。……也是喝酒!那是老晋把我叫到他家去吃饭,他让老伴拿来一瓶绵山大曲,硬要我陪他喝。那天,我们县里那个帮派人物奉命进省委党校学习去了,他正式接了第一书记的大印,十年河东复河西,他是酸甜苦辣,百感交集呀。我理解他的心境,也就破戒和他对饮起来。他见我这样领情,一高兴又连喝了两盅,话越发多了起来。说着说着,忽然拍着我的肩膀问道:"你都听人说了我一些什么?"我不想告诉他,就摇了摇头。他戳戳我的鼻子自顾自道:"说我左顾右盼不是?有人早告诉我了!你滑头!要不,就是你也有意见!唉,你看过杂技团没有？我就像那踩钢丝的，别人瞧着风光，我可觉着玄呀。"他举起酒盅，把那不多一点儿余沥倒进肚，竟扑簌扑簌掉下几颗眼泪来。"毛主席他不在了！可我……我们过去……毛主席指到哪里，我们就打到哪里！我晋步一辈子是这么说的，也真是一辈子这么干的呀！而今……叫我听谁的去？"说到这里他眼珠子突然不转了，话音也叫刀切了一般断了。我怕出事故，忙叫他老伴扶他睡去，什么也没有顾上想。然而，今天，今天我却想起来了，清清楚楚地想起来了，我觉得自己多么像是在无意中窥见了别人的隐私啊，我慌忙合上了小本子，我不敢再看下去了，也不愿再看下去了，脑子里乱纷纷地浮起了多少往事！这一次和那一次会议，这一份和那一份讲稿……难怪他总是不断告诫我：要注意报上的新提法！讲不妨跟上讲，做可不能冒冒失失……晋书记！难道你竟是个两面派吗？不！不！你不是两面派！但我又千真万确地看见了你另有一副面孔！有谁能告诉我，这究竟是怎么一回事？

  为了排遣这快要涨破心脏的憋闷，我信步走到大礼堂。虽然，我根本无意于看那灵堂的布置摆设，可是，上百只花圈却一下子映入了我的眼帘，它们摆得多么整齐：县委机关，县革委机关，工、青、妇、团，各部门，各公社，各街道……一般直径，一般款式，一般花色，一般绿的肥大的蓖麻叶子，一般白的棉花似的花瓣，一般当中开着一朵金色的向日葵，真是绝对的统一！我厌恶极了，扭头就往外走。这些花圈，不消说，都是花圈联营社的产品，也都是前任第一把手的德政——

  那还是一九七六年九月中旬，县城的上空正笼罩着阵阵哀乐。我们那位善于"紧跟"的帮派人物，不知从哪儿打听到一个小道消息，说是江青生平最反对花圈上缀有红花，更不让出现蝴蝶；如果有了这两样，那可就犯了一种"蝶恋花"罪，据说，这种"蝶恋花"罪较之于"恶毒攻击"罪，更加一等。因之，他立即采取紧急的防范性措施，亲自把花圈联营社的负责人叫来严厉警告了一番。那个负责人一听，早已吓了个半死，一路小跑回去，三把两下就把已经扎好的全部花圈都祭了火神菩萨……

粉碎"四人帮"都快三年了,在这个令人窒息的灵堂里,红花尚未开放,蝴蝶也没有回来,我却必须为那该死的三分钟苦恼!毫无疑问,我该是世上最缺乏想象力的人了,但连我也懵懵懂懂地醒悟到:他得的肠梗阻,肯定和我们这儿迟到的春天有关。

沉睡的森林
——"昨天的土地"之一

"史无前例"期间,我"忝居"五类分子——地、富、反、坏、右——的末座,曾经在山西北路农村种过四年地。其中两年是名副其实的侍弄庄稼,半年看畦子(这里管菜园叫畦子),一年半相跟上村里的林业队劳动。

林业队,说起来挺气派,似乎兵强马壮,至少有百十号人,其实呐,在我没有进去之前,干脆只有一个老汉,姓田,名生金;东家是他,长工也是他。当然,下面这篇故事也主要写的他。

没有进入正文之前,我得先介绍一下这个名字叫作碾庄的我们村儿,讲几句风土话儿。碾庄,是个自然村,满共才三十七户人家,种了些挂在圪梁上的坡坡地,遇上年景孬,阳坡地多少能拣些回来,阴坡地就收的是草了。

就像班必须归属于排一样,自然村必须归属于行政村,正好,二里地外有个比较大的磨庄,于是,磨庄算是生产大队,碾庄只能搭一股——六小队。有趣的是,这一带尽是些什么村儿呀,牛圈、羊圈、马圈、车棚、柴窑、油坊、粉坊、豆腐坊、前仓、后屯,还有一个杀气腾腾的大刀营,一个同样杀气腾腾的火枪营。想来,这块地面当年一定出过大财主,大财主按照自己聚敛财富和保卫财富的分工需要,信口唤出来这些通俗易懂的名字——让受苦人一听,就明白干的甚营生。说真的,偶尔心闲的时候,我还琢磨过这个问题哩,它大概也足以证明阎锡山号叫过一气的所谓兵农合一"学说"的源远流长吧。当然,也有令人纳闷的地方,比如,在实际生活中,碾盘显然比磨扇大,可是,这个碾庄偏偏比磨庄小,小得多,以致不受人家管就不能上花名册。当地的老百姓对此颇不服气,一提起来就喷喷连声地摇头叹息,但到底无可奈何,认了。

这儿偏僻,虽然十五里外每天都有好几趟火车南来北往对开,夜深人静的时候,顺风的时候,那家伙的喘息声好像就在跟前,但是,除了干部们每年上县里参加三干会,会计有时去采购物资外,极少有人坐过。不是认生,更不是害怕,实在是兜里掏不出这二元一角五分的票钱。这儿苦,苦极了!一年受下来,每个劳力只能分一两油!客人来了,最慷慨的主人,履行最隆重的礼仪,也只能用包着一块破布的筷子头往黑糊糊的油底子里戳一下(多一下都不成!那是败家子作风!),然后,再在高粱面碗里一圪搅,这样,尽管看不见一星星油花花,可总有那么个意思在里边。说来寒碜,好景不长,不久,上级就侦破了这个秘密——查出了他们在谷子地里插花种了几棵大麻子,这岂不是典型的资本主义自发倾向吗?于是,树起了靶子,猛批了一气。这下好了,主人和客人彼此都歇心了,连筷子头的小动作也免了。这儿闭塞,夜黑里谁们翻了谁家的墙头了,谁们打了婆姨了,谁们套住一只瞎佬(鼹鼠),抹上泥填进炕洞里烧吃了,等等,等等,第二天在地里便传了个遍,总之,鸡飞狗咬都是新闻。这儿寂寞,只有一副甩得破烂不堪的扑克牌,还是那个被公社秘书的儿子挖了墙脚丢了饭碗回来的民办教师铁柱子带回来的,之后他报名修公路去了,扑克牌也随之远走高飞。不要票的样板戏电影,起初的确红火了几天,渐渐地也就没有人去看了。所以,每到掌灯时分,家家户户就统统插上了门:睡觉!——无论开什么会,一家只派一名代表,唯一例外的情况是,评工分,那是全民总动员。这儿愚昧,我只讲一件事:妇女养娃娃坐月子,照理应该是最需要营养的节骨眼儿上,可是,老祖宗传下来的规矩却是:见天三海豌小米子汤,胆大的人家才敢漂几枚红枣,看那阵势,仿佛下了决心要产妇绝食一般!然而,同许多不能写进书去的脏话一道,又同时使用着一些十分典雅、古风盎然的词汇,举几个例吧,这里把毛笔叫作"枝管",把火柴叫作"取灯"("取"读一声),把笼屉叫作"笲篦子",把牲口叫作"生灵"……最妙的是,每逢见着漂亮的女子（不论闺女媳妇），可爱的娃娃，扩而大之，一切稀罕穿戴，一概赞之曰："袭人！"瞧瞧，袭——人！多么意味深长！这比一般人的一般用语，感情色彩浓烈何止百倍！我就常常品味这一类字眼，深感这才是人民群众的创造哩！

话扯远了，言归正传。

田生金老汉每天（若用当地的说法，应该是倒装起的：天每）都来叫我，有时候，队长还没有敲打那圪截吊在大槐树上的钢轨，他就不声不响饱蹅进院子来了。说是院子，那是美言哩，实际上已经坍塌了围墙，和外边的巷子分不清界线了。这样也好，我的一举一动，完全暴露在众人的眼皮子底下，谁来也一样，不用叫门。

还是说田老汉吧。田老汉的这种表现，当然十分"脱离群众"，因此，村里人送给他一个难听的外号：茶毬。翻译成普通话，就是：傻屌。兴许是人心不古吧，那些年，庄户人，特别是年轻后生，逐渐忘怀了田生金是全村第一个党员，第一个互助组的牵头人，第一个报名参加合作社的积极分子，第一个劳动模范。诸如此类的光荣往事似乎都变成了笑料，这不，处处都说明他"茶"嘛。为什么要第一个出工呢？一般人都是要等队长呐喊、吼叫，最后日脏起祖宗来才下地的。日脏就日脏去吧，又不是咱一个人有祖宗！等到好多人下了地，干的也是"猫儿盖屎"的活儿，出工不出力。在这种时候，大伙儿看见了田生金那么认真，不但不能激发起尊敬或者自愧的念头，反倒唤起了一种混合的感情：又是怜悯，又是惋惜，又是鄙薄，又是气恼，又是埋怨……很复杂。

这会儿，老汉又来了，他的动作几乎是程式化了的，第一步是从锹把上摘下荆条箩筐（箩筐里常常带的有一圪截磨得翻花夈毛的绳子，一把油光锃亮的修枝剪子，一本从来也不翻的《语录》——老汉不认得几个字，饶恕他吧！）往门角上一放；第二步是用眼角一扫我的破窑，鼻子里嗯嗯几声，再补一句："把你恓惶的！"他说这个话，无疑是冒了极大风险的，如果叫大批判组听见了,肯定要脱一层皮,还得戴上"立场不稳"的帽子!幸运的是,我们这么个猴村村,养不起革命的笔杆子,因此,老汉就有恃无恐地公然对我流露了某种同情甚至抱打不平的感情了;第三步呢,从腰间拔出一团艾蒿编的火绳,走到我的灶前引着,然后点燃他的羊腿巴骨烟斗,立刻,一股小兰花农家烟草的辛辣的香气弥漫了我小小的窑洞。

有时候,我也早收拾停当了,便一前一后地很快就走了,有时候,他却耐心地坐在门阶上看着我把饭吃下肚。我几乎天天都吃煮疙瘩——把用开水烫得半熟的玉茭面捏成一张一张的小圆饼子。这种吃法很简单,一边捏一边下到滚开的锅里,煮个三五分钟,待到全部翻过身,浮到水面上来了,也就可以吃了,它比窝窝头更不费事(窝窝头做得匀薄、瓷实、省火又好看,是一宗学问),特别难得的是,它省去了看什么圆气的一关,我就是不曾学会这点眼色,蒸出来的窝窝头往往不是夹生,就是粘牙。而且,我拉本地的辅火(风箱)也老不得劲,达不到人家演奏音乐似的呼——哒、呼——哒有节奏的水平。说来说去,只能凑合着吃煮疙瘩。

他一看见我煮疙瘩,就骂我:"活得不兴气呀!"这是一种十分亲切的批评,接着,便劝我再娶一个婆姨,"俺们这儿别的不多见,寡妇有的是!"

我只好苦笑着答复他:"要是你是个女的,你肯跟右派吗?"

他居然煞有介事地沉吟起来,最后,也不免摇头又点头,叹息着说:"是哇,如今甚也讲究突出政治……我说,兄弟,熬吧,熬吧,男人家一过五十,就甚也不想了,一夜睡到大天亮。"遇上他兴致好,他还会对我详细交代他自己从甚时候开始不和老婆子行房的事儿来,我想笑又不敢笑——每逢他对你推心置腹的时候,他总是显得像个娃娃似的格外天真无邪。我想,当着一个人公开自己的隐秘的时候,难道不是神圣的不可亵渎的时候吗?

老汉不是一下子就信任我,对我产生好感的。

庄户人有他自己的标准,他观察一个人,首先是看你劳动舍不舍得下力气,其次看你说话办事是不是实诚。用当地人的话来说,农民们最看不上眼的是"花猫叼嘴",这个词的含义相当活泛,从言过其实、哗众取宠,直到两面三刀,讲人话而做鬼事。究竟应该怎么理解,全看用在什么场合而定。还有一点,也是很重要的,就是看你平日间愿不愿帮别人的忙,凡是急公好义的人,众人总是伸大拇指的。

我初来乍到,举目无亲,又有这么一种被宣传得青面獠牙的身份,不能不遇事小心,忍为上策。不过,我这个人有一个改不了的毛病,不论放在什么情况下,我绝不低三下四,见人就扮出一副"孙子"模样。我只求一宗,吃一碗不亏心的饭,当然,也力争不再给自己加罪。因此,飞短流长的事情,历史上的远年陈账,"文化大革命"中间的是是非非,我一概不掺和。而凡是我不会的活计,我都虔心虔意地学,我虽然体力上差些,脑子可并不笨,结果是没有花多少时间,就把林业队的一套,诸如挖坑、开畦、栽树、压条、剪枝、接砧、扦插、选种等等,都学到了手。虽然不精,倒也能对付,这样一来,老汉遇上有事,也就可以放心走开了。此外,我还有一点令人不敢小看的本钱,那就是所谓的文化优势:能识文断字,读个报纸、念个语录、写个春联,这是庄户人最佩服的。从前又跑过不少地方,眼面略为宽些,见识略为广些,这也是没有多久便被村里人公认了的。于是,常有遇了疑难,悄悄找我讨主意的事情,对这种十分善良的人,我当然都说的是十分话。

特别是我托朋友寄来了几本有关园艺学的书籍,如《北方果树栽培技术》之类,我把书上讲的办法"翻译"给老汉听,老汉不但很有兴趣,而且对我也凭空增添了几分敬意,仿佛这么一来,我就比他还内行,真是一位有学问的先生了。说起先生,我必须老实坦白,并且向可尊敬的医界同仁表示歉意,——这儿管医生叫先生——那几年,我无所寄托,一得空不免翻翻中医方面的著作(大概只有医书不算作"封资修",得以大量印行,我想,这是我还能看上几本医书的原因)。其中有万金油式的"手册""大全",也有《伤寒论》这样的专门撰述,《汤头歌诀》简直被我翻烂了,久而久之,无师自通,居然也背会了几个方子,也能够让甘草、麦冬、桔梗、白芍、茯苓、当归等等药草在笔下排排队了。

也许是上天赐给的一个机会吧,一天,田生金老汉硬把我拖进了他的家门(一般情况下,为了避免嫌疑,我从不串门),我这才第一次见着老汉的依然健在的妈妈。这是一位善良、仁慈的农村老奶奶,她多少带点泪光的眼睛,充分说明了这一点。而她面部的皱纹,又令人吃惊地解释了她一生的苦辛,——我还从来没有见过这么富于表情力量,简直会说话的皱纹。不过,她更多地只能用手势传达她的质朴的热情,说话可不行,呼啦呼啦地直喘气。此刻,老奶奶正背靠着一摞铺盖半坐半躺着,即便这样,上身仍旧嗖嗖地颤抖不停。我觉得如同又见到了我已死去的母亲,我母亲在一九六七年的"造反"高潮中,也曾经像一支风中瑟缩的残烛。一个冲动,教我又重犯了爱管闲事的旧病,我仔细询问了老人身子骨的情况,过去得什么病,田生金老汉站在一旁替他妈妈答应着,解释着。我终于弄明白了,由于劳动的缘故,老人的体质还算不坏,这些年来主要是受轻度肺气肿和哮喘的折磨,但是,我相信她如果得到治疗,一定会好转的。农村的人很少吃药,药对他们的效力往往会奇迹般的大得惊人。

回到窑洞,我立即给老人开了一个药方,第二天递给了田老汉,嘱咐他到镇上去抓两服试试看。没承想(应该说同时不出我所料),病情居然大大见可,于是,老汉感激之余,竟成了我的义务宣传员,弄得远村近庄都念叨起这么个野郎中来!

面对这种局面,不由得我心中暗暗叫苦不迭。我自己当然了解自己究竟有多少分量,万一误投药石,生出个三长两短来,岂不正好让人上纲上线:假行医济众之名,行阶级报复之实!二则,我怎么惹得起公社医院?一旦他们认为我这是冒犯了他们,嚼起汁来,一查!岂不要是吃不了兜着走?再说,从此寒窑不断人,冷清倒不冷清了,然而,这种红火就一定是好事吗?我是什么人?结下这么许多朋友,居心何在?反正,怎么说都能给你归在阶级斗争新动向的题目下面大做文章。怎么办呢?我既不能瓮声瓮气地把人都打发出去,也不能只顾个人看书,不答理人家。热不得,冷不得,真是进退两难呀!最教人操心的是,农民们不管三七二十一,若是他认准了你是好人,甚至是恩人,他就会倾其所有地给你送礼,一片诚心,简直像进庙上供一般!一篮子枣儿啦,一罐子鸡蛋啦,一盘子咸菜啦……为了我一概不收,颇得罪了一些人。他们解不下,好赖一个村儿住着,为甚这么见外? 这时候,善良的田老汉每每挺身而出,替我圆场:"人家老刘图的是行仁义哩,不待见这些!"天哪,好我的老汉哩!你这不等于说我在这儿笼络人心吗?! 这怎么得了!万幸的是,这一带缺医少药,病人又出奇的多,从公社革委会主任的婆姨到支部书记本人,都得了各种各样的病,而公社医院的那位瞧中医的老大夫,又是个贪杯之徒,每日里把一个酒糟鼻子都喝得红通通的,不理朝政,他巴不得麻烦越少越清静,反正工资并不会短一个。当他风闻碾庄出了我这个野郎中,竟然无动于衷,因此,我劳累归劳累,紧张归紧张,渐渐地不怎么担心别人贴大字报了。我实心实意地卖劲干着,只是偶尔对老汉流露出一点抱怨情绪来。可是,他倒乐呵呵地一笑,说:"积德哇,来生就不再罚你和我们一垯里受苦了。"瞧瞧,你拿他有什么办法!

我们动弹的地点在下洼,我们未来的森林也在下洼。那是一片下湿地,不少地块泛硷。一架山崬挡住了阳光,七月流火天气,在那儿一歇下来,还觉得凉荫荫的。种庄稼是什么都试过了,尽是酒盅盅的产量,实在划不来。可是面积还不小,有三百来亩,撂荒了又怪可惜了的。于是,田生金老汉向支部奏了一本,建议辟作苗圃。"反正咱包下来这个任务,成了是国家的一片树林子,不成再让它长草放牛放羊也不迟。"这是老汉当年对大伙儿拍胸脯子时候许下的愿。

西山沟里流出来一股泉水,渐渐地有了一口盅粗,可是,当它流进了下洼这片地方以后,却又忽然不见了,据说,这条龙是一条潜龙。人们相信,它是钻到地缝里去了,这有一小块冒着湿气的砂子地为证。大概取了它像一个有裂痕的砂钵的意思,老乡们自古传至今,管这条小沟沟叫砂钵河。

大车道从砂缽河上碾过去，连圪磴都不打一个，只是胶皮轱辘多少带点水分，把花纹明显地印在了两"岸"。不过，话又说回来，赶上发了一场十年九不遇的山洪，这条砂缽河也会变得桀骜不驯，令人生畏起来。

老汉动弹上一气，就要吆喝一声，"圪歇圪歇！"于是我便收住手头的营生，这种同步操作的节奏，也是慢慢培养出来的。一开始，我总觉得自己应该多干一点，老汉却不以为然，常说："磨镰不误砍柴工！有你干的！"有时，他还会吩咐得更具体，"你不熏烟，又不下仿（下棋），何不读你的本本（书）哩。"我心想，带书下地，又不知会惹起什么事端。虽然心里也斗争了几次，终于不曾按田老汉的劝告办事。遇到这种无事可做的工夫，我就总想听老汉他这一辈子都做了些甚。

"毬！有甚好骗的哩！好汉不提当年勇！慢说咱还不是好汉！如今呀，你没听娃娃们唱：好汉，好汉，齐是饱汉！咱可是个饿汉呀！也怨咱自家没能耐，年初一动弹到年三十，混不了个肚儿圆！"他把羊腿巴骨烟斗从嘴里拔出来，往山鞋底上一阵猛敲，虽然，话头是避过去了，却从语气和动作当中泄露了某种愤懑的情绪，这是谁也能看得出来的。

哑场片刻，到底还是由他自己出马打破他造成的沉默："老刘，咱不说这些，还是琢磨个甚法子，看顾好咱这些树秧子吧。"

老汉就是这样，有时候话忒多，有时候又话忒少。长的是一根直肠子，挽了疙瘩也全靠自己个人解开，弯子可是没有的。

有时候，老汉会眯起眼，用一种在庄户人当中不多见的梦幻的调子，描述起未来的森林来，似乎是对我这个听众，又似乎不对任何人，只不过是自言自语。

"过上十年八载，咱这几光景就大不相同了。这万数棵黄毛寡淡的树苗苗，都长成了好身架，长成了一片树林子，长成了你们读书人常说的森——林，队上盖房，大的可以做梁，小的可以做檩，谁们老（死）了，只要领导批准，放倒一根就是一副好材（棺材）！娃娃们可怜的，也不消再用脱土基（泥坯）

垒桌椅板凳了,婆姨们也不缺烧的了……树上还能招来鸟儿们,来这儿搭窝,喜鹊占住高枝,戴胜会找树洞洞住下,见天扑腾扑腾、吱喳吱喳的,才美气哩!树下边也会生出各种各样的草儿花儿呀,再也不用愁剜不下猪草了!还有杨棒(蘑菇)、柳棒……喂,老刘,你吃过柳棒没有?可好吃哩,狗日的就一宗,不能同时喝酒,一喝酒,十回有十回送命!"

每逢这种时候,我就悄悄地坐在一边听着,心上实在舒坦,好像在听朗诵一首写得十分动情的好诗。

老汉是在五九年给扣上个右倾机会主义的不好听的名声后交印下台的,此后就一直种树。可是,提起种树,越发教人伤心,十多年过去了,年年种树不见树。村几里除了各家院子里的一些枣树、杏树、香椿、臭椿外,就只剩下几抱公有的老榆树和老槐树了。他想起自己在支部会上的申明,就觉得脸红。他当时说过:"这主义、那主义的,叫我说也说不机敏,敢情咱是落伍了,跟不上这个一天等于二十年的形势?咱不能恋栈,叫更能干的人来干吧!我今后种树去,来一个'后人乘凉主义',想来犯不了王法!对了,咱就用这个'后人乘凉主义',来克服右倾机会主义!"可如今,"后人乘凉主义"又成了大话!怎不教老汉心上麻烦!

起初,他在通往火车站的大路两旁栽了两行钻天杨,眼看由一个小拇指粗长到了镢把粗,心里有说不尽的喜欢。没想到那年下了一场连阴雨,把个大路闹得翻了浆一般,泥泞不堪,于是,半个月光景,这些杨树都教过往行人撅断了,当了拐杖,连个柴火棒也收不回来。我调去林业队之前,老汉改种了刺槐,心想,这浑身疙针的家伙,总没有人打主意吧,不料又让羊儿啃了个精光!气得老汉和羊倌们干了一架:

"你是死人呀?就不会照看住?"

"好我的个老支书哩!"这个羊倌是个刚接手的后生,他本人正好一肚子牢骚,没处发作,因此便拿腔捏调,不紧不慢地替自己也替羊儿开脱,"这三十里方圆,学大寨学得连一块草皮皮都没了,你那洋槐偏偏又日怪,青瓦瓦的,人见了都还眼馋哩,说甚的羊儿!"

"那你不会撺转?"

羊倌装出一副因为尊敬对方而忍受委屈的模样,答道:"咋不撺?你撺转这头,那头又扑上去了,香——呀!人可以饿着肚子干革命,生灵们可省不得哩!没觉悟的货!气煞我了!"

老汉听了这些少油没盐的谈话,早已气得胡子一撅一撅的了,憋了半天,才憋出一句来:"树,可是集体的!"

捣蛋的后生立刻接过话茬:"羊儿也是集体的哩!老支书,你寻思咋办?集体对集体!"他稍稍停顿了一下,忽然嬉皮笑脸地凑上来,故意压低嗓门儿,仿佛向老汉请示似的,"老支书,要不齐杀吃了?也叫大家分点儿肉!谁们也不是吃斋的哩!"

三句话,把个老汉噎得只剩下出气的分儿了。

问题提到了队委会上,最后又提到了社员大会上。

现任支书是个好发空论的"活学活用"干部,凡是可以显示他那半瓶子毛泽东思想的机会,他是绝不轻易放过的。而且,往往一讲就是三个钟头,恨不得连舌头都一起趸卖了。队长性情正和他相反,言短,胆小怕事,自命"紧跟"支书,"紧跟"支书,就是"紧跟"党嘛。因此,在一切公开场合——动员会、批斗会、现场会、体现宽严区别的宣判会(那几年兴起过一阵在农村搞流动公审的时髦风气),队长总是躲在一边,不吭声。他也有他的"理论",既然有的人爱说,那么,有的人就应该不爱说,或者叫作爱不说。要是各不相让,岂不要震得耳朵生疼?而且,下边的人——他指的是那些无权发言的老百姓——到底听谁的呢?支书说了半天车轱辘话,总结起来,不过是一句:羊儿要给我放好,树儿也要给我栽好,因为都是集体财产。我这时站在人群中听,心中却不免犯疑:问题恰恰在于都是集体财产,才闹得羊儿既没有放好,树儿也不能栽好!

会后,我带着这个疑团,在下洼地里和老汉喘哒起来。

老汉似乎也想起了别的什么,火气完全消了,话说得出人意料的平静:"我寻思,羊倌也有羊倌的难处哩!寄林子——他指的是现任支书——好像许下了甚,细想想,又甚也没许下!咱们就这样成天你怨我,我怨你的,说得多阑兴!毛病在哪儿呢?是人们不爱集体?还是集体没有拴住人心的地方,人们爱不起来?"

我大为吃惊,便提醒他:"你不就是爱得忒狠的一个吗?"

"毬!咱是贱货!有谁管毬咱呢!"老汉忽然又怒冲冲地责骂起自己来。

我发觉老汉的情绪不大稳定,正打算闭嘴不往下说了,他却又提起了一个老问题:"喂,老刘,你喝过洋墨水,啃动了马克思的本本,你说,咋就能管好咱的林业?不是咱两人来管,是发动大家来管!"

他大概看见了我作难的尴尬神气,便鼓动说:"怕甚呢!这咱在林子里,说出来只有天知,地知,你知,我知……欢欢地说吧!"

我好似走进了考场,周围的一切都变得玄乎起来,都不可靠了,都长了耳朵了。不过,碍于田生金老支书的面子,我定了定神,终于还是讲了出来我长期思谋过的意见:"我是来这儿让贫下中农监督改造的,你不嫌弃,我就说。依我看,你确是村里数一数二的好人!可好人又能怎么样?就是三头六臂,照样看顾不好这么多的树!你看如今少吃没穿的,人心不像早年了,如果把集体的东西真正交给集体,大家都上劲,还愁管不好!"

老汉点点头,插了一句:"庄户人说话,叫作九牛爬坡,个个出力。"

我接着他引用的这句俗话说下去:"九牛爬坡,个个出力,为什么个个出力呢?因为每头牛身上都拴着一根绳子!我们的任务就是要找出这样一根绳子来,把它拴在社员们身上,不过,这不是强迫命令,不是罚工分扣口粮,正相反,是记工分,是物质鼓励!如果你把树包给专门指定的人负责,包栽、包浇、包杀虫,一句话,包成活,成活一棵记多少工分,这个要定下来,要定得合理,定得集体和个人两不吃亏,一方面是人头上数得着,一方面是账面上见得着。我想,众人会乐意帮你的,你也甭这么操心了!"

"好！说你没有白喝洋墨水！"老汉听得十分认真,听到这儿,他把大腿一拍,爬起来就走,嘴里还念叨着:人头上数得着,账面上见得着……

怎么也没有料到,老汉竟把这些话在支委会上翻了一遍,不过,他保留了一点——没有把我的名字交出去。正因为如此,打击不曾再次落到我的头上,干部们只是想当然,瞎咋唬罢了。有一回,支部书记在训话会上敲打我:"有的人,过去就反党反社会主义,现在还不老实,还在鼓吹复辟倒退,瓦解集体经济,腐蚀贫下中农,我今天对他吹吹风,叫他清醒清醒,不要自取灭亡……"听话听音,有所谓反党反社会主义的罪名的,只有我一个。只要不是茶子,都能听出他的弦外之音。不过,了解这桩事的来龙去脉,还在若干年之后。从此,田生金老汉再也不主动提起关于怎样才能搞好林业管理的话题了。不过,他有许多次呆呆地望着我连声长叹,欲言又止。我当然不便挑明,虽然心中纳闷。

老汉还是老样子,一句话,当他的"茶毯":早早地下地,迟迟地收工,一棵树发了,喜得他像抱了孙孙;一棵树蔫了,甚至断了、死了,愁得他茶饭不香。这期间,除了在山坡上栽了五十棵苹果树苗,试种了几百棵新疆大核桃外,所谓林业,可以说是毫无进展。

我从资料上看到,种核桃应该把尖嘴嘴朝下,朝上或者平躺着,根子都扎不牢,便告诉了老汉,老汉心上有点二二乎乎,又信,又不全信,最后他决定:"咱们试它狗日的一回！甚都要试点嘛,可不能像建立人民公社,轰的一下就全面开花……咋呀?!"据我的记忆,这是最带有政治性的一次谈话了。"咋呀?!……"下边的话他咽回去了,尽在不言中。

还发生过这么一桩事,柴窑——就是那个离碾庄最近的猴村,他们的树更少,少到不用挨家挨户凑数字的程度——的一个小伙子偷偷地撅了一根杂木,打算安锹把,被老汉一气追到了家中,硬是拖下山来,交给了大队部。

其实,大队部和支部是一回事,支部又和支书家是一回事。党支书是我们碾庄人。

支书问明了对方的情况,知道了那个后生的成分是响当当的贫农,便叫他写个检讨了结。老汉却说甚也不依,一定要按照当初立下的规章制度,罚款不算,还要罚栽十棵树。这件事从磨庄到碾庄,从碾庄到柴窑,闹了几个来回。支书申斥他,从"人家是贫农!咱能不讲阶级路线?"扯到"路线可是最最要紧的东西,依了你不早就右倾了,'修'了!"实在不知道是一种什么逻辑。老汉偏是个倔货,吼了起来:"不吃你这一套!贫农又怎么样?!王子犯法,还与庶民同罪哩!"硬是闹到那后生乖乖地送回杂木棍,栽了十棵树,因为家贫,免于罚款了事。

但从此支书一肚子不痛快,逢人就批评田生金缺乏阶级观点(他把自己看作阶级的代表),不维护党的威信(他把自己看作党的化身),老汉听了,却吐吐唾沫,说:"咱不懂这些,咱只认一个理:立法就要执法!不执行,立它作甚!"

我更佩服老汉了。我发现,大多数人都或明或暗地站在老汉一边。有的人把话点破了:"穷急饿吵,为了甚呢?还不就是各人自己少了几根木头棒棒!""有钱也中!有钱就能买到!甚也能买到!"又有人响应着。更有胆大的借此发开了牢骚:"缺粮,缺钱,缺树,甚也缺!就不缺阶级观点,不缺路线斗争!"

说话又是一年。

春牛下田的时候,广播匣子里嚷嚷开了:"实现水利化,亩产过长江!"县委电话会议,公社电话会议,各村的头头脑脑表态,全上了广播,连喝水、抽烟、交头接耳、嬉笑打骂之声都听得一清二楚,教社员们发笑又发蒙。那几年,真是"年年都有个新套套"啊。前年是深翻地,不到一丈非好汉,把生土齐翻上来,熟土埋在底下,捉苗都捉不住。去年是建设大寨田,为了填报数字,硬把仅有的七八块漫坡地全割成了一条一条的带子,加上原有的梯田,整个山峁,远远看上去就像一顶石头砌的草帽儿。其结果是,两部手扶拖拉机只好撂在场上生锈!

如今又是水利化！

怎么个"化"法呢？尤其是在碾庄这号眼泪水比河水多，汗水比井水多的猴村儿！人们心烦意乱地望住那个一年扣五块钱的现代化工具——有线广播喇叭发愣。关吧，关不上，根本不安开关，就是关上也不抵事，到时候照旧得"大干快上"。

号召落实到了基层。

碾庄的队干部们一合计，报了个"改天换地"的宏伟计划——即日兴工，在下洼修一座小水库，拦蓄砂钵河的山洪，改旱地为水田。这天，开罢支委、队委联席会议，已近黄昏时分了。田生金老汉像一个喝醉了酒的人，跌跌撞撞地跑到树林子里来，亲自告诉我这个晴天霹雳的消息。他歪着脸，咧着嘴，像满口牙痛。他声音发哑，发抖，又像听见了什么人念了死刑判决书。不知道是痛苦还是愤怒，也许二者都有。"种树！种树！这……作毬甚哩！"说罢，老汉颓然就地坐下，把脸埋在两只布满裂纹的大手里，肩膀猛烈地抖动了几下，浑浊的泪水便顺着手指缝淌了出来，啪嗒啪嗒地落到了土地上。只听到这眼泪溅落尘埃的响声，却听不见半点呻唤。哦，上了年纪的男子汉原来是这样哭的！我慌了，心中充满了一股子说不出来的既刚烈又温柔的感情。我只得也怔怔地坐下，目光随着他那瘦削的双肩起落，一句话也说不出来。

我想了许多许多……打我跟上老汉经营这片小树林子以来，过去了多久了？十年？五十年？一百年？其实，也不过就是一个春天，一个夏天，两个秋天和两个冬天！可为什么觉得这么悠长？仿佛经历了一辈子？记得第一眼的印象是，满地的碎纷纷的落叶，这些小杨树、小柳树、小槐树、小榆树、小泡桐树，多么像一群面黄肌瘦衣衫褴褛的苦命孩子！它们在秋风中瑟缩，发出一阵阵窸窸窣窣的窃窃私语声，似乎在商量：怎么熬过那即将来临的严冬。

我的第一课是，学着老汉的样子，替树苗一抔一抔地壅土……对那特别孱弱的，还找几把草给它裹个腰腰……赶上令人担心的幼苗，还应该"告诉"它一点什么，鼓起它的勇气……为什么护林人都爱和自己的树木谈心？我正是打这时候起才明白过来的。

冬天果真来了,漫天大雪把下洼盖了个严严实实,从远处望去,可怜的小树几乎被淹没得看不见了。只有走近去仔细分辨,才认得出稀稀落落的一些发黑的枝干,煞像什么被窒息着的人伸向天空求救的乍开的手指。

按照旧时的惯例,严寒的日子是农闲季节。但是,眼下不行,革命化,男女老幼齐上阵,干什么?修下洼水库。

啊,下洼!你就要变成水库了!我想象着明年夏季,山洪暴发,大水一股脑儿往这儿奔涌的情景,酸、甜、苦、辣,心里像打翻了五味瓶,真不是滋味啊。

我当然是少不了的苦力。然而,田生金老汉没有来。不参加如此红火的劳动,这对"茶毯"的为人行事标准的确是大大出格的。

但是我理解他。

当我看见那些明明支持、同情老汉的乡亲,居然也带了绳子、扁担、竹箅来,把一切可以搂扒到手的树枝,全扎成捆儿,准备担回家去,我从内心感到悲哀,双倍的悲哀,一份是我自己的,另一份是田生金老汉的。

当我想起那些这样积极地搂柴的乡亲,他们也实在是无可奈何——尽管山西以产煤而蜚声中外,每到冬天,还是没有一家人家买得起炭(煤)的,更不用说烂炭(焦炭)了——才干这种啃自家的手指头,填自家的肚肠的蠢事,我内心感到痛苦,双倍的痛苦,一份是我自己的,另一份是田生金老汉的。

根据队长的命令,凡是两人高的树一概锯倒,这些,勉强都可以做椽子了,运回村去锁进库房,"日后派用场";小一点的就用镐刨,暂时寄放在支书家院内,"免得叫人叨了";剩下来的小枝枝、树桩桩,可以拿回去烧火,"匀着点,大家都分一点,有福同享嘛"。

我是负责背树的,我觉得树在流血,流了我一身……

我从来还没有背过这么死沉的物件。

森林陆沉了,没有地震,没有海啸,没有剧烈的地壳运动……偏偏陆沉了,什么也瞧不见了。

说来也怪,这一年遇上大旱,夏天该下的雨没有下,因之,预期的山洪也就不曾光临。然而,碾庄修了一个水库是事实。

不蓄一滴水的"水库",终于又变成了一片荒地。只有挖猪草的娃娃去那儿,只有打野兔的猎人去那儿,只有田生金老汉去那儿。我在那儿碰见他许多许多次,他变得佝偻了,矮小了,干瘪了,痴呆了,仿佛也不认得我了。

田老汉的森林哟!我的森林哟!你什么时候能够回来?

1984年4月2日—19日合肥初稿

1984年4月30日山西忻县改定

先有鸡,后有蛋
——"昨天的土地"之二

到底是先有鸡,后有蛋?还是先有蛋,后有鸡?这是一个白发三千丈的难题,它使人类杰出的哲人们都感到困惑,也消磨了并且至今还在消磨着市井争议的许多时间。

"你看你这人乐意也不!当然是先有蛋,后有鸡哟!"万万没有料到,一位普通得再也不能更普通了的农村妇女,竟然答复得这么轻巧,这么不容置疑,这么干巴利落脆!

如此果断地做出裁决的妇女,却出在北中国的一个小小的农村——地图上找不见标记和名字的碾庄。

真是咄咄怪事!

说起来,我还和她有一点缘分,因为她是我初进碾庄认下的第一位女社员,第一个女邻居。

话要从我带着女儿——一个刚满十周岁的瘦弱的孩子——"发配沧州"之日说起:记得那是一个秋天的大晌午,庄稼收割净尽了的大地,像一个精疲力竭、神色憔悴的大汉,躺在那儿,只有出气的分儿。到处都只剩下一片象牙色的茬子,高高低低,很不齐整,也很不干净,它告诉人们,这是在一种没精打采的或者十分仓促的情况下胡乱收拾的。有玉蜀黍茬子,还有茭子(高粱)、谷子和糜子的茬子。乌鸦在茬子中间飞飞停停,起起落落。

四外静悄悄的,没有声音,也不见人影。走了半天,才难得发现了远处有一群肮脏的吊毛打蛋的绵羊在踩地,羊倌懒洋洋地跟在它们后面,时不时挥动羊铲子，威吓地吆喝一声，从这一块地到那一块地漫无目的地走着。再环顾周围，稀稀拉拉的几棵树开始很不情愿地从自己头上和身上摘掉已经萎黄的叶子，偶尔在什么树下，有那么一个两个孩子举着竹扒，把那不多的树叶子归成几个小堆儿，然后不紧不慢地填进随身带来的破麻袋里。一看就明白，这儿缺烧的。

公社治安员在前面骑着一辆哪儿都响，唯独铃铛不响的老爷车。但即便是老爷车，我们父女二人在后面也得气喘吁吁地跟着小跑。治安员有时也跳下车来，推着走上一阵，说不准什么时候扭转头来斜乜我们一眼，却不言声，那意思当然是厌烦我们落得太远了。其实，他完全可以放心，是落得远了一点儿，难道我会跑了吗？何况，还领着一个这么小的女孩儿，告给我地点，我们问路也会回去的。

这位治安员，我不知道他贵姓，也不便问他。看模样顶多四十出头，浓眉大眼，五官端正，四肢匀称，脊背直直的，精神气儿挺饱满。遗憾的是，他不能张嘴，一张嘴就会露出一排大金牙，破坏了他的形象的天然美。（不过，事后我才逐渐了解到，这一带的人恰恰把金牙当作美的标志，大概还是富裕的标志。有人甚至把好的牙齿给敲了另换金牙，可见，什么事都各有好坏，外来户不能凭印象乱下结论的。）他的车子虽然到了进化铁炉的时候了，但穿戴还是蛮不错的：上身是一件特洒特洒的本色柞蚕丝衬衣；下身是一条七八成新的绿的确良军裤，脚穿家制布鞋，鞋底子的车沿四周都用白粉细心地浆过，和干干净净的黑直贡呢鞋帮子彼此衬托得黑白分明，格外清爽。难怪他每当步行了一段土路，临到再度跳上车去之前，总不忘记弯腰用手掸一掸鞋子。

我是多么巴不得加快脚步，跟上治安员的车子啊，然而，我不能不照料女儿。我发现，女儿额头上已经沁满了一层细细密密的汗珠子，原来相当整齐的刘海如今乱糟糟地贴着皮肉，湿漉漉地抹得下水来。她左右两侧各挎着一个上学用的书包和一个还剩下一点儿水的水壶，书包和水壶磕打着突出来的小小的胯骨，发出啪哒啪哒和空咚空的响声。她很乖，很懂事，知道在这种时

223

候,除了埋头赶路以外,是诸事不宜的。这使我感到宽慰,甚至自豪,可是,当我看到她那与年龄极不相称的抿紧嘴唇、咬紧牙关的神态,当我接触到她那疲倦的、焦急的、祈求的目光时,我却禁不住心疼而内疚了。

有什么办法呢?已经落到了这一步了!

路,毕竟是有尽头的。总算到了碾庄村口,大路边上蹲着一个也是四十左右的中年男子,他爬起来跟治安员点了点头,敬了一支烟,两个人说了些什么。待我们赶到,只仿佛听到一句:"金旺子那狗日的又流窜去了内蒙啦!"对方却答应了一声:"咻?白花花在哩!"白花花,想必是个女的。紧接着,治安员咧嘴一笑,立刻拍拍打打衣裤,一偏腿把个车子蹬进附近一条巷子里去了,这一连串动作,快得竟像刮风一般。这个接替他的中年男子望定那远去了的背影,鼻翼和嘴角都难以察觉地翕动了一下,还吐了一口唾沫,才转身对我自我介绍说:"我是六队长,姓田,这个村儿大部分人姓田。跟我走吧!"于是,我又拉上女儿继续往前走了。

我挑着一副担子,一头是一领席子,两条棉被,包着几件换洗衣服,外面扣着一个脸盆;另一头是一个木头盒子,里面装着几只碗,两双筷子,一只小铁锅,一把铝制的锅铲,一把满是豁子的菜刀,一只早年中央慰问团发的军用茶缸,还有几只空的酱醋瓶子。为了避免它们相互撞击,我把舍不得丢的几本书夹在当中。担子倒不沉,不过,道远无轻载,这会儿也压得我够呛了。我们径直走到村子的尽里头,眼看仿佛又要出村了,一拐弯,却蓦进了一个颓败倒塌的空院,院子南头就着山崖有一眼土窑。门窗黑洞洞的,破破烂烂,好像一碰就要散架的样子,看得出来,这里多年不住人了。

突然,草棵子一阵窸窸窣窣,钻出一位妇女来,猛一看,我猜不准她有多大年纪。她劈头就说:"宗文子,就他?"显然,她早就知道有我这么个"右派"交给本村的贫下中农监管,而且分配住在此地了。队长——我已经凑得全他的名字,田宗文——接了腔,和他同那个治安员打交道时一样,十分的节约,只一个字:"嗯。"看来这位队长的确不爱说话。

"哟——呎！还引着个妮子！"这位妇女惊奇地快步走了过来，不由分说，拉住了我女儿的胳膊，捋起袖子看了看，"身子骨单薄呀！"

女儿有点怯生，求援似的望着我，我投给她一个鼓励的眼色，意思是告诉她：没关系！不要怕！一切慢慢都会习惯的！接着，那妇女从地下的一个箭盘子里抓了一把枣儿，往我女儿手里塞："吃吧，吃吧，可怜的！"

"还不谢谢大娘！"我这时候能下判断了，她肯定比我大，总在五十出头，但显得比五十还要老相——农村妇女又有哪一个不比城市妇女老相呢？女儿不大积极地收下了枣儿，低声学了一遍道谢的话。妇女却还在爱怜地打量着她，见她不像一般孩子，并不急于往嘴巴里塞，便又大声督促起来："快吃快吃！吃哇！大娘有的是！你数数，这院子里有几抱（树的单位，读作勃）枣儿啊？齐是你大娘的！"说到这里，她转脸对我解释起来，"早年这个'库垒'是俺大伯子的，伯伯家绝了，就归了俺，这是请过中人，写了文书的！这阵儿枣儿熟了，猴娃娃们就趁晌午时分跑来偷吃，我不看紧点，他们能糟践光的！庄户人，不指望这几颗枣儿换个盐，换个醋，能指望甚哩？"说到这儿，她又忽然扔下我，和队长搭茬去了，"我说，队长，甚会儿让老百姓养鸡儿呀？"宗文子不搭理，她又追问一遍，这才听见闷头闷脑的回话："我咋知道！"这是我第一次听见她提起养鸡儿的事，而且，不久我也品出来她的脾性，大凡在她认为最最重要的国家大事上，她才使用"队长"这个官衔，平时间都是直呼其名的。

"这样说起来，她大婶儿还是我们房东哩！"我想起了这么一句有礼貌的话，同时，也为了提醒我的女儿，让她掂量掂量这位妇女在我们今后生活中的重要性，应该热情些，应该吃枣儿。

"甚的房东！破窑一眼！空着也是空着！"她很洒脱。

我一边忙着解挑子，一件一件往窑洞里搬。这时，队长田宗文却蹲在一棵树下，拨出烟锅来吸烟了，似乎在等我收拾停当了，还要吩咐一点什么。

"宗文子，你起转！那边圪蹴去！你没看见你踩着枣儿了？"队长默默地挪了个地方。妇女又嘟囔起老天来："这风！一刻也不停！刮下来这些些枣儿，有得我拾哩！"说罢，忽然一招手，叫道，"闺女，帮大娘拾枣儿来！"孩子痛痛快快地过去了，颇有兴趣地拨弄起草棵子来。我这时才明白，方才她实在是发困哩，也怨不得，从县城到公社，再从公社到碾庄，跑了整整四十里呀。

只听得那位妇女又在低声盘问我的女儿："闺女，你妳（读作 bēi）呢？"女儿直起腰来，茫然地望着我，我也同样茫然，不懂得什么叫"妳"。

田队长开腔了："是问她妈妈哩！"

啊，原来是这样！但是，为什么管妈妈叫"妳"？这个"妳"字怎么写？许久许久之后，我才弄清楚，一般字典上是查不到的，书面上应该写作"妳"。妳字的发音和爸字的发音十分近似，辅音相同，元音也差不多，不过，他们是绝对不会混淆的。对他们来说，研究这两个字的发音问题，简直没有任何实际意义，因为这里的娃娃，打学话的第一天开始，就压根儿不叫"爸"，而是叫"大"。

小女儿好不容易撬开了自己的牙齿，用几乎像蚊子叫的声音告诉她："我没有妈妈。"

"咋哩？"对方愕然叫道。

轮到我来答复了："她妈和我分手多年了。"

"打离婚了？丢下这么个小妮子跑了？"这位妇女大不以为然地使劲摇着头，连声叹息着，一边又默默地从衣兜里掏出两把枣儿，叫孩子吃。这些枣儿和盛在箩盘子里的不一样。那些多半是有黄斑和青斑的，而这些可一个个全是红艳艳的，圆鼓鼓的，油光光的。

她好像想起了什么，突然对我一扬手，下开了命令："搬出来！搬出来！还没打扫哩！"说罢，便风也似的跑了出去，又风也似的跑了回来（我很惊讶，她怎么能跑得这么快？），递给我一棵随随便便箍了两道麻皮的扫帚苗，算是大扫帚吧："给，欢欢儿打扫一下！安家过日子哩，又不是过路住店！天每爆土扬尘的，大人能凑合，娃娃家咋呀？"她毫不含糊地批评我，而且很尖锐地一下子就看透了我的马马虎虎对对付付少说话多干活的主导思想。

我虽然连声道谢,但是,瞟一眼队长,宗文子头也不抬,似乎这一切都和他不相干,我接呢还是不接呢?我也不愿叫上级干部留下一个坏印象啊:这家伙!都劳改了还穷讲究!

妇女粗中有细,甚至可以说是很精,她又识破了我的心思,便说:"咋哩?队长也是人,他家也要扫地的!"

宗文子终于瓮声瓮气地开口了:"扫吧!"

能在安顿之前打扫一遍,我是求之不得。眼下队长又许了话,我便急急忙忙将那几件东西重新扛出来,开始了大张旗鼓的清洁卫生运动。果然,一扫就是几大簸箕,原来,窑洞里的浮土也是凉荫荫的,而且发黏,落在头上脸上一时还掸不下来,这对我倒是从未有过的体验。等到眉目比较清楚了,也就看出不少麻烦问题了,首先一条,炕是塌的,灶也坏了,又太大,另外还不知道烟道能使不能使。我一边打扫一边寻思,哪些事是当务之急,非办不可的。这儿不是那家绝户的大伯子住过吗?不花点工夫认真拾掇,孩子会害怕的。

我请队长进去看了看,顺便探了探他的口风,运气不赖,又碰上了好人!队长居然应承了明天派两个人来相帮我拖些炕板,重新铺一张炕,原先的乱七八糟一堆全交给队上算积了炕肥。"今天,你自己改改灶……先支上锅吧,回头我招呼保管员借一点粮!不能叫娃娃饿着!"也许是那位妇女的人道主义精神感染了宗文子吧,真是谢天谢地!

我发现那位妇女一直耳朵贴住窗棂专心地听着,队长一走,她便把扫把换成了铁锹和箩头,又告诉我去什么地点取土,我照例又是一迭连声的道谢,她听着听着烦了,大声武气地笑道:"嗐,看你这人礼数挺周全,咋会当了?……罢罢罢,还是叫起我老汉替你担点土来吧,怕你为了取点土,一路上不知道该向多少人道谢哩!你不如管和泥算了……井台就在大门口,水是现成的!"说罢,一手拖上我女儿,一手拖着箩头便走,"妮子,认认大娘家的门头子去!"

不一会儿进来一个老汉，怕有六十大几，背有点驼，但说不上罗锅，败了顶，胡子拉碴的，一对白白的长寿眉中间，安着一个希腊型的大鼻子，眼帘子却是红红的，微微发肿，没问题，是那种迎风流泪的烂火眼。总之，模样相当特别，主要是鼻子特别。他提着刚才见过的那只箩头已经盛满了黄土，另外一只手拎着个篮子，下面是麦秸和头发茬子，浮头是一把瓦刀。

"来了?"这大概就算打过了招呼，我赶紧上前接应，可他只把篮子交给我，自己挑了块比较平坦的地势，把黄土倒出来，把箩头磕打干净，头也不回地对我说："给咱提水去！只消一桶！水桶俺婆姨替你拴在钩上了。"我想，这老汉真是个实在人，不说废话，来了就干。从他半点也不客气支派我的劲头儿，十拿九稳是一个自信而严厉得有点古板的全把式。

我记起了他婆姨刚才说过的关于井台位置的话，便直冲门外走去，认真讲，这儿哪有什么大门，连院墙都成了东一圪截西一圪截的土堆堆了。果然，井台就在门口，来的时候我没有注意。

我摇开了辘轳把，咚！霎眼就听见了吃水的汩汩声，井并不深，又不过几步路，发现了这一点优越性，我满心高兴。

我听从他的指挥，撒下麦秸和头发茬子，用铁锹拌匀。他不知从哪儿捡来一箩头破砖，就手搁在窑口，然后便找了一块础石坐下，眯缝着眼看望我，时不时指拨一句。

"没干过这号营生吧?"

我点头承认，他笑了笑（他的笑很像哭，脸上的皱纹太多太深了）："看得出来。"接下去话锋一转，好看的寿眉聚成了一条长长的白毛蚕儿，"咋就当了右派呢？那会儿还年轻吧?"

我心上一震，不知道该怎么回答，定了定神，才说："老哥，这件事要说起来话就长了，几天几夜也扯不清楚，简单点吧，都怨我嘴上少个站岗的。"

老汉眨着烂火眼，似乎还满意这个答案，温暖的目光说明了他的理解："想必你也是个读书人，识文断字的，咋就省（读作醒）不得开天辟地到如今，多少人祸从口出?！唉,俺们这猴村村,小学校里也有几个教员打成了右派,如今齐打发回去耍土坷垃了……齐是灰说灰道的过!"

我没有任何反应,我不敢在这个问题上再纠缠了。由于这种心理作怪,我把下余的小半桶水拎进窑去,又转身出来敛了满满一铁锹泥,动作简直有些慌张。

好在老汉不再说什么了,他提起了一箩头破砖,也跟在我身后,钻进了窑洞。

结果还是老汉动手替我砌灶。

他先从窗格子上抽了一根发黑发霉的秫秸秆当尺子,比画着灶口和我的那只小铁锅的锅口,接下来硬是用指甲一点一点抠掉陈土,把那一圈老砖摇得松动了,再一块一块拔出来,和新捡来的破砖放在一起比较筛选,然后往水里浸过,按材料大小——重新安排了用场,不大工夫炉灶就变了一个样子,我的那只带耳的小锅已然端端正正地坐在上边了。说来也巧,这时候传来了一阵上工的钟声,老汉又端详了一阵,才站起身,往裤子上蹭了蹭手上的泥巴,慢慢地摇晃着走了。我追了出去,想对他说几句感激的话,但是,他一摆手制止了我:"甚也不要说了,往后是一个村儿里的人哩。"

"老哥,你的名字叫?……"我由于激动而变得口吃了。

他说:"发根子。"

剩下我一个人了,女儿还不回来。我趁机又琢磨了一阵下一步的修葺工程——明天要出大太阳才好呢,炕板什么时候不干,就什么时候休想有安生日子:夜里固然没睡处,白天做饭也跑烟呀,可得说服孩子忍耐几天。正思谋间,孩子跑回来了,人还不曾进家,就叫得山响:"爸爸,看人家大娘给你什么了!"她双手捧住一只大海碗,碗里盛了多半碗红薯和胡萝卜,"还是热的!你快吃吧!"

我问孩子:"大娘呢？也出地去了?"孩子说:"没有,她说等等再来拿碗。"我立刻明白了,这分明是要我吃下去,又怕我死要脸,才有意不来的。我拣了一个比较大的糖心薯递给孩子,孩子躲开去:"不!我吃饱了,真的!哄你是小狗!这都是给你的!"

我也就不再跟孩子推让,一口气吃了个碗底朝天。别小看这二十来个落窝小耗子似的红薯和胡萝卜,还真管用,立刻教我有了底气。可是,当我看见孩子那满脸高兴的天真模样儿,我的鬼毛病又患了,我忽然悲从中来,脱口说道:"孩子,这顿饭是你给爸爸赚的,谢谢你了。"孩子眨巴着水汪汪的大眼睛,不解地反问:"怎么是我给你赚的呢?大娘明明说是给你吃的嘛。"我说,"那是因为大娘可怜你。"不料想这一句话闯了大祸,孩子一噘嘴,抢过大海碗就走,我跳起来拦住她的去路,问她要干什么,女儿说:"我送碗还她,我告诉她,我不要她可怜!不要!不要!"我慌了,后悔自己为什么要伤害孩子的自尊心,赶忙夺下碗,叫喊起来:"不能去!不能去!你不要大娘可怜,爸爸还要你可怜呢,你明白吗?好孩子!"可能是这句掏心掏肺的大实话触动了这个好强的小小人儿,她不但不走了,反而转身扑过来抱住了我的双腿,抖抖索索地呜咽起来。

就在这无法排解的当儿,大娘的亮嗓门又在院子里响起来了:"妮子!妮子!妮子可在窑家里?"

我赶紧应了一声:"在哩,在哩,她大婶儿!家来吧!"一面急急慌慌用泥水未干的手替女儿擦泪,这不擦犹有尚可,一擦反而闹了个三花脸儿了。孩子究竟是孩子,又娇嗔地跺开脚扑哧一声笑了。

她进来了,我刚来得及说一声"过意不去",她就接过碗去,打断我的话头:"嗨!又没甚好吃的!各人落下这摊场,还拉扯着个娃娃,谁见了也该帮一把!"一听她这么说,我又没词儿了。唉,我太无能,遇上这种一定会牵扯到自己的场合,就笨嘴笨舌,手脚无措了。我只好挑起另外的话题:"她在你们家淘气了吧?"

"哪里话!妮子可聪明哩,甚也省得!"

"她大婶这是夸她哩。"其实,我是相信我的女儿的。

"不不不！真个不嘛,她不害！一些些儿也不害！"对方反复作证,同时又忽然感慨起来,"打'文化大革命'起,娃娃们说变就变了,不少闺女家伤风败俗,小子们就越发不得了。就拿这院子里的几抱枣树说吧,往年也偷,总觉着不光彩,打一竿子就跑,现如今你试试,你说他一句,他敬你十句,动不动就造反有理,你说,这咋办呀？"

我苦笑以对。

她大概自己也拿不出主意来,发泄一通以后,又看了一眼这个寒酸的窑洞,说:"真个是比我还穷哩,甚也没甚！嗨,我说,该添置的还得添置,两步一步操办吧……这窗户,可得用麻纸糊住！"然后,又叫上我的女儿:"妮子,咱们走,相跟上大娘看枣儿去,告诉告诉……"

孩子又有了一点兴头,跟上走了。

我去提了一桶水,回来各处揩抹。

她们俩在院子当中的对话,我能听得一清二楚。

老的说:"咱这儿可多牛牛哩！"

小的不懂:"牛牛是什么呀？"

老的解释:"啊,就是虫子,各色各样的小虫子！蛐蛐儿、蚂蚱、天牛、蛾儿、野蜂子山……这些你该当见过的吧？最多的是'粘骸虫',到处都有！还有'八夹',样子可怕人哩,头上长着一只角！我就从来不敢碰它,我家就拉弟子胆大,她敢捉！"

"大娘,我想看八夹,现在有吗？"我女儿完全被这个奇异的昆虫世界迷住了。

"咋没有哇！停停大娘给你寻。"她大婶儿爽快地答应了,这个妇女就是爽快,行就行,不行就不行,对孩子也是这样。

从虫子扯到养鸡,是再自然不过的事。

"瞎！上级也不知道是咋哩,不叫养鸡儿！要不,就这个'库垒',养它三十只,哪用喂食！吃虫子就能吃饱了,那个膝子呀,准能这来来大！"大约她做了一个什么夸张的手势,把女儿给逗乐了。

"笑甚哩!你不信!大娘可是养鸡的好手!哪年我不养它一窝!鸡脸,鸡冠子,齐是红扑扑的,像泼了苏木水!毛色亮光光的,油涂过一般!你就等着捡蛋吧。"

"那,您的鸡呢?"女儿急切地询问。

大娘长叹了一声,不胜感伤又不胜忿懑地说:"今年春期齐叫那灰鬼药杀了!"

"灰鬼!"孩子又听到了一个新鲜词儿,"谁是灰鬼?"她大婶几乎是咬牙切齿地报出了一个人名,但我不曾听仔细。好在她仿佛专门给我做注脚似的,加了一句:"人家是民兵排长,有权哇!"

我女儿又好奇地打听了:"民兵排长又为什么要下药呢?他不管赔吗?"打破砂锅问到底,这本来是孩子们共同的天性,何况我女儿又特别爱用脑子。

老妇人不情愿地解答了:"他说我的鸡儿叨吃了籽儿!"停停又说,"赔?他还叫你赔他的损失哩!"

"为什么不让养鸡儿?"孩子又问了。

"我也问过那灰鬼,是谁不叫俺养鸡儿?灰鬼用手指头戳戳天:'上头!领导!最高指示!'"她大婶儿用几乎要掉泪的声音继续说下去,"好歹我把那几只死鸡儿讨了回来,挖了一个坑,一哒里埋了,像埋人一样,就差没有立碑了。可我记得那地势。凡是我走到那儿,总要绕几步,我一看见就难过,它们死得冤呀!打鸣的打鸣,媸蛋的媸蛋!好鸡儿哩!"

对话到此中断了,我不由得探身看了看窗外,只见她大婶儿弯着腰在草棵子里寻枣儿,我女儿却站在一棵树下发愣。这神情叫人悬心:她又想起什么了?

过了一阵,女儿开口了:"我奶奶在世的日子,她也养鸡儿。我们家那会儿住太原,太原有卖来亨鸡和澳洲黑的,来亨鸡雪白,澳洲黑漆黑,都是半根杂毛也没有,好看极了,又都特别会下蛋,一天一个,少有不下的日子……"

"你奶奶要活着,怕有七十大几了吧?"

我女儿严肃地订正道:"不!八十多啦!"

她大婶儿显然不愿孩子由于回忆往事而伤心,便说:"闺女,大娘知道你也爱鸡儿,甚会儿又让养了,你跟大娘伙伙儿养它一窝!大娘认个大股,你人小,认个小股,你只消白天照料养点儿,不叫黄鼬叼了就行,等到蕃蛋了,咱们来个三七分成!实话说,你也该吃上几颗,补补身子骨,你忒嫩了!……你刚才说甚哩?甚赖杭鸡,还有甚黑的……那是洋鸡儿吧?大娘只见过芦花鸡,九斤黄,走起路来,地皮子咚咚响!也是好鸡儿哩。"

"要是有鸡蛋,得尽我……我大吃!"女儿也沉浸到幻想中去了,而且开始练习使用本地的语言,不叫爸爸,叫大大了。

大娘抬起头来,望着我女儿那股认真的神气,不禁笑了起来,笑得十分开朗,这个乐天的老婆子居然也许愿了:"好好好,依你依你,叫你大吃!"

"还要换盐换醋呢,到时候,您带我去供销社,好吗?"听孩子的口气,简直马上就有鸡蛋了。

妇女拍着女儿的手背:"大娘一定引你去!你引弟、招弟姐姐也会引你去!有官价哩,他们不敢欺生的!"

这一大段行云流水般的谈话,给了我莫大的欣慰,当然,还夹杂着一股说不明白的辛酸味儿。我替女儿,也替自己庆幸,进村就遇上了这么个大善人!许是女儿的命好吧!我沾她的光了!可是,哪儿有什么"命"哇?我怎么也信起"命"来了?我对自己的这一变化感到吃惊,迷惑,直至悲哀——我怀疑我终究当不了生活的强者,终究开始了精神上的堕落!

在这大千世界,什么东西最公正?时间,只有时间最公正。

坏人作恶,其乐无穷,因此他嫌过得太快;好人受罪,度日如年,所以他恨过得太慢,这是就不同的人而言。即便是以你一个人来说吧,同样是你,由于所处的环境不同,你的心境也会变化,于是,在同一双眼睛里,本来并无变化的时间似乎也成了相互之间可以区别的东西,一会儿它速度很快,一会儿它速度很慢。如果你是有盼头的,你就会迫不及待,相反,如果你已经处在欢乐和满足当中,就又往往希望光阴不要这么匆匆流逝。为什么在古代的情歌里,老有什么"闰五更"的祈求和咏叹呢?正是这种心情的忠实写照啊!

然而,上边这一番絮叨,对于六十年代和七十年代的中国农民来说,纯属扯淡。那些年,今天和昨天一个样,明天和今天也一个样,日子是浑浑噩噩的,绝大多数的人,心都麻木了。因此,既无所谓快,也无所谓慢,一天一天的混吧。

也不知道到底混了多少日子,晴天一声霹雳,林彪死了!那个写进了宪法、写进了党章的唯一合法的接班人在蒙古温都尔汗摔毙死了!就像发生了一场地震似的,人人都感觉到了强烈的地震波,人人也都被吓蒙了,都犯傻了,经历了这么些年的风风雨雨,不犯傻的也得装傻呀!

只有发根子的婆姨是标准的务实派,谁也闹不明白,这件发生在几千里外的事触动了她的哪一根神经,她居然立刻联系到了养鸡儿的问题,看到了十分乐观的前景。"副统帅没了,少了一个奸臣!这下子,毛主席该叫人们养鸡儿了吧?"但是,她也有不是犯傻,更不是装傻而是真傻的地方,例如,在刚刚进行全民传达的当天(我破例被叫去当了一回"人民"),她就对我义愤填膺地申讨起这个头号反革命来:"我们毛主席甚会儿亏待了他?甚都依着他哩,连江山也给了他!甚的好味素他没吃过!忘恩负义的东西!走了走了,还要夹带上三只鸡!"我和女儿听了,忍不住笑出声来,孩子一本正经地纠正她:"大娘,您听差了,不是三只鸡,是三叉戟!"

"甚哩甚哩?山——楂——鸡?是不是用山楂喂大的鸡儿?"她面孔微微发红,嘴巴上并不认输。

"是天上的飞机!"女儿更加笑得前仰后合了。

说来也怪,别看她分不清三叉戟和三只鸡——她怕是想鸡儿想疯了——偏偏真叫她说中了,局面多少有些松动,她很得意,颇有一点自以为料事如神的味道。

松动的迹象之一,正是可以养鸡儿了。

第二年春上,从河北平山、获鹿一带远道来山西北路卖小鸡雏的小贩再度行世了。

"卖——小鸡儿——呐——"他们的拖着长腔的叫卖声打破了碾庄的沉寂,简直新鲜得使人耳朵根子都痒痒。这在妇女们心上,那是比八音盒还更动听的。娃娃们跟看西洋景一样,一窝蜂地跟定那滚动着无数绒球的担子可村儿乱跑。

这种卖鸡雏的担子并不沉,可是娇气,颠不得、压不得、淋不得、晒不得,营生是苦营生——先得起火车票大老远地跑上一段铁路,接下来就靠各人小小心心地担上,走村串乡了。利市并不大,而且保不住不瘟,瘟了可就赔了血本了!担子的两头都是一般大小高矮的篾篓,或者在大笸箩上围了一圈苇席,多半还有一只盛小米的盘子,一只人鸡共用的舀水缸子,除此而外,别无长物。

一天晌午,我和女儿正坐在土堆上吃饭,她大婶儿把卖鸡雏的叫到井台跟前,一边拨弄着小鸡儿,一边套起近乎来。我这才知道,她原本是河北人,逃荒来到这儿的那年才十岁。她被卖给发根子家当小媳妇了,发根子当时已经二十四岁了,比她整整大了十四岁。卖身的价钱挺贱的,不过是两个布(这里说的是早年河北出产的所谓东布,就是那种土机子织的本色紫花棉布,有二丈八尺的,也有三丈二尺的),外加一斗小米子。

河北来的鸡贩子听她满口的本地话,有点将信将疑,但是看着她说着说着抹开了眼泪,也就动了乡情了。"这样吧,卖给别人五毛钱一只,卖给你算两块钱五只!谁叫咱们是老乡呢!"她大婶儿听了笑嘻嘻的,便下手挑选起来,可是,不大一会儿工夫又把筛(读作洒)出来的几只一一捉了回去。

"怎么啦?老乡,买还是不买?"鸡贩子有点急了。

发根子家的犹犹豫豫,捏着手指头盘算了半天,才红着脸嗫嚅地告起艰难来:"想是想买呀,唉,庄户人,穷哇,着急起来没个抓挖处,哪有这来来多的活钱！你还是担上走吧，不耽误你的生意了。"

鸡贩子兴许也想起了自家的苦处，竟克制住了失望的情绪，大大方方地应道："没啥没啥，认下个老乡，不买也值得！"

原来，这个场面不过是序幕，好戏还在后头。

过了几天，女儿（她几乎每天放学归来的第一件事，就是上大娘家坐一会儿）附着耳朵悄悄地告诉我："爸爸，给你说件事儿，你可不许出去声张，大娘孵小鸡了。"

我哑然失笑，心想，孵小鸡儿孵就是了，这还不是农家的常事！我压根儿就没去考虑，她家哪有母鸡？哪有鸡蛋？怎么个孵法啊！女儿见到她的神秘劲儿竟在粗心的爸爸面前不起作用，她生气了："哎呀，爸爸，你真是！我是说，大娘自己孵小鸡哩！"

我愕然了！

天哪，敢情是这样！她大婶儿让自己变作母鸡呀！一下子我又连想起了好多事，原来都是孵小鸡的准备工作哇，这个鬼婆娘！早就起了这份儿心了吧？

记得还在河北鸡贩子出现之前，她就到处打听鸡蛋和小鸡的行情，问询经过两年的斩尽杀绝之后，哪里还有养鸡的人家，并且进一步了解这家人的情况，心善还是心狠，贪财不贪财，离碾庄远还是不远，等等，等等。

有一天，我路过发根子家门口，听到老两口的几句闲话："这三斤好醋、五斤黄酱能值多少钱？"这是她大婶儿的声音。她男人答了："怕还不值个三块两块的！如今醋难买，黄酱越发稀罕哩！"听我女儿说过，改弟——发根子的大闺女——女婿，一个扳道工，从太原给丈人、丈母捎来了一大瓶醋，还有一罐子黄酱（北京人管它叫甜面酱。在当地要比一般的黑酱高级，是人人羡慕的上等调料，只是逢年过节，才舍得蘸一筷子的），我还暗自发笑，自家吃了拉倒，有什么好盘算的！

可是，不对，又过了几日，发根子起了个绝早，正好遇上我出门担水，不免彼此打个招呼。只见这老汉换了一身干净衣衫，裤腿儿扎得牢牢的，头上还包了一块白里发黄的毛巾，肩上一前一后搭着些什物——胸前是一只篮子，篮子里放了一只罐子，还有一块白布，背后是一只网兜，网兜箍住一只三斤瓶，里边装的水还"工咚工咚"直响，嚯！一股好闻的醋香！能逗出人们的口水来！

我随便问了一声："串亲戚？"

"算是吧。佛顶山，一来一回要走一天哩。山上住着一户人家，多少沾一点亲，其实也出了五服了。"老汉前言不搭后语的，似乎不愿多解释。

关于佛顶山的这户人家，村里人是常常会谈到的。那山相当高，离碾庄有三十里，上面原先有过一座大庙，每年关老爷磨刀的日子，这一带的农民总要上山求雨的。求雨的前后，都有庙会，很是繁华热闹。庙里有个看门的老头儿，他既不是出家的和尚，也不是在家的居士，往年是一个人，后来不知道从哪儿弄了一个女人做伴，虽然没有娃娃，也算一家子。这一家人一直过着单干的日子，什么互助组、合作社、公社化，都闹不到山上去。户口听说归山下的村儿管，一切票证却让会计贪污了，他也不要。据说，这一男一女侍弄着几亩山荒，今年养种，明年尔转（丢掉），主要是指望替县药材公司"生产"一些党参、黄芪、远志之类。一年难得下几趟山，下来的目的也很单纯，一不看报纸，二不听广播，只上供销社买点盐，灌点醋，外带几包火柴，遇上手头富裕还打斤把半斤煤油。大家都很感兴趣的是，他没有布票，布上哪儿去扯？估摸是向户家们换吧，那当然得出大价钱。好在这两个人不图时髦，现如今还穿的是对襟褂子，右衽袄儿哩！仿佛陶渊明先生描写过的桃花源中人。人们又会问了，那么，总得吃点油吧？对，也有办法，男人在玉茭子地里带几棵大麻子，女人把打下来的大麻粒儿放在锅里煸煸，就顶了油了。

不过，赶上了"史无前例"，的确就史无前例了。山下的几个村儿一合计，上山破"四旧"去！菩萨打了，庙扒平了，木料、砖瓦踢蹬光了，庙会自然也取消了。不过，他们住的一间耳房还保留着，不像城里的造反派那么坚决彻底，无所畏惧。等到山下瓜分完毕，皆大欢喜的时候，山上这一家人也就在饱受惊骇之余，渐渐地复辟了。这里说的复辟，倒不是重建庙宇（他们没那么大的财力与魄力），只不过是指的那种羲皇上人的生活方式。

我忽然醒悟过来，啊，肯定是这家人家还养的有鸡儿！

仿佛为了证实我的判断似的，只听得发根子家大门吱吜一声，她大婶儿探出头来，叫住老汉吩咐道："一定要公鸡盖过的！可不能教人用寡蛋哄了！老鬼，听清了没啦？"

"不放心就你去！"老汉发火了，丢过去一句赌气的话。他婆姨这才闭住嘴，我抬眼一看，胸前的扣子还没系上哩。

于是顺理成章的，这才会有她大婶儿孵小鸡的爆炸性新闻。

这件事叫我十分激动，首先是使我在感情上和那该死的文学又恢复了一种暧昧的关系。我想起了法国大作家莫泊桑于一八八五年写的小说《端恩》，对了，正是这个名叫端恩的酒店老板，这个因为瘫痪而不得不终年卧床的胖子，扮演了母鸡的角色。端恩起初是反抗的，他认为这个玩笑开得太过分，有辱人的尊严了。但是，他的任性而独裁的老婆却恶狠狠地惩罚他，他如果不答应孵小鸡，就不给他肉汤喝。后来，端恩不得不退却了，规规矩矩地孵起小鸡来，十个鸡子儿搁在他的肥胖的暖和的臂弯里，直到变成一个个的小生命来到世上。莫泊桑是把他的故事当作小有产者因为闲得无聊而上演的一出闹剧来处理的，写得十分幽默，十分逗趣。

然而，她大婶儿呢？在距离莫泊桑创作《端恩》将近九十年的此刻，她也要孵小鸡儿了。她又是为的什么呢？荒诞吗？一点也不荒诞！我由此而推想，莫泊桑的《端恩》也绝非向壁虚构之作，因为我眼前就摆着个活生生的例证！当然，它和莫泊桑的故事不同之处，在于它实在浸透了血泪……

我感到了沉重，无法排遣，便对女儿讲起了莫泊桑的《端恩》。女儿听得十分入神，而且作出了充满现实主义精神的评论："端恩让人看，大娘不让人看；端恩是闹着玩儿，大娘是为了过日子！"

你讲得太正确了,孩子!

从此,每天都有关于大娘孵小鸡的"新闻公报",毫无疑问,在我们家,这个权威的新闻发布官是我的女儿。

我知道,一般母鸡抱窝的时间是二十一天。人用自己的体温来孵化,是不是也一样呢?因此,我和我女儿的心情,是越往后越紧张,越往后越感到压力大得不胜负担了——大娘在炕上吃,炕上喝,只有大小便急了,才下炕。

——大娘挨着个儿地把鸡蛋调过一面了。

——大娘在屋里直哼哼,她闺女问她:"妈,你咋啦?"大娘半晌才回话:"好难活呀,一些些也动弹不得,压破了咋办呀?"

——大娘又把鸡蛋挪动了一遍,这一回不是调个个儿,是倒换地点,她还对她闺女解说:"母鸡们就是这么干的。"大娘向母鸡学习哩,嘻嘻。

——今天是第十五天了。大娘把鸡蛋一个一个拿到窗户跟前对着光照,照一下,哎呀一声。发根子大爷问她:"你呻唤个甚哩?装病装病,莫非真装出病来了?"大娘气得直骂:"放你的骚狐子屁!你瞎说八道些甚!人家喜得不行行哩,这蛋齐变了琉璃球儿了,里面黑里麻糊的,是有了鸡儿哩,爱煞人呀!"

他们对骂的话,是我亲耳听见的。

这时候,我也忘记了你嘱咐我的事情了,我一心想看一看那琉璃球儿,看一看那里边的小鸡影子,我跑去推大娘的房门,叫大娘放我进去看一眼,只看一眼,大娘尖着嗓子大叫起来:"可不能!可不能!大娘……傻闺女!你大娘赤(读作湿)屄(读作督)子哩!"

在碾庄住了这么久的时间,我们父女都懂得:赤屄子就是光屁股的意思,本地土话。女儿学着,我听着,这会儿都憋不住开怀大笑了。我哈哈哈哈,女儿格格格格,组成了一部男女声二重唱——不会有人听见吧?假如有人听见了,他该怎么纳闷啊:这个"右派"之家,有什么事值得如此高兴?!

我笑出了眼泪,只得用手背擦,然而擦不掉,又用毛巾擦,还是擦不掉,擦着擦着,我却真的涌出眼泪来了,我猛然感到自己的可耻,这怎么可以笑呢!应该哭才对啊!

女儿也不笑了,羞愧地躲到一边去了。

我们当然仍旧非常关心这件事的结局。我们希望大娘成功,我们祝愿她实现自己多年的心愿。

第十九天傍晚,女儿一甩下书包,水都不喝一口,便直奔大娘家,她转身又兴冲冲地跑回来,向我报告:孵出来了,小鸡孵出来了!一下子出壳了五只!

第二天又出壳了十五只。

第三天,也就是第二十一天,终于统统出齐了,一个寡蛋也没有。二十四个金灿灿的、粉团团的、肉乎乎的、活泼泼的小绒球,"细呀细呀"地叫着,欢乐地在炕头滚来滚去。

她大婶儿终于解放了,下了炕,出了门,由于一下子就添了二十四个娃娃,她的嗓音更高亢了,到处都能听见她那有事没事的咋唬和乐天知命的说笑。见了面,我只好用心照不宣的态度和她周旋,既不能装着不知道,又不能直接去戳穿。老实讲,按我的本意,我是想大大夸赞她一番的。想想看嘛,她一个平平凡凡的农村妇女,这些日子的辛劳,实在是可以载入史册的!无论用什么形容词去描述,诸如:吃苦耐劳、含辛茹苦、忍辱负重、自我牺牲……都不为过。在她身上的确充分体现了中华民族的耐心、毅力、克制力和自力更生的奋斗精神,达到了道德情操的高峰。她创造了惊人的奇迹,而且自始至终充满了一种悲壮的历史感。这一切,她本人意识到了吗?没有,如果你对她说上这些,保险她还会吓一跳哩。

她所能得出的唯一明确无误的结论,就是:先有蛋,后有鸡。当她宣布这一真理的时候,她是理直气壮的。当然,我坚决投她一票,众人也都是笑嘻嘻地支持她的,她是众所公认的这一学派的领袖。

果然,她把小鸡儿引到我们住的这个破院里来放养了。我们每天一大早都要见面。我渐渐发现,她说话办事,更加爽快,更加富有男子汉气概,更加快刀斩乱麻而毫不拖泥带水了。这是愉快而自信的心理状态的自然流露,也是二十四只小鸡的直接社会效果。

她又旧话重提,建议我女儿和她伙养,"要不,你就随便挑上几只,这会儿还认不出公呀母呀的,试试你的手气吧?"我女儿哪儿忍心接受?便找了个理由说:"过了年,我就要回老家去念中学了,有个亲戚答应我在他家寄住……"

我马上从旁证实:"这儿上中学要去公社,就是带上晌午饭,一天也得跑二十几里路,太远了,我不放心……因此,我让她回南方去借读上几年……"

她大婶儿立刻表示理解,她比我还想得更具体:"是哇,女孩儿家,就是不敢大意了哩……这世道不太平,青纱帐起来了,劫路的,拖进地里糟蹋的,多得是哩!"她把问题捅破了,一点也不讲究含蓄。

我们见她并没有别的想法,倒宽了心。

可是,她忽而眼圈儿红了起来,捉住我女儿的手,问道:"甚会儿走哇?舍不得俺妮子哩!"

女儿也动了感情,依偎在大娘怀里,答应她说:"我大说,算下来要过了我的十二岁生日。"

"生日?你甚会儿的生日?"她大婶儿眼睛亮了一下。

女儿如实地告诉了她。我心里想,早哩,立冬以后。

说早也不早,生日不知不觉就到了,然而,别说我已经忘记了这档子事,连我女儿自己都忘得一干二净。

这一天,她大婶儿却送来了三个鸡蛋,每个蛋的大头上都贴了一小块梅红纸,表示吉庆的意思。"快叫娃娃吃了,欢欢儿长大!带你大撑这个家!"

"大娘,您这是做甚哩?"女儿很惊讶,我也很惊讶。

"今儿不是你过生日吗?咋就忘记了?"

她大婶儿高兴得放声大笑起来。

241

这是她收藏的鸡蛋,她没有虚说,不愧是养鸡儿的行家,鸡儿养得怪好的,多数都当年就孵蛋了。我们是知道这个情况的,但是我们却不知道今天已经到了该吃喜蛋的日子。

我把鸡蛋捧在手中,觉得仿佛是热的,赶忙叫女儿拿碗来接住,因为我的双手有点发抖了。

女儿拉她坐下告诉。一老一小亲亲热热的。

一个莫名的冲动,促使我也插了一句,我问她大婶儿:"咱们早就是共一口井喝水的乡亲了,可我还不知道你的名字……你总有自己的名字吧?"

"有哇!咋没有!俺叫苦杏儿!可俺当家的管我叫'嗨',妮子们管我叫妈,你闺女管我叫大娘,还有你,管我叫她大婶儿,就是不叫我的本名,不叫我苦杏儿!"她有点激动了。

啊,好一颗苦杏儿!我心里也翻江倒海地波动起来,禁不住暗暗沉吟:我们苦婴婴的中国大地啊,我们苦婴婴的苦杏儿啊,你回味无穷,你令人难忘,你是伟大的哟!伟大的苦杏儿!

1984 年 8 月 16 日—9 月 7 日写于合肥

井

——"昨天的土地"之三

在谈论中国人民的民族素质的时候,有一种多年流行的说法,那就是,一味强调勤劳,强调勇敢,却根本不提智慧。对于这种片面的说法,我历来是不赞成的!我甚至怀疑,它是否自觉不自觉地宣扬了"领袖脑壳论"。实际上,我们古老的民族好比一具辉煌凝重的鼎,鼎是靠赖自己的三只足才得以屹立于人类历史的殿堂之上的。是的,三只足,勤劳、勇敢、智慧,缺一不可。不必细数家珍,追述伟大的四大发明,也不必开列名单,以当代科学技术领域中角逐争雄的优胜纪录,来证明炎黄子孙的聪明才智。单说我们人人使用的时时使用的语言吧,多么准确!多么生动!多么丰富!多么隽永!此刻,我想到的不过是一个极普通的字眼:"市井",然而,即便是这么一个词汇,也充分表现了我们祖先的联想力和创造力。可是,究竟为什么要把"市"和"井"联系在一起呢?这个问题,我是待到碾庄落户,并且把家安在离一口井不到十米处之后,才逐渐比较透彻地了解其涵蕴的。

其实,碾庄是有两口井的,为什么"市井"却偏偏在我的窑洞外边呢?因为那另外的一口在地主田万顷的宅院内,原先是老财的私井。土改以后,虽然已经没收为集体财产了,但说来奇怪,除非迫不得已,村民们极少愿去那儿汲水,人们相传,田万顷倒了威,水也发苦了,不能喝了,谁喝谁要背时败兴。这据说也是有证据的,最有说服力的证据便是田土改家的遭遇。田土改的大是贫雇农团团长,当年闹翻身的积极分子,等到才翻过身来,便病死了,风传是老财在井里下了毒,一种慢悠悠的不知不觉的毒。他婆姨小脚,别人劝她上东头井里去担水，她担不动，只好仍旧喝冤家对头宅院里的井水，这不！喝来喝去，把好好一个儿土改子又喝成了坏分子！这就越发证明了那井水是不能喝的了。

因此，我窑洞外边的这口井就成了人来人往、络绎不绝、繁荣兴旺、历久不衰的宝地。当然，脚踪儿最稠的时光是一晌午和一傍黑，你就听吧，"吃了哇？""还不中哩！""你的烟咋这来来香？""匀给你一点！""呔！穿上花凉袜担水？不怕潮了可惜？""那你替我担回去！""少担一桶吧，又不是饮牛哩。""你家才饮牛哩！没头脑的！"……对话一律简明扼要，富有性格特征，不用探头看也能猜准都是谁们遇上了谁们。尤其是赶上队里宰一头老得不能动了的或者病得没有指望的牲口，赶上什么户家难得剥一头羊，井台又是天然的屠场——这儿洗涮方便。那时，几乎全村的男女老幼都会自动往这儿集中。如果是前者，便打听一个人名下能分几两肉，如果是后者，便摸摸皮子，议论一下毛色、价钱和用途……总之，不笑的人也会笑一笑，爱叹息的人就更加长吁短叹了。

这不正是市井的特点嘛。

这口井的井圈儿不大，井筒子也不深，然而，井水永远是清凌凌的。据邻居们介绍，说是经由本村的也是本井的权威人士——一位老饲养员考证过，这完全是由于它连通东洋大海的好处。海水不干，井水也不竭，海上起风，井里还翻浪哩！

于是，我恍然大悟了，所谓市，不一定非做买卖不可，只要人们以井为中心，聚集拢来，彼此在展示剩余的狩猎品、以物易物的同时，交换信息，交流感情，这就形成了"市"，而且是比那种为了卖而买的商品生产的年龄还要古老的市，是市的最朴素的原始形态。

何况，井还是会唱歌的，井的歌声招徕了住户和过客。

井台上安着一架辘轳。你看那摇柄把，白铁皮被无数只手摩擦得比镀了铬还亮堂，而那盘绕井绳的硬木轴，却布满了裂纹和发黑的槽子，两头的铁箍儿因之松动了，差不多都要滑到中间去了，人们总是不断地加楔子，要不早该散架了。尽管它变成了这样一副可笑的模样，仍旧是值得珍惜的，不仅因为队上实在没有力量重修一架新的，而且由于它也是一种文明进步的象征，这一点，只消留神看一眼那些没有辘轳的时代，留在井圈石栏杆上一道一道的被麻绳年复一年啃出来的印记，就能明白。同时，假如你是一个细心人，你还肯定能懂得，再硬的木轴也不得不糟朽——除了黑夜而外，它任何时候都是湿漉漉的，世上有什么东西经得起老是这么水泡着呢！另外，寒来暑往，这井台正是一部历书。当你老远就能瞭见打井里冒出一股白汽的当儿，那就表明：冬天不远了；一旦小冰山似的井台开始化水四下流淌，而铁摇柄也不再咬人，这是在向你通报春之消息；若是你感到哪儿都燥热，唯独这儿凉荫荫的，准是炎夏来临。一言以蔽之，人们爱这口井不是没有来由的。

再说，井台上的歌也并不像一般人想象的那样单调、乏味，千篇一律。不，这些歌的韵味全然各有千秋：急性子的后生们来了，总是喊里咔嚓地把铁钩子摆弄得叮当乱响，刚一拴牢水桶，便猛地大撒手，让水桶放空落下，接着，辘轳便唱起了风风火火的进行曲；谨慎的爱惜物件的妇女却把整个的过程处理得像她们坐在灶前替男人做饭那样，按部就班，有条不紊，细致文静，然而，一般都由于气力不济，在每道"工序"相衔接的当口上，要打上一个短暂的休止符；有点胆怯的孩子呢，他们锻炼肩膀、腰胯和臂力，不仅要费许多手脚，往往还不得章法，最明显的是，绞辘轳的声音一回跟一回不一样，像是一些随口哼出来的即兴童谣。不知道什么缘故，那声音也一律十分的尖细，时急时缓，时断时续，充分表现了小小劳动者的天真和幼稚。

真正动听的歌只有一支。

这支歌最雄浑因而最有力，最沉着因而最有自信心，最节奏分明因而最有音乐性……它唱在拂晓将到，暗夜已尽，唱在混沌初开，唱在万物都处于方生未死之际。唱这支歌的歌手是六队的饲养员田种玉老汉，他每天都用这同一支歌揭开天幕，又合上天幕，仿佛一部大交响声乐作品的序曲和尾声，嘹亮,悠扬,激动人心,安抚灵魂。

"咋啦?井儿掉到桶里去啦?"这是苍老而悦耳的男低音。

不知是哪家的小男孩嗫嚅地反驳着:"玉爷爷,你存心笑话咱哩,是桶儿掉进井里去了!哎呀,急煞呀……"由于羞愧和惊惶,声音有点发颤。

"嘀!稀罕!真个是!是桶儿掉进井里去了,不是井儿掉进桶里了?唉,唉,这可是盘古开天辟地以来的怪事!叫我也看看……"那个悦耳的男低音又响了起来。

桶担放置在井台上的轻微的磕碰声。

威严的咳嗽声。

朝巴掌心吐唾沫声和巴掌的相互摩擦声。

徐缓的辘轳转动声。

他拍了拍小男孩的光头,用揶揄然而充满爱怜的语调说:"好我的少东家哩,还不快去你大根爷家借叉钩儿!"

不用说,那位"少东家"的小水桶,很快就被老汉捞上来了。老汉细心地擦去淤泥,又用自己的大桶绞起一桶清水,里里外外冲洗一遍,并且给他灌满,然后再一次拍了拍"少东家"的头,吩咐道:"拎上!欢欢儿回吧,往后学着点儿!"

这就是我认识田种玉的开始。事情发生在我刚进碾庄的第二天,当时我正站在窑口拾掇那破门框,田种玉老汉纯粹农民式的幽默和善良,给了我极深的印象。

马上,我们就直接打起交道来了。

开头两年,我差不多净在大田上干活儿。众所周知,凡是有五类分子的地方,一切累活、脏活,一切可能招致危险的活儿,天经地义地都由五类分子担承。有一次,我被队长派去起圈、垫圈,在北方农村待过的人当会了解,这是一宗苦重的营生。所谓起圈,指的是把混合着牲口粪便和腐烂草料的沉重的圈土起出来,装上大车,运往指定的地点去沤肥;垫圈,则一般都是趁牲口不在的工夫,拉来干土,一锹一锹地抛土进圈,干土虽然比较轻,但要求撒匀铺满,不留空当,不能过厚过薄,因此,干这号活计,不但要求有体力,还要求有技术。

被派来跟我一道干活的有富农分子田满堂、坏分子田土改。田满堂的老子田万元是地主田万顷的嫡亲胞弟,早已死去。满堂子本人不过三十岁,他怎么会划成"分子"呢?该叫他"子弟"才对呀,我暗自纳闷。土改子就更年轻得出奇了,才不过二十挂零。我偷偷地观察他们俩,满堂子属于脸部既无特征,又无表情的一类。生活中有这种人,叫你一时想记也记不住,下次想认又不敢认。土改子却不然,看一眼就忘不了,他浑身上下充满了一股桀骜不驯的劲头儿,连头发都是一根根竖着的,杀气腾腾。至于驭手,这里通称赶车的,大名田宗武,和队长田宗文乃一母所生,他是光荣的中华人民共和国的公民,用田宗武的习惯用语来介绍,是"红彤彤响当当硬邦邦的七代贫农"的后裔。怎么恰恰就是七代而不是八代或者六代呢?古语说:"君子之泽,五世而斩",他的第七代先人是不是所谓的君子呢?总之是不清楚。据他说,这是"四清"那阵儿工作队替他们家考订出来的,想必是工作队来修家谱了吧?因此,他是不属于和五类分子们一道动弹的,何况,人家的任务本来就很明确:赶大车。关于他们三个,我打算各自专门写一章,逐一介绍给读者,这里暂且按下不表。

听见宗武子骂骂咧咧的声音,田种玉老汉从他的小偏屋里奔出来,黑起一张脸,喝道:"宗武子!告你多少次了,叫它停住就是了,不干不净地乱骂作甚?牲灵,牲灵,也通一半灵性哩!"

田宗武扮了一个鬼脸,赶忙缩回手头的鞭子,接应道:"是、是、是,玉叔,都怨小侄我忘性大,可这一回保证记住了您的教导了。"他特别强调了"您"和"教导"这三个字,表明他是和时代潮流同步前进的新派人物。

老汉开讲了:"告你们说一桩真事,这事出在骅骝坡公社骅骝坡大队,那儿的马夫平日间一向好打骂牲口,一天……"

宗武子一弹响舌,背书一般接上了茬:"一天,叫一头红眼睛的大犍牛硬逼到了墙旮旯,活活地给挑出了肠子——对不对?玉叔,我这回记性不赖吧?"

田满堂和田土改望着想发作又不好发作的田种玉,只是个笑。

只有我是这个老掉了牙的故事的唯一认真的听众。

大概老汉也感觉到了这个。他的目光射向了我——一张完全陌生的面孔。他丢下宗武子,不予计较,友好地打量起我来。他正面望定我,像所有襟怀坦白的男子汉那样,我也就正面望定他,我心里想:右派分子又怎么样?有什么见不得人的!我们这么对望了三四十秒钟,他开口了:"你就是那新来的吧?哪儿人呀?"我报了籍贯。老汉点点头,十分有把握地评论道:"远哩远哩,过了黄河还要过长江呀!……看出来了,你是个耍笔杆子的!"他戳了戳我的眼镜子。使我惊讶的是,倒不是他根据我鼻梁上架着的"道具"对我本来职业做出的判断,而是他,一个偏僻山村的老农民,怎么会有如此准确的地理概念?他从前又是干什么的?我也不由得产生了兴趣。

老汉走近一步,挨着我,蹬打着身架,对我一边做示范动作,一边指拨:"两只脚要拉开半步,腰背不能绷得过于紧了,也不能忒弯很了,随意些,要不你黑夜会痛得睡不着,另外,一投一收,要使巧劲儿,不要使猛劲儿,劲儿要运在手腕子上……对了,这样土坷垃才能囫囵地送出去……"

我十分感动,虽然我照旧出汗不出活儿。

老汉把我的锹接过去端详了一下:"供销社里的吧?一看就知道!现如今……公家的东西,馒头、镰刀,全是样子货!火候不够哩,哪来的钢性!"说罢他不声不响进屋去拿出一张明光光的长把锹来,对我说,"你试巴试巴这一张!"

果然不假!轻巧多了,也展劲多了。

老汉不无得意地朝我笑了笑,却又用我的那张笨锹在一旁帮着装起车来。

田宗武大概是看不惯他玉叔这种自贱身价的行为,便哼了一声,话中有话地提示道:"我说,玉叔,您就一边儿歇着去吧,犯不着……"

种玉老汉剜了他一眼,又向我继续提出了一个新论点:"这锹是差一点,可还得看咋使唤哩!会用的,秃枝管也能写出好文章,这是一个理儿……你说呢?"

我连连称诺,表示了百分之百的赞同,心想:这个老头可真不简单!还懂得写文章!

"好哩!说罢铁锹说枝管,玉叔,您认下了多少字?"

宗武子见他的好心规劝老汉不听,便转而进行挑衅了。

"别看我认不得你们那些缺胳膊短腿儿的革命字儿,也不比你小子少!"老汉毫不示弱地反击,并且把简化汉字嘲笑为所谓的革命字。

宗武子撇嘴一笑,又递上一句:

"左不过就读了三年的私塾,我们可是完小毕业生!"

"完小又咋啦?都三十出头了,啥毬不懂!我来问你,三十而立,这句话咋讲?"老汉被宗武子撩逗得有点沉不住气儿了,反守为攻起来。

"这……这还有啥难的?三十而立,就是……人活过了三十,腰板硬了,站得稳了呗……玉叔,您难不倒小侄哩。"

"好!这么说,三十岁以前的人齐是躺下的?!"老汉放声大笑了,他笑起来像胸腔里在擂鼓。

我也忍不住笑了。这场有趣的争论,不但减轻了劳动的负担,而且帮助我对周围的人们有了更为全面的了解。比如,宗武子性格中有惹是生非的一面,然而,这种惹是生非并不叫人讨厌。种玉老汉性格中有争强好胜的一面,可是,这种争强好胜往往令人肃然起敬。

老汉看了看包括我在内的周围人们的反应,知道胜券在握,就又把自己的攻势推向了纵深,只听他咄咄逼人地发动了更加猛烈的心理战:"嗨!说你不懂就不懂!好好学着点儿!别这么整天价打流流!三十岁了吧,还不快快寻个女人！安个家！喂，再问你，这个'安'字有个甚说法？"

宗武子最不能听别人劝他成家的事，一听就烦，而眼前这一位偏偏是个长辈，烦又烦不得。他哪有心思跟你琢磨这该死的"安"字有个甚说法呀！只得按下性子嘟囔一声。"玉叔，您别再考我了，再考（烤）就要糊了！"

田种玉简直有点飘飘然了，他摸摸并不长的胡子，很满意自己这一下击中了对方的要害，能叫这家伙服帖一阵了，也便见好就收，转变话题，解释起"安"字的含义来："安，是一个宝盖头，下面一个女字，宝盖头，是房子的意思，房子里头，屋顶下面，有了个女人，这男人就安分了！仓颉造字，一笔一画都是有讲究的！圣人嘛！"他说到这儿，把眼睛盯住我，"你是读过书的，你说对不对？"

老汉一番高谈阔论，收到了语惊四座的神效。富农分子田满堂是文盲，当然只有五体投地的分儿。由于四处流窜而颇为见多识广的坏分子田土改，他今天也是头一次听人说起，这一个一个的方块字里面居然包藏了如此深奥奇妙而又如此简单明了的学问！至于宗武子本人，早已是既无招架之功，更无还手之力了，只是圪蹴在一旁，不住地咬着草棍儿，咬碎了吐掉，吐掉再咬。剩下一个我——此刻承蒙这位非同凡响的老饲养员看得入眼的读书人——也不免有些惊讶了。神态自若的田种玉对自己杜撰的《说文解字》是多么有信心啊！我觉得，这话虽然未曾见之于许慎的原著，倒也不失为一家之言，姑且算是一种民间版本吧，便笑了笑，表示了欣赏。

田种玉在第一回合中大获全胜，因而动弹得更欢了。深秋天气，竟热得（准确地说，是兴奋得）脱掉了紧身棉袄，把汗褂子的袖管捋得齐了肩膀，大干起来。于是我十分吃惊地发现，年逾花甲的老汉身体素质出奇地好，随着他敛粪、装车的动作，胳膊上的疙瘩肉，活像一窝栗壳色的小兔子，圪拱圪拱的，令人羡慕极了！而且我也注意到了老汉相貌堂堂，目光炯炯，高高的身板拦腰紧扎着一条宽宽的青布带，越发衬出了有如松柏的挺拔。我暗暗寻思，这老汉年轻时候想必是一表人才。

悻悻然的宗武子时不时投过来不满的眼神。我能猜到,他准是认为这位玉叔太傻,舌战赢了,兴头就兴头好了,何苦和五类分子们混在一垯里玩儿命!

稍停,老汉仿佛为了安慰他的本家侄儿,和解地表示了自己的关切:"听你叔一句掏心的话,早一天安家,早一天抱小子,说话就老了,那时候也有个靠呀!"

宗武子忽然活跃起来,又恢复了原先的那副挑战者的姿态,他抢白老汉:"俺玉叔倒是早早地完了婚,可临了儿寻了个倒踏门女婿子来帮你传宗接代!"

倒踏门女婿!这是田种玉老汉的一块心病,他就怕别人揭这个短,仿佛他这一辈子没有养下个儿子,是做了一件十分丢人的事儿。不过,此刻他并不怯阵,而是半恼怒半感伤地替自己的"过失"辩护起来。

话多半也是说给我这个新来者听的。

"那怨谁?怨你叔吗?怨你婶子吗?那不正该怨你们在批判会上常说的那个黑暗旧社会吗?我要不是被逼无奈,远走他乡,何愁你婶子不给我养他十个八个的!你叔周身上下,甚零件不管用呢!"

突然,宗武子爆发了一阵狂笑,他尖起嗓门叫道:"零件!零件!哈哈哈哈,哈哈哈……玉叔,我可见过你的零件!"说着,他做了一个猥亵的手势,"好零件呀,管用!管用!哈哈哈哈……"宗武子双手不断地抹着眼泪,简直要笑得噎气了。

田满堂和田土改都比我"内行",他们只不过怔了一小会儿,立刻一切了然,便也停下活路,拄着锹把,笑了个前仰后合。

老汉也终于明白过来了,似乎有点狼狈,便假装发火似的吼道:"好你个没调教的野毛驴!看我不捶扁你!没大没小的说毬甚哩!"他扬起铁锹,顺手将满满一锹粪土,向宗武子没头盖脑地泼去。

宗武子跳了起来,转身就逃,可还是怀着一种报复成功的快意一个劲儿地笑着,并不真的害怕。

直到这时,我才醒悟过来,刚才宗武子是说了一句"黑话",这句"黑话"是由放荡的拖拉机手们传授给本地农民,而广泛流行开来的。而且,随着我在碾庄待的年月渐久,我越来越感到,大概是缺少健康的文化精神生活,农民们,特别是年老的和年轻的光棍们,都爱说一些粗野的甚至下流的笑话,好像只有这样,才能得到某种满足。

接着,一天夜里,又让我和地主分子田万顷加班铡草,牲口吃得快供不上了。铡草,是一种拼耐力的活计,通常是由两个人搭配,一个入草,一个掌刀,这搭配是否得当,有很大的关系,配合默契的一对,其效率往往比不协调约高出几倍。掌刀也是大有讲究的,第一条是提刀,再一条是下刀,还有一条是回刀,也就是说,把草铡过以后,再略略往上一扶,重新按进槽子里,将那些漏掉的或者比较粗韧的铡断。然而,关键正在这个"略略"二字上,必须"回"得恰到好处,既不能太高,太高了费力,也不能太低,太低了无用。每铡了一阵工夫,还必须把刀卸下来,翻转刀槽,叩打干净,免得里面积满沙土甚至石头子儿,碰卷了刀刃。会铡的好手,只是悠悠地使劲儿,始终保持住一种内在的节律,并不耽误想心事或者聊天,当然,绝对不能吸烟。

我们两个和田种玉老汉打过招呼,便在堆草的下房里寻了个背风的角落,抱来几捆草就地坐下,很快动手干起来。空气是沉闷的。我和田万顷根本无话可说,我打心里厌恶这个老是雾巴着一对老鼠眼,似乎总在窥伺着世界的前任老财,我觉得把我和他弄在一起,实在是对我的莫大污辱。他是什么人?过去满村子都忌恨他,现在满村子都嫌弃他。何况,他又老丢盹,仿佛上辈子欠了多少瞌睡债,不是停下不入草了,就是入得不是时候,唉,跟这个鬼地主结对,真是活受罪!

田种玉老汉来来回回忙着照料牲口,但也冷眼观察着一切。突然,他大步流星地走了过来,毫不客气地踹了田万顷一脚,厉声喝道:"起转!睡醒了再给我动弹!"他见田万顷懵懵懂懂地傻望住自己,还装出一副谄媚的笑容,火气更大了。"听见了没有？别装孙子啦,滚一边去！"说着,便动手拽住那把干瘦干瘦的老骨头,像拎一只死狗似的,把田万顷一家伙推进了干草堆,跌了个四脚朝天。那田万顷皮厚,就势躺倒,真的合上了眼皮子。

田种玉坐下来,扒拉扒拉跟前的玉茭秆,就动弹起来了。他入草入得又快又匀,他的手特别大,一只手就掐了个牢,这时候,另一只手便不停地在地上前后左右地掏挖,经过他的一番清理,铡刀旁边再也不是乱糟糟的了。我一方面由于不再窝工、憋气而感到兴奋,一方面又开始觉得吃力——这个老汉可不好对付！要是我跟不上趟,他大概也该骂我了。然而,不,他一直没有骂我,倒是换了一种口气,调侃着说:"操心刀！铡着了他,上级只说你们狗咬狗。铡着了我呢？可就是阶——级——报——复,帽子大着哩！"说罢,又诡谲地一笑。他可能对自己这种莫测高深的,可以这样解释,也可以那样解释的语言艺术的效果十分满意。

田万顷果然打开了呼噜,他的呼噜是那种带钩的尖声尖气的呼噜,听了叫人难受,也破坏了由马的响鼻和牛的反刍交织起来的饲养院的天籁。田种玉老汉时不时皱起眉毛瞟上田万顷一眼,田万顷缩成了一团,显得更加猥琐了。

田种玉终于命令我停刀。他自己回屋去看了一下马蹄表,出来便跑去踢田万顷的屁股,说:"都下一点了,你享福也享够了！"田万顷一骨碌坐起,立刻又堆起那谄媚的笑容,圪挤着老鼠眼,同时不忘记拍打头上、身上的草叶。

田种玉老汉并不走开,他从贮青扯到干草,又从干草扯到一种什么迷魂草,他谈起了他亲身经历过的一段故事,说得很随便,完全像是偶然想到的。

他说:"算下来怕有七八个年头了,可合上眼就跟夜黑儿一样。记得是队长叫我牵上牲口去车站接应'四清'工作队的马政委——马政委爱骑马。他有紧急文件要传达,坐的是省里开过来的末班车,到这儿站口正当下半夜。下半夜还骑马,可不是闹着玩儿的！虽说马政委'扎根'就扎在我家,跟我也混得不错,我还是格外小心,挑了一匹最瘆实的大雪青——就是它！如今也老啰——因为通知下得晚,我都睡下了又叫起来……紧赶慢赶,忽然听见远处火车叫,我急急慌慌抄了一条近路,插进车站,影影绰绰都能看清那几盏电灯了,日怪!就是走不到!咋也走不到!我和大雪青像是在兜圈子,转了半天,又转回了原处!我又急又吓,出了一身冷汗,好不容易才冲出了一大片一人高的硬刷刷的草棵子,挣扎着扑到了车站,一看,天都亮了,哪儿有马政委!我只得牵上牲口回村,结实吃了一顿熊!干部们、贫协委员们哪儿知道,我田种玉是踩着了迷魂草哩!我说,他们非但不信,还骂我搞迷信……"

歇了一口气,老汉又感慨起来:"后来我也想机敏了,人生在世,谁都难免踩着迷魂草哩!踩着了不要怕,怕也没用,心上不糊涂就行了,总有走出来的时候……"他说到最后几句的时候,两只眼牢牢地盯住我,一刻也不移开。

我却高兴不起来,心想,我可不是叫什么迷魂草缠住了脚后跟,我的魂从来没有丢过,就装在这具皮囊里好好的!你根本不了解我,你不过是听了报纸和广播里的宣传,把我看作青面獠牙罢了!当时,说实在的,我真想发作,至少要让老汉明白,并不是所有的右派都是坏蛋。不过,我终于不敢这么放肆,强制自己平静下来了。转念一想,这老汉的启发、诱导和规劝确也是出自一片好心,试把他的关于迷魂草的闲聊和那种所谓"脱胎换骨,洗心革面,立功赎罪,重新做人"之类的毫无感情的老一套说教作一番比较,我也就变得超脱一点了,不由得不对这位山村老农敬佩三分了,嗨,这才是真正的政治思想工作哩,简直做到家了!

第二天又是加班,不过,和我配对的伙计却变成了田土改。这很好,他年轻,有的是力气,可以和我交替着掌刀,我为这个新的人选感到欣慰。尽管他"横",我不招不惹他,他能把我怎么的!

田种玉老汉对土改子也表示欢迎。他直截了当地说:"来啦,今儿能多出活儿了。"又说,"我最不待见那老鼠精转世的东西了!"这显然是指的田万顷。我估摸,是饲养员去向队长反映过,才重新调整的。

这一夜我和土改子合作得的确不赖。种玉老汉的心绪也相当愉快,他和我们告诉了半夜,谈到了许多户家的杂七杂八的琐事,不知怎么话题一转,扯起了夜游神,他赌咒发誓地说,他亲眼见过夜游神。

"哎呀!我的妈呀!怕煞人了,一只光脚丫子(夜游神,居然不穿朝靴,光脚丫子!纯粹庄户人的童话!),就把咱的场面全填满了……顺着脚后跟往上看,更怕人!毛茸茸的大腿一直插进半天云里,谁知道另一只脚摆在了甚地势?"

他说得那么激动,言语都颠三倒四了,但也正是这股颠三倒四的狂乱劲儿,才把气氛渲染得那么逼真,那么紧张,那么有味儿!

"那天黑间我肚儿痛。你们知道,茅厕在场边上,隔着一堵墙,我急了,捂住肚儿就跑,心想,不碍,一开后门就到了,屙不到裤儿里!可我刚一拨开门闩,你们知道我见了甚啦?一只黑脚板子!咻来来大!这一惊,我肚儿也不疼了,屎也吓转去了,哎呀……咻来来大的脚板子,不是夜游神是谁哩?"

"你不怕?"土改子插嘴问道。

"怕呀!起先是真怕呀!可想想……也就不怕了,生平没做亏心事,有甚怕的哩!"

"夜游神可看见你了?"土改子有滋有味地打听。

"谁知道!他……怕当我不抵只屎壳郎吧?看我做甚!"

"你也不问询问询?"这时候的田土改,瞪大了圆圆的眼睛,那股子横劲儿连影儿也没有了,剩下的是满脸的稚气,嗨,原来他是个大娃娃哩!

我自己也听入了神。

田种玉认真地回答道:"问询?谁敢呀?你敢?人家是天神嘛,好容易!我连他的身板、脸画都没看清,只是圪蹴在一边,大气也不敢出一口,怕只怕呵痒了他老人家的脚板子,一挪窝不就把我给踩扁了!"

田土改依旧不满足,继续刨根问底:"夜游神来咱们村做甚哩?"

"又不是光到咱们碾庄,夜游神他哪儿都去!哪儿都管!人家原本是奉了玉皇大帝的圣旨,黑夜出巡,查访人间善恶。有的,他就地操办了,传达最高指示不过夜嘛,抓而不紧,等于不抓嘛!有的,他还必须第二天向玉皇大帝早请示、晚汇报,天上也讲个加强纪律性哩……"田种玉老汉一板一眼地解释着,严肃而又生动地将"文化大革命"的语言用来描述这荒诞不经的"莫须有",实在引人发噱。

我和土改子终于都憋不住哈哈大笑起来,老汉本人也笑了,稍停,他却又发布申明:"莫笑!是真的哩,你们当我瞎编?!"

这时,我起了一个念头,如果每天黑夜都能上这儿来听饲养员呜哒摆古,谈天说地,那该多有意思!

不知不觉干到了下两点,加班的时间够了,草的确铡得比昨天多,大家都很满意。临离开饲养院,田种玉老汉提着马灯相跟了一程,他告诉我们,他打算闭住门,便上炕眯瞪一小会儿,再起来喂二遍草。等我们跨出门槛,他一面在门角落解溲,一面打趣:"喂,你们两个该不怕夜游神吧?"

"毬!"田土改用这种粗鲁的方式炫耀着自己的胆量。

"万一遇上了,你们就告他说:我们是从你同行那儿铡完草回家睡觉呐!大声点,要不他听不机敏!哈哈哈哈……"说罢,便插上了大门,只听隔着墙老汉还在自言自语,"咱田种玉也是个夜游神哩!"

我不禁在黑暗中笑出声来:好你个种玉老汉!这会儿,完全不像昨天黑夜那副模范政治指导员的架势啦,你,到底还是当初我在井台上看见过的那个老汉!

从此,我真的开始盼望去饲养院干活,可惜,这样的机会毕竟不是很多,大田上有的是营生啦,春种、夏锄、秋收、冬藏,永远没个完……

当我落户碾庄快满一周年的时候,也就是说,到了第二年的夏末,又捞着了去种玉老汉身边动弹的好差使——那一年,上头号召"大打沤肥积肥的人民战争"。碾庄穷,办不起沼气池,而跟外边的工厂、矿山又拉不上关系,没有淘粪的门路,队里的几个干部商量来商量去,只不过拿出来一个破主意:全体整、半劳力统统去割蒿子,人均三百斤,超过这个标准的,除了记工,另外奖给谷糠和秋后多分一点蔓青(做腌菜的主要作物)。重赏之下,必有勇夫,于是,蒿子堆得像小山一般高了。半干半湿的蒿子,气味最好闻了,不但有一股子清香,而且掺杂着酸甜酸甜的水果味素。根据命令,必须对它们全部加工——一铡两圪截,这就又轮到我上阵了,可要干一些日子哩。

美中不足的是,又让地主分子田万顷来当我的下手。他还是那副尊容,见了我们几个,阴阳怪气;见了干部和贫下中农,则打躬作揖。

这是一个闷热的晌午,人们都回家歇晌去了,一丝丝风也没有,太阳热辣辣的,虽然不直接晒着,可照样一身一身地出汗。知了又躲在什么树荫凉里唱它祖祖辈辈传下来的老调子,叫人厌烦。

忽然,队长田宗文闯进来了,他神色匆忙,仿佛寻谁,可又不像,只是在老汉的屋子外边圪绕了一圈,掉头就走。我截住他说:"队长,还是铡短一些好,长了就怕沤不烂呢。"

"叫你咋,你就咋!"不知为了什么缘故,宗文子没有好气,我好心好意碰了一鼻子灰。

地主田万顷幸灾乐祸地笑了笑,咕噜道:"算啦算啦,百事忍为先,咱们这号人,甚也得忍哩!忍,不就是心上架着一把刀吗?"

我没有理他。

但他还在叨叨:"站人屋檐下,咋就不低头!"

我火了,骂了一句:"闭上你的臭嘴!"大概我的神色很吓人,田万顷不响了。

我俩就这样闷着头干活,谁也不言声。

也不知道干了多久,门外传来了一通小跑的杂乱的脚步声和叽叽喳喳的嬉笑声。饲养院的大门哗啦一下子给推开了,一群小男孩推推搡搡地拥了进来,小的不过七八岁,大的也只有十一二。其中,一个拖着鼻涕的小家伙一吸鼻子,大声朝我们宣布:"我们是来检查'忠不忠,看行动'的!"他后边一个年纪稍大的,大概是个小头儿吧,立刻上前推了那鼻涕娃儿一把,又翻了我们两个一眼:"戴要跟他们说毬这哩!"

我想起来了,前些日子,风闻又下来了一个几号通令,叫挨家挨户地检查,看门上、窗户上有没有贴"忠"字,墙上有没有请(用的正是这个"请"字,也不怕叫人联想起旧社会农村请神的把戏)宝像,屋子里有没有设立宝书台,风一阵,火一阵,闹得有声有色。担任这次大检查的主力军是设在磨庄的完小,今天来这儿的全是碾庄本村在那儿上学的娃娃们,既然小学校膺此重任,它本身自当做出表率来。于是,人们纷纷传说,奶奶庙(完小的校舍是奶奶庙改的)内的那块神道碑被放倒了,学校雇下人用錾刀把上面密密麻麻的碑文全部凿掉,然后又刻了一个比面箩还大的"忠"字,再重新让那只不会说话的大乌龟把它驮起来。绝大多数的村民对于此等革命行动,默不作声,抱定了咋干咋行,反正与我无关的态度;少数几个守旧的老者则在背地里叹息,担心坏了风水。我听了只是暗暗称奇,猜想我们的后人会编一本什么样的《笑林广记》续篇,来嘲笑我们!

"窗户上有'忠'字哩!"一个小娃儿得意地嚷了起来,他认出了那个忠字。

"门上也有哩!"那边在呼应着。

他们动手推田种玉老汉的房门了,显然,检查团还要进一步查看宝像和宝书台。一阵金属的撞击声,说明老汉已经按照自己的老规程,从里边挂住了铁钩链。老汉每天中午都要睡一会儿,因为他睡得很沉,一小会儿也挺管用。

这时,一个机灵的小东西,想出了好办法,他双手攀住窗棂格子,双脚蹬住墙皮子,吐出小小的红红的舌尖,舔破了麻纸,然后向里面圪眊起来。这一眊,大概是有了惊人的发现,只听他一声尖叫:

"快看!"

"甚哩?"下边的小伙伴们兴奋起来。

"毛鸡鸡!"

"甚哩甚哩？嘻嘻！还跳呢！一蹶一蹶的！"

于是，所有的娃娃一拥而上，都想亲眼看一看这千载难逢的怪物，立刻，你推我，我拽你，乱糟糟地凑了上去，无数个小舌头纷纷伸将出来，一霎时，麻纸就变成了麻子，连"忠"字也掉在地上，踩得稀巴烂了。

我听了这一段对话，马上明白过来，田种玉老汉准是光着身子仰面八叉地躺在炕上，可叫这帮"忠不忠，看行动"检查团的大员们看了西洋景！

天哪，这该怎么办？谁知道这些天不怕、地不怕的小造反派们还会说出些什么样的"百无禁忌"的"童言"来呢！

我决定干预。

田万顷却惊恐地低声警告我："你！你！惹不得，惹不得呀！"

我还是向小学生们走了过去。"你们玉爷爷一天落不下个囫囵觉，走吧走吧，让他睡一会儿吧！"完全是和颜悦色的劝导。

不料，那为首的男孩儿，冲我来了一句："从甚的裤裆里掏了个你出来？"岂有此理！简直是谩骂了！我一时冲动，便上前捉住了他质问："你骂谁？"

"骂你！骂右派！"这小男孩儿挺有觉悟。

仿佛有谁一声令下似的，这一群小东西忽然齐声高唱起来：

　　社会主义好！社会主义好！
　　社会主义江山人民保！
　　人民江山坐得牢，
　　右派分子想造反也反不了！……

他们手拉手围成一圈，把我困在当中，又唱又蹦，又笑又闹，万分快乐。我呢，毫无办法，眼巴巴望着这堵嬉皮涎脸的变幻不定的天真可爱的活的人墙，哭笑不得。

右派分子想造反也反不了……

谁能把我解救出来呀？我简直绝望了。

田种玉终于被这骇人的喧哗吵醒，只听得哗啦一声，他拉开房门，手里抄着个扫帚疙瘩冲了出来，嘴里还一边吼叫："反了你们啦！齐给我滚！……"然而，他却不曾把话说完又赶紧咽了回去。他发觉自己不仅光着脚，而且光着腚，只在肚脐眼儿上扇着一小片"腰腰"！（本地人管肚脐眼儿叫肚末脐，也许是出于对人类母亲的永恒感恩吧，他们认为，肚末脐是整个人体上最神圣的部位，必须妥加保护，因此，一年四季都系着个"腰腰"，或者叫作"腥子"。这种"腰腰"又讲究用红布缝制，最好是那种用来做被窝面子的印有大朵牡丹花的红布。）他惊慌失措地看了自己一眼，便呼地一声蹿回房去，三把两下蹬上一条长裤儿，趿拉上一双布鞋，再次出来轰赶。可是，这时娃娃们早已在哄笑和怪叫声中跑得无影无踪了。

老汉还不解气，他对着院墙，威胁地挥舞着扫帚疙瘩，气哼哼地叫道："甚的右派左派！庄户人只讲个正派！正派！猴儿们！正派！"

不久，我又认识了他的老伴，从而使我加深了对这位饲养员的理解。

那是一个下大雨的日子，雨已经下了好几天，一切农活都暂停了。自从女儿回南方进初中去了以后，我的生活本来就很寂寞，特别是如今耳朵里灌满了这单调的雨声，就越发感到百无聊赖了。我翻出那几本已经读过无数遍的旧书来，一本一本重头读起，我记得很清楚，当时我正捧着契诃夫，我一面津津有味地读着，一面胡思乱想：这个戴夹鼻眼镜的俄国老头儿目光多么深邃啊，他的笔简直是解剖刀呢，写了那么多的人物，竟没有一个是重样的！他到底掌握了什么诀窍？想来想去，得不出结论。不过，我模模糊糊感觉到，这和他的医生职业似乎有点关系。我曾经这么猜测过，世上大概唯有医生、律师和神父最适宜于造就伟大的作家了，因为，他们所接触的人们，都不得不痛痛快快地或者忸忸怩怩地向他们公开肉体的秘密和心灵的秘密。然而，神父热衷于他的天国的职业，律师一般又过于"入世"，于是，剩下医生交了好运……

正当我想到这儿,窑门吱呀一响,我的老伙计田生金进来了,脚上仍旧拖着他那双起码有五斤重的老山鞋。他并不招呼我,却去招呼门外的一个什么人:"进来进来,叫雨淋着了更要病了!"

进来的是一位老太太,哦,是她!每次我收工回家,路过东巷的时候,都准能遇见这位小脚老太太!记得她总是倚门站着,总是在盼望一个什么人归来,总是拾掇得干干净净,头上缠的也总是一条永远旧不了的花格子毛巾,几绺露在外边的头发也总是细心梳拢过,并且总是像蘸了一点什么发亮的东西。给我印象最深的是,她总是以那种近乎北路梆子戏台上青衣演员的兰花式手势时不时把它捋上一下,姿态也特别的优雅,丝毫也不令人感到做作。虽说老太太的年纪已在五十开外了,却保留着娉娉婷婷的少女风姿。如果细细端详她的纤纤十指和仅有一握的腰肢,细细端详她的依然周正的眉眼和脸庞,不难断言,她的青春时代是一枝袭人的花菁葖!

"老刘,你知道她是谁?我的老嫂子!种玉家的!"

我其实猜到了八九分了。

"她让你号脉来了,你就给我小婶子看看吧。"

怎么回事?一会儿老嫂子,一会儿又小婶子,你田生金和田种玉是什么关系?似乎他们俩有意配合起来糊弄我,这位老太太也是颠三倒四的:叫一声大伯子,又叫一声小叔子,怪!就是怪!

日后,有一回正好生金子和种玉子两个凑在一起,我想起了这笔糊涂账,还盘问过他们:"你俩究竟谁大?"

不料,两人齐声答道:"当然我大!"

太滑稽了!我又问:"谁出世在先?"

他们却各说各的歪理。一个答道:"这还用问?金玉金玉,金在先,玉在后嘛。"另一个答道:"我种玉,他生金,先种后收哩。"这老哥儿俩嘻嘻哈哈地争执起来,半天才达成一致协议:双方的父母都已过世,无从查问。各人娶媳妇时写的帖子又早弄丢了,各人也记不得自己的年庚八字了——管毬它!咋叫都行！我被他们逗乐了，真是"哥俩好"！

上边说的是一段小插曲，但是可以作为一个旁证，说明这一对老兄弟彼此之间是亲热的、融洽的。

种玉家的向我仔细诉说了长年头脑疼的病史。原来，她很会说话："一阵阵脑门子痛，一阵阵太阳穴嘣嘣乱跳，一阵阵后脑勺又痛了，脖颈窝都发直发直的……痛得我呀，甚也不戴要动弹，一些些也不戴要动弹！"她加重了语气，目的在于强调因此而没有操持好家务，对老汉深感歉疚。其实，我根本不相信她的多余的检讨，她不可能不把个家料理得井井有条的，看她这一身农村少有的清爽齐楚吧！我猜，这大概是一种老年人的爱情吧。

在叙述病史的时候，她捎捎带带地讲到了种玉子的若干往事。他怎么被阎锡山抓去当了三年的马夫，怎么在行军路上偷偷跑了回来，怎么又叫里正（旧社会山西不叫保甲长，叫村正里正）发现了，只得连夜逃走，又怎么只身去到娘子关外的井陉，下窑当了煤黑子，一蹲就是十五年……难活哩，他难得回来一趟，回来也是黑天半夜地叫门，怕人撞见了哇。"你说，这是犯了甚的法呀，好端端一个人，倒像贼娃子一样！"老太太掉下了伤心的泪水。

他俩只养了一个闺女，全凭种玉家的一把野菜一盅糊糊拉扯大，身子骨也像娘，十分单薄。直到解放前夕田种玉才回到了她身边，后来虽然矿上几次捎信来叫，她说甚也不让男人再走了。

妇科我不摸门，因此，对于她的病，只能作一点常识性的判断，早年思虑过度，兼之产后受风，另外，还有轻度的青光眼。我决定先下药治一治表，哪怕稍稍觉得头皮上松动一点也行。

虽然我对田生金的多事不无埋怨，但也似乎又一次尝到了契诃夫的乐趣，便不由得暂时请这位外国大作家让位，潜心攻读起傅山的《女科》来。

她约我第二天去她家坐坐："不怕！这雨一半天止不住！我老汉也常说起你的为人……"果然，雨还是下个不停，社员们都在家歇着，我便依约去了。

虽然下着雨，院子里却不见泥。一座小小的照壁挡住了上房，照壁后边是一蓬山玫瑰,而且是剪过枝的,雨水把浓香逼在花芯里,散不出去,我经过那儿正赶上吸一口气,哎呀,险些把我醉倒了。

我大声招呼着,她应声跳下炕奔出门来,把我引到屋檐下,对我介绍了住家的格局:"我和老汉住正房,西屋住着妮子一家三口。闺女、小子(她这么称呼那位上门女婿)上磨庄听瞎子们说书去了,小孙孙(实际上是外孙)撂在家里我看着。"

我注意到她额上还虚架着一副老式的铜框老花镜,手上戴着顶针,炕上有剪子、锥子、麻线、一双没有纳好的鞋底,她正在做针线活儿。

"你看,我娃可怜的!没奶,甚好的也吃不上,连块米糕糕也买不起。"我明白,她说的米糕糕就是代乳粉。我拉开褓褓的一角,看了看这个在灶台边上躺着的小生命,的确,又瘦又弱,小小的面孔上青筋累累,眼神呆滞,我不过用手指轻轻碰了一下脸蛋,他倒哭开了。种玉家的赶紧将他搂在怀里,摇着哄着:"我娃不怕!这是先生哩!治病的先生!"忽然,她老练地耸耸鼻子,伸手探进去摸了一下,"哎呀,又尿了!错怪了先生了,不是叫先生吓着了,是叫尿着了哩!"说着,就解开抱裙,换起尿片子来。"自打有了他呀,我更忙活了,光这尿片子一天就不知道要洗多少!我老汉数落我:有了孙孙不要命了。我就说他:换了你,怕比我还要洗得勤哩!……老刘,你没见过,那老东西咋心疼他来!真个是,要月亮就不会错摘了星星回来!"说到这儿,她情不自禁地又向我夸起老汉来,"你别看老汉人高马大的,心可最软了,就待见娃儿们,谁家的娃儿他都喜欢!"她又把话头一转,谈起老汉对她的感情来了,"不怕你笑话,老汉待我一百个好哩!他知道我怕冷,见天上灯时分,总要回来给我暖暖盖的(被窝)……老刘,你说日怪也不,俺老汉这么大年岁了,身子还像一盆炭火,挨着他就热烘烘的……"我想起了村人们私下传说的关于田种玉每天黑夜都要回去搂婆娘的笑话,敢情这是真的了!种玉家的大概也猜见我听到什么了,脸孔微微发红,可是她照旧直言不讳:"老汉和我结发一场,误了少年夫妻的好时光,老了也该恩爱恩爱,你说是也不是?"好!这两口子倒秉性合拍,一般般的坦率。于是我也脱口应道:"当然该的!你为他吃了多少苦啊!"对方听了,很是高兴,又接着扯下去:"这话不假!当的是守了半辈子活寡!真的,我又不求他为我做甚,要置办点,也齐是花在小的们名下,落不到我身上。虽说老汉事事都依着我,可我也不是那号蛮不讲理的妇道,俺图的是这个家好,个人都老了,还图个甚哩?"就这样,种玉家的坡上一句、沟里一句地说了许久,她是多么爱她老汉啊!我被这种没有任何附加条件的纯粹田园式的爱情深深打动了。我不由得设想,这位老妇的话语当使城里革命的朱丽叶们愧煞!她们美丽的眼睛只认得党票和钞票,房子和车子,谁手里握有这些,谁就是理想的罗密欧!难道她们理解,什么是真正的爱情吗?

我把方子留下,嘱咐了几句有关保养的话,便告辞了,但是心里却一直热乎乎的。我觉得,我的心和田种玉的心又靠拢了一大步。

兴许种玉老汉也有同感吧,他越来越对我另眼相看了。他无拘无束,毫不忌讳同被监管的对象公开往来,这种好汉作风也令人感佩。有时候,天已大黑,鸡不叫,狗不咬,四下静悄悄的,他还会在井台上扯开嗓子大叫一声:"老刘!先不忙睡下,我眊你来啦!"这时间,我一般并不曾睡,多半是披着衣服坐在被窝里读书。田种玉的脚步和田生金正好相反,那个是听不见,这个却是咚咚咚地震得地皮子乱颤。当他推门而入时,手里总免不了拖着一盘半干不湿的井绳。这已经是多半年的老规程了——自从村儿上旧井绳失窃之后,队长便给种玉老汉添了一宗差使,天不明安上,天断黑便收起,不得怠慢。老汉没有二话地照办了。

有一天夜里,他照例大喊一声走进窑来。

"又打断你攻书呀,你不嫌弃?"

我把书合上,塞进枕头下面,作为回答。

"实说吧,我是怕你妮子走后,一个人孤闷哩,咱们喷上一阵,一刻刻我就走。"他还是老脾气,咋想咋说。

我让他上炕,他把井绳和鞋同时摔在了地上。"现如今的东西!你看看!

才多大工夫就糟成这了!"他说的是新井绳,"每天叫得好听!抓革命!促生产!促甚哩!"

"听说,还值八块多呢。"我附和了一句,只谈井绳,不谈政治。

"抢钱吧!不能牵马,不能拴牛,用它上吊也不中!"田种玉哈哈一笑,又解嘲地说,"哪吃得住咱这一百七十斤!"

他的兴致和往常一样,很好,没有任何预兆显示,那一夜是老汉的人生转折点。当然,这些全是后话。

没过几天,治保委员通知我们几个五类分子,去水库上出半个月的义务工,规定第二天就得到工地报到。我和田满堂、田土改都去了,田万顷告了病假,日后再补。

临动身前的晚上,我专门去饲养院和种玉老汉话别。怕有上十天没和他见过面了吧,怪想念的。

我一连叫了几声,不见人应,可饲养院的门是虚掩着的,他住的偏房门也是虚掩着的,屋子里黑灯瞎火,听动静又似乎有人。莫非睡着了?我正在二心不定,进呢还是走呢,他开口了:"是老刘吧?不要走,这就给你点灯……"啊,他在!但是,我闻到了一股刺鼻的劣质酒气,借着亮光一看,果然,老汉独自家喝闷酒哩!喝的正是那种七角四分钱一瓶的薯白干,最次的酒。一只粗瓷盅子,几个烧煳了的拉蔓子青土豆,摆在小炕桌上。

"陪我喝一盅!不喝?……那也好,不强勉你!"他的邀请遭到了谢绝,便失望地咕噜着,仍旧自斟自饮。

"你……怎么喝开了这个!"我了解,老汉素来与杜康无缘,不免大吃一惊。

"嗯,喝喝无妨……心上麻烦……嗯……难活哩……"他又做了个手势,示意叫我坐下。

我告诉了他明天上水库动弹的事儿。

他却似听非听的,不停地呷着他的酒,时不时抓起一两颗青土豆蛋儿丢进嘴里，使劲地磨起牙来，那动作也是机械式的，突然，泪珠儿溢出了他的眼眶，落进了酒盅里，夜静，居然听得见扑地响了一声。他慌忙用手背去抹，可是已经来不及了。

这种景象对他来说太反常，是我从来也不曾见过的，我茫然而又愕然了，便伸手夺下他的酒盅，拿开他的酒瓶，捉住他的肩膀猛摇："老哥！你倒是怎么啦？说话呀！什么事叫你这么犯难？我能帮你不？"

他轻轻地然而坚决地用蓖麻叶似的大而多毛的手把我推开，又轻轻地然而坚决地摇摇头。

我束手无策地站在他面前。

老汉以疲惫无力的声调问我："老刘，你说说，俺田种玉是好人还是坏人？"

"这还用说吗？当然是好人！大大的好人！全碾庄少有的好人！"我把这涌上心头的念头全部告诉了他。

"不！兄弟！我不是好人！我日哄了你！日哄了乡亲父老！可……可我上甚地方能洗个清白？"他又呜咽起来，同时把灯拧灭，推开小炕桌，把两只鞋一撂老远，窸窸窣窣摸上炕去。停了一会儿，他喘着气说："去吧，去吧，我要睡了。"

我在黑暗中原地默默站了许久，才离开他。

他是醒着的。他用这么一句暖心的话送我出门："去了水库上好好动弹吧，你倒是个好人！咻是大宋朝……甚年间呐？百万禁军教头豹子头林冲叫人害了，脸上还刺下金字，可就这也还是好人呀！"

他再也不吭气了。

我在噩梦中熬过了一宿。

在去水库的路上，我禁不住把这件事原原本本地对土改子和满堂子说了，满堂子听了只是叹气，没吱声，土改子沉吟了片刻，告诉了我一个重要情况："我好像风闻，老汉的孙孙不吃不喝，已经好几天了，怕不行了哩……老汉想抱孙孙想了一辈子……怎么受得了哇！"

听了这个解释，我觉得似乎有点道理，但又似乎不怎么像。我很后悔自己这一阵没有去他家坐坐，压根儿不知道他孙孙的不幸变化，以致昨天晚上不但没有安慰他，反而说了一些蠢话。

十五天转眼就过去了，我们三个又结伴回村。我们商量好，半夜上路，天明进村，这样可以腾出一整天的时间料理一下各人的私事。

然而，万万不曾想到，前面迎接我们的是一出悲剧。

刚穿过下洼的荒地，我们就感到空气异常，平日间那些剜露水草的娃娃，竟一个也遇不着。远看四外路上，也没有拾粪的。抬眼望去，碾庄的那些个扭脖子歪嘴巴的烟囱一律冷冰冰地兀立在屋顶上，往日袅袅的早炊毫无消息。今儿是怎么啦？那些担水的、抱柴的、放鸡的、倒尿盔子的人们上哪儿去了？

我们三个彼此望了一眼，犹犹豫豫地分了手，仿佛各人都在害怕什么似的。

我径直回到我的那眼破窑。哎呀，可不将了！出了人命了！那是谁？湿淋淋直挺挺地躺在一扇门板上！是种玉老汉！一个披头散发的老妇正在呼天抢地地号哭。另外一个年轻点的女子揩抹一阵死者的面部，又停下来故声哭上一阵。紧挨着不远，圪蹴着田种玉的女婿，也在啜泣。稍远一点是田生金一家，他们搀扶着生金老汉，唯恐他扑上去。生金子这时咧着一张被痛苦呕歪了的嘴，抖抖索索不停。我忽然记起了他和种玉子两个像一对顽童似的争当"老大"的场面，感到自己的心也一直沉下去了，压得脚都抬不起来了。

干部们和乡亲们三三两两地聚集在这块空地上，全村凡是走得动的人全到齐了。满堂子和土改子，也不知什么时候挤在了人群之中。

井台上还坐着几个后生，其中数哑子最招人注意。他脱得只剩下一条裤衩，连"腰腰"都扔掉了，他们正在喝酒，一把锡壶摆在哑子的大腿弯里。

辘轳架翻倒在地上，井绳也像一条死长虫似的僵卧在那儿。

我终于怯生生地挪动了身子,走近那扇门板。首先看到一双结了血痂的光脚耷拉在野草里,接着,我看见了半个月前,还接触过的蓖麻叶子般大而多毛的手掌,最后我看清了胡子拉碴的憔悴面容,两只混浊的眼睛是大睁着的,他固执地瞪着老天,哦,老哥,你是带着一个什么样的疑问离开这个世界的呢?

沉甸甸的一天过去了。

那位公社治安员来过了,县里公检法部门也被惊动了。几名办案人员进村,又是调查,又是传讯,不断有最新进展情况传遍全村——小小的农村是无密可保的。

土改子来找我,先闭住门窗,然后咬着耳根说悄悄话:"得亏你不在,要不还能便宜了你!"

我只得苦笑。不错,我住得离井最近,可是,我宁愿在家里没走,我不走,兴许老汉还不至于这么想不开吧。

土改子和我谈了许多,归结起来,田种玉老汉自寻短见的原委大致是这样:大约一个月前,他无意中对老伴说起牲口缺料的事,库里的黑豆捣挖空了,不知道干部们打算咋办?他很心焦。这时候,女儿忽然完全断了奶,小孙孙饿病了。老伴直数落他心疼骨肉还不如心疼头口,老汉让过了老伴,只说了一声:"快别说了,你不知道我心上叫猫抓挠的一样,哪样不急人哩!"过了一天,老汉又告诉老伴,宗文子竟下令每天挖三升小豆顶了黑豆,和五荬子一块儿拌在草里喂头口!不能生法子去外村先借上一点吗?用小豆喂头口!真是暴殄天物!败家子哩!他发了半天的牢骚,才哼哼着回饲养院去。也是一个说者无心,一个听者有意,他老伴像所有的北路妇女一样,是一名百分之百的虔诚的小豆拜物教徒,最迷信小豆对妇女发奶的作用了。这天黑夜,老伴假装替老汉换盖的,圪挟上一条小被子,突然摸进了老汉的偏屋,硬是把三升小豆灌进了随身带去的一个小布袋里,拿回家去了。"俺要救孙孙,你不救?!"她理直气壮地威胁着老汉,老汉不敢声张,眼巴巴地望着老伴的背影,当下就跌坐在地上。从此,他便独自家怄着闷气,又没处告诉。最厉害的打击接踵而来,三升小豆并没有产生神效,奶一直发不下来,小孙儿也终于死了。于是,老汉喝开了酒,打开了老婆,完全变了相。就这样,直到我们回村的那天绝早栽了井。一担水桶汲得满满的,扁担架在上边,脱下来的一双新布鞋也端端正正地摆在旁边……

夜里,我怎么也睡不着。所有关于这口井的思绪,又——来到了心上。

我又想起了"市井"这个词汇。的确,再也不能把它等同于车水马龙的喧闹,摩肩接踵的拥挤了。原来,人间还有另一种市井,冰块一样冻结的市井,坟墓一样死寂的市井!(在田种玉老汉弃世之后不满五年,整个世界都看见了北京人民肃立十里长街,默送总理的灵车,丙辰清明天安门前,百万群众鸦雀无声,含泪谛听诗歌朗诵的场景,这当是在最宏伟的背景下,最崇高的层次上的"市井"!当然,二者完全不能相提并论,但也足以论证,如果仅仅把市井代表繁华,那不过是十足肤浅的小市民心理。)

我又想起了中国民族的素质。我寻思,田种玉老汉作为它的一员,实在无须惭愧。他不勤劳吗?他手上、脚上、肩上,甚至膝盖上的层层老茧足以回答一切。他不智慧吗?我以为,在客观提供给他的有限范围内,他已经达到了自己的极致:圆熟、机智、宽厚、诙谐……都是耳聪目明的结晶。也许,有疑问的是勇敢,然而,他真的不勇敢吗?一般说来,自杀不应肯定,更不能妄加赞扬,可是,你不能不承认,自杀也的确需要勇气,何况是为了区区三升小豆,为了保护良心的平安而不能忍受些微的玷污!他死得很从容,他可能是经过深思熟虑的,他必须以自身的毁灭来向命运提出抗议!他没有别的选择。

生活污染了井。这口井将再也不会是清澈、甘冽的了。

我又想起了老汉艰难、寒碜然而耿直的一生。

我耳边似乎又听见了那一声叫喊:"老刘!先不忙睡下,我瓩你来啦!"睁眼一看,周遭却是空虚的黑暗。唉,我的幻觉啊,你为什么也跑来捉弄我?

我又想起了井台上辘轳的歌,那支每天最早醒、最悦耳、最熟稔的歌,这支歌永远也不会回来了。

夜,也显得更长更长了,我辗转反侧地思量着。想了许多许多,却又仿佛什么也不曾想。

什么时候天亮呢?

写于右眼失明之后,上海
1984 年 11 月 9 日—22 日

白花花

——"昨天的土地"之四

在这部系列小说的头一篇《陆沉的森林》里,开宗明义,我就介绍过我们这出戏文的舞台——碾庄一带的风土人情,如今,我再就男人们和女人们的名字问题,做一点小小的补充。读者诸君,你们对之颇有了解,或者打过照面,或者偶有耳食的人物,已经不下十几个了:生金子、计林子、宗文子、发根子、金旺子、宗武子、土改子、满堂子、万元子、种玉子……粗心的人,都不难做出归纳:哦,原来这儿男人的名字都兴带一个"子"字哩,古风泱然!真不愧燕赵故地,三晋宗邦,独得了老子、孔子、韩非子的真传!不过,且慢,也有例外,地主田万顷,就从来没有人管他尊一声万顷子,他是老财,能敬重那专吃剥削饭的坏家伙吗?能跟吸血鬼两个套近乎吗?不能!万不能!非我族类,其心必异,倒也不难理解。至于女角,迄今满共只出场了三位:一位是豪爽、麻利,颇有丈夫气概,并且亲身论证了"先有蛋,后有鸡"这一光辉真理的苦杏儿;另一位,很抱歉,我还没来得及通姓报名,只是稀里糊涂地跟上人家叫"种玉家的",这"种玉家的"呀,可纯粹是个"薄命美人儿";剩下一位,就是这个短篇小说的主人公——品行可疑的白花花了。这样看来,敢情女人们的名字没有什么规律可循了?不对,还是有的,和男人们一般般,芳名之后也添上一个"子"字得了。改弟子、招弟子,或者龙灯子、仙灯子,或者芳枝子、俏枝子,或者贵香子、天香子……当然,不能忽略了,除过带"子"字的正宗外,还有一个实力不弱的旁支,其典型名称不外乎什么莲鱼儿、银花儿和鲜桃儿之类,稍加研究,也就能恍然大悟,反正遇上鳞甲、鲜花和果品等属,尾音一概

"儿化",不得加"子"。妇女们取名花花草草的,滔滔者天下皆是,不独山西为然。不过,有一点特殊的是,早年山西河汊少,塘坝更少,鱼是不多见的,偏偏许多女性,把自己唤作"鱼",大概这也是物以稀为贵的心理作祟吧。总之,这一帮"鱼儿"们,加上花花草草们,为数相当可观,完全形成了一股足以与"××子"们相伯仲的力量。

真正的,也是唯一的异端,是白花花。尽管她不但有"花",还是并蒂两朵,但你绝不能把她唤作"白花花儿",这可是一条千万不能忘记的铁的不成文法。

从字面上看,似乎并没有什么令人瞠目的东西。关键在于,呼喊这个名字时用的那副腔调儿,的确太不一般,太耐人寻味了。回想我初次听宗文子和那位治安员嘣哒起这个女人的光景,就发觉到,那重音竟然摆置在第一个字即"白"字上,接下来又斩钉截铁地停顿半拍,然后才将头一个"花"字加以软化,最后再轻轻带出第二个"花"字。如此这般奇特的"音乐语言",实在教我惊讶而又纳闷。假如可以借用简谱加以表达的话,那么,我相信,它将会是这样:

|——i.0——7.————7——|
——白——花(儿)——花——

多么古怪的音调!如果唱的不是邪教徒,又能是什么呢?日后,我曾多次目睹,白花花在头里走,娃娃们在背后跟,成群结队过操似的,一边拍着小巴掌,一边大声鼓噪:"白·花(儿)花!白·花(儿)花!白·花(儿)花!"简直连我都要给臊死了,这样的歧视不是过于明显了吗?

可白花花本人却早已习惯,她除过偶尔停下脚来,回头剜一眼外,别余毫无反应。她的道行也真可谓修炼到家了,因此,尽管村里有人骂她"灰",我却暗地里萌生了一点同情之心,当然,也仅仅止于同情而已。

断断续续地听了不少关于她的闲言碎语。起初，我以为自己是和赵树理笔下的"三仙姑"不期而遇了，待到认真比较过后，又觉得并不准确，白花花就是白花花，第一，她不当巫婆，不跳大神，不日弄群众，不诈骗钱财、供品和红布；第二，她不搞买卖婚姻，不破坏共产党的妇女政策，何况她本人才二十七岁，根本生养不出小芹那么大的并且决心和二黑哥自由恋爱的闺女；剩下唯一一条相像的地方是，和"三仙姑"一样，白花花在自己周围，也团结了一帮子老少爷儿们，其中，绝大多数是光棍后生和光棍老汉，人多了，难免夹杂个把不大安分的想逮便宜的有老婆的男人一垯里起哄。据我一旁冷眼观察，虽说她来者不拒，有说有笑，一视同仁，但谁要真想挨接她的金身，可半点不含糊。难怪生金子和种玉子这号正派老人都不约而同地下过一模一样的断语："白花花鬼大着哩！"她是那种懂男人们的弱点，从而善于发挥优势，保卫自己已经所剩无几的名节的女子。令人佩服的是，她有本事指挥得周围的一群团团转，叫这个心甘情愿地替她干这，叫那个心甘情愿地替她做啊，等到事情办妥了，赶上她发慈悲，夸奖上一半句，对方居然就像中了王宝钏小姐的彩球似的欢天喜地。这种时候，白花花多半会在心上耻笑："这帮骚骡子，倒不难调教哩！"

白花花有一对儿外号，一个比较雅致，叫作"公共汽车"，首创这一名词的是宗武子。宗武子知道城里的公共汽车是人人可坐的，只要掏钱买票，由于它多少沾了一点文明气息，可以算作现代主义和现代派的产物。与之相对应的一个，则比较通俗化，叫作"小油糕"，它的发明权究竟应该归属于谁的名下，我始终没有考证出来。村里的老年人一般都爱使用这个诨名，其中不乏色迷迷的老不正经，说着说着总要咂吧几下那豁牙漏齿的瘪嘴唇儿，以示其滋味之香甜滑腻，入味可口。因为大部分有一把年纪的都天然地倾向于保守，所以不妨给它贴上古典主义和古典派的标签。就这样，现代主义和现代派的，古典主义和古典派的，两个外号一齐上，传来传去，竟闹得名扬遐迩，妇孺皆知了。

白花花还有一项特长,这也是"三仙姑"那阴阳怪气的念念有词所无法比拟的,她天生一副好嗓子,会唱。后来,我还果真有幸欣赏过,不假,而且是女中音,当然不会是那种经过学院的教授们精心训练出来的女中音,而是本色极为浑厚,而又充满野味儿的女中音。她唱的既不是《红卫兵战歌》"拿起笔,作刀枪……",也不是风靡一时的"抬头望见北斗星,心中想念毛泽东,想念毛泽东……",更不是样板戏《红灯记》里李铁梅的有名唱段,"我家的表叔数不清,没有大事不登门"。她唱的都是一些从山西北路到内蒙口外千古流传的"山曲儿",也就是为正人君子们所不齿的"情哥妹子"一类。宗武子是她家的常客,每每不请自到,他去的次数是如此之多,以至于耳熟能详,达到了能拿腔捏调,一字不落地当众表演的地步:

> 家住在太原府城儿东,
> 离城(那个)十里马家营,
> 奴的名字白秀英,
> 外号人叫小电灯,
> 人爱,人爱,(呀末得儿吊)
> 我也爱(那个)后生们……

"你们说说,骚情不骚情?"宗武子嬉皮涎脸地环顾他的听众。

人们哈哈大笑,欢迎他再学上一段。

宗武子却大卖其关子,连连打躬作揖:"没了,没了,真个没了,你们想听,何不上她家去叫她唱!"

"我们?可不敢!"

"不及你宗武子福大,还想听个咻!"

"老婆子知道了,要扯烂耳朵哩!"

又是一阵味素不正的浪笑声。

想不到,白花花一身二任:既起了刺激感官的作用,又起了缓解肉欲的作用。我简直感到有点忿忿不平了。可是,另一方面,我又不得不承认,那支小调儿也实在不怎么样。那么,这个白花花到底是不是坏人呢?老实说,我产生了儿童式的好奇心,巴不得得到答案。

不过,我的处境不允许我和这种女人接近,甚至,连平日多打听一下都不行,人言可畏哪!

三年以后,这个机会却送上门来了。

这一天,不下雨,也不放假,说不清是什么情由,队长头天没来派工。大早起我一连跑出去打问了几个人,都不得要领,只好在家里窝着。反正"你叫往东我绝不朝西,你叫捉狗我绝不逮鸡",这本来就是五类分子们的劳动观点和处世哲学。

突然,我的破院里飘进来一位仙女。先是大老远闻到一股子"百雀羚"的香味儿,接下去便看见了一对月白色鞋帮、鞋口滚着黑边的纤纤弓鞋,下身很是不同凡响,穿的是一条半新不旧的军用马裤(也就是坦克兵的军服),上身却着了一件紫云英似的碎花袄儿——当时,我正钻在菜窖里拾掇我的刚分到手不多一点山药蛋。所以,看人只能从脚面看到头顶。

原来是白花花!

"寻我?"我蹬住坎子蹿上地面,由于完全出乎意外而有点心慌意乱,又由于心慌意乱而闹了一身土,动作大概十分笨拙,只见她用手绢捂住小嘴儿吃吃地笑,点着头却不言语。

"做甚呢?"我学着本地话问她,一边招呼她进窑。待到再招呼她坐下,才想起来没有凳子——总不能让人家上一个单身男人的炕呀,唉!哪如就坐在当院,院子里好赖还有几块大石头。于是,我急得直挠头,转身又请她出外头告诉。

她却动了气,顺手唰唰地从柴窑里扯出两把草来,当着灶口地上盘腿儿一坐:"你!你也嫌我们名声不好!"

我没有料到,她会这样子说话,一刀子能捅出血来。

我只好在门槛上立定,用脊背顶住窑门,不叫它闭住。天地良心,这百分之百是下意识动作,不料又叫她看在了眼里。她说:"你顶住门子也不抵事,只要我喊叫一声,你就跳进黄河也洗不清!"

我是彻底认输了,便让窑门自行闭上,把个身子半坐半站地挨住炕沿歪着。

"你当我们真个吥来来灰?人们背地里铺排我们,当面还鄙诋(诽谤,侮辱,嘲弄)我们,我们知道!"

我这时才发现,她说话有一个无法解释的特点,即说自家从来不说我,而老是把单数的第一人称换成复数的第一人称。

同时,我也领教了,她的脾气还真不小,这会儿还没个完。

"我们再灰,总还不是个'分子'吧,你当我们革命群众,还觑觎你咻帽帽哩?"

这个女人!越来越不像话了!我紧张地盘算着,用什么办法能制服她,而又不至于张扬出去,连累了自家。

然而,终于我什么高招也拿不出来,倒是想得头疼。

忽然,这个鬼女子又转嗔为笑:"给你吃颗定心丸吧,莫怕!我们一不戴要爱你,二不戴要害你,我们是听人们说你是个好先生,想请你替我们号脉看病哩。"

我实在无计可施了,只好自认晦气,便瓮声瓮气地咕哝了一声:"啧啧啧,你看你这人,咋不早说!哪儿不舒坦呢?"

她却又是诡谲地一笑:"问我们哪儿不舒坦?论说嘛,哪儿都舒坦,又哪儿都不舒坦!先不忙说咻了吧,我们明人不做暗事,实实地告给你吧,我们已经寻下主儿,我们想跟他掐(养)个娃娃哩,嘻嘻。"她稍稍偏了偏头,这大概是表示了一点娇羞的意思。她这一娇羞不要紧,无意间却让我看见了她粉白粉白蚕儿蚁的一段脊背。脊背是丰腴的,从后脖颈窝中间开始,隐隐约约有一道略带暗色的凹槽,这么一来,更像一条蚕儿了,怪招人怜爱的,怨不得这许多后生家,成天思思谋谋想她。

既然是为了这个,我就不得不盘问白花花:"从前掐过娃娃没有?"她听了长叹一声,把脸儿埋在手里:"我们自来也省不得甚叫害娃娃(怀孩子),我们怕是有毛病哩。"说到这里,便抽抽搭搭哭了起来。

医生的责任命令我继续了解:"那你又怎么就知道自家有毛病呢?"

"老刘,你不知道哇,我们这一辈子都遭了些甚的罪!"

我有点吃惊,同时也感到可笑,太夸张了,还不满三十岁,倒胡扯起什么一辈子来了!就说造孽吧,又能造多少孽呀!岂不知,她说的竟是真心话。她讲了一个令人摩拳擦掌,又令人毛骨悚然的故事……

一九四三年开春,碾庄的木匠田发迹在揽工回村的路上,从仍旧结着暗蓝色冰凌的大渠里拾来一个不满月的妮子,这就是日后的白花花。

她哪辈子姓白?鬼知道这妮子姓甚!谁是她亲妈?谁是她亲大大?那当妈的为甚又狠心揾下这么个小肉蛋蛋?估不透。

既然田木匠把她抱回家,又吩咐自家婆娘奶大她,那她就该姓田才是,可偏偏又不。到底田木匠安的什么心?谁也说不清。田木匠性子拗,你还不知道到底撩动了他哪根毛,他倒抡开斧子,要和你拼命了,因此在碾庄可村儿没有一个人敢招惹他,好赖只好由着。解放后普查人口,合作社会计上门问讯,田发迹发了话了:"白捡来的,姓白!"于是姓白。又因为这妮子自小就眉是眉,眼是眼,水灵灵的比花儿还要袭人,便又起下个名儿:花花,意思是双料的美,美得太!

也有和田木匠要好的朋友,私下里短不了议论:"发迹子有个宝贝儿子,怕是将来认个不花钱的媳妇子吧?""说不定养大了留给自个儿用呢。""胡说!那他儿金旺子能依了?""不依又咋?还能杀了老子不成!老子捡来的,又不是儿捡来的!"这些有趣的对话虽说当年就在村子里风传过,但人们听了也就忘了。

恰恰金旺子不成器，老子的手艺不曾学到，老子的浪荡劲儿可学了个不差甚。十七、十八就爬开了墙头，只要打听得谁家新媳妇子的老汉出了门，他立马就去滚人家的热炕板。就这样越混越胆大，二十岁那年，那阵儿都是新社会了，他竟色胆包天，一头钻进了区长家，正在和人家区长头一回回娘家的亲妹子歪缠的当儿，叫区长他那口子撞见了，一吆喝，区长赶上来就朝天开了两枪。虽然金旺子差点不曾吃黑枣儿（子弹），这一惊却非同小可，从此落下了一个不能人道的毛病。

金旺子叫捉去劳改了，过了三年才放回来。

你猜，他的木匠老子想了个甚的缺德主意？竟立逼着白花花当夜与金旺子成亲，这叫"冲喜"，说是只有这样，他儿方可以重新变作男人。可怜哪，白花花才十一岁！甚也省不得哩！

第二天一大早，原来的大大田发迹，这阵儿该改口叫公公了，又厚起脸皮捉住这个变成了儿媳妇的养闺女问道："夜黑里，金旺子他跟你睡过啦？"本来就吓得昏头昏脑的妮子支支吾吾应了一声："睡了哩，大。"谁知道这一问一答又叫金旺子本人听见了，守着白花花再踏进房门，当胸就是一拳："谁跟你睡过了！骚×！"白花花弄不明白，这是咋的哩？便论了一回理："可不是睡了？你死活要跟我们共一床盖的，起先你亲我们，搂我们，后来又咬我们，掐我们，这不，现如今我们身上还青一疙瘩紫一疙瘩哩！"不待说，又招来一顿猛捶。可白花花嘴硬："我们胡说来？睡了！睡了！就是睡了嘛！"

精于此道的田发迹，立刻就明白了是怎么一回事。他感到了明显的绝望，但同时又产生隐秘的恶念。（他婆姨早已归西了）有一天，他故意喝酒过量，趁着大醉酩酊，抄起那把常常拿来威吓别个的木匠斧子，瞅准白花花上茅厕的工夫儿，硬是把她挤在墙旮旯糟践了。这一年，白花花虚岁十二。

田发迹做下这号丧天害理的事儿，还编了一段顺口溜为自己辩护："兔儿老，兔儿孬（不是不好，而是不济的意思），兔儿老了要吃窝边草。"

旧社会，这团近地面的匠人们，淫风忒盛。木匠、泥瓦匠、小铁匠，还有画炕圈子的、糊幔子支顶棚的、锯碗补缸的、安风匣的、摇着货郎鼓串村走乡的……这些人约定俗成,有一个"采百花"的说法,只要谁搞女人破了一百个的纪录,便在他们一伙当中称得起"英雄"。也不知道田发迹是不是吹牛,他对知己的密友透露过:"老子早就采过九十九朵花了,就差一朵,让她给咱凑个整数吧。"又说:"那天不是我喝醉了,还不戴要和她个小草驴干呢,又踢又咬又尥蹶子,到后来就差一点儿闭气死过去!"

打那以后,白花花就一直过着人不像人、鬼不像鬼的日子,明面上田发迹是她干大兼家公,她是田家的养闺女、儿媳妇,骨子里却是明铺夜盖的两口子!金旺子把这一切看在眼里,一跺脚跑毬了。因此上,白花花提起田发迹直是个"老叫驴""老牲口"的好骂,从不把他当作人。至于金旺子,她却十分冷静,简直像个没事儿的人一般,只不过淡淡地说一声:"他呀,光知道刮野鬼(流窜)!头天才下的太原府,二天又上了西包头!成年也不落屋,咱们算一刀两断啦!……他不认我们,我们也不认他……"

然而,白花花的苦难还远远不到尽头。一九五九年,全中国闹开了饥荒!流氓成性的田发迹又在白花花身上动开了脑筋。他为了个人能喝上酒,吃上肉,便把大食堂的事务长胡胖胖引进白花花的住房,然后反锁上门走了。

生米煮成了熟饭。

"哎呀呀,想起来还恶心煞!咿东西浑身上下长的黑毛,硬是个猪哩!……不过,凭良心,我们到底也没叫饿起!可村儿的人都肿得脚都迈不动,我们咋也不咋!饭是管饱吃哩,就是咿东西麻缠起来腻歪人!"

白花花就这样三言两语回顾了约莫二年的卖身生涯。从她的轻松随便上,我觉得有点厚颜无耻,也有点麻木不仁,人啊,人啊,你堕落起来,不是也太容易了吗!

再后来,大食堂解散了,胡胖胖也显不出甚的能耐了,田发迹便翻了脸,找了个茬子,斧子一拍,便断了黑猪的来路。"打这会儿起,我们躺倒坐起,又全由老叫驴一人摆布了。"

也是老天有眼，一日，老叫驴上山去砍树，一去再也没有回头。原来，他赶上了一场大山洪，大概是叫山洪吓得，躲进了一处野窑，叫坍下来的土坷垃压杀了。

"队长叫我们收尸，我们才不戴要管毬这哩，叫他做他的孤魂野鬼去吧。"

白花花讲到这里，不免咬牙切齿，只有这种时候，她才恢复了人的尊严，知道人是要报仇要雪恨的，仇报了，恨雪了，也就会享受到胜利的满足与喜悦。

她开始了类似小寡妇的生活。

立刻，她身边凑上来许许多多各色各样的男人。"齐把我们当了臭肉了！臭肉就臭肉吧，自家觉着香就得！"她惨然一笑，笑得我打了一个寒噤。我想，白花花的生命大概从此又揭开了新的一页。这的确是个复杂的女人，你很难把她简单地划归坏人当中，但也未必说得上高尚。她有一些突出的性格特征，比如：她倔犟，然而往往又任性；她机灵，有时候却玩世不恭。她和那些存心不良的男人们周旋着，既带着恐惧，又带着厌倦，还带着几分冒险的快乐和捉弄人的恶意，当然，她是一个有血有肉的人，一个女人，没有自家中意的老汉，日子确实是苦闷的。

我记起了那个公社治安员。"有一个镶着俩大金牙的，他也常去吧？"我话一出口，便感到冒失，后悔自己不该过问这些肮脏勾当。

白花花倒一抹眼泪，破涕为笑了："啊，你问我们的'面布袋'哇？咿是公社治安员三保子。他姓王——我们的'面布袋'嘛，他不来，我们咋活？"白花花的坦率和毫无顾忌，教我又一次陷入了那难以形容的厌恶情绪之中。这时我心中暗暗说道："王三保该不是田发迹，不是胡胖胖，也不是金旺子吧，他不可能强迫你……他，一个干部、一个党员……"

仿佛看透了我的心思，白花花又往下说开了："你可别看他面善面善的，咿可是只笑面虎！他比老叫驴还灰！老叫驴凭的是一把木匠斧子，人家可带的有盒子炮！（白花花把什么手枪都一律叫作'盒子炮'）这来来大，还裹了一块红绸绸！皮盒盒里放的铁弹弹！"

"'面布袋'头一回踢开我们的门子，我们就吓软了半圪截。我们心想，这回来了个马王爷！认命吧！"

"他二话不说，叫我们上炕……看来他是把老手……就在枕头边上，人家还吓唬我们，叫我们乖乖地听话，他甚会儿来就甚会儿陪他……要不，他可要拴下一串破鞋叫我们挂起，打发我们游街……"

"好一阵阵，我们见了他，都像小鸡儿见了黄鼬似的……怕呀！可好赖有一项，我们跟上他，他就管我们吃喝，我们不动弹，干部们也不能把我们咋的了。"

于是，我眼前又出现了王三保押送我和女儿进碾庄那天，含威不露、正气凛然的面孔。我还想起了，当他听说金旺子又走了，白花花独自在家时，蹬上自行车飞跑的样子，真是饿虎扑羊哩——如今一切都已明白，治安员原来是个色鬼！

我忽然怒不可遏，因为，我认定对面这个女人已经无可救药。"你也未免太不顾脸面了吧，居然想跟这种男人掐个娃娃！你为什么不撒泡尿照照自己，你是他的什么人？他又是你的什么人？"我想。

我确信，我的判断绝对没有错误，我也根本不愿和王三保那种人打交道，他会怎么想？以为我要拍马屁讨好吧？我不干！因此，我决定堵得死死的："我应名儿叫作先生，其实我真不会看病，尤其不懂得看妇女病……我的确办不到，我不知道应该从哪儿下手……人命关天，药，可不是胡乱喝的！"

白花花抬起头来，直愣愣地盯住我，充满了惊疑之色，又好像要从我的眼睛里看出什么道道来。片刻，她长出了一口气，自言自语道："我们原来想活出个人来，就是不让我们活呀，连你也一些些善心不发！人们还说你好哩！罢，罢，罢，还是跟上'面布袋'混吧！"

这真是兜头一盆凉水！原来不是跟的王三保！白花花，对不起！我把你看扁了,你也是一个有血性的人,一个自爱的人哩,你不是那号浪女子!

不过,我终究还是吃不准,又舍不得丢了面子,去向这么一个女人认错,便故意装着没有听懂,绕着弯子说:"王三保就不能领你去公社医院看看?不行,还可以上县里嘛。"我希望引出白花花的话来,看着她一心想替他掐个娃娃的汉子是谁,我能不能对上人头。

白花花已经无心再答理我了,她慢慢悠悠站起来,身前身后地拍打尘土,同时,又不冷不热地回敬了我的"关心":"算你老刘聪明一世!惜乎你猜错了……人家王三保三宫六院,能做我们的老汉?!……我们只是思谋,一旦我们有了男人,顶门立户地过光景,他总不能叫我们挂上破鞋可村儿示众哇……好了,好了,一前晌,费你的心了……也怨我多嘴,对你说上这一大篇!同一个村儿住上几十载,甚也清清楚楚的,都见死不救,慢说你一个外来户,还是个……"她费了半天劲,刹住不住下说,我知道,她对我不满意,想刺儿我一下。

白花花走了,这回可不像个仙女,那么飘呀飘的,倒像一架就差没抛锚的压路机,一寸一寸地往前挪,一直挪到了不见为止。

我回家倒在了炕上,心上乱糟糟的,诅咒着自己的怯懦与清高,也诅咒着生活的荒谬与不义。

故事到此并未结束。说来也巧,第二天,队长通知我,改在林业队动弹,昨几干部们开会研究了今后的劳力分工问题,我归生金子领导了。

我和生金子老汉相跟着来到下洼。

生金子老汉嘱咐我赶紧相帮他挖排水沟,前天,后山下了一场暴雨,发了一股不大不小的洪水,虽说水头过去了,可半边天上还是乌云一堆一堆的,怕还会下哩,再下,肯定还要往碾庄灌。

我四面观察了一下地形,立刻明白过来,这活儿可是当紧,要不,下洼的地势低,这一片树秧子非叫连根拔了不可!

生金子老汉当下决定我们两个各管一段,我在外,也就是站在锅沿上,他在里,也就是钻了锅底心。

四处静悄悄的,连云彩也一动不动。头上的白云彩不动,后山的黑云彩也不动。

但是,响起了捣衣的砧声,一下,两下,三下,停一停,又一下,两下,三下……节奏均匀。

我伸长脖子,发现有个妇女圪蹴在沙砾河边洗衣衫。

那是白花花!

听!她唱起来了,不,是哼起来了,一支地道的"山曲儿"。

一对对的鹁鸽①(哇呀)一对对的蛋,
一对对的毛眼眼(哥哥噢)大门上站。

手纳鞋底子(哇呀)心麻烦,
过来过去的(哥哥噢)尽是人家的汉。

红红的阳婆②(哇呀)蓝蓝的天,
只因为了你(哥哥噢)晒黑了脸。

十冬这腊月天(哇呀)下了一场雪,
只因为了你(哥哥噢)冻了脚。

想哥哥(哇呀)想得迷了心,
圪叭叭的打了(哥哥噢)二号针……

---

① 鹁鸽,即鸽子。
② 阳婆,即太阳。

本来，她还要唱下去的，可恼的是，我听到这儿忍不住扑哧一笑，她给惊住了。

为什么一定是圪叭叭打了二号针呢？我在想。

白花花呼的一声站起来，没等甩净手上的水花儿，便捂住心口冲我嚷道："鬼老刘！吓煞我们了！"

看着她半点也不记恨昨天，我很高兴。

"坏了！齐叫你听见了哇？唉！真个是！……"

我眼前却又一亮，远远瞭见了那高高的坡头上，有牛犋和人的影子，我心中有数，那是一块山药蛋地，山药蛋前些日子齐拉了蔓子了，这会儿正在翻地。可那个男的是谁？背影儿好面熟啊！

我快步向白花花走去，告诉她，我已经有了一个好方子，不妨试试。不过，她还应该来号号脉。也许，这回她能坦白坦白，到底寻下了一个什么样的"主儿"吧，我倒要进一步品品她的眼力、品品她的本心。

1985年5月14日—16日

安徽泾县泾川山庄

哑　子
——"昨天的土地"之五

我在碾庄乡下的众多朋友当中,有一个是哑子。

根据民国四年,即公元一千九百一十五年,上海商务印书馆出版的《辞源》解释:"哑,瘖也。不言也。"这当然是泛泛而论,包括了先天的和后天的两种哑症。然而,书证却引用了一个人为致哑的例子:"豫让……又吞炭为哑,变其音。"这个典故出自《国策》。

太巧了,豫让也是山西人,和这篇小说的主人公是同乡。不过,我的这位哑子朋友却压根儿不知道自己两千年前还有如此光荣的一位乡亲,因此,尽管榜样的力量是无穷的,他的变哑,绝非受到感召,也学着吞下一块通红的火炭,以便施展什么兴灭国、继绝世的奇谋。不是的,他小时候原本是一个能说善嚷的淘气娃儿,之所以落到今日这步田地,完全是庸医误投药石的罪孽。

据村里老一辈人说,哑子姓郝,单名活。郝活,郝活,给他起名字的这位有学问的先生,显然精通北京官话,否则,就不会暗取"好活"的谐音,以寄托终生幸福的祝愿。煞风景的是,本地方言偏偏把"郝"念作"赫",这么一来,如把"郝"和"活"搅在一垯里喊叫,就只好让牙齿和舌头咬架。于是,以讹传讹,"郝活"最后演变成了"瞎混"。瞎混!人生在世,岂可以瞎混吗?这可是大大的不吉利!但是,无奈须童们和乡愚们,都成天管他叫"瞎混",久而久之,他也就不予计较,痛痛快快地答应了。

到了一九五九年,仿佛一个谶语应验了,祸从天降,不但全家死得只丢下他孤身一人,而且嗓子又意外地失了音。看来,这辈子真的注定要"瞎混"了。

现如今的中年人都不会忘记,除过吓人的好像永远也进行不到底的"文化大革命"外,一九五九年和一九六〇年、一九六一年,同样是一个国运暗淡的年头。那时,中国大地上戛然中断了响彻云霄的"大跃进"凯歌和"放卫星"锣鼓,冷清清的,空落落的,到处是浮肿、断炊和号丧的凄惨景象。就在这期间,哑子的爹爹、奶奶"老"了,大大和妇也相继"走"了,连那做伴的小兄弟也"殁"了。独有哑子,兴许多少还拖了一点大名郝活的福气,没有相跟上跨过奈何桥去——试问,有谁数得仔细,那几年,自北至南,到底有几百万人非正常死亡?俗话说:"黄泉路上无老少。"哑子一家的命运,正是这句伤心话的铁证。

他成了孤儿了,家住碾庄的同样也是无依无傍的姥娘只好收养这个可怜的小外孙。从此,郝活的名字,便夹挤进了田氏宗族的户籍簿子。"这东西命硬。"姓田的都这么议论。其实,得以发这种议论的人本身,能活下来也是人类第八奇迹。生金子老汉就悄悄告诉过我:"那阵阵甚没吃过哇?挑苦苣,捋草籽儿,剥树皮,挖白土(观音土)……真是逮住甚也吃!吃得肚儿气鼓鼓硬邦邦的,屙都屙不下来,只好用铁丝丝打个小勺勺,褪下裤儿叫家里人硬是一点儿一点儿往外掏!"我还听过这样的笑话:一九六三年,蒋介石叫嚣"反攻大陆",从碾庄(别的村儿也一样)入伍的新兵,在部队忆苦思甜教育中,竟然诉起"三年困难"的苦来!主持大会的政工干部简直吓蒙了,赶忙厉声喝住,他们才抹掉眼泪闭住嘴——怨谁呢?十八、十九的大小伙子,解放前的旧社会,他们还不记事哩,谁叫你们这些政工干部经验主义,只会老一套搬教条!

然而,碾庄人说哑子"命硬",的确也并非毫无根据。据我了解,那根据正在于这么一个事实:哑子诚然哑了,却怎么也死不着。稍稍往后,他姥娘也挺不住,咽气了,哑子彻底地"遗世而独立",但照旧喝凉水也长白肉。

致哑的经过情形大致是这样:他来跟上姥娘过以后,仍然是个见天米水不打牙。于是,小东西(他十二岁了)整天价四下里寻摸,终于让他发现了一处户家院内有几拨正在坐果的桑树。桑树的果实是桑葚,而桑葚是可以吃的。这一点,在他全然是无师而自通——什么能吃,什么不能吃,肚儿早已教给他了。更何况桑葚的长相怪馋人的,一颗一颗,变着法儿用青、绿、紫、红、黄、白、黑各种冷暖色调打扮起来,仿佛是些半透明的雕花玻璃蛋子!太阳一照,那短短的茸毛都闪着光彩!最实惠的是,咬一口,蜜甜蜜甜,连嘴巴子都叫黏住了。那汁儿简直血一般,估摸终归要变血的吧?机敏的哑子——那时候,还应该叫他郝活或者"瞎混"——心想,这玩意儿实在比供销社卖的糖蛋蛋还好吃哩。起初,他不过是可树儿转圈圈捡着吃,吃着吃着长了点气力,便索性上树去,骑在一个三岔枝干上,双手捋个不歇气,直吃到一头栽倒地下,不省人事……

关于桑葚,我也略知一二,药典上能寻见如下的一类说明:性寒,味甘,功能滋阴养血,补肝益肾,主治阴虚、头晕、目眩、失眠等症。按化学分析,它含有维生素 B_1、维生素 B_2、维生素 C、胡萝卜素,还有难得的芸香苷。然而,它同时又含有烟酸,这个烟酸正好是上述一切美好成分的对立面,是坏事的老祖宗。因此,一般说来,适量吃一点新鲜桑葚,固然提神,吃得太多了,这烟酸可就成了埋在胃里的定时炸弹。哑子终于从树上栽了下来,想必正是这个缘故。(我们特别不要忽略了,他是空腹大啖桑葚过量。)村人复述哑子当时的发病症状时,都无一不强调他"面色煞白,白得怕人",同时"舌头发乌,乌得怕人";还说他浑身淌冷汗,像泼了三桶凉水,人中乱动弹,掐都掐不住。总之,他虚脱了,他昏迷了,西医管这叫作休克。最奇怪的是,他睡着了还跑肚儿,尽屙些鸡狗不闻的溏糊糊!我琢磨过这些征象,都是合乎情理的,也是必然发生的。

倒霉的是,他那急疯了的姥娘偏偏遇上了一个——用村里人的话说——"蒙古大夫",也不知那背时鬼叫他喝了些甚的药,人倒是还阳了,可嗓子说甚也不济了。从那一刻开始,哑子的名字便代替了郝活和"瞎混"。在任何人面前,哑子都只会重复一种单调的声音:"啊——哇,啊——哇,呜噜噜

287

噜……"尽管就他本人而言,这一声和那一声是不同的,配合上丰富的面部表情以及准确的手势动作,无疑足以表达千变万化的思想感情。

哑子常被派来和五类分子们一垯里动弹。我初次见到这么个彪形大汉的时候,由于不了解底细,心上动了一下,兴许是监工的吧?

"过来!快快过来呀!毬!"

田土改大大咧咧地招呼着他,不由分说地把手探进了对方的口袋,掏出一包"白皮"来,凑在鼻子底下闻了闻,撇了撇嘴:"霉的!"却又立刻代表主人一支一支地散起来。

哑子起初还伸手去夺,随后又听任土改子摆布,同时嘻嘻地笑着,很为四周的人们对他表示友善而衷心高兴。

哑子长得高高大大,五官周正,特别是笑起来样子很妩媚,然而,这不关乎长相,实在是心地善良所致。不过,闹不清到底是由于自惭形秽而遇事隐忍呢,还是就像某些人说的脑子里少一根弦,哑子是安分守己,从不惹是生非的。有的人不免以为他软弱可欺,而对他百般戏弄,甚而至于动手动脚。一般情况下,哑子也还是恪守"和为贵"的儒家圣教的,只有当对方得寸进尺,欺人太甚时,他才奋起自卫还击——他不自卫还击犹有尚可,一自卫还击,则非给挑衅者赠送一点纪念品不解。哑子的力气太大了,出手也忒重。由于哑子是这么一位出了名的重量级大力士,遇有吃劲的活路,受罪的营生,干部们合乎逻辑地总是第一个就照顾他。这实在算不得"抬举"或者"重用",倒是变相的欺负——谁叫他是哑巴呢!

可哑子并不在乎,即使老将他从革命社员降格为与五类分子配伍,他也自得其乐,在他的眼睛里,从来不会像鹅儿一样,把别人缩小为虫豸。

事实上,从某种意义上讲,五类分子也是些哑子——政治上的哑子。当然,生理上我们的确会说话,只是不被允许说话罢了。这也是"最高指示"里边明文规定了的,叫作:"不许乱说乱动。"然而,我斗胆腹诽过。倘若我不是乱说,而是言之成理,不是乱动,而是持之有故,行不行呢?对不起,还是不行。因此,我不但替哑子朋友抱屈,而且往往为土改子、满堂子以及我自己不平,我觉得,除了田万顷应当让他"哑"上十年八载外,叫土改子、满堂子和我"哑",是很不公道的。

还是回过头去描写我的这位哑子朋友吧。

哑子虽哑,可他并不聋。他是在会说话以后不幸致哑的,所以,他不像那些生下地就是哑巴的婴儿,从来不知道说话是怎么一回事,因而连带耳朵也一道报废了。不知道是上帝故意给他补偿,这方面吃了亏,那方面多收益呢,还是他本人有心锻炼,总之,哑子除了哑,别的地方似乎都反而胜人一筹。

在残疾人当中,这样的例子不少。据说,解放战争时期,土皇帝阎锡山就利用过一些瞎子,为自己的反革命阴谋服务。阎锡山叫人在城墙脚下刨一个大坑,放上一排大瓮,安顿上瞎子坐在瓮里听,解放军是不是在挖地道准备攻城,瞎子一听就机敏。也就是说瞎子虽然看不见了,耳朵却灵得出奇。

我们这位哑子竟和瞎子一样,耳朵灵得出奇。

细细考察起来,耳朵灵也有根由。哑子的祖父和父亲都是靠挖井为生的受苦人,所谓吃的阳间饭,干的阴间活,正是挖井汉子的生活写照。哑子虽然来不及把父辈的看家本领一一学到手,但也差不多了。他的第六感觉特别管用,对许多情况的判断,往往靠的是直观印象,还真准。因此,在赞美他的耳朵的同时,有一批人又欣赏他的眼睛。也有把哑子说成是异人的,认为他有非凡的天赋,哑子怪可惜了的,否则,定是一位能人。其证据是,什么新鲜玩意儿他只要看见别人摆弄一回,立刻记住了,当下就也能八九不离十地摆弄起来。

眼下时兴打机井了,挖土井的少见,但隔三错五的总有人请哑子去干淘井的活儿。哑子记得,一九六六年大旱,他还真吃香过一阵,到处开展抗旱斗争,打井队支应不过来,便又土法上马,忙得他连喘气的工夫都没有。

哑子家里,至今还有一些挖井的工具。一柄木槌,油光锃亮的,那上面有他大大的汗渍,怕还有他爷爷的汗渍吧;另外一件也是祖传的——一把罕见的短把儿锹,锹面不宽,刃却怪利的,落地入土,两侧略微向上卷起一道楞楞,形状像一个被云彩切去薄薄一片的月牙儿。锹面擦得能照见人,哑子把它当作了镜子。不待说还有必不可少的几盘粗大结实的井绳,又深陡又密致的荆筐——它既可以堆沙,又可以装石头。

遇上哑子摩挲这些家什,那就是说,他在盼着下井,一旦他真的下井干活,不论是挖井或者淘井,他总要一路"唱"着不成调儿的"歌"。不知情的人,便会猜测,这家伙今天有了什么喜事儿啦?岂知,"唱",是他大传给他的规矩,也是干这个行当的职业习惯。尽管这黄土塬上立土居多,但也往往会出现意外的复杂情况。"十个挖井汉,九个自刨坑。"这句感伤的谚语,不是没来由的。唱,正是为的试探井筒子上有没有裂缝或者别的隐患,倘若有,就有塌方的危险。因此,像所有的挖井人一样,哑子也是从回声当中捕捉一切可疑之点,以便及时采取措施预防或者补救。

如果碰上了流沙,那他就会急如星火地打黏土——把黏土打成方方正正的块状,小的像砖,大的胜过础石,然后,挖多少沙,填多少黏土。这是十分吃力的苦营生,万一遇上的是石头,就还得动用錾子和撬棍,甚至少量炸药。反正,处处得大胆,又处处得小心。

这,也就不知不觉变成了哑子的秉性。

另外,哑子从姥娘那儿还继承了一宗好习惯——爱干净,其结果是,他绝不像一般的光棍汉,身上邋里邋遢,屋里灰眉土眼,到处发散着焐汗和发霉、酸菜和老鼠粪的混合怪味。"我们的哑子可涮至(清洁到家)哩!"妇女们特别赞赏他这一点,都说,他要换上一身衣衫,打扮打扮,哪天不是个新女婿!——可就是有一宗,这周围十里八里的,竟没有一个闺女情愿跟他,真是人间不平事!

男人们也就常常用女人这个话题来打趣他,好事者还当面嘲笑他是"童子鸡"。他不懂甚叫童子鸡,像宗武子这样的厚脸皮,就会毫不客气地上前去捏他的下身,再胡乱比画一通,逗得围观的看客哄堂大笑。哑子本人呢,却像一个女娃娃,羞红了脸,"啊——哇,啊——哇"地大叫着,赶紧抽身逃跑。

忽然,村里人们纷纷传言:"哑子有了!"有了甚呢?当然是有了对象了。这可是特大新闻!新闻而特大又出在哑子身上,人人都乐于添油加醋,一个麻钱不难说成一个磨盘。

有时候,娃娃们的一举一动,能反映出大人们平日关起门在家里都说道些什么,能起到某种风向标和气温计的作用。说也日怪,如今他们只要发现了哑子,就死死地咬定不放,并且把在白花花背后起哄的一套搬了来,齐声呐喊:"白·花(儿)花!白·花(儿)花!白·花(儿)花!"哑子分明是听懂了,所以只顾呵呵地傻笑,看那踌躇满志的神气,不难设想,如若他是个会说话的,保不定也要参加进去振臂一呼吧。

白花花对谁都一直箍得铁桶一般,滴水不漏,但可爱的哑子本人却在无所畏惧地"泄密"。他的神态气度变了,大大地不同于往常,走路的步子迈得更大、更稳、也更轻快了,脸上流露着一股成熟的、满足的、自信的表情,这种表情,是只有那些实现了内心的平衡,充分理解了人生的意义的人才可能有的。

话得从种玉子老汉栽井那天说起,也许,实际并非这样,而是更早,然而,用人们一致引用的套话来说,就是:"人家两个甚会儿日鬼上的,咱哪儿能清楚了,咱又不是人家肚里的蛔虫!"

我在《井》里写到过种玉子出事的场面,但我笔下不曾出现过白花花,虽然,白花花确实是在场的。我只是在一处提到过,挥转"腰腰"单穿一条裤衩,坐在井台边上,大腿弯里搁着一把锡酒壶的哑子。我既没有交代他们的言谈举止,更没注意到他们的心理活动。那是一个多么悲痛的时刻,一个多么悲痛的地点!哪能设想,有人竟会在这当中私订终身!

何况,我还到迟了半个钟头,又不曾亲眼见到哑子下井捞尸的英勇行为,无疑,这是哑子生平的一大壮举。人们也许会忘了他挖过哪几口井,又淘过多少次井,然而,人们绝对不会忘了,是哑子下井去背的一百七十斤重、湿漉潋的田种玉！田种玉是人人尊敬的好老汉,他的死甚会儿说起来都教人唏嘘落泪,因之,最后一个和死者结下如此密切、如此具有决定性意义的关系的人物——哑子,也就永垂不朽了。

不过,眼下人们感兴趣的毕竟是,哑子和白花花两个,到底是怎么上手的？准确地说,白花花使了些甚的手段,把哑子拴到自家裤腰带上去的？这件事,无疑是白花花主动的,对此,全村没有任何争议。

我倒记起来了白花花的眼神,但是(又是该死的"但是"!),我当时根本顾不上琢磨,现在面对结局,倒反而越来越看得清那来龙去脉了。那是什么样的眼光哟,老练的、热辣辣的,干脆就是渴慕的！白花花似乎没有怎么多关心躺在门板上的死者,而是须臾不离哑子！（愿上天不要降灾于这个女人。种玉子为人厚道,他,我敢保险,是不会谴责白花花的）

哑子几乎是等于赤身露体,发达的胸肌、肱二头肌和三角肌,暴露在颇有寒意的秋风中,丝毫也不显得萎缩。皮肤是那种健康的黑里透红的颜色,平素被"腰腰"挡住的一小块地方,显得略微白净些,那一瓣一瓣的腹肌也特别招人钦羡,简直像一棵上等莳子白(包白菜),茁壮而又瓷实！

读者诸君,想必你们不至于误会,以为我在这儿渲染的是白花花单纯对哑子肉体的爱慕,也就是西方翻译小说里边常常使用的一个字眼:性感。不是的,至少不全是的,他们两个彼此同住一个村儿,相处时间又长达二十余载,以白花花的精明过人,她下决心寻这么一个"主儿",不可能不经过多方了解和反复考虑。我觉得,首先,双方的身世遭遇,很自然就会产生惺惺惜惺惺的感情,再加上哑子为人忠厚,没有不良嗜好,劳动下苦,身强力壮……白花花怎么能不青睐相加？至于哑子得天独厚,具备了这么一种令人惊叹的人体美,这不是罪恶,这是锦上添花。试问,天底下有哪一个男人和哪一个女人,不指望自己的意中人有一具健美的肉体？

如果把所有的"路透社"消息联成一串,大体能看清这么一个轮廓:白花花悄悄地离开现场回家以后,以女性特有的体贴、精细,加上蜘蛛结网式的狡黠,急急忙忙熬了一锅姜汤,并且毫不吝惜地搁了一大疙瘩红糖,于是,屋里暖乎乎的,气窗内外始终弥漫着刺鼻而好闻的香气,然后,她便消消停停倚在门框上,等着哑子路过(顺便说到,哑子的住处离白花花家不远)。至于她使的什么花招,把哑子诳进门,又安顿坐下,那就得凭各人发挥丰富的想象力了,反正事情就这么妥了。人们一个个喜形于色(多半是替哑子高兴),只有宗武子酸溜溜地问过白花花:"这么着,你吃了童子鸡了?""吃了!咋?"白花花毫不容情地回答他,骄傲得如同一位公主。

宗武子痛苦地踱开去,逢人便说:"狗日的咿哪是姜汤!是迷魂汤哩!"

没隔几天,哑子和白花花相跟上来寻我合计,问我能不能治好哑症,白花花心高哩。

白花花手里还带着一张旧报。他们两个都不识字,这张报纸不知是打哪儿讨来的。我接过报纸翻开一看,头版头条,赫然在目的通栏大标题是"毛泽东思想的又一曲胜利凯歌"(狗屁不通!既然已经"凯"了,何必又要"胜利"!),还配合了几幅装模作样的照片。这是一篇长篇通讯,记载的是关外某省竖起来的一杆"红旗"的"先进事迹",内容写的是,医生突出一个"忠"字,在锻炼红心上狠下功夫,病号突出一个"忠"字,也用红心配合"治疗"。这当然是在宣传赤裸裸的意志决定论,尤其荒唐的是,把《语录》当作了符箓,规定什么在针灸之前,医生必须领着病号,共同朗读"下定决心,不怕牺牲,排除万难,去争取胜利"达五十遍之多!就凭这一条,他们终于治愈了被"西方资产阶级反动权威"判定为"不治之症"的怪病。天哪,太滑稽了,难道我们又回到徐福求仙草、葛洪炼仙丹的时代去了吗?我想乐,但我发现了哑子和白花花虔诚而焦急的眼神,也就笑不出来了。

不错,我在自学中医的同时,也自学针灸。我是在自己身上试针的。我承认,这一点,的确受到了当时舆论工具的影响和启发。然而,我的自学针灸跟自学中医一样,目的仅仅在于消磨时间,求得寄托和解脱,充其量不过连系了谋生糊口的考虑,岂敢染指革命人道主义,妄想普度众生?我也没有忘记,华佗医术高超,但最后还不是被枭雄曹操祭了刀吗?布鲁诺懂得利用水蛭放血治病,干脆被教皇抛进了熊熊火堆!医病当先医世,右派分子而有志于医世,难道不是痴人说梦?!

我这个人,办事从来缺乏恒心,也没有"我不入地狱,谁入地狱"的殉道者勇气,我下针最多的穴位,不过是可以够得着,又比较拿得准的寥寥可数的几处,例如:虎口附近的合谷,膝盖下方的足三里,脚板心的涌泉,等等。要我一针扎下去,哑子立即高歌《东方红》,我可没有那么大的本领。白花花絮叨,哪儿哪儿哑巴说了话,哪儿哪儿铁树开了花,"人家能,咱就不能?"我理解,白花花在这里既不说"你",又不说"我们",而是用了一个"咱"字,那完全是企图表明,她以及她的他,都准备掏出一颗红心来,和我这个所谓的医生协同作战的决心。无奈,我的确毫无把握,也不敢冒风险,我还是摇头谢绝了她的提议。

我终于找到了一个最有力的论据,足以叫他们死了这条心。我提醒道:"报上分明说的是要求病人和医生一垯里首先学习《语录》,然后扎针,《语录》还不叫看,你的哑子他能念吗?不多不少,要念五十遍哩!"

立奏奇功,白花花绝望了,好看的眼睫毛像黑蛾儿的翅膀似的合了下来。

哑子虽然未必明白我和白花花谈话的内容,但十分也猜到了八九分,因此,他也立刻傻了眼,发出了一阵痛苦的呻吟……

大概就在这之后,接着开始了坏天气,一连两个月,黄风刮个不停,墒情糟透了,宿麦(冬小麦)下不了种。然后是一冬无雪,人们都病病歪歪的。好歹凑合着熬过年,三春期偏偏又是一场卡脖子旱,滴雨不下,小麦发蔫发灰,眼看要遭年馑了,到处是唉声叹气,人们在私下嘀咕:"怕又是个五九年哩。"

广播匣子里却不断传来县上和公社头头们的大声疾呼,三段论法:起先是胡吹海吹一通帝、修、反一天天烂下去,中国人民一天天好起来,革命形势不是小好,也不是中好,而是大好的深奥道理;接着号召社员们勒紧裤带,生产自救,同时提高警惕,不要误信谣言,上了阶级敌人的当;结尾强调人定胜天的真理,要叫灾年变丰年,当然,还绝对忘不了发誓,"你们要把无产阶级文化大革命进行到底!"云云。

谁信呢?他们自己也不相信。

老人们嘱咐儿孙快快割材(准备棺材)。"可不能把咱用席片圪卷起,拽去喂了狼哇!"

年轻力壮的急于打听哪儿"好活",盘算着外出逃荒。向土改子"取经"的一天多似一天,以致引起了干部们的注意,土改子也受到了严厉警告,吓得连我这儿也不敢来了。

可是,旱魃不是土改子,它不但不怕警告,蹲禁闭都不怕,它照旧横行霸道,在哀鸿遍野的北中国游来逛去。

连公社头头们的日子都不好过了。以打人起家的摔跤队员崔炳奎为首的革命委员会一伙,打听得内蒙古、陕西、河北齐和本地一样兵荒马乱,只有河南比较殷实,好赖还能吃上些,立刻联想起碾庄还有一位在部队上当上了副师长的大人物,如今正在驻马店"支左",何不打发同村的计林子去跑上一趟?寻寻他,兴许能弄点粮回来。

到底是吃商品粮的国家干部,消息灵通,就像和那位副师长通过电话一般,他们立刻了解到了种种行情:河南不但红薯干(不是用红薯切片晒干的那种,而是用做过粉条子以后的粉渣压成的薄饼子,歪的扭的,霉的臭的都有)富裕,还能买到黑市精白面,不贵,三角五分钱一斤,但有一项,人家收通用票。

说干就干,计林子打点行装,提溜上一个带拉锁的包包,塞满了十斤一张的全国粮票和十元一张的"大团结",准备南下了,行前,他以支部书记和救灾大员的双重身份,在磨庄和碾庄分别召开过社员大会。念的无非是广播匣子传授的经文,稍有不同的是,增添了一点感情色彩:"广裕子(就是那位副师长,如今大号田锋)不会眼睁睁看着父老兄弟挨饿撒手不管的,他是百战百胜的人民解放军!他是坚决支持无产阶级革命左派的军代表!他是……碾庄的好儿子！"计林子忽然心血来潮，吊了一句新近学到的革命文艺腔，这可把碾庄土头土脑的乡下人蒙住了，一个个云山雾罩，你看我，我看你，"他这是说毬甚呢？"一个老太婆憋不住提出了疑问："广裕子是我……儿？不是哇！"计林子嫌她无知无识，不想要多噜苏，可那眉眼分明在耻笑：叫狗日的你们胡说去吧。"散会！"

不承想，这一招还真灵，田锋同志果然是好样儿的，当了大官不忘本，当下便批了一个条子，叫下边人协助计林子买下两节车皮的红薯干，一共四千条麻袋，真不少。另外，说不清计林子做了哪些手脚，又弄到了一百袋子精白面，折六千斤。计林子想得很周全，他叫工人们把这一百袋子尽车皮的里头码起，浮头再盖上麻袋，既可以遮风避雨，又不招人耳目，临卸动了也自然而然的靠后，真是一举数得。

半个月以后，风驰电掣地拉回了碾庄附近的小站。

于是，碾庄和磨庄的社员们一齐拥进了站台，所有的小平车都动员起来了，短不了还得肩扛、担挑。计林子不愧是个好当家的，他没有忘记吆喝上大脚妇女们带上簸箕、扫把也相跟上。"千万不能叫撒了，一些些也要扫回来！不容易哩！"计林子这么劝勉众人，众人满心感激，连连称诺。

只见计林子蹬上自行车，穿梭一般来往于公社与碾庄、碾庄与车站之间，春风得意，满面红光，也难怪，他不辱使命，班师回朝了嘛。

麻袋搬完了，我们几个五类分子（碾庄的，再加上磨庄的）被留了下来，负责搬运精白面。面袋子上印的有方块字和阿拉伯数码，标明了规格品种，我却只当不认得。其实，即使是文盲也知道那是什么，大家都"狡猾狡猾的"，心照不宣。当然，计林子也心照不宣。

我的任务是只管挠面袋子，替别个上肩，至于装车、拉车，都是人家的事。就在这时，我忽然听见隔着马槽板有人说话，悄声细语的，一个说："还短一个哩。""齐到了，不短！""短一个，你想想。""啊，哑子！"这时，我飞快地伸头眨了一眼，原来，问话的是公社主任崔炳奎，答话的是计林子。

一阵阵工夫,哑子就被叫回来了。

看见了哑子,我心里直生闷气:"你!哑子!只有哑子,最适合干这号营生!我也是哑子!"

计林子的一份,由哑子用平车直送到他家门口。想不到,支书的婆姨珍爱子决定做一次善人,强留下哑子吃白面剔尖尖。事实上,却不是净白面的,至少也掺和了对半的红面(高粱面)。

哑子一见这样好的饭食,便半点也不矫情,坐下来一连喝了两海碗,还嫌不饱。不过,到底不能再叫珍爱子割肉了,"啊——哇,啊——哇"地道了谢,掉头便走。

珍爱子是个长舌妇,不知道她是为了显摆,还是诚心鄙诋别人,也许,这两者都有吧?哑子一走,她便到处张扬:"哎呀,笑煞呀,我家请哑子吃白面剔尖尖,你们猜,他喝了多少?一连喝了我们四海碗!头也不抬!……真个笑人!"这些咸盐淡话,终于让哑子知道了,白花花知道得更早,哑子哼哼地只是个捶自家胸脯子,撕自家的嘴。白花花也没法子帮他的忙,只好对着哑子数落珍爱子解恨。也是哑子命里带贵人,有朝一日,那王三保竟送来了半袋子精白面!白花花眉开眼笑,仿佛得了救星,当下就拿上个升升,满满地挖了两下,倒进一只面筐箩,再用手来回拨拉拨拉,越发显得多了。白花花安排停当,便打发哑子送去归还珍爱子。她嘱咐哑子,要趁晌午时间,家家户户端着饭碗游串的那阵儿,让全村人齐看在眼里!

白花花了却这一桩心愿,便风也似的跑来对我叙述事情的原原本本,旋又各人取笑道:"他们!他们齐是一家子!哥儿弟兄哇!左不过叫我们替他们从这个面布袋里挖上些匀给了咻个面布袋!"说罢,只顾咯咯咯地笑了半天。

流大汗,出大力,替支部书记运回精白面来,赏了一斤,赔了两升,这是哑子的又一非凡行状。

我想,不会有人替我的朋友哑子写本传或者墓志铭,我何不写上一篇?

不错，我的这位不会说话的哑巴伙计不是豫让，没有半点懿行大德，也不曾建功立业，但，至少他下井捞尸和上门送面这两件事，还是值得秉笔一书的。这就是哑子的历史地位及其勋劳，这就是哑子！我衷心希望，人们能给他以客观、公正的评价。

1985年4月16日—4月30日在合肥写出四分之一
同年5月18日—5月20日续完于泾县泾川山庄

头 颅

一

感谢苍天！阿佤族终于出了自己的第一代作家,而且是位女同志！

此刻,摆在我案头的,是一九八五年七月号的《大西南文学》,头条作品是一部中篇小说,标题:《马桑部落的三代女人》。作者:董秀英。

这部作品我已经读过三遍,每当我读到下面摘引的一段文字时,我总禁不住淌下滚烫的眼泪。我暗自寻思,为什么眼泪会这么灼人？想来想去,只有一个答案,那就是:和当年一样,我的血仍旧保持着士兵的热度,我的心仍旧是那一颗不知疲倦的、战斗的心。

岩经取下柱子上的长刀,奔出了竹楼。娜海也紧跟着来到了木鼓房。

两个穿着黄衣裳、戴五角星的汉人和一个佤族小娃娃,被捆绑在柱子上。他们的两边站着两个提着长刀的砍头英雄。系红包头的头人,挺着大肚子,用仇视的眼睛望着他们三人。

"他们是解放军！来打国民党残匪的。他们不惹阿佤人。"被捆的佤族娃娃说。

部落里的老人都晓得,很早以前,来抢班老部落的那些人,就是穿黄衣服、背枪的人。阿佤人恨死那些穿黄衣服背枪的人。听了娃娃的话,他们半信半疑,上下打量着这个胆大的阿佤娃娃。

"砍下他们的头来祭鬼。"魔巴跳出来说。

"砍不得,他们是好人。"小娃娃大叫起来。

"小野种!哪条公牛日出来的!你再叫,连你一起砍!"

在场的阿佤人,没有吭气。

头人向两个砍头英雄递了眼色。阿佤人退了几步。两个砍头英雄,抓住了穿黄衣裳人的头发,举起长刀,砍下了两个人头,放到了人头桩上。

……

穿黄军装、戴五角星的汉人!人民解放军!人头!人头桩!我闭紧双眼,立即看见了亲爱的邱八百!看得如此清楚,就仿佛他正站在我的面前。

三十三年前,我为邱八百写过一首诗,是《阿佤山组诗》当中的骨干诗篇之一。我当时是噙着泪花写的,因为,不仅他的壮烈献身令人悲恸,尤其令人悲恸的是,我竟不能如实地宣告他牺牲的真相。这首诗的题目只好含含糊糊地写作《谒侦察兵墓》。这座坟墓,坐落在从孟连去西盟的土路旁边的一处高坡上。

包括这首诗在内的《阿佤山组诗》,在《中国青年报》上被加了编者按语连续发表,立即得到了已故著名评论家邵荃麟同志的热情赏识。最近去世的诗人田间同志在他的长诗《阿佤人》中,也引用了其中的两行——虽然,不曾注明出处。

只有折断的羽毛,
没有折回的路程。

田间同志只摘了这两行,他这样做是有眼力的。我不必故作谦虚,这两行诗的确比较准确地反映了我军的无敌气概,高扬着人民解放军的英雄灵魂。长眠在这座坟墓里的人是谁呢?就是这篇小说的主人公——邱八百。因为写的是诗,我在那里把邱八百比喻成一只雄鹰,而事实上,这只雄鹰被折断了的不仅仅是坚韧的羽毛,而是高贵的头颅!

二

时光已经逝去三十几年了,在那个时候,这一切都是绝对不许公开说出来的。我不能告诉读者,在他本来长着头颅的地方,却安放了一块有棱有角的石头——阿佤山的石头。石头上扣着一顶崭新的军帽,军帽上别着一颗崭新的嵌有"八一"字样的红五角星,而身上的确穿着草黄色的军装。不知道是什么缘故,我们第二野战军的军服,就是比第一、第三和第四野战军都要显得绿中更黄一些。

这位侦察兵,正是我们的侦察连连长邱八百。

虔诚地接受过"样板戏"经典教育的人们,读到这儿,恐怕该嘲笑我了:又在瞎编(因为,如今确实出现了不少瞎编的东西,而且受到了评论权威们的大力推崇)!只听说过杨子荣的侦察排和李向阳的孤胆英雄,哪有什么侦察连呀?

且慢,听我从容道来。

五十年代初,中国人民解放军在全军范围内掀起了一个学习文化的热潮,因此,每个连队都配备有一名文化教员,他们是专职的,占着正式编制的,和那些临时从上级司、政、后机关派下去的工作组和检查组不一样,这些文化教员,全部都是从新参军不久的知识分子当中遴选的。

我,正是这样一个候选人。

很快,我就被分配到了××师的侦察连,连长兼指导员的姓和名都很古怪:邱八百,谁听了谁一辈子忘不了。我从花名册上翻到,他是山西省崞县前邸村人。记得我当时就闪过一个念头：这样的名字，恐怕是有一段来历的吧，可是，邸连长本人却没有来得及亲口告诉我，等到我明白过来，已经是在"史无前例"的年代了。

叫作侦察连，实际上是一个不满员的连级单位——比连小，可又比排大得多。这种不正规的状况，用现今的眼光去考察，当然不可理解。何况，即便在当时，也是一种例外。为什么会出现这样一种和师部直属的警卫连、炮兵连、工兵连、卫生连都不相同的特殊情形呢？话就扯到我们师首长头上了，我们师首长一共有三位，副师长和副政委各一名，师长和政委则由康庄同志一个人兼任，大家管他叫一号。侦察连正是一号的心肝宝贝儿，理所当然，邸八百又是心肝宝贝儿里的心肝宝贝儿。康庄同志是师长兼政委，邸八百也来了个比着葫芦画瓢，连长兼指导员——一般情况下，只有当指导员病了，或者短期事假，连长才代替一阵子，凡是真正出了缺，没有不补上的——就这么简简单单的一件事，也教人突出地感到：在一号心目中，邸八百就是和旁人不一样。

听老同志们传言，为了摆脱这种招人议论的困难处境，邸八百曾经专门跑去向一号提过意见，得到的答复却是："少婆婆妈妈的吧，我就只要一百个！不多不少一百个！缺了我给你补充，你可不许私下里招兵买马！精精干干的一百个，比窝窝囊囊的一千个强一万倍！你怎么连这个也不懂？"用邸八百的话来说，是挨了一顿"尅"，但是，谁一听都明白，这叫什么"尅"呀？明明是表扬嘛，明明是对邸八百手下的这个连队的坚强实力的高度信赖嘛。

在我们师里，有一条人人皆知的规程：一号一般不轻易发火，但是，一旦真的发了火，反而是一句话也不说的，虎着脸，牙巴骨咬得紧紧的，用棍子撬也撬不开。如果他当时正在干一件什么事，他就会连正眼也不瞧你一下，照旧干他的，仿佛世界上压根儿没有你这个人。面对着这种没有任何语言的"批评"，能教你恨不得找个地缝儿钻进去。

"一号还说到你哩！"邸八百指了指我的鼻子。

大概我的面部现出了非常惊讶的表情,邱八百乐了,赶忙笑着解释:"俺说,首长,侦察连早已不是一百个了,是一百零一个,这第一百零一个还是您亲自派来的哩。谁敢招兵买马?俺敢?"

一号沉下了脸:"胡说!怎么会多出来一个?还是我派去的?笑话!简直笑话!"

俺就对一号说:"不是新添了个文化教员小卫吗?您忘啦?"

一号拍拍自己的脑袋,哈哈大笑起来:"小卫!哦,那不算!他不是战斗员!等你们都认得了字,学到了文化科学知识,能读书看报看文件了,他就会走的。实话说,虽然眼下文化教员占着正式编制,可也终归是比较不那么临时的临时成员罢了。"

我脸上准是又泄露了内心的失望情绪。机灵的邱八百便走上来紧紧按住我的肩膀,做开了思想政治工作:"小卫啊,依俺看,一句话虽这么说,可他并不是不看重你。……你是知识分子,分到咱这个连队,可能要比在别处多吃一点苦,锻炼锻炼也好哇,管他是一年还是半载哩。往后,枪一响,你就相跟上我邱八百好了。刀在石上磨,人在世上学,俺原先也是个挠镢头的货哩。"

不料想,过了不久,却听说了一桩骇人新闻,连一号的心肝宝贝儿邱八百,都尝到了这番钻地缝的滋味了,真是破天荒呀。委实太稀罕了,因此,这个消息不胫而走,不几天工夫便传遍了全师。

不过,我又想过,一号近来心情不痛快,变得脾气暴躁,甚至不近人情起来,却是有来由的——谁也无权责怪他!一号肩上挑着的是一副多么沉重的担子啊。

邱八百也正是这么想的,因此,他非但不懊恼,不抱怨,而且逢人就替这位看着看着突然消瘦下去的上级"开脱"。"你当师长兼政委是耍的吗?不信倒试巴试巴,用不了三天,非趴下不结!"

使一号着急、发火的是:三进阿佤山的任务,一开头就不顺手。

一九五〇年下半年，部队追歼国民党李弥残部，一直追到中缅、中老边境，因而进过一次阿佤山。可是，没有公路，没有大路，没有小路，最后干脆就没有人走的路。后勤、辎重都供应不上，这还只是问题严重的一个方面，更其严重的是，军情紧急，事先根本没有时间进行民族政策教育，（阿佤族可不是一般的少数民族！）干部战士对此后在那儿遇上的种种不可思议的情况，没有丝毫的精神准备，结果，不到一个月，便只好撤出来了。第二次进驻，是事隔半年之后，但还是站不稳脚跟，而且险些和阿佤人发生武装冲突，不得已又再一次拉下山来。

那个时候，我们沿用的是旧社会的名称，阿佤山叫作佧佤山，阿佤人叫作佧佤人，而且同样根据惯例，把佧佤人分作什么生佧和熟佧。所谓熟佧，是指那些多少和汉族打过交道的部落，只占少数；至于所谓生佧，则绝对与汉人不共戴天，这是多数。尤其是这个"佧"字，实在是一个灾难性的错误，它所表达的是百分之百的污辱与鄙夷，正如当年日本军国主义分子硬要撇着嘴把堂堂中国唤作"支那"一样，是佤族同胞所万万不能容忍的。我们却从上到下，一概被蒙在鼓里，相反的，还自以为将"狉"字和"狐"字的"犬"旁统统改作"人"旁，便彻底实现了民族平等、废止了歧视和丑化，而沾沾自喜呢。

阿佤山，在国民党时代出版的地图上，有时候又被标作孔明山——诸葛亮来过这儿吗？我是不相信的，因为没有任何一部信史提出过可靠的佐证。如果以因有佤族居住为起名的依据，那么，它还有相当一部分在缅甸境内。经过后来的中缅划界，又有一小块我军驻防过的地方，划归了缅甸。比如，我个人下到南卡江边，住过一段时日的一个前沿哨卡——永必烈，现在就不在国境线之内了。总之，在我方一侧的阿佤山区，总面积大致不超过五千平方公里。你看，九百六十万平方公里都解放了，唯独这剩下的五千平方公里却这么难上加难！因此，一面是面对着兵团首长陈赓司令员和宋任穷政委的措辞严厉的命令，一面却又面对着如此荒谬的现实，康庄不由得震怒了，邱八百也不由得震怒了，全体指战员都不由得震怒了，他们全都感到了切肤之痛，难道这不是奇耻大辱吗？当然非立即洗雪不可！

更加令人又气又急的是：从临沧方面传来消息，西路的友邻部队××师已经深入阿佤族聚居地区，整整向前推进了二百余里！而东路的部队还基本上在原地踏步。别人的胜利对照着自己的无能，岂非火上浇油？！

于是，一号决定让邸八百带领他的百人连，作为尖刀，直插阿佤山的中心制高点西盟，携有重火力的大部队随后跟上。然而，麻烦在于，要控制西盟，首先必须通过马桑部落，马桑不仅地势险要，易守难攻，而且头人、魔巴（巫师）、珠米（财主）对我态度均极不友好。不仅如此，事后判明，寨内还混有长期潜伏的国民党武装特务。特别叫人伤脑筋的是，由孟连通向西盟的唯一出路，必须从马桑大寨的寨子内部穿过，因之，马桑犹如阿佤山主峰的咽喉，而这个咽喉，恰恰认定人民解放军是一根刺，它坚决拒绝接受这根刺——哪怕仅仅借路过境也不行。这里，无妨顺便指出，所谓马桑部落，自然是董秀英同志假设的地名，尽管我知道她实际上指的是哪儿，但为了叙述方便，姑且借用了她的创造吧。

阿佤人聚族而居，一个大寨就是一个部落。他们的社会经济形态，一般还滞留在原始公社时期，虽然开始有了可怜的一点私有财产，并且出现了向奴隶制转化的若干迹象。全体男女之间实行的是半群婚制，只有当结为夫妻以后，才基本上中断了与第三者的性关系，但这也不是绝对的，而且男子享受的自由较女子为多。有一条禁律是，如果本部落血缘近亲内部发生了性行为，则处以极刑——火烧双方的阴部，它所造成的羞辱感远远胜过肉体的痛楚。刀耕火种，每年只有一季或者稍多一点时间可以吃到粮食，其余的日子就靠采野果、打野兽和下到附近的农业民族居处抢掠为生。不知道使用牛耕地，更不知道开辟水田以及上粪施肥。他们把多余的兽肉（松鼠、竹鼠、水獭、野猪、山猫，甚至老虎）一律做成干巴，他们唯一的腌制品是酸竹笋（先在地上挖一个洞，把剁碎的笋子填满其中，然后盖上一块石头，往往生出许多蛆来，也照吃不误——因为别无选择）。男女老幼一般都不穿衣服，皮肤黝黑，牙齿雪白,眼眶深凹,毛发呈自然卷曲,身材偏矮,有较明显的马来人种特征。他们的住所全是竹楼,不设厕所。除却部落首领(头人)而外,最有发言权的是魔巴(巫师),其次就是珠米(财主)。阿佤人虽然不懂得如何役使牛畜,却特别热衷于剽牛,凡是剽牛中表现勇敢的汉子,都是英雄人物。而剽牛的英雄,往往也就是猎取人头的英雄。这就说到了最令人毛骨悚然的奇特风俗了——砍人头祭谷子。几乎所有的佤族男子,都是使用弩弓、缅刀和梭镖的神手,每逢他们部落举行各种祭鬼的大典,尤其是春播下种的前夕,他们都要四出活动,或者暗中设伏,或者公然逆袭,被砍头的人不仅仅是汉人——经商边地的马帮,小贩,流浪者,或者犯案逃亡的罪囚,也有老林中的苦聪人,坡地上的拉祜人,坝子里的傣族人。因此,与阿佤山毗邻的周围地带,无不谈虎色变。

这些,大致就是我们当时收集到的有关阿佤人的全部背景材料,至于与之有关的种种具体细节,则是一团漆黑,还有待我们一点一滴地摸索和认识。

最最令人头疼的难题还在于,哪怕他们比这还更可怕,哪怕他们是吃人生番,我们也得尊重和礼让,打不还手,骂不还口。这是一条绝对不许违犯的至高无上的原则。

我们事实上处于心中无底的状态,而又必须不惜一切代价去摸清这个不知深浅的"底",这本身就造成了一种可怕的心理压力。而无论对方怎样行事,都只能笑脸相迎,这条硬性规定,不但不近情理,简直是不平等!难道,我们这样一支百战百胜的队伍竟要向他们投降吗?百分之九十九的人都想不通,因此,笼罩在全体指战员头上的是一片困惑、屈辱和沮丧的感觉。

然而,逃到境外去了的国民党李弥残部九十三师又不断地入境骚扰,他们得意扬扬地给这种打了就跑的策略起了一个华尔兹舞曲的动听却不要脸的名称"快三步"。到了夜半时分,美国间谍飞机又经常窜入我们的领空盘旋……

四面八方都向师部报告:发现有人打信号弹,还有秘密电台在频繁活动。

"同志们,我们现在要打的仗,是我们从来也没有打过的仗,不但我们没有打过,而且世界上的任何军队都没有打过!但是,我们必须打赢它,理由只有一条,就是:我们是中国人民解放军!"

这就是师长兼政委康庄同志对侦察连的送别祝词。

三

对于抄家,我是有一点准备的。这个所谓的准备,倒并非有先见之明,及早将所有可能酿祸的东西转移走,我也没有半点金银细软之类理当判作不义之财的东西,激起左派同志的无产阶级义愤,或者忽然又变成糖衣炮弹,诱发他们浑水摸鱼的不良动机。每月四百大毛的生活费,要供养三代人,够紧巴的了,它迫使我努力发掘颜回、阿Q、柏拉图甚至阿巴公的正面素质,并让自己兼而有之。最使人暗自庆幸乃至颇为得意的是,多少年来,我就和文学创作离了婚,而从一九五七年行加冕礼后,我发誓不再写日记,更不保留任何来往信件了。因此,我心中踏实,无所畏惧,充其量是那帮人面东西由于大失所望而摔烂一些盆盆罐罐,或者顺手打我以一顿老拳,发发"造反派的脾气"而已,能奈我何?!

可是,万万没有料到的是,他们砸门撬锁,翻箱倒柜,硬是把三本连反右派运动都逃脱过来的工作笔记当作了战利品,缴获回去"审查"了。这三本工作笔记,都是当年在云南边疆对部分兄弟民族的调查资料。其中两本记载着有关彝族、苗族、瑶族、白族、景颇族、阿昌族、撒尼人、阿细族、藏族、纳西族、僮族、侬族、哈尼族、僾尼族和傣族的情况,剩下一本则全部都写满了极端神秘的阿佤族的情况,当中还夹着几张由师政治部报导科新闻干事偷偷拍下来的木鼓房、剽牛桩、人头桩的照片。因为它们是我耳闻目睹的实地实录文字,是关于这些民族的社会经济形态、政治组织状况、地理、交通、气候、自然资源以及民俗学、伦理学和口头文学的真正的第一手材料,历来被我视同珍宝,从不肯轻易示人的。我还曾想过,也许有朝一日,我可以将它贡献给人文科学研究专家,让它发挥一点有益的作用。

咎由自取,我还是太天真了。

文章便从此破题。

据说,他们都是被一个伟大目标唤醒了伟大精力的、特殊材料制成的人,因此,工作效率之高,委实惊人。第二天傍晚,我当时所在单位的那条长长的巷子里,两边墙上便巴满了一张大白纸写一个字的巨幅标语,诸如:"右派分子卫启蒙窝藏黑材料,铁证如山,罪该万死!""砸烂老右派分子、新三反分子卫启蒙的狗头!""坚决批倒批臭批垮死不改悔的老右派卫启蒙!""卫启蒙恶毒诬蔑兄弟民族,破坏民族团结,绝没有好下场!""攻击兄弟民族,就是现行反革命罪行!""卫启蒙不投降,就叫他灭亡!"等等,等等。

开始我还着实怄了一阵子气,心想:那三个本子,不过是解放初期,我的随军工作摘记,怎么会成了他妈的黑材料呢?不过,很快我就想通了,现在的中国,整个儿就是一座疯人院,对于这帮政治精神病患者,一切反常都是正常,他们什么屁放不出来呢?欲加之罪,何患无辞!于是,我也就采取了保肝养元、泰然自若的态度,且看他们如何动作吧。

革命机器以空前的速度运转着,当夜,我便被押上了斗争会。

主持会议的是我们机关的一个因贪污和乱搞男女关系而一再受过处分的采购员——"最最最"。他原名李占标,十七岁被阎锡山捉去当过两年兵,虽然不久就被我军俘虏,成了"解放战士",但是,却沾染了一身用钢刷子也刷不掉的兵油子习气。他大字不识几个,因此,扬长避短,在例行公事的"首先,让我们敬祝我们心中最红最红最红(请注意,一般都只重复两次,他硬要加上一次,大号'最最最',盖出于此)的红太阳万寿无疆!万寿无疆!万寿无疆!"祷仪式之后,又领着大家学习了一段"最高指示":"凡是反动的东西,你不打,他就不倒……"立即转入正文,只见他模仿旧戏里坐堂知县审问犯人的做派,将折扇当作了惊堂木,使劲一拍,大声吼道:"卫启蒙!你老实交代!

你为甚要说咁掊狗人（上帝宽恕他吧，他不知道'佤伭'二字应当读作 kǎwǎ！）砍了我们最可爱的人——坚决支持革命左派的人民解放军的头脑？你为甚要说他们男男女女齐光着屄子（山西方言：屁股）不穿裤子？你又为甚要说他们齐在光天化日之下搞破鞋？！……"

天地良心！我当时实在半点也不胆怯，倒是一直想笑：一连提出来的三个问题，除了第一个问题是用来装点门面，表现一下热爱人民解放军的无产阶级感情，顺便也给自己涂脂抹粉以外，其余两个问题全为他的秉性所决定，端的是他"最最最"感兴趣的部分，别看他装模作样，这才是狗改不了吃屎呢。

"李司令——'司令'是'最最最'自封的头衔——问的是佤伭人吧？这就说来话长了。我不知道是要我简单说明一下，还是要我详详细细地讲？"

"甚毬的说明？！叫你交代哩！当然是越详细越好！越详细越好！可你要老老实实的，不许给老子耍花招！""最最最"板着脸，厉声呵斥，再一次显示了他的权威与身份。

在亿万人都当了"孝子贤孙"的年头，我自然不必计较：自己是三十大几的人了，生父也早在反右派运动中活活吓死，怎么今天又从天上掉下一个小"老子"来！

我迅速清理了一下思路，便从部队进军云南说起。但是，很快我就察觉到，"最最最"和他的一伙战友们都面有愠色，于是，我猛然醒悟了，我应该实行三级跳，一直跳到"掊狗人"那儿去才对，"最最最"盘问的不正是"掊狗人"吗？

下面，就是我的第一次"交代"：

一九五一年秋天，我作为第一批文化教员当中的一员，分配到了云南思茅地区××师部。上级把我派往大名鼎鼎的侦察连，我非常高兴，感到无上光荣，这当然是知识分子才会有的臭毛病，其实，我初来乍到，对这个侦察连针尖大点的贡献也没有,可倒先有了一种光荣感。我想尽最大的努力,完成党和上级交给我的一切任务。

说起来,当时是秋天,可实际上比内地的夏天还要夏天。思茅坝子是著名的闹瘴气的地区,在旧社会,那儿有不少城镇差不多人都死绝了,传说都是中了瘴毒。所谓瘴毒,其实是恶性疟疾,其中有一种哑瘴,得了这种病的人,一下子就不会说话了,只能比画着手势,同样拖不了几天就死掉。按照现代科学的解释,是疟原虫侵入了并且破坏了大脑神经语言中枢。总之,这一带热得够呛,要不是有"三大纪律八项注意"管着,人人都恨不得扒下一层皮来才快活。

我们奉命进驻佧佤山,现在叫作阿佤山,取的路线是先往南,后往西,又往南,再往西,一路行军,越走越热。到了车里,现在叫作允景洪,简直像掉进了开水锅。这里已经是标准的亚热带了,不但到处有野生的面芭蕉和香蕉,而且第一次见到了波罗蜜树、木瓜树、大枇杷树、芒果树、柠檬树和椰子树,还有开满金黄金黄花朵的相思树,树上落着一种只有蜜蜂一般大小、不用转弯,翻个身就能倒过方向飞行的蜂鸟……有一次,我们还在野地里遇见了成群结队漫游的灰象,至于碰上一条条像拉抻了的救火水龙或者一饼饼盘绕成花蒲团似的巨蟒,那不过是家常便饭。在允景洪休整了一个礼拜,"前指"也从思茅搬到允景洪来了。于是,又下达了新的战斗命令,让侦察连折向西边的南峤县,现在叫作勐遮,取道澜沧和孟连,直扑阿佤山的中心西盟。

勐遮是一个号称四十万亩土地的大坝子。离开勐遮以后,平原就再也不见面了,眼前尽是起伏不平的丘陵和零零落落的小盆地,天气立刻变得凉爽起来,时不时还飘上一阵冷飕飕的小雨。那种纯热带式的水温二十度以上的倾盆暴雨——同志们管它叫天然淋浴——再也休想享受了。自然景观在不知不觉中逐渐出现了不同的层次,由阔叶林而进入混生林,又由混生林而进入针叶林。当然,这也不是绝对的,有时从山顶下到河谷,又和芭蕉、榕树、棕桐和桃榔重逢。这一切变化与反复，都教人感到新奇和愉快，只有一桩令人头皮发麻的事——不知道怎么搞的，在这大片地区，竟滋生着那么多的蚂蟥！山涧沟壑里有水蚂蟥，身子滚圆，发着暗蓝色的光芒，大树底下有旱蚂蟥，灰白灰白的像蛆一样。我们行军时也必须束紧裤脚，系紧鞋带，不能随意乱坐。不但洗漱、饮水受到威胁，连每天"打野外"（大便）都紧张万分，解开裤子，才蹲下去，你就看吧，四面八方都有立即闻到了肉香而兴奋万分、抬头蠕动的旱蚂蟥！不是十条八条，而是成百条！实在令人恶心！

记得早先我在书本上虽然读到过，可就是想象不出来的垂直气候，如今已明明白白地摆在了自己面前。进入阿佤山区以后，往往是一天四季，而不是一年四季，出发站还鲜花盛开，宿营地却雪花飞舞。只有到了这个时候，我和同志们才恍然大悟：为什么参谋长再三再四地强调，一定要携带棉衣、雨布、腰带、绑腿和胶鞋，外加一些用途不明的粗细不等的绳子，并且亲自下到连队逐一检查每个人的背包。后勤部还特别给我们每人分发了三百粒清水锭，遇上不可能喝到开水的场合，便往水壶里灌上生水，再投进去两粒这种小白片，你就放心大胆只管喝好了。的确，长途行军，无疑是十分艰苦的跋涉，况且又在民族各异、语言不通的新区，就是能找到通司（翻译），往往也来不及由于对象的变换而及时调整。

我们的连长邸八百的眉头，自打上路以来简直就不曾舒展过。他虽然经常把"俺是个挠镢头的货哩"吊在嘴上，可有时候说出话来完全是个哲学家。比如，面对通司问题，他的一声感慨，就给我留下了极深的印象，他说："不论大路小路，只能连接一个寨子又一个寨子，说话却能沟通所有的人心。说话也是路，是比普通的路更紧要的路！往后有了机会，俺一定要多学会几种兄弟民族的话，咿就不单是人和人见面，心和心也能见面了。"的确，语言不通，给我们这支小小的先遣部队造成了多少难以想象的困难啊。

正在各方面的压力越来越大的当口上，我们连唯一的一匹大青骡又突然死了，它并不老，才八岁牙口。由于我们基本上是轻装，就只让它驮上大米，两箱子微型手雷和一部小发报机。(后来老要爬山,机要员不放心,怕万一叫摔了,便又宁愿自己扛着。)其实,大青骡有的是力气,再压上比这重几倍的驮子,它照样走得哒哒的,它硬是被这冷热无常的鬼天气活活整死的呀。差不多全连的人都自动集合了,围着大青骡,叹着气,眼睁睁看着它慢慢把背掉过去,蹭着地皮,四蹄无力地朝天举起来,挺着一个胀鼓鼓的大肚子,咽下了最后一口气——却一直不肯合上那留恋生命的湿漉漉的眼睛。一百号铁打的汉子都红了眼眶,我蹲在一旁用双手捂住了自己的脸,不忍再看它一下。丈夫有泪不轻弹!我理解这群大小伙子的感情。大青骡是我们不会说话的战友啊!除了连长他们少数几个人外,数大青骡的军龄长了!它到队伍上服役的日子,四兵团还叫作太岳部队。解放战争开始,晋冀鲁豫部队整编为第二野战军,刘伯承同志是司令员,政委是邓小平同志,太岳部队改称第四纵队。大青骡又成了四纵的一个四条腿的战斗员。然后是抢渡黄河,解放洛阳,挺进大别山,淮海战役,渡江战役,翻越五岭,再打两阳战役,直至雷州半岛……真是八千里路云和月啊,哪一仗没有大青骡不声不响的战功!

　　本来,这样的大青骡,在我们师里为数不少,进了云南以后,经过一年多的剿匪战斗,便几乎死光了。其中以后勤运输部门和炮兵连情况最为凄惨,以至于迫使他们不得不全部换上了适应本地条件的小个子川马。然而,在这半道上,又叫侦察连上哪儿去找一匹川马来呢?

　　邸八百铁青着脸,命令把大青骡埋了,挖一个深深的坑!筑一座高高的坟!立上标记!"要像掩埋战斗英雄一样掩埋它!"可是,奇怪的是,当坑已刨好,连长却突然改变了主意,发出一道叫人生气的新的命令来:"停止!咱们把它的皮扒了吧,留下来,保存好,将来请人把它鞣过一遍,再放进连史陈列室,和咊些锦旗并排挂起来展览,进行传统教育……它的肉,肉,给抹上盐巴,做成肉干吧!俺知道,大伙儿不忍下手……好吧,谁愿意报名?俺算一个!"许久许久,没有人吭声。邸八百这才又劝说似的加以解释:"同志们,谁能料得到,咱们的明天,后天,外后天,要过甚的日子?!你们以为就俺心狠?

俺是想,大青骡是一头好骡子,它跟着部队从北方走到了南方,如今又差不多走到了国境线,它已经为解放全中国做出了最大的贡献,它不会怨俺们的!俺知道,绝不会的!它会心甘情愿地把肉也献出来,叫咱们大伙儿吃!吃了可以跑路,可以打仗,可以完成解放最后一寸土地的光荣任务呀!你们要是不愿参加,俺就独自家干吧……"邱八百这一席话,是噙着泪说的,声调不高,而且对谁也不看不顾,仿佛是在自言自语。

终于,一排长带头举起了手,有几个战士也跟着举起了手,接着,所有的手一只一只都举了起来,不知道为了什么,这些手都微微有点发颤,像风中的一片森林。

我也参加了,我本来就是这片森林中的一棵小树。

大青骡一死,我们每个人的背上就必须增添两倍到三倍的粮食(这里只有糯米,谁也吃不惯,因此,尽管走了这许多路,体力消耗得如此严重,肮脏的又粗又长的粮袋却似乎未见缩短和空瘪)。邱连长也不例外。一部微型电台和一部步话机通通回到了机要员的背上,真是压得他够呛;两箱子手雷则由大个子一班长挑着;盐巴、辣子,还有一摞又当饭锅,又当菜盆的洗脸盆则化整为零地分散负担。

澜沧和孟连还住着拉祜人和旱摆夷(傣族的一支,旧称),再往前走,不但是黑黝黝的大山,长满青苔的石头,而且有超过中等身材两倍高的芭茅和飞戟草。前一种草白里带黄,后一种草白里透青,但都又硬又挺,窄而长的叶子上布满了茸毛,薄薄的边沿部分锋利如双刃刀片。它们一丛一丛密密麻麻地连成一片,人只能在里面钻着走,脸上、手上齐划出了无数道血口子,汗水一咬,一开始还觉着又疼又痒,但渐渐地也就麻木了。

邱八百嘱咐我们一百个人摆成品字形,互为犄角,保持二百米至三百米的距离,一旦有事,可以彼此策应。

事情虽然过去了十几年了,可我一闭上眼就能看得逼真逼真:我们终于第一次看见了血肉之躯的阿佤人!一辈子我也忘不了那个场面,除非我死了。我保证句句说的真话，既不夸大，也不缩小。你们可以向当时在云南××师工作过的任何同志调查，也可以向中央一级或者省一级的民族事务委员会了解。一旦证明我是造谣诬蔑，愿受革命群众的严厉制裁……

我之所以插进这么一段赌咒发誓式的言词，目的并不在于乞求他们不要对我横加迫害——这是办不到的，他们其实比当年的阿佤人还阿佤人，在这么一群入了魔道的革命左派面前，上帝也只能束手无策。唯一能拯救我们大家的是时间——我只不过要求他们不要打断我，我已沉浸在那些激动人心的回忆中去了。对我来说，当然，最大的难题是，我根本无法使得一九五二年和一九六七年和谐而自然地契合起来，这是两段截然不同的历史时期，是两个时代，在它们之间是安不进榫头的。

果然，我的话起了一点作用，斗争会上无"斗争"，竟允许我继续叙述下去。

于是，我说起了自己第一次与阿佤人逼面相遇的经过。我说：

……也不知道在这种芭茅和飞戟草里走了多久，突然，我们进入了一片开阔地。到处是被焚烧过的树木的残桩剩枝，到处是灰堆，空气中还弥漫着一股刺鼻的余烬与树汁相混合的又是焦苦又是香甜的气味。然而，在不远的山坡上立着一群赤身裸体的人，有男的，也有女的，只有个别人的下体围着或者搭着一块破烂不堪的掉了毛的光板兽皮，其余的就像进了澡堂子，全然一丝不挂。然而，又差不多都手持武器：缅刀和梭镖。年老的妇女还拿着又白又亮的铜制长烟袋锅。年轻的女子则一律套满了藤圈：脖颈、手臂、腰肢和脚踝……大小相当，可以转动，但绝对不会脱落。

没有口令，我们的脚步却戛然停住了。双方对峙着，我感到了他们目光中饱含着不亚于我们的惊愕和疑惧，还有根深蒂固的对汉人的公然仇视。

邱八百当机立断，命令大家迅速掉转枪口，枪托朝天大背着，表明我们无意于寻衅。不用细说，这个其实是充满善意的动作，曾经引起阿佤人的一阵骚乱，接下来便是瞠目而视，冷眼观看，对我们的散兵群流露出一种大惑不解的神情。

"照原队形继续前进！保持警惕！一排长！咱们两个断后！"

邱连长立即和一排长绕到了大队的最末尾，同时摘下军帽，不断地戳着红五星帽徽，朝着阿佤人使劲挥舞着，表示友好。

我估计，他们准是看见我们人多，又都扛着清一色的冲锋枪，担心吃亏，在凝视片刻之后，其中的一个发出一声怪啸，人群立刻哄然跑散了，光脚丫子嗒哒嗒哒翻山而去，不知所终了。

我特别注意了他们的脚板，五个脚指头十分发达，像一排分叉的树枝。他们甩动着涂了棕黑色彩釉似的肌肉瓷实的清瘦颀长的胳膊和腿脚，奔跑的速度赛同麋鹿，简直不把任何砂石和荆棘看在眼里。

这一点，不仅给我，也给我们全体留下了极为深刻的印象。

发给我的只是一支左轮，全部子弹不过七粒。邱连长解释过，手枪，是干部待遇。他怕我不会使，便做了几次示范动作，教会了我怎么装，怎么卸，平时怎么擦枪膛，战时怎么扣扳机……又一板一眼地告诫过："这是样子货，你和咱们一样，没有权力开第一枪。即便遇到了最险恶的情况，也只能朝天上打。目的有两个：一个是看看能不能吓退他们，另一个就是向大队报警。"

我把左轮接过来，一边数着子弹，一边先将一粒上好顶膛火，将其余的压进弹仓，心里却在嘀咕：这他妈的算什么武器！还不许开第一枪！呸！

和阿佤人不期而遇的那阵儿，我却情不自禁地握住腰间的这个"样子货"，心里却有说不清的滋味。当我听到连长的命令以后，血一下子便涌上了头，我觉得自己太丢人，做了一件有损于整个连队英雄形象的丑事。

嗨,我们的邱八百!就是好样儿的!

夜已深了,我的手表早已被"代为保管",我不知道到底是几点钟。"最最最"咧开大嘴,露出了如同"金皇后"(一种玉米品种)般密匝匝的大马牙,挥了挥手,宣布:"今天斗争会就进行到这儿,你准备明天继续交代!"

我被造反队员们解押回家。长长的巷子里漆黑漆黑的,像是被废弃了的煤矿巷道。早先那些明晃晃的路灯,被人作为文化娱乐体育健身活动项目之一,全部、彻底、干净地歼灭了。依稀可辨的一根根水泥杆子,连同那弯弯的灯架,仿佛都在幽暗中垂头丧气地叹息。

我被簇拥在人群之中——因为,厕所设在长巷的尽头,人们都急于去小便,像这样拥挤,恐怕该排长蛇阵了吧。

忽然间我听到了一段几个人的即兴交叉对话:

"咻家伙会喃哒,顶得上革命故事会哩!"

"你知道个毬!人家在戴帽帽以前,还是个写家哩!"

"咻?写家?怨不得会喃!狗日的们就靠瞎说八道骗钱哩!……"

"俺看,不像是瞎说八道,你听咻有鼻子有眼的,记下来怕是一篇好小说哩。"

"你没读过咻几本黑材料吧?荤的还在后头哩,嘻嘻。"

不承想,"最最最"吼叫开了:"日你妈!都给老子滚开!甚立场?!甚观点?!这是他妈✕的说甚哩?!"

我不出声地笑了,黑洞洞的,任谁也看不见。斗争会开成了革命故事会,这不是我的胜利吗?

四

这一宿,我失眠了。

倒不是出于厌倦这既然已经开始就必然没完投了的批斗,或者惴惴于将来他们会怎样发落我。老实讲,经过一九五五年的反胡风、肃反和一九五七年的反右派,我的确长了不少见识,在政治运动的风浪中,不那么嫩了。我牢牢掌握住一条:实事求是,既不连累别人,也绝不糟蹋自己。

通宵不寐的原因是,我的神经异常亢奋,我觉得自己又回到了过去的岁月,我想起了我们的连长兼指导员邸八百。不知道为什么,他整夜守在我床前,有时候是有脑袋的,有时候又是没有脑袋的,有时候还是用手提着自己脑袋的,但更多的时候,脑袋和脖子中间露着一小片缝隙,仿佛他的头不是长在肩膀上,而是浮在空中。而且,他的军装上衣和裤子、绑腿、胶鞋,都渗满了斑斑血渍……

然而,最令人惊奇的是,不论他有没有脑袋,不论脑袋是提着还是悬着,他都能和我对话,一字一句,有情有义,完全像活人一样。

"小卫,莫怕。"我听见了邸八百浑厚悦耳的男中音。

"报告连长!我不怕!没有什么可怕的!我要把我知道的关于你的一切全部如实地公开讲出来,它憋了我十五年!整整十五年!憋得我好苦啊!当然,你死得不冤,值得!可老不让人说出来,你是怎么死的,你是为什么死的,我就是觉着气闷……"

"不不不!快别说这!人反正是要死的,只要自己心里机敏,就不冤。俺比你大两岁,俺一直把你当作小兄弟,尽管咱俩在许多方面不是一事,可俺就是喜欢你,小卫,俺喜欢你,你明白吗?"

"我明白,连长。从那一次你按住我的肩膀,嘱咐我:'往后枪一响,你就相跟上俺邸八百好了',我就知道你喜欢我了。我也喜欢你呀,连长!你那么勇敢,那么沉得住气,学习又那么刻苦用心……"

"可惜!俺来不及再让你多教俺一点文化了,只要不打仗,俺就老是寻思:学文化!学文化!将世上该学的东西都学到手!打江山要靠枪杆子,搞建设总不能再靠枪杆子呀……"

我的确看得一清二楚:邸八百微微垂下了他平素高高昂起的男子汉头颅,向我表示着内心的最大遗憾。

"你还可以接着学嘛,咱们订过'包教保学'合同的!你忘啦?"显然,这会儿,我又压根儿忘记了他已不在人世了。

我想起了许许多多往事,流水一样的不再回头的往事啊!山岳一样的永远存在的往事啊!

当他下罢命令,宣布由他和一排长断后,我立刻也疾步走到他跟前:"报告连长!我也和你一起断后吧。"

"啥?你断后?你明白断后是做甚的吗?快给我回到原处,跟上走!不许掉队!"

"连长,你不是说过,叫我一有情况就跟着你吗?"

"你!扯毯甚哩!俺说的是万一真的打响了……不说这了,眼下俺没工夫给你噜苏!……快回去!跑步!"

我坚决执行了你的命令,虽然我完全不理解。

你忒细心,这一点,大大出乎我的意料之外。我一向认为,带兵打仗的人嘛,五大三粗,急是免不了的,首先是心粗,其次是嘴粗,也许还手粗。哪能想到,事后,有一天你竟来要求我谅解。"小卫,那次你要求断后,这咋行呢?你不知道,一号再三嘱咐过,进了阿佤山,就必须改变过去在内地打仗的老一套,不但不能单兵行动,而且战斗小组也不适用了。一号说了,起码要保持一个班的实力,否则要吃哑巴亏。情况太特殊了!怨俺事先没和你打招呼,事到临头又说不清楚,俺对你犯了态度,你怕有了意见了吧?……听说,天底下数知识分子的自尊心最强最强的了。"

"不!哪里话!报告连长!我卫启蒙没有自尊心!"我一时情急,没有考虑就信口答应着。

你听了,瞪大眼望定我,随后便叉着腰大笑起来:"甚哩甚哩?你没有自尊心?你呀你呀,要是真的这样,那你又该吃批评了!"

我也不禁傻笑起来,为自己的失言而感到难为情,于是连忙解释:"连长,我的意思是说,我没有一部分知识分子那种碰都碰不得的自尊心,一般的人人都有的自尊心我当然也是有的。至于说粗话,我也学会了,该说的时候我也照说,不说反而不痛快!连长,要不要我也像老同志他们那样说几句叫你听听?"

"说毬咻作甚!你当俺爱听!(连长呀,你真有意思!你话里又带'把儿'了,还申明自己不爱听!)俺就怕你这个洋学生对我有意见哩!"

"我保证对你没意见!"

"说话算话哩。是骡子是马,咱们走着瞧吧。"

那时候,你也像绝大多数工农干部一样,对于知识分子出身的人,总是不大放心。我不怪你,又不是单单你一个人故意这么干的,何况,没有多久,在我面前,你也完完全全是本来面目的你了。就像你说过的,你心上踏实了,你"戴要见"我了。

……果然,那一群阿佤人飞跑回去报了信,马桑大寨如临大敌,戒备森严,那用石头垒起和依托麻栗树、凤尾竹补齐的一圈寨墙上,布满了哨岗,插满了竹签,支满了弩弓,而且弩弓上还搭满了一根根用毒药浸过的箭杆……

我们无法通过了。

邸八百当即做出决断:当晚露营,第二天起开始砍竹子搭棚子,同时,命令报务员火速与"前指"联系,报告目前的态势,要求赶紧派来"通司"。

度过了第一个阿佤山之夜。疲劳与紧张、愤懑与猜疑、冲动与克制,好奇与憎恶,幻想与绝望……由于连长严格禁止举火,只能就着凉水啃一寸厚的发了霉的饼子,撕咬着那用大青骡子肉做成的咸干巴。

你并没有教条主义地按照兵法书上写的去抢占制高点,虽然你在暮霭中爬上去——巡视过。你选择的是一片山凹的坡地,从那儿可以望见马桑部落,但又绝对超出了他们现有武器的射程之外。离连队露营的地段不到三百米处,就有一条箐沟,涧水淙淙地流过。基本上没有森林和草莽,不怕火攻,只有一些零星的灌木丛,正好可以利用来做天然的掩体。

星斗满天。我还从来没有这样仰面朝天,在旷野中看星星对自己挤着鬼眼的经验。莫名其妙的是,我居然毫无睡意,虽则身体极度困倦,可我的心醒着,而且老是在臆想着各色各样的未来可能面对的"现实"。我勉强闭紧眼皮,却仍旧"看见了"人数较往常增加一倍以上的游动哨兵们的模糊身影……

寒意越来越重,下露了,被子开始发潮,连星星也似乎变成了大颗大颗的水珠,一个劲儿地往下坠落。麂子、马鹿照例来到山涧边上喝水,却因为闻到了生人的气息,飞也似的仓皇逃遁了。狼在远处哀号,还有豹子、狗熊、野猪以及其他从来不曾听过的大小野兽的吼叫或者嘶鸣。至于猎猎的犬吠声,简直整夜未断,想必马桑部落,同样在熬煎一个不安之夜吧。

"我们是来解放你们的呀!难道我们会伤害你们吗?我们的枪口瞄准的是国民党李弥,而你们的弩弓、梭镖却指向我们!"我在争辩着,没有对象,我苦笑了。

终于,我迷糊了一会儿,很短很短的一会儿,天就蒙蒙亮了。

传来了清晰的啼鸣,应该是鸡叫,可又唱的是全然陌生的调门儿。同志们面面相觑,彼此低声询问着:这是什么东西叫?隔了好多时日,我们才弄明白,大部分阿佤同胞养的是原鸡——也就是鸡的远祖,个头矮小,毛色斑驳,下蛋不多,比较能飞,叫声却有如云南话"茶花两朵",因此,这种鸡就被命名为"茶花两朵"。

我了解到,昨夜不少同志都没有休息好。夜半唯一能听得真切的香甜鼾声,据说正是发自连长兼指导员的胸腔。真有能耐!然而,你却又像装配了生物闹钟一样,曾经一连起来查过五次哨!不是一次,不是两次,而是五次啊!可我呢,虽然一直醒着,却压根没听到过你的动静。哦,连长!怎么你就能够如此地与众不同呢?

我们迅速打好背包,管他是干是湿。"大伙房"几个当班的淘了米,泡涨了缴获来的压缩白菜干(罐头),躲进一个背旮旯支起行军锅做饭去了。你规定了的:一天只许做两餐,但是要绝对保证大家吃饱。饭后,除了当班站岗的和一个病号负责看管集中在一起的物资和大伙儿的背包外,由你亲自带领,去附近砍伐竹子,盖临时的营房。

这个举动,充分显示了我们绝不撤退的决心。那么大的一个马桑部落——后来才了解确实,有几千口人哩——仿佛受到了某种震慑。直到我们把简陋竹棚搭成了,整天既不见有人外出,也听不到什么响动。

"同志们,凑合着吧!"

你只是简简单单说了这么一句。

看吧,梁、柱、檩、椽,全是选的大小竹子,各尽其材,屋顶利用削下来的竹枝,再编进一些芭茅、飞戟草,也正相当。匆忙施工,留下一些缝隙也是难免的,因此,偶尔角度碰对了,还能看见蓝天白云。至于所谓的床,更加有趣,竹箕当床脚,竹竿做床架,剖开的竹片就是床板。大通铺,动一动就吱嘎吱嘎乱响,这声音也许会干扰睡眠,但阵阵清香却沁人心脾。你要求每个铺躺下两个班,当然只能亲亲热热地挨着睡,我估摸了一下宽度,忍不住笑了:大概得按照口令统一翻身吧?!

虽然我们的建筑工艺水平并不比有巢氏高明多少,毕竟是地上的房子呀,我们的房子!我们的家!同志们一个个兴高采烈,根据你和排长们开会做出的决定,欢欢喜喜地搬进去,各就各位了。

这一夜果然不同,我睡得很香。第二天起床,只听得人人都喜滋滋咧嘴笑道:"呔!这竹板凉炕还真他妈的美气!"可见大家都休息过来了。

中午时分,又传出来消息:"前指"已经请西线友邻部队从他们进驻的耿马、双江一带,代为聘请了三位"通司",即日上路,估计不出两天,便可赶到。

底下传递着"路透社"消息:"耿马、双江一带住的是熟傣!不少人懂汉话……嗨,××师运气好,尽捞稠的吃!剩下稀不溜丢的,倒灌了咱们一肚子!"

"咦,你还喝上了稀的? 我可叫气饱了!"有人嘲笑起来,只听又说,"这算打他娘的什么屁仗!"说这话的是三班长。三班长个子矮墩墩的,圆圆的脸儿成天笑眯眯的,像尊弥勒佛。他脾性小事随和而又大事认真,不像旁的大多数侦察兵,老让人感到有那么一股子既吊儿郎当又容易发"横"的劲儿。这会儿虽然他嘭嘭地拍着自己的肚皮,装出受尽委屈的熊样,也仍旧是一尊弥勒佛!

同志们都哄的一声笑了。

其实,谁也不用火烧火燎的,三位"通司",第三天准时赶到了。一老一小,另外一个是虎势彪彪的中年汉子。老佤头上箍着一个巨大的火红的布帕包头,中年汉子也有一个红头帕,不过比老佤略略小些。老的长着满嘴白胡子,小的才稀稀拉拉刚生出几根阴毛,至于中年汉子,赤裸裸的健壮体魄,使人一眼就觉出他正处在精力过剩的盛年。搭配得多么好啊! 连长逢人就高兴地宣布:"感谢首长! 亏他们想得周到! 一下子来了三个! 而且年龄长幼有序,正好同马桑大寨不同辈分的佤族同胞打交道;各有各的代表性,也各有各的针对性! 美的太! 美的太!"

于是,通知全体指战员做好明日进寨的准备。

这三位"通司",虽然是所谓的熟伕,除了他们会说不大纯熟的汉话(云南方言),对我们总是友好地微笑外,和那天我们路上遭遇的阿佤人,实在没有任何不同。照样的精赤条条,照样的肤色黝黑,照样的牙齿雪白,照样的头发鬈曲。想必是连长觉得在荷枪的军人行列中,夹杂着三个光屁股的男人,太不雅观,便拣出了自己备用的一件衬衣和一条裤衩,又动员一排长和三排长各自"捐献"出一套同样的内衣来,分发给他们三个,做过示范动作,请他们分别穿上。起初,他们三个倒是兴高采烈地着意打扮,还用同志们掏出来的小镜子照了又照,嘻嘻哈哈,十分得意,可不到一分钟,便一个个愁眉苦脸了。那个娃娃家索性带头又撕又扯又咬,三把两下便把衬衣上的五个扣子绷得都挣断了线,落到地上,他非但不去拾起,反而使劲用脚践踏,接着又把衣裤通通脱下，揉成一团远远扔掉。娃娃的此番举动，仿佛有传染性，立刻使得中年汉子和老倌急得嗷嗷大叫起来——他们全都不能忍受"文明"的束缚，可是，他们都不会解那该死的纽扣！

见到他们那痛苦万状的模样，邸八百只得叹气认输，又跑去亲自替他们两个脱掉，结果，那中年汉子和那老倌便一一还自己以本来面目：头上各自顶着一个大红盘子，而其余部分则实行天体运动，虽然，老倌用一根藤条吊着一块巴掌大的带花斑的山猫皮，稍稍有那么一点走出伊甸园的意思——聊胜于无吧。

不过，这时候，阿佤老者说了一句充满智慧和远见的话，倒令我们全体在场的人都又佩服又感动，他说："解放！（佤族同胞把'解放军'一律简称为'解放'，这个约定俗成的统一称呼，一直沿用至今）莫怪咯，不是不领你家的情，我们祖祖辈辈就是这样：娘胎里咋个出来，就咋个活，为哪样要穿衣衫？硬是穿不惯啰！再说，要是我们变了个样子，马桑大寨的人见了会咋个想呢？他们会骂我们：'解放'的狗腿子！不跟佤家一条心了，因此上，还是不穿的好！咯是这个道理？"

这件本来令人失望、令人惋惜、令人别扭的事，一下子像被谁施了魔法，突然变作了黏合剂，我们这一百零一个"解放"和他们三个"熟伕"，立刻捏成了一团，掰也掰不开了。

热心而又好奇的战士们，把他们团团围住，和他们攀谈起来，有的打听这，有的探问那。特别是那个十四五岁的男娃娃，天真、单纯、调皮，最逗人喜爱。正当他迎着周围亲切的目光，坦然展览自己小野兽一般的肉体，并且操着云南方言，结结巴巴地和这一大帮北方籍的武装汉人有一句没一句搭话时，突然间兴奋起来，激动地耸耸端正的鼻管，大喊一声，便像一头小马驹似的从人丛中突围而去——原来，我们的一个同志刚洗罢脸，正在用香皂搓毛巾。这个阿佤小鬼闻到了从来不曾闻过的令他心醉的香味儿！一旦他继而发现了那神奇的玩意儿竟然会吐出许许多多淡绿色的泡沫，就更稀罕得了不得。他毫不犹豫地一把夺了过去，马上使劲往自己脸上涂抹起来，看看泡沫不多，又往水里一撸，再狠擦一通……于是，头上、脸上、手上、腿上、胸脯上，堆满了一圈一圈一层一层的泡泡，引得众人哄堂大笑。

这真是个可爱的民族！

接着，那个中年汉子和那个似乎比较稳健的老倌，也甩掉了谈话的对手，争先恐后地跑去掀开一个又一个的肥皂盒，拿起这块闻闻，又拿起那块嗅嗅，最后，找到了他们认为满意的气味，便也和那娃娃一样，共着一盆水依法炮制。说来也巧，正好这当儿，阿佤山第一次显示出它的特殊性格，说变就变，刚才还天朗气清，忽然就暴雨倾盆，而且越下越大。他们三个，干脆都跑到门外，咧着大嘴，嘻嘻地笑着，呼哧呼哧地哼着，甩着胳膊，跺着脚，不时还发出一阵阵欢乐的尖叫，完完全全是舞蹈动作。他们就着雨水，把头、脸和身子全部用香皂沫儿包裹起来，以致令人几乎忘了他们的肤色，只见雪亮的牙齿，发蓝的眼白，和无所不在的肥皂泡的闪光交相辉映。雨水冲掉一次，他们再涂一次，他们是这样地高兴，这样地坚决，一直到三块香皂化为乌有为止……

大伙儿简直笑破了肚皮，邸八百连长也笑出了眼泪，失去了往日的威严，这虽然是从来不曾有过的事，但在这会儿却被人人认为理所当然。几个排长和班长，也和战士们乐得抱成一团，不分什么上下级了，有的甚至滚到了地上，变作了绝对无邪而又放肆的孩童。

这三位佤族向导的表演，其效果远胜过一场精彩的文艺晚会。尤其重要的是，它一扫几天来笼罩在连队上空的沉闷情绪，极大地振奋了我们的士气。

邸八百让报务员将这一"事件"做了专题汇报，一号的回答怪风趣的，电文如下："侦察连每人配给一块优质香皂，为民族团结事业做出贡献的三位皂主，另外加倍补偿，此事由康庄负责。"

制造这起令人愉快的事件的三位新闻人物的名字是：岩戛（娃娃）、岩坎（中年汉子）和岩波（长者）。

五

　　已经举行过三次斗争会了。前来"斗争"我的人一天多似一天。令所有被批斗的"走资派"和"黑五类"们都感到大惑不解的是,我这个斗争会会场上不喊口号,也绝无人声沸沸的粗野斥骂。我并没有遭受皮肉之苦,因之,当然也听不到我的惨叫。

　　就拿第三次斗争会来说吧,那个令人作呕的"最最最",居然再一次"降温",不再装腔作势的喝令我"老实交代",而是空前宽大地说了一句:"卫启蒙!接着往下讲吧!"我听了暗自好笑。

　　还有一种微妙的迹象,原来针对我的大标语被新的"革命浪潮"覆盖了,关于卫启蒙,只剩下孤零零的一条:"卫启蒙胆敢窝藏有害材料,革命人民坚决不答应!"这是微调,回想起他们当初咋咋呼呼,吵吵嚷嚷,说什么在我家里抄出了三大本"黑材料""变天账",大概事后自己也发觉不怎么对劲儿,又改而统一称作"反动档案",这当然是一蟹不如一蟹,越发地不伦不类了。因此,今天才又悄悄地正名为"有害材料",真是挖空心思呀!我不禁油然萌生一股同情之感了"保卫毛主席,保卫中央文革",可也真不易哩!

　　我发觉,我几乎成了一个说书艺人了。昨天做第二次交代时,就发现了许多张陌生的面孔,为了帮助这一部分"新战士"了解来龙去脉,我不得不把第一天说过的东西,重新简单扼要地倒叙了一遍。今天,陌生的面孔更多了,这间三十平方米的小会议室宣告"爆满"。于是,我又只得将昨天说到的在马桑部落外边修建营房,两军对垒以及岩戛、岩坎和岩波三位"通司"来到以后闹的一场笑话,又做了一番提纲挈领的复述。

　　接下去我做新的交代:

　　第二天一早,我们连全副武装,倾巢而出,加上三位佤族同胞,便是一百单四将了,比《水浒传》上的梁山泊好汉,只差四员。我们把马桑大寨,围了个水泄不通。

由于昨夜又接到"前指"通知,后续部队两个团,已经进驻澜沧和孟连。如果以强行军的速度赶路,一天工夫就可望会师。邱八百心里更踏实了,嗓音也特别洪亮起来。连长的愉快情绪感染了全体指战员,同志们一个个格外精神抖擞。

岩波老爹——我们按照云南人的风俗,这样尊称他——和岩坎,走在最前面,他们的火一样的红布头帕在雨过天晴的阳光下,格外地耀眼夺目。岩波和岩坎彼此用佤族语言不断交谈,内容无法猜测。邱八百和他实际上的副手一排长,紧紧跟在后边。岩波和岩坎有时停下脚步,偶尔和他俩交换一两次意见。只有活泼好动的少年岩戛,始终像一头山羊,一会儿影子一般贴着岩波老爹,一会儿又故意放慢步子,靠近一排长蹭上一段,他很不安分,常常忍不住耍弄耍弄一排长背着的那支油光锃亮的冲锋枪,而最令他开心的乐事,莫过于将十个肮脏的手指头轮番戳弄枪管上的蜂窝式散热装置———一个一个的孔眼了。看得出来,平时对武器保养得最为精心的一排长,这时已经对这个佤族男孩儿毫无办法,只好冲着对方的憨笑报以无可奈何的苦笑。

快到寨墙脚下了,岩波老爹和马桑部落手按弩弓、持镖欲投的"民兵"们开始了对话。岩坎也时不时插上几句,只有岩戛,依旧如同一匹小麂子,精力旺盛地蹦来蹦去,全不把眼前这桩"外交活动"放在心上。

情况略有松动。对方不再做出那种威胁性的姿态了。不大一会儿,马桑大寨的头人——也同样头上扣着一个大红盘子——出现了,他和岩波友好地打过招呼,便吩咐打开栅门让岩波、岩坎和岩戛进寨,不过,有个先决条件:"解放"不得入内。

岩波老爹、岩坎和岩戛拉上邱八百、一排长,蹲在一个角落里低声叽咕了一阵,便各自分手了。

连长下令我们严加防范,同时,普遍检查一下各人的急救包。不用说,他忘不了再一次叮咛我们那句说了不止一千遍的老话:"绝对不许开火!万一他们动武,咱也只能朝天鸣枪示警,千万不能伤着一个佤族兄弟!眼下到了关键时刻,这是党的民族政策,咱们的责任是无条件执行!"

说罢,便叫大家根据地形地物,设法尽可能地隐蔽起来,不要暴露身体,静候岩波老爹出寨,看看谈出个什么结果来。

我们多么盼望能谈出一个理想的结果来啊!

然而,毫无结果!反而是非常糟糕的结果!岩波、岩坎和岩戛出寨的同时,同行的还有马桑部落的四条汉子,一律都是箍着比头人小一点的红布头帕,挎着足有三尺长的缅刀。其中一个手里还捏着三支黑鹰翎和三颗红辣子。岩波老爹叹着气,找到了我们连长,急切、愤怒地说了一通,他一面要求邸八百将队伍拉回营房,一面又谆谆嘱咐他,万万不能收下那三支黑鹰翎和三颗红辣子。他说他和头人已经约好,只要"解放"不攻打寨子,寨门就永远对他们三个开着——他们还可以去试着劝说嘛。

邸八百皱起他那又粗又黑的双眉,面部冷漠无表情。但当那个手持鹰翎和辣子的大汉向他逼近,他却毅然迎上前去,十分认真地行了一个军礼,然后连忙摆手,示意对方不能接受他的挑战,又以疾如闪电的动作,从自己的上衣胸兜里掏出一包云南人民慰问部队的名烟和一盒火柴来,逐一给包括岩波、岩坎、岩戛在内的七位当地和外地的佤族同胞敬烟,并一一替他们点着。马桑大寨的使者们又惊又喜——虽然佤族男子一无例外地都爱抽烟,可他们从来抽的是填满烟锅的粗劣发霉的老烟草,做梦也没有摸过这样雪白、精致、芬芳的小纸棍儿呀!机灵的邸八百把这一切都看在眼里,立即决定把剩下的半包全送给了那位前来送战表(即鹰翎和辣子)的好汉。佤族同胞到底是憨厚、淳朴可爱的人们!那位代表竟在感激与冲动中,把鹰翎和辣子丢在了地上,又被围上来讨烟的其他三位同伴踩在了脚底,而置于不顾了。

前前后后,最多三分钟,哎呀!老天!多么漫长的三分钟啊!我们关心连长的安危,人人瞪大眼睛,注视着对方的一举一动,大气都不敢出一口。我们根本不在乎那几支鹰翎和几颗辣子!什么玩意儿?!难道你们也算侦察连的对手？凭良心说，我们的确没有料到竟会这样快的化险为夷！

同志们都使劲地咽着唾沫，喘着粗气。我无法看见自己的动作和表情，大概也差不多吧。

我们又回到了那所临时营房，重度二十世纪的竹器时代的生活。

我奉命做记录，参加了连部的特别会议，主要内容是三位"通司"报告他们和马桑部落首领举行会谈的经过。

岩波大爹说得最多，以他的固有身份和一把年纪，理所当然地成了与马桑头人平起平坐的首席代表。岩波大爹对连长和一、二、三排的排长们说了大意如下的一席言语：

马桑大寨的头人叫作岩丢，他听了我们三个的劝说，放心多啰，点头答应了让"解放"借路去西盟。不过那个魔巴坏透了，魔巴说，这是一件大事嘛，要打一打鸡卦。他叫下手提来一只公鸡。公鸡捉来了，魔巴硬是用手揪掉鸡头，自家蹲到火塘边，嘴里叽叽咕咕念着驱灾捉鬼的咒语，一边燎了鸡毛，用热灰捂过好久，再翻出来剖开，掏掉肚肠。他刚要叫头人家的拿锅来煮，不迟不早，这时候进来了一个人，他们说他是寨子里打铁的——我看他不像是我们阿佤家——他送来一个铁叉子。打铁汉子说："烤的比煮的香！天菩萨保佑，打个好卦！"说罢，两个又咬过一气耳朵，魔巴只是个点头，打铁的转身就走了。没得好大工夫，鸡烤熟了，竹楼里香喷喷的，叫人流口水。魔巴慢慢腾腾地把鸡撕开，将鸡身子、鸡翅膀、鸡脖子都送给了头人，他自家啃住两条大腿，鸡大腿肉啃光了，又小小心心地嘬起嘴巴，咂巴骨头，直到骨头咂巴得光溜溜的，半点筋筋也没得了，才翻来覆去地盯住看。等他找着了他要找的小眼眼，便从竹篾笆上扯下一丝丝竹筋，针尖一样地细呢。魔巴用它当签子钻进那个眼眼里去捣，三捣两捣，七捣八捣，竹签断了，魔巴怪叫一声，就像叫鬼掐住了一样。岩丢也翻了脸，刚才说的全都不作数了，非但不作数，还叫人取来三支黑鹰翎和三颗红辣子，打发马桑的四个砍头英雄送我们出来，说什么决心要和"解放"打一场冤家，比个高下……

岩波长叹一声,停了半晌,指着连长又说:"我最怕的就是你家'解放'大官啦——阿佤人把连长、营长、团长等解放军干部,一律叫作'解放大官',而对两个师的师部来人,则分别叫作'思茅大官'和'临沧大官',对从兵团部来人,就叫作'昆明大官',至于从二野来,则叫作'重庆大官',对来自首都的,他们更加尊称为'北京大官'——收下那三支老鹰毛和三只红辣子,总算天菩萨保佑,你家'解放'大官啦不得收,倒是教他们自家踩得烂糟糟了,真是太好不过了,太好不过了,想想啰,打起来咋个得了!临沧大官(指友邻部队××师)交给我们的任务完不成,我还有哪样脸面转去见他们呢?"

"是了嘛,还有哪样脸面转去见他们呢。"中年汉子岩坎也附和着,感叹着。

蹲在一旁的小小的岩戛,这时也正儿经地不断点头,那动作就像阿佤人用木杵在石臼里舂米一样。岩戛学着大人腔说起话来:"我岩戛小是小啰,脸面也总是要的呢。他们说的,和我说的一个样。我就没得说的了。"

正扯到这儿,机要员在门外喊了一声:"报告!有急电!"

三位"通司"便被请回去安歇了。

原来,正当连长主持这次汇报会议的中间,肉眼瞧不见的电波传来了一号的紧急通知:后续部队从本月二十日开始向我们靠拢,"前指"亦随之迁往澜沧。一号敦促作为尖兵的侦察连全体指战员进一步发扬集体智慧和孤胆精神,务必加速解决马桑难题,打通进军西盟的道路,否则,贻误军机,后果不堪设想。

"二十日?今天十八!才剩一天工夫了。后天'前指'和大部队就都要上来了,可咱这儿还闹不下个青红皂白!"邸八百听了机要员的报告,马上摘下军帽,搔起头来。他只顾自言自语,那满头浓密蓬松的硬发却越发地显得不驯服了,加上久已不刮的络腮胡子,简直活像一只大刺猬。我猛然感到,他仿佛一下子老了许多,形容多么憔悴啊,一股酸楚涌上了我的心头。我怔怔地望定连长,他也似乎在看着我,却同时又似乎在看着在场的每一个人,然而,那目光是焦躁不安和若有所思的,实际上,任何人都不是他专注的对象,这会儿,他只考虑一件事:怎么穿过马桑这个关卡。

邸八百打发大家散去:"都听到了!你们也认真思谋思谋,有了什么主意赶快来告诉俺。"我却不愿离开,他也不撵我。只见连长两只手不断地倒换着摩挲自己的腮帮,来回踱步,他在苦苦思索迅速打开局面的办法。

突然,哨兵气喘吁吁地冲了进来,说是不远处有四个箍着红包头的阿佤人打开寨门,直奔营房来了。你看,阿佤山的事情,一波三折,诡谲多变,就像这里的天气一样,一会儿风清气爽,丽日高悬;一会儿又云山雾罩,昏天黑地!

来的四个阿佤汉子正是那天奉命递交"哀的美敦书"的信使。莫非他们再一次叫关来了?我紧张地注视着他们的八只手,哦,空空的!既没有黑鹰翎,也没有红辣子!不过,依旧不能教人放心。这些阿佤人,着实是猜不准估不透啊!可连长却顿时像换了一个人,满面愁容不见了,代之以热情而大方的笑容。排长们和班长们,还有"通司"们,都仿佛全从地底下钻出来一般,护卫在连长的前后左右。岩波老爹、岩坎和岩戛主动迎上去,一阵对话,相互之间的气氛很平静。岩波老爹扭转头来,正待要与连长翻译,那四个汉子当中的一个——正是上次手执鹰翎和辣子的那人,他的相貌,我记得牢牢的,绝对没有错——又拉扯了老爹一把,笑嘻嘻地补充了一句什么,并且比着嘴巴做了个手势,同时指了指我们连长。

岩波说:"马桑头人岩丢发了话啦,请你家去看他们寨子剽牛;不过,不能叫'解放'全去,最多去七八个人,多了就不合了。他还说,莫要带枪,带枪也就不合了。"

连长和排长们交换了一下意见,决定接受头人的盛情邀请,也同意把枪支留在家里,请他们几位先回去代表部队致谢。

岩波又把这些意思讲给了那四条汉子听,只见那四条汉子喜笑颜开,齐声高呼:喜带梦!喜带梦!(好啊!好啊!)不过,他们并不急于离去,那个刚才做过小动作的汉子又扯了扯岩波老爹的胳膊,接着指了指邸八百的胸兜。

于是,岩波往自己脑门上猛拍一记,笑道:"'解放'大官,他们几个还想抽抽你家那天送给他们的香烟呢。"

邱八百和我们大伙儿都不禁乐了。这些佤族兄弟毕竟是直肠子!只要做通了他们的思想工作,一切的一切都会顺顺当当的。我又异常乐观起来了。

连长立即叫人去找了两包香烟,一盒火柴,让岩波老爹对他们解释:我们解放军并不人人抽烟,公家不发,私人带的也不多,只好委屈他们一次,两个人共一盒吧。

这四个汉子再一次约定了太阳当顶的时间,由他们亲自来开寨门迎接。

似乎又看见了一线希望,虽然心里不免打肚官司。连长和排长当即进行分工,同时决定进寨去参观剽牛大典的"代表团"名单,并且因此而发生了一点争论。争论的双方是连长和一排长,一排长无论如何争着要去:"咋能叫你一个人去担风险?"一排长操着浓重的河南口音争辩着,脸都憋红了。连长却细声细语地劝说,要他顾全大局:"一旦我邱八百回不来了,这个连队的担子不该你挑?!"可一排长还是执意要跟他去,惹得连长动了肝火,嚷嚷起来:"俺还是连长不是?你承认俺是连长,你就听俺的命令:留下!留下!留下给俺照看这一摊子!谁说俺是关云长单刀赴会?俺不带刀,不带枪,可带了一批好同志!"

最后,定下来这么一张名单:邱八百本人、三排长、三班长、七班长,还有三名虎背熊腰的战士。连长盯住我看了一眼,补充道:"文化教员也去!见见世面!可有一条,如果你胆小,悄悄地挟带上你那管破枪,那就拉倒!咱们是共产党,共产党总该比关公强吧,咱们应该更勇敢、更坦白、更守信用!"

说实话,我当时的心情是万分矛盾的,一方面我非常想挎上那管被连长瞧不起的左轮,可我更舍不得失掉了这个进寨侦察的大好机会,何况是跟着英名远扬的邱八百!我的内心展开了激烈的斗争,斗争来,斗争去,还是决定豁出去,连长他们都一律赤手空拳,干吗我非害怕不可!因此,我就手把左轮手枪从腰间摘下来,交给了一排长,连长冲我笑了。

散会以后,我想起了连长送给我的一把小攮子,为了避免嫌疑,索性也送去交给一排长代为保管。有人告诉我一排长进了利用剩余竹料搭起来的一间小偏厦里,我便钻了进去,太不凑巧了,恰好让我撞见了一个"作弊"的场面:一排长手中拿着两个从国民党军队那儿缴获的美式袖珍烈性手雷,正在忙不迭地分别往三班长的两个裤兜里揣,他们俩七手八脚地摆弄,又塞又按又摸又拍,全叫我看在眼里。三班长和他的顶头上司一排长唰地闹了个大红脸,三班长自然还是弥勒佛似的眯眯笑,一排长却几乎是咬牙切齿地低声警告我:"文化教员!如果你把这事儿说给连长知道了,那你就等着吧,有你的好果子吃!"

虽然他们两个违反连长命令的行为,确实教我大吃一惊,可我私下又完全赞同他们的举动。本来嘛,对这帮心怀叵测的阿佤人,就该留一手!因此,我郑重申明:"一排长,刚才我卫启蒙什么也没有看见!"一排长龇了龇牙,友好地当胸抡了我一拳:"有你的!"这一拳倒仿佛给我开了窍,使我福至心灵,竟然得以创造出这么一条新理论来:"马桑的头人岩丢只是说不让咱们带枪,可这玩意儿不是枪呀!"一排长和三班长前仰后合地大笑起来,两个人不约而同地跑上来搂住我,一排长嘴里亲热地骂着:"喝过洋墨水的家伙!就是鬼大!哈哈哈哈……"但立刻又吐舌头,扮鬼脸,慌慌张张收下我的小攮子,把我推出门外,接着,他们也相继躲开了。

不管怎样,对这件事我决计缄口不言。

遵照邱八百的安排,我们进寨的"代表团",人人都换上了各自保藏着的最新的军服,提前吃了早饭,赶十一点钟光景,便结队向马桑部落出发了。行前,连长——端详着我们每一个人,果然,全部徒手,他满意地点点头,便径自头里走了。

我和三班长彼此递了个眼色,但谁也不曾觉察到。

我很得意,不仅是由于我意识到自己掌握着一个谁都不知道的秘密,而最最重要的是，我确信连长的安全从此有了绝对的保障。因此，我步伐轻快起来，心上一高兴，便哼了几声歌子，邸八百忽然停住，扭头对我笑道："小卫，领大伙儿唱一支《人民解放军进行曲》！"

  向前向前向前！
  我们的队伍向太阳！
  脚踏着祖国的大地，
  背负着人民的希望，
  我们是一支不可战胜的力量！
  ……

歌声在这辽阔的野山中，以从未有过的磅礴气势飞舞、回荡。
"再唱一个！《三大纪律八项注意》！"这一回，连长明确地叫我出列，在队伍的一旁边打拍子边走。

  革命军人个个要牢记，
  三大纪律八项注意，
  第一一切行动听指挥，
  步调一致才能得胜利！
  第二……
  ……

同志们高高地昂着头，挺胸阔步，情绪越来越慷慨激昂，完全是一副通过凯旋门的派头。战歌啊，战歌，你的力量真是神奇啊！我敢对天起誓，这时候，我们是天底下最纯洁的一群人！每一个人都是圣人！我们没有了任何忐忑不安，没有了任何私心杂念，我们坚信我们的事业必胜！我们一定能够亲手解放这最后的五千平方公里祖国领土！

我高兴地发现,连岩戛和岩坎也在断断续续地跟着我们学唱了。

到了!岩波老爹用阿佤话远远地同立在寨墙上的人打招呼。马桑部落的寨门便沉重而缓慢地打开了。这个所谓的门,完全不像我们汉人概念中的门,它根本不是用整齐的刨光的木板做的,更不必提什么涂着朱漆,包着铁皮,嵌着铜环了,它不过是几棵连皮都不曾剥过的大树编排成一个凹凸不平然而紧紧巴巴的栅栏,再拦腰横架起三株小树,然后用藤条穿花似的捆绑结实。总之,是一堵非常笨重、非常粗糙、非常原始的活动树墙。我们见过两次的四位砍头英雄合力把这堵活墙搬开以后,前面便出现了一条深深的幽暗的墓道一样令人发怵的箐沟,两旁都是密匝匝的丛林和竹子,地上长满了青苔和不知名的藓类、蕨类植物,有几处甚至必须侧身,或者弯腰才能通过,一直看不见半幢房屋。这样一种静悄悄、阴森森而又凉飕飕的氛围,使得没有一个人愿意张嘴说话了。这条箐沟约莫有一里之遥,以至于我们觉得它永远也不会有尽头。然而,我们的队形始终不变,除了引路的马桑大寨的阿佤人和担任翻译的阿佤人外,连长依旧走在最前头。

军人的脚步,在这寂寥的箐沟之中显得特别的响亮,惊动了丛莽间的蛇鼠,不时嗤哧嗤哧地逃窜。这种时候,连同志们的脚步声也成了集体力量的象征,令人宽慰,安全感又回到了我的心中。

终于,望见了袅袅的炊烟,望见了竹楼的顶篷,望见了远远近近一窝窝的雨后蘑菇似的根本不考虑朝什么方向开门的房舍。这些房屋全部原材料只有两大类:竹子和草。奇怪的是,我们不曾遇见一个村民,他(她)们都上哪儿去了?——很快,就得到了答案。

我们被领到村后的一块场地,颇接近于内地的打谷坪,说不上平坦,但你不能不承认它相当宽广。扫视四周,除了来路之外,广场的另一端,还有一条较大的路,逶迤蜿蜒,与别一道箐沟相连,想必西盟就在那条路的终点。邸八百也发现了这一点,他早就伸长脖子专心致志地张望了好半天了,对眼前的景象反而并不在意。

场地上，男女老幼，人头攒动，喊喊嚓嚓，贴耳私语。赤身裸体的人群都望定我们这几个穿黄衣裳的汉人，不带枪的"解放"。汉子们都按紧了他们的缅刀，有些妇女面色惊恐，牢牢抱住怀中吃奶的婴儿，或者死命捉住身边的小娃，大爹大妈们则各自扛着一管竹烟筒或一杆铜烟锅，尽管这会儿都停下不抽了，但整个场地的上空，依旧浮动着阵阵难闻的烟草气味。

有一个现象，引起了我的注意，这就是：整个广场上的人，一无例外地都在巴掌心里托着一片不大的芭蕉叶子。我不明白它的用处，我以为，这可能是某种巫仪上的必需品。

一位头箍红布帕的老人迎上前来，和岩波大爹碰了碰右手，又碰了碰左手，就献上了一竹筒"醴"，岩波大爹接过，一饮而尽，把竹筒朝地倒尽，以示领情喝光了，笑致谢意。我想，所谓的醴，大概是酒，正发愁间（我不会喝酒），便轮到我们几个了，一喝，才明白那根本不能算作酒，不过是用一种本地出产的小红米兑上生水浸泡、发酵而成的略带酸味的饮料罢了。

我寻思，这位老人，无疑就是部落首领岩丢了，岩丢由岩波陪同，亲自给我们一一递"醴"，这倒真是不曾想到的礼遇。献给连长的一筒又粗又长，连长恭恭敬敬按住一口气吸了个精光，他的豪情立刻博得了一片啧啧的赞扬之声。这时，一个念头不由自主地闪过我的脑际：啊，原来人类自原始社会开始，就有了尊卑等级观念呢！用岩波大爹的话来说，连长是"解放"大官嘛。

"醴"酒喝罢，我们便被领进场地一角的一间竹棚里（这大概是全寨唯一没有顶层的建筑），由于没有窗户，光线很暗，借着那一束束从竹篾缝隙中钻进来的阳光，我看见了半截巨大的树干，木色陈旧，发乌，横截面上架着两根粗黑的棍棒，可想而知，树干是被掏空了的，树皮也半点不剩了。这，就是人们传说的木鼓，而这间矮小的竹棚，就是骇人听闻的、总是与某种凶险联系在一起的木鼓房。不过，这会儿使我产生兴趣的是，这个木鼓不是直接栽在地上，而是预置了一个由几块花岗岩拼凑起来的基座，石块相当平整，但纯属天然，并非经过錾刀加工而成。基座上面支着一个粗糙的木架，于是，木鼓就稳稳当当地安在石座上了,我琢磨,人们介绍过的,木鼓声沉郁而悲怆,大概正是由此而来的吧。它首先必须在那个洞穴里反复回旋,然后又和坚硬的石头撞击、摩擦,才能挣脱羁绊,腾空而去啊。我又观察到,虽然石缝中长出了不少野草,然而,那冲着房门方向、经常为击鼓人站立之处,石头上却留下了一对清晰的凹印!这完全是光脚片子踩下的后果呀!此时,我虽然还不曾亲耳听过木鼓发出的声音,但是我已经为它的力度所震撼了。

从木鼓房出来,我听见岩波对连长说:"'解放'大官,我告你说,你家莫看这间木鼓房小小的,那样也不那样,咯是再紧要也没得了!就好比你家'解放'办公事的房子,哪样大事都要在房子里商量……我们阿佤人兴打木鼓,你家'解放'兴吹号了嘛,一样的呢,你家说咯是?"

邸八百点头表示同意,又饶有兴致地问道:"岩波大爹,你倒说说,在木鼓房里办甚的大事?"

岩波应声答道:"像今日这样的剽牛,就是大事,还有……"还有什么?他却不再说了。

直性子的岩坎竟把岩波咽回去的话抖搂出来,他补充道:"还有,打冤家,出兵,烧山,种苞谷,遇上瘟病了,没得收成了,都要求告老天,再一样就是砍人头祭谷子——准备去砍,和砍着了抬回来,安进人头桩上,都兴打鼓,叫全寨子的人都来看。我们那边不砍人头了,他们这边还砍。"

岩波老爹瞪了岩坎一眼,岩戛却捂起嘴巴笑。

岩丢和其他马桑部落簇拥着我们的砍头英雄们不明白连长和他们三个到底说了些什么,只是你看我、我看你的发傻。当然,他们毕竟能猜到七八分,内容总离不开木鼓房。

这时,一个人抱着一扇大芭蕉叶子挤了过来,他给我们一行见人就撕下一块,塞进我们手中。这个人既没有发出任何声音,也完全没有表情。他只是非常专注地望着我们每一个人的脸,仿佛要寻找什么特征,然后加以分辨。我发觉他特别仔细地观察着我们连长,同时,似乎对我的眼镜子发了十分之一秒的愣怔。

这个人虽然同样赤身露体，肤色却不像周围的人那般黧黑，正相反，倒更接近我们的黄色，头发直直的，也和我们差不多，特别是五个脚趾，和阿佤人的那种筋络暴突、呈树枝分杈的形状根本不同。唯一既区别于我们又区别于阿佤人的是牙齿，乌光乌光的，简直如同敷了一层黑釉，引人注目。我暗自判断：槟榔嚼得太多了。

可能连长也察觉了什么疑点，向岩波提了一个问题，只听见岩波说了声："打铁的，缅刀打得顶呱呱啦。"

咚！咚！咚！咚！咚！……木鼓响起来了，果然不假，沉重、悲怆、严峻，一声声都直接槌打在人心上，而心脏只不过是一团脆弱的血肉，它经受不起这样毫无理由的执拗的拷问。当初混沌初开，那积郁在天地之间的原始之力，频频左奔右突，上颠下震，终于制造出一个万籁交响的大千世界来，那光景当亦不过如是吧？

在木鼓声施加于我们的紧迫感与窒息感中，一头肥硕的公牛被牵上场来了。首先，由岩丢接过穿着牛鼻子的鹿筋，亲手将它拴在一根坚固的木桩上，再扯过一根藤条，绕了几圈以示加固，这截木桩就叫作剽牛桩。木鼓骤然停息，但余震仍在耳边回荡，然而，这是一个讯号，立即有三四十个精壮汉子举着缅刀自人群中冲上前去，他们之中绝大多数扎着红包头，足见这些人都是马桑大寨的精英。

大公牛的厄运降临。

一霎时，只见这一群赤条条的男子汉挤作一团，你争我夺，吼声震天，乱纷纷举刀向牛猛劈。忽听那牲口哞的一声哀鸣，急促而哽咽，有一柄沾满牛血的长刀在空中亮了一下，全场爆发了热烈的狂呼，带着十足的野性。众人骚动起来，不自觉地往前拥。岩波对我们解释，这是确认刺中第一刀的汉子当选为今天的头一名剽牛英雄。这一刀必须直剽牛的心脏。当真，那牛颓然倒下，鲜血汩汩地流了一地，仿佛那儿地下喷出了一口血泉。

然后，开始争夺牛头，谁砍下牛头，就可以马上离开剽牛场，直奔自己的竹楼，就可以将血淋淋的牛头立即挂在最显眼的地方——一般都是人们立在楼梯口便一眼能够望到的高处。抢到了牛头的汉子当然也是公认的英雄人物之一，而牛头挂得越多，社会声望也就随之越高。有的人家，由于世代相传，若干辈都出过勇武过人的剽牛郎，他们家的牛头数量之多就特别惊人，尽管那些记载着祖先们的光荣史迹的牛头早已烂得仅仅剩下一对牛犄角了，或者更多一点，还吊着那么三两块牙巴骨。这也没有关系，无妨一直挂下去，因为它恰恰更加有力地证明了其家族历史之悠久与辉煌，从而产生一种激励作用，鼓舞子孙们继承并发扬这一崇高传统。

剽牛的氛围的确是紧张、激烈、动人心弦的。起初还是雪亮光洁的缅刀不断划过天空，渐渐地演化成了一道又一道的血红的闪电，刀刃互相撞击着，不间断地发出叮叮当当的响声，这声音清脆而频繁，它和粗浊而急切的喘息声混在一起，构成了一部充满野性伟力与魔幻色彩的交响乐。人们会不由自主地受到感召和振动，既仿佛接受了某种神秘的催眠术，又仿佛服用了大量的兴奋剂。

不一会儿，又有一位英雄掏出了牛心，他，就是今日的最后一位胜利者。这个以五个指头深深地抠进去、牢牢抓住一颗滴血的牛心从我们面前蹿过去的汉子特别兴奋欲狂，他大喊大叫，山民们也大喊大叫。我们起初还弄不明白，以为牛心比致牛于死命的一刀、比割下牛头的一刀还更重要，不对！"通司"们一解释，大家才恍然大悟：原来，这个夺到了牛心的汉子是一个满头黑发的普通男性青年，而由于这一番成功，使得他一跃而跻身于英雄的行列，取得了箍上红布头帕的资格。他本人以及全寨子的人为之踊跃欢呼，自然是合情合理，发自内心的了。

可是，这位新英雄的手臂被拉开一个大血口子，肌腱翻突出来，活像一张嘴唇，人的血和牛的血滴滴答答，交流着，混合着，洒了一路。这时候，我才注意到，起码有三分之一的勇士们都带着不同程度的刀伤，奇怪的是，他们似乎全然没有知觉,仍沉浸于宗教式的狂热中,一直到一具血污的牛骨架森然地竖在地上为止。

接下来是部落首领、魔巴、珠米以及部分"高级侍从"们主持分肉仪式。我们是客人,因此,岩丢叫人首先向"解放"送肉。应声而至的又是那个可疑的铁匠,他把剁成一块块、一段段的牛肉,牛胃和牛大肠,牛小肠抱在怀中,相当熟练相当均匀地互相搭配好,然后逐一放在我们捏着的那一片小小的芭蕉叶上,示意要我们生吞下去。我得到的一块牛肉不知属于牛的哪个部位,上边有几条惨白的筋络,不但带着血,而且是温热的,特别特别使我终生难忘的是:它竟然还在自行搏动,像一只活物!而且,牛肠子里的粪尿根本不曾排除,实在令人恶心!我偷偷看了连长和三排长一眼,他们正在带头硬咽,于是,我也横了心,强行吞下。

不料我们这个举动,却赢得了一片喝彩声:"喜带梦!喜带梦!"几乎整个马桑部落的阿佤人都在甩动他们的长发,摇晃着他们的腰胯,挥舞着他们的胳膊,咧着红嘴白牙,同时还使劲跺着双脚,以致立刻飞腾起了大片呛人的烟尘……

剽牛大典,至此结束。人们捧住分到的肉食,各自散去,也有边走边吃的。我们一行,包括三位"通司",仍旧由那四个不知名的砍头英雄陪送出寨。当他们把寨门闭住以后,至少,我觉得此身犹在梦中,轻飘飘的,又好比刚从一场热病中悠悠醒来。一路上谁也不说话,待我稍稍缓过神来,便仔细察看了一阵连长略带忧伤的脸色,他,似乎正陷入在另外一种更深一层的沉思之中……

想必同志们和我一样,越往前走,越觉得肚子里折腾得厉害,可又碍着还有三位友好的佤族同胞在场,只得拼命隐忍着,一部分人不断地咽唾沫,仿佛还在继续生吞什么骨鲠在喉的东西;另外几个,正与之相反,直是个吐着唾沫星子,似乎要驱除某种无法忍受的异物。好不容易回到营房,已是吃晚饭的时间了,然而谁也不想吃,却不约而同地躲进那间临时厕所,用食指掏着嗓子眼,硬是迫使自己把一个钟头以前囫囵吞下去的生肉和臭肠子一股脑儿呕吐出来。

这些人当中唯独没有邸八百,后来知道,他当时正在努力加餐——他是正确的,与我们的"抠"相反,他采取了"压"的办法,既锻炼了自己的适应能力,又避免了被"通司"们撞见,造成不良影响。连长望了望我们蜡黄蜡黄的脸子和强打精神的笑容,立刻猜到了一切,但他并不责备我们,倒是轻轻地吩咐:"快睡去吧。回头,俺会吆喝的。"说罢,又继续痛苦然而坚决地往下哽了一大团糯米饭。

大约当晚八点钟光景(山里黑得早,八点钟已经如同深夜了),连长亲自打着手电挨个儿把我们叫出屋外,找了一处僻静地方,主要就一个问题交换意见:"马桑大寨突然又把我们请去做客,用心何在?"

没有灯,我们全体坐在黑暗中,一时无人发言,连长便点我的名:"小卫,你打头炮!"我稍稍清理了一下自己白天的思路,便说了一点印象:"一言以蔽之,我佩服他们的尚武精神,可他们表现这种精神似乎找错了对象。"借着幽微的星光,我看见连长宜点头:"小卫说得很对。不过,要是咱们做好了工作,这倒真是一支保卫边防的好队伍哩!没说的,第一流的民兵!"接着,同志们七嘴八舌地扯开了各人的感想。在邸八百的引导下,很快就得出了完全一致的结论:马桑大寨的目的在于炫耀武力,想吓唬咱们。连长满意地搓着大手,显然,他为他手下的干部战士如此心明眼亮而感到欣慰。

不料,此时,三班长突然冒冒失失地说:"俺看铁匠那家伙,准不是个好玩意儿,瞧他那副脸子!凑你凑得那么近!差一点,俺就要……"

邸八百警觉了,反应迅速,接过话茬就追问:"你就要咋?"

三班长低下头,但很快又昂起头来,痛痛快快地坦白出来:"报告连长,俺裤兜里揣了两个小手雷,要是那狗东西对你下手,我就和他拼了!实说吧,俺当时是用牙叼着那屄鸡巴芭蕉叶子的,为的是腾出两只手来,一只手捏住一个……"

连长勃然变色,恶狠狠地说道:"好——哇!你!不是事先宣布过纪律,不许带武器的吗?该咋样处分你?你自家说吧!"

我心里怦怦直跳,只怕事情闹大了,把一排长也提溜出来——排长和三班长,可是一百个为你好啊!想想不如干脆趁现在就把一切都端出来,也好替三班长分担一份责任。我正开口说了一声:"报告连长!"三班长却对我丢了个眼色(夜色苍茫,但我的确感觉到了这个大有深意的眼色),抢先说道:"报告连长!蹲禁闭,总行了吧!你叫俺蹲几天俺就蹲几天!"

聪明的邸八百斜睨了我一眼。他已经完全明白:卷入这一"阴谋活动"的,绝不止三班长一个。他不吭声了,沉吟了一会儿,才慢慢悠悠地嘲笑道:"谢谢三班长!谢谢同志们!可我只谢谢这一次!往后,谁再耍这套把戏,俺就要用别的方式方法来谢谢了!"

三班长闻听此言,如释重负,马上又恢复了他那弥勒佛的形象,绕着圈儿一个不漏地环顾了大家一遍,然后笑眯眯地说:"俺也谢谢连长!"

邸八百站起身,赶过去戳了戳他肉呼呼的蒜头鼻子,笑着啐了一口:"毬!"

六

由于我在头天黑夜的斗争会上事先声明了下面将接着交代特务铁匠施展美人计的事实经过,当时在会场上便造成了一阵轰动。果然,第二天的斗争会,也就是批判我的"有害材料"的第四次斗争会,竟然一如满员超载的列车,不得不临时加挂车厢一样,只得搬到小礼堂去举行了。

这哪儿是什么"交代"呀,简直是做大报告!我感到荒诞而悲哀,但同时也感到一种从未体验过的愉快和满足。

第二天一大早,我听到了连长和"通司"们的一段对话,在场的还有一排长和三排长,二排长执勤去了。

连长询问那个铁匠的名字。

岩波说:"听人叫他啥子卡——宾呢。"

一排长从竹床上跳下来,失声惊呼:"卡宾?啥意思?卡宾枪?"

连长皱皱眉头,一排长马上闭紧了嘴。

连长又问:"大爹,依你看,他是你们阿佤人吗?"

岩坎心直口快,他代替岩波回答了这个问题,话说得斩钉截铁:"不是的!我们阿佤人最讨厌最讨厌啥子卡呀卡的啰,那是汉人骂我们的丑话嘛。"

卡,在阿佤话中,包含有野种、贼坏的意思,这正是我们为什么要把卡佤族改称阿佤族,卡佤山改名阿佤山的道理所在。

连长立即把机要员叫来,由他口授,让我执笔,起草了一份直接发给一号的急电,大意是这样:

"现已初步查明,潜伏马桑大寨的铁匠代号卡宾,此人肯定不属佤族,形迹可疑,何种背景待查。我们估计他携有电台,望设法截获其与外界通讯联络的证据。请指示应采取的下一步骤。邸。"

才抽一根烟工夫,喜讯便从空中飞来,机要员请连长出去了一小会儿,做了汇报。很快,就见到邸八百流星大步兴冲冲地进来,他见"通司"们已离去,便当众宣布:一号通知咱们,师部情报部门恰好昨天破译了一些署名卡宾的特务电讯,因此可以断言,这个伪装的铁匠正是国民党派遣特务。一号要求咱们,通过各种途径,做进一步的调查,以便相机加以揭露,促成马桑头人的醒悟,起掉这颗前进路上的地雷。

委实太巧了!大家美滋滋的,忍不住手舞足蹈。连长却冷冰冰地兜头一盆凉水:"斗争还艰苦着呢,俺看,等逮住那狗特务以后再乐也不迟!"

又请来了岩波、岩坎和岩戛。连长对他们三个十分亲切地说:"岩波老爹,岩坎大哥,岩戛兄弟,你们瞧,解放军甚也不瞒你们,俺现在正式告诉你们:一号首长来了电报了,上级已经查明,用你们的话来说,那个样子怪怪的打铁汉子,正是国民党派来长期潜伏的特务,是混进马桑大寨的大坏蛋!希望你们三个,一定要想尽一切办法,替我们打听清楚铁匠的底细:哪年进的马桑?谁引他进来的?进寨子以后,都干了些甚?平日他都和谁们近乎?他和魔巴是甚的关系?头人听不听他的话?……总之,凡是铁匠的一举一动,都拜托你们设法了解。明天,就请岩波老爹去叫开寨门,找岩丢再说一次我们借路去西盟的事,顺便摸一摸那个卡宾的底细。"

岩波大爹他们虽然未必完全掂准了这件事的分量,却也懂了七八分。他们特别感激的是,"解放"大官如此信赖他们,仰仗他们。何况,远处还有一位连这个"解放"大官说起来都毕恭毕敬的更大的"大官",也同样在盼望他们三个帮上一手。他们大声咂着嘴——这是阿佤人表示感动的表情——相跟上退出去了。

可是,还不等岩波老爹他们睡过一夜去马桑执行任务,当夜又出了一桩咄咄怪事,事情的全过程,我当然是在天亮之后才了解的。

这一夜的上半夜,按照惯例,派出去了七个哨兵,由三班长带班。连长因为那天的生牛肉和肮脏下水作怪,几天来一直反胃,一排长便自告奋勇代替连长查哨。十二点钟左右,一排长查到该着三班长把守的地段,却不见半个人影儿,他心上吓得咯噔一跳:糟了!叫人摸了哨了!这天夜里,虽然没有月光,天空却像一块海青色的钉板,缀满了亮晶晶的星宿。一排长已经在暗中走了许久,瞳孔经过自我调整,早已完全习惯了,因此,一百米以内的东西基本上还是看得分明的。这时,他突然听见了一种异样的声音:"莫非野物正在啃小胖子的骨头?"他脑子里立刻闪过这样一个可怕的念头。于是,一排长赶忙立定,一只手举起手枪,一只手横伸出去,扭亮手电扫了一圈。"可不是有野兽!"不远处的地上,有一团庞大的黑影在晃动,好像还不止一头哩。再定睛细细一看,不对了!哪里是什么野兽!是两个赤条条的人紧紧搂在一起,四条人腿,四只人手,两个脑袋!一排长厉声喝道:"谁?"那团黑影顿时停住不乱晃了,异样的声音也中断了,但立刻又更厉害地颤起来,喘气的声音也越发地响了,而且是两股。一排长冲了上去,大吼一声:"谁?再不言声俺可要开枪了!"那两个人还是抱作一团,就地滚了两转,然后分开,其中的一个摇摇晃晃站了起来,一个照旧平躺着。他俩到底都开口说话了,可说的是阿佤话!鬼知道他们叨叨些什么!从声音判断,站着的是男的,赖在地上的是女的。嗐!真他娘的碰上丧门星了!呸,你们干吗要上这儿来搞呢?哪儿不能搞!一排长狠狠地咒骂起来。他见那个男的弯下身去抱起女的,相拥相搂地走了,便也丢下这一对野合的情人,继续往前,去寻找失踪了的三班长。

绕了半天,怕有小半里路了吧,一排长才听得有人躲在灌木丛里叫他:"排长!俺在这儿哩!"一听就是三班长的声音,可又多少有点儿变调。一排长想起刚才遇上的场面,不由得乐了,便快步走上去,问道:"三班长吗?胆小鬼!人家两个睡觉怎么也能把你吓成这个熊样!"

"排长,你说啥?俺熊样?换了你来试试!"三班长说开了那对佤族男女来向他找碴儿的详细经过,一反往常,他完全失掉了笑眯眯的从容不迫的劲儿,说话经常卡壳,显出惊魂未定的样子。

原来,他刚上岗不久,大约一炷香工夫吧,迎面就走来了这一对佤族男女,"他们搂在一起,摸摸捏捏的,根本不理俺的再三警告,越走越近,越走越近……俺这时举起枪瞄准,真想撂倒这一对狗日的!可他娘的俺又不敢犯政策!再说,俺也不知道他们安的啥心呀!俺瞪大眼睛看他们的手,瞪得眼珠子都生疼了……手里的确啥家伙也没带,没有刀,没有弩弓,也没有石头。俺只好挥手叫他们走开,可说啥也白搭,他们不懂呀!俺想,罢罢罢,还是俺走吧,惹不起还躲不起!俺冲着他们两个吐了一口闷气,谁料想就叫这吐气的工夫误了事!俺刚折转身,那一男一女忽地分开,一前一后地抱住俺,七手八脚的摸开了俺的小便!那个女的更不要脸,竟动手要扯俺的裤子!哎呀,俺的姥娘啊,俺可给吓糊涂了,这是要干啥呀?俺猛一使劲,挣脱身,撒腿就跑,可也没忘了把枪栓拉得咔嚓咔嚓响,吓唬他们。跑上一气,我才听清他们在笑,只是个笑!笑!笑!是笑俺哩!稍停停,又听到那婆娘叫什么'解放!解放!卡宾!卡宾!'哟,别余还鼓捣些啥,全不明白。这会儿,那两个人就地躺下干起来,老天爷!离我不到两丈远!最恼人的是,那男的还时不时扭过头来,龇着两排贼亮的牙齿,不停地向俺招手,嘴里一个劲儿地喊着:'解放!解放!'女的压在他下边,浑身上下的藤圈儿嘎巴乱响,吃吃地浪笑!俺的姥娘啊,自打娘胎里出来,俺也没有见过这号事儿!男的大口大口喘着粗气,女的直哼哼……去他娘的!谁能受得了?!你们搞去吧,失陪了!俺一跺脚,就一口气跑到这儿来了!排长!你摸摸,这会儿俺的心还在乱蹦跶呢,哎呀,俺的姥娘啊!"

一排长也忘了不准出声的戒律,放声大笑起来,等自己发觉不对头,才又慌忙捂住嘴儿,咕咕咕地把笑声咽进了肚里。

"狗日的们已叫我给轰跑了,你快回去吧!"

说罢,一排长便抄近路小跑回了营房,轻轻唤醒连长,简单汇报了一下刚才三班长和他自己目睹的奇事。回来的路上,他已经不再觉得可笑可气了,倒是敏感到其中必有蹊跷,可他独自个又吃不透,必须请连长拿主意。

邸八百犹在睡意蒙眬中,一听说竟有这等海外奇谈,一时也说不出话来。只是匆匆穿上衣服,挎上驳壳枪,准备上路,走了两步,又顺手抄起篾墙上挂着的两支冲锋枪,递了一支给一排长,便一前一后地奔出营房去了。

他俩以比平日更快的速度将整个七个哨位都检查了一遍,实在太出奇了,除了三班长以外,另外迎着马桑大寨方向的其余三个哨位,都同样发生了这种事,粗粗一了解,连那过程也无二致。

无疑,这是一个用心恶毒的阴谋。

"卡宾!卡宾!又是这个卡宾!"他想做甚哩?这个混账东西!竟利用阿佤人的落后风俗,布置下这号下流勾当!

邸八百立即联想到昨天的剽牛,哈!一招硬的,再来一招软的,白天是武力,黑夜是女色!邸八百真的动气了,狠狠地指着马桑部落骂道:"非除了这狗特务不结!"这气话,是一排长事后学给我听的。

当夜,连长便命令机要员向已经进驻澜沧的"前指"发了绝密电报。可

345

以想见,一号被人叫醒来看电报稿的时候,必然也会止不住流露惊愕和困惑的神色的。这,实在太意外、太稀罕、太不可思议了!看来,这个"卡宾",倒是一块难啃的骨头呢。

连长和一排长一夜无眠,苦思对策,想来想去,只想到一条——在给岩波老爹的任务当中,增加一点新的内容:那个卡宾在这件丑事上是怎样进行煽动的。

这一次的"交代",一直持续到十二点过了才告一段落。中间尽管有个别积极而又正派的"革命者"义正词严地大声呵斥:"卫启蒙!不许你在这儿借机放毒!腐蚀革命群众!"可是,根本没有人响应。而主持斗争会的"最最最",简直听得如醉如痴——我当然清楚,他是从什么角度来接受这一切的。他迟迟拒不表态支持那位绝顶圣洁的正人君子,而当多数人提出相反的意见,"叫他往下讲!叫他往下讲!"时,他便顺水推舟地下了一个字的圣旨:"讲!"

七

这一夜,我又失眠了,我又看见了肩膀上浮着一个脑袋的邝八百。

我的好连长!你又来找我干什么?还有什么要叮咛的吗?

你摇了摇头,轻轻吐出了两个字:"想你。"也许,你并不曾说这仅有两个字的短句子,我是从你刚毅而略带忧郁的目光中猜到它的。

你还记得吗?那天夜里发生的事,不啻是投向我们全连的重磅心理炸弹!七个哨岗,就有四个活生生地看见了阿伍男女当着生人的面管自做爱!十八、十九、二十啷当,我们这些战士又是多么年轻啊!他们也是有血有肉的人,他们也有与生俱来的人的本能,有对爱情的憬悟和对异性的渴求,即便年龄最小的,至少也开始产生了某种朦朦胧胧的萌动。那证据,正是他们公开的害羞与暗中的好奇。假如没有战争,他们何尝不应当亲手酿造也同时尽情啜饮这青春之蜜?!

这颗心理炸弹造成了远比剽牛之类的更为强烈的冲击波。

起初,还只是窃窃私语,然后,就彻底公开化了,似乎有一只无形的大手,伸向了每一个壮壮实实的小伙子心上,一个劲儿地轻轻抓搔,闹得人人激动不安。

就说你邰八百吧,你也不知不觉地被卷进去了。

我记得,在发生了这件爆炸性特大新闻的第二天,一大早,阿佤山上空突然袭来了一阵热浪。在内地,那正是所谓十月小阳春的时节,阿佤山,尽管山势不低,有时也颇有高处不胜寒的感觉,但毕竟是处于祖国大陆的最南端——北纬23°线上,因此,剧烈的温差起伏,恐怕也未必能说是反常。否则,我们就无从解释,阿佤人何以能终年光着身子了。

我实在闷热难受,便在中午时分,悄悄拎上帆布桶提了一桶水,躲进厕所背后冲凉。突然,你不知道为了什么事情打这儿过,于是,你转身也拎了一桶水来,和我并排站着洗开了。

"连长,你也洗澡?"我问你。

"洗!多咱没洗了,自家闻着都臭哩!"

我们有一搭没一搭地闲扯。

我记得,我们最早说起的是砍人头祭谷子的陋习,你有点忿忿然:"从来没听说过,世上会有这号风俗习惯!"

我就告诉你,我在一本书里读到过,当今的世界,只有两个民族还保留着如此荒唐的野蛮行为和宗教仪式:一个是北婆罗洲的部落民,另一个便是阿佤人了。

你听了,毫不掩饰自己的惊讶:"真的?书上就这样写的?"

你长叹了一声:"这可闹对了,齐叫咱们赶上了!"然后,你话锋一转,说,"咋就不识羞?光尿子俺不去说它,穷嘛,为甚搞鬼也不避着点?"

"这也是他们文化程度低下的一个标志。"我觉着自己有帮助你把实际

347

上升为理论的义务,不自觉地又端出了教员的架势。

我对你解释:"连长,这你就错怪他们了。他们和我们汉人不一样,首先是文明进步阶段不一样。阿佤人还处在半蒙昧状态,他们根本没有我们那种羞耻观念。正因为他们心目中没有这个观念,所以,他们从不在乎把性器官暴露在外边,同时,他们也认为任何情况下实行性交都是天经地义的事,只要双方都需要……"

你仍旧不以为然地摇着头,又说起了连队思想波动的种种反映,似乎十分忧虑。

接过你的话头,我对你说起了革命导师马克思和恩格斯两人的四大卷通信集。我说:"记不准究竟是马克思写给恩格斯,还是恩格斯写给马克思的一封信上,曾经有过这么一段话:作为动物的人,身上都长着一类两用器官,即既属于泌尿系统,又属于生殖系统。它们一般都能够通过恰当的时机实现自己的双重功能,这是一种奇妙的造化,也是人的本能的体现。大意如此。"

你听了,又瞪大双眼,感到十分地新鲜,不,简直是十分地激动。我完全能够一丝不差地说破你此时此地的真正情绪:对这段话的意思你不会不理解,然而,身为革命导师居然白纸黑字地谈论这些,你就不敢相信了。你说是不是?我没有猜错吧!

事实无情。使你忧心忡忡的问题,一句话点透,就是战士们身上的生殖系统和泌尿系统之间爆发了前所未见的矛盾和冲突!

连长同志,请原谅,我帮不上你的忙。面对着原来熟睡着而现在一旦醒过来的灵魂的骚乱,我实在想不出什么解决的办法来。

你怔怔地望着我,我也怔怔地望着你。

我忽然感觉到,你的目光逐渐固定在我身上的某个部位,你瞅过一阵,倒是自己先把脸儿红了。你压低嗓门儿问我:"喂,小卫!你老实坦白,和女人睡过没有?"

我吃了一惊,立刻大声争辩:"哪儿的话!当然没有!"我又气又急,怕也脸红了吧。嘻,连长冤枉人嘛。

"肯定睡过!"你却顽固地一口咬定。

"你根据什么这样说?"我只有苦笑的份儿。但我心中却在暗暗地反驳你:"你才和女人睡过呢,我才二十一岁,你比我整整大三岁!"

"根据?当然有根据!你们知识分子,读书杂七杂八,脑筋开得早,又成天男男女女在一挞里厮混……上手便宜着哩!"

对于这样的理论,我实在无言以对。只好"以其人之道,还治其人之身",也生拉硬扯,胡搅蛮缠地回敬你一句:"依我看,农民的机会更多,一天到晚在庄稼地里钻!关于这个,中国最早的一部诗选《诗经》里面都有过描写。桑间濮上……"

你没词儿了。哈哈!我的敬爱的连长!原来你这位战斗英雄,并不是一切方面都英雄哩,比如,在这个问题上,你起码是太不老练、太幼稚、太简单化了。

你扑哧一声,悄悄地乐了,我也见好就收。"好了好了,小卫,咱不说这了,叫人听见影响不好。等打完了仗,咱们向你这位大教员学学甚的《诗经》吧。"

这一段涉及性的对话,虽然中断了,你却给我留下了一个新的印象:英雄也是人。昨天夜里阿伍人的表演,对你也同样是一种强大的干扰。

可是,你知道吗?由此却触发了我的许多许多联想……

战神是男性的。这是世界公认的一句名言。

可是,我们的人民解放军,却又继承了中国历代农民起义的传统——绝不能否定这个传统有它的优良部分——强制自己非男性化,其结果,在性意识这一点上,就出现了一支中性的队伍。准确地说,在敌人面前,他是绝对的男性,强大、自信、有力,甚至暴烈,在我们全部的战略战术中,充分体现了冲天的阳刚之气:不论练兵场上的摸、爬、滚、打,或者急行军、强行军、和汽车赛跑、前沿阵地上二百米内的过硬本领、近战、夜战、白刃肉搏、滚雷踩雷、董存瑞手托炸药包、黄继光胸堵火力点,总之,整个的小米加步枪,整个的井冈山道路,整个的延安精神,无一不在雄辩地论证着这一点。然而,不能忘了,我们的催人泪下的《三大纪律八项注意》,我们的从"洗澡避女人"到"不许调戏妇女"这一铁律的由强制到自觉的升华,又在重复着李闯王和太平军的口号:"淫人妻如淫我妻,淫人母如淫我母。"难道这些不正是小农经济培养基上滋生出来的最简明最朴素最平等最实际的伦理道德之花吗?

我还想到了弗洛伊德,想到了他那过度夸张而不无偏颇的泛性论。我记得,当我还是个高中生的时候,曾经读过商务印书馆出版的、由著名教授潘光旦译注的《性心理学》,这可能是在中国第一本介绍霭理士、弗洛伊德学说的专著。这本书里使用的概念,大部分都已淡忘了,但是,他们将人的精神活动区别为"原我"和"超我",我却牢记不忘。伟大的人民解放军,如果抽取他一个一个的成员来考察,当然都有"原我",这是毫无疑问的。可是,同时又存在着一个远比"原我"强大千百倍的"超我",即实现革命目标的急迫感和集体主义的荣誉感。这个"超我",如果不说是压制着,至少也是约束着"原我","原我"萎缩了,冬眠了,然而它并没有死亡。

毫无疑问,在这种情况下,我们绝对不能采取携带军妓的办法来解决这一潜伏着的危机,正如我们绝对不能配置牧师一样,那将是腐蚀剂,势必造成阶级质变的恶果。

于是,无可讳言,在我们的军队中的确又有一种对人性的漠视与偏见从相反的方向应运而生(也许是难以避免的吧)。我们的部分政治工作干部往往混淆苦行僧愚昧的宗教箴言与革命者的自我牺牲觉悟的原则区别,以至于听到一声情郎妹子,看到一张女人的照片,也害怕万分,如同害怕斑疹、伤寒和鼠疫……

连长,你当然不知道,在你离开人世不久,军队内部便点燃了一场大批判的烈火,罪魁祸首是一部描写军民鱼水情的富有人情味的电影《柳堡的故事》。我猜想过,你若活着你也一定会对那些放火者不以为然的,因为,我听你说过,在你的老家,有一位少女正在苦苦地等着你。

认真追究起来,这种违反人性的现象,只能从我们这个民族的文化心理结构整体中,只能从占有统治地位的儒家(其顶峰是宋代的理学)充斥着禁欲主义的说教中去寻求答案。

我们的千百万可爱的普通战士,已经为之忍受了巨大的痛苦,而我们本来是理应尊重、理解、帮助这些无私无畏的人的。

可以预料,随着时代的进步、随着兵员来源知识结构的变化,在必将来到的民族文化心理格局的大调整中,又会出现某些过激的偏向,我们可能还得为之再付出一笔可观的然而是另一种性质的代价。最后,在新的坐标系上找到最稳妥的新的支点,实现灵与肉的新的平衡。

而且,我还认为,只有到了那个时候,我们才能理直气壮地宣布:"战神是百分之百的男性的!"而不会感到半点缺憾和犹疑。

邱八百同志,我这些长篇大论,怕你都听腻味了吧?你说:不!那么好,你全听明白了吗?你说:听明白了!那么,我的好连长,你认为对,还是不对呢?你为什么只是个笑呀,笑而不答?

谁也不曾料想到,你的烦恼,我的烦恼,乃至全连的烦恼,都被下午骑马赶到前沿来的一号一扫而光!

我了解,一号的来到,你事先并不知情(他没有电报通知)。这的确是一着险棋!虽说,有整整一个步兵连开路和掩护。

一号的亲自出马,意味着上级已经充分感到了问题的棘手。当你最需要他的时候,他便像神仙一样自天而降了,你是多么感激他啊,从你的每一个动作,每一个眼神中,我都认出了这种潮水般的感激。

一号告诉你,他接到"前指"转来的侦察连的电报时,正在孟连的驻军部队中检查战备,但他当机立断,撂下手头的其他工作,策马上路了。

我也听到了你向一号的汇报。你报告一号,已经请岩波老爹他们三个三进马桑,坚决要求通过寨子去西盟,同时,了解上层人物之间的相互关系,顺便摸一摸那个卡宾的底细,包括夜半发生的新情况。

"不对!不是顺便,而应当是首先!卡宾一日不除,马桑就一日难下……"一号打断了你的发言。

记得你停顿了一下,便愉快地笑了,而且习惯性地拍了一记脑袋。你立刻认定,一号的见解是正确的,他抓住了主要的一环,不能不令人心悦诚服。

你主持的干部汇报才结束,便又当场命令全连腾出营房(后来又陆陆续续盖了几间,比较不那么拥挤了),打扫干净,请首长和老大哥们休息。两个连队的战士们先是互相推让,后来抢扫把,抢背包,最终还是你坚持住了自己的意见:"咱们再露营一次!"

一号是战士们素来钦佩的"完人",关于他红军时代的经历,早已口口相授,编成了一部传奇。那种种非凡的战功,固然为大家所景慕,而一号没有官架子,愿与下级同甘共苦,不带半点矫情做作,特别是当兵团首长提出介绍对象问题时,他发出了"不解放阿佤山,我康庄绝不成家!"的誓言,更使得全师官兵为之动容。谁都知道,一号已经三十七岁了,按说,早该安个窝了,可他却不着急,换句话说,他却另有所急。再者,他平日生活作风严谨克己,照说,师文工队有那个多漂亮的女队员,师卫生队有那么多温柔的女护士,用你的话来说,"上手便宜着哩",可他偏不放在眼里!任最能饶舌的家伙,也诌不出关于他的半点桃色新闻!

同志们每每议论起这件事,都能自然而然地推导出同样的结论:"咱们吃这点儿苦算啥?看人家一号!"这,不正是吊在你嘴边的所谓榜样的力量吗?

我记得很清楚,战士们对一号的这种近乎个人崇拜的感情,曾经使我纳闷:为什么一号下了连,连队立刻改观,你邸八百(更不必提我这个毛毛文化教员了)磨破嘴皮子也难以办到的事,一下子就办到了?我私下琢磨过,想必还是"大家都一样"这样一种带有平均主义,或曰农业社会主义色彩的小农意识在这支以农民子弟占绝大多数的队伍中起了作用!说一千,道一万,战士们打心眼儿里最服的还是这个!

这正是一号此行,表面上看似乎并不曾做出什么惊人之举,而实际上却是扭转乾坤的秘密所在。

一号传令三班长和另外三名有幸观赏阿佤男女性交场面的战士去见他。你亲耳聆听了谈话的全过程,也是你亲口告诉我许多有趣的细节的。

你学给我听,在大致了解每一个目击者的遭遇后,一号怎么拊掌大笑起来,笑得身子都发抖。一号取笑这四个人:"你们呀,熊包!换了我,我就掏出来叫他们看个够!他们不就是想看吗?看就是了!有啥了不起的!还能割了去当下酒菜!"

你还对我复述了一号与三班长之间的一段精彩对白。

一号问三班长:"听说,你当时简直吓傻了,便躲得远远的,你们排长好不容易找见了你,你还让排长摸你的胸口,试试心蹦跶得有多高?是这样吗?这,我就不懂了,难道看见阿佤人睡觉比你头一遭上战场还怕人吗?"

三班长笑眯眯地答道:"首长教俺实说还是虚说?"

一号装出副生气的样子,又憋不住自己笑了:"当然是实说!"

"这……没法儿比,反正怪吓人的!"三班长仍旧笑眯眯的。

一号穷追不舍:"为什么你会觉着怪吓人的?"

三班长这一回有点难为情了,可又是一本正经地答应着:"哈,首长,俺没见过那阵势呀!"

一号又忍不住笑出声来,拍了拍三班长的膝盖:"等到革命胜利了,你自家也要娶媳妇儿的!你们全都要娶媳妇儿的!那会儿,该着你们摆开阵势了,有啥吓人不吓人的!吓谁呢?吓自己吗?"

接下去,一号转入正题,神色也变得严肃起来,他指出这不是偶然事件,是有预谋,有政治背景的行为。对于少数民族种种落后的风俗习惯,要具备社会发展史的眼光,不要大惊小怪。还是一句老话,一要尊重,二要做工作,启发、帮助他们自己起来改革,而改革是一个艰难的漫长的过程,目前连第一步还谈不上。对于我们来说,最根本的是,牢牢站稳脚跟,全部解放阿佤山。

同志们问，对坏人怎么办？对坏人，当然不能和对落后风俗习惯那样，见怪不怪，对坏人要做斗争。但是，一定不能忘了，这儿是兄弟民族地区，情况复杂，阵线不清，千万不能操之过急。我们的基本方针是，以诚相见，搞好团结，通过上层，做耐心细致的群众工作，然后才能真正孤立坏人。一口馍吃不成个胖子，不能着急，慢慢来嘛，一步一个脚印走，一定能走到西盟，走到国境线。

所有一号说过的话，立即像春风一样，吹遍了整个连队，温暖了干部战士的心。那桩不大不小的风波，也吹得无影无踪了。

双喜临门。

薄暮时分，岩波老爹一行也回到了营地。

你将他们一一介绍给一号，一号却说："不用介绍，我们是老朋友了。他们路过澜沧的时候，××师的同志引来见过面的。"

岩波、岩坎和岩戛，都分外高兴，便席地而"蹲"，向"思茅大官""解放大官"汇报这次为时整整一天的艰苦谈判的经过。

你还是叫上我去做记录。

你总该记得吧，岩波老爹劈头就说起他本人对共产党、解放军由猜疑到信赖的认识发展过程。他说，他这是故意说给岩丢听的："'解放'好！'解放'仁义！人家咯对阿佤人客客气气，不打不骂，不烧不杀，连草尖尖上的露水也不沾。你们只晓得穿黄衣裳的扛枪杆子的汉人要不得，不晓得穿黄衣裳的和穿黄衣裳的不一样，扛枪杆子的和扛枪杆子的不一样，汉人烧过你们的班老寨，那是老古辈子的事情啰，如今还说那样！我说岩丢你家要弄弄清楚，莫要昏头昏脑。我告诉他，在我们耿马、双江那点，无论大人、小娃儿，都叫'解放'是新汉人、红汉人，硬是不一样嘛……再说，'解放'初初来到你们马桑，你家不叫进寨子，'解放'就不进寨子，硬是顶着露水过夜！第二天还自己动手盖房子！莫非人家'解放'怕你小小一个马桑？'解放'要人有人，要枪有枪，怕个鸡巴！那天剽牛，这更是我亲眼看见的事啰，你家怕'解放'带枪，人家就不带枪，解放大官，第一个不带，这些新汉人，个个是好人，说到做到。岩丢,我劝你,莫要三心二意了,更莫要听那些说'解放'丑话的坏东西鬼说,一次又一次地难为人家了。我和你一样,也是阿佤家,你咯是信不过我?!"

岩坎提醒岩波老爹:"你还说了,人家'解放'又不想留下在你乌桑部落当头人!不过是过路去西盟,把国民党的几个毛毛兵打起走,人家中国地面好大好大啰,为哪样稀罕你这个寨子!"

岩波老爹连连点头称是,又解释道:"忘了忘了,硬是说得太多太多啰。"

当一号问起那个铁匠的情况时,调皮的小岩戛却捂住嘴咕咕地笑了起来,还不断地对岩坎挤眼睛:"岩坎哥,该你说说了嘛!你哪样都晓得!婆娘们都告你说了,你快说说嘛,'思茅大官'在问你哩。"

岩坎很痛快,一张嘴就说开了似乎离题十万八千里的事:"今天我在马桑寨子串了两个婆娘,好久好久不得串婆娘了,"他咧开嘴笑笑,半点也不感到羞于启齿,"跟你家'解放'住在一起,有吃有喝,哪样都好,就是没得婆娘不好!难过哩嘛。"说着,他用两只手的十个手指同时戳了戳自家心窝。

"我串的两个婆娘,都是叫卡宾的那个打铁的串过的,她们两个都戴着一个样子的玻璃手镯,是老缅(指缅甸)造的呢。卡宾串的婆娘再多不过了,他又没得啥子忌讳,他是外乡人,跟哪个也不同姓。婆娘们说了咯,不清楚他到底是不是汉人,卡宾不说。卡宾只是说过,往年他在安南(指越南)住过好久好久,也是打铁,他的牙齿黑黑的,就是跟上侬人嚼槟榔才黑起的……哈,我说了半天啰,最紧要的倒忘了说,两个婆娘都告诉我,卡宾对她们说过:'解放'不串婆娘,因为'解放'是没得鸡巴咧,一个都没得!婆娘们不相信,卡宾就赌咒发誓,说为哪样要哄她们?他叫她们自家想法子去摸,摸不着,就叫上汉子当着'解放'的面搞,看看他们到底有没有鸡巴!"

岩坎说出这番话来,时至今日,并不令人惊讶,倒是令人气愤!多么下流!多么卑鄙!我飞快地记下岩坎说的每一个字——这是特务活动的卑劣证据呀!——时不时抬头瞥上一眼,看看一号和你脸上有什么表情。

没有表情,一号没有任何表情,你也没有任何表情。

这个时候,淘气的岩戛扯扯我的衣袖,示意叫我注意岩坎的下身。嘻!有意思!也不知道这两个婆娘当中的哪一个,给了他一块破麻片,将毛蓬蓬的东西盖住了。岩戛又俯在我耳朵上悄悄叽咕:"是太阳当顶的时候串的!岩波老爹和岩丢头人都在火塘边上打瞌睡,岩坎就走出去,上了一家没得汉子的竹楼。我跟在他背后,亲眼看见他跟那个婆娘睡下……好容易等到他们两个分开了,岩坎串起来就走,我又跟上走,岩坎又串第二家……"说到这儿,岩戛忽然喘起气来,中断了耳语,我好生奇怪,扭头望了望这个小鬼,他这才把话说完,"我也想串呀,想得不得了!那个鬼婆娘硬是不要!嫌我小!岩坎大哥就叫我蹲在一边等着,等他劝她答应了,我才上去……告你说,'解放',这是我岩戛头一回串婆娘哩,想不到,一串串到了马桑……嘿嘿……马桑……"岩戛的坦率是可爱的,不过,我实在无法接受这种坦率,难道不过于早熟了一点吗?小小年纪的一个男娃娃,也干这个!我记得我事后转告你,你听了也瞪着眼睛直摇头。

他们不知道,在这个世界上,除了男欢女爱,还有多少创造性的令人陶醉的乐事!唉,阿佤人呀,阿佤人!

接下来,岩波老爹敲敲他的铜烟锅,风趣地插了一句:"岩坎,实说吧,我没得睡着,我晓得你做那样去了,亏得你去串了两个婆娘,要不,我这个老东西咋个去打听这样鬼事情?"说得大家都笑了。

最后,岩波明确宣告,他已经和岩丢说定:"后天一早开寨门,让'解放'进寨子。这一回,必得扛起枪,不扛枪,人家们咋个去西盟打国民党残匪?我也说清楚了,'解放'只是过路,不在马桑停脚,更不在马桑过夜。我还告诉他,随后来的'解放'多多的,多多的,都这么办,白天过路,不停不住。我岩波向他们拍了拍胸脯子了:'解放'绝不会踩着你马桑部落的一个蚂蚁!"

"头人和珠米都答应了,剩下那个魔巴,硬是不通融,他又说起要打鸡卦,闹得岩丢发了火,说,又打哪样鸡卦?我岩丢事事都依你,你一回也不依我!

剽牛那天,你说不让'解放'带枪,我依了你,'解放'也真的不带枪;你说,'解放'不敢来,来了也要吓死,'解放'硬是来了,半个也不得吓死!算啰算啰,就叫人家过一回路,我看老天也不会塌下来压着马桑!"……魔巴没得话说了。

从此以后,你就加倍忙碌起来。

我们散了会,你却在一号住处继续说到深夜。

第二天,一号回"前指"去了,你向一号行了一个分外带劲的军礼,一号也从马上欠身和你紧紧握手,许久许久不放,虽然握的是你,可大伙儿的手心全都攥得滚烫滚烫。

我把这些统统看在眼里,我的眼睛成了一架照相机,同志们的眼睛也都是照相机,这一切都照了下来,照在心上。

你一直默默地听我叙述,不作声,只是用点头和微笑做出反应,不知什么时候,你不见了。

我眼睁睁望着依旧关严的房门,房门和门框越来越清晰了,我决定,今天夜里,我就讲这些。

八

所谓的斗争会,已经进入第六天。关于阿佤人当年的种种奇风异俗,虽然还在不停地被人议论着,但是,可以看得出来,"革命群众"所万分关心的,已经是邸八百的命运了。

我接着交代。

一号考虑到形势已经有所缓和,便坚持留下了一个排,接替侦察连把守营房——我们的根据地和大部队的中转站。一号还嘱咐过这个排,全力备料,多搭几个竹棚,因为,后续部队也同时向前运动,一批走了再来一批,需要有个落脚的地方。

一如"协议"规定,我们在第三天大早,荷枪实弹,去到马桑大寨。莫名其妙的是,阿佤人又在寨墙上支起了弩弓,许许多多手持梭镖的汉子站成了一排。

岩波老爹气得白胡子一撅一撅的,和岩坎、岩戛三个指着寨墙大骂,要求岩丢出来见面。

岩丢来了,珠米来了,魔巴也来了,那个魔巴的"影子"卡宾也来了。

不言自明,准是卡宾又串通魔巴捣了鬼!

他们双方用阿佤语大声地叫嚷、争吵。

我方仍旧是由岩波主谈,岩坎断断续续地把双方说的话翻译给连长听。

岩波老爹批评马桑部落:"说得笃定定的嘛,咋个你们又反悔?'解放'仁义,你马桑太过不义了!"

岩丢答话:"大哥莫怪,我是信得过'解放'呢,寨子里的百姓信不过,我有啥子办法?"

岩波吓他:"哪个吃了豹子胆?敢挡'解放'的路!'解放'人多多的,枪多多的,还有机关炮,思茅、澜沧、孟连,更有多多的!一个人踏上一脚,也能把你的马桑大寨踏平了!你就不怕?!"

岩丢扮出一副胆小而又为难的样子:"我咋个不怕?寨子里的百姓也怕呀!怕'解放'带着枪,才不敢放他们进寨啊……"

岩波真的使开了性子,像老虎一样吼起来:"岩丢,你莫要花言巧语!我问你,'解放'不带枪,咋个去西盟打国民党?少噜苏!到底是叫进,还是不叫进?"

岩丢虚情假意赔着笑脸:"不兴叫'解放'另开一条路走?"

岩波老爹大喊一声:"另开一条路?说得轻巧!我日你先人!你!你实在太过坏了!"

岩丢拉下脸,也骂开了:"你帮着汉人欺侮阿佤人,哪个晓得你是哪点的野种?应当叫你吃一梭镖才好!"岩波也急了,转身就夺过一个战士的枪,瞄准岩丢,其实岩波根本不懂得怎么使冲锋枪,他不过是做做样子的。

突然,"勿——叭!"一颗冷子儿从寨墙上飞下来,正中岩波老爹的肚子。岩波顿时仆倒地上,裹着血的肠子流了一地,岩坎和岩戛哭了。

战士们纷纷端起枪来要打。

邸八百大喝一声:"不许打!都给我把枪放下!听我的命令!散开!卧倒!……岩坎,莫要哭,如今该着你接替老爹了,你是箍红包头的英雄!英雄不兴哭!你快对他们说:他们当中有带枪的坏人,千万不要上了坏人的当呀!"说罢,连长见我离他最近,便嘱咐我,"你监视卡宾!"

"卡宾不见了。"我报告了连长。

岩丢见岩波死去,大概也自觉闯了大祸,便赶紧叫人打开寨门,亲自出来察看。

岩戛蹿上去,劈面就赏给他一巴掌,然后,又抓住他的胳膊下死劲咬,血都咬出来了。

岩坎上去拖开岩戛,一边流着眼泪,一边跺脚扬拳地谴责马桑部落这个不讲信用出尔反尔的头人。

岩丢也不争辩,只是蹲下去将岩波老爹的血肠子团起,一点一点塞回肚子里,可是,白费劲,塞了半天也塞不进去。于是,他站起来对着岩坎说了一阵子话,便拉上岩坎,走到连长眼前,示意岩坎把他的心意告诉邸八百。

"这个该砍头的老鬼!又答应叫你家进寨子了。这到底是为的哪样嘛?'解放'大官,我岩坎都信不过他了,你家啊,要小心他骗人啦……"

面对岩丢反复无常的言行,连长将两条又粗又浓的黑眉毛撮拢一起,煞像是谁用毛笔写下的一个大大的"一"字。

这个马桑部落到底搞的什么名堂!真他妈的不可理解!

连长当即让岩坎转告岩丢:"岩波老爹是革命烈士,他是为了包括马桑在内的民族大团结事业牺牲的,他的遗体先在马桑存着,你们要负责好好保护,等咱们攻下了西盟,就派人来给他挖一个大大的墓子,立一筒大大的石碑!"

359

随即一摆手,命令全连跑步集合。

我不懂阿佤话,我真替岩坎着急,他将怎么准确地表达"革命烈士"和"民族大团结"这一类的陌生概念呢?

经过了一场戏剧性的冲突,付出了一条生命的重大代价,我们终于在岩坎和岩戛的引导下,头一次全连进入马桑大寨。

坦白地说,我的忐忑不安,比那次来参观剽牛大典要厉害一百倍。我一直在揣测,是再度发生对峙,还是陷入包围?假如中了埋伏,我们将还手还是不还手?不还手是什么结果?还手又是什么结果?就这样,我设想过不下十几种可能性,但是,我万万没有料到,结局竟会是这样——

我们穿过了那条又深又长又暗的箐沟,穿过了乱七八糟挤作一堆的竹楼,穿过了沉默得高深莫测的赤身露体的人群……来到了上次吃生牛肉、生牛肠子的场地。

猛然,魔巴从木鼓房里跳将出来,拦在队伍的前头,阴阳怪气地干笑着,手里摆弄着一把鸡腿骨和一根竹签。

岩坎问了他一句话。

魔巴也答了一句话。

岩坎和岩戛立刻全呆住了,现出惊慌失措的神色。

连长走上去问剩下的两名"通司":"魔巴要咋?"岩坎期期艾艾地应道:"魔巴说,刚才他打一卦,天菩萨说了,马桑部落应该问'解放'借个人头祭谷子,要是不借,就叫'解放'哪点来再回哪点去!"

"借人头?"连长一时反应不过来。

一排长气呼呼地唾了一口,公开骂了出来:"操他奶奶的!这是什么地方?人头还有借的?!"

魔巴走向岩丢,他一手捧着鸡腿骨,一手用竹签在一个天知道的什么小窟窿眼里钻来钻过去的,口中念念有词。听他对头人说话的口气,虽然不明白那内容,也能做出判断:既是威胁的,又是怂恿的。

我发现了场地四边的树上，隐隐地都支起了弩弓，我赶紧悄悄报告了连长和一排长，叫他们小心。

卡宾又像鬼魂似的出现在魔巴身后，他趴在魔巴肩头撮弄了一阵什么，那凶残而狠毒的眼光只是一个劲儿地围着我们连长滴溜溜转。魔巴嘻嘻一笑，摸了摸自己的头脸腮帮，示意岩丢欣赏邸八百满头粗硬的黑发，满脸半寸长的胡楂，还有那一对卧蚕眉……好头啊，好头！多么理想的能带来一次大丰收的人头！

岩坎、岩戛（这娃娃忽然间长成大人了）急得嗷嗷直叫，对岩丢，对魔巴，也对卡宾央告。

可是，连长却冷静地吩咐："中哩！只要保证部队安全通过，俺就借头给他们！"

一排长坚决反对："连长！要砍头叫他们砍我的好了，你的任务是带上全连去西盟，一号正在等着哩！"

连长却说："对呀，正因为一号在等着咱们拿下西盟，俺才下这个决心，一排长，你应该支持俺才对……"

一排长也很坚决："别的俺支持，唯独这借头的事说啥也不能支持！"

全连的干部们和战士们都急煎煎地哭叫起来："砍我的头吧，砍我的头吧，连长！你可不能！……"

我也在一旁要求代替连长，同时止不住默默垂泪。

连长只是用一句话答复了大家："俺打心眼里感谢同志们！可大伙儿难道看不出来？他们就是诚心要俺这颗人头！"

千真万确。

连长又叫过岩坎，要他原原本传话："俺留下，条件只有一个，让俺站在路口，望着连队通过箐沟安全上路，直到看不见了为止。"说罢，他摘下皱巴巴的军帽，使劲撑了撑，又一点一点地抚平它，接着，蘸上唾沫星星，把蒙上了尘土的红五角星擦得晶亮晶亮。听了他的话，看了他的这一连串动作，全连一百

361

号大男人就像孩子一般号啕大哭了。

连长却生起气来,喝道:"咱们侦察兵多会儿兴起了娘们儿腔!哭天抹泪的!一排长!从现在开始,你就接替我指挥全连,奋勇前进,解放西盟!解放阿佤山!"时候不早了,他摘下手表,看了一眼,径直递给了一排长,随后又摘下了腰间挎着的驳壳枪,摩挲了两下,也递给了一排长。

"同志们!出发吧,不要管俺!"

连队依旧号啕着,在一排长的带领下,一步三回头地望着自己的连长——这个真正的伟丈夫!天下第一等奇男子!

卡宾恶鬼似的狞笑着。

魔巴也踌躇满志,岩丢却躲在一边,样子十分猥琐。

当我走过卡宾眼前时,猛然听见他说了一句汉话:"下回就轮着你了,二饼子指导员!"云南人管眼镜子叫二饼子,这个特务,错把戴眼镜的我当作指导员了。

我的第一个反应是迅速握住我的左轮,但我想起了连长,想起了连长为之慷慨就义的整个大局,我咬着牙强自隐忍了,狠狠擦了一把泪水,掉过头去,瞭望此刻还无从望见的西盟……

唉!我们有枪,却不能开火,我们明明知道谁是特务,却不能就地处决,我们为了彻底消灭蒋介石国民党军队,帮助阿佤同胞翻身解放过好日子,却必须尊重他们这种混账风俗!我们每个人都只有一颗头颅,却必须随时准备借给他们去祭什么谷子!今天交出去的头颅又是什么样的头颅啊,连长的头颅!用阿佤山一样多的金子也买不到的好头颅!

一路之上,思绪如乱麻,理不出半点头绪。我想,同志们,还在啜泣的同志们,他们的心,一定也和我的一样,正在激烈地蹦跳着吧!

远远传来了木鼓的声音,全连又号啕大哭起来。

"咚!"

"咚!"

"咚！"

一声声，都扎扎实实地直接叩击在连队的行列之上，扎扎实实地直接叩击在大伙儿心上。我忍受不了，同志们也忍受不了，这鼓槌打得好狠啊，每个人的心脏都要爆裂了！

唰唰的脚步骤然中断，仿佛冻结了一样，接着，滞重而又迂缓地掉转方向，朝着马桑的所在再度凝固，像一百零两座雕塑。

偏偏鼓声仍旧如此残酷，它毫不理会我们的感情，继续恶毒地砸下来，砸下来，砸下来……

突然，三班长端起了他的枪，对着刚才来的地方水平瞄准了一阵，又像被什么蜂子蜇了一下似的，痉挛着，扭转枪口直指天空，咬着牙，扣动扳机，砰！枪响了，接下来，我听到了他骇人的一声嗥叫。于是，四面八方都传来了拉枪栓的声音和子弹在空中呼啸爆炸的声音，我自己都不清楚我什么时候也拔出了左轮迅速朝天放了一枪。连长！是你手把着手教会我用枪的呀！如今，我却为你射出了生平的第一颗子弹！没有目标的一颗子弹！

小岩戛搂住岩坎哀哀地啜泣，岩坎则跪在一排长脚下，默默地捶打着自己的胸膛，无声地流着热泪。一排长也不由自己，摩挲开了邱八百遗下的武器……然而，终究他艰难地收拢五指，捏成拳头，跳起来狂呼一声："留下子弹打李弥！为邱连长报仇！听我的命令：向后转！齐步走！"

枪声在山谷中轰鸣，久久不散。

我注意到，那该死的木鼓声戛然消失了，不！它完完全全被另一个异常洪亮、异常威武、异常骄傲的声音盖过了，压住了，打垮了！

"俺给你头！"

"俺给你头！"

"俺给你头！"

这，当然不是枪声，分明是邱八百的慷慨宣言！还有谁曾魂飞九天，雄踞万里长空之上，逼视人寰，这样放声大吼过？

363

关羽！关云长！以"忠义"二字流芳百世的关公！

我记起了连长的关于关公的一段谈话："谁说俺是关云长单刀赴会？俺不带刀，不带枪，可带了一批好同志！"

关公叫的是"还我头来"！

邸八百叫的是"俺给你头"！

一个是索取，一个是给予。

一个是不甘受辱，一个是自愿奉献。

伟大啊，亲爱的邸连长，你是真正的旷古一人！

你说你"带了一批好同志"，我是好同志吗？是的！我是！我们都是好同志吗？是的！我们都是！

连长你看，我们听话！我们这就去进攻西盟！我们这就去解放祖国的最后一块热土！

永别了！邸八百！

安息吧！邸连长！

我说到这儿，已经完全忘记了这是在开我的斗争会，我大哭起来，任什么也收不住眼泪，我哆哆嗦嗦地自己也不知道自己还说了些什么，就昏倒在地上了。

醒过来，我发现自己躺在自己的床上。我记不清曾经发生了什么事，也不愿猜测将会发生什么事，恍恍惚惚中，只是见到几张面孔，有的熟悉，有的陌生，有的是男人，有的是妇女，我渐渐发觉，他们的眼圈也一律是红肿着的。我思忖，难道，他（她）们也哭了？！他（她）们也会哭？！

过了一天，"最最最"打发一个小头头，跑来向我宣读一纸"通令"：

鉴于卫启蒙的态度尚称老实，有关他的问题暂告结案。兹决定，所有他亲笔书写的有害材料，在×月×日下午×时，由"保卫红太阳"司令部全部当众予以焚毁，以绝流毒。

不久，我便被再次清理，到山西北路监督劳动。

九

再巧也没有了,我"发配充军"的地方正好是崞县,而今改名叫原平。仿佛冥冥之中,有什么神灵指引,我来到的村子坐落在管涔山上,靠近宁武关,叫作后邸,和邸八百的老家前邸,简直连成了一片,不容易分清界限了。可是,村儿照旧是两个村儿,分别称作前邸大队和后邸大队。

我由衷地感激命运的安排。

这里是标准的黄土高原,极苦极苦的旱垣。平时,人们种一点莜麦,一点山药蛋,一点芸豆,搭配着熬时光。遇上年馑,还得见地就胡乱撒上些荞子,才两拃高,便稀稀拉拉地开出几朵瘦骨伶仃的白花来,由于地薄,产量更低,一亩只能打二十来斤。这二年,上级号召摘低产帽子,"要过江、种高粱"的口号震天价响,无奈这儿地势高寒无霜期短,不等高粱秀穗就上冻了,只好割回来扎笤帚。人人都吃救济粮,日子越过越糟心。而且,正像邸八百形容过的:一口井有十八丈深!每天得配备两个拿最高报酬——十三个工分——的强劳力去摇辘轳,一盘井绳比怀娃娃妇女的腰还粗!因此,家家户户都在院子里安下三五个大瓮,专门积蓄天上的雨水。水面上都长毛了,太阳一晒,五颜六色的,但照样得煮饭熬粥。村口上,南北东西,各有一口塘,叫作涝池,平素,饮牲口,洗衣服,都在那儿搅和。难得遇上一场雨,立刻又都变成了臭水坑,什么肮脏东西齐冲了进去,沉的沉,浮的浮,不过,人们也早已习惯了,谁也不觉得这种日子不是人过的。我们人民的宿命论思想,真是一根无往而不胜的超级弹簧啊!

我住的日子长了,人们全都混熟了,我便有意识地了解起连长的身世来。在少数几个说得来的人面前,我甚至公开了自己曾经当过邸八百下级的一段历史。

邸八百的大大(父亲)称叫邸满囤,可一辈子到死也没有满过囤。因为家穷，穷怕了，待到四十多岁了才寻下一个逃荒来的女叫花子，二人成了亲，养下了独苗苗的老儿子，邸满囤想给儿子起个吉利名字，借以改改门风，直抠得脑皮子生疼，也没有想出一个满意的来。后来，人们取笑他："满囤子！这年头粮不值钱，还是钱值钱！你不是成天做梦，思思谋谋想一镢头刨出个钱窖来，你还说过，不要多，千儿八百的就满行了，何不就取名邸千儿，兴许二天真能遇上一口钱窖哩？"老头儿听了一乐，仿佛已经挖到手了似的，谦逊地说："咱家祖坟还没冒青烟哩，千二不敢妄想，若是有个八百呢，咱也就心满意足了。"于是，这个老儿子就正式叫作八百子了。

八百子跟着大大和叫花子出身的亲娘，糠一把菜一把地长大了，没灾没病的怪结实。不久，又赶上八路军解放了这一带，二五减租，日子多少宽裕了一些。村子里也办起了小学，组织起了儿童团，八百子就跟上娃娃们一垯里闹腾，认下了几个字，也抱上一杆一茬人一茬人传下来，以致掉光了穗子的红缨枪放过哨，查过路条。这一段经历，使他从小就懂得了共产党的革命道理。土改一开始，解放区号召参军保田，八百子正好是十八岁的大后生，他瞒着大大、亲娘去报了名。起初他在晋察冀部队里当兵打仗，因为负了点轻伤，住进了医院，上党战役一打响，各个边区都宣布紧急应变，医院也奉命转移到正太铁路以南，不多久，便和另外一所医院合并，改了建制，归属于晋冀鲁豫了。很快他的伤口愈合，但是回不了晋察冀了，邸八百被分配到太岳区，他想：离家是远了点，可哪儿不是干革命呢！捎了封信向二老双亲报平安，等信邮到老家，已是一年以后，解放战争的形势大发展，部队都过了黄河，自己也当上了班长了。

这些事儿，都是从乡亲们那儿零零碎碎听来的，这个喈一点，那个喈一点，凑起来形成这么一份有关邸八百早年战斗生活的履历表。

真正弄清楚他牺牲前后的家庭悲剧，还是在认识了前邸村的一位老羊倌之后。

羊倌也姓邸，大号石柱，是邸八百的堂兄弟，没有出五服，应该说是一门近亲。石柱子不知从谁那儿得到了我的消息,匆匆跑来寻找,主要是想打听一下当年"八百子咋就叫云南山里野人砍了头脑"的详细经过。我才枝枝梢梢择要紧的告诉了他一点儿,他便哭得像个泪人儿似的,紧紧捉住我的手,抽着鼻管哽咽道:"干部们说你是来俺们村管制劳动的,和劳改犯差不多,你倒说说,是真的还是他们胡诌下的?咋就能这样儿哩?就凭你和俺哥一挞里冒死犯难,上过甚毬的阿佤山,咱也不信你会是个坏人!咱们今天就定了,二天俺来引你去八百子大大、八百子亲娘的老坟,还叫上咻婆姨——你不知道,就是当初给八百子说下的咻媳妇子(哦!八百子的媳妇儿?我陡地一惊)——备下一盅水酒,去扫祭扫祭。咻时候还得求你从根儿上说起,点滴不漏地说上一遍!也好叫死去的二老高堂解解忧愁哇!天哪,冤啊,冤啊,齐是黑天冤孽啊!"几句掏心掏肺的本地土话,把我感动得了不得,一时间,我错把羊倌当作了老连长,一把将他揽进怀里,他也紧紧搂住我,两个半老汉的眼泪抛洒在彼此的肩头⋯⋯

第二天一早,羊倌先替我去告了假,(队长是个厚道人,又是邱氏一门宗亲,当下就毫不作难地批准了)再来拉上我直奔远远的一架野山。走近一看,那儿有两座并排的小坟包,跟前早已经有个穿着一身破衣衫挽着个老式发髻的妇女盘腿坐在那儿独自个啜泣。我想,这准是邱八百给我私下透露过的那位不曾完婚的妻子了。我上前去朝着那两座小坟包分别深深鞠了一躬,又叫了一声:"嫂子!"没想到这一声称呼,竟触动了她的伤心处,她当即一手拍着胸脯,一手拍着黄土,放声大哭起来了。

她如今的男人,羊倌石柱不忍心地望住自己的婆姨,半天半天才说一声:"快别哭了,教老卫说给八百子他大大、亲娘,也说给你听吧。"

我把那个悲惨而壮烈的故事又详详细细讲了一遍⋯⋯从早起一直讲到晌午,当我最后说到队伍向西盟开拔,孤零零丢下连长一个,同志们挥泪而别,不大一会儿,便又听见了木鼓房擂响了木鼓,大伙儿脚步踉跄地奔跑起来,号哭之声惊天动地的时候,她——八百子的原配,羊倌的妻子——终于一头栽倒地上,昏死过去,不省人事了。

我和羊倌都慌了手脚,叹着气,把她抬起来,由羊倌背回了家中。

此后,我就见天都要去看望这位苦命的嫂子。可是,每当我见到她,我的心就会缩成一枚小小的蚕茧,不知道该上哪儿去抽个能解她心宽的话头。

然而,我又不能不去看望她,我认为,这是我应尽的义务,甚至是一种神圣的使命。去安慰她几句,或者亲亲娃儿们,或者和石柱子喃哒一气闲话,甚而至于干脆坐在门槛上,甚也不说,这已经成了我每日生活中必不可少的一项基本内容。

我一直在回忆有关邸八百的令人高兴的往事。

有一天,我忽然想到了邸八百参加军区英模大会的故事,这可是我从《国防战士》报上读到的,那会儿,我还没有下连队,正在军政大学当学员。

记得当时报纸上对他的英雄事迹,做过绘声绘色的长篇描述,那篇报导,有一个戏剧性的十分精彩的开头——

康庄司令员兼政委所在的××师师部。

一个身着黄呢子军装的俘虏,被我军战士解押进来。这就是新近荣膺上将军衔,大名鼎鼎的国民党西南"剿总"副司令长官田舜。

田舜进门,见了康庄同志,双腿靠拢马刺相撞,发出响亮的金属之声,他毕恭毕敬,行了一个举手礼,康庄同志也起身还礼,并且示意请他坐下。

田舜却不坐,劈头劈脑第一句话就是:"贵军将士枭勇如此,国军焉有不败之理!这也足以证明,阁下平日治军有方,小弟不胜钦慕!"两位军人相继坐定。一个是而立之年的胜者,一个是两鬓斑白的败将,说话的气氛却奇怪地融洽而愉快……

康庄同志起身送客:"田舜将军,教您受惊了——打仗嘛,一切都出于不得已,这一点,您当能谅解。我已命令安排住宿,伙食会尽可能搞得合口一点。目前,社会秩序尚有待恢复,不周之处,多多包涵,如有什么困难或者要求,请您直截了当提出来,我们一定及时解决或者作出答复。"

"小弟别无奢求,只是想请阁下告诉我,贵军那位带头冲进敝司令部的壮士尊姓大名?"

"他嘛,我军侦察连连长,名字叫作邸八百,一个不怎么常见的姓——'氐'底下加一点,右边又比别人多长一只耳朵!"

"啊,明白了,也记住了,邸——八——百!佩服!佩服!"

就在这一仗中,邸八百排长成了驰名全军的特等战斗英雄。

战斗的经过大致是这样:

部队追击残余的国民党军队,进入了哀牢山区,也就是元江、墨江一带。对面的敌人是号称还有两万人马的西南"剿总"司令长官田舜。边江一仗下来,我军趁着千里进军,取蒙自,下开远的军威,将他们打得作鸟兽散,一多半投降了,小部分化作日后到处流窜的小股土匪,剩下顶多千把人,跟随着这位田副司令长官,困守着一座建造在半山坡里的道观,负隅顽抗。

康庄同志奉了兵团和军首长的指令,决心最后一口吃掉它。他一面调动部队,紧急部署,不给田舜以喘息的机会,一面命令邸八百,亲自带上七八名得力的侦察员先行,任务是摸清敌人的火力点,同时捉一两个"舌头"回来。

邸八百和同志们换上了一色的国民党军服上路了,这时东方尚未大亮。

滇南多雾,特别在哀牢山中,一般是要到上午十一点左右才能逐渐消散。这么大的雾,一方面固然妨碍了我们的视线,另一方面,却又掩护了我们的行动。

邸八百他们终于发现了匆匆挖成的堑壕,处处都是新翻出来的红土。顺着略略有点粘脚的弯弯曲曲的壕沟,一直摸到了一个独立的半截子冒出地面的掩蔽部。

沿途竟没有遇见一个敌兵,邸八百暗自冷笑:"狗日的们,真是兵败如山倒,齐他娘的放了羊了。"可是,掩蔽部里却有人在哇啦哇啦地打电话,是敌人的电话兵!脚下还放着一个很大的线拐子哩!估计是刚刚拉上,正在试线。

另外还有一个哨兵,背朝着电话兵的方向站着,脑袋一舂一舂的,在丢眈哩。

邱八百低声对战士们说:"不许开枪!要快!把这两个家伙拾掇了!"

八个人像八只猛虎下山,扑上去便将两个敌人一下子放倒了——都逮了活的,一号要"舌头"嘛。邱八百吩咐不让他们出声,一面从腰间扯出来一条擦汗的毛巾,先塞进那个电话兵的嘴里。还有一个哨兵怎么办?再也没有毛巾了,谁也没带,邱八百赶忙拔鞋,脱下一只布袜子,揉了揉塞进对方的嘴巴,同时说了声:"伙计,委屈了!"然后,他们七手八脚,使绳子将这两个敌兵——五花大绑地捆起来。邱八百顺手把吊在半空中的电话筒摆回桌上,却听得对方还在什么地方声嘶力竭地喊叫。

他忽然心生一计。

邱八百抓起话筒,顺口叫道:"别这么穷咋呼行不行?"对方似乎愣了一下,便立刻大发雷霆,操着四川口音不干不净地骂道:"龟儿子!我日你先人板板!鸡巴大的个电话兵,胆敢这样子对作战参谋说话!看老子回头报告田司令长官,不扒了你的皮!"

邱八百笑嘻嘻地说:"究竟谁扒谁的皮,咱们等着瞧!快找你们司令长官接电话,就说中国人民解放军有请!"

对方大概是吓瘫了,只听得咯噔一声,震耳欲聋,肯定是听筒摔在地上了。

"叫你们副司令长官田舜亲自来接电话!你听见了没有?"邱八百对着话筒又正告了一遍,声音不大,威力不小。

停了一会儿,那头传过来因胆怯而发颤的回话:"是、是、是,解放军长官息怒,这就去请我们田副司令长官。"

在等这位副司令长官的工夫,邱八百把电话交给了我们的一位战士,并且嘱咐了他应该如何应对。

邱八百把电话兵嘴里的毛巾扯了出来,简单地问了问口供,了解到设在道观里的司令部,离这儿很近,顺着壕沟再往前走几百米就能望得见了。司令部总共才剩下二十来个人,不经打,他们是四面被围,战线太长,兵力又严重不足,哪个卡子也重要,哪个卡子也没有人把守……

电话中的对答又开始了。

"我是田舜。请问阁下……"

"我是先锋营营长。请等等,我去找我们司令员康庄同志来接电话。"

"好好好,我等我等。"

于是,邸八百俨然成了康庄司令员,大模大样地接腔了。他没有忘记,努力矫正自己的山西口音。

那个把话筒递给了排长的侦察兵却捂住嘴巴闷声失笑:"啥阁下阁上的,俺还真对付不了呢。"

尽管邸八百轻轻踹了他一脚,这个战士仍旧乐不可支,咯咯咯地笑着,一面大口大口喘着粗气,一面躲得远远的,独自家笑了个够。

"田舜将军——(他妈的!差一点喊成'同志'了!)——我军现在已经完全控制了你方的全部阵地,你的司令部正处在我方强大炮火的覆盖面下,识时务者为俊杰(好不容易想起了这么一句斯文话!这是打哪儿听来的?不管他!毬!),奉劝将军,迅速做出抉择。我马上派王团长去贵司令部谈判投诚条件!机不可失,争取人民的谅解吧!"邸八百暗暗得意,自己竟能把只有一号能讲的话说得如此得体,如此流畅。

"这……"

邸八百不愿再听这位西南"剿总"副司令长官那文绉绉"炊不烂"的噜苏,也担心自己会露马脚,便把电话掐断,集合起全体战士,将敌人的电话员松了绑,然后又利用那根多余的绳子,将那个倒霉的哨兵结结实实地拴在一根门柱上,同时没忘记连根拔起电话线,免得中途有变。邸八百立定在掩蔽部的正中间,环顾了一下四周,觉着放心了,才命令敌电话员带路,直奔"剿总"司令部而去。

果然,他们猫着腰只跑了不到五分钟,一座倚山而筑、倒败不堪的道观,便突然出现在眼前。

石阶下边布了哨，就一个人。邸八百派两个战士从背后摸上去，绊了个狗吃屎，就卸了他的枪。

邸八百迅速打量了一下周围的地形地物，立刻以闪电般的动作飞步翻过石栏杆，假装发布命令似的呼喊："一连长！架好机枪！封锁要道！"说罢，拔出一颗手榴弹来，将拉环系在小手指上，一脚蹬开那扇破门，冲了进去，又大吼一声，"缴枪不杀！"同志们一个个随后都冲了进来，占据着各个有利的方位。

邸八百定睛一看，那个坐在香案后边、身着黄呢子军服的，肯定是田舜了。"你是田舜？"他立即大步走到田舜面前。田舜看了他一眼，又扫视了所有不速之客，面部难以觉察地闪过一阵抽搐，啊，这些共军！穿戴竟和他的部下一模一样！在这一刹那间，他显然什么都了然于心了。但他依旧不动声色，只有他眉尖上的一颗黑豆般大小的肉痣，忽高忽低地跳动，泄露了他此时此地的内心斗争。冷场片刻，田舜用慢悠悠的动作，从一个公文包里抽出一支小巧的勃朗宁，置于案头，接着又慢悠悠翻转手背，轻轻往外一拔，既不像打算反抗，又不直接交出来。邸八百看穿了他的故作姿态，决定给他一个下台阶，便抢上一步，一把将勃朗宁夺过，抬起枪口，扣动扳机，原先顶了膛的一颗子弹立刻射穿屋顶，哗啦啦击下一大片碎瓦来，满屋子的大小敌军官员，无不为之觳觫。然后，邸八百便把它扔在地下，用脚踢给了挨他最近的侦察员，炯炯的目光一直盯住田舜的动作，一面却在发布命令："把下余的子弹通通退掉！"

这时，靠着一堵绽开裂缝的山墙附近，有一名军官模样的人愤怒地叫道："田副司令长官！您不能……"显然，这个坏种准备动武挣扎，邸八百一看，离他不远的地方，挨墙一字儿排开码着半人高的几十箱弹药，他这时当机立断，撇开田舜，一个箭步蹿过去，大张开两只手，叉着双腿，一个"大"字似的摆在那一摞弹药箱前面，厉声喝道："谁敢顽抗？！俺叫你们齐落不下囫囵尸!"敌人都被镇住了,他旋即抓紧时机,下令,"缴他们的枪!俺掩护着!"于是,二十三支长、短枪支——落进了我们这个不满一个班的侦察小组手中。

田舜长长地吐了一口气,轻快地站立起来:"请带路吧,让我去拜会贵军康司令官。"

事不宜迟,邸八百跑回去将话筒从电话机上摘下来扔过一边,又亲自把香案(办公桌)上的地图、文件、电报稿,以及一切写着字的纸张,抓挠到一起,塞进那个公文皮包,便领上田舜一行"战俘",回我军阵地去了。

康庄司令员听了汇报,却开起玩笑来,冲着邸八百说:"我不但不会给你请功,而且要重重地处分你!你小子怎么胆敢冒充我康庄给敌人打电话?!……哈哈哈哈!快休息去吧,机灵鬼儿!"

我的叙述十分激动,带着思念,带着痛惜,带着自豪,带着英雄崇拜心理,这一切,给这位也只不过是照片中或者还有梦中见过他的大嫂带来了多少抚慰和欢乐啊!她立刻神志清醒了,仿佛从来不曾晕倒过,她因她的男人(从她的全部反应中,我看得出来,她是一直把邸八百当作自己真正的丈夫的)而充满了正当的幸福感!

石柱子和五个小子,都在一旁听得出了神。

"快去给俺把咻盒盒抬下来!"

嫂子支使羊倌去搬一个支架里的小木箱,支架下边是神龛。哦,我越发看清了嫂子的心了。神龛,在这北方的山村,在普通庄户人家,本来是再神圣不过的所在,它的周围除了供灶君和赵公元帅的牌位、画像外,只能贴对联,插香烛,别的任什么也不许摆的!摆了,就是冒犯,就是亵渎,就是天灾人祸……而在这儿,偏偏有个小木箱压在了神龛之上!

嫂子像刮风一样走来走去,终于寻来了一把钥匙,相当吃力地捅开了古老的、布满灰尘的、多年不开的锈锁,掀开箱盖,里面全是些大小不等的邸八百的画像,有水粉画、铅笔画、炭画、钢笔画,甚至于还有一张油画!我愕然了,问她这是怎么一回事,她长叹了一声,叫我坐下,听她慢慢说明来由。

趁她翻箱底的工夫,邸石柱拽了拽我的后襟,低声咕哝:"老卫!她信服你哩,这盒盒,平日里连我都不教看呀!"

嫂子介绍了这些画片的来历:"这是俺大(指她原先的公公,邸八百的父亲)在世的时光,有一年,来了一帮画画的老师和学生,说是要……深入……深入……"她为难地笑了笑,我连忙说:"深入生活吧?"嫂子一拍大腿:"对着哩,就是深入生活!他们满世界画,画庄户人,画牲口,画窑洞,画井台,画山画水,连房檐上的小雀儿也画!俺大就拿出八百子从云南队伍上打的相片来,央求他们画,一个个全求告遍了,这个求罢再求那个,俺大还说,实在画不过来,单画个头脑也行!那会儿,俺大不知从哪听人传言,说八百子在云南叫野人砍了头脑了。俺大把这些画儿挂了一窑,连'光荣烈属'的牌牌上也一边挂了一张!自家一天到黑地瞅,瞅过这张再瞅那张,时不时还伸手去摸画画里的脖颈哩。"

我谨慎地问了一声:"八百子的娘呢?"

"好我的老卫,快别提了,俺娘一听说野人砍了她儿的头脑,立马三刻就疯了,不几天就下世了,一句话也没丢下。

"俺是八百子出事的头一年过的门。俺想,俺早晚也是八百子的人,不能就这么看着老两口受恓惶吧,水没人担,饭没人烧,身上难活也没人照料,俺就这样光着两只手住下了,不回娘家了。

"俺心乱着哩,就这么颠三倒四地说吧,你可要耐着心烦……"

"那你大又是哪年老了的?"

"哪一年?饿杀人的那年!六〇年吧?到处闹浮肿,他上了年纪,熬不过来,就撇下俺走了。临终的时候,俺大拉着俺的手,流着泪说:'苦了俺娃了,只怨俺八百子没福分,不能跟上你这么个贤良媳妇过一辈子。有一句话,不知中听不中听——俺娃,你就嫁了他兄弟石柱吧,虽说是个放羊的,穷点儿,可人心好哇。他不会亏待你的。你若愿意,也不白白地在咱邸氏门中苦守一场。'"

"他,"她指了指石柱子,"隔三错五地来帮俺家老人们干点营生,凡是妇女们干不了的,他全干,修窑补漏哇,盘炕安灶哇,上山打柴哇,井台上绞辘轳的苦重活儿,他全包了。俺想,石柱子秉性确实不赖,就依了俺大,嫁给他吧。你看,养下这一卜溜尽小子,也是些当兵的料哩!俺和石柱子一合计,一个个全起的:七百子、六百子、五百子、四百子的名儿,也算一点纪念吧。"

十

连长,这篇文章即将结束了。我认为,有必要向你再做一个汇报,我相信,这些消息,你听了一定会非常非常快活的。

首先说阿佤山,那儿已经完全变了,修起了一条由澜沧直通西盟的公路,马桑设了汽车站,正式建立了西盟佤族自治县,县城里有百货公司、邮电局、新华书店、饭馆和招待所。整个山区新开辟了水田,森林得到了保护,牛畜用于耕作,粪便用于施肥,而且开始有了拖拉机。除了孩子,人们一般地都习惯于穿衣服,甚至讲究花色、款式了。

特别叫人兴奋的是,人民解放军中,不但有了佤族士兵,而且有了佤族军官。一九七九年,我作为作家代表团的一员,去到对越自卫还击作战的前线采访,就亲眼看到了不少皮肤黝黑、牙齿雪白、头发鬈曲、擅长爬山、吃苦耐劳、诚实纯朴、英勇善战的阿佤人。他们当中,有一些成了上过报、上过广播的,不箍红布头帕,然而是真正的战斗英雄。接着说部队,八十年代的战士,不少人有高中毕业文化程度,绝大多数至少也是小学毕业生,根本用不着配备什么文化教员了。战士们当中,有的会拉小提琴,有的会弹吉他,就在现今炮火连天的老山、者阴山和法卡山前线,流行的一种舞蹈,也正是他们自己创造的,我们当年想都不敢想的"拼命迪斯科"。他们把印有自己喜欢的女电影演员的杂志封面,剪下来贴在猫耳洞里,把自己女朋友的情书和杀敌立功决心书、入党申请书、遗书一同掖在贴胸的衬衫兜里。今年中央电视台播映的春节晚会节目中,就有高级领导人为战斗英雄和文工团员证婚,并且向新郎新娘致贺词,然后全场合着节拍齐唱《十五的月亮》的动人场面。总之,从装备到人,从物质到精神,和过去大不相同了,部队的素质大有提高,这集中到一点,就是:他们都是不折不扣的战神。当然,请你放心,有一样是永远不会变的,那就是,他们实际上都是你带出来的兵,虽然,他们未必知道,自己曾经有过一位名叫邸八百的连长。

第三,可以告慰的是,你的家乡,自打实行了联产承包责任制,生产真的是上去了。本来是你媳妇,现在成了你堂弟妹的一家,也基本上告别了贫困绝望的光景,你的七百子、六百子、五百子和四百子都学过文化,有一个正在念高中。嫂子保存的你的画相当中最好的一张,也配上了玻璃镜框,安放在新窑洞的粉白粉白的中堂。最近听说村子里计划打机井,连黄水也喝不上的日子该结束了。

不过,也有一点遗憾,一点美中不足。我应该做检讨,过去了的三十五年,我一直不能向你明讲,解放西盟,基本上是兵不血刃,因为,那个该死的卡宾事先秘密通知了盘踞在那儿的李弥残部,赶在我们进驻之前,逃往缅甸境内,我们怎能越境追击呢?很快,大部队就蜂拥而至,每一个山头都插上了五星红旗。一排长拉上我,向一号详细汇报了你壮烈献身的经过,一号一个劲儿地喊着你的名字:邸八百!邸八百!邸八百!还我的邸八百!泣不成声。接着,又陆续发现有几名掉队的战士、伤员和病号相继失踪,等我们充分判明,他们都是被马桑砍了头以后,部队通知头人,一道去捉拿那个狗特务,然而,我们迟了一步,横陈在铁匠炉前的,竟是魔巴的尸体!卡宾留下他的一部微型电台和一大堆还来不及散完的廉价玻璃手镯,只身潜逃了。这会儿,很有可能正在缅、泰、老边境的所谓金三角地区当了毒品贩子,也可能正出入在曼谷,或者台北的"红灯区"寻欢作乐,让这个万恶不赦的凶手逍遥法外,这是我们的失误!连长!我们有愧于你啊,请狠狠批评我们吧!

至于我个人,那就更加惶恐不安,以致无地自容了!虽说我经历了一场又一场的雷雨冰雹,可我的头颅还在,我实在是一个苟活下来的怯懦者!

不过,也请你允许我大胆说一句,对比起建设一个有高度民主、高度文明的社会主义现代化强国的宏伟目标而言,昨日的中国,似乎也不过是一座特大型的阿佤山。

虽然我们并没有砍人头祭谷子之类的野蛮风尚,但是,我们有其他形形色色反人性、反人道,反人权的陈腐观念和残暴行为。为了真正实现共产主义理想,革命祭坛上,肯定还需要新的供奉……

也许,必要的时候,我也得学习你,献上这颗头颅……

唉!头颅!一个人仅有一颗的头颅!

剧 本
JU　　BEN

卖稿人家

（舞台独幕剧）

时间：或一日
地点：或一破落户，家徒四壁
人物：卖稿人，其妻，其子，警察，房东

幕启——（卖稿人蹒跚而入，面有戚容）

子：爸。
妻：回来啦——怎么样了？
人：我不怎么样。
妻：唉，我是问，有钱没有？
子：爸，我昨天梦见……
人：没有钱，一点办法都没有。（转向其子）别胡说了，孩子，一个人是不能靠梦过日子的，你忘记了我头回告诉你的那个小夜莺的故事吗？夜莺说过：夜莺是不能靠童话养活的。
妻：够了，够了，别又说教了。说正经的吧——真的想不出旁的法子吗？
人：这还不正经！谁说不正经？教育下一代，应该要现实一点了。我们这一代算是完了，可是下一代可不能再上当，我的儿子不能再像他爸爸这样吃苦，不自由，我的儿子要过好日子，敢哭、敢笑、敢骂、敢打……
妻：对了，忘记告诉你一件很要紧的事。

人：什么事？

妻：刚才警察来过，说是你今日登出来的文章"有问题"。

人：又是"有问题"？

妻：唔。

人：什么样的"问题"，他可说了没有？

妻：那倒没有，他只是警告你小心点。

人：（暴躁、大声）小心，小心，只要小心，难道就不要良心？

妻：（急以手指架在嘴上制止）嘘——叫什么？

人：（顿时低软下来）咳，偏偏我又卖稿过日子。

（屋外人声。）

子：爸，好像有人来了。

妻：真的，让我去看看，（走至窗户边）呵，警察，糟糕，又是警察。你怎么办？躲一躲，躲一躲吧，呵，天——

人：来不及了，不躲也罢。谁叫我歪不下笔杆子，要凭良心呢？唉！

（警察与房东破门而入。）

警：就是他？（指卖稿人）

房：不错，就是他。

警：好，你跟我走。（示以手枪）

人：好，好，但是，为什么呢？凭什么理由逮捕我？

警：不管，不管，你跟我走好了。（动手拉他）

妻：啊呀！（哭）

子：妈妈……（哭）

警：走，走，走。

人：（昂然，随警察出去，至门口折返）你回头就去报馆里走一转，告诉他们，就是……

警：啰唆！快走，走！

（警察、卖稿人在先,房东在后,一同离屋。）

妻:(赶上一步,拉房东袖,低声)房东呵,这怎么得了？你可晓得为什么？警察先生跟你说过什么？

房:哼,为什么？谁叫你欠我的房租不清?

妻:(愕然,旋即释然,如释重负)呵——原来是房租的事,不是,不是文章"有问题"？

（随即抱子亲吻,嘴角有笑容,眼角有泪珠,哭笑一片。）

幕急闭。

1947年3月3日《中国新报·文林》

阿诗玛

（电影文学剧本）

一只干瘦多皱的手，瘦削的手指下面，有两根颤动着的弦。

须眉皆白的老者，屈膝盘腿地坐在用芭蕉叶子搭成的窝棚内，弹着古旧的雕花月琴。老者闭目冥思，唱着古代的谣曲，歌声苍凉而低沉：

    爹妈曾经教过，

    子孙也曾经听过，

    一代一代传下来，

    故事越唱越多。

圭山。石林。岩柱林立，头角峥嵘。

乌云疾飞。闪电。阵阵郁雷滚过大地。

画外歌声：

    我们弟兄啊，

    我们郎舅啊，

    调子应该怎样唱？

    赶快来商量。

暴风雨。小河泼溅着浪花。

河边并排生长着三棵棕榈树,树在风暴中剧烈地摇摆着。

画外歌声:

我们弟兄啊,

我们郎舅啊,

河边有树三棵,

问问它们该唱个什么歌?

密集的雨点敲打着撒尼人的平顶土屋。屋檐水流如注。屋内传出来产妇的呻吟。

昏暗的内室,一灯如豆。

产妇洛娜在床褥上痉挛着。

房门被打开,一个约莫三岁的小男孩探进头来叫了一声:"妈!"但他立刻被拖走了。接着出现在门缝里的是格路日明的忧愁的眼睛。房门重新被掩上,留下了轻微的一声叹息。

玉鸟(布谷)的叫声由远而近。

屋檐滴水。

彩虹。雨过天晴。

忽然一声霹雳,蔚蓝明净的天空中绽开了一朵瑰丽绝伦的大山茶花。婴儿的嘹亮的啼声。

画外歌声:

那一天,

天空闪出一朵花,

鲜花落在阿着底,

阿诗玛生在格路日明家。

在蓝天和大山茶花的背景上,出现了片名:阿诗玛。出现了长诗搜集者、整理者及影片制作者的排名表……

格路日明家门前的广场上。盛大的纯粹撒尼式的宴会。一百二十堆松针铺成的桌面。宾客如云,笑语喧哗。

一只大竹篓。川流不息的人群把随身带来的各色礼物(肉、蔬菜、粮食、果子……)放进竹篓。

画外歌声:

爹爹身上三分血,

格路日明站在热气腾腾的灶台边,兴奋而又腼腆地笑着,环顾人群,不停地用围裙擦着油污的手。

妈妈身上七分血,

洛娜怀抱着襁褓中的婴儿,穿过人群,向每一"桌"的贺客点头致谢。一个机灵结实的小男孩揪住她的衣襟,躲开别人的逗弄,跑着、嬉笑着。

妈妈身上藏了十个月,
爹爹心上藏了十个月……

婴儿正安静地睡在母亲怀里。
格路日明兴高采烈地扛着一缸酒向场地中央走来。

洛娜:"乡亲们,请喝一碗满月酒吧。"

无数只手拿碗挽酒。

格路日明唱道:

各位尊贵的大伯大婶大哥大嫂,

洛娜接上去:

我们家的囡儿起个什么名字好?

一老者起立,举杯过顶,对天祝福,唱道:

小姑娘就叫阿诗玛,

宾客全体加入:

阿诗玛的名字如香草。

众人举起斟满酒的木碗、竹碗、泥碗,碰杯欢呼。

简短的叠化。

格路日明手拿齿耙耘地,泥土被耙成一行一行……

阿诗玛在地上爬,手指抓着泥土,泥土被抓成一行一行……

简短的叠化。

洛娜坐在门槛上绩麻。她打着盹儿。麻团掉在地上,歪歪扭扭地随处滚撞……

坐在洛娜身旁的阿诗玛立刻爬起来歪歪扭扭地向麻团跑去,终于扑倒在麻团上,捉住了这个乱滚的圆家伙。

洛娜惊醒过来,笑了。

野地里。六岁的阿诗玛在挖苦菜。

泉边。八岁的阿诗玛在挑水。

门槛上。十岁的阿诗玛在绩麻。

松树下。十二岁的阿诗玛在绣花。花朵栩栩如生,招来蜂蝶无数。

坡田。阿黑吆着牛,把着犁,走在前面,阿诗玛背着竹箩,跟在后面撒粪播种。

被犁起的土块,土块,土块,一垄又一垄……

被惊飞的野鸭,野鸭,野鸭,一群又一群……

画外歌声:

  谁帮爹爹的苦?
  谁疼妈妈的苦?
  因帮爹爹的苦,
  因疼妈妈的苦。
  爹爹喜欢了一场,
  妈妈喜欢了一场。

黄金的秋天。黎明。迟开的向日葵转动着火焰般的花轮。成串颗粒饱满的玉米,像无数发光的琥珀。

收割后的田野。麦垛。

远处,崎岖的山道,出现了牛车。

牛车的行列走在平坦的河滩上。绿草如茵。

一群小伙子怀抱着月琴、大三弦、笛子、二胡,从丛林中钻了出来,他们包围了第一辆牛车,车队停了下来。

姑娘们尖叫着,纷纷把脸颊埋进草堆中,发出吃吃的笑声。月琴弹起来了,大三弦奏起来了,笛子吹起来了,二胡拉起来了,小伙子们唱起来了:

  绣花包头头上戴,
   美丽的姑娘惹人爱……

"喂,阿诗玛,抬起头来,让我们看一眼吧!"

赶第一辆牛车的姑娘故意懒洋洋地探头问道:"是找我吗?"

小伙子们失望了:"呸!是你呀!"于是他们又向第二辆牛车蜂拥而去,唱道:

  绣花围腰亮闪闪,
   人人看你看花了眼……

第二辆牛车上的赶车姑娘一骨碌翻身跳起来,叉着腰,站在高高的干草堆上,嘲笑道:"难道我配叫阿诗玛吗?哼,我看你们呀,怕真的是花了眼啦!"

姑娘们哄笑着,纷纷在车上坐了起来。

"驾!"数声吆喝,十几条大黄牛就迈起慢条斯理的步子,拉着车子走了。

人群中,谁喊了一声:"啊,她在这儿!"

最后一辆牛车,阿诗玛的背影。

小伙子们齐声欢呼:"阿诗玛! 阿诗玛!"扑上前去。

阿诗玛的特写镜头:水汪汪的大眼睛,稍稍隆起的前额,端正的鼻子,丰满的面颊、小嘴,嘴角上挂着一丝羞涩的微笑。

热布拜拉家。沉重的嵌满铁蒺藜的大门。墙头插着尖利的石片和多刺的荆棘。长着青苔和结着蛛网的庭院。阴暗的厅堂。蝙蝠在飞翔。几朵没有生气的花在风中飘摇。

家丁在要道上巡逻,他们手执刀斧和盾牌。

画外歌声:

热布拜拉家,

有势有钱财,

就是花开蜂不来,

有蜜蜂不采。

马槽。家丁们忙着备马。

内室。热布拜拉、热妻、阿支正在打点彩礼。他们将金银财宝、衣衫鞋帽、猪头猪脚一一放入彩漆礼盒内。阿支跋扈地嚷着:"唉,急死了! 你们快点行不行?"

画外歌声:

全家商量一天整,

要请海热做媒人,

娶媳妇要娶阿诗玛,

娶到阿诗玛才甘心。

大门打开。家丁鸣锣喝道,坐骑无数,蜂拥而出。热布拜拉和阿支趾高气扬地上马。

热布拜拉:"到官府衙门!"

车队沿着河岸行进。小伙子们簇拥着最后一辆牛车。

一个小伙子试探地问道:"赶街去吗?"

阿诗玛含笑不语。

小伙子急于要另找话题,便紧赶了两步,拍拍牛背说:"嗬!真棒!参加斗牛吗?"

拉车的公牛,"卜达"(类似驼峰的东西)隆起,筋肉茁壮,显出一种桀骜不驯的神气。

阿诗玛仍然是含笑不语。

问话人无可奈何地望着同伴们搔头。

另一个小伙子对这个失败者耳语一阵,转身凑近牛车问道:"怎么,你哥哥今天不去抬跤啦?"

阿诗玛对牛吆喝了一声,说道:"不,打猎去了,说好了在前面等我。"

两个小伙子互相挤眼,仿佛在说:"一说阿黑,她就开口,真灵!"

忽然,什么地方传来一阵马蹄声,急骤如雨。

小伙子和姑娘们都回头看:后面不远,小河对岸的山路上,出现了大队人马。

有人低声惊呼:"哎呀,热布拜拉家!……"

镜头往后拉。小河两岸,马队和牛车齐头并进。

马队。驮架上放着用皮条捆紧的彩漆礼盒。马脖子上系着红绸子,马脸上扎着流苏,马额上安着云母镜。

热布拜拉和阿支并辔而行。家丁们步步跟随。

阿支眺望对岸,猛然间勒住马,喜出望外地对热布拜拉说:"爹,阿诗玛!"说罢,便掉转马头,沿着草坡下河去了。

热布拜拉:"阿支!"

阿支:"我不去海热大官家啦。"

热布拜拉:"是替你去说媒,不是替我说媒……"

阿支的马已经在河边试着深浅:"可是……"

热布拜拉:"哼,见了阿诗玛就掉了魂!"说罢,一摆头,马队疾驰而去。

阿支骑马蹚水过河。

河水并不深,但相当湍急,马微微痉挛着。

阿支用轻佻的声调唱起来:

　　阿诗玛的美名,
　　　不出门也听见,
　　阿诗玛的影子,
　　　我做梦也看见……

河滩。车队。

小伙子们不安地频频回顾,姑娘们神色紧张。

阿诗玛镇定地吆喝着,驱牛快走。

阿支骑马追上牛车,径直冲入人群,连声喝道:"走开!走开!"

阿支："阿诗玛呀,我告诉你一个喜讯……"

阿诗玛回头："你是谁?"

阿支："嚛!大名鼎鼎的阿支,热布拜拉家的少爷,能不认识?"

阿诗玛凛然答道："不认识!"接着又对牛吆喝了一声。

阿支的马边走边从牛车上抽出干草来嚼。

阿支色眯眯地弯腰说道："嘿嘿!新媳妇不认识新姑爷!"

阿诗玛正色起立："你说什么?"

小伙子们哗然,纷纷质问："你说什么?""嘴巴放干净点!"

阿支狞恶无赖地叫道："你们嚷嚷什么?呸!"此时他发觉马在偷嚼干草,便猛抽一鞭泄愤,马突然人立起来,牛受惊,拉着车子狂奔而去,阿诗玛跌倒在干草堆中。小伙子们和姑娘们齐声呼喊。

牛车在河滩上漫无目标地狂奔着。

阿支骑着马在后面追赶。

人声鼎沸："停下!停下!……"

远处丛林中有一个黑点飞奔出来,面对面直扑牛车。

这个黑点越来越大,原来是体态壮美的阿黑。

阿黑一把抓住黄牛的长角,然后又把拖在地上的缰绳拉了起来,顺手抽了一下,牛立定了。

一匹坐骑从阿黑身边擦过。

阿黑立刻认出了自己的牛："啊?"匆匆跳上车去,叫着,"阿诗玛!阿诗玛!"

阿诗玛从干草堆中坐起来,激动地叫了一声："哥!有个坏蛋缠我……就是他。"

阿支骑马走近牛车。

阿黑："你到底要干什么?"

阿支的目光落在阿黑的弩弓、箭袋和猎获的山鸡、野兔上："我？什么也不干……"

阿诗玛拽了拽阿黑的衣衫，和他并排坐到一起："哥，别理他！"转身向后面的车队招呼，"喂！跟上来呀！"

姑娘们当中有人喊道："这一下呀，你们家的牛可斗不成啦！"

阿黑："放心吧，这样的牛，阿着底找不到第二头……"

阿支斜睨了一眼，搭腔说："热布拜拉家黄牛遍九山，水牛遍七山，这样的牛，你要多少？"

阿黑："啧啧啧，黄牛遍九山，水牛遍七山——可就是没一头能斗的！"

阿支恼羞成怒："好啊！"拨马驰去。群众哄笑。

秋收后空前热闹的街子天。人山人海，都是节日的盛装打扮，五彩缤纷，景象华丽、富庶而奇幻。

阿诗玛和阿黑在人潮中浮沉。

羊肉市场。在两根一人高的大树桩上，架着一根横梁，十几头杀死了的壮羊一字儿摆开地挂在梁上。太阳曝晒着，羊脂不断滴落。附近零乱地支着七八口大铁锅，热气腾腾……每口锅都围着一圈人。人们在大口大口地吃喝，喜形于色。

正街。密集的帐篷。

帐篷里陈列着各种货物：农具、盐巴、刀烟、布匹、绸缎、丝线、串珠、首饰、陶器、水桶、蓑衣、牛皮鞋、羊皮坎肩、羊毛背带、口袋、火石、火绒、引火草绳、鸡蛋、蜂蜜、果子、锡烛台、香枝、冥纸……

一个商人在叫卖牛皮鞋，他使劲地拍打着鞋底。

另一个商人在叫卖瓦罐，他把瓦罐顶在头上转。

阿诗玛和阿黑相继在他身边绕过，望着这个商人的愚蠢模样，不禁相视而笑。

第三个商人像着了魔一样,拍着自己身左身右、身前身后背着的口袋,口沫四溅地招徕着主顾:"喂,乡亲们,乡亲们,都来买,都来买,上好的口袋,又便宜,又结实,又漂亮……"

一个过路人斜睨了一下,鄙夷地评论道:

"还吹哩!漂亮?阿诗玛闭着眼睛绣出来的,也比你这玩意儿强十倍!"

商人瞪着眼,咽了口唾沫:"阿诗玛?阿诗玛是谁?"

另一个过路人:"呸!连阿诗玛都不知道,你呀!还上咱们这儿做买卖!"

人群中的谈话:

"我看,准是个外路人。"

"把他撵走!哼,坏蛋!"

商人跳起来找寻那个骂他的人,威胁道:"你骂人!你敢!"

那人毫不示弱:"就骂你!坏蛋!骗子手!"

商人扑向前来,两人终于扭成一团。

众人上前,拖的拖,拉的拉,忽然有人喊道:"别打,别打,阿诗玛来了……还有她哥哥。你们瞧,他们过来了,喂,阿诗玛,阿——诗——玛……"

众人,包括那商人在内,围住阿诗玛。阿诗玛无可奈何地转着身子。

商人点头哈腰,谄媚地说:"阿诗玛,让我,咳,不,让我们大伙儿都瞧瞧你绣的口袋吧。"

阿诗玛腰间的口袋,一面绣着鲤鱼戏水,鲤鱼像活的一样,摇着尾巴,水波荡漾……另一面是群蜂采蜜,花蕊战栗,蜜蜂轻轻地扇着翅膀……

商人大惊失色。

在一柄色彩斑斓、缀有流苏的华盖之下,走江湖的异邦人正在表演幻术。

阿诗玛和阿黑手拉手挤进人群中观看。

异邦人手里拿着一面铜镜,一边摇晃着一边吆喝:"喂,你们瞧,这是一面宝镜,真正的宝镜,不论什么模样的女子,只要照一照,就立刻会变得漂亮无比!它能掩盖你的缺点,修正你的表情……"

一个丑妇人夺过铜镜,照了照。镜中映出了俏丽的姿容。她惊呼了一声:"哈!"昏倒过去。

铜镜立刻被另一个女人接去。辗转传递。镜中人一概形象优美、妩媚动人。

阿诗玛在人群中伸出一只手来,向异邦人请求道:"给我照一下,好吗?"

铜镜递到了阿诗玛手中。

阿诗玛刚刚要照,铜镜忽然迸裂,青烟直冒,烟中隐约可见美女脸形……众人骚动。

异邦人仔细端详着阿诗玛:

"姑娘,你叫什么名字?"

阿诗玛:"我叫阿诗玛。"

异邦人:"啊!原来你就是阿诗玛呀!你不需要照,你太美了,你瞧,她因为害羞,逃走了……"

石阶,石阶,无穷无尽的石阶……

刀斧手,刀斧手,每隔三级石阶就立着两名刀斧手……

热布拜拉的家丁们抬着彩漆礼盒,拾级而上。

官府衙门。显赫的石头旗杆。黑色的长旌。

长廊。客厅。纱窗。热布拜拉在唱:

　　阿诗玛的美名人人夸,
　　阿诗玛应该归我家,
　　你是普天下的官……

热布拜拉朝着海热长揖到地。

做媒的事要劳你的驾。

海热唱道：

憨人才当保，
馋人才做媒。
做了媒人啊，
一辈子招人骂！

热布拜拉唱道：

麻蛇给舌头，
八哥给了你嘴巴，
只要给阿支娶来阿诗玛，
我的谢礼还要大！

热布拜拉的家丁抬进来彩漆礼盒，里面盛着金银财宝、衣衫鞋帽、猪头猪脚等。

两人喝酒，一饮而尽，掷杯狂笑。

洼子地。并不十分平坦，有的地方还长着杂草。周围的土坎上挤满了密密层层的观众。在观众中，也有阿诗玛、阿黑和其他的姑娘、小伙子们。

斗牛正在紧张地进行。阵阵黄尘，冲天而起，牛角相撞，铿锵有声。八头牛分作四对交锋。

简短的叠化:四头牛分作两对交锋。

简短的叠化:只剩下两头牛在角斗。

洼子地的一角。一个用树枝搭成的凉棚。凉棚里边铺了厚厚的一层松针,两位担任评判员的长者坐在那里,聚精会神地看着斗牛。

窝棚前面,竖着三根又高又粗的竹竿。左右两根上各悬一匹白绸,中间一根上悬着两匹红绸。

白绸和红绸迎风飘舞。

一伙身强力壮的小伙子在竹竿下谈天。

甲:"马上就要抬跤了,喂,你的对手是谁?"

乙:"阿黑。你呢?"

甲:"我吗？——也是阿黑。"

乙:"为什么?"

丙:"我的对手也是阿黑。"

乙:"我不明白……"

甲:"有什么不明白的？这就是说,你、我、他,我们大家全都得输给阿黑……不服气？那好,回头瞧吧。"

洼子地中央。一头牛卧在地上,满嘴白沫。另一头牛斗志昂扬,用蹄子踢蹬着泥土。

人语喧哗。

担任评判员的两个老者相继跑进斗牛场,其中一个宣布道:"阿诗玛家的牛赢了,斗牛就到这里为止……"

话犹未了,忽然人群中有人喝道:"慢着!"

阿支牵着一头大花牛,排开观众跑下土坎。

他挑战道:"要斗过了热布拜拉家的牛,那才是真赢了。"

小伙子们和姑娘们围着阿诗玛和阿黑,群情激愤。

"真是蛮不讲理!"

"你们家的牛斗了四场了,不能再斗了。"

阿诗玛望着阿黑,期待着他的答复:"哥!"

阿黑毅然决然地说:"斗!"

全场观众议论纷纷:"斗倒热布拜拉家!"

"用角挑破它的肚皮!"一个观众扬起两支甘蔗对牛叫道,"喂,大黄牯!只要你斗倒它,我用甘蔗喂你!"

斗牛场上,一对牛在角斗。它们四角相抵,相持不下。

人们叫着、挑逗着、威吓着,吹着尖锐的口哨。

斗牛场上。黄牛采取了攻势,花牛老是躲闪开,看来是有些疲倦了,一有机会就伸出舌头来喘息。

如此几个回合,黄牛瞅准了花牛的弱点,一个勇猛的冲锋,一对尖角正好戳刺在花牛臀部。花牛一惊,人立起来,然后跟跄了几下,便沿着洼子的边沿没命地逃窜……黄牛在后面紧追不舍……

全场欢呼。

阿诗玛、阿黑、姑娘们和小伙子们,个个兴高采烈。

阿支满头大汗,从站满观众的土坎上冲下来,跑进了斗牛场。他对着花牛挥拳头,大声斥骂着……可是,忽然眼前晃过了一对充血的三角眼……花牛冲开人群,落荒而去。人们惊骇地呼喊,秩序大乱。阿支被挤倒地上。接

399

踵而至的黄牛从阿支身上跳了过去，然后又猛然刹住，转过身来望着阿支，自豪地摇着尾巴。

阿支害怕地叫道："你！你！你敢过来！……"

说着，一骨碌翻身爬起来："该死的畜生！"唾了一口，拍拍屁股溜进了混乱的人群。

日已偏西。

三根竹竿。白绸和红绸迎风飘舞。它们的影子。

洼平地。抬跤正在进行。阿黑与抬跤手甲交手。

抬跤手甲穿着一条红布大脚管裤，阿黑穿着一条白布大脚管裤，两人上身都是赤膊。汗流浃背。

抬跤手甲在原地跃动几下，便猛冲过来，阿黑一个虚晃，从侧面轻舒猿臂，拦腰一抱，抬跤手甲站立不稳，被仰天放倒了。

这小伙子爬起来，友爱地朝阿黑胸上捶了一拳，在观众哄声中下去了。

阿诗玛尽情大笑着。她的女伴不知对着耳朵叽咕了些什么，阿诗玛笑得更响了。

阿支从人群中挤了过来，问："你们看见阿诗玛没有？"

有人给他指了指："那不是吗！"

阿支在人群中消失。

抬跤手乙扬着胳膊跑进场来。他几乎全身赤裸，只是用一块黑布兜住了下体。肌肉突起，精力充沛。

观众中爆发了喝彩声："好！把阿黑掼倒！掼倒他！再不掼倒他，他就要拔头杆啦！"

阿黑和抬跤手乙互相打了个照面。

白绸和红绸在空中迎风招展。

抬跤手乙进攻,阿黑防御,暂时不分高下。

观众们向前挤。到处都是紧张的窃窃私语声。

阿支从姑娘们腰间钻了出来,从背后一把抱住阿诗玛:"哎呀!我的小心肝,我险些叫你们家的牛踩死啦。"

阿诗玛挣脱:"谁?"

姑娘们相顾愕然,叫起来:"喂,你干什么?你干什么?"

阿支:"少管闲事!我又不找你们!"说罢,又上前欲抱。

阿诗玛惊呼:"阿黑!阿黑!"

阿黑在场子里猛然立定,寻找阿诗玛。

抬跤手乙乘其不备,倒钩一脚,阿黑绊倒,牛皮鞋在沙地上一滑,一只膝盖跪到地上,情况万分危急。观众失声惊呼。

抬跤手乙又冲过来了。

阿诗玛挣脱阿支的拥抱,朝场子里叫道:

"阿黑,你甭管我……小心,他冲过来啦……我、我会对付这个流氓!"

一记清脆的耳光落在阿支的瘦脸上。

阿黑飞快地看了阿诗玛一眼,想站起来但已来不及了。他蹙紧双眉,咬了咬牙,索性把背一屈,就着对方的来势,反手一抱,再把全身力量都运到脚尖上,猛力一蹬,便把扑了空的抬跤手乙两脚朝天地捉住背了起来。然后猛一卧倒,自己翻转身来,骑在敌手身上。抬跤手乙被这一刹那间的一连串打击弄晕了,他喘着气,挣扎着,却无法爬起来。

阿黑胜利了,观众欢声雷动。

白绸和红绸如同风中的满帆。

阿黑立了个骑马桩,把挂着红绸的竹竿摇了几下,便拔将出来。担任评判员的长者上前替他摘下红绸,搭着右肩,披裹全身,还拖了一大段在地上。

　　长者们挽着阿黑的胳膊,抬跤手甲、乙、丙等紧紧相随,群众自动组成了一支队伍,拿着笛子、月琴、大三弦、二胡、唢呐、羊皮小鼓、钢叉等,吹拉弹唱,载歌载舞,簇拥着胜利者,绕场一周……

　　阿诗玛和阿黑并肩走在一起。

　　游行的队形变成了舞蹈的队形。

　　暮色苍茫。草坪。晚霞像一绺彩色的羽毛,漫天飘浮。

　　青年男女双乐歌舞(跳月),热烈的曲调,粗犷的呼喊,舞步如醉如狂。姑娘们个个头戴山茶花,衣裙飞扬,花瓣抖动。

　　阿诗玛的乌黑的头发,衬着一朵红艳欲滴的山茶花。

　　一圈跳舞的姑娘们,围着阿黑。

　　　　圭山的树木青松高,
　　　　撒尼小伙子阿黑最好,
　　　　万青松不怕寒,
　　　　勇敢的阿黑吃过虎胆。

　　一队跳舞的小伙子,趋向阿诗玛。

　　　　老鹰落在高山上,
　　　　好花开在清水旁,
　　　　阿黑的妹妹阿诗玛,
　　　　是个可爱的小姑娘……

　　落日的余晖。在荒漠的土坎上,有一条细长的孤独的影子。

阿支："好啊！咱们走着瞧吧！"

一个老太婆挑着箩担从阿支身边走过，竹箩撞了阿支一下。阿支跳起来叫道："你也来欺负我！"但一看竹箩内有只大公鸡，便伸手把它抓出来，鸡叫着，扑打着翅膀。老太婆上前欲夺，阿支横蛮地揉了一掌，"上热布拜拉家要钱去！"说罢，扬长而去。

薄暮。黑黝黝的远山。狗吠。火把。

阿黑和阿诗玛驾着牛车，在山道上颠簸。

阿诗玛的口袋里装着一匹红绸，半截露在外头。

嘹亮的雁唳。雁序掠过长空。

阿诗玛："哥，你看，雁鹅！"

阿黑："是啊，冬天快到了，该把咱们家的羊赶到山南边去了。"

热布拜拉家。狭长而昏暗的甬道。家丁僵立道旁。地上插着一行稀疏的蜡烛。烛光映照着刀斧和盾牌，魔影幢幢。

阿支提着一只大公鸡默默地穿过甬道。

虎笼。

阿支将大公鸡丢进栅栏，老虎扑上来一口衔走，羽毛飘落一地……

老虎怒吼。

还是那个用芭蕉叶子搭成的窝棚。还是那位须眉皆白的老者。还是那把古旧的雕花的月琴。还是那种苍凉而低沉的歌声：

哥哥阿黑啊，
到远远的地方放羊去了，
别人不去的地方他去了，
别人不到的地方他到了，
翻过十二座大山，

一直放到大江边。

大江。江水淙淙。惊涛拍岸。
岩石。独立树。阿黑吹笛子。
画外歌声：

　　什么做石岩的伴？
　　栗树做石岩的伴。
　　什么做阿黑的伴？
　　笛子做阿黑的伴。

雪白的羊群在大山上吃草，像大块翡翠上嵌着许多珍珠。

　　五音弹得全，
　　心事弹不完。
　　我的亲人哟，
　　你们可曾听见？

十五的月亮在云海中穿行。

小小的撒尼人的村寨。屋顶上浮动着一层淡青色的烟雾。只偶尔有几声狗吠打破这子夜的恬静。

村后山坡上，密枝林里，一对恋人正在嬉戏追逐。

男的终于捉住了女的，并且抱住她不放。

顽皮的月光忽然落在这一对情侣的眼睛上，揭露了他们心灵的秘密……

男的耳语着，似乎在央求什么，女的低下头说了声："不！"便灵活地溜出了对方的怀抱。她跑过一边，叫道："走吧！到公房去！"

女的跑下山坡,男的跟踪追去。他们相继跑进了一间透着火光的土屋。

公房,火塘熊熊地燃烧着。地上铺着草席。阿诗玛在绣花,周围坐满了未出嫁的姑娘们和未成亲的小伙子们。

远处传来如怨如慕如泣如诉的芦笙声。

阿诗玛望着窗外的月亮出神,轻轻地唱了起来:

十五十六月儿要团圆哎,

小伙子们立即接上去:

十七十八人儿要成双哎,

阿诗玛接着唱道:

春天不到布谷怎么叫哎,

姑娘们加入齐唱:

郎不开口姑娘怎么点头哎……

一个小伙子拨了拨火塘,添上一把树枝,用爱慕的战栗的声调问道:"阿诗玛,告诉我,你到底爱谁?什么样的人你才中意?"

阿诗玛羞涩而又兴奋地唱道:

青松高又高,

宁断不弯腰。
哪怕风和雨,
百折不回头!

高耸入云的青松。
狂风扫过,丛林蔓草都低下了头,青松岿然不为所动。

跳起舞来好比棉花软,
笛子一吹百鸟团团转。
勇敢的人儿我疼爱,
聪明的人儿我喜欢。

格路日明家。堂屋。
海热正在劝诱格路日明和洛娜:

山里的麂子,
找树林深的地方躲;
天空的飞鸟,
朝粮食多的地方落……

"热布拜拉家有钱有势,该嫁啦!"
格路日明:"嫁是要嫁了……"
洛娜:"给是要给了……"
阿诗玛放罢早牛回来,发觉屋里有外人,便站在门外谛听。
格路日明:"要嫁好人家。"
洛娜:"不嫁坏人家。"

海热:"对呀,热布拜拉家就是大大的好人家呀!"
阿诗玛又惊又恨,推门直入,唱道:

  清水不愿和浑水在一起,
  我绝不嫁给热布拜拉家。
  绵羊不愿和豺狼做伙伴,
  我绝不嫁给热布拜拉家。

海热恼羞成怒,威胁地唱道:

  热布拜拉说的话,
  好比石岩压草芽。
  阿支少爷要娶你,
  你不嫁也得嫁!

阿诗玛挥舞着皮鞭,海热跟跟跄跄夺门而出。
阿诗玛追至门口,唱道:

  不嫁就不嫁,
  石岩我不怕。
  有本事来娶,
  有本事来拉!

海热在门外恨恨地吐了一口,威胁道:"哼,我可是有言在先哪,回头,别说咱们不客气!"
大黄牯在他身后悠闲地打着响鼻,热气直喷,海热吓了一跳,狼狈离去。

格路日明忧心忡忡地望着女儿:"阿诗玛!"
洛娜坐在蒲团上轻轻啜泣着唱道:

我嫁我的因,
嫁得一碗饭,
一碗饭吃不得一辈子,
留下来的啊,
是一辈子的伤心!

格路日明接着唱:

我嫁我的因,
嫁得一瓶酒,
一瓶酒喝不得一辈子,
留下来的啊,
是一辈子的伤心!

阿诗玛走到洛娜身旁,缓缓跪下。
洛娜捧住阿诗玛的头,抚摸着她的秀发,唱道:

因是娘的肉,
因是娘的心。
萝卜能够切两块,
我舍不得和女儿分开。

阿诗玛仰起头,两眼噙泪,唱道:

甜不过蜂蜜,

亲不过母女。

吃饭离不了盐巴,

女儿离不了妈妈。

阿诗玛走向门边,凝望远山。

沉默。

一只大马蜂飞进屋来,嗡嗡之声,特别刺耳。

大马蜂飞到格路日明耳边:嗡嗡……嗡嗡……

画外声:"嫁了吧,嫁了吧,不敢得罪热布拜拉家……"

大马蜂飞到洛娜耳边:嗡嗡……嗡嗡……

画外声:"嫁了吧,嫁了吧,不敢得罪普天下的官……"

大马蜂飞到阿诗玛耳边:嗡嗡……嗡嗡……

画外声:"嫁了吧,嫁了吧,阿黑哥哥又不在家……"

阿诗玛慢慢坐到门槛上失声痛哭。

凶山恶水。群鸦聒噪。

人马簇拥而来。为首的是海热。人丁清一色穿黑缎衣裤,马匹清一色披黑缎兜肚,宛如一片乌云……

夜色四合,云罩荒山,撩人愁思。

阿黑在篝火旁打盹。花脸狗蹲在他的脚旁。

峭壁下,羊群挤在一起,安静地站着。

万籁俱寂,篝火渐渐熄灭……

阿黑陷入了梦境。他梦见自己的家屋和场院。杯盘狼藉,酒瓶无数。

巨蟒盘踞堂前,伸出毒舌,就要舐到阿诗玛的脚踝了。阿诗玛哀恸地呼喊:"阿黑!快来救我呀!阿黑!⋯⋯"

阿黑惊醒。

远处传来狼嚎。羊群骚动。花脸狗狂吠不已。

抢亲的人马。点点火把,穿过黑黝黝的森林。

阿诗玛被反绑着双手,像什么物件似的放倒在马鞍上。发髻松散了,披垂地面。

阿诗玛吃力地抬起头来,热泪盈眶⋯⋯

阿诗玛咬着肩膀上的皮绳子,痛苦地唱着:

  天空的飞鸟啊,
  替我传句话,
  叫那阿黑快回家,
  搭救亲妹阿诗玛⋯⋯

海热在马上打着呼噜,口涎沾着衣襟,湿了一大片。

海热惊醒:"不许唱!⋯⋯快!快!"

抢亲的行列进入森林深处,火把的光影消失。

还是那个用芭蕉叶子搭成的窝棚。还是那位须眉皆白的老者。还是那把古旧的雕花的月琴。还是那种苍凉而低沉的歌声:

  没有了阿诗玛,
  草木不发芽;
  没有了阿诗玛,
  蒿子不开花。

格路日明的衰老的面容。

可怜你的爹,
满脸泪如麻……

洛娜的浮肿的眼睛茫然四顾,嘴唇翕动。

可怜你的娘,
一夜白了头发……

姑娘们和小伙子们在高山上瞭望,群众齐唱:

天空的玉鸟啊,
替咱们传句话,
叫那阿黑快回家,
搭救好女阿诗玛……

格路日明家。内室。洛娜的呻吟和梦呓:
"阿诗玛……"
药罐。
格路日明在煎药。
阿黑冲进屋来,踢开地上的酒瓶,跪倒床头,叫道:"妈,你怎么啦?"旋又跳起来,快步走向格路日明,"爹,快告诉我,阿诗玛呢?"
格路日明:"热布拜拉家勾结海热,把……把她抢走了。"老泪纵横,泣不成声。

阿黑奔向马厩。黄脸骡引颈长嘶。

阿黑身背弩弓,腰系箭袋,怀揣短笛,策马奔驰。

抢亲的人马在峡谷中穿行。
路旁有一株山茶,红艳艳的花蕾含苞待放,花瓣的茸毛上沾着晶莹的露珠。
海热伸手攀摘,随又扔在地上,一任马蹄践踏……
海热:"死了这条心吧,你哥哥不会来救你的……快到啦!"
阿诗玛:"不!他一定要来的!"
露珠从破碎的花苞上滚落……
泪珠从阿诗玛的睫毛上滚落……

山垭口。阿黑迅猛异常地疾驰而来,径直跃入镜头。
三家村。一个老大爷正在路边拾粪。
阿黑在马上欠身行礼:"老大爷,请问您,有没有看见阿诗玛?"
老大爷:"阿诗玛我没看见,倒是看见一帮抢亲的恶人,来了又去了。"
阿黑:"还追得着吗?"
老大爷:"有心追就追得着。"

阿黑策马奔驰,铃铛敲在马脸上。
画外歌声:

　　从小爱骑光背马,
　　不夹鞍子双腿夹。
　　拉弓如满月,

箭起飞鸟落。

他唱山歌,
画眉飞来和;
他吹笛子,
过路马鹿也停脚。

一座黑色的稠密的森林挡住了去路。阿黑勒住马,四下探路,无路可走,终于回到原处,叫道:"让一条路给我,我要去救阿诗玛呀!"

大树纷纷向两侧移开,森林中现出一条官马大道……

阿黑策马奔去。

热布拜拉家房屋的远景。

狼牙一样凹凸不平的石头围墙。嵌满脱铁蒺藜的大门。

海热满脸油汗,连声叫道:"快!快!"得意的笑容。

大门洞开,抢亲的人马蜂拥入内。阿诗玛向门外自由的天地投去最后的一瞥,无限哀怨。

门已紧闭,石墙上,碉楼上,竖起无数刀斧和盾牌。

阿诗玛的呼救声:"阿黑……阿黑!……"

两家村。马蹄不安地踢蹬着泥土。阿黑:

"还追得着吗?"

一个老大妈一边割草一边回答:"有心追就追得着。"

阿黑纵马奔上高山,进入石林。石林,有如刀剑矗立,气象森严。

阿黑在石林中迂回穿行。

石林的尽头。悬崖。

坐骑猛然扬起前蹄,人立起来,满马蹄带动的巨石隆隆地滚下悬崖。

阿黑的视线随着巨石往下看,下面是万丈深坑。眺望前方,绝谷对面,也是一座悬崖。古藤攀结,怪石嶙峋。

阿黑长叹了一声,奋然叫道:"你们赶紧靠拢来吧,我要去救阿诗玛呀!"

两座悬崖沉重地互相靠近,终于吻合无间。

阿黑策马奔去。

热布拜拉家,阴森逼人的厅堂。

热布拜拉和他的妻子、儿子,还有海热,四个人围着阿诗玛。

热布拜拉唱道:

　　有名的阿诗玛呀,
　　为什么不愿来我家?
　　这么大的一份家当,
　　为什么不喜欢它?

粮食。满囤的大米、小麦、玉米、豆子……

箱笼。黄澄澄的金子、白花花的银子、红灿灿的玛瑙、亮晶晶的珍珠……

海热唱道:

　　阿诗玛,告诉你,
　　你要识抬举,
　　敬酒不喝喝罚酒,
　　到时候要后悔!

阿诗玛唱道:

钱财蒙不了心,

　　大话吓不了人,

　　九十九个不嫁,

　　九十九个不答应!

阿黑策马奔过土丘。

土丘上站着的牧童望着阿黑的背影叫道:"有心追就追得着!"

树林、山峦、纷纷向后倒塌……

阿黑和他的马,登上了摩天岭。

突然大雾遮天盖地而来,席卷了一切,群峰各不相连,宛如大海中的若干小岛,时隐时现……

马踟蹰着,欲进又退。

阿黑叫道:"快散开了吧,我要去救阿诗玛呀!"

大雾消失,现出碧空红霞,太阳的余晖照耀着群山。马儿轻快地奔跑起来。

热布拜拉家。虎笼。夕阳照着栅栏。

热布拜拉:"再不答应,我可要放老虎啦!"

老虎怒吼。

阿诗玛退缩,旋又镇定下来:"不答应!"

热布拜拉暴跳如雷,吩咐其妻:"拿鞭子来!"

黄昏时分。阿黑的马一直冲到热布拜拉家门前。马暴跳着,嘶鸣着。阿黑骑在马上,捶门。

热布拜拉扬起皮鞭。皮鞭呼啸。阿诗玛惨叫,昏倒。

热布拜拉唱道:

就凭热布拜拉的名声，

龙王爷都要卖个人情……

阿黑的喊声、捶门声。

热布拜拉："谁？"

海热不无阻怯地揣测："哎呀，怕是……"耳语。

热布拜拉对阿支使个眼色："你先去对付一下……缠住他，别放他进来啦，啊？"

阿支："知道了。"

其妻："这个该死的贱人呢？"

热布拜拉踢了阿诗玛一脚，唱道：

小女子阿诗玛胆敢不敬，

叫你到黑牢里蹲上一蹲。

阿支爬上石墙。家丁在两旁提着灯笼。

阿支从狼牙似的石头中探出脑袋，冷笑道："怎么样？知道热布拜拉家的厉害了吧！浑小子！"

阿黑大怒："呸！抬跤那天，你就调戏我妹子，如今你们家又动抢，好啊，看我今天来收拾你这只臭皮猴！"

阿支："哼，那就请吧，——就凭你那股蛮劲，光力气大有什么用？你还有什么本事？一个粗人！你会跳舞吗？你会唱歌吗？"

阿黑："跳舞就跳舞，唱歌就唱歌，比你强！"

阿支："好吧好吧，就比比看吧，你在地下，我在墙上，不能跟你比跳舞，咱们比唱歌。"

阿黑低头寻思片刻："可是我要唱赢了怎么办？"
阿支："唱赢了就放你进来，唱输了就给我滚蛋！"

土牢，地上滚动着磷火。蝙蝠扑着翅膀，吱吱叫着。
阿诗玛扑倒在一束稻草上。
阿诗玛从昏迷中苏醒，唱道：

  风呀，什么听不见你吹？
  鸟呀，怎么看不见你飞？
  太阳呀，什么觉不着你的温暖？
  月亮呀，怎么感不到你的光辉？

树枝在风中摇摆。鸟儿直冲云霄。日出。一钩新月，满天繁星。

  什么在墙外叫喊？
  像是爹妈在呼唤……

蟋蟀的鸣叫。草丛。蟋蟀。
格路日明搀着洛娜，依门怅望，泪痕满面。

  什么在墙外奔跑？
  像是小伴们在欢闹……

阿诗玛的剧烈起伏着的胸脯。
姑娘们的笑容。白云。松涛。姑娘们嗑着松子。阿诗玛教小伴裁剪彩布，缝制衣裙。

什么在墙外闪?

像是黄脸骒马在眨眼……

两只萤火虫从土牢门前飞过。牢门上的大铁锁。
阿黑骑马奔驰的剪影。

我的哥哥阿黑哟,

什么时候才能相见?

阿诗玛捶击着牢门。力乏。仆倒。

热布拜拉家门外。
阿支蹲在墙上,阿黑骑着马,巍然挺立。
灯笼里的蜡烛已经只剩下了小半截。
阿支唱:

什么是春季鸟?

什么是夏季鸟?

什么是秋季鸟?

什么是冬季鸟?

阿黑唱:

布谷是春季鸟,

布谷一叫，
青草发芽，
春天就来到。

布谷声声，春草如茵。

叫天子是夏季鸟，
叫天子一叫，
荷花开放，
夏天就来到。

荷花朵朵，垂柳依依，叫天子忽高忽低地在空中起落。

阳雀是秋季鸟，
阳雀一叫。
天降白霜，
秋天就来到。

秋风瑟瑟，草木凋零，雏鸟在窝中啾啾求食。

雁鹅是冬季鸟，
雁鹅一叫，
大雪飘飘，
冬天就来到。

雁阵掠过长空。大雪纷飞。屋檐上的冰凌。一望无际的茫茫雪原。

土牢。铁窗。

热妻从窗外递菜饭给阿诗玛,假意劝慰:"阿诗玛呀,你就答应了吧,你瞧,我也是做娘的人哪,我疼你,听我的,没错,嘎。"

阿诗玛勃然起立,将菜饭抛出窗外。唱道:

不吃你家的饭!
不喝你家的水!
生不做你家的人!
死不做你家的鬼!

热妻从栅栏外踢阿诗玛一脚,怒气冲冲而去。
阿诗玛伏在窗台上痛哭,频频呼唤:"妈……"

阿黑胜利地微笑着:"现在总该着我来问你了吧?"
阿支嗫嚅地回答:"你问吧,老子不怕!"
阿黑唱:

为什么兔子缺嘴唇?
为什么狗熊流口涎?
为什么鱼儿不会叫?
为什么螃蟹横着走?

阿支瞠目不知所对。
阿黑哈哈大笑:"认输了吧!——开门,让我进去!"
阿支:"好,好,我算唱不过你……我这就下去开门。"

阿支跳下石墙,叫道:"哼!开门?!想把阿诗玛抢回去?见你的鬼去吧!"

阿黑勃然大怒,拨马后退数丈,拔出弩弓,连射三箭。

第一箭挟着嗖嗖冷风,洞穿大门,钉牢在堂屋柱子上。

第二箭挟着嗖嗖冷风,洞穿大门和堂屋柱子,钉牢在供桌上。

第三箭挟着嗖嗖冷风,洞穿大门、堂屋柱子和供桌,钉牢在神主牌上。

热布拜拉家鬼哭神嚎,乱成一团。

热布拜拉:"来人啦,来人啦!神主牌,神主牌,神主牌中箭了啊……快给我拔掉!拔掉!"

热妻从桌子下面爬出来,喃喃自语:"祖宗保佑,祖宗保佑……"

热布拜拉顿脚叫道:"什么祖宗保佑,祖宗保佑的,连祖宗自家都中了箭啦!"

热妻看见带箭的神主牌,吓昏过去了。

十个家丁拔箭。一个抱住一个的腰。带头的人没有劲了,手一松,十个人同时跌倒。

简短的叠化。

五头膘壮的大黄牛,用索子拴在一起,拔神主牌上的箭,还是拔不动。

画外歌声:

> 全家来拔箭,
> 箭像生了根,
> 五条牛来拖,
> 不见动半分。

热布拜拉绝望地长叹了一声,咬牙说道:"去请吧,请他进来吧,他射的箭,只有他能拔。"

大门启开。热布拜拉全家一躬到地,恭请阿黑:"求求您,高抬贵手,把箭给拔了吧!"

阿黑牵着马,迈着阔步进屋。

海热躲在门后偷看,趁无人注意,悄悄溜走了。

阿黑不慌不忙地四面端详,然后厉声质问热布拜拉:"阿诗玛呢?你们把阿诗玛弄到哪儿去了?"

热布拜拉:"哦,哦,阿诗玛呀,她在后院歇着呢。"

阿黑:"请她出来,告诉她我来了。"

热布拜拉:"好,好,可是,请您先把箭拔了吧,要不,先拔了神主牌上的那一支……"

阿黑:"不成!哥哥射的箭,只有妹妹才能拔掉。"

热布拜拉全家面面相觑。

阿诗玛一头栽进阿黑怀中。呜咽。

阿诗玛破涕为笑:"阿黑,我的好哥哥……走吧,咱们回家去……"说罢,拉起阿黑的手往外走。

热布拜拉:"你怎么说话不算话?拔箭呀!"

阿黑:"什么?只有你们热布拜拉家才说话不算话。阿诗玛,你去给他们把箭拔了。"

阿诗玛:"我? ……我一点力气也没有了……"

阿黑双手合握着阿诗玛的两拳:"不,你忘了咱们家的箭,是坏人休想拔,好人轻轻拿的嘛。"稍停,阿黑又说,"慢着。"

阿黑转向热布拜拉:"拔了箭,就得规规矩矩让阿诗玛跟我回家,可你再想要什么花样,那……"

热布拜拉:"不敢,不敢。"

阿诗玛把神主牌、供桌和堂屋柱子上的箭一一摘下来,插进阿黑的箭袋。

热布拜拉的阴鸷的目光,透露着一片杀机。

阿诗玛:"哥哥,咱们回家去。"

热布拜拉眉毛一扬,赶忙上前阻拦:"天色不早,不好走,就在我们家住一宿,明天吃过早饭再动身吧。阿诗玛,住后院新房里;你哪,委屈一下,就住这阁楼上。嘿嘿,俗话说得好,不打不相识,嗨,说良心话,你也真称得上一条好汉……"

阿诗玛:"别听他的!老狐狸精!"

阿黑:"天倒是黑下来了,咱们的马也真该上槽了……我偏不信,住一宿就住一宿,看你热布拜拉家还有什么本事!"

后院。新房。

阿诗玛手持红烛,巡视一遍,掀起床单,打开橱柜,看看没有隐藏什么危险,才转身扣上门闩,心事重重而又不胜疲累地伏倒在一大堆软和的被褥上。

阿诗玛的手指下意识地摸弄着绣花枕头。

但猛然间她像被针蛰了似的,一跃而起,把床上的什物一股脑儿推向床角,然后才在光秃秃的床板上半倚半卧地躺下。

空荡荡的小阁楼。地上铺着一床席子。

在席子的一角,阿黑抱膝倚墙而眠。

弩弓、箭袋和短笛都夹在膝间。

夜半。到处是漆黑一片。

热布拜拉家的后院。几个人影贴着院墙,一闪而过。

一双微微发抖的手,在虎笼的栅栏上摸索。

虎群扑了过来。

热布拜拉的声音："嘘！该死的畜生！想咬起我来了！"

老虎伏贴地卧下。

后院，新房。半截红烛。阿诗玛失眠。睁着眼望着屋顶。

外边传来热布拜拉的问话声："白天喂过没有？"

阿支的声音："没哩，一下午乱糟糟的，忘了。"

热布拜拉的声音："没有喂就更好！三只饿老虎，还愁不把阿黑的骨头渣子都啃光！"

阿诗玛一跃而起，吹灭烛火，焦急万分，有如猫爪挠心。

铁锁掉在地上的声音：当啷！

三只老虎相继出笼。它们伸着懒腰，吹着胡须，张开血盆大口，径往厅堂走去，尖利的虎牙在黑暗中闪光……

阁楼。一阵清脆而急促的口弦声，把阿黑惊醒。

新房的一方窗前。

阿诗玛吹着口弦，连奏三调，双眉紧蹙，泪光晶莹。

画外歌声：

> 哥哥阿黑呀，
> 你千万莫睡着。
> 他们下毒手，
> 放虎害哥哥。

阿黑一惊，腾空跃起："什么？放虎？！"

厅堂内。三只老虎结队逡巡，它们的鼻翼紧张地翕动着，间或低声吼着。眼睛闪着绿中带金的光圈，走路毫无声息。

阿黑吹着短笛。

画外歌声：

　　妹妹阿诗玛呀，
　　多谢你提醒。
　　请你别担心，
　　弓箭藏在身。

阿诗玛在土牢窗前凝神倾听，惊魂不定。

一只老虎走到供桌面前，用鼻子贴近那个箭洞闻了一下，立刻缩回头来，怀疑地向四下寻觅着。

老虎终于走到了通向阁楼的楼梯口。

似乎有什么气息特别刺激了它们。三只老虎全都异样兴奋起来，绕着楼梯兜圈子，并且相继爬上阁楼去了。

一只老虎爪子搭上了楼板。木板发出难听的撕裂声。

阿黑的专注的目光。

另一只爪子也搭上了楼板，老虎爬上来了。

阿黑拉开弩弓。

疾飞的箭。

老虎哼哧了一声，侧身滚过一边，死了。脑门上嵌着一支箭。

第二只老虎又爬上楼来,它弓着背,磨着牙,咆哮着,沿着墙角向前逼来,接着,以迅雷不及掩耳之势,纵身一扑。阿黑一闪身,老虎扑了个空。楼板被它的前爪掏了两个大洞。

趁着老虎还来不及转身之际,阿黑拉弓射箭,正好直穿虎耳,老虎使劲摇着头,又用爪子扒着耳朵,脚爪上染满鲜血,自己绝望地舔了舔,死了。此时,第三只老虎已经上楼。

站在楼角上的阿黑发现又来一只老虎,闪避不及,便就地偃卧。老虎气势汹汹地直扑镜头……

天色透亮。热布拜拉全家鬼鬼祟祟走进厅堂。看见满地老虎脚印,相视而笑。

他们走向楼梯口。隐约可见一只老虎的隆起的臀部。尾巴耷拉着。

热布拜拉:"喂,舅舅家,请下楼洗脸吧,天亮啦。"

没有回答。

阿支兴高采烈地说:"怕是吃掉了。"

热布拜拉点头,热妻也点头。

热布拜拉爬上半截楼梯,又试着叫道:"舅舅家,下楼洗脸吧。"

阿支:"阿诗玛在等着你哩。"

老虎尾巴摇了三摇。

阿支:"老虎摇尾巴,老虎摇尾巴,爹,一定是吃掉了。"

热布拜拉纵声狂笑:"啊哈哈哈,你们看,你们看呀,真的摇尾巴哩,它吃饱了,高兴哩。"

热妻、阿支也随之狂笑。

阁楼。阿黑睡在一只老虎肚子下面。他把夹着老虎尾巴的脚趾松开,双手使劲一推,这只老虎跌下楼底。

热布拜拉从楼梯上栽倒地下。热妻及阿支骇极而退。

老虎仰面躺在地上,咽喉带箭。

又一只老虎被抛下楼来,耳朵带箭。

又一只老虎被抛下楼来,脑门带箭。

阁楼。阿黑立在楼口伸懒腰,埋怨道:"嘿,你们家养老虎,也不告诉我一声,吵得我一夜没有睡好觉!"

热布拜拉爬起来,阴险地道歉说:"哎呀呀,真是对不起;这么办吧,你和阿诗玛先别忙着走,索性用老虎肉做几个菜,喝点酒,替我们舅舅家压压惊……"

阿黑正色骂道:"谁是你舅舅家?!谁要吃你家的饭?!老虎的毛算多的了,你们家的坏心眼多过老虎毛!"说罢,背起弩弓,整理好衣衫,就径直跳下楼来。

日出。瑰丽的朝霞。百鸟齐鸣。

菊花、大丽花、天鹅蛋花、芙蓉花……纷纷开放。粉蝶翩翩。

从花丛中走出来阿诗玛。阿黑紧紧相随,他牵着那匹黄脸骡马。他们的歌声:

> 马铃响来玉鸟叫,
> 兄妹两人回家了。
> 远远离开热布拜拉家,
> 爹妈从此不忧愁。

热布拜拉的面部特写镜头:"不,不能就这样罢休!"

阿黑与阿诗玛合骑着一匹马。

苍翠的松林。松涛呼啸。树干上凝结着松脂。蜜蜂围着松脂飞。

他们的歌声：

　　松树尖上蜜蜂不停留，
　　松树根下蜜蜂嗡嗡叫。
　　远远离开热布拜拉家，
　　爹妈从此眯眯笑……

阿支的面部特写镜头："你不嫁给我，也休想嫁给别人！"

黑龙潭。深渊。黑沉沉的一潭水。

潭水深处，龙王的宫殿隐约可见。

热布拜拉和阿支跪在潭边，磕头烧香。

热布拜拉："龙王爷，帮我一个忙吧。"

深渊中隐隐出现一个狰恶的龙头，苍老而专横的声音来自水底："热布拜拉，你有什么事情吗？"

热布拜拉："龙王爷，我求您，赶快发大水吧，发大水，淹死阿诗玛……"

阿支："淹死阿诗玛，淹死阿诗玛……"

水底的声音："那给我什么酬劳呢？"

热布拜拉："我，我给你老人家千猪百羊。"

水底的声音："好吧，你去吧。"

简短的叠化。

阿支将一只只的肥猪壮羊，投入潭中。

深渊中，龙头狞笑着，水波抖动起来，幻影消失。

阿黑与阿诗玛骑马走入谷地。

谷地像一口锅。阿黑与阿诗玛正走在锅底中央。突然,一声炸雷,山崩地裂,洪水从地底喷出,立刻形成一片汪洋。

阿诗玛陷在巨大的漩涡中,惊呼:"阿黑!……阿黑……"水底有一只龙爪紧紧地攥住了她,挣脱不得。

阿黑和恶浪搏斗,奋力朝那漩涡游去:"阿诗玛!阿诗玛!"

黄脸骡马在波涛中浮沉。

阿黑投入漩涡。漩涡立即不见了,龙爪也不见了。

阿诗玛在远处呼喊:"阿黑……阿黑……"声音渐渐微弱,终于不复听见。

阿黑在水中奋力游着,但洪水突然消失,了无痕迹。

阿黑站在岩石上。

阿黑的悲恸、困顿、绝望的面影。

黄脸骡马长嘶。

阿黑对着山谷呼喊:"阿——诗——玛——"

阿诗玛的回声:"阿——诗——玛——"

格路日明、洛娜对着山谷喊:"阿——诗——玛——"

阿诗玛的回声:"阿——诗——玛——"

姑娘们和小伙子们对着山谷呼喊:"阿——诗——玛——"

阿诗玛的回声:"阿——诗——玛——"

碧空万里。彩虹自山脚升起。

画外歌声:

  只见彩虹漫天边,

一道红来一道黄。

　　彩虹下面的崖顶上，

　　站着撒尼人民的好姑娘。

阿诗玛盛装打扮，踏着彩虹向天空走去。

阿诗玛的甜蜜而忧郁的微笑。

阿诗玛的哀婉的歌声：

　　勇敢的阿黑哥哥呵，

　　告诉爹和妈，

　　告诉小伴们，

　　今后我们不能同住一村，

　　村村寨寨都有我的回声。

　　不论天晴还是天阴，

　　不论快乐还是愁闷，

　　你们来叫我，

　　我就会答应……

村村寨寨的人们都对着山谷呼喊："阿——诗——玛——"

阿诗玛的回声："阿——诗——玛——"

还是那个用芭蕉叶子搭成的窝棚。还是那位须眉皆白的老者。还是那把古旧的雕花的月琴。还是那种苍凉而低沉的歌声：

　　啊——

　　阿诗玛，

　　山林中的姑娘，

山林中的花! ……

两根琴弦颤动着,颤动着,突然同时绷断。

余音缭绕中,老者热泪滚滚……

1956 年 11 月 12 日五稿于上海

1957 年 2 月 21 日修订于北京

望夫云[1]

(电影文学剧本)

音乐。

终年积雪的苍山,阳光照耀着它的十九个山峰,每一个山峰都好似披上了淡紫色的头巾。苍山脚下,躺着波平如镜的翡翠般的洱海。而在苍山之巅、群峰之主的玉局峰顶,浮着一团白云。白云宛如一个亭亭玉立的女子,她越来越低地向下沉落,飘向洱海,同时,音乐转化为狂怒的风声和涛声……

画外朗诵:亲爱的朋友,她就是望夫云!

一

薄暮。夕阳辉映着南诏王宫。一百二十座楼台水榭拱卫着高耸的五华楼。

墙上攀附着碧绿的蔓藤和爬墙虎。盛开的迎春花,迎风摇摆。

布谷声声,由远而近,现在已经是暮春季节了。

五华楼的东、南、西、北向四个窗户逐一被推开,隔着飘拂的垂帘,室内飘出来丝竹管弦之声。

室内。四个工娥正立在一张卧榻前面奏乐,卧榻上挂着罗帐,纱幕中映现着一个娇弱的女子的影子,另外四个宫娥婆娑起舞、歌唱:

---

[1] 该电影文学剧本的另一个合作者,是公刘的昆明军区战友,已故作家林予先生。

迎春花儿为谁开？

　　公主一笑花不败！

镜头往前拉,透过纱帐,可以看见桃花公主的上半个身子。娇美慵倦,有若雾中花朵。她只是淡漠地望了一眼四周歌舞的宫娥,把目光投向西面的窗户,似乎在焦急地盼望着窗外变化的天色,等待着什么。

她那双黑宝石般的眼睛在眺望着什么无形的存在？珊瑚般的嘴唇在吐露着什么无声的语言？就是她那乌云似的头发,白净的脖子,还有那两片红晕的脸颊,不是也都和她那紧锁的眉头一同在倾诉着无限的衷曲吗？

随着桃花公主的目光望去,天边升起一道七色长虹,百鸟齐鸣,公主顿现愉悦之色。

宫娥们看来并不理解公主的心事,继续舞唱：

　　布谷声声为谁唱？

　　百鸟朝凤凤朝阳！

彩虹夺目,松涛为群鸟伴奏。大自然的音乐一阵阵随风飘进绣楼,公主是这般专注地倾听着。隐隐地,在这片音乐声中混杂着一个男人的独唱,渐渐清晰……仿佛是清风和白云把歌声吹来的。公主兴奋了。她极目朝窗外的苍山望去,难于抑制地朝歌舞的宫娥们挥着纤手："停,停下！"

宫娥们停歇了歌舞,不解地望着公主。由于室内的丝竹管弦之声悄然消失,从窗外飘来的音乐就愈益清晰了。

公主一点也不理会宫娥们的惊讶,仍然朝窗外盼顾,歌声激动了她,她的脸色越发苍白了。

宫娥们望望公主,怯生生地退出绣楼。

门开处,一个唤作月娥的宫女端着药盘走了进来。

月娥:"公主!"

公主仍然专注地望着窗外。

月娥又轻轻地喊了一声:"公主,该吃药啦!"

公主摆了摆手:"不,这药会把我药死的!我再也不喝它了。"

月娥十分为难:"公主,这是皇上亲自到罗荃寺求的药方,你还是喝了吧!"

公主似乎根本没有听见月娥说的什么,只是摇着手,嘴唇嚅动着:"不,不……你听呀……"

月娥望了公主专注于窗外的神色,无可奈何地叹了一口气。

公主:"你听!"毫不掩饰地,"唱得多么好!这不是用喉咙唱的,这是打心里唱出来的……"

月娥偷偷地瞥了一眼,公主的一往情深的样子,似乎使她明白了什么。于是,端着药盘退出绣楼,轻轻地反掩房门。

窗外,白云朵朵,霞光缕缕,荡气回肠的歌声浮沉于其中……窗内,公主痴情地倾听着……

二

霞光映照的山林中,百鸟齐鸣。

一个年轻的猎人背着弓弩箭囊,一边缝缀着一块麂皮,一边纵声歌唱。他歌唱得这般钟情,这般动听,甚至满眶泪水都唱出来了:

洱海是蓝蓝的哩,
月亮是弯弯的哩……

群岛伴着猎人的歌声,一齐歌唱起来。

三

猎人的歌声在天空飘呀、飘呀,随着清风和白云,一直飘进了公主的五华楼。公主伏在窗前倾听。

洱海是蓝蓝的哩,
月亮是弯弯的哩,
情火是闪闪的哩,
恋爱是甜甜的哩。

公主听着,听着,不觉两颊生晕,仿佛这歌正是有意唱给自己听的。歌声继续着:

苍山是高高的哩,
积雪是皎皎的哩,
秋波是飘飘的哩,
相思是悄悄的哩。

歌声越来越使公主不安,她的胸脯急剧地起伏着,不知不觉竟然应和起来了。

是谁唱得这般钟情?
是谁爱得这般深沉?
莫不是这黄昏的歌声,

扰乱了我的平静?……

猛然,门开处,月娥走进来,打断了两地的对唱。

月娥:"公主,皇上探病来了。"

桃花公主显然大吃一惊,仿佛自己的心事被谁探知了一般:"病?不,不,我没有病!……"语无伦次地,"哦!请父王进来!不,不,我这就出去接驾……"

南诏王微服走进绣楼,后面跟着身披紫红袈裟的罗荃法师。桃花公主跪迎。

公主:"谢父王!"

南诏王搀扶桃花公主回到病床:"桃花,罗荃法师来探望你的身子,应该领情道谢!"

不知怎的,桃花公主一见罗荃浑身便无端地颤抖起来,连脸色都变了,失声嚷道:"父王,我怕、我怕!"

南诏王关切地问:"怎么啦?今天身子舒服一些不?是刚才宫娥的歌舞惹恼了你?"

桃花公主:"不不,我想独自静一静!"南诏王心事重重地:"嗯!"环顾绣楼四壁。

罗荃走上前来。他看了看四方的窗户,东窗俯临洱海,北窗远眺平坝,南窗依傍闹市,西窗面对苍山,立即皱起眉头,思索着:"像我们这种年纪的人,"他瞟了南诏王一眼,"连春天来了都不觉得呢!陛下,请看,这东窗外面满海子的春水,北窗外面满坝子的春花,南窗外面满街子的春装……春色恼人啊,这一片春色,会扰乱年轻人的心……"

桃花公主恼怒地瞪了罗荃一眼,满脸绯红。

南诏王望望女儿,解意地朝罗荃点了点头。

罗荃得逞了,说道:"陛下,为了公主的病体,贫道不能不奏禀陛下,封闭这三扇窗户,免招邪气!"

南诏王显然不曾想到这一点:"封闭窗户?"他不假思索地,"嗯!法师高见!高见!来人哪!"

桃花公主急跪南诏王身前,苦苦哀求:"不,不,父王,闭了窗户,会闷死我的!"

南诏王见到这番情景,看了一眼罗荃,越发相信罗荃的话了,俯身搀起女儿:"儿呀!要听话,保重身子,你已经不是一个孩子了!"

桃花公主泪水夺眶而出。

一个内侍官携锁进入绣楼。

南诏王:"将、东、南、北三扇窗户加锁!"又转对桃花公主,"桃花,我依你一半的话,给你留下西向的一扇窗户。"

东、南、北三扇窗户被封了,只有西向的一扇开着,从那窗外终年积雪的苍山吹进一阵风来,风掀动了桃花公主的罗裳。

罗荃注目地看着公主的身子抖动了一下,便从自己的肩上解下了那紫红闪光的袈裟,说道:

"苍山风势不轻哪,我怕公主经不住这苍山的风……"

桃花公主急了:"法师,你可是要把——"

罗荃:"不,不,我是要把这件冬暖夏凉的七宝袈裟献给公主挡风。"说罢,就要将那件袈裟披在桃花公主身上。

桃花公主却像害怕瘟疫似的,急忙拂手:"不,不,我怕,我怕哪——"

罗荃面呈愠色。

南诏王:"儿呀!休得无礼!法师本是一番好意,这件冬暖夏凉的七宝袈裟,就怕你还消受不起哩!"

罗荃法师干笑了一声:"既然这样……公主有病,贫道留在这里诸多不便,告辞了。"转身披上了七宝袈裟,拂袖而去。

南诏王目送罗荃,无可奈何地叹息了一声,转脸与女儿泪花闪烁的目光相遇了。

四

清平官(丞相)府第。围墙。侧门。

夜色朦胧中,清平官府第的巍峨轮廓,隐约可辨。

夜街。有大队巡逻人马驰过。

一个人影贴着墙角,穿着那件我们已经熟悉的袈裟。

一只手,在路上拾了个石子,抛上屋顶,石子在瓦片上骨碌碌地响了一阵。

清平官府第内室。一支红烛照亮了室内的全景。梳妆台前,一个盛装打扮的半老徐娘正在对镜插花,她年纪四十四五,是已故的清平官的妻子。听见石子滚落声,妇人惊喜,连忙起身出去开门迎接。

漆黑的通道中,两个人匆匆地亲了一下。

急促的窃窃私语,鬼祟的眼光,似乎有什么阴谋在进行着。

清平官妻:"那个孽种大清早又缠我,他说,这回你要是不设法让国王招他当驸马爷,他就要公开……"

罗荃:"怎……怎么能成?我是个出家人……"

清平官妻:"万一那个孽种张扬出来,说他不是清平官的儿子,他是罗荃法师的儿子……怎么办?"

罗荃焦急地:"你嚷嚷什么?"沉吟了片刻,"你先安住他的心别着急。三月街快到了,五天之后,大唐使者要来朝拜皇上,那时一定大摆筵席,只要皇上高兴,我自会安排妥当。"

清平官妻:"哎!"伸出手指朝罗荃脸上划了一下,"这才像个做父亲的样子!"

罗荃无可奈何地摇了摇头。

远处传来人声："我那戴了一辈子花的老娘呢？又上哪儿去了？"

罗荃与故清平官妻一惊而散。

移时，清平官妻在室内和自己与罗荃的私生子段文密谈什么。段文俨然是一个官家子弟，衣着豪华，体态清瘦，眉宇之间流露着放荡的痕迹。

清平官妻："儿呀！你只会想自己，只会想自己，就算你不顾生父罗荃的颜面，也该顾全你妈的贞节！你吵，你吵什么？"

段文不知羞耻地冷笑了一声："管不着这许多，我要桃花公主，谁叫你们造的孽，生了我，又不敢认我？"随即望了一下对方发髻上的花，好像抓住了什么有力的把柄，"哼！"他笑了。

五

春意愈来愈深了，爬墙虎已经爬上了窗棂，用它多刺的躯干攀向桃花公主绣楼前的梳妆台。

可是，病榻上的桃花公主却更瘦了。

布谷声声，春天快要过尽了吧？公主环顾绣楼，三面窗子宛如铁壁似的封闭着，她再一次叹息，那声音好像是从绣楼的四壁迸发出来的。多么闷人的天气哪！她朝窗外望去，目光在西向开着的窗棂上停住了，一只燕子正衔着泥，在金色的屋檐上修筑新巢。是的，燕子的窝快要做好了，可是公主的窝在哪里？泪水噙满了她的眼眶。

有喧闹的钟鼓之声从深宫隐隐传来。

公主惊疑地听着。

月娥托着茶盘走了进来，茶盘上托着煮熟的白木耳。

公主眉头戚然紧锁："月娥，我什么也不想吃……"

月娥："公主，你……"

公主："你听，这钟鼓声！"

月娥:"皇上明早驾幸鸡足山,如今要上殿传旨哩。"思索片刻,"公主,听说还是为了你才去拜佛的哩!"

公主全然没有理会月娥的用意:"那是说,明天就是大理街子了?"

月娥叹息:"可不是,唉!"她看了公主一眼,"看把你闷的,连三月街的街期都忘了。"

公主突然想起了什么:"我要你去央求父王的事……"

月娥摇头:"央求过了,皇上只是一百二十个不答应,怕风伤着你,喧闹烦扰了你,怕海子的浪花吓着你,说什么也不答应你出游三月街!"

公主噙着泪水:"嗯!"

月娥怜惜地望着公主,沉思了许久,说道:"你看……"随手指了指一只锁在笼子里的绿豆鸟,"连它也不愿过笼子里的日月哩!"

鹦鹉别别地展翅。

公主再一次地叹息。

月娥挑逗地:"可怜的公主!成事在天,谋事在人哪!"

公主意会到了什么:"你……你有什么办法?"

月娥:"可是,公主呀!要是我把你引出宫去,叫皇上知道了……"由于对公主的同情,使她咬牙下了决心,"你得一切听我的。"

公主:"我听,你快说,只要能让我看一看这宫外的蓝天,呼吸一下宫外清新的空气,你说什么我都依!"

月娥:"你听着,明天……"

公主欣喜而惊慌的脸孔倒在月娥的肩上。

六

旭日初升。金色的阳光铺满了大理街子。

闹市。市集上拥挤着经商的藏人、彝人、白人、纳西人。他们五颜六色的衣着点缀得市面上万紫千红。藏人的白毡帽、红袍子、银腰刀,彝人的蓝包头、黑披风、长裙子,白人姑娘耀眼的银饰,纳西妇人脚上的鳄鱼鞋,一切景象都是引人注目的。

广场上,支满了各色的帐篷,帐篷里各色皮毛、麝香、三七虫草、贝母、精制的大理石屏风、远自金沙江驮来的乳酪、丽江森林中捕获的红鹦哥……各色各样的货物在交易着。

市集上,人声熙攘,马儿长嘶。

一个喝醉了的藏民歪歪倒倒地走过来,哼着曲子:

大理坝子的井水呀,

比新酿的甜酒更醉人。

八十八个辫子的卓玛呀,

比金装的菩萨美十分……

他的曲子还没哼完,集上响起鸣锣唱道声。霎时,缅罗、象脚鼓、铜鼓、葫芦笙、铜号……各色乐器交织成一支节日的乐曲,人群中像排山倒海似的响起哄声,人们纷纷朝路的两侧拥挤着,一个汉子拉了那藏族青年一把,嚷着:"闪开,皇上出巡了!"

跟着,锣鼓声渐近,御林军整齐的脚步声。

"两旁回避!"

市集上,人们一律沿街跪下。在御林军的后面,一辆四轮马车上端坐着南诏王,他的身后,大军将(元帅)骑着骏马缓步随行……

马车在乐声中通过街道。

南诏王向人们频频点首……

七

  与此同时，巍峨的苍山脚下，出现了欢腾的绕山林全景。
  积雪的山峰。杉树和松树的绿荫。盛开的花朵：白的栀子、红的山茶、紫色的木槿、大红的映山红，还有一些不知名的花朵。山坡上，聚集着成群的各族青年。他(她)们身着新装，男的吹笛弹琴，女的载歌载舞，人们三两成群，绕山林歌舞不息，松涛宛如伴奏。
  一个藏族青年驰马而过，他俯身抱起一个藏族姑娘，疾驰而去……一个白族姑娘朝一个白族小伙子抛掷一个彩色的荷包，小伙子兴奋地接过荷包，朝姑娘追逐而去。人们的哄笑声。
  一时，纳西族男女则双双揣手且唱且舞地潜入丛林……
  苍山浸在阳光和歌舞声中。
  这时，在沿山的小道上，却迎面抬来两乘彩轿，轿前簇拥着号手和刀兵，铜号长鸣着，刀兵吆喝着，飞快奔来。
  这景象立刻使绕山林的青年男女惊奇了，歌声平息下来了，琴声不响了，人们朝彩轿伫立观望。
  一个青年："噫！这是哪家的闺女小姐来啦？"
  另一个："一准是皇亲国戚家的小姐！"
  他身旁的一个姑娘："为什么一定是小姐？哼！你呀！"
  而彩轿则在人们的猜测中，匆匆朝山林中抬去。
  我们从彩轿的轿帘的缝隙看去，却看见了两乘轿子中，前乘坐的是月娥，后乘中端坐着神采焕发的桃花公主。

八

彩轿一径朝山林抬去,山林中绿树成荫,群鸟歌唱。彩色的鸣鹂、开屏的孔雀、小巧的画眉、勤劳的啄木鸟,还有春天的号角——布谷和杜鹃,都齐声歌唱:

"叽——哎!"

"嘟嘟——嘟嘟!"

"布谷——布谷"

"呼哎!呼哎!"

出林中奏着一支春天的森林之歌。

彩轿中的桃花公主被鸟的歌声所吸引了,她多少次打算去揭开轿帘,却没有勇气,只是轻声地喊着:"月娥!月娥!"

可是,宫娥月娥没有回话,两乘彩轿一径奔驰着。

九

群鸟的歌声继续演奏着,随着山林越来越深。鸟的歌声也越来越繁多,越来越动听,越来越清晰。

在林中一棵大榕树上,胡须般下垂的茂密的枝条,搭成了一架天然的吊床,一个我们已经熟悉了的年轻猎人正躺在吊床上吹着口哨与群鸟对唱。猎人长得十分魁梧,眉宇轩昂,穿一身青布衣褂,显得又朴素又精干。他背着弩弓,系着箭囊,一看他那赤铜色的脸孔,就知道他是个山林里长大的人。他的脸孔是那么开朗,好像还不曾体会过人世间的一分忧伤。此刻,他正吹着各种口哨,时而悠长,时而短暂,声音一会儿像画眉,一会儿又像布谷鸟。

群鸟纷纷朝他飞来。

443

画眉展翅尖叫:"猎人,猎人,该起来啦!"

布谷飞来对他说:"猎人,猎人你在想什么?"

杜鹃轻声地朝他喊:"春天来了,春天来了,猎人,你的春天在哪里?"

猎人一个翻身跳下了吊床,立在绿茵茵的草地上,正要朝群鸟答话,猛然听得山林中响起人们的吆喝声,便迈着大步,朝声音传来的方向走去。

猎人看见了迎面抬来的两乘轿子。

猎人好奇地朝彩轿走去。

彩轿前的刀兵朝猎人挥手,喝道:"让开!让开!快些让路!"

猎人却仍然好奇地朝彩轿探望。

恰在这时,彩轿中的桃花公主怎么也耐不住群鸟歌声的挑逗了,她多么希望看一看这一片自然的景色!她多么希望见一见这些大自然的歌者啊!她试着拨弄了一下轿帘,她的玉指却又在轿帘上停住了,她喊:"月娥!月娥!"

前面彩轿中的宫娥没有回话。

桃花公主的玉指终于使力揭开了轿帘,一丝淡淡的光线把它的容貌映现得宛如透明的玉石一般。公主笑了,大自然的景色使她衷心地笑了,像初开的芙蓉般楚楚动人……

公主的容貌立刻投入了猎人的眼眶,尽管公主极目注意的是满山的树,满山的花,满林的鸟,满林的春色,别的什么也没注意到。猎人却呆呆地望着公主,他的脸部的神情由吃惊变得高兴,变得发怔,变得木然无所表情,脸色由赤红色变得苍白,然后又染上一层莫名其妙的红晕。他没有说话,也没有喊叫,只是由衷地赞叹了一声,便跟跄地朝公主的彩轿奔去。于是,公主的目光落在这个神态有些失常的猎人身上了。

公主只是望了一眼,就在这一瞬间,猎人的这番情景很快就被彩轿前的刀兵发现了,刀兵回头一看轿帘被公主揭开了,大惊失色,急忙上前闭上轿帘,转身劈着猎人一推,怒喝着:"看什么?你看什么?"

猎人呆呆地盯着轿帘,公主的花容月貌只是昙花一现,又重新被沉沉的轿帘掩盖住了。

抬轿的人在刀兵的簇拥下,急忙把彩轿抬向前去了。

猎人失神地跟在彩轿后面追着,可是,不一会儿,彩轿就拐过一道山林,朝山坡下折回去了。

猎人专注的目光。

猎人望着越来越远去的彩轿……

十

猎人在翠绿的山林里蹒跚而行……

他好像失落了什么,脸上没有了欢愉的神色,忧郁的云彩笼罩着他的高阔的前额。

猎人仰天独自歌唱:

为什么她的眼睛看着我,
叫我觉得满天星闪烁。
为什么她的两颊晕似火,
叫我觉得红云落心窝……

沙滩上的鸿雁草滩上的鹅,
没有缘分就不会遇着。
不是怕鸿雁找不见鹅,
是怕鸿雁无心飞过大河!

猎人的歌声震动了林中群鸟,群鸟纷纷朝他飞来。

布谷:"猎人,猎人,你为什么忧伤?"

杜鹃:"彩虹还不曾升起,为什么你就歌唱?"

猎人向群鸟频频答礼,惶惑地摇着头。

黄鸿鹂:"告诉我,大好天气,为什么不去狩猎四方?"

猎人向群鸟频频答礼,惶惑地摇着头。

一群乌鸦聒噪着划过天空,扰乱了歌声优美的旋律,猎人生气地张弓搭箭……

适时,一只白色的天鹅也展翅飞来,飞呀飞的,像在寻找什么。

猎人注视着群鸦,拉开了弓弦。这时,不知怎的,桃花公主揭开轿帘时的容貌,又重新在他脑中浮现。(简短的叠印)

猎人的手仿佛颤抖了一下,一支箭出弦了。

弩箭高高地飞着,却意外地射中了天鹅的翅膀。

猎人几乎是与林中的群鸟同时"哎哟!"地喊出声来,受伤的天鹅载着弩箭从天空倒栽了下来,可是当快触及地面时,她又挣扎着飞上天空,而后艰难地一扇一合地舞动着翅膀,载着弩箭,一径朝碧蓝的天空飞去了。

群鸟的噪声:"猎人,你为什么射天鹅?"

"猎人、猎人,你闯下了大祸!"

十一

群鸟引导着猎人一直奔出了森林。森林外面是瓦蓝瓦蓝的天空,一只皎白的天鹅,正在困难地飞着。

猎人奔下了山坡。

群鸟飞下了山坡。

猎人奔到洱海之滨。

群鸟在洱海上空盘旋。

而白色的天鹅却猛然折转,径直飞向南诏王宫。

猎人沿着明镜般的洱海奔跑。

画外歌声：

  天鹅,天鹅,千莫怪我,

  天鹅,天鹅,我犯了过错。

  猎人失手误伤了你,

  都因为爱神射中了我!

十二

猎人挥汗如雨。他一径追到了南诏王宫。

宫墙陡立,高不可攀,墙内参天大树,隐隐地遮住了宫楼的塔尖。

猎人仰望参天大树。

猎人仰望这高耸的宫墙。

猎人叹息:"莫不是天鹅飞进宫中去了。"

猎人绕宫墙而行,终于来到了南诏宫殿的正门。

刀兵林立,石狮、石象、石马、石鹿分立两旁。

猎人走上宫殿的台阶。

一个刀兵用长矛拦住了去路,喝道:"干什么的?"

猎人横着眉看了刀兵一眼:"我要进宫去找箭!"

刀兵们都一下拥上来,齐声喝道:"哪里的野小子,胆敢随便闯进宫来。"

猎人被挡在阶前。

十三

南诏王宫的御苑。

南诏王展开一封烫金字的书信,匆匆读罢,傲然地朝一旁陪同自己赏花的罗荃法师问道:"大唐使者明天就要到了,这回不但丝毫没有武力威胁的意思,反而带来了一帮什么龟兹国的乐师舞姬!嗯……请问,法师能知道他们的用心何在吗?"

罗荃法师:"当今国威远播,大唐早有遣使修好的意思!陛下尽可不必多疑了。"

南诏王流露出难于抑制的喜悦,却仍然故作谦逊地问道:"果然是这样?"

罗荃:"当然,贫道的话错不了。陛下今天驾幸鸡足山气色甚佳,更是春风化雨,国泰民安之兆。"接着,他乘机进言,"今日陛下替公主拜佛求签,不知签上说的什么?"

南诏王感叹:"公主的病只怕是佛签也说不清的。"

罗荃:"我看桃花公主的病,只需一字便可治好。"

南诏王惊异地:"哦?"

罗荃:"这便是一个喜字。陛下日理万机,忘了公主的婚事了。"

罗荃一语道破了南诏王的心事,南诏王皱着眉头沉吟片刻:"王后只给我留下桃花一个,我也是朝夕为她思谋,只是……"

罗荃沉着地说道:"我看那故清平官段政的儿子段文……"

南诏王:"段文?"

罗荃接着说:"段文才学出众,少年有为,处世为人,都有乃父遗风……确是门当户对。"

南诏王:"这……这我还要考虑考虑。"

罗荃："段公子生得仪表堂堂，一看便知来日必定吉星高照。"

南诏王："那么择个好日子领来见见吧。"

十四

猎人在宫墙外面叹息。

迎面飞来了寻找天鹅的群鸟。

群鸟："猎人，猎人，你为什么颓唐彷徨？天鹅，天鹅，它已经飞进宫墙。"

猎人振奋起来，可是抬头一望宫墙却高不可攀。正在犹豫的时候，猎人发现有一枝古藤斜倚在宫墙外面，于是纵身跃起，一把抓住了藤条，两脚搭在墙上，身子悬空地爬上了宫墙。

猎人在宫墙上举目一望，只见院内满园绿树，树叶在微风中喃喃细语，隐隐地从宫院中传来乐声。再往园林深处一看，却是一座百花盛开的花圃，蜜蜂和蝴蝶正翩翩起舞，盘旋其间。这番景致，立时使猎人看呆了，这当儿，猎人忽然看见绿树丛中，一只皎白的天鹅正栖息于柏树枝头，不禁大喜，便跳跃树枝，一棵树又一棵树地攀附着，朝天鹅追去。

可是，猎人攀附树枝的声音惊动了它，它突然又飞起来了。

负伤的天鹅仍然带着弩箭，吃力地飞着，径向花园飞去。但是，显然它已经越来越没有力气了。

猎人痛苦地望着飞远了的天鹅……

十 五

晚霞映红了桃花公主的五华楼。

公主刚刚用她的玉梳梳过了头发，白天的出游使她心神愉快，苍白的脸上微泛红晕。她轻轻地拉开了西向窗户上红云似的窗帘，于是寂然无声的苍山又映入眼帘,山巅上落日的余晖像火一般地燃烧着。

公主翘首望天,似乎在等什么。

她拿起了月琴,轻轻拨弄。三两声,不胜幽怨……

这时,窗外的一件什么东西突然吸引了她全部的注意力。她探身出去,只见一只天鹅,正在困难地上下飞翔,那天鹅显然已经十分乏力而苦痛。这景象立刻攫住了公主的心,公主皱着眉头,双手捧住心窝,焦急地嚷着:"天鹅,天鹅……"

说话间,负伤的天鹅朝公主迎面飞了过来,一径扑向窗帘,公主伸出双臂一下子把天鹅给抱住了。

天鹅温顺地躺在公主的怀里,大张着翅膀。右膀上插着一支弩箭,鲜血染红了洁白的羽毛……

公主专注地望着天鹅,天鹅的命运是这般深深地激起了她的怜悯。她明净的眼睛渐渐地变得红润了,不知不觉地一滴晶莹的泪水落在了天鹅的翅膀上。

公主哀怜、焦急的脸色。

就在这同一时候,猎人已经悄悄地钻出了花圃,他一眼望见窗前的公主,公主抱着的天鹅,就在这一瞬间,他呆呆地愣住了。

猎人的眼前立时重现了那一次难忘的邂逅:

彩轿在山林里行进。

彩轿的轿帘揭开了,现出了公主的容貌——那教猎人几乎失去了神志的容貌。

轿帘前,桃花公主欣赏山林景色的脸部表情。公主的眉毛、脸庞,一笑、一颦。悄悄被阳光染红的双颊,墨黑墨黑的头发,闪亮闪亮的眼睛。(简短的叠化)

可是轿帘很快就被刀兵放下了。

公主的容貌被轿帘盖住了,再也看不见了。

彩轿被抬轿者飞快地抬向前去。

公主的容貌却又隐隐出现,忽而明亮,忽而淡退。渐渐地模糊了,可是又渐渐地与现在窗前的搂抱着天鹅的公主叠化在一起了。

猎人很久地呆立在花圃面前,双脚好像在地上生了根似的,再也挪不动一步了,猎人只是莫衷一是地不知所云:"噫!噫!——"

又过了片刻,猎人才缓缓地挪动着步子,朝五华楼西向的窗口走去……

公主却专心在料理天鹅的伤口,什么也没顾及,她急忙从橱柜里找出草药。当她揉着草药的时候,滚滚的泪水滴在药草上,她细心地揉着,渐渐地,草药揉成团了。而后,她伸手替天鹅拔去翅膀上的弩箭,可是,每当公主拔动一下,天鹅就痉挛起来,公主急了,泪水簌簌地滚下。

公主轻声地埋怨着:"这是哪个狠心的猎人……"

这番情景,窗下的猎人却看在眼里,他也焦急万分,多少次他要开口,却怎么也没有勇气说出一句话来。

终于,猎人还是说话了:"慈悲的公主啊,你莫要怪猎人!猎人的心也正在难受呢。"

公主闻声,猛然抬起头来,一眼看见窗前挺立着的猎人,这人好像什么地方见过,却又想不起来,立时公主双眉紧皱,娇嗔地斥责猎人:

"善心的天鹅犯了什么罪?美丽的天鹅与你何干?猎人,猎人,你的心肠比铁石还要硬!"

不知道是由于公主的斥责呢,还是由于公主的姿容呢?总之,猎人羞红了脸,无声地低下了头。

猎人:"公主,你责骂得太轻,我的过错早使我的心灵不得平静。我不能再让天鹅受痛苦,公主请你快快拔箭!箭啊!箭啊!犯了过错的箭啊!快快回到箭囊来!"

公主这时才朝窗下的猎人望了一眼。她低下头,一咬牙,箭终于拔出来了。

451

公主快活地叹气,嘬着樱桃似的红唇,轻轻地吹着天鹅的羽毛,一面匆忙将草药敷在天鹅的伤口上。

猎人一直望着公主替天鹅敷伤完毕,才怯生生地说道:"善心的公主,美丽的公主,三支弩箭好比是三兄弟,它们是谁也不能离开谁,快把弩箭给还我吧!"

公主抬起头来,奇怪地看了一眼猎人背上别着的箭囊,思索了一会儿,俏皮地说:"不行,不行,你还没有告诉我,为什么,为什么你要伤害美丽的天鹅?"

猎人像谁触及了自己的心事,满脸通红。他多么渴望把自己心里的话告诉公主啊!可是他没有勇气。只是一言不发,深深地埋下了头,连动也不敢动一下。

公主有些茫然,却又不免怜惜起猎人来:"猎人,猎人,你为什么不答话?莫不是我的话语过重,还是你有不可告人的苦衷?"

公主话声声击中了猎人的心。他一直站在那里,低着头,不敢望上看一看,也不敢换一换脚。

沉默,风的呼哨声。

渐渐地,桃花公主从猎人怯生生的神情中觉察到了什么——也许只是从猎人耷拉下来的一丝黑发上感觉到的?总之,这种感觉使公主心里蓦然升起一种少女私心的愉悦和羞涩。沉默良久,才又不安地问道:"沉默的猎人,射伤天鹅那般大胆,为什么答话这般腼腆?"

猎人这时才猛地抬起头来,像燃烧起来的两眼,正好与公主投射过来的目光相遇。立时,猎人的眼前,公主的面影又变得忽近忽远,飘然不定了。半天,才挺着脖子,喘息地说:"公主公主,我一定要把心中的话告诉你,可是请你等一宿,明天晚霞升起,彩虹当空,有歌声会告诉你!"

公主大大一惊,又细细打量了一番猎人,不觉惊喜交集,青春的美貌越发动人了。沉吟片刻,突然下了决心,说道:"年轻的猎人,你也等我一宿,明晚箭才能归还物主!"说罢转身抱起天鹅,放下红色的窗帘,悄然消失了。

猎人顿然若失,连喊:"公主,公主!"

可是,公主的影子再也不在窗前出现。

薄暮披上梢头。

猎人喟然叹息,攀着藤条,越出了宫墙。

十六

金碧辉煌的宫殿,朱楼黄瓦。红漆大门和大理石廊柱上,雕龙画凤,门前吊着宫灯,蹲着兽头铜鼎,香烟缭绕。石阶上簇拥着满朝官员和西域打扮的异邦男女。他们三五成群,互相耳语着什么。

喧嚣的人声中,擂鼓三通。

一排浑身藤甲的御林军侍锦旗牌号从宫中走出大门。

又一排浑身藤甲的御林军侍长矛盾牌从宫中走出大门。

一个内侍官双手捧着红绫绣金的圣旨走了出来,他威风凛凛地念道:"南诏王传旨!"

石阶上的人们闻声一起跪下。

"大军将上殿!"

身披波罗皮(老虎皮)的大军将伏地叩头,撩袍起立,进入宫门。

"大唐来使上殿!"

身材魁梧的大唐官员伏地叩头,撩袍起立,进入宫门。

"文武百官上殿!"

文武百官伏地叩头,纷纷起立,鱼贯而入。

"龟兹国乐师,舞姬上殿!"

一群装束华丽而奇异的男女伏地谢恩完毕,蜂拥入宫。

453

十七

钟声、鼓鸣从大殿传来,一直送进公主的五华楼。

桃花公主披散着头发,朝西向的窗前极目瞭望。她神采奕奕,病容仿佛一下子消失了似的。

窗外,积雪不化的苍山之巅,绿树成荫的苍山之麓,都沐浴在明媚的春光之中,看来公主并没有留心到大殿的钟鼓声,倒是那窗外的山和树深深地吸引了她——她在盼望着什么。

月娥走了进来,收拾绣楼。

月娥蹲在梳妆台前,替公主梳理头发。

梳妆台的镜子里,公主光艳照人的面容。

月娥边梳边说:"公主,怎么你的眼皮直跳……快些梳妆起来吧,大殿里迎接大唐来使,可热闹哩……"

公主:"我不稀罕!"

月娥:"怎么你——"

公主:"别尽说那些个了,我连看也不会去看一下的。瞧,你尽忙着说话,把发髻梳成了什么?"她伸手解开了月娥替自己梳理了半天的发髻。

月娥重新替公主结着发髻。

公主望了望镜子里自己的头发,又叫起来:"哎!不对,不对,高些,该梳得高一些!"

月娥手足无措地重新替公主梳理。

窗外的景色变化着,阳光拨开重云,斜射窗楼。

公主在窗前绣着花,眼色却仍然朝窗外眺望着,心不在焉地一针又一针地绣着,猛地一下,绣针刺破了指头,一粒鲜血冒了出来,她偷看了身旁的月娥一眼,急忙将手指放在嘴唇里吮吸着。可是,月娥却一眼瞧见了,忙问:"公主,你今天怎么的啦?快给我看看!"说罢起身欲行,"我为你弄药去!"

公主急止之:"别去,月娥你快别去,我的指头不疼。"

月娥不解地望着公主,公主低下眉梢,不觉两颊生晕。

窗外的景色继续变化着,夕阳照进楼来,把公主和月娥的影子拉得瘦长了,晚霞衬着红云,也映红了公主的双颊。公主显得愉快而焦急,时而弹琴,时而绣花,时而拾弄发辫,时而拉开窗帘向宫墙外的苍山眺望……

猛地,楼外传来:"国王驾到!"其声由远而近。

公主与月娥急忙在门边跪迎。

门开了。南诏王走了进来,随后跟着双手捧一只绣金盒子的内侍官。

南诏王笑吟吟地搀起了女儿,朝绣楼打量了一番,似乎发觉了女儿异于平常的装饰,不禁私心高兴了:"儿呀!怕是大唐使者从长安给你带来了好运,只看你今天的气色,我就全知道了!"公主吃惊地问:"父王知道了什么?"

南诏王:"我知道你的病快要好了。"

一场虚惊,公主轻轻地喘息。

南诏王朝内侍官挥手喝道:"荷包放在桌上,你先出去!"内侍官将绣金盒子置于案头,转身出去了。南诏王又看了月娥一眼,"你也出去!"月娥也走出绣楼去了。

这时公主才渐次意识到父亲似乎有什么事情要和自己密谈,她惊奇地望望父亲,又惊奇地望望桌上那只绣金盒子,透过水晶盖子,可以看见盒子里装着一只精工绣制的荷包。

公主:"父王,这是……"

南诏王:"儿呀!你听我说,草木逢春要发芽,女儿十八该打发。你年过十八,为父的不能长久为你担心。"

公主显然大大着急了:"父王,你……你不曾想到女儿有病在身吗?"

南诏王:"不,正是为你的病冲喜来的。大唐遣使修好,正是四海升平的吉兆,为父的决定今天欢宴国宾,邀集王亲国戚,那时你将这个荷包挂在胸

455

前,欢宴之中,定有王孙公子前来讨包求亲,我儿只需……"

公主:"父王,不,千万不能……"公主满脸红极了。

南诏王却满认为女儿的红脸是害羞所致,又说:"儿呀!你莫惊慌,为父的早为你打好主意……"

公主益发着急了:"打好了主意?"

南诏王胸有成竹地:"嗯!今夜纵有公子千万,但荷包只能给那已故清平官的儿子段文,那人文武双全,一表人才……"不觉说话中,公主已经急出泪水来了。

南诏王:"到时候,看为父的眼色……"可是他猛地发觉女儿挥泪如雨,急问,"桃花,怎么啦?你?"

公主抽噎:"父王,为女儿想,请父王快快打消这个念头吧!"

南诏王:"难道……你有什么心思?"

公主急掩饰:"没……没……我白得就像绢一样!"

南诏王喘了一口气:"那就一切照办,请柬早已送出,是更改不得的。"

公主泣不成声地:"嗯!"

南诏王说不出是疑惑还是高兴地望着女儿。

十八

夕阳西下,霞光满天,彩虹横空而过。

公主拉开窗帘,焦急地朝街外探望。天边一片鸭蛋青,渐渐地彩虹淡退了,闪烁的星星撒满了天空。

这时从苍山之麓,隐隐地传来了歌声:

> 夜夜我在苍山歌唱我的心,
> 从苍山入睡唱到苍山醒。

那天林中彩轿揭开帘,

我才知道谁是我的知音!

公主听着,轻盈地从梳妆台里取出弩箭,按在胸前,自语地:"噫!真是他!真是他哩!"

歌声越来越近,越来越清晰了:

多谢天鹅做媒人,

宫中找箭,箭把心儿连。

公主可知歌唱的是谁?

我住森林,苍山一猎人。

歌声使公主心儿缭乱,只见她忽儿理理头发,忽儿整整衣装,停会双手抚颊,停会双手按住胸前:"我的心为什么这样跳?为什么觉得这样甜?"

歌声继续着,就任宫墙外面唱着,可是夜色模糊了一切景色,公主只是依稀看见墙外的人影。

歌声:

树是我的床,天是我的被,

林中群鸟是兄弟姐妹,

三支弩箭一张弓,

伴我过了二十岁,

我要唱尽我的歌,

爱人呀!我的歌声通通献给你!

公主满脸通红,像是自己的心事被人探知了一般,猛地拉上了窗帘,可是立刻又拉开了窗帘,朝外探望,最后还是一下子下了决心把灯光映红了的窗帘拉上了……

夜。宫墙外面,猎人踽踽着。

他举目朝五华楼公主的窗前眺望,窗帘拉上了,在红帘之后灯光映现着公主上半身的剪影。

他有些焦急,他有些胆怯,蓦然跃起,攀着宫墙上的藤条,一跃跳入了宫墙,径直朝五华楼走去。

窗帘后面的公主,惊喜的脸色。

公主半揭开窗帘:"哎呀!他来了!他真的来了!"又重新将窗帘闭起。

猎人跑到窗下仰头盼望。

猎人:"公主,你为何把窗帘闭起?你那流星似的盼顾因何悄然不见?公主,公主……"

窗帘依然紧闭,窗内却传来了公主的柔声歌唱:

五华高楼是一座古井,
十九个春天一般寒冷。
自从夜歌打动了我的心,
平静的洱海起波纹……

猎人喜形于色,连呼:"公主,公主……"

公主的歌声愈益缠绵:

你射的是天鹅,
中箭的可是我。
今夜是来索回你的弩箭,

还是索取我的爱恋?

歌声使猎人愈益不可抑制,他顺手抓住一切可以攀缘的东西,爬上了窗台,推开了窗帘。

一霎时间,猎人怔住了,公主就立在面前。

公主红云扑面,宝石似的眼睛羞怯地、吃惊地望着猎人,珊瑚般的红唇,欲张又闭,却什么也说不出来,只是双手合抱在胸口连连倒退。

猎人跳入窗栏,拉上窗帘。

红灯映着窗帘内的两只影子,一双情人拥抱的剪影。

十九

大殿上正在演奏龟兹之乐。

琵琶、羌管、胡琴、三弦、手鼓、琮玮协鸣。

舞姬们在一张华丽的波斯地毯上,跳着土风舞。纤腰如杨柳,媚眼似秋波……

大殿的四周满坐着王亲国戚,其中有故清平官之妻,今天她打扮得格外冶艳。她的身旁立着儿子段文,母子二人都心不在焉地欣赏着土风舞,不时朝大殿正中张望着,窃窃私语着什么……

大殿正中,御林军林立,宫女如云,前者手执刀斧藤盾,后者手执团扇柳条……南诏王,大将军陪同大唐来使,一面饮酒,一面观赏龟兹国舞姬的土风舞。

罗荃法师也陪坐在南诏王一旁,不时心事重重地朝清平官母子的方向望一眼,又躲闪开去。土风舞继续着……

异邦的女声歌唱:

我们好比是芨芨草,
沙漠里生长沙漠里老。
就是衰老也要跳舞,
跳舞胜过做祷告……
咿,咿,呀!胜过做祷告!

愿旋风少咆哮,
遍地长满芨芨草。
但愿四海庆升平,
百姓不再做祷告……
咿,咿,呀!不再做祷告!

可是,殿中绝大部分人似乎没有注意歌舞,尤其是一些衣冠楚楚的王孙公子,他们有的交头接耳整束自己的衣冠,有的甚至焦急地朝殿上的南诏王眺望着……

罗荃法师故意朝四周的王孙公子们扫了一眼,而后走近了南诏王跟前:"陛下,该是请公主出来的时候了。"

南诏王朝对面清平官妻及段文的方向微笑地摆了摆头:"你说的就是……"

罗荃:"正是那位侍立在他母亲身旁的青年……"

清平官妻及其子立刻注意到了南诏王与罗荃的谈话,母亲向儿子努了努嘴,段文就撩袍向南诏王走去。

很多青年都一起用吃惊的目光打量着段文。

段文在南诏王面前跪了下来:"愿追随先父,效忠陛下,赴汤蹈火,虽死不辞!"

南诏王:"看到你,我很高兴,你很像你的父亲,已故的清平官段政……"

转向罗荃,"你说呢?啊?"

罗荃脸上闪过难以捉摸的笑意,答道:"啊,陛下,像他父亲,简直像极了。……"

南诏王笑了,愉悦地拂了拂手,示意段文起立,而后朝内侍官嘱咐道:"请公主!"

土风舞还在继续着……

二十

三星在云彩中缓行。

月光斜照窗楼。春夜,杜鹃鸣啼。

窗帘上映现着桃花公主梳洗头发的剪影。

而后,出现了猎人抱住公主的剪影。

二十一

五华楼中。

公主一边梳着头发,一边频频盼顾着整装待发的猎人。现在公主的脸色一片绯红,眼睛闪着晶莹的泪光,她全然沉浸在幸福的氛围中。

猎人:"夜深了,我要去了。"伸手抚擦公主的眼泪,"怎么?你哭了?"

公主:"你听杜鹃喊的声音,她是为那薄命的闺女负心的汉子喊叫,快喊得喉咙出血哩!"

猎人激动地抱住了公主:"公主怎生说这样的话?为你我愿下水晶宫,为你我愿上火焰山……"

猎人话语未毕,宫楼后面锣声由远而近……

公主突然想起了什么,一惊。

猎人:"公主,怎么回事?"

急速的敲门声。

公主脸色刷白:"糟了!"急生一智,"你快藏起来!"

公主将猎人藏入绣楼的内室,拉下门帘。

公主拾弄衣裳后,开门,手捧红绫绣金圣旨的内侍官走进来。

内侍官狐疑地望了望公主:"大殿里歌舞早已开始,王亲国戚早在候驾,皇上请公主携带荷包,前去观看歌舞。"说罢走向桌上,打开荷包盒子,将那只精制的荷包挂在了公主的胸前。

公主沉思片刻,突然现出愉悦之色:"我还没梳理头发,请你快回禀父王,我梳理停当就出楼来。"

内侍官应声退出绣楼。公主急忙反扣了房门朝内室走来。

猎人拉开内室门帘,走出来。

两人面面相觑。

猎人:"内侍官的话我都已听见。"冷酷地,"原来公主今夜是丢荷包选驸马的好日子,为什么隐瞒一个可怜的猎人,玩弄这一片痴心。"

公主的泪水突然有如雨注,她一下子扑到了猎人的身前:"我日听夜盼你的歌声,我赤诚献给你我的身心,为什么,为什么你的心这样狠?"

猎人惊慌地捧住公主的脸。

猎人:"是我的疑惑,是我的过错,你能不能原谅我?"急切地,"公主,可怎么办?"公主沉思。

公主一把拉住猎人的手:"就是天崩地塌,我也有办法,来!"

公主和猎人密议着什么。

二十二

大殿中的异邦舞姬的土风舞还在继续着……

南诏王、大将军、罗荃正举杯请大唐使者饮酒……

四周的王孙公子有的在议论着舞姬的舞技,有的朝通内宫的侧门张望……

猛然,殿后吹响了铜号。

"桃花公主驾到!"

土风舞立刻停止了。

人们纷纷朝侧门望去。

大唐使者也随着南诏王朝侧门望去。

王孙公子们顿现喜悦之色,争先恐后地朝侧门盼望。

独有清平官妻望了儿子段文一眼,段文整了整装束,傲慢地端坐在椅子上。

停止了跳舞的异邦舞姬交头接耳谈论着什么。

笙笛声奏起。

一阵衣裙的窸窣声,桃花公主披着面纱从殿门走了进来。

桃花公主揭开面纱朝人们巡视了一眼。

人们惊叹公主的美貌,一片啧啧称羡之声。

段文走上一步,迎着公主的目光望去,公主却好似不曾看见他,很快就把目光闪过一旁去了。

桃花公主侧过脸来,人们看清了她胸前吊着的彩色的荷包。王孙公子们纷纷议论着,段文不屑地看了那些议论着的王孙公子们一眼。

桃花公主走向南诏王。跪拜。

南诏王将女儿引向大唐使者,双方施礼。

桃花公主坐在了南诏王的身边座位上。

桃花公主胸前的荷包。

王孙公子们专注地望着那只荷包。

异邦舞姬又开始了最后一场土风舞。

音乐。异邦的女声歌唱：

　　有一位美丽的公主，

　　她有一千颗珍珠，

　　人人都说她富有，

　　人人都把她羡慕。

　　啦啦啦啦……把她羡慕！

　　忽然她抛弃了珍珠，

　　把它们当作尘土，

　　因为她得到了爱情，

　　她比从前更加富足。

　　啦啦啦啦……更加富足！

在歌舞声中，内侍官高声喊道："丢包礼开始！"

大殿四周的王孙公子们立刻蠢动起来了。

南诏王悄悄附耳在女儿跟前，说了些什么。

就在这一片人声熙攘中，谁也不会注意，猎人一下子挤进了大殿。一个贵族青年，回头见猎人的浑身打扮，十分诧异，正要加以盘问，却被猎人推过一旁，而这时，却正是丢包礼已经开始，他也不暇顾问，便自己整束了一下衣冠，径直朝大殿正中桃花公主的座前走去了。

人们一齐注视着那贵族青年走过桃花公主面前，弯下了腰，彬彬有礼地望着公主胸前的荷包，说道："公主的荷包，赐给我好不好？"

桃花公主看了那青年一眼，笑着摇了摇头。

那贵族青年失望地转回身来。

段文讯刺地嘲笑着那个青年。

另一个身材魁梧的贵族青年佩着金光闪闪的腰刀,疾步走向桃花公主,猛地拔出腰刀,说道:"精致的荷包,该配这样的宝刀,公主你赐给我,好不好?"

桃花公主几乎没有多看这青年一眼,就果断地摇了摇头。

立时,大殿中响起哄笑声。

青年将腰刀猛地插进刀鞘,退回来了。

段文实在也耐不住了,迈着端庄的大步,朝桃花公主走上前去。

罗荃法师、清平官妻注视着段文。

南诏王望着走来的段文,急朝桃花公主轻轻地收了收下颌。桃花公主却像不曾注意父亲的示意似的,用急切的目光朝人群中寻找着什么。

段文走近桃花公主:"已故清平官段政嫡裔段文请公主赐给荷包!"

这时,南诏王正替女儿的犹豫不决着急,却没料到猎人猛地奔向正殿的皇座,只是朝公主弯了弯腰,公主就迅速从颈脖上取下了那只荷包,扔给了猎人。

猎人抱着了荷包,现出兴奋的脸色。

猎人正要朝南诏王跪拜,一把被罗荃揪住,喝道:

"哪来的山村野夫?"

人们面面相觑。

立时,人群中响起吼叫声。

"赶他出去!赶!"

"揍他!揍他!"

南诏王脸色惨白,挥了挥手:"来……来人哪!"

人群朝猎人拥来,御林军朝猎人拥来。

大殿中的歌舞全然被搞乱、停止了。

段文嘶声吼叫:"你是何人?竟敢闯进宫来劫香包?"说着就伸手去夺猎人手上的荷包,可是一拳就被猎人推倒了。

猎人高举着荷包，朝殿座上的南诏王与公主探望。人们朝他扑打，他一手抵挡着……

完全呆愣了的南诏王，他恶狠狠地盯着公主，公主红着脸，低着头。

罗荃冷然开口："请陛下立断！这成什么体统？当着大唐使者的面，贻笑友邦……"

大将军引着大唐使者走出大殿。

异邦舞姬退缩着躲在一旁，观看这场争吵。

南诏王的脸色渐渐变得铁青，大喝："把他抓起来！"转身连看也不看公主一眼，大步走出殿门。

公主呆呆地望着国王的背影。停会，喊着："父王！父王！"紧追南王诏而去。

大殿中，人们蜂拥地扑打猎人，猎人终于被人们捆绑起来了……

二十三

南诏王宫的大殿。

南诏王坐于殿中，罗荃法师和故清平官妻分坐两侧。

公主跪在南诏王的膝前，泣不成声。

南诏王大发雷霆："堂堂公主为何不知羞耻，为什么偏偏看中野小子？难道给你吃的不是凤胆龙肝？难道给你穿的不是绫罗绸缎？"

公主仍然跪着哭泣，没有抬头。

罗荃望望故清平官妻，又望望胸前挂着的佛珠，笑说："莫不是公主望花了眼？莫不是公主没见段公子在眼前？"转脸又对南诏王禀告，"按出家人之见，也不必再丢荷包，何妨婆媳礼拜，就此完婚？"

故清平官妻闻声立起，朝南诏王叩头。

南诏王的怒容渐退，欠身还礼。

公主长跪不起,罗荃法师上前扶挽公主:"公主不必害羞,法师就要远游,今日见你拜家婆,云游回来吃喜酒!"

公主仍然跪着,猛地抬起挥泪的脸孔,直愣愣地望着南诏王:"父王,父王,女儿要的不是凤胆龙肝,要的不是绫罗绸缎!"转脸对着罗荃,"我没有看花了眼!"说着声泪俱下,"无奈女儿和猎人已经心心相许,今生不得分离!无奈女儿的心只能许一回,配猎人我不后悔!同一个太阳,同一个月亮,要呼吸,一同呼吸!要断气,一同断气!活住一间屋子,死葬一块坟地!"

南诏王又骤然急怒:"越说越不知羞耻!来人,快把公主挽进宫去!"

公主跪泣:"父王、父王!……"

两个宫娥上前把哭泣的公主强制拉走了。

故清平官妻木然地望着公主的背影。

罗荃仍然莫测高深地微微点头,默默地摸着胸前闪光的珠贝。

二十四

夜,月牙照绣楼。

月光辉映着窗前公主沾有泪痕的脸,这脸是美丽的,柔情的,也是坚强的。

公主在迎着月光沉思,星星在公主眼前闪烁。

公主沉思了许久,月光在云海中浮游。

公主像是想起了件什么重要的事情。她抹了抹扫到前额来的头发,擦了擦眼角的泪珠,两眼突然放光——放出兴奋的光、倔强的光!

月娥推门而进,公主没有觉察,仍然凝望窗外。

宫中传来幽静的敲木鱼声。

杜鹃鸟啼鸣。

月娥:"公主!"

公主猛然回过头来。

月娥怜惜地:"公主,该睡了,还想什么?这是皇上的旨意,没办法想的!"

公主:"好月娥,你告诉我猎人在哪里?"

月娥内心斗争了一阵,终于说了出来:"他被关在西宫的监狱里。"

公主痛心地:"好月娥!求求你,快替我到宫中找一内侍官的衣衫。"

月娥奇怪地:"要衣衫做什么?"

公主:"好月娥,你听我说,监狱里的寒气钻人心窝,没有衣衫猎人怎生过?好月娥!我求求你,快去拿,拿来我还要检查,查查是厚是薄,看看是小是大。"

月娥怜惜地望望公主,点了点头,叹息着,走下楼去。

月娥走后,公主立刻翻箱倒柜,终于找出来一块红绫子和一束金线,打量了一下,便高兴地伏在案前灯下,急急忙忙刺绣起来。

在那块红绫子上面,渐次出现了一个金线刺绣的王冠……

敲门声。

公主急将红缎子藏起,开门。宫女双手捧着一身官员穿的衣帽走了进来。

公主接过衣服,看了看,说:"时间不早,你该睡去。这衣衫不知大小,我得连夜替猎人缝好。"

月娥:"公主,你且休息,我来缝!"

公主急摆手:"还是我做吧,猎人身材大小,你怎知道?"说着,公主满面通红。

月娥斜视了公主一眼,嫣然一笑,走出去了。

公主急忙反手扣上门链,背靠在门上,凝望着桌上的那套衣服沉思了一会,走到桌边,抖开衣服,往自己的身上比量起来……

二十五

南诏王西宫的监狱,铁栅的监门,门上吊着铁锁。

猎人被锁在监狱里。

月光照进铁栅,照见猎人忧伤而愤怒的脸。

监狱前,两个狱卒,来回逡巡。

远远走来一个官员,渐走渐近,手捧着那块绣着王冠的红绫子,连呼:"皇上有旨!"

狱卒甲惊奇:"半夜三更,怎的皇上传旨?"

官员走到监狱旁边,双手将圣旨高举,遮着脸部:"皇上有旨!"

两个狱卒急忙跪下。

官员继续传旨:"召驸马爷猎人火速进宫议事。"

两个狱卒吃惊地抬起头:"什么?驸马?"

官员没有答话,继续传旨:"召驸马爷猎人火速进宫议事,钦此!"

狱卒甲赶快立起,从口袋里掏着钥匙,嘟噜着:"怪事年年有!怪事不长久!"

狱卒乙也赶快立起。狱卒甲用钥匙启开铁锁,狱卒乙拉开铁栅。

狱卒们恭敬地朝猎人鞠躬:"驸马爷,皇上有请。"

猎人惊奇不置的脸色。

狱卒乙指了指监狱外手捧圣旨的官员,对猎人说:"年轻的猎人,为何呆愣,吉星已高照,皇上有请,快快随这位传旨官上殿!"

猎人昏昏然迈开步子。

捧圣旨的官员转身前行。

猎人跟在后面走着。猎人奇怪地打量着这个官员的背影,心中疑云越来越重。

捧圣旨的官员一声不响,继续前行。

猎人怀疑地打量着官员有些肥大的衣衫,衣服下面一双显得十分娇小的鞋子,一阵怀疑一阵惊喜,无奈官员走得很快,猎人无法仔细打量,只好紧跟前行。

官员领着猎人已经远去。

狱卒甲望着远去的官员和猎人,喟然叹息:"世事不可预料,刚才还是阶下囚,此刻他做驸马爷!"

狱卒乙:"人不可貌相,海水不可斗量。"

两人相视苦笑。

二十六

公主的绣楼。

绣楼的门轻轻地被推开了。

进来了两个人,前者是那个手捧圣旨的官员,后者是猎人,两人一进了门,就双双抱了起来。

久久的拥抱。

猎人的头伏在官员肩上,激动的眼泪:"我……我半路就看出是你,你的身影藏得过我的眼睛,骗不过我的心灵!"

这时,我们才从猎人的肩头上望见了那官员流泪的脸孔,那张美丽动人的脸孔,原来她就是桃花公主!

猎人伸手把公主伪装的官员帽子揭掉,扔在地上。

公主的发亮的头发露了出来。

猎人替公主脱掉了那身伪装的、官员的衣服,扔在床上。

公主纤弱的,穿着闪烁发亮的衣裙的全身重新出现了。

一对情人再一次地拥抱。

猎人："公主，为了我，你冒了大险！从今而后，我不但承受了你的厚爱，而且承受了你的大恩！"

停会，公主毅然决然地扬起了头："这里不能停留，趁天色未明，我与你一同逃走！"

远处，有鸡啼声。

猎人："走！启明星已升天顶，我的妻子快随我进山林。"

猎人急解青布包头巾，将公主缚在自己背上，爬出窗台，猎人攀着墙上的藤条往下坠落……

猎人背着公主跳越宫墙，攀缘途中，公主发髻上的玉梳，却不慎为枝叶缠住，挂在藤条上了。

猎人背着公主，跳出宫墙，径朝苍山奔去。猎人和公主越走越远，渐渐在朦胧的晨曦中消失……

二十七

天色大亮，旭日照绣楼。

云雀在人去楼空的五华楼窗前忽上忽下啼鸣。不知在什么时候被撕破了的窗帘在晨风中拂摆。

绣楼的门楼反锁着。

敲门声。

南诏王在门外的喊声："桃花！桃花！"

月娥在门外的喊声："公主！公主！"

南诏王率月娥宫女破门入室。

南诏王一看室内凌乱的景象，大惊："啊！人呢？"

月娥呆愣在一旁。

南诏王愤怒、沉思的脸色。

南诏王朝宫女怒喝:"快到监狱把那个村中野夫带来……"

宫女夺门而出。

南诏王在绣楼中四下搜索,拾起床上的那身内侍官的衣服,沉吟了很久。

狱卒甲、乙奔上绣楼,双双跪在南诏王跟前。

狱卒甲、乙:"启奏陛下,昨夜陛下不是召驸马爷猎人进宫议事吗?怎……怎的……"他们耷拉着脑袋,再也不敢看盛怒的南诏王一眼。

南诏王怒不可遏:"滚!都给我滚!"

狱卒甲、乙胆怯地,连滚带爬地走出绣楼。

南诏王暴怒地大叫:"跑了,他们跑了!来人哪!快把他们抓起来!"他猛地抓起窗前的一只花瓶,狠狠地摔在地上。

花瓶碰在地上,碎了。

二十八

阳光覆盖着翠绿的山林。

绿茵茵的青草地上,百花盛开,晨露在花朵上晶莹欲滴。红的、白的、紫的……各色花朵迎风摇摆。

榕树、菩提树、青杠树、松树、柏树,各种各样的树枝俨然搭成一座天然的篷帐。风儿轻轻地摇着树,树儿仿佛从梦中醒来。

群鸟展着翅膀,别别有声,迎着旭日歌唱。

在这一片绿色中,我们看见了猎人的帐篷,篷子是木板枝架在大榕树上的板屋,屋里安放着猎人的猎具和食具,板屋的四外耷拉青绿色的蔓藤,成了天然的屋顶。

板屋的左近,一个不大的湖泽,在阳光下闪光。

这个天然的人间乐园正沉浸在晨光中。

俄而,猎人拉着汗水满颊的公主,钻出丛林,来到大榕树跟前。猎人:"到了,总算到了我的家!"

公主连连喘着气,喜形于色,两眼四下顾盼。

群鸟纷纷朝向榕树飞来,带着各种妙曼的歌声飞来。

燕子衔来一团团的泥,送到猎人跟前。

燕子:"猎人,快快捏,快快捏,捏泥做菩萨,好给公主拜天地!"

猎人羞涩地捏着泥团,望着公主,不一会,泥人做好了。

黄莺衔着小竹筒,孔雀衔着水,一块飞来了。

黄莺:"猎人,快接住酒筒,孔雀滴水,是敬你喜酒哩!"

猎人、公主双双接住酒筒,孔雀张开嘴往酒桶滴水。

画面:布谷、杜鹃、黄鸟纷纷飞来。它们嘴里衔着各种颜色的树叶,丢给猎人。群鸟齐声地叫:"猎人,快用叶子编新衣,新娘该有新衣裳!"

猎人收集着彩色的树叶,编织着,不一会彩色的衣服编好了。

群鸟:"有了菩萨,有了酒,新娘还有新衣裳,恭喜恭喜!猎人,该拜天地啦!"

这时,林中树叶沙沙地响,蓦然吹来一阵风。

风和松涛同时呼鸣。

风呼呼地叫,越来越近地发着鸣声,渐渐,天空中出现一绺白色的气浪,气浪旋转着,旋转着,变成了一个白发长胡的老人——他就是风公公。

风公公:"慢着、慢着,我来给猎人道喜了。"

话音刚落,天空落下一个老翁来,立时,风静了。

风公公诙谐地望了一眼默默不语的公主,笑问:"好媳妇,莫害羞,大自然为你奏乐。来,来,该拜天地了。"

猎人替公主穿上了彩色的叶子做的衣裳,双双举酒筒答谢众鸟,相对而饮,双双作揖,对菩萨跪拜,对天空跪拜。

风公公拍掌。

群鸟齐唱:"恭喜!恭喜!"

"公主配猎人,百年好夫妻!"

"猎人配公主,永世好匹配!"

群鸟纷纷飞落草地,团团将公主、猎人和风公公围在中间。

猎人:"画眉,你动听的歌喉为我们唱支歌!"

画眉鸟害羞地展着翅膀,抿着嘴,期期艾艾地说:"听了公主说话,我哪敢唱歌!"

猎人:"孔雀,孔雀,你漂亮的羽屏该为我们跳个舞?"

孔雀一扇一合地扇动了一下尾巴,羞涩地说:"见了公主的容颜,我哪敢开屏?"

猎人骄傲地、衷心愉悦地一瞥公主。公主红着脸,低下了头。

风公公:"新娘子,画眉见了你不敢唱歌,孔雀见了你不敢开屏,该你给贺喜的客人唱一曲!"

群鸟:"公主、公主,你快唱!"

"唱那百年好合,唱那爱河永浴!"

公主终于仰起了绯红的脸,伸着白净的脖子,向阳歌唱:

百样鸟雀百样音,

哥连情妹一条心,

若要藤子不缠树,

除非树死藤断根……

二十九

天色暗了,夕阳映红了山林。

猎人搀着公主攀上木梯,进入板楼。

公主脱下一副纱裙,撑起就变成了罗帐。

猎人、公主双双躺下,公主伸出玉臂让猎人当枕。

猎人、公主久久相望,脉脉含情。

猎人一手轻轻地抚摸着公主光滑的头发,疲倦了,渐渐入眠。公主凝然的眼光,不知是快活还是忧伤。公主眼眶滚出两滴晶莹的泪水,泪水滴在猎人沉睡的脸庞上。

林中天色变化着,鸟叫着,天亮了。

"嘟嘟嘟、嘟嘟嘟!"啄木鸟开始了一天勤劳的劳动。

"布谷!布谷!"布谷啼鸣。孔雀展翅开屏。

画眉飞来板屋前:"新郎早!新娘早!"

猎人、公主双双起身,步下板楼。

猎人、公主一同走到湖泽边,采下树叶,做了脸巾,洗脸。湖水如镜,倒映着一双情侣的倩影。

湖水倒映着公主凌乱了的发髻,公主忙在后脑勺上摸索,这时才发觉:哟!玉梳掉了。

猎人奔回板屋寻找,没有找见玉梳。

猎人走到湖泽焦急地:"这可怎么好?岂不是损了公主的容貌?"说着,伸手代公主梳理头发,可是梳来梳去,还是不曾梳好。

公主宽慰地:"用水湿一湿,理一理,头发也就整齐。"说着将手指探入湖水,抹在头发上。

可是,美丽的发髻仍不见梳得端庄。

猎人豁然立起:"为了你的恋情,我要寻遍天涯路,为了你的容貌,我要进宫取玉梳。"

公主伸出纤手,搭在猎人肩头,着急地:"不行,不行,宫中禁卫森严,此去实在危险!"

猎人却坚决地摇头:"一定要去,为了你,就是赴汤蹈火,也一定要去!"说着挪动了步子。

三十

黄昏,群鸟归窠。

公主伴送猎人,他们走过了一丛松林,又走了一丛柏树林,又走过了一丛青杠林……最后穿过黄杨林,来到荒山坡上,远眺洱海如镜。

猎人:"你别送了,我取了玉梳就回来!"

公主脉脉含情地望着猎人。

猎人转身朝山坡走去。

公主望着越走越远的猎人,直到猎人消失在苍茫的夜色中。

三十一

南诏王宫的灯光在沥青色的夜空中闪烁……

夜深沉,宫中响起单调而沉闷的鼓声。

猎人攀着藤索,跳越宫墙,传来一人坠地的声音。

两个持戟的刀兵立时提着灯笼追捕过来,猎人急忙潜伏在一灌木丛中。

持戟者甲提着灯笼朝树丛照了一照,生气地说:"呸!疑神又疑鬼,你见什么啦?呸!"连着又朝持戟者乙呸了一声。

持戟者乙:"皇上有旨,五华楼前要加岗哨,你我还是多加小心。"

持戟者甲:"呸!人走楼空,害得你我夜里受冻!"

说着,卫兵甲乙连连哈欠,又走远去了。

树丛中的猎人,不觉暗自好笑。

猎人正要起身前行,两个卫兵又再次巡逻过来,他只好仍然蹲下身子。

持戟者乙:"听说罗荃法师云游归来,皇上请他进宫作法,看来公主猎人是在劫难逃了。"

树丛中,猎人吃惊的脸色。

持戟者甲仍然不感兴趣地连声呸着,两人又巡逻过去了。猎人再次弓着身子朝五华楼摸索过去。可是,不一会巡逻者又过来了,他只好再次趴在地上不敢喘息。

猎人趁着每一个空隙爬了几步。

持戟者甲乙往返巡逻下已。

天色变化着,启明星升起了。

猎人焦急万分,一个箭步,扑到五华楼的墙脚。

这时天色已经发明了,意外地,猎人却借着玫瑰色的曙光,一眼看见了宫墙上的藤萝正挂着公主的玉梳,在晨风中轻轻摇摆。

持戟者继续来回巡逻,猎人心生一计,从地上抬起一块石头,狠狠朝官院的另一角掷去,两个持戟者飞快地朝石块响起的方向奔去。这时间,猎人迈开箭步,奔到宫墙脚下,攀着藤萝,一把拾起玉梳,再使力一扒,越出宫墙去了。

两个持戟者闻声追来,只听墙外有人落地声,面面相觑……

三十二

山林中的湖泽,倒映着猎人替公主梳理头发的影子。

猎人用玉梳细心地一下又一下梳着公主乌黑发亮的头发。公主感激的、幸福的脸色。

公主专注地望着水中猎人的影子,几乎把猎人的面部表情都看了个清楚,于是她突然发觉了什么,猛地侧转头,仔细地打量起猎人来。

公主凝望猎人,爱怜地捧着猎人的双颊。

猎人强作笑颜的脸色。

公主:"你的脸孔藏着忧愁,我的心已经看透,什么事情?什么事情你要隐瞒着我,独自难受?"

猎人只是叹息,连连摇头,

公主摇着猎人的肩,央求:"告诉我,不要保留,让我来分担你的忧愁!"

猎人又叹息一声,才说:"公主莫要愁,打把青铜的刀,挖一个楠木的鞘,哪怕天崩地塌,我也能够承受,只是昨夜宫中听说,国王请来罗荃法师,教我心中好生疑窦!"

公主一听就变了脸色,一下子惊恐地扑在猎人怀里。公主惊恐之下,呜呜地哭出声来。

猎人:"莫哭,快莫哭,我就请风公公来!"说罢,仰天长呼,"风公公,风公公,请你快来一下!"

天空立时响起风的鸣奏声。

风起云涌,在云堆中,又出现了长须白发的风公公。

风公公:"猎人和公主,我来啦!"声音才入耳鼓,风公公已经落在湖边。

猎人公主正要上前礼拜,风公公却一下子阻拦住了他们,说道:"你们的说话,我刚才都已经听到,为了普天下有情男女,我要为你们效劳。新郎、新娘快快逃上玉局峰,在那儿,石岩石洞早为你们造好,罗荃法师的妖法魔道,一定能脱逃!"

猎人公主感激地抱住风公公。

猎人、公主、风公公三者相视而笑。

三十三

人去楼空的五华楼,绣楼里的木器用具铺上了一层薄薄的灰尘,蜘蛛在框着公主的绣像的镜框边沿结着蜘蛛网,空楼一片萧索景象。

南诏王和罗荃法师先后走了进来,罗荃法师依旧披着七宝大红袈裟,挂着那串名贵的珠贝,腰挂一只葫芦,手里捧着一盏水晶罩子的神灯。

南诏王阴沉着脸,罗荃法师进屋后将神灯放在临窗的桌子上,来回在屋子巡视了片刻,伸手推开了东、南、北三向的三扇窗子,随着窗开,迎风吹来片片黄叶,秋天到了。

罗荃法师把桌子移到了绣楼中央,燃着了神灯,便嚅动着嘴唇,念起咒来:

"神灯照,神灯亮。明察秋毫,大放光芒。照彻人间天上。休让一对狗男女躲藏!"

随后,罗荃法师俯在灯前观望,先朝东向窗子照,灯镜里出现了一片清澈见底的大理海子,海子里有石头,海子里有游鱼,却不见公主和猎人!又朝南向窗子照,灯镜里,出现了人声熙攘的大理街子,街子里有数不清的少男和少女,却不见公主和猎人!再朝北向窗子照,灯镜里,出现了一片辽阔的大理坝子,坝子里有稻田,稻穗上停着蚱蜢,田里藏着青蛙,却不见公主和猎人!最后朝西向的窗子照,灯镜里,出现了苍山,苍山的树,苍山的花,苍山的一鸟一兽都照得一览无余,只是苍山之顶,玉局峰上,风起云涌,一片浓雾,什么也看不见!

罗荃法师看罢,南诏王又来看。

看了很久,南诏王失望地望着罗荃:"怎么办?莫非他们真的飞上了七重天?"

罗荃法师赫然冷笑:"陛下不见玉局峰顶大雾重重,风起云涌吗?"说罢生气地折着袖子,沉思了一会,"这是风在作怪,好啊,等着瞧吧!"

罗荃法师又念起咒来:

"风啊,风啊,你且来,罗荃请你宫中来,风啊,风啊你且来,罗荃请你宫中来!"

罗荃一边念着,一边就解下了肩头的袈裟,取下了腰间的葫芦。

立时,风声呼鸣,越来越近了。

风起云涌,云层中出现了风公公。

俄而，风公公一个翻身跳进了五华楼。

可是，还没等风公公张口，罗荃法师猛地将袈裟拐起，劈头将风公公盖住了，只见袈裟覆在地上，隆起一个大包，风公公在里面吼叫："罗荃，你不得无礼！"

这时，罗荃法师却阴险地奸笑，解开葫芦塞子，将葫芦口塞向袈裟里面，一下子把风公公装在葫芦里，紧紧塞住葫芦口了。

罗荃法师得意地大笑。

南诏王却惊疑不定地望着罗荃。

罗荃："陛下，请吧。"

南诏王随着罗荃法师朝神灯探望，灯镜里在荒山之巅风息了，云淡了，雾散了，出现了终年积雪的苍山，出现了玉局峰，出现了一个石洞，出现了石洞里的石椅、石桌、石床，出现了猎人的弓和箭，还出现了石洞中拥抱着的猎人和公主。罗荃于是扬扬自得地："陛下，贫道法力如何？"

南诏王不看则已，一看面色发青，勃然大怒："缉拿归案，我要通令全国，将这个大胆的东西碎尸万段！"

罗荃却冷酷地笑了笑："陛下休要动怒，贫僧还要让他们自行落网！"

南诏王用惊喜，甚至带着难于相信的眼光一瞥罗荃法师。

三十四

黄叶飘落，秋虫啼鸣，红色的枫叶铺满了深秋的山林……雪花飞舞，覆盖着村庄和山林，叶儿落了，秃树枝丫伸向铅灰色的天空，雪花扑打着宫殿金色的屋脊。

南诏王捋着胡须，从雕花窗槛望出去，白雪皑皑的苍山矗立在眼前。一只孤雁哀啼着，展翅划过窗前。

南诏王忽而忧伤地朝罗荃法师瞥了一眼，叹息道："唉！天寒地冻，怎生熬煎,真教为父的心痛!"说着竟至泪下。

萝荃却仍然嘿嘿冷笑:"拆散了鸳鸯,公主自然归来,受了这番苦,闺女的心才可信赖,陛下莫急,且等待!"说罢又默默摸起佛珠来。

雪花沙沙地落下,仿佛在叹息似的落下。

雪花漫天飞舞,雪花在南诏王的泪光闪烁中变得摇曳、模糊……

三十五

雪花覆盖着苍山,也冰冻了玉局峰。

寒鸦飞过天空,呱呱地叫着:"冷啊!冷啊!千年不遇的寒冬!"

孤雁飞过天空,聒噪:"天寒地冻,哪里过冬?"

雪花却越来越密集地落下,山道的积雪越来越厚了,积雪淹没了灌木,积雪压断了树枝,积雪越来越多地堵住了公主和猎人的石洞……

石洞里,公主和猎人围着一堆篝火取暖。

雪花飘进来,扑灭了柴火,衣衫单薄的公主倒在猎人怀里,猎人用宽厚的背替公主挡住雪花。

猎人重新燃着了火,火光中映现了公主冻得发紫的脸孔,猎人的忧愁的眼神。

猎人用兽皮覆在公主身上,公主仍然浑身抖颤。

猎人立起身来,挡住石洞的洞门,雪块扑打着他坚实、宽厚的背和肩,到底,雪花还是飘进洞来了。

公主哆嗦地抱住猎人的肩,歌声:

　　猎人猎人你莫逞强,
　　冰雪无情怎能抵挡?
　　冰水会伤害你的眼睛,

雪块会冻坏你的心房!

猎人悲愤地歌唱：

恨不能张开臂膀，
替你把雪花抵挡，
恨不能化作东风，
带给你三月春光!

公主扑在猎人怀里，抽噎："阿哥，阿哥，燕子双双飞向南方的天空，土拨鼠也有个温暖的地洞，怕就怕，怕就怕，我们熬不过这一冬!"

猎人狂呼："风公公，风公公，为什么你丢下公主不顾?"

公主疾呼："风公公，风公公，莫非是你忘记了猎人的痛苦?"

可是天空寂然无声，没有云，没有风，只有漫天飞舞的雪花。

猎人公主齐呼："风公公，风公公，你该答复!"

天空仍然静无声息，雪花密密降下。

猎人猛地一把推开了公主，气急地说："为了你金枝玉叶的身体，为了我们忠贞的爱恋，今天我就要去宫中偷取衣衫!"

公主焦急地止之："不行，不行，一万个不行! 一来怕官府下了缉拿的命令，二来怕你误中罗荃设下的陷阱，三来怕冰雪摧折你的铜臂钢筋!"

猎人挥臂走近石壁，取箭，挎弓："要去，要去，我一定要去! 冰雪冻不僵我的意志，冰雪拆不开恋人的山盟海誓!"

公主惊恐地、依恋地伸出双臂抱住猎人的脖子："不行，不行，要活就不分离，要死也死在一起!"

猎人挥泪。

雪花又飞进来了，差不多塞满洞口了。猎人苦痛的脸。哆嗦着身子的公主。公主脸上凝结成冰的泪水。

猎人狠狠地咬着牙,猛然一臂推开了公主,奔出了石洞。

公主急追:"猎人!猎人!"

猎人连头也不回,大步奔跑。

公主奔出洞口,雪花飞舞中,猎人已在茫茫雪坡上迈开疾速的、艰难的步子。

猎人的双足陷在雪堆里,回顾公主,霎时眼前出现了:揭开轿帘的公主……五华楼前盛装的公主……山林中穿着彩色叶子织成的衣服的公主……衣衫单薄,在雪花中颤抖的公主……猎人哆嗦着摇头,闭了闭眼,眼前又出现了公主在寒冻中的姿容,猎人流泪了,泪水立刻结成了冰。

猎人急呼:"公主,快进石洞去!"调过身子,直奔积雪的山道而去。

公主却一直站在雪堆上,声嘶力竭地呼唤:"猎人,猎人……"猎人越走越远了。猎人在雪堆中跌倒了,又爬起来了,人身子几乎被雪堆埋住了,猎人横着身子,在雪坡上滚起来,一个滚又一个滚……

公主怜惜地呼喊:"猎人!猎人!……"

猎人愈走愈远,渐渐在白皑皑的雪坡上变成了一个灰色的斑点,渐渐在公主噙着泪水的眼眶中淡薄、模糊了。

雪,大雪掩盖了一切,也掩盖了公主的呼喊声。

猎人从漫长的雪坡上滚下来,滚到了苍山的山麓。雪花沾了一身,头发、脸孔、浑身上下好似一个雪人儿,猎人双手哈着热气,抹去了沾在眼皮上、睫毛上的雪花,眼睛渐渐擦亮,眼前的一切才渐渐明亮起来:白茫茫的雪原上,洱海水一片幽黑,昏暗的落日,天空阴沉,万籁俱寂,几只寒鸦呱呱地掠过……

猎人从积雪中拔出脚来,脚板冻裂了,淌着鲜血。

猎人按摩了一阵冻伤的脚,勉力支起身来,可是立刻就跌倒了,又挣扎了一阵,才摇摇晃晃地走去……

三十六

昏暗的夜色中,白雪闪着寒光。

漆黑的天宇下,南诏王宫灯火辉煌。

猎人伸开冻裂了的手掌,爬越宫墙。他翻身越进墙内,宫园悄然无声,雪压盖了小树,雪压盖了花木,四下不见一个脚印,不见一个人影。

猎人半惊半喜:"噫!御林军哪儿去了?"

原来,这时两个持戟者正缩着脖子,蹲在花园里的花房中冻得直跺脚。

猎人飞快地奔到五华楼墙脚,摇了摇白雪覆盖的藤萝,雪花落了他一身,他伸出手掌,握住了藤条,藤梗嵌进了猎人裂开的指纹,刺疼使猎人浑身战栗。

猎人三下两下爬上了绣楼,拉开窗帘,跳了进去。绣楼一切陈设,悉如往昔,只是四面窗子大开,雪花和枯叶飘了满楼。

猎人匆忙四处寻找,箱子里没有衣衫,床上也没有被盖。猎人又无端地寻找了一遍,什么也不会得到,只是墙上公主的绣像,在寒风中摇摆。

猎人激动地取下绣像,痛苦地抱在怀里。

猎人猛地将公主的绣像卷起藏入衣兜,疾步走向楼门,忽然自语:"我要找,我要偷,寻遍三宫六院,要把寒衣弄到手!"

猎人快步奔下楼梯。

猎人蹑手蹑脚寻遍了一进宫,又一进宫。

宫殿寂然无声,偶尔一个侍女或两个持戟者迎面走来,猎人就躲在暗里,闪过一边。

猎人一直摸进了后宫,远远看见深殿之中,亮着一盏明灯,光华夺目,异于平常。

猎人急朝灯光扑去……

三十七

　　幽静的深殿中，罗荃法师正盘腿打坐。身披七宝袈裟，手捧那串名贵的珠贝，闭目冥思。

　　殿中一张大红桌子正靠罗荃法师，桌上端放着那盏光华夺目的神灯和那只葫芦。

　　月娥入殿，替罗荃送茶。罗荃半张着眼，问："外面的雪还在下吗？"

　　月娥："雪越下越大了。"

　　罗荃得意地："唔，五华楼前没什么闲人进来吗？"

　　月娥："这般大雪——"她不解地望了罗荃一眼，"会有谁去那空绣楼哩！"

　　罗荃："唔，闲话少说，多照顾点就是了。"挥手，"你去吧！"

　　月娥走出大殿。

　　猎人悄悄地摸进殿来了。最初他只看见神灯，灯光几乎耀花了他的眼睛，而后他才看见似乎在瞌睡的罗荃，立刻浑身一怔，倒退了两步。可是当他一眼瞅见罗荃肩头上的大红袈裟时，仿佛眼前立刻出现了受冻的公主，而后又出现了那件紫红的七宝袈裟，于是猎人的眼光突然变得明亮，变得无所畏惧了。猎人沉思而果断的脸色。

　　画外猎人的声音："七宝袈裟冬暖夏凉，受冻的公主该有这件衣衫，要偷，就是牺牲生命我也要把它偷来！"

　　猎人弯着身子，悄悄地朝罗荃法师跟前扑去。

　　可是，这时猎人的影子已经出现在神灯里，罗荃法师狡狯地眨了眨眼，一动也不动，接着，便故意发出鼾声。

　　猎人越走越近罗荃身前。猎人的惊恐而又充满希望的脸。

　　罗荃斜睨着眼睛，半张着一只眼，看见了神灯里的猎人的影子。

猎人走到罗荃的眼前了。

罗荃半睡半醒,狡猾地笑。

猎人一手几乎挨到罗荃的肩头了。

罗荃一动不动,仿佛什么也没觉着。

猎人猛地把罗荃肩头的袈裟掀下来了。

罗荃仍然一动下动,响着鼾声。

猎人深深喘了一口气,犹惊恐未定,看了昏睡的罗荃一眼,转身就挟着袈裟,疾步偷出了正殿。

又停了片刻,罗荃才移动身子,侧头朝殿中巡视了一眼,便忽地立起,趴在神灯前面,顺手将垫坐的蒲团向空中一掷,激烈地念起咒来:

"蒲团,蒲团,快快追赶,淹死猎人,然后回转。"

蒲团飞出窗外……

三十八

猎人背着袈裟,攀着藤条,纵身跳出了宫墙。

猎人飞快地奔跑,一直沿着洱海冰湖奔去。

蒲团在空中跟踪而至,猎人尚未发觉。

三十九

大殿之中,罗荃仍在念咒:

"蒲团,蒲团,快快追赶,淹死猎人,然后回转。"

于是,透过神灯,看到了——

猎人沿着洱海飞也似的奔跑……

蒲团急追……

蒲团直逼猎人头顶……

猎人发觉了蒲团,惊骇欲绝……

猎人清醒过来,将袈裟牢牢系在腰际,折身向苍山奔去……

一霎时,一个蒲团变成了千万个蒲团,四面八方向猎人围扑……

猎人欲进不能,又转回海滨……

蒲团像一群毒蜂,蜂拥而上……

猎人张弓搭箭,一连射落了迫在眉睫的三个蒲团,蒲团淫威稍敛,然而,猎人一摸箭囊,箭没有了,焦急中,蒲团又纷纷袭来……

猎人用双臂抵挡,渐渐招架乏力……

猎人退上一座悬岩,悬岩下面是黝黑的海水。忽然,千万个蒲团合成了一个大蒲团,遮天盖地地砸了下来……

猎人惊呼:"公主,公主……"

蒲团席卷着猎人,落入洱海之中,浪花四溅……

海上泛着白色的泡沫……

罗荃得意地舔着自己嘴角上的唾沫,精神大振。

这时,月娥替罗荃端午夜的点心上来,一见罗荃法师这般神气,便问:"法师什么事这样高兴?"

罗荃得意地笑道:"贫道为皇上除了一害,大功告成,我为何不高兴!"

月娥不解地望着罗荃法师,笑着从食盘中拿起酒杯,说道:"法师既然有喜,当恭贺一杯!"说着拿起桌上的葫芦,准备倒酒。

罗荃一看,大惊失色,急忙伸手抢夺葫芦,可是已经晚了,月娥早已一手取开葫芦塞。只听呼噜一声,从葫芦里扬起一阵大风,扇得神灯忽闪了一阵,把罗荃法师也掀倒在地上。风公公冲出大殿,凌空飞去了……

487

四 十

　　天空突然刮起大风,仿佛有谁在天上呼喊:"猎人,猎人,快回苍山!"
　　河海水面上,罩着一只大得吓人的蒲团,欲沉又浮……
　　蒲团覆盖着猎人,猎人闷在里面挣扎……
　　待蒲团悄然早起时,猎人已变成一只石骡子,向海底沉落……
　　石骡子在水中隐约可见……
　　"公主!公主!"石骡在悲号……
　　天空狂风大作,风公公赶来了。天空出现了白发长须的风公公,风起云涌,海水激荡,怒涛汹涌……

四 十 一

　　大雪冰封的玉局峰。
　　石洞里,公主正缩着身子在篝火边取暖,烟火缭绕,公主渐渐倦了,昏然合上了美丽的眼睛。
　　烟火在公主蒙眬中的眼光袅袅上升,那烟火渐渐变了,乌烟成了猎人的黑发,火焰成了猎人的脸颊,啊!是猎人从宫中回来了。公主高兴地扑上前去,猎人双手抖着绫罗绸缎毛皮氆氇的寒衣,嚷着:"阿妹,你快穿上,你看这些不都是你的衣服吗?"公主噙着快活的泪水,让猎人替她穿衣衫,穿了一件又一件,穿了里面的又穿外面的,公主每每握住猎人替自己扣纽扣的手——柔情的、结实的手啊!
　　公主望着猎人,感激的泪水滴落在猎人的手臂上……
　　可是,蓦然间,像是泪水融化了猎人的手臂,手臂不见了,接着猎人也不见了。公主急忙揉揉眼皮,才发觉自己握着的是一枝柴片,眼前仍是篝火的青烟,一场梦醒了。就在梦醒的同时,公主猛然听得洞外狂风大作,雪花狂舞,像有"公主,公主……"的喊声。

公主大大震惊,疾步奔出石洞,迎着雪花,奔上玉局峰,迎面吹来了风公公的喊声:"公主,公主,你再也难见猎人的面,罗荃兴妖作法,猎人化成石骡掉进了海心永世不能超生!"

公主一听,浑身痉挛。尽管寒风揭开了她单薄的衣衫,她却像没有感觉,尽管大雪落了她满身,她也不觉得冷!她只是呆呆地立在暴风雪之中,像一尊塑像。

停了一会,她才像猛地想起什么,继而狂呼:"猎人,我的丈夫,猎人,我的亲人!"

公主的喊声随着狂风散播四方……

天空中,风公公:"公主,痴情的公主啊!可怜的公主啊!猎人已经沉入海底,背上压着万担海水,你们已经死别生离!"

公主昂然立起身子,顿时变得软弱,跌倒在雪地上了。可是很快她又爬了起来,急喊:"风公公,求你带我上天,我要和丈夫相见!风公公,求你吹干海水,我要和丈夫聚会!"

狂风骤啸,雪花漫舞。

风声渐渐变成哀号,和公主的呜咽汇在一起。雪花渐渐和雪白、雪白的公主融在一起,终于随风飘游……

玉局峰上,浑身宛如玉石的公玉一往情深地顾盼洱海,淡出……

玉局峰上,公主化作一朵凝云,专注地在洱海上探寻……

大风吹不歇,从日出吹到日落,大风吹不停,从黑夜吹到天明。惨白的云彩,在玉局峰上徘徊,她越来越低地向下沉落,沉落,她越来越固执地探寻,探寻……

画外歌声:

我心头有熊熊怒火，
什么地方有煮海的锅？
我要去把海水舀尽，
什么地方有舀海的勺？
且让我身驾云一朵，
一心一意找石骡，
隔山隔海来相会，
妖魔妖魔你奈若何！

音乐声中,银幕上出现了字幕:剧终。

1956年11月25日,长春风雪夜
1957年5月10日,北京槐荫下

BAO GAO WEN XUE
报告文学

裂　缝

　　这篇文字只不过摄取了若干不一定相互关联的镜头。主人公是王铁梦同志，冶金部全国劳动英雄，冶金部建筑研究总院的副总工程师。然而，本文作者宁愿把这些颇为煊赫的称号和头衔通通搁在一边，只说他是一个好的战士。

　　要认识和了解王铁梦是并不困难的，因为他整天都在施工现场，条件只有一个：你下去。不过，要从这成千上万浑身沾满铁锈、油渍和泥灰的工人当中一眼就找出他来，可又很不容易。这个"很不容易"正是那个"并不困难"的前提。他和任何一个工人一样，一身工装，一双笨重而结实的方头翻毛皮鞋，一顶安全帽，帽子外面蒙着一个肮脏的布套，写有必须细看才依稀可辨的三个小字："王铁梦"。

　　宝钢工地气势宏伟，这里一堆器材，那里一列机械，一片片人影，一丛丛头盔，打桩声像远方沉闷的炮击，叫人想起战场。工人们又习惯地把他们的总工程师称作"×总"，这个称呼也很有一点打仗的味道，严肃而亲切。王铁梦是副职，他坚决不让别人把他放进这样一个等级里，并且一再声明，自己在宝钢是从事技术服务工作的，他说："你叫我铁梦好了。"的确，这样更随便些。好，就按他的意见办吧。

　　谁看见铁梦这样的同志，谁就会觉着"四化"大有希望，他要求工人们大干，他本人就带头大干，他明白：工人们要求于那些发号召者的，也不过是同样的大干而已。本来,"四化"不是一两个人干得出来的,得上上下下一起真的动手,不兴哄人。

    "我们的世界是一个充满裂缝的世界……"这是一个科学的结论,也是一项工程的起点。对于那些终生为消除裂缝和隐患而斗争的战士而言,这句话,是与悲观主义的嘟囔和愤世嫉俗的叫喊毫无共同之处的。

  "我们的世界是一个充满裂缝的世界……"简直是警句!不过,说出这个警句来的人既不是哲学家,也不是诗人。直到此刻,我还清晰地感觉到说话人的全部动态和情绪:他在房间里来回踱步,让自己的思想连续不断地有节奏地向外喷注,仿佛浇灌混凝土一般逐渐形成了一个完整而坚实的结构,同时,伴随着力度很大却又毫无夸张感的手势,给我提示着逗号、句号、疑问号、感叹号和删节号。这个质朴、粗犷,像个血统工人,颀长、健美,像个田径运动员的中年男子是谁?他就叫王铁梦,名字多少有一点古怪。
  "我劝你把一块光滑的玻璃板放在显微镜下边仔细看一看,你一定会大吃一惊:原来,这种表面的光滑竟掩藏着许许多多的裂缝!玻璃尚且如此,何况混凝土!"
  真是职业的烙印!铁梦他说话,不论长短,总落脚于混凝土。他爱黄沙、骨料(石子)和水泥,混凝土已经成了他全部劳动、事业和理想的基础。当然,如果时光倒流回三十一年前,当中华人民共和国刚刚在礼炮声中崛起于东方,当这个来自沈阳的毛孩子刚刚在迎新曲中步入哈尔滨工业大学的校门,情况却是另外一个样子。那时候,铁梦和其他千万个革命青年一样,尽管生活的道路已经迎着他们敞开,他却并不急于做最后的选择。
  他有一副好嗓子,是校文工团的歌手;他有一副好腿脚,是校溜冰队的健儿,他还要感谢少年时代的邻居——一家游泳池,造就了他劈波斩浪的功夫。他爱好所有的课程,并且都取得了良好的成绩。由于当时的历史条件,哈工大有着学习俄语的浓郁空气和典型环境。这方面,他又是名列前茅者当中的一个,因此得以跳班,缩短了一年学程。有一次,苏籍俄语教师突然宣布要求每个学生都要直接用俄语写诗,而且当场就指名铁梦起来吟诵,这可是个骇人的考验!铁梦事后回忆起来,连他自己都不免惊讶:"不知道是从哪儿飞来的灵感,我就像中国古书上说的那种即席赋诗的骚人墨客,把自己故乡的村野景色刻意描绘了一番。也许是我的真诚的爱国主义情感打动了老师的心,也许是东北大地的风物人情触发了这位异国游子的乡愁,总之,她才听罢便高声赞叹起来:太奇妙了!"不过,铁梦并未受到这一崇高评语的诱惑,以致抛弃理工科目,转而去推敲普希金或者莱蒙托夫的门窗。有谁能算得清这笔账是亏是盈?中国也许少了一位有才华的诗人,然而确实获得了一位有成就的工程师。

　　超乎这一切明显的和潜在的爱好之上,他还有一宗最大的爱好——喜欢建筑艺术和绘画。促使他报考哈工大,在第一志愿栏里填上"工业与民用建筑专业"这几个字的最初的动机,也就在此。

　　是的,自从古猿下树,走出森林以来,形成人类这一概念的内涵之一,不就是在地球上出现了形形色色的建筑群吗?建筑,它本身正是革命的一部分:过去大地上没有,现在有了,这就是马克思阐述的改造世界这一光辉思想在一个侧面的体现。从中国的万里长城、埃及的金字塔、意大利的斜塔、美国的摩天大楼,直到遍及世界各地的人烟稠密的大都会和占地万顷的大工业……无一不是建筑的奇迹!建筑——这用石头、砖瓦、混凝土和钢筋组合的纪念碑,它凝结着人们的思想、感情和劳动,体现着各个不同时代的不同的价值标准和美学观念,是和平、繁荣、幸福的可见可触的象征,归根到底,它是属于全人类的财富。一个人为如此豪迈的事业献身是值得的。这,就是当年在铁梦脑中朦胧闪过的意念。

　　可是,在听课的过程中,在观察的过程中,在绘图的过程中,一个被许多人忽略了的疑问却不断地跑来叩击铁梦的心扉:为什么非得在建筑物上预先按照一定的长度留下温度伸缩缝不可？为什么在各种类型的建筑物上又往往出现大量的非人为的裂缝？虽然苏联专家的学力和基本功都使他钦佩，然而，那个每隔数十米必须保持一定宽度的缝隙作为缓冲区的"苏联规范"果真是绝对正确？仅仅以长度为温度伸缩缝理论的唯一因素，不是有一点形而上学的气味吗？也许不可以一般地绝对地取消伸缩缝，但所记长度越大越易裂缝而不照顾其他条件的观点，却肯定不符合事物本来的辩证关系，如果真的仅仅取决于这两者的正比例，那么，又有谁敢想象，万里长城该当被切成多少个豆腐块？不知不觉，这一系列问题在铁梦的心上扎了根，不，更准确地说，是铁梦扎根于这一堆疑难之中了。他发现，齐齐哈尔某厂并未留伸缩缝，但根本不裂，与此相反，也有留了伸缩缝的，竟裂得一塌糊涂！这一切，使他震惊和苦恼，到底应该怎样解释好呢？

好动和多思，是铁梦性格上两个突出的特征。表面上，它们仿佛是相互矛盾的，实际上恰恰相克相生。于是，这样的性格特征越发驱使他处处看，时时想，驱使他顺着成千上万条伸缩缝和裂缝走下去，钻进去，铁梦终于在那里发现了一个新的王国——显然，一般认为这不过是司空见惯的没有什么学术价值的小事一段，铁梦却感觉到了它对建筑工程，对生产和生活的巨大现实意义。于是，我们继失去一位诗人之后，又失去了一位无论数学、力学、美学都颇有造诣的建筑设计大师，只是作为一种补偿，我们探讨出一个有关裂缝控制的公式。这个公式的光芒立刻被一个发达的现代化大国感受到了，他们在学术情报报告中，以肯定的语气指出："中国工程师王铁梦定义的装备式系数 k 值是存在的。"

公式是怎样诞生的？它孕育于 1956 年，而在 1962 年成型，并为七十年代的大量实践所充实，同时受到了检验。由于公式曾经先后在中苏关系问题上"涉嫌"，王铁梦被迫扮演了既近乎悲剧又近乎喜剧的角色，令人啼笑皆非。

1955年,铁梦毕业了。他被选留在母校担任助教。虽然他依旧保持着对音乐、美术和体育运动等多方面的兴趣,但比起刚刚跨进这座著名学府的日子来,毕竟成熟多了。他开始做学术上的探索,他在思考前人和外国人说不明白的问题。他一有空便东奔西走,着手考察那被"偶然"的纱幕所掩盖着的尚未被人正视的规律。铁梦从来也不认为自己比别人聪明,他常常这样说,在攀登科学高峰的道路上,探索精神甚至比智力更为重要,坚韧不拔,不忽略、不拒绝"小问题",是科学工作者必须具备的素质。

1957年,他写了一篇正面向土建工程中奉为金科玉律的苏联规范挑战的论文。当他把这篇论文带到报告会上朗读时,会议的主持者——一位学术管理权威才听了几句便退场了。铁梦心中纳闷,不知道自己出了什么差错,只得硬着头皮把论文念完。与会者们当中,固然不都是戴深度近视眼镜者,可近视眼并不等于瞎子,那些视力达到1.5的就更心明眼亮了。总之,人人都知道:某权威已悄然离去。没有了主持人,便成了一群乌合之众,简直连会议的性质也大可怀疑了。大家面面相觑,一言不发,之所以还迟迟没有散尽,那纯粹是出于礼貌的缘故。铁梦正尴尬,忽然闯进来一位清洁工,一个痛快人,他看看不对劲儿,便大声宣布:"散会!我要扫地了!"铁梦长长地吐了一口气,心想:这可能是上帝派来的救星!

不久,便听到了王铁梦反对苏联规范、玩弄数学游戏的流言。那时候,"反右斗争"扩大化,把数以万计的"右派分子"举行的那种"猖狂进攻"载入史册。当时,铁梦对于自己是不是企图通过怀疑苏联规范的个别论点以达到政治上反苏的目的,心上自然是有底的,不过,他对于别人是不是可能通过他的这一大胆行为而"赐"给他一顶"右派"帽子,心中却完全没有底。因此,他赶紧收拾起论文,希望所有的人们都永远忘掉它。

奇怪的是,他自己偏偏一天也忘不了。

他跑去向在土建所讲学的波兰原子能发电站结构专家基色尔(кисель)

求教：如果不留伸缩缝是不被允许的，那么，对那种居然不留，而又情况良好的建筑物，应该抱什么态度？中国有的地方，甚至给这种勇敢的工程师下设计错误的评语，对不对？基色尔的答复是：不必批评，也不能表扬。这种现象波兰也有。

基色尔教授等于什么也没有说。

真是食不甘、寝不寐啊，他几次三番试着用最挑剔的眼光重新审阅自己的论文，自以为并未背离实事求是的原则，提出来进行商榷的也不过是一得之见，人们是不应该从鸡蛋里找骨头的。大约还是初生之犊不畏虎吧，一天，他下定决心亲自上门去找那位把这个神圣不可侵犯的铁则传授给他的苏联专家，太出乎意料了！苏联专家对这个曾经是自己学生的年轻人不但待之以礼，简直奖掖有嘉，他建议铁梦自己动手翻译成俄文，然后转寄到苏联去。

铁梦的兴奋非笔墨所能形容，他立刻按照老师的要求做了。但是，他也不得不同时做好应付不测事件的精神准备。

一年以后。

北京开始筹备十大建筑的设计施工工作。这个筹备单位面临着极其艰巨复杂的任务，温度伸缩缝问题，不过是其中的一个小问题而已。当有人了解到，国内有一个名叫王铁梦的正在研究它，便提名将他调往北京，临时编制放在建工部建筑研究院结构室。

参加设计施工的单位众多，意见是很不一致的。国庆工程科技委员会多次讨论了铁梦关于取消伸缩缝的论据。结果，十大建筑有的留了伸缩缝，有的则没有留。象征着中华人民共和国的博大雄浑、庄严凝重的人民大会堂主体结构，是不留任何缝隙的一个整体。在这个集体主义的杰作中，注入了铁梦的一份心血。

正当铁梦投身于这一伟大工程的设计时，一天，他突然收到莫斯科寄来的一份通知：尊稿《температурныешвыиромышленныхзданий》(《工业建筑温度伸缩缝》)一文经苏联建筑科学院审查推荐，已决定在敝刊十月号上发表。落款是那个享有世界声誉的杂志《工业建筑》。

风云变幻,老天捉弄观天人。铁梦的心又别别地狂跳起来:前一次的兴奋是问津学林,却存在着由于学术见解不同而被视为反苏的可能性;这一次的兴奋是居然投中,竟又存在着因为和苏联学术界来往倒有亲苏的嫌疑。这实在是令人难堪的讽刺!特别是这份杂志加了一段颇有分量的编者按:"王的研究具有重要的现实意义。伸缩缝问题,苏联迄今尚未解决。伸缩缝的设置,降低了厂房刚度,影响了标准化,容易引起漏水,削弱了抗震能力,增加了施工的烦琐和造价。发表王的文章旨在向国内外读者征求意见。"人们将会怎样看待这段苏联人的按语呢?

接下来果然在苏联引起了争论,一连六期,每期都刊载了这方面的文章。有的人赞成,有的人认为不对,但无论正面与反面,都缺乏足够的现场实测资料作为论据。铁梦设法买到了这些刊物,从中汲取有参考价值的成分,继续着自己的研究工作。

1960年,中苏论争公开化了。铁梦却傻乎乎地冒险又寄去一篇新作《температурныешвыиромышленныхзданий》(《工业建筑物的真实变形》),说来令人难以置信,文章竟很快又在《工业建筑》四月号上刊登出来了。不过,尽管作者将公式首次公布于众,编辑部的反应却远不如以往之热情,按语只是淡漠地写了一行字:"王的公式应进行分析讨论。"而接连各期的版面证明,事实上并未组织这种讨论,显然,西伯利亚的冷空气终于侵入到学术领域里来了。(后来,苏联也开始了这项研究工作。)

1962年,从地球的西半面传来了回声:美国的布列斯勒先生(Bresler)在《混凝土》杂志上撰文评论了这个公式,说是:"简明易懂,便于掌握,但不精确。"

东方的缄默与西方的发言,似乎预报着风向的改变。但王铁梦还是王铁梦,每月领69元工资,揣上两个冷馒头跑图书馆,对古城中任何一堵使他感兴趣的无缝的红墙或任何一截吸引他视线的烟囱裂纹,都可以入迷到流连忘返……

　　铁梦第一次入党,转正未获通过。这个故事提出了迄今为止仍旧值得人们深思的问题:为什么工人或者农民入党以后,坚守岗位,努力生产,甚至可以受到表彰。而知识分子入党以后,倘或在业务上有所追求,就竟然会得到"白专道路"的恶称?

　　铁梦是一个好学生,留校工作后,又是一位称职的教员。他的才能如矿苗露头,品位颇高,只是储量尚待探明。此外,矿脉的走向还一时看不清楚。因此,他在政治上要求进步是可以被多数人接受的——即使对最嫉才者,铁梦也并未形成现实的威胁。

　　况且,1956年底松花江上的一次特大洪峰,又把铁梦推向了一个备受赞扬的新的高度。在确保哈尔滨市,抢救受灾农村的日日夜夜,铁梦凭借着强健的体魄、熟谙的水性,尤其是凭借着一颗紧贴劳苦人民的心,长一程短一程地扛送堵口的麻包,餐风宿露,入死出生,不声不响地做着他自认为该做的任何工作……抗洪斗争胜利了,他被推举为哈尔滨市的劳动模范,整个的哈工大教工队伍中少有的一名。是的,铁梦从不追求荣誉,但荣誉恰恰爱上了他。

　　在这种氛围中,他被吸收入党了。能够参加到伟大的中国共产党的战斗行列中,成为一名无产阶级的先锋战士,这使铁梦心神无比激动,斗志更加昂奋,他想:作为工科大学毕业生,他除了用自己的知识与技艺更好地为党所领导的社会主义事业服务外,难道还有什么别的途径可循吗?他重新拾起了那个几乎被松花江水卷走的小小公式,开始了进一步的构思。忽然,爆发了政治与业务关系问题的所谓"大辩论"。辩论是在虚设靶位的情况下轰轰烈烈地开展起来的。在革命队伍内部,究竟有谁主张过白专道路呢?这大概只好留待未来的历史学家去耐心考证了。反正当时有过一次,其后又有过多次急风暴雨式的点射与扫射,而且据说都是弹无虚发的。铁梦莫名其妙地挨了一枪。支部大会整整进行了一天,王铁梦被宣布为:脱离政治,埋头业务,觉悟不高,决定不予转正。松花江平静地望着这个搔首长吁的青年人,惊讶着:为什么如今在他的大眼睛中倒有洪水泛滥?过去有相当长的一段时间就是这样,如同一种时装款式,或者说得难听一点,如同一种流行性感冒,这几年和那几年会有各不相同甚至自相矛盾的新论点大为盛行,一些人(很可能是各方面都无可非议的好人)也就不假思索,跟着喊叫,于是另外一些同志就遭了殃。在这一次为期两年的预备党员生涯中,铁梦的家庭成分问题倒没有引起风波,其原因也很简单,因为那时候血统论之妙用无穷尚未被某些人所充分领悟,而铁梦自以为在学术上多花点时间,搞出点成绩来,以证明现代中国人是有创造力的这样一个决然无错的主张倒出了问题。这件怪事,铁梦很长时间不曾想通。

并不是说二十几岁的王铁梦就没有任何缺点了,党的观念薄弱,组织纪律性不强,等等,就都是他那时的不足之处,但是,只要多加引导,本来是不至于此的。有没有必要由此引出应得的教训来呢?有必要。这个教训就是:工人入了党,固然不宜培养他成为空头政治家,要鼓励他劳动得更好;农民入了党,固然不宜提拔他为"说嘴干部",要鼓励他打更多的粮食;同样,知识分子入了党,考核他的业务精益求精的程度正是考核他的革命觉悟的重要内容,不能弄颠倒了,反而去号召他们用六分之五的时间与精力抄写报纸上的社论和参加数不清的灾难性的会议。

粉碎"四人帮"以后,1978年,铁梦再一次加入了中国共产党。这一次他是入定了,因为党中央的大脑和多数人的大脑都在正常地运转。

当整个社会出现大裂缝的时候,应该怎么办?铁梦对工业建筑的裂缝问题虽然研究有素,应付裕如,但对社会裂缝却一筹莫展。从他身上我们看到了中国知识分子的某些共同的致命的弱点。

前面对铁梦这个名字发过一点议论,觉得有点特别。其实,铁和梦是连得起来的:铁就是辽宁省的铁岭县,那是他的故乡;梦是梦生的略称,东北人管遗腹子叫梦生。那么,他的父亲是个什么人呢? 他的父亲是个地主,因为原配不育,便将一家佃户的闺女强行纳妾,但自己很快就死了。这个苦命的女子就是铁梦的母亲。由于受不了虐待,她逃到县城,生下铁梦。她顽强地上告官府。按照我们习惯了的不成文准则,这个受尽凌辱的妇人应该去自杀,当然,最好是先放一把火烧了地主的粮仓什么的,方称得上不失贫雇农本色,孩子也应该赶紧扔掉,因为那是阶级敌人的后裔。至于向伪满政权的法院投书起诉,要求分一点维持生计的田亩,更是投降主义的幻想,应予批判。只不过谁也无法理解的是,竟有那么一位比赃官还坏的清官,居然秉公断案:划给这个孤苦伶仃的寡妇一片薄田。这真是以天下之大,无奇不有!

风雨飘摇中,母子们似乎有了一线生机。

1966年,铁梦正在山西太钢从事一项试验,史无前例的"无产阶级文化大革命"像一架机器似的被"发动"起来了,消息传来,说是大字报已经糊住了他家房门,红卫兵勒令"地主婆"——也就是铁梦妈还乡改造。他只得赶回北京,应付这劈头盖脑的突然事变。从太原火车站到北京火车站,都有一群一群挂着黑牌子、剃了阴阳头、被逐出城市的"牛鬼蛇神"。铁梦完全吓蒙了,不知道为什么非这样把比混凝土基础还要结实的新社会捣个稀巴烂不可。他来不及和母亲商量,便又登车上路,去关外探亲访友,跑遍了铁岭、沈阳和齐齐哈尔等地,看看有哪一家慈悲为怀,愿意收留这个可怜的老太婆。结果是呼天不应,叫地不灵,铁梦太天真了。

"踢开党委闹革命",从此,各级组织机构便一股脑儿瘫痪了。中国开始了"政出多门"。北京市的任何一个区,拉起一个红卫兵司令部就有权颁布命令,而且各有各的革命部署。万幸的是,当铁梦灰心丧气地回到北京时,一个新的权力中心又张贴布告,说是凡无人收留者可暂缓遣返,从此,铁梦妈苟且偷生,成了活在"必须滚蛋"和"似可宽大"的夹缝中的黑户。

这当儿,发生了一桩大事:一位颇为勇敢的女同志把自己的命运和这个代号叫作王铁梦的未知数连在一起了。

事情的经过是这样的:好心的人事科长关切铁梦和他老母亲的处境,有意将长春建筑专科学校毕业的、比铁梦小八岁的技术员田淑娟介绍给他做朋友。小田是个心地单纯而手脚勤快的姑娘,在铁梦四方奔走、八面碰壁的日子里,曾经出于同情心,照料过老太太的生活。科长一看挺满意,就说:"铁梦呀,你母亲成分高,小田成分低,你们一结婚,就能平衡平衡了。"这乃是一句只有现代中国人才能充分理解的至理名言,是闻之能催人泪下的,不久,铁梦就实行了这种"平衡"。

血液的效用是如此之神奇,"平衡"帮助铁梦取得了全家下放云南草坝冶金部五七干校的资格。虽说万里迢迢,搬家倒也并不吃力,因为他们没有什么财物。只是那许多带不走又舍不下的书籍成了难题。最大的痛苦当然是属于铁梦的,道理很简单,书是他的。妈妈和妻子的痛苦也不轻,道理同样很简单,铁梦是她们的。犹豫、斗争到最后,多亏商品社会的货币观念跑来拯救了他们,使他得以摆脱了那已经变得完全不合时宜的对书籍的图腾崇拜,这个知识分子家庭也和小市民家庭一般,斤斤计较起能卖多少钱来了。是的,难道生活中这样的事还少吗?你口袋里短一个子儿,你就吃不上那一伸手就能够得着的饼子。于是,铁梦和小田商量再三,决定把藏书都装进麻袋,送到西单商场去卖——他们相信那儿的收购人员懂行,能给一个比废品稍好的价钱。

待他们辛辛苦苦把麻袋拖到了商场,一看心就凉了,正排着长队哪!有两个学生模样的人(他们为什么没有造反去?)过来翻了翻,挑了几本,总算还有个七折八扣。剩下的一过磅,就哗啦倒了一地。"三分一斤!不卖?靠边!后边的上!"收购员不断地吆喝着。铁梦手心里捏着的三元八角钱全被冷汗浸透了!(铁梦怎么想得到,十年以后,他为了找回其中的一本《板壳结构》,就要付出四元二角整!)坐了七天七夜火车,铁梦和他的母亲、妻子以及刚刚出世的小女儿在草坝落户了。时间是1969年。

草坝，位于云南南部，离蒙自不远，离国境也近，高山四合，人烟稀少，历来是一个收容劳改罪犯的地方。冶金部把干校设在这里以后，附近村寨仍然留有为数不少的刑满就业人员。铁梦的任务是放马，配属给他"领导"的畜群有三十匹之多。其实这个专攻土建工程的人哪儿放过马呀！你不懂了吧？这就足够证明你知识分子最没有知识的真理了。有一次跑丢了一匹马，铁梦带上两个白薯一壶水，追了一天一夜，总算在深山老林中追着了，可也吓了个半死。说来也怪，管理他们的人没有训他，倒是让他的班长领了一个本地人来，同时塞给他一张小纸条，上边写着："放马人，朱小翔，土匪。"哎呀，怎么接受土匪的"再教育"？铁梦心里不免七上八下地翻腾。他从没到过云南，根本不了解：在云南少数民族地区，被反动土司上层裹挟为匪的善良农民不知道有多少，这个朱小翔落下个劳改犯的下场，实在是旧制度的牺牲品。铁梦只是按"土匪"这个词的字面含义去对待朱小翔的，走路叫他走在头里，自己身上除了腰间新添一把刀子以外，不带半件能让人动盗心的东西。然而，这个肤色黝黑、瘦骨嶙峋的"土匪"，始终用嘲弄的目光漫不经心地瞟着这位心情颇带几分抑郁的工程师。有一次，纯粹是一种巧合，朱小翔落在了马群和铁梦的后面，等到铁梦感觉到他的脚步和呼吸时，便赶紧去摸刀子，天哪，差一点发生误会……少数民族是豪爽的，朱小翔点破了铁梦的心事，从此而后，工程师和"土匪"倒交了朋友。第二天，铁梦把刀子撂在家里，随身携带的"武器"竟换作《结构力学》了。

面对着如此可怕的似乎是没有尽头的苦难与纷乱，铁梦不改初衷，始终如一地钟情于祖国的社会主义建设。铁梦，铁梦，让我把你的名字解释为铁一样坚强的梦吧。

闹剧的确距离闭幕还很远很远，铁梦勉励自己：耐心！再耐心！这一段历史一定会有人重写的！只是眼前他还必须装出一副十分虔诚的神情，去参加赶马车的考试。他放过一段马，如何调理这种南方的小个子的调皮畜生已经略有经验,何况他身体健壮,四肢有力,正当盛年,也许能够适应那种叉开腿站在车上赶马的危险操作方式,同志们也都认为他可望入选。果然,他被录取了。有人以夸张的革命言辞向他"表示热烈祝贺",祝贺他在这群峰怒峙的哀牢山中"为无产阶级掌鞭"、"这是最大的信任,最大的光荣"云云。铁梦听了这些祝词,才恍然大悟:昨天夜里放映电影《青松岭》,原来是为的进行政治教育呀!哦,真有意思!他不禁苦笑了。

上述一大堆似乎迹近于开玩笑的叙述,不知能否标明一两条中国裂缝的走向和深度?

"四人帮"被打倒后,宝钢的二百余万立方米混凝土浇捣任务像磁石吸铁似的吸住了铁梦。"引进"谈判是一种特殊的斗争,事关国家荣誉。它不但包含着外交的较量,经济的权衡,而且也是知识的角力。日本朋友向他祝愿。御健斗!

一个人的才能的潜力究竟有多大?无法尺量,也无法斤称。同样,才能的方向究竟是不是单一的固定的?可不可以多头并存?这恐怕都只能靠实践来解答。

谁也想象不到,好动多思的铁梦竟能出现在谈判桌上,一钉就是两个月。第一,那是一种磨嘴皮的营生;第二,也是一种磨屁股的活计。二者合在一起,简直是一场把各类细胞都紧张动员起来拼消耗的持久战。

1978年5月,铁梦飞到日本去了,完成任务以后,又飞了回来。

在描写他如何降落在东京羽田机场,如何进入新大谷饭店,把小时候学会的日语派上了用场之前,有必要简单回顾一下草坝以后的道路。

人生是没有空白的,重要的是看你用什么东西来填充它,在我们这个国家,或者应该说,是你被允许用什么东西来填充它。"一个技术人员是谁都可以袭击的。"这是铁梦对以往岁月的概括。

十年光阴，不胜惋惜。他很坦率地解剖着自己："有人看见我这三年干了一点工作，就替我说好话，什么王铁梦是顶着'四人帮'干的，不对，如果真是那样，我就该是张志新烈士了。不过，我也的确没有顺着'四人帮'，我大致是躲在裂缝中过来的。我总觉得身后跟着一个'成分不好'的鬼，人家能做的事我不敢做，再说，他们一时还顾不上彻底收拾我，因为裂缝，包括混凝土的裂缝和国家的裂缝，都是一种大量的客观存在，当时我是凭良心埋头工作。"

1970年，铁梦从五七干校被下放到山东莱芜，规定要全家同行。行李家具都托运走了，只待本人去北京办理转关系的手续。这时，一位当时有发言权的人说了一句话，就又通知他留下了。在中国，偶然性就是这样决定人的命运的。

铁梦把从莱芜转回来的箱子运进暂时栖身的小旅店，箱子已经压碎了，希望则完好无恙。他为能够继续留在科研单位里而深感欣慰。可是，要重新把一家人的生活纳入轨道可不容易呀。这些年，人们都养成了一种恶习：凡是破坏，雷厉风行；凡是建设，牛步蜗移。待他把琐细事务一关一关走通办妥，能腾出身子去河南舞阳"四米二工地"，日历已经揭到1972年了。

在舞阳，他多少也做了一点有关裂缝的工作，可是，他觉着憋闷、忧愁，有劲无处使呀。1975年，武汉兴建某大工程，那是引进国外的技术设备，铁梦高高兴兴地去了。

搞土建的不管机器，这是天经地义的。可是，有人告诉他，吊装轧机时，一位工人师傅发现牌坊底座板上有大小九十多条裂缝。外国人坚持认为裂缝无害，但我方许多同志主张要求赔偿，因而形成僵局。必须证明裂缝是有害的，必须用数字把危害性表现出来，才可能得到合理的解决。参加谈判的我方小组来找铁梦帮忙，铁梦答应试试看。他先仔细检查了机器，判定它与土建中的弹性基础梁相似，便开了一个夜车，找到了答数：拉应力达到了1400—1700公斤/平方厘米。有了根据，一切就好办了，这时，冶金部现任副部长、当时任工作组长的李非平同志,支持铁梦上阵。于是,他便从土建方面"借"过来了。铁梦和他的战友们慷慨参战,就着一块小黑板,用计算尺同外国派来的几名专家进行激烈的辩论。半个月后,外国方面代表拿出一个书面答复,确认裂缝有害,应予补修、道歉。

就这样,铁梦以局外人的身份协助局内人办了一件大事,无意中也壮了自己的胆子:原来,和外国人打交道并没有什么可怕的!

让我们结束这段倒叙的插曲,回到1978年春末夏初的东京来吧。

由于引进日本先进的钢铁工业技术,宝钢工程的主要设计是由日方提供的,中方负责审查。为了做好这一项工作,我们组成了整整一百人的代表团。出国之前,有一位办事小心的领导不断告诫他们:说话做事要慎重,要慎重。由于重复的次数太多了,竟使得最有自信的人也不免紧张起来。

东京是美丽的。海风温煦而湿润,感觉不到有什么大气污染。街市繁华,从高层建筑向下望去,汽车的游龙仿佛是被驯养的巨蟒,循规蹈矩地在许多交叉和平行的大路上运动。夜间的缤纷灯火更增添了一层神秘的异国情调。然而,他们无心观赏这一切,在这里只做了两天纯粹事务性的逗留,便转移到九州的八幡去了。

八幡,新日铁的设备技术中心,是麇集着日本钢铁工业第一流人才的地方。这时的铁梦因为棋逢高手而大为激动,他暗暗嘱咐自己:要抓住一点一滴的机会,尽可能进行全面的考察,虚心学习,不负此行!须知祖国人民勒紧腰带,在每人名下每天要摊上一百来元人民币,我不能对不起这一百元!

不必细说,铁梦分配在土建组。全组五个人,其中重庆设计院来的两位,一位是主谈,上海来的一位,担任副主谈,再加上北京来的一位,剩下的就是冶金建筑研究总院来的他本人了。

他们没有再住豪华的酒家,而是下榻在名叫东急ィニ的普通旅店,由当地一家华侨饭馆包饭,虽说菜肴丰盛可口,铁梦的饭量却日渐减少,他心里在为谈判的事着急啊。为什么吃不吃都得按标准办?像红军时代那样,每个士兵分一点"伙食尾子",那该有多好!他就会去买一箱书带回国来……这件事,使他至今还再三叹息。

谈判忽然在钢管机的问题上卡了壳。

原来,宝钢的厂址选在长江入海口附近,那一带是冲积平原,五十五米以内是软黏土,五十五米以下见沙,三百米以下才见岩石。因此,如何加固厂房、炉体和各种重型机器的地基,就成了百年大计的头号问题。最后,根据日本经验,决定在地下打钢管桩,钢管分三种型号:直径40公分、60公分、90公分。日本工作组为此事先在宝山做过实验,一切顺利。可是,这时日方却提出YBl0033号备忘录,需要降低承载力,乍一看,理由似乎是充足的。设计钢板厚度为11毫米,试验用的钢板却是16毫米。计算下来,按降低30%的承载力考虑,需相应追加百分之三十的钢管桩,价值约合三千万美元。

三千万美元,这可是件大事!

钢管桩问题,是日本的先进技术,处理深厚层软弱地基有独到的优点。但在具体结合上海地基土壤方面,中日双方专家很有必要进行深入的探讨和技术交流。这一技术问题对铁梦来说,本来不属于土建组的职责范围,但是他想起了1975年参加武汉某大工程:那时候是"四人帮"当道,我是"臭老九",尚且挺身而出,如今党中央率领我们搞"四化",我是共产党员,更应该为"四化"多做贡献!他又动起脑筋来了。

这次出国,铁梦并未带任何与业务有关的资料。因此,此刻他手头一无所有。怎么办?虽然已经进入了电子计算机时代,储存器中保存了许多随时可用的信息和数据,但科学家首先可以指望可以依靠的毕竟还是自己的脑袋。铁梦的脑袋行动起来了。从多年积累的广阔而厚实的基础知识的领域中,他和土建组同志们一道找到了思维的出发点:极限摩擦力与钢管桩的壁厚无关。然后,他又想起正好在裂缝理论中有一个数学方程可资运用,凭着这个数学方程,他很快就推导出日方的推导过程,弄清了他们运算逻辑上的问题,在和同志们进一步商讨之后,得到了大家的认可和补充,论据更加无懈可击了。6月份，谈判再度举行，结果，双方共同确认钢管桩承载力不变。

不打不相识，离开日本回国的日子，铁梦的一位名叫久我的日本朋友，他作为日方享有土壤力学权威声誉的主要谈判人员，为铁梦以及他的同行们饯行。宴会后，久我送给铁梦一只木碗，碗底上有久我亲笔写的三个大字：御健斗。"御"，在日本话里有"君""您""阁下"的意思。御健斗，这就是日本朋友为一名革命的爱国的有胆有识的中国知识分子作的评语！

沉井，望文生义，大概是把一口井沉进水里去。竟有这样的事吗？有。普通的井是水在井内，沉井则水在井外。把一个四十米见方、五层楼高的庞然大物沉入地下，其中一个技术难题——控制裂缝取得了成功。转炉基础七千立方米混凝土不留施工缝，一次连续浇筑只用二十八小时，是我国建筑史上罕见的。

第二次世界大战以后，日本的经济从废墟上起飞了。他们轻、重工业同时并举，由大量引进各国先进技术到大量输出先进技术给各国，劳动生产率和国民总收入逐年上升。他们大量起用中青年，三四十岁上下的工程技术人员，一般都已经有了周游列国的记录。因此，当代日本人得到了一个含义复杂、褒贬共存的绰号：经济动物。

一点不假，铁梦也惊讶地发现：每一个日本技术专家同时都是精通经济的行家。他还对日本人尊重科学的态度，有着极为深刻的印象。是的，我们每天都在强调实事求是，但是日本人的实事求是精神简直令人感动。此外，日本人也特别勤奋好学，实际情况绝不像某些青年朋友想象的那样，外国人只知道迷恋物质享乐。当然，铁梦注意到，他们的社会制度和我们是根本不同的。而另一方面，是不是在肯定我们制度的优越性的同时，也应该看到，某些不够严密的环节反而宽容了懒惰和鬼混呢？

你看，一位日本工程师下到井底，正在冒着生命危险，从各个角度拍摄沉井的下沉量。我们工地现场上的一切活动,都逃不过他的目光。他是如此地精微,甚至哪里漏掉一根钢筋也都查了出来。

沉井就要安置在预定的地点——长江口岸下面去了。铁梦迎风而立,心潮恰似这眼前的波涛,起伏难平。

用他自己的话来说:"我是配属到上海基础公司当助手来的,要知道,他们是做沉井的了不起的行家。我不过只考虑考虑裂缝控制方面的事罢了。"不难猜想,上海基础公司的同志们会以有铁梦这样的助手而深感愉快,他们合作得非常融洽。

沉井是宝钢自备电厂的一个关键部位,要靠它作为循环水泵房从长江提水,输送到岸上去,保证满足两台三十五万千瓦机组冷却水的需要。

在这方面是有教训的。某地兴建的某厂,就因为能源缺乏保障,万事齐备,无法投产,一拖多少年,直到最近才解决。宝钢当然不能重蹈覆辙。

而为了实现宝钢在1982年年底如期投产的计划,电厂就必须提前一年完工。电厂的心脏,或者说,电厂的心脏搏动器正需要这个沉井的水来冷却。

这是和时间赛跑。

凡是到过宝钢的人,都会在那些沟通各大工区的经纬干线公路上看见十分醒目的大标语牌。也许,其他的文字可以完全忘记掉,但是有一个字是忘记不了的,这个字就是"抢"——抢建,抢进度,抢"四化"!这个"抢"字用得好!它准确而又生动地说明了包括铁梦在内的全体职工的责任感和紧迫感。

沉井正是抢出来的。

日方提出了两个设计方案,交由我方选择,不过,他们是有倾向性的,他们愿意采用大开挖钢管桩的办法,也就是说,占地上万平方米,挖一个可以放进五层楼去么深的大窟窿,然后在那里面浇筑,造价三百七十万元,工期四百四十五天,好处是质量可靠,少冒风险。另一个方案是沉井,既快又省,但是也有可能因为不均匀的受荷载,产生裂缝,同时还怕超沉,怕倾斜。国外六十年代也做过类似的沉井,却是在混凝土外再包一层钢壳加固了的。

我们当然十分欣赏沉井的技术经济指标,它比大开挖可以早出世。又是时间!比金子还宝贵的时间!上自副部长,下至普通工人,谁能不为时间动心呢?我们的铁梦更是一个恨不得用混凝土把时间固定下来不让走的人,他举双手支持沉井方案。

裂缝控制成了最主要的技术问题之一:要保证不漏水,从而保证工人操作安全和避免职业病,还要保证不因电子元件受潮而发生短路。

1979年,从6月到9月,铁梦在水泵房蹲点,下沉期间,干脆住在工地。

沉井下沉倾斜度的调节技术——这是上海基础公司的绝招。现在,这个沉井已经是一个可以看得见、摸得着的实体了,这个有点神奇的有五层楼高的方盒子也真够大的了:高40米,宽40米,壁厚1.5米,底厚2.5米。

下沉的时刻终于来临,铁梦和许多同志们一道,亲自参加作业,他们坚持用微调的办法,沉了十四天,才稳妥地把它沉到了设计的标高上。每个人的心也都满意地落进了胸腔。

日本专家们对此表示了由衷的赞赏。

然而,铁梦的肩上又挑起了另一副重担。有一个大体积混凝土技术问题正等待着他去指挥进行。原来,他又提出了转炉基础大体积混凝土不留施工缝一次浇捣完成的新倡议。上级党委和建工局奚正修、高雄华总工程师都全力支持这个壮举。按国外施工习惯,只能分三次浇捣,留施工缝必不可免,他们对铁梦的大胆创造,敬佩之余,总捏着一把汗。

依铁梦新的设想去做,就得闯过一道可怕的难关,此关名曰:内热外冷。按照一般的揣度,冷水拌凉粉,哪有冒热气的道理?怪就怪在这里,手挨着还湿乎乎的混凝土,一旦浇入钢模,几十个小时之内竟会直线上升的增温,最高能达到60摄氏度,内行给这种现象起了个名字:水化热。

说干就干,哪个还敢怠慢!二十八个钟头下来(铁梦其实还不止熬上二十八个钟头),至少在三个方面突破了前人的水平:第一,战胜了36度高温,把那种认为只允许在32度以下进行作业的陈规甩进了汪洋大海;第二,不再受每隔三十米留一条温度伸缩缝的束缚,事后验证效果良好;最后,为控制水化热的冲升摸索到了一整套行之有效的办法。由于良好的施工技术和科学理论相结合,在混凝土工业上取得了新的突破。

日本专家拿着铁梦参加共同起草的设计方案,十分有礼貌地打听是什么学院的作品。的确,它的雄伟的气魄和周密的构思,在国外施工技术中是少见的,这哪里像是出自一个人的头脑!

而这个头脑是属于人民和忠于人民的。

在上海吴淞镇蕴藻浜公路大桥上发生的惊心动魄的故事,它的序幕其实是在辽宁海城铁矿铁路桥上。公路桥已经有人讲过了,不妨再回顾一下铁路桥以及与之有关的情形吧,这足以说明:科学固然包含着某种冒险的成分,但科学毕竟首先是科学。

今年1月28日的《工人日报》,以头版头条的重要位置刊登了一篇题名《为"四化"勇排险阻》的长篇通讯,说的就是铁梦在上级党委的支持下,力排众议,身犯万难,调查研究,舍生赴险,终于让六台从西德进口的履带式三百吨重型吊车安全通过蕴藻浜大桥的故事。

从铁梦在跑步锻炼身体的时候遇见施工机械处处长,听到了吊车无法运往工地的消息起,一直到下大桥,访图纸,再下大桥,几乎死去,住院治疗,然后说服医护人员提前出院,三下大桥,指挥载重卡车通过等等情节,完全可以写一部小说。他和助手林岳兴同志,还有一位摄影师同志,还有开卡车的两位老司机同志,都是这部电影中的活生生的英雄人物。当然,先后出场的还有许多人,这里和那里的办公楼,这里和那里的研究机构、教学单位、桥梁管理所,甚至还有一爿煤球店,热情的和公事公办的,真着急的和看笑话的,坦率的和颇有城府的,急躁的和多虑的,勇敢的和胆怯的,机智的和粗心的……什么样的人都有。可惜这篇文字已经够长了,不能再一一交代了,且让他们都在另一篇文章中和读者相见吧。

人们可以强调,如果找不到运输通道,外轮进港,停卸一天,我方将被罚款四千五百美元。人们可以强调,如果这六台威力强大的吊车不能及时投入施工,整个工程进度也会受到影响,从而造成经济上的损失。但是,人们必须首先强调:重要的是革命者的主人公态度和自我牺牲精神,这是用任何货币都无法标价、无法计算的。这种主人公态度和自我牺牲精神,曾经写在我们的旗帜上,然而,过去一个时期它被玷污了,现在的任务是要使它重放光辉。

5月17日下午,每台主件重达六十八吨的吊车,加上载重卡车自重三十五吨,总重量达到一千零三吨,顺利通过了按规定只准不超过八十吨的货车通行的大桥,超负荷达到30%。这是奇迹!

理所当然地引起了激动。这种激动一直扩散到了聚集在河滨两岸围观的成百过路人心中,化作了在他们饱含泪花的眼睛里跳动的彩虹。而且,巨大的激动平息了,对铁梦的评论仍然不得平息……欢呼声中,也有那么几声耳语——

有人嘀咕:"冒碰!"

有人猜测:"肯定爱逞英雄!"

是这样吗?让事实来回答吧。

1975年,2月4日晚七时半,辽南海城发生了7.8级毁灭性地震。

冶金建筑研究总院立即组成了抢救小组,小组有三名成员:一位结构室主任,一位抗震工程师,还有铁梦。2月8日,余震不绝,他们三个人自鞍山乘一辆小吉普赶到了震中区的海城镁矿。

多么可怕的奇灾大祸!震中区整个矿山都停产了,烟囱倒塌,水塔破坏,扭曲着的钢筋架像骨骼一般暴露在外边,大块大块的混凝土如同被撕碎的肌肉挂在半空中摆动,那情景仿佛洪荒时代一次地壳剧变中死得十分痛苦的巨兽,铁轨立了起来,弯弯曲曲,简直是一窝疯狂的蛇,楼房整层整层地塌在地上,成了一堆堆瓦砾,冶炼镁矿的炉子已经熄灭,金属液体凝固了。80%的房屋遭到毁坏，所有的墙上都布满千奇百怪的裂缝，其中最宽的可以伸进去拳头。

再有三天，便是春节。而这一切都笼罩在冰天雪地的严寒之中。

铁梦的心收缩成了一团。

抢救小组的任务是：调查地震的灾害程度，协助地方政府鉴定破坏情况，提出加固方案，减轻损失，促进早日恢复生产。铁梦和其他两位同志，冒着余震中断墙残壁继续坍塌的危险，多次攀缘到摇摇欲坠的建筑物上去，进行实地考察。

就是在这样一种艰险困苦的工作条件下，他们拍摄了三百多张极其珍贵的资料照片，零下数十度的气温，把手都冻裂了。"这也是一种裂缝啊！"铁梦不改其乐，他自己对自己说，"这是一所最最了不起的学校，任什么实验室也无法模拟这样的一种状况，我要充分利用这个机会，把该总结的都总结出来，为今后防震抗震的工作积累一点资料。"他渴望由此能进一步加深对工业和民用建筑伸缩缝和大体积混凝土设备基础裂缝控制技术的研究。

他发现：在这个现场，建筑物的承载力极限受到了严酷的检验，水平荷载对建筑物造成破坏的规律也特别明显，各式各样的裂缝在这里都充分暴露了各自的"个性"，而最主要的是，像地震这样一种强度极大的力的运动，使铁梦对下述理论更加确信不疑，即有些破坏是由于设计和施工中种下的"祸根"所造成，在通常情况下，这些"祸根"总是被隐藏着的，只有在地震时才暴露出来。这使他加强了必须提高设计施工质量的观念。而另一方面，又有一个同等确凿无误的事实使他大受鼓舞：原来，在构件形成建筑物后，实际承载力比理论上的承载力大得多。慎重，乐观，这就是他的两大结论。

海城镁矿有一座大跨度的铁路桥，六个桥墩，墩与墩之间相距二十米。它坐落在专用线上，是从矿山往冶炼厂输送矿石的必由之路。经过这么一场大地震，桥梁及桥墩都产生从几毫米到数十毫米的大量裂缝，人们都不怀疑，桥墩下面肯定已经虚了。面临着恢复生产，有必要试验一下桥的承载力。那天，铁梦得到消息，也赶到现场，并且站在离桥很近的一片河滩观察，只见火车头拉着一节满载矿石的车皮轰然而过，整个桥梁并未发生异变，这件事仿佛是一种有意识的安排，把他在海城期间的所见所录所思所感推向了一个高潮，铁梦很是兴奋，很愿意一吐感激之情，他想：这座桥不塌，说明它形成一个整体结构后，具有超过理论的承载力。

这是一个启示。

在蕴藻浜大桥上的故事，也是大家共同谱写的。铁梦就是这样认识的。铁梦是谦虚的。

冲锋前进的梯队，组成了一张火网，火网发挥着集体主义的威力，但这并不排斥那个跑在最前面的战士的首次突破的劳绩。

让我们再回过头来，看看吴淞镇南端的蕴藻浜吧。铁梦穿着如旧，只比平常多挎了一架照相机，他翻身跨过栏杆，踏上事先挂好的悬空竹梯，迎着令人目眩的浑浊的流水，一级一级往下走去，一直走到桥的关键部位——铰接合口处，着手摄影和实测。他把所有能掌握到的数据都装在自己的信念中。一定能够通过的！但他也不是莽汉，他做了最坏的事故准备，考虑到钢筋混凝土桥梁从裂缝到坍塌还有一段时间，他要求司机同志们务必保持每小时五公里的车速，不得停车，遇有不测就冲过去。他把最大的危险留给了自己——一个并非桥梁专家的裂缝研究者。马达响了，卡车启动了，一百零三吨的重压首先落在了铁梦的肩上，然后才落在桥梁和大地上。不知道铁梦这时想了些什么，但所有在场的目击者，从领导到工人，都有一种慷慨激越的心情。

让我们都来学习王铁梦同志，做一个没有裂缝的人，一个战士。在我们各自的战斗岗位上，你的眼前，甚至你的脚下，可能就有裂缝，需要我们去防范，去消除。裂缝，实在绝不只是一种啊！

1980 年 3 月 16 日—23 日急写于北京北纬

找到了金钥匙的人
——记凤阳县委书记陈庭元

我不能用干巴巴的语言谈陈庭元,因为陈庭元不是干巴巴的人。我琢磨过,是不是这样介绍他更合适些:首先,陈庭元是土地的儿子,然后,才是中共安徽省凤阳县县委书记(他还挂了个滁县地委副书记的头衔)。很可能,有人会呵斥我:"哈,你弄颠倒了!"不!我没有弄颠倒!如果陈庭元不是土地的儿子,不是灾难深重的淮河的儿子,不是农民和渔民的儿子,不是人民的儿子,那么,对他说来,担任中国共产党的任何一级的领导,都将毫无实际意义。

陈庭元今年五十六岁,从他吸第一口苦奶之日起,就顽强地生活着,稍有气力之后,就不知疲倦地劳动着,待到参加了革命,又坚决地斗争着,乃至几番浮沉,长了见识,更刻苦地思索着。他认为,对土地的孝顺,就是对党的孝顺。不孝顺土地的共产党员,嘴皮子呱哒响,也是假的,甚或恰好是个逆子。

我第一次听到陈庭元这个名字,还是在一九七九年,当时就和新华社记者张万舒同志约好,有机会领我去认识他。不料第二年一场大病把我击倒,事情就拖了下来,直到最近才得如愿,时间却已到了一九八二年的五月了。这样也好,他刚当选为党的十二大的代表,他将带着一种什么样的思绪上北京?下一个战役他给自己规定了一些什么样的任务?这都是我所要了解的。

原来他和我想象中的竟一模一样,树桩般敦实的身子,微微有点驼背,手上有茧,太阳涂黑了他的脸,眼睛不大,然而明亮。拙朴和健谈,腼腆和倔犟,开朗的笑容和多虑的皱纹,迂缓的举止和轻捷的步态,近乎顽固的乡音和极其宽大的襟怀……无数的矛盾生动地糅合在一起。啊,这就是带领凤阳人民永远离开逃荒之路的陈庭元！

　　他出生在江苏建湖县朱龙庄的一个中下农家庭，上有两个姐姐，下有一个妹妹，他是唯一的男孩子——命中注定的劳役负担的接班人。在旧中国，落在大姓聚族而居的村庄里的小门独户，其境遇之苦往往更多一层，除了官府和老财的压迫、剥削以外，还得忍受宗法习惯势力的欺侮。用陈庭元的话说，地位之低下已经到了"人家唾脸，也只好让它自干，不敢用手去擦"的程度。老实巴交的父亲把希望都寄托在了儿子身上，宁愿全家苦吃苦做，也要供陈庭元读几天书——不当睁眼瞎，少受一点气。

　　一九四五年，日本投降了，新四军解放了陈庭元的家乡，结束了作为拉锯区的苦难历程。土地改革开始了，他当了积极分子，所识不多的几个字一下子也派了大用场：宣读报纸，讲解文件，写写画画，就这样当选为财粮主任和青年主任，一九四六年二月入了党，旋即任乡支部书记，一九四七年"三查三整"后，又提升为副区长。淮海战役打响了，为了开辟和充实安徽的新区政权，一九四八年，大批苏北干部"机动"入皖，陈庭元正是其中的一个，这时，他已是区委书记和县委组织部长了。在胜利进军的洪流中，他出任肥东县人民政权的第一任县长。一九五四年底调往滁县。应该说，这几年，他个人的状况和我们年轻的共和国一样，虽然艰辛备尝，却始终朝气蓬勃。陈庭元和安徽的老百姓一样，直到今天，还经常带着满意的语调，回忆起属于我们大家的黄金时代——一九五五年，"多么好啊，无论你走到哪个集上，一毛钱能买到五只盐茶鸡蛋！"

　　一九五六年，省里召开宣传工作会议，去的都是县委书记们，本来没有县长的份，陈庭元却受到了"破格优待"，被叫了去。会上出了许多题目，让大家讨论，陈庭元只是出于这样一种心理：我当我的县长，管不着，才没有多说。算他侥幸，事后表明，凡是多说了两句的，几乎都遭了殃。

　　"躲得过初一，躲不过十五。"陈庭元怎么也不曾料到，回到滁县以后，一件小事竟成了差一点把自己炸得粉身碎骨的导火索。滁县地委展开了轰轰烈烈的反右斗争。他是县一级主管人，当然要参加。鬼使神差的，临到开会了，陈庭元偏偏上新华书店买了一本著名的长篇小说《红日》挟在腋下进了会场，台上有人在慷慨激昂地作报告，他却在台下随便翻开了那本新书。读者可以想象，那个在他家乡土地上发生的《红日》的故事无疑要比这个虚张声势的官样文章更有吸引力，这时候，（他压根没有注意）邻座的一位积极分子悄悄地向主席台递了条子："陈庭元在读小说，什么立场？什么态度？"这对会议的主持者而言，真无异是"瞌睡送来了枕头"，立即宣读，并且马上"联系实际"，责令陈庭元就"一贯性的右倾表现"做出深刻检查，"否则，休想过关"。陈庭元一惊，回到现实中来——反右派的现实，批评他"右倾"的现实。这一刹那间，他想了许多，而又似乎什么都没想，有人暗示他，叫他好好回忆一九五六年。一九五六年他犯了什么错误呢？不过是在统购统销问题上，通过正当途径，向党反映了农村的真实情况，同时表明了自己的态度：不赞成搞高指标。这一切难道不合乎组织原则吗？然而，在政治生活逐渐失去常态的日子，却成了吓人的罪状！他明白过来了，为什么通知他去合肥列席宣传工作会议，谜底原来在这儿！"早就谋算上我了呀！"陈庭元苦笑着对我谈起这段往事。多亏周围好心的同志保护了他，平心而论，似乎也应该感谢我们的官僚主义者，一个电话查问："陈庭元检查得怎么样？"一个电话回答："检查得还相当不错嘛！"眼看右派帽子就要落在头上，说一句话又飞了，真够人淌一身冷汗！不过，从此而后，在某些左视眼患者看来，陈庭元不论从前面端详，还是从后面研究，都是"老右"，"算这小子命大漏网了"。

又过了两年。"老右"仍旧是"老右"，他不会用"权"，更不会用"术"，直来直去，我行我素。但是，这一回是在劫者难逃了，他终于被打成了"右倾机会主义分子"。

在当时，人民公社化运动搞得特别蝎虎。开始，一个县被宣布为一个公社，县长理所当然地被称作了大主任。陈庭元所在的滁县是所谓供给制的试点单位——连牙刷、牙膏也实行"统一分发"。至于吃饭不要钱，全民军事化，大兵团作战，土高炉炼铁，举凡"大跃进"中的伟大创举，更是应有尽有。可就是一样东西是没有的：先是粮食丢在地里没有人收，后是想收却没有了粮食。面对着这丧失理智的局面，陈庭元想得最多的，并不是别的，而是起码的为人的良心。这，是他的悲哀。他拒绝"放卫星"，他想，连自己都说服不了的东西怎么能说服群众？！而我们的群众又是多么好的群众啊！他宁可在"跑步进入共产主义"中掉队落伍，也不能去欺骗群众！这时，和他共事的县委书记(大概是为了加强权威，这时一律改称政委了)不断警告他："老陈啊，你要注意啊，数字报不上来，到时候新账老账要一道算的啊！"陈庭元承认，每当这种时候，他也犹豫过，动摇过，甚至也跟上别人干了一些蠢事，即使这样，他还是"落后"于形势。

忽然，到了找替罪羊的时候了。一天黑夜，这位政委传令召集科局级以上的干部，开陈庭元的斗争会，喝令他立正站着"老实坦白自己的问题"，同时宣布隔离：第一，不准家属探望；第二，布置专人看守。这不是对同志搞突然袭击吗？陈庭元自打参加革命以来，还没有受过这等污辱！他想不通，他憋气，他一跺脚跑了！当夜在琅琊山雪鸿洞里待了一宿，第二天便去了江苏省的六合县，再转车到盐城——跑到这儿来干什么呀？陈庭元在汽车站坐待天明，决定第二天再取道南京回滁县去，既然没做亏心事，还怕有理说不清！他责备自己。陈庭元呀陈庭元，你也太冲动了！然而，他在南京前脚下车，后脚就遇上了派来抓他的人，不由分说，便被几辆摩托车监护着，径直投进了滁县看守所的"单人号子"。好家伙！行动还真神速哩！

昨日父母官，今日阶下囚。这事如今说起来似乎难以置信，但却是千真万确的事实！事后他听人讲，滁县境内，大街小巷，穷乡僻壤早已贴满"捉拿归案"的通缉令了。

那几年，行政区划分变动频繁，滁县又归属蚌埠地区了。蚌埠地委感到那位政委做得太不像话，便出面干预，结果是——检讨，去凤阳武店公社山西大队"协助整社"。这是陈庭元生平第一次到凤阳，他何曾想到，从此竟和凤阳结下了不解之缘。

武店公社当时的书记是他的老乡。不过，除了性别和籍贯相同外，其他方面可谓格格不入。在那个浮夸盛行、撒谎有赏的奇怪年头，此人可谓"当代英雄"。陈庭元以戴罪之身，亲眼看见了这位老乡的所作所为，也亲眼看见了这位老乡飞黄腾达——仅仅数月工夫，就由公社书记而农工部长、而县长、而政委！当然，这是后话。他不由得瞠目结舌了，但并不羡慕，陈庭元还是陈庭元。

感谢我们的祖先，创造了会耍魔法的方块字，既可以说明真相，又可以掩盖真相，是前者还是后者，全看使用它的人想说明还是想掩盖。

车站和码头都被严密控制起来了，骇人听闻的消息被封锁住，绝密，不得外传……

陈庭元一直吃公共食堂，他完全了解八大两的底细。如果说饥饿的煎熬也曾使他感到肉体的痛苦，但共产党员的责任与义务，羞耻与悲愤却百倍地不可容忍地折磨着他的精神，他咬了咬牙，劣性不改，又向那时节在台上的赵振华政委反映了自己的所见所闻。赵振华同志下来了，一切属实，便规劝那位公社书记不要再搞下去，不料，对方非但不依，反而奏了一本，赵振华同志便被打成了右倾机会主义分子。

此时何时？庐山会议刚刚开罢，林彪上了台，而为民请命、刚正不阿的彭德怀同志被罢了官。

于是顺藤摸瓜，摸到了陈庭元。表面上看，似乎是赵株连了陈，实际上是陈株连了赵。真是无巧不成书，有一位女同志又"揭发"了陈庭元的"恶攻罪"。什么事情呢？原来凤阳县有一个颇有名气的"东方红公社"，究竟因为什么出名，已无法考据，从略。有一次，在闲谈中，陈庭元发了一点感慨："一片荒地！还叫什么东方红！"根据从那时发端，而后大为流行的"革命逻辑"，这顺理成章地被演绎为对毛泽东同志的大逆不道。再凑上一九五六年的一点，一九五七年的一点和一九五八年的一点，陈庭元戴上了右倾机会主义分子的帽子：留党察看，行政降一级，送县木材公司劳动改造，以观后效。

陈庭元扛木料。

陈庭元种菜园。

陈庭元掏大粪。

陈庭元吐鲜血。

农村劳力严重不足，木材公司的工人被动员去淮北"支农"，他们都是陈庭元的朋友，回来就悄悄告诉他："老陈，你是对的！我们割麦子，割着割着有时就能绊着骷髅头！"

是啊，陈庭元是没有错啊，但是，这个没有错，在"五风"狂啸的日子，本身就是一个大错！

这时的陈庭元，内心痛苦万分。他喊叫起来："别说了！你们别说了！我不要听！"

终于等到了一九六二年的平反。（留了一个尾巴，大意是说，那次"逃跑"是不对的，这个尾巴一拖十几年，直到去年才最后割掉）上级征求陈庭元本人的意见，他的答复是："哪儿打到哪儿去。"这就是说，回滁县！同时，也再一次表现了自己的坦率和诚实，他公开宣布对受蒙蔽的同志——不管是滁县的还是凤阳的——他绝不打击报复，但是，对在滁县策划和主持批斗会的人，"我无法理解"。

一回到滁县，陈庭元就全力抓科学种田。"文化大革命"一声炮响，陈庭元发现自己又犯了"突出科学，不突出政治"的天条。造反派继续用放大镜搜寻陈庭元的其他劣迹，找不到，没有！他自从参加革命以来，一不贪污腐化，二不多吃多占，三不安插亲信，用陈庭元的话说："我唯一问心有愧的是，觉悟还不够高，原则性还不够强，马列主义还学得不够好。"

农民们找造反派商量："把陈庭元交给我们'改造'吧！当我们生产队队长。"以阶级斗争的眼光观察一切的造反派立刻看穿了这种乡巴佬式的狡猾，偏偏罚陈庭元去农场劳动。农场就农场，这难不倒他，种田耕地，原是他的本行。就这样干了将近三年。

一九六九年,他莫名其妙地被"解放"了,又莫名其妙地被"结合"了,居然当了几天的核心小组成员。等到恢复县委,又被踢了出来,理由是:他妻子"社会关系不纯"。陈庭元是原先的陈庭元,妻子是原先的妻子,怎么一回事,真是行情一日三变啊!他被打发去当地委农办副主任兼地区农业局长,实际上是长期发配凤阳县小溪河公社齐营大队"蹲点",不妨碍任何人,可是得向一切人负责。

蹲点也罢,陈庭元毫无怨言。他此刻想的是:一个人的能力有大有小,就让我搞这一个大队吧,只求你们开恩,别再干扰我就行了。他果然在那儿坚持并实现了:一、当年增产;二、不卖过头粮;三、不再逃荒。这三条,如今看起来不算什么成就,可那是在"学大寨"的口号响彻云霄、自留地全被没收的情况下取得的,难啊!多少年来,接二连三的又批又斗都没有叫他揪心过,这些日子,几绺白发悄悄地爬上了他的头。

"四人帮"垮台了,陈庭元欣喜欲狂,他的心又翻搅起来。他想了许多许多,集中到一点就是,必须坚决地纠正"左"倾错误!至于个人,叫干不叫干,干这或干那,都无所谓。

一九七七年年底的一个星期天,他正在家里坐着,忽然来了一辆吉普,车上走下一个人来,通知他:地委书记王郁昭同志请他去。

谈话的内容是,让他接任凤阳县委第一把手,而且,第二天就得走马上任。

又是凤阳!

"这不是头朝刺棵里钻吗?"关心他的人们私下议论着。凤阳那个地方,打解放以来,几乎没有一任书记不是脸上无光自动交印,就是大批大斗轰下台去的。他陈庭元有多大能耐?等待着他的,难道会有另一种命运?

不管怎样,他是共产党员,硬着头皮也得上。第一件事,让全县近五十万农民过一个能吃上饺子的大年。陈庭元费尽九牛二虎之力,面粉和猪肉才算有了着落,当然,质量不好,数量也不多。

面对着面有菜色的父老兄弟,他真想大哭一场。

这到底是怎么一回事?翻开一部二十四史,对比一下国民党政权,在农业建设上,谁有我们下的本钱大?!就是打成金娃娃,也足够一家抱一个了。且不说开了多少会,设计了多少方案,组织了多少工作队!为什么总也送不走穷鬼,接不来财神?

凤阳,前前后后他待过六个年头。不算短,但他还是不敢掉以轻心。"要像初来乍到一样,亲自全面掌握第一手的材料。"他暗暗地下了决心,他不会骑自行车,有大路的地方便坐吉普去,没有大路的地方他就步行。硬是一个一个公社,一个一个村庄的把全县跑了个遍。最当紧的是退自留地,每人一分五至二分,纠正推广双季稻中的强迫命令作风,不能打水秧的地方可以打旱秧,不能种稻子的地方可以种黄豆和高粱,在大忙季节,先顾生产,不去抢那面卖粮先进锦旗,绝对不卖过头粮。在他宣布了这一切之后,浮动的人心渐渐安定了,然而,叹息之声依旧可闻。"决定性的一环还没有抓到啊!"陈庭元默默地思忖着。

老百姓也在谈论新来的一把手:"老陈就是吃了豹子胆,他单枪匹马也不照啊。"

何况老天还和他作对,旱象露头!

旱、旱、旱。到处告紧!旱情如火,他更心急如火!

整整一百天不见片云滴雨,塘干了,井枯了,连淮河也断流了!陈庭元每天冒着40℃的高温奇热,在毒日头下边奔走呼号,组织自救,汽车向各地运送活命的水,挡不住的乡亲们又扶老携幼出门上路了。可耻啊可耻!第一仗他就败下阵来,这年吃了回销粮五百八十万斤。更可恼的是有的报纸在那儿煞有介事地讨论,凤阳人是不是有外出讨饭的习惯?!习惯!习惯!讨饭都成了习惯,说这种混账话,不是明摆着幸灾乐祸吗?

陈庭元从来不知道什么叫泄气,在这节骨眼上,全县五十三万人都瞅着他,他更憋足了劲,要争一口气!

争气的想法是有来由的。一九七八年四月,在当时主持省委工作的万里同志领导下,安徽制订并公布了有名的《六条》。陈庭元从《六条》中看到了希望。其实,《六条》讲得还是不够的,尽管它特别强调了生产队的自主权和重申了按劳分配的社会主义原则,但它明文规定:不准包产到组。然而,就是这么一个省级文件也被某些人视为洪水猛兽,左邻右舍在一些交界的地段刷出大标语:反对复辟倒退!有的报纸发表文章,讽刺什么这是对农民"好行小惠",还有一家以鼓吹"穷过渡""割尾巴"而名扬全国的省报,准备了十几个版面,扬言要对安徽打排炮!这真是滑天下之大稽!俗话说,饱汉不知饿汉饥。可他们那里,也有成千上万的饿汉呀——男人走口外,女人挑苦菜!怎么解释这种怪现象呢?说这是"左"倾的阴魂不散,不是十分地恰当嘛!还是"越穷越光荣",还是"一富就修",还是实质上主张剥夺农民!

因为大旱,《六条》没有充分显示威力,相反地,在一个突破了《六条》的地方,倒传出来一桩大旱之年不减产的奇闻。这个地方就是马湖公社。当时眼看灾情将成定局,陈庭元急了,私下对公社许过愿。你们试一试包产到组,出了纰漏我负责。现在摆在人们面前的不是纰漏,而是甜头。

陈庭元高兴得逢人就宣传:群众的社会实践是检验真理的唯一标准。例子是马湖公社。

他对三中全会公报高度评价关于真理标准问题的讨论的那一段话,有一种本能的一感激之情,由感激而产生了由衷的喜悦,他隐隐约约听到了雷声,这旱透了、龟裂了的土地上,会有一场豪雨的!农村会往好里变的!只要我们的党恢复和发扬实事求是的革命传统,那么,迟早人们会承认:现在包产到组比包产到队优越,包产到户又比包产到组优越,道理很简单,它适应我们这里目前的农业发展水平和目前的农民觉悟水平!提起过去的某些所谓样板,陈庭元就痛心疾首:"基本上是喂出来的,要不就是吹出来的!"

三中全会的确开了一个"口",陈庭元把它总结为一句话,叫作"可以,可以,也可以"。还有一个农业文件。这一份公报,一个文件,就是党中央给的尚方宝剑,他无所畏惧,摩拳擦掌,准备大干了。

县委"一班人"首先统一了思想:包产到组,不规定比例,实际上是实行联产。接着提交三干会讨论。四百多人,讨论来,讨论去,都嫌不彻底,办法也烦琐。然而为了稳妥起见,陈庭元还是说服了众人,并将结果报告了地委。王郁昭同志表示支持,同时向省委请示,万里同志的反应更加痛快,他说:好!先搞它几年!为什么一定要"三级所有,队为基础"呢?四级(指到组)就不是社会主义吗?还有五级(指到户)哩!只要我们坚持集体化的大方向,坚持土地和生产资料的公有制,就不会走上邪路!他还意味深长地说:我早就盼着有那么几个不怕死的带这个头!陈庭元听了,心里更有底了。

这是鼓劲的一头,另外也有跑气的一头。好心的同志提醒他:老陈,你是交过学费的,怎么又忘了呀?妻子儿女也嘀咕:就你能!还嫌一家子连累得不够吗?他们的意见有一个共同点,即做不出成绩,大不了调走。捅了马蜂窝,又得去劳改。陈庭元呀陈庭元,看你怎么办?这回陈庭元吃了秤砣了,他说:只要凤阳人民不再出去打花鼓,我就是蹲班房也值得!他召集公社书记们开会,研究订合同之类的具体措施。正在这时,广播里传来了一封"读者来信",还加了党报的编者按。陈庭元一听,知道来者不善,善者不来,立即召开县委紧急会议,取得了一致的结论:春耕大忙在即,包产到组不能再变,要打板子打县委吧。这里会议结束,那里挂通长途电话,他对着话筒,要求地委秘书长陆子修同志转告王郁昭同志:"无论如何,不能再翻烧饼了,再翻就糊了!请你告诉王书记,我是王小二盖猪圈——一心门朝南!"地委的答复是平静而坚决的:同意。第二天,又传来了正在全椒视察的万里同志的一段精彩评论,大意是:党报是人民的喉舌。人民内部有各种各样的不同意见,这是正常现象。他会写"读者来信",你就不会写吗?究竟谁对,究竟什么意见符合人民的根本利益和长远利益,要靠实践来检验。只要看准了,就上!打下粮食才有发言权!要是读了人家一封信,就打退堂鼓,秋后叫报社管你

525

吃饭?!

万里同志一席话,真说得叫人热血沸腾!陈庭元和县委其他领导同志,一门心思地扑到了生产上:大旱之后,凤阳要翻身!

这年三月间,陈庭元来到了小岗——一个被穷得叮当响的、凤阳人公认为最穷的生产队。他到田头查备耕进度,一看,不对了!他从山芋等作物的下秧情况断定,这不是包产到组的架势。陈庭元向小岗人说:你们搞的什么名堂?瞒得了别个还瞒得了我这个作田佬?人们支吾了半天,不得不承认:我们到户了。公社书记在一旁听了就有气,威胁说:改!不改回来就扣稻种!队干部和社员们都面面相觑转脸望着陈庭元。陈庭元沉吟了一阵,把公社书记拉过一边,劝他:还是发给稻种吧!破一个例子让他们种一年。为什么陈庭元又答应了小岗"到户"呢?就在他沉吟的那一会儿,他脑海中就像电影上的叠印镜头似的,闪过了许多凄惨的画面:小岗,这个"五风"刮得最厉害的村庄,活下来的一百一十口人都是老天不收的!多少年了,他们的家还是没有大门的,另外一些房子,只剩下断墙残垣,主人都不在世上了……

小岗的干部和社员把千恩万谢的话化作了拼命苦战的干劲,秋后核实产量,竟由原来的三万斤一跃而为十三万斤!万里同志听到了这个喜讯,驱车赶来,挨家挨户"验收"。看吧,家家粮食满囤、满袋、满桶、满缸,一切能装粮食的地方都装满了!生活真正得到了保障,农民哪一个不笑容满面!一家炒开了花生,家家响起了锅铲,这是小岗的丰收果啊。先是一把一把给万里同志等人的衣兜里灌,后来索性一盆一盆地往吉普车里倒。万里同志落泪了,拉过陈庭元说:咱们不能再念紧箍咒了,你说是不是?

小岗带了头,全县就像油锅着了火,压也压不下去了。陈庭元答应东半边包产到户,西半边大声抗议:我们也打过花鼓呀!到了年底,实行大包干的地方达到了99%。只是为了对比,硬是强行规定,叫两个原来底子较厚的队按老章程办事。

"保证国家的,交足集体的,剩下都是自己的。"陈庭元笑嘻嘻地对我复述了凤阳人的这三句口头禅,我听上去觉得简直像唱歌,一支美好动听的歌。这是小岗人民的总结,也是"大包干"的概括。斗争未有穷期。一九八〇年,从各方面继续向安徽的责任制施加压力者还是大有人在。但是,并没有拿出什么新式武器,还是"凡是"牌的产品。地委王郁昭同志主演了一场戏:舌战群儒。这场戏谢幕之际,万里同志代表省委批准了给"大包干"上户口的请求,不久,中央的文件又正式开了绿灯。凤阳的"包产到户"从呱呱坠地之日起,一直被某些自认为"正统"的马克思主义者看作是私生子,如今可以扬眉吐气了。

数字,历来被认为是形象思维的天敌。有些文学家看见数字就想吃镇痛片。不过,我翻阅了一大堆文字材料(包括统计材料),跑了不少地方之后,却决定和数字联姻,因为它实在说明问题。请看,实行大包干的第一年,即一九七九年,凤阳粮食总产四亿四千多万斤,比解放以来的最好年景一九七七年增加20%,油料总产一千二百五十多万斤,为一九七七年的三倍;一九八〇年,继续保持着这个势头,粮食总产五亿零二百多万斤,比上年增长14.2%,油料总产两千零六十三万斤,比上年增长65%;一九八一年,又在原来已经扩大的基数上取得了大幅度的进展,粮食总产六亿六千四百一十四万多斤,增长32%,油料总产三千七百一十五万多斤,增长80%。从一九五六年到一九七八年,凤阳交公粮和吃回销粮,两数相抵,倒欠国家三亿七千多万斤,而实行大包干三年以来,共向国家交售三亿九千九百多万斤,历年积欠一笔勾销,还初步有所贡献。过去从来也不曾完成过的油脂任务,一九七九年超过了二倍半,一九八〇年更超过了四倍!皮棉、烤烟等作物,无一不大大超额。

作为灾荒和饥饿的同义词的凤阳花鼓,已经换了新声。凤阳人民也只有在节日庆典上难得看到和听到一回了。盖新房、吃陈粮,这两件大事如今反而成了普遍的苦恼,砖瓦木料不好买,粮食油料卖不掉。要说有意见,这是最大的意见。光棍娶上媳妇了,叫花子有了存款(农业人均收入由一九七九年的178元激增为一九八一年的294元)于是,自行车、缝纫机、手表都成了紧俏商品,甚至电视机也销售了一千台!(还有许多地方没有接上电哩,一旦通电,肯定缺货。)物质生活提高,精神生活也相应改善,全县掀起了盖影剧院的热潮,四十五个公社已有三十一家有一千个座位以上的相当水平的影剧院,其余的正在赶修中。还有一件新鲜事:私人举行电影招待会的越来越多了,凡是有什么事需要感谢邻里乡亲的,或者干脆就是为了庆祝自己丰收,都可以包一场电影,请大家同乐。过去那种为了工分吵嘴斗殴的事,已经绝迹,人与人之间更和睦团结了;五保户和军烈属,照顾得更周到了;需要大量劳动力的公共工程都能不用监工,完成得又快又好;教育有了生机,科学技术开始受到尊重了。干部见面谈的不是催种催收,而是经营管理了。我在农村长时间待过,已经习惯于愁眉苦脸和唉声叹气,如今一变而成这等模样,真是又惊又喜啊。

  当然,这一切不能归功于陈庭元一个人,可你不能不承认,这个作田佬出身的、屡经坎坷的、忠于人民的县委书记,手中的确拿着一把他和他的战友、他的人民一道找到的金钥匙。

  今年夏季又有一个好收成。

  而且,各方面都跟了上来,都出现了可喜的苗头。富裕起来的农民正在新的基础上创造有别于过去一切形式的真正自愿的联合。机械化也在不属于办公室和书斋的道路上向我们招手。特别值得一提的是,凤阳是中央肯定的全国几个实行政社分离的试点县之一。由于政社分离,我亲眼看见了一系列属于工业领域(或者叫作农工商经济联合体)内的大胆尝试。这些纷至沓来的令人激动的印象,不属于这篇文章的范围,我将在别的场合报道。

  陈庭元在一九八一年夏天说过一句话:大包干是当前中国农业经济发展的主流和方向。对这句曾经引起某些同志恼怒和谴责的话,我问他是否感到有修改的必要,他答道:"我至今不悔"。是的,为什么要修改呢?生活本身已经还将要继续证明它的正确。据安徽省委农村工作部副部长周曰理同志告诉笔者,像凤阳那样双包到户的地方,全省达到97.1%,全国达到70.2%。再说什么,已是多余的了。

我不想为陈庭元立传。现在还不是为他立传的时候。尽管历代地方志上都有一卷"名宦录"。我的考虑如下:第一,陈庭元不是"宦",他是一名有三十六年党龄的中国共产党党员,他有一颗和老百姓一起搏动的心;第二,由于大包干这一改革而开始形成的良性循环,正以无比巨大的威力突破了农业的范围,触及整个的国民经济乃至干部体制。它的影响早已大大超越了一个县的有限辖区。究竟会达到什么样的深度和广度,谁也无法预料,包括陈庭元本人。

我的目的有一半没有达到,陈庭元不愿多谈未来。他是实干家,也许,你可以说他缺少一点浪漫主义,但你不得不同意他的见解。在中国,许多事是不取决于善良的愿望的。我发现他每走一步,都在估量风险和阻力。

让历史来评断吧。

1982年5月29日,合肥

社会栋梁

一

一九八一年十二月七日凌晨,在甘肃省刚成立不久的金昌市的一条无名通道上——这儿除了少数几条马路干线外,几乎所有的街巷都还来不及命名,人们只能以附近的什么厂矿机关或者自然特征来介绍彼此的所在——发生了一起惨案:一个名叫邹吉波的十九岁的男青年,将电线分别拴住手腕和脚踝,然后用一根木棍顶上电闸,自杀了。地点是一家小杂货店,死者生前就在这儿帮工,准确地说,就是替人家看门子。

看门子,当然是一项重要的任务,处在这种岗位上的人,一般不可能不被信任。但是说来令人难以置信,据了解,在全国的刑事犯罪记录中,甘肃省名列前茅,而在甘肃省,金昌市又夺冠军。长期以来(当它还属于永昌县管辖的金川镇时期),许多积案一直未能侦破,甚至好几起骇人听闻的爆炸和枪击事件,迄今也无有下文。至于自行车在眼皮子下面不翼而飞,那只不过是对失主的涵养功夫的小小考验。更有一种恶作剧,往往发生在双职工都已外出之际,可以一连数家挨着个儿地被撬开门锁,而室内财物纹丝不动,真够你吓出一身冷汗的!像这样的事,也已经变成了广泛流传的笑话了。

然而,邹吉波的自杀案却在锻炼有素、处惊不变的金昌人中间,作为头号新闻,引起了轰动。原因不外两条:第一,根据当今的时代病,人们感到稀罕,邹吉波似乎应该是作案犯罪的凶手,为什么反而会想起来轻生?第二,死者是大名鼎鼎的劳动模范邹本义同志的长子，提起邹本义，谁人不知？哪个不晓？这么样的一老一小，竟然是父子关系，岂不是有点不可思议？

我这篇小小的报告文学作品，主人公理所当然是邹本义，而不是邹吉波。可我想来想去，决定还是得先从这件自杀案落笔，请读者们耐心看下去，也许会觉得不无道理。

二

今年七月，我第二次来到这个矿山城市，正赶上甘肃省委宣传部按照中央的统一布置，派了一个工作组在这儿做工人阶级现状的抽样调查。他们除了开会座谈、个别摸底外，还区别不同对象举行过若干次"民意测验"。为了解除不必要的顾虑，这种问答式的"卷子"，都是规定不署名的。在对中老年工人的提问表中，有这么一道题："你有哪些烦恼？"参加填写的共计39人，其中党员占14人。统计数字表明，在"党风不正"一栏下面打√号者9人，在"社会治安不好"一栏下面打√号者9人，在"落户，住房，子女就业成问题"一栏下面打√号者10人，在"子女结婚需办筵席"一栏下面打√号者2人，在"家务太忙，无暇教育子女"一栏下面打√号者6人，在"井下工受伤调整工种后立即降低工资"一栏下面打√号者1人，未表态者2人。再参证另一道题"你对哪件事意见最大？"的答案，可以做如下归纳，工人们当前普遍感到不安的有四大问题：1.党风不正，走后门；2.治安无保障；3.户口解决不了；4.子女长期待业。

正是从这次调查中，我才得知邹本义同志的不幸遭遇和艰难处境。我决定亲自去看望他，向他了解他一向不愿谈的隐衷。

关于邹本义的模范事迹材料，他那些多得档案袋子塞不下的动人故事，我已读了不少也听了不少。这里只介绍一下他的简历，顺便拣上一两件平常事儿说说。他出生于辽宁丹东的一个中农家庭，一九五三年在沈阳参加工作,先后随第八冶金建筑公司转战兰州、永登、白银,在"饿"字当头的一九六一年,来到了当时地图上连个芝麻点儿也找不见、纯粹靠帐篷搭起来的金川,战天斗地,一直坚持到今天。他在土建工程队,论本行是水暖工,然而,为了生产的需要,为了多快好省地完成任务,为了一种似乎带着傻劲的责任感,他同时又学成了一名优秀的氧、电兼备的焊工,一名合格的瓦工,一名称职的水泥工,一名手脚麻利的架子工,有时,还要当一名卖苦力的搬运工。常言道,说千道万,不如干上一遍。在他担任组长的那个组,除了他以外,下余十二三个人大多是三十岁上下的青年,组长这么带头,哪个能搁得住脸子好意思袖手旁观?因此,在劳动纪律普遍松弛的气氛中,邹本义小组,却找不到一个高唱"向钱,向钱,向钱,我们的队伍晒太阳"的人物。

　　远的不说,单说去年的锅炉房施工紧张的拆模阶段,正逢沙漠上的盛夏酷暑,漏斗像一柄柄巨伞,铁锈尘土且不论,光是那蒸笼一般的毒焰,就教谁也受不了——只有一个长七十厘米宽五十厘米的通风口,憋得人连气儿都上不来。邹本义一马当先,脱得剩下一条裤衩儿,夹着一条毛巾和全套工具毅然走了进去,等他再出来时,就像从污水塘里捞出来的一样了。就凭这股子干劲,别人两个人两天半拆一个漏斗,他一个人不到两天就拆了一个。这件工作,本来不属于水暖工的职责范围,可他急工程之所急,硬带领大伙儿当了一次"志愿军"。

　　还有一段与漏斗有关的事儿,不过,时序换成了冬天,干的照旧不是分内的活儿——焊接砂石厂筛分车间矿仓漏斗的内衬钢板。春节前后,又赶在金川气温最低的份儿上,如果手带汗气,一接触钢板就会粘脱一层皮。而且,外边不刮风,里边也是凉飕飕的冻得骨头生疼,如果一旦外边刮风,那漏斗里边简直就像飞刀子了。邹本义鼓动大家——其实他是一个笨嘴拙舌,然而眼疾手快的人,因此,所谓鼓动,就是行动——冒严寒,战三九,坚持每天啥时候完成任务啥时候收工,就这样,他们全组在恶劣异常的条件下拿下了十吨半的钢板焊接任务。如果算上粗碎车间的钢轨焊接,那么,在将近三个月的时间内,经他们的手安装加工的钢材多达六十一吨,工作量相当于七万元!

难怪我和他握手时,有一种难以形容的感觉——既粗糙,又温柔,既有力,又体贴。我相信,不仅他的手,他带领下的全组工人同志的手,准都和他一模一样。

邹本义连续二十年被评为生产标兵、模范党员,两次出席冶金部召开的全国先进工作者会议,一九七七、一九七八两年被冶金部授予"劳动模范"的光荣称号,八冶公司党委也将他正式誉为"革命老黄牛"。其实,邹本义不仅仅是那种只知埋头苦干的老黄牛,他还是动脑筋的万能博士。众所周知,天底下没有十全十美天衣无缝的设计方案,在施工过程中,碰上一些不曾预想到的情况,暴露若干计算上的误差,也是常有的事。有一次,厚钢筋砼壁上预埋的铁件高低不一,不少处与钢轨焊接不上,邹本义同志便自个儿寻思起来,觉得不妨用加焊补筋和钢板补焊的办法加以补救,于是他主动向技术部门建议,征得主管同志的审核同意,就干了起来,并且在干的当中不断积累经验,加以完善,终于保质保量地完成了任务。

三

就是这样的一位好同志,他对自己的痛苦,却像对待一级战备那样,实行了绝对保密。

他从来不诉说自己的家庭烦恼,不向组织提任何个人要求。

可是,群众是长着眼睛的,在这次省委工作组的调查中,人们众口一词地为他呼吁:哪怕只有一个"满天飞"(这是工人们给上面下达的往往不知所终的落户指标起的绰号)也应该给了邹本义!不错,工人阶级的成分近年来是更新了,思想情况也大为复杂了,然而,毕竟存在着强大的革命传统力量,毕竟好人、正派人居压倒多数,面对着如此强烈的正义呼声,谁能不受震动?

八月三日,我和一位新华社记者、一位剧作家一道去做了一次家访。为什么不去劳动现场呢？我们私下里有一个共同的想法，那就是：亲自看一看这位为国家创造了巨额财富（物质的和精神的）的劳动模范的生活，摸一摸他全家成员的脉搏。我们来到了原先的八冶工人住宅区（如今八冶已经和金川公司合并了）——一堆数不清也差不多的矮小土屋：早已上班去了的邹本义同志闻讯告假回来，接待这群不速之客。他上身穿着一件洗得发白的旧工装，下身是一条暗绛色的、在裤脚管处又接了约莫二寸长一段黑布的裤子，袜子和鞋子都有破洞，额上微微沁着一层汗珠，憨厚地微笑着。这时，我注意到他的两排牙齿不一样，上牙白得正常，下牙白得雪亮。一问，原来下边是假牙。他连忙解释："是叫虫子吃了，我并不老！才四十七岁哩！"真的，他并不老，虽然开始谢顶了，头发还是乌黑的。所有裸露在外面的皮肤都像喷了一层紫铜，周身散发着一股劳动者的健康气息。眼睛十分有神，再配上端正的鼻子，挺直的腰板，轻捷的步态，特别是他那宽宽的肩，厚厚的胸，仿佛是满墩墩的一袋子粮食！这一切，使人不难想象，二十年前的邹本义肯定是一个又漂亮又精悍的小伙子。

然而，就是这样一个自己已经不再是小伙子的当了父亲的好同志，半年前偏偏失去了亲生的长得和他一般高高大大的小伙子！

谁之罪？

四

吉波是个好孩子。他不等念完初中，就为生计所迫，上农场劳动去了。应该说，在农场的表现是不错的，人们夸他老实肯干，就一样不好，成天价闷闷不乐。后来，他自己联系进了金川待业青年综合商店，白天拉车进货，无非是烟、酒、副食和日用杂品，黑夜就在那儿看摊子。日工资一元二角，每月可得三十六元上下。他很认真，总是一文不落地交三十元整数给妈妈，剩下的零头才归自己花。谁也不曾立下这个规矩，他却从无例外地执行着。光凭这一条,已经够难得的了,如今有多少年轻人躺在老子娘身上海吃海喝?有多少父母能指望儿子交出自己的进项?所以,吉波的妈妈很高兴,邹本义也放了心。吉波在这个店子里干了将近一年,表面上看,事情似乎一切顺利,可他仍旧是闷闷不乐。这孩子!到底有什么心事呢?听听他憋不住的时候对邹本义发的牢骚吧,你就明白了。"爸,你这个劳模当的有多窝囊!奖状多得墙上贴不下,都快糊顶棚了,可就是落不下一家人的户口!"别看他整天守着三尺柜台,可什么都清楚:谁们是一九七五年来的,凭什么大人小孩都上了正式户口?谁们又走了什么门子,用"二十响"(烟)和"手榴弹"(酒)攻下了前永昌县公安局长的办公室,等等。孩子的话委实呛人又烦人,邹本义生气了,吼上几声,吉波立刻不吭气地走到一边去,好像刚才什么也没有发生过。不过,五个孩子中排行老大的姐姐可和吉波不一样,只要吉波挑了个头,她就叨叨没完,尽说些埋怨话。吉波不说了,她还要说,到了这种时候,邹本义就只好出去溜达,自个儿跟自个儿在头脑里"打架",当然,每次"打架"的结果,占上风的都是这两句话:如今国家够困难的了,咱不能再添事儿!

然而,不知不觉中,吉波变了,他交不上那些有户口因而也就有正式工作的朋友,只好和一些同病相怜的年轻人来往。学会了抽烟——爸爸看见,就赶紧掐灭它;学会了喝酒——自己觉着有酒味,就躲着不回家;最糟糕的是,学会了打群架。有一回,也是最后一回,一伙年纪相当的小伙子喝着喝着,为了一点小事竟互相动开了拳头,吉波也卷了进去。这时候,一位民警过来进行干预(这是必要的,正确的),殊不料互相扭打的双方彼此刹手,一齐打起那位民警同志来。吉波也参加了。(这是不对的,应该受到惩戒)问题正出在惩戒上,怎么惩戒?罚款,无论是作为一种警告,或者作为医疗补偿,甚至不仅罚款,就是依法拘留、量刑审判,肇事者和群众都能接受,可是,一上来就用高压电棒猛揍一顿,就很难得到人们的谅解了。吉波被禁闭以后,他姐姐去探望过,只见弟弟被拴在床架似的柱子上,旁边还撂着那根通过金属尖端导电的打人的棍棒。吉波对姐姐说:"他们就用这家伙抽我,抽一下就跌一跤,醒过来再抽……"我想,教导下属同志这样对待老百姓的那位前局长,大概是旧戏看得太多了。旧戏上,县官老爷升堂审案,不总是不问青红皂白,先来一个下马威吗?有理没理,反正五十大板,临了儿还要断喝一声:"你招呀是不招?!"时代变了,为什么不可以做一点调查研究,了解一下这个犯人的各方面的情况再采取不同的措施呢?打,固然解气,但究竟导致积极的还是消极的后果,就很难说了。邹吉波之死,正是一个血的教训。

吉波终于被放了出来,回到了商店,因为要付罚款,他背着家人向店里借了债,那一个月按惯例得交给妈妈的三十元也没有给,妈妈心疼儿子,根本没有意识到这当中有什么不祥的异状……

他越发闷闷不乐了,而且经常公开声言:"活得没意思!"爸爸一心扑在生产上,妈妈又得成天替农场看守厕所积肥(这儿有人偷粪),姐姐除了上班,就只顾说怪话,弟妹们年幼不懂事,因此,全家都没有在意。于是,这一天,弟弟的书包里少了一支圆珠笔……

想必是当天夜深,这支圆珠笔就握在那奔涌着青春血液的大手中颤抖,歪歪扭扭地在一只装香烟的纸箱盖上移动着,移动着……这,就是第二天公安人员在现场找到的邹吉波的绝命书。

以吉波的文化程度,别字不少,是不足为怪的。透过那不很通顺的文字,可以看出死者最后的思想活动:1.承认犯了错误,但是他认为用高压电棒打人是不符合党的政策的;2.感到对不起爸爸,不应该给劳动模范脸上抹黑;3.希望姐姐和弟妹们不要学他。

凭这一纸遗书,人们不难看到:吉波这个孩子,尽管违法行为的情节严重,但本质上还有向上的一面,如果引导得法,是可望走上正路的,然而,生活却把他毁灭了。

五

　　事情的症结显然在户口问题。

　　在吉波看来,同学们当中,凡有户口的都能找到职业,有了职业,恋爱、婚姻、事业、前途……就全都有了保障。然而,他一方面抱怨父亲"无能",一方面又不能不承认父亲的正派作风无可非议,因此,才陷入了痛苦与绝望之中,由借酒浇愁而滑向堕落。最后在完全清醒的一刹那间又猛然看清了自己行为的丑恶(大约也同时看清了现实中某些人的更大的丑恶吧?),他不敢正视,也找不到力量去战胜这些丑恶,才决定出此下策。自杀当然是不足取的,谁也不应该同情他的这个错误抉择。

　　现在,痛定思痛,话题应该回到邹本义身上来了。邹本义的妻子黄芝花,原来是城市户口,这从白银市的户籍档案中可以查到。1961年国家困难,动员家属还乡,邹本义是党员,就毫不犹豫地将妻儿们送回丹东老家。1964年才又在戈壁滩上团聚。近二十个年头过去了,当年的不毛之地变成了繁荣兴旺的金昌市,这个变化,不但靠了邹本义这样的同志用汗水浇灌,也包含着黄芝花这样的家属的含辛茹苦啊,可黄芝花和她的儿女们,就是无法落户!

　　工人们一致认为:这是不公道的。

　　也许,不公道的现象将永远不会绝迹,然而,一旦发现了它,难道不应该想尽一切办法加以消除吗?否则,又怎么体现我们社会主义制度的优越性呢?

　　在金昌,像邹本义同样情况的家庭大有人在。有四十年代出生入死的老战士,有马上要办理退休手续的老工人,有因公致残生活无法自理的伤员,有长期两地分居始终搭不成"鹊桥"的工程师……而且,年龄都在二十年左右,可他们至今还都在耐心地盼着、盼着。

　　……丧事操办完以后,邹本义没有接受组织上的照顾,立即上班去了。

他们队长和工会主席想陪他坐坐,可家里不见人,他们车转身就跑到工地,一看,果然他正在专心致志地清理一处大便池!同老邹一样,队长和工会主席都是铁铮铮的金川好汉,这会儿却不知怎么搞的,都觉得眼睛和心肝五脏一块儿发酸了。

瞧!这就是咱们的邹本义!

六

可我不行,我一想到邹本义同志的沉默的痛苦还不知要到何时了结,心中就烦躁不安。明天,我就要离开金昌了,下次再来时,邹本义的境遇是否会有所改善?我感到憋闷,便推开稿纸,出门去花坛小院信步踯躅。夜来无风,星光灿烂,忽然记起了公司党委老书记李林同志对我一再强调过的话:戈壁滩上的月亮特别大,星星也特别亮。今天是农历六月二十七,下弦月是看不到的了,星星却果真密密麻麻异乎寻常地耀眼,然而,我却不觉得它们在燃烧,倒反而感到它们一颗颗全都那么凄清,饱含着晶莹的泪珠,仿佛我亲眼看到过的邹本义同志无言中噙满泪水的大眼……转动着,转动着,五次三番地吸干了又涌出来,终究还是隐忍下去了。我分明记得,我当时长吸了一口气。我理解老邹的丧子之痛以及丧子之痛以外的愁苦。共产党员、劳动模范也是人啊,所不同的是,他们懂得,不当哭出声来的时候绝不出声!

但愿邹本义同志和类似他这样的好人们永远不要落到放声大哭的地步,但愿他们的孩子们都能健康成长,但愿他们的一切并不过分的要求都能逐步得到满足,但愿他们的家属能不再处于参加了创业却不被人承认的屈辱地位,但愿他们都能集中聪明才智精力为四化多做贡献而没有后顾之忧,但愿多一百个为人民服务的公仆,少一个脑满肠肥、中饱私囊的官僚!

就在今天下午,市委书记王如东同志专程来给我送行时,我把这些情况向他作了汇报。他说,他和公司的领导同志大致也都了解。他安慰我,最近就要召开金昌市的首届人民代表大会,选举第一任市长,多数代表是工人,只要市政上了轨道,地方当局将和矿山通力合作,尽最大努力,在政策范围内一笔一笔清偿多年积欠的"社会债务"。王如东同志是老革命,我相信他。何况,他还向我透露了一个喜讯:他刚从永昌县回来,那儿才破获了一起抢劫信用社的大案,作案人一个是律师,一个是民警,他们的老子正是那个持权营私的被工人群众叫作"×老爷"的前公安局长!

正想到这儿,突然,不远处闪起一片火光,红艳艳的,像在天上贴了一张大喜报,这是冶炼厂的电炉在出渣了。光焰明灭之间,映出了整座城市的壮丽轮廓:高耸的矿山,巨大的厂房,威严的烟囱,林立的大厦……哪一处不凝聚着矿山建设者们的心血?哪一处没有洒下邹本义同志的汗水?

我的心也豁然亮堂了,疾步回到宿舍,写下了自己的信念:既然邹本义同志这样的有名英雄和其他许许多多无名英雄,是我们这个社会的栋梁,他们用自己的劳动,甚至用自己的痛苦支撑着我们的革命,我们的社会也一定能庇护自己的栋梁!我们的革命也一定能爱惜自己的战士!

1982年8月16日夜深一时,写于金昌

水火并举

一九七八年夏天的一个深夜,方毅同志在镍都金川刚落成的、还散发着一股子油漆味儿和锯末味儿的矿山招待所里,泼墨挥毫,以潇洒而又从容的行书,写下了一张条幅:"水火并举,奋战金川。"写好以后,他放下笔来,搓着双手,眯起眼兀自端详了一阵,长长地吁了一口气,仿佛完成了一桩什么大事。第二天一早,就有人将它送给了一对革命夫妻。这对革命夫妻是谁们呢?八个大字,引出了下面我要讲的故事。需要略加注解的是,这个所谓的水和所谓的火,既分别概括了镍的冶炼和电解过程,也各自象征着一个代表人物——本文的男主人公王德雍和女主人公杨郁华。

方毅同志此行,目的是为了亲自摸一摸我国三大共生矿基地之一的金川的底,顺便主持在这儿召开的第一次有色金属资源综合利用科研会议。他白天参加会议,批阅文件,还要深入现场,听取汇报,半点不得空闲,六十来岁的人了,一天下来,论说也够疲劳的了,然而,夜晚偏偏难以成眠,显然,这个在沙漠中不声不响地勃兴的、当时在地图上根本没有标志的矿山新城,给了他强烈的印象,而以王德雍、杨郁华为首的一支大有作为的科技队伍,又以其作风之朴实与功绩之巨大激起了副总理同志的诗兴豪情。因此,方毅同志的这一言简意赅的题词,就特别耐人咀嚼,它,实在是表达了党对长期艰苦奋战在这座矿山上的全体知识分子的热爱与厚望。

俗话说:水火不相容。可是,在我们这个充满奇迹的社会主义国家,水火岂但相容,而且相辅相成、相得益彰。王德雍现任金川有色金属公司副经理,杨郁华现任冶炼厂总工程师,二十多年来,他们携手并肩,走过了一条崎岖不平的科学之路,从两个沈阳有色金属学校的中专毕业生,从普普通通的助理技术员,一步一步攀登,成为国内屈指可数的炼镍权威。生活中一夜白了头发的传奇固然是震撼灵魂的交响乐,那于不知不觉中星星点点繁霜满鬓的故事不也是激动人心的咏叹调吗?出生于一九三六年的王德雍和比他大两岁的妻子杨郁华,都属于后者,如今看上去,他们似乎比实际年龄显得更老些,但却是精神焕发。

一九八一年,我去到金川的时候,正赶上第四次科研会议的召开。按照老规矩,除了冶金部门的主要领导人和全国各地的专家、学者们外,方毅同志又来了。"金川出人才,像王德雍、杨郁华这样的同志,靠的不是博士论文,而是第一线上的摔打,我们说实践出真知,这并不意味着贬低基础理论的重要性。从全国范围看,他们二位称得上一种类型的代表。作家应该宣传他们,推崇他们,歌颂他们。"方毅同志在一次会议休息的中途,用十分热切的语调,对我做了明确的提示。可惜,当时由于王德雍同志承担着会议的大量组织工作,而我又另有急事,无法久候,不得已中断采访,约好下年再来。

一九八二年八月,我如期又一次专程前往。应该说,事情相当顺利,不但和王、杨二位做了多次长谈,同时还访问了包括工人同志在内的当年曾经甘苦与共的一大群骨干力量,又聆听了各级领导人的意见,并且查阅了有关档案,甚至硬啃了一些学术论著,记下了满满三个笔记本的素材。原来我计划在当地拉出初稿,请负责同志和当事人过目,再做必要的修订,不料,这当中插进来一个出国开会的任务,办手续,看材料,准备发言,然后是行程万里……这么三拖两拖,时间又过去了半年,现在才坐下来写它,因此,不得不把上述程序通通从略了。当然,这样做,是要冒一点风险的,一个是自己可能说外行话,这倒不打紧,另一个是可能给王德雍同志和杨郁华同志带来某些烦恼——众所周知,我们社会上新近增添了一种不正之风:表扬谁,谁倒霉。上帝保佑,但愿这种不愉快不至于落在他们的头上。

在进入正题以前,需要简明扼要地介绍一下什么叫"火法",什么叫"水法",尽管我的职业天性是抗拒这些毫无情感色彩的干巴巴的客观叙述的。金川矿山地质条件有四大特点,这就是:大、高、深、碎,它的蕴藏与高品位在全世界都是数一数二的,然而,它的开采的难度也是名列前茅。工人同志们冒着生命的危险(目前正在努力突破这方面的技术难题)拿到了镍矿石,首先送给回转窑备料,将矿石变为焙砂,再投入电炉冶炼,一级产品名叫低冰镍,大约含镍13%—15%。然后又投入转炉吹炼,得高冰镍,含镍48%。然而这不算高级产品,必须经过浮选,使共生的铜与镍分离,而镍精矿达到含镍67%,然后把这种镍精矿放进反射炉熔化,浇铸为阳极板,制成阳极板以后,才开始在电解车间进入水法阶段。到了明亮的电解车间以后,就看不见各种各样的炉子了,有的只是一排一排的管道和水槽,水槽里盛满了硫酸,阳极板一块一块规规矩矩地吊在里面,板上残留的铜、钴、铁杂质纷纷溶入,成为硫酸盐类溶液,第一步除去铁,第二步除去铜,第三步除去钴,这个过程叫作净化。最后剩下来的单一的镍溶液,才被送到隔膜袋(阴极)制成合格产品,这时的镍纯度已经高达99.995%,差一丁点就是百分之百了。

乍一看,王德雍和杨郁华的以往生涯,都缺乏大起大落的戏剧性变化,用他们自己的话说,叫作平平淡淡。可是,假如不是光用眼和耳,而是用心去了解一下,就不难发现,在这层不显眼的表皮下面,同样包藏着十分严酷的内涵。什么内涵呢?一言以蔽之:"夹着尾巴做人。"虽然小学课本早已告诉过我们,人是没有尾巴的,这是大家都能看见的人之区别于动物的外部标记之一。但是,在过去的"左"倾思想指导下,多少年来,不少同志却一口咬定:知识分子或长或短都拖着一条尾巴,换句话说,知识分子不是人。在这方面,"四人帮"无疑是达到了又一个"顶峰",他们连"脱掉裤子割尾巴"这个出言粗野的号召都懒得再提了。他们最感兴趣的是把"臭老九"们通过形形色色的"理由"划入"割也割不掉"的阶级范畴,于是干脆一声令下:"夹紧尾巴'做'人!"王德雍正是不得不遵令的一个,他从十岁的小小年纪开始,就背上了家庭出身和海外关系的双重包袱——的确是一条又粗又长,怎么割也割不掉的"尾巴"啊！而杨郁华，既然不和他离婚，"沾包"也就是铁定无疑的了。试想，一个人几十年生活在这种随时可能祸从天降的气氛中，小心谨慎，怎么不会成为第二天性呢！

王德雍的父亲名叫王香阁（又名王镜仁），读过师范，日本人侵占东北时期，曾经担任过吉林省长岭县南关小学校长。王香阁从闯关东的父亲手中继承了十几垧地的家业，让他的弟弟耕种，农忙时节雇工，家有胶轮大车，兼跑运输。在那一带，光景算是中上水平。一九四六年，县城解放了，人民政府委派王香阁担任教育科长；一九四七年，国民党进攻，他没有跟上我军撤退，倒是留下来又当上了国民党的教育科长；同年，我军反攻，他害怕了，逃往长春，从此和一帮逃亡的地主混在一起，并且加入了国民党，就在这年年底，他被反动派"公推"为长岭县的伪国大代表，政治上是越陷越深了，同时也就和王德雍一家断绝了联系。王德雍的母亲生活无靠，只得带上孩子们上怀德县投奔姨妈家……长话短说，一九八〇年，一天，长岭县政府突然收到从美国威士康辛州麦迪逊市邮来的一封请求寻找亲属下落的信，寄信者是以代理人的口气和身份写信的，内容说的却完全是王香阁的家务事，这就是说，王香阁还活在世上！不过，到底是在哪一片屋顶下？是美国？还是台湾？还是香港？那就不得而知了。瞧，就这么档子事儿，压了王德雍整整三十五年！三十五年，对王德雍而言，必须说成一万二千七百七十五天，因为他绝不至于产生"光阴似箭，日月如梭"的错觉，我想，这个道理，对杨郁华也同样适用。难道我说得不对吗？

然而，正是在如此难堪的条件下，他们怀抱清白的良心，听党的话，相信群众，殚精竭虑地付出了全部的心力，和许许多多爱国者一道，硬是白手起家，在荒无人烟的戈壁滩上，创建起了这个荣获国家建委"优秀设计奖"的、在全世界名列第二的大镍矿。

事情要从一九六〇年的困难日子说起，那时，王德雍和杨郁华都在冶金部北京有色金属研究院从事科室工作。他们已经结婚了——结束了自由自在的单身生活，组织了一个饥饿的小家庭，随时准备迎接第三位成员姗姗来迟的光临。这一年，未来的历史学家想必会百感交集，惋惜、忧虑、愤怒、嘲讽、慷慨、悲伤、决绝、振奋、欣慰……乃至狂喜，这是一个极其复杂的动荡的时代，大跃进肯定是失败了，国民经济由于一系列自杀性的措施而濒临崩溃，西方对我们坚持禁运，资产阶级记者开始预测"赤龙"什么时候完蛋，"老大哥"苏联翻了脸，撤退专家，撕毁合同，封锁物资，其中，和石油一样，镍的问题一下子暴露了，镍变成了"捏"——别人捏死我们的一种战略手段。

在一片下马声中，大庆上马了，金川上马了。个人生活可以忍受清贫，但是国家不能失掉希望，金川，也正是希望之所在，而希望不仅属于科技人员，而且属于全国人民。

"我们就不信！不信这么大的一个中国，可以任人摆布！"这是王德雍和杨郁华回忆这一段往事时不约而同地向我说起的话。这和他们后来对"文化大革命"的评论有着惊人的相似之处："我们就不信！不信出了几个坏蛋，就能把中国搞得亡国！"尽管这种"相似"也多少透露着凄楚，毕竟更多地证明了顽强，人们经常赞美工人和贫下中农的朴素的阶级感情，却绝口不提知识分子的朴素的爱国感情。我无意于评断这种态度是否公正，但有一点是明确的，像王德雍、杨郁华一类被某些人不屑一顾的知识分子，倒的确从来是向前看的，失误归失误，干照样干。

这年十月，命令下达，通知研究所选派二十余名技术人员立即前往甘肃，支援八四七工程——当时金川镍矿的代号——王、杨两口子都榜上有名，他和她没有顾虑，更没有抵触，而是诚心诚意地和高高兴兴地响应！响应，是一个充满主观情绪的词儿，一个象征高尚情操的词儿。我也听到过一种论调："像王德雍那样的情况，他们不去行吗？"这是八十年代的市侩侮辱五十年代的勇士，何况，当时结伴西行的二十多位技术人员，并不是都可以用血统论一概打入另册的。虽然，就王德雍和杨郁华而言，他们最感激的是仅仅两个字：信任。王德雍本来想去沈阳看望一下老母亲的，五年了，他为了把业余的时间和精力集中用在学习基本理论(研究院有许许多多的出色人物)和自修俄语上,放弃了探亲假,此去关山万里,何时能得重逢?眼看任务紧迫,他也就默然不提了。杨郁华呢?临动身时,忽然又让留守"后方",做图纸供应工作。于是,夫妻也分离了。

王德雍和他的战友们,一头扑进了风梳头发沙擦脸的大西北,他除了一个铺盖卷儿、一只自己钉的木头盒子(塞了吃饭用的几大件)以外,别无他物。他和郭选迪同志被分配合住"十八栋"之一的干打垒里面,一领席子铺在地上当床,剩下两领席子分别挡了门、窗,没有桌子,也没有椅子,更谈不上什么收音机、电视机。每月供应二十六斤青稞面,还得扣除两斤"捐献"的什么"籽种",实吃二十四斤。一日三餐,标准如下:按十六两老秤计算,早四两,午六两,晚四两,共计十四两,折合标准秤八两多一些。天哪!一个个五尺汉子,只吃八两粮食!怎么够?!窗台上放着一块发黑的盐巴,这就是菜!真是巧妇难为无米之炊呀,很快,食堂就办不下去了,改为发给各人自己做。人们得了浮肿病,走都走不动,却必须去十几里外的小河沟背冰回来化水喝……难啊!然而,还是有描图纸、鸭嘴笔、破墨水瓶中插着的野花、蜡烛头、锈了的刮须刀、前通后达的解放鞋、野蒜,甚至还有轻轻哼着的歌声……生活,并未中断!开始,王德雍的具体工作是送工人去沈阳培训,然后捎回晒好的图纸来,往返奔波,不但体力消耗吃不消,还要操许多闲心,怄许多闲气。举例说,工人当中有一些当时叫作"盲流"的,说不定半道上就颠了,路过兰州这样的大地方,吃饭还要凭介绍信,吃一顿盖一个公章。可是,为了早日投产,为了填补冶炼事业中的重要空白,他一切都忍受下来了。

一九六二年六月,杨郁华把一岁多的孩子撂给了婆母,到金川和王德雍"团圆"了,他们安顿了一个无论从哪个角度看都不像家的"家",立刻投入了热火朝天的熔炼车间(也就是后来的一冶炼)的试验性生产,由于两口子在一条堑壕里协同作战,所以派生了一个特点:关于技术问题上的争论,一直可以延伸到下班以后的任何时间。除掉当中有一段,王德雍带上一批人出差到四川会理九一厂,学习人家怎么从石头里变出镍来,再除掉每月几个晚上的技术课,做饭,洗衣裳,看报,读书……无一不是与生产挂上钩。今天的青年人肯定要叫屈。哎呀,腻味死了,可他们却乐在其中。

金川镍矿含有18%以上的氧化镁。像这样的高镁质氧化铜镍矿,四川会理也不会冶炼,别的一些更小的鸡窝矿,越发说不上有什么经验,而国外的资料又找不到。攻关,攻关,这就是一夫当关的关。上级责成王德雍、杨郁华和郭选迪各自拿出一个书面意见,由王德雍总其成,去芜存精,综合为《试生产技术方案》。这个方案的指导思想是,大风量,高温度冶炼。结果呢?镍倒是炼出来了,月产四十五吨,和今天相比较,太可怜了,最大的缺陷是渣含镍高,焦率高,因而成本也高,同时烧坏烟道。于是反复停炉总结,检查原因,最后才认识到,关键在于全面、准确、及时掌握炉情,炉情摸清了,再加上矿石的化学成分摸清了,冰铜品位和合理焦率选对了,工人的操作熟练了,镍产量就上去了。许多次的失败(局部的)变成了一次投产成功(全面的),但这已经是一九六九年的事了。

科学没有尽头,生产也无止境。有谁能够预测,产量达到什么数字就到了极限了,又有谁能断言,技术进展到什么程度就意味着尽善尽美,没有人敢说这个大话。作为专业人员的王德雍和杨郁华,根本不会愚蠢到认为自己的跑道会有终点。他们是终生性的职业运动员。

王德雍是傻子。"聪明人"都这么窃窃私语和吃吃暗笑。真的,他总是没事找事,自讨苦吃,还要拖上别人一块受罪,看——

一九六四年,在生产基本步入正轨之后,他将焦率由27%下降为18%,节约焦炭1/3……

一九六五年,他将两台3.5M^2的小鼓风炉改建为103M^2大鼓风炉,一次点火成功……

一九六六年,他在烧结机上大胆试验以生精矿和黄铁矿直接投料,解决了烧结机能力不足和黄铁粉浪费的问题……

同年又提高了硫黄利用率,结束了让自己的硫黄白白跑掉,反而上白银市买硫黄的可耻局面……

转了一圈,重心又回到鼓风机上。一九七一年,他搞汽化冷却,减少炉结,提高熔炼指标,副产蒸汽 100 吨／日,为当时国内外所罕见……

这自然不包括平日的技术处理以及发生"死炉"现象时的紧急处理;"王德雍脑子够用",这是当时领导上的评语,遗憾的是,这个评语远远没有触及事情的本质,没有触及他那颗红心。这也难怪,那时候流行的判断政治觉悟的标准是——对党有没有感情,第一,看有个什么成分的老子,第二,看有张什么样的嘴皮子,这种病毒后来在江青手上变为"亲不亲,线（一条错误路线）上分"的癌细胞。有谁认真看待过王德雍这种不声不响的爱的情愫?有谁仔细计算过王德雍拉上一条草袋子在炉子旁边熬过了多少夜晚?有谁切实掂量过王德雍"以厂为家"这四个字的分量?他经常和工人们一道干活,在干活的过程中,又把自己变作一块海绵,点滴不漏地吸收群众的智慧。"我有什么了不起,主意都是大家的!"每当有人说一两句公道话的时候,他就用这句真心话作为回答。

……自上而下地爆发了"完全必要的和十分及时的""文化大革命"。一切都乱了套,一切都炸了窝。尽管最后一点理智勉强在发挥作用,镍矿不曾停止采掘,炉子也不曾熄火,甚至好歹把新的冶炼厂完工了。(鼓风炉已大大落后于客观要求,热电炉取而代之,再也不烧焦炭了,改为用电糊。)但是,金川并非被旋风遗忘的角落,军代表进驻,"造反队"成立,"走资派"挨整,一次就抓几百人的大逮捕,非正常死亡……总之,外边有什么,这儿也有什么。王德雍的邻居是当时二冶炼的党委书记、现任金昌市市长的郑士宪同志家,见天不断地有人冲击、抄家、揪斗,闹得鸡犬不宁。这动荡不安的氛围和难以预料的局势一直在恫吓着王德雍:你小子别忘了自己的身份!

王德雍在这之前,犯了一个错误。他把母亲从东北接了来,原以为两个孩子从此有了依托,爸爸和妈妈也能更加集中精力工作,殊不知倒惹了一场风波——勒令他打发"狗地主婆滚回去",这一切都是以"四清运动"和"革命群众"的名义干的,他除了自认投错了胎以外,无可奈何地服从了。

一波未平,一波又起,这一回大字报的矛头直接瞄准他自己。由"地主阶级的孝子贤孙"顺顺当当地过渡为"资产阶级反动权威",有一种声音叫嚣着,要将他"批倒,批垮,批臭"。王德雍只能听天由命,虽则内心不免嘀咕:五十多元一月的工资,评工程师连名字都没有资格上报,有这样的"资产阶级反动权威"吗?面对着这么一顶廉价的大帽子,他不禁苦笑。然而,你听,隔壁每日震耳欲聋的怒吼声、詈骂声和口号声,把他包围起来,他心神不宁,连耳朵都出了毛病了——明明是砸郑家的门,硬会认定在砸自家的门。杨郁华见他这副模样,又恼又笑:"喂,我说你干脆挟上被子去'牛棚'报到得了!"王德雍缓过神来,答道:"真不如我当家庭妇男算了,我不出门,你主外吧!"王德雍并不是胆小鬼。那年月就是这样子,你没错,可偏说你有错,你没罪,可偏叫你认罪,一天磨你百儿八十遍的,直到你痴痴迷迷应承了,或者傻傻呆呆地麻木了,要不就疯疯癫癫地神经错乱了,它还不一定"为止"。这就是所谓"群众专政"的"威力"。

如今,当然没有人敢提什么"群众专政"这个反马克思主义的口号了,但是,在党中央再三再四强调落实知识分子政策的时候,仍旧有人故伎重演,打着"工人阶级有意见"的幌子跳出来大唱反调。工人阶级果真有意见吗?这当然是假的。真正的工人阶级,即使在最困难的时候,都会竭尽全力保护那些和自己一条心、和党一条心的知识分子的。王德雍经历的两桩事,足以证明。大约是一九六八年,正当王德雍眼看就要被揪斗的关头,担任一冶炼厂党支部书记、老工人出身,当选过沈阳市劳动模范的李纯同志灵机一动,"反面文章正面做",利用手中剩余的一点权力,借风行一时的讲用会的形式保护王德雍"过关",由于学习毛泽东思想的讲用会是不能瞎起哄的,所以,尽管有一百多人参加,个别有些谋算者也无从下手,形势化险为夷,没有再往"隔离审查"的方向演化。李纯同志是了解王德雍的,他深知这个没有政治野心、没有名利私欲、没有架子的知识分子的价值。李纯对我谈起这段往事的时候,感慨系之地说:"现在是非已经大白,只有'三种人'和糊涂人才把知识分子当'敌人',我们倒是有必要提请工人同志们注意,对那种打着工人阶级的旗号,实际损害工人阶级利益的人,要睁大眼睛!"

一九七〇年,李纯另有任命,接替他的是由八冶调来的军队转业干部黄进三同志。王德雍同志运气好,黄进三又是一个好人。有一天——王德雍同志患急性肝炎,大病一场,自费去陕西蓝田求医归来上班之初——黄进三以他习惯的作风,毫不咋呼地踅进了值班室,碰上这位病号正在偷偷地读一本俄文技术书。王德雍是第一次和黄进三打交道,心想,糟了!又是白专道路!说不定还给赏一个苏修特务!岂料黄进三拍拍书皮,又拍拍他的肩膀,竟然吐露了一句推心置腹的私房话:"对!就是该学学人家的长处,整天价爬起来就去看大字报有什么用处!"王德雍本来是一个不怎么感情外露的人,不知怎么的,这会儿他眼皮子发酸,真想痛痛快快地哭一场!要是我们党的干部都像李纯、黄进三该多么好!

一九七一年,王德雍离开龙首山,奉命进了新建成不久的乱得如麻的二冶炼。两座庞然大物——一号和二号16500KVA矿热电炉拦在了这个只熟悉鼓风炉的陌生的骑手面前:你能驾驭我吗?16500KVA摆出了阴沉沉的桀骜不驯的神气。王德雍从来都是有心人,很快就拉住了嚼环和缰绳,一步一步把它们给镇住了。但这是后话。在这里,王德雍遇上了他的倒霉的邻居郑士宪同志。郑士宪同志平日对王有所了解,如今成了自己的助手,就更赏识他的钻劲儿了。眼看一号炉该大修了,何不试试王德雍的能耐?于是,郑士宪同志建议公司领导,成立一个由八级工匠出身的技术科科长夏宏章领衔的调研小组,吸收王德雍,还有刘敏添、周学智参加,刘、周二位也是虎将。所谓调研,主要是在总结二号炉检修经验的基础上,走出去,看看人家都是怎么干的,也就是说,向国内各种型号的炉子"取经"。

16500KVA矿热电炉是苏联式的产品,是由冶金设计院比着安装在云南某厂的进口葫芦画下来的瓢,至于变压器,干脆就是当年"老大哥"剩下的援建物资。这个洋物件满身上下都是洋毛病,再不改造,无论如何是混不下去了。金川有两句人人皆知的民谣:"救火车一响,准是冶炼厂。"有一次失火,光是动用灭火器就耗资近万元,用专车从天津拉回来的全部氧化碳都突突完了,火还照旧烧着。火神爷正是这种16500KVA矿热电炉。引起火灾的原因有多种多样:第一是漏炉,局部穿孔,一年平均五十次以上,不漏则已,漏则漏光,大量熔体像火山岩浆一样在车间横流、燃烧。第二是喷油,当电极运动中偶尔碰上油压无缝钢管时,一碰就烧一个洞,管子里的70号轻柴油立即雾化喷射,形成长达20—30米长的火龙,满楼乱窜,接地放炮,情景也是相当恐怖的。第三是电极软断,800℃高温的火焰直冲四楼,曾经使得两位同志大面积烧伤致残,至今由厂里养着,这种事故每年都要造成停工,被耽误的生产时间往往超过7%。我去朝拜过这一对古怪家伙(虽然是经过整治的,但仍旧令人生畏),身子足足有四层楼高吧,填料口设在四楼上,放渣口(打个不文雅的比喻,好比是肛门)离地面高出4.5米,一个渣包的容积就有11立方,折合20吨,炉渣直接倾倒于专用火车上。听工人说,在没有根本改造之前,上炉必须戴防毒面具,走路、操作,都得打手电,烟雾弥漫,粉尘呛人,曾经有几个人嫌麻烦,张着嘴干了几天,落下了一辈子的职业病。我是相信的。因为就在我去的时候,还能依稀看见一层薄薄的淡黄色的气体在炉体上缭绕,呼吸多少有点不自在,然而,比起过去来,这已经是天堂了。

凡是和王德雍共过事的同志,都能觉察到他的一个特点,即无论走到哪儿,必定先找数据,假如观照更细微一点,还能从他的不加夸饰的少量的言谈中,感受到他依靠数据探索规律的缜密的逻辑思维的能力。

在改造矿热电炉的斗争中,他的从数据到规律的思想方法,集中地表现在他的每一条建议中。

王德雍和夏宏章、刘敏添、周学智以及后来陆续补充进来的单德海、李继良、李球卿、刘中尚、王叔彬、余成玉等同志,构成了一支力量可观的队伍,其中一部分人先后两次出差,跑遍了大半个中国(可一次游山逛景的事儿都没有过),把脚印全留在北京钢铁设计院、北京化工厂(它有个值得一看的电石炉)、北京有色冶金设计院、四乎化工厂(它有个值得一看的密封炉)、峨眉铁合金厂、昆明冶炼厂(它的炉子和金川一样)、清镇化工厂(它有从日本引进的七十年代的设备)、上海吴淞化工厂、湖南铁合金厂、柳州磷肥厂……他们的分工是这样的:王德雍和刘敏添重点"侦察"密封,周学智和李球卿重点"侦察"炉顶,而以负责工艺的王德雍为总体上的设计师。

一行人马回到金川以后,立刻着手分头进行各项小型的工业试验,如电极熔烧之类,很快就取得了较满意的结果。大量的繁琐的准备工作完成了,全国范围的首次改造16500KVA矿热电炉的战斗,终于打响。为了取得温度变化的准确数据,判明电极软断的原因,王德雍倡议组成志愿敢死队,由他本人和刘敏添、周学智、单德海和两位新成员朱祖泽、陈应章一共六个,分作三组,利用停电时机,轮番下炉。这是真正的英雄主义与集体主义,它的绚丽花朵不是开放在战场和刑场,而是开放在与之实在无分高下的科学技术工程现场!他们头戴防毒面具,手拿一根贯穿着电线的近2米长的钢管——这本身就是一个大温度计——冒着60℃的高温,钻进能致人昏迷的沥青毒气中,沿着电极内壳的筋片,一步一步往深部走,通道狭窄,仅可容身,行动十分艰难别扭,往往衣着烤得冒烟了,也无法躲一躲,钢管是焊在电极外壳上的,因之可以随着人的下降而下降,从而能接触到各个部位。这种时候,那个通过电线连接着四楼上炉子外边的二次表(用的是铂、铑热电偶、若干毫安的电流即相应为若干度)的一次表发挥作用了,炉膛里的人在测量温度,炉膛外边的人就可以记录数字。然后,这样取得的全部数据由王德雍汇总整理。不入虎穴,焉得虎子!惊心动魄的壮举赢得了第一手的材料!尽管他们下去以前,都把衣服包扎得十分紧凑,一切可能暴露的肢体都抹上了厚厚的一层雪花膏,结果还是奇痒难忍,一个月过去了,仍在不断地蜕皮,这当然是小小不言的代价,值得。

接着又对国产的六种电极糊做了理论指标的测定,得出了适用于密闭炉的包含烟煤、焦炭、沥青等原料的最佳配方比例之后,王德雍提出一个设想:之所以不断发生电极软断,病根是否在于电极工作段过长(铜瓦下边长达3米),重力大,焊缝承受的压力也大,电的消耗也大。为了证实这一点,他一方面和大家共同从事室内测验,一方面根据全国各地的有关资料,找到了电极糊不同部位的温度曲线,由此而得出了令人信服的铜瓦下移的正确结论。为了保险起见,他们采取了"矫枉必须过正"的办法,将铜瓦下移的部位定得稍大一些,结果又发生高温烧坏铜瓦的现象,这才掉过头来往上移,终于发现了"最佳值",电极外壳的负荷减弱1米,事故消灭了,操作安全了,皆大欢喜。

第三桩事关重大的任务是改造炉顶为密封结构。王德雍和他的战友们受到了清镇和柳州的启示,很早就萌生了这个念头。在解决了电极软断、电极糊配方和铜瓦下移的问题后,时机已经成熟了。

电极一共有六根,每根下压的力量重约十六吨,这显然非原来的拱形炉顶所能承受;如果改为钢梁平顶,每根电极配备一组用可塑材料包裹起来的强度足够的水冷钢梁,炉顶的重量就都可以落在钢梁上,而钢梁又由炉体侧墙立柱所支承。这是一个既合理又可行的方案。在工人同志们的大力协助下,终于实现了这一革命性的变化,杜绝了原先使用耐火砖时小修不断、每隔两三年还必须大拆大卸一次的无谓损耗。现在回首往事,轻飘飘一句话就带过去了,但当年都是风险丛生,差不多是提着脑袋干的。因为没有改建的先例可援,况且处在乱糟糟的岁月,无法排除人为的破坏与陷害,同志们坐在一起,平心静气地估计来估计去,一致认为:成功与失败的可能性是一对一。王德雍身上的压力自又比别人多一层。然而,商量的最后结果竟是开玩笑似的自嘲,王德雍说:"伙计们,我进去了,你们可要送牢饭啊!"不迟不早,这当儿又风传有人质问郑士宪:"你依靠什么人?"于是,好心的同志就来规劝王德雍:"何苦来! 又不涨工资!"王德雍一笑置之,表现了感人至深的坚定性,而所有参与这项任务的同志都无不拿出自己最大的力量,发挥自己最高的水平,配合默契,冲锋陷阵,先从解决水冷钢梁的防垢问题入手(分工管道的王叔彬同志立了大功),一点一点地啃完了这根"大骨头"。

钢梁平顶的效果是非常突出非常明显的,以至于美国代表团来参观时,有位行家一下子发现了它的密闭的优点,到处找手电想照着看个分明,后来这个人又在发言当中对此大加赞赏。

接下来,王德雍又在渣含镍上动开了脑筋。他仍然是从数据着手,全面分析了技术条件与渣含镍的影响,提出了切实可行的措施,使矿热电炉的渣含镍由过去习以为常的 0.18%—0.20% 下降为 0.14%,大大减少了损失,提高了回收率……在电炉改造基本完成之后,他利用业余时间,撰写了《矿热电炉电极熔烧情况调查报告》《矿热电炉改造技术总结》《降低矿热电炉渣含镍途径探讨》《电炉渣余热利用》《提高冶炼回收率总结》等论文,分别刊载于《有色金属》《金川科技》上,引起了国内有关方面的极大重视,纷纷来函索取。当然,这些文章的素材是包括王德雍本人在内的科技人员和工人群众的集体创造,经他忠实地加以记录和归纳,使之上升为带有普遍意义的理论化了的东西,不能不说是一大功绩。他写的文章远不止这几篇,还有近四十万字的译文哩,考虑到这都是在十分恶劣的生活条件和工作条件下,牺牲休息而换得的,就加倍地难能可贵了。

下面,让我们把视线转向杨郁华,也介绍一下她的二三往事吧。

女同志毕竟是女同志。有的人爱说这句话,目的在于鄙薄或揶揄。我说女同志毕竟是女同志,这完全是出于尊崇和感佩。

谁操持家务?杨郁华。

谁照料儿女?杨郁华。

谁在艰难岁月,全不顾惜"面子",去捡大伙房撂出来的烂葱?杨郁华。

谁心里想着丈夫和孩子的温暖,而又不得不翻箱倒柜,挑几件破旧衣服换菜?杨郁华。

谁在王德雍因病卧床的日子,到处凑钱,又自己骑上车子去宁远堡配中药？还是杨郁华。人到中年，杨郁华也是陆文婷！

杨郁华不是家庭妇女，她肩上有不轻的公务担子，又有不轻的家务担子，是双肩挑啊！

杨郁华有一股男子汉气魄。做人做事，都拿得起，放得下，从不拖泥带水。有这么两件事，最能说明她的性格。一件事是"文化大革命"中，驻厂军代表柳××异想天开，竟然在电解车间号召"抗旱"——电解镍必须保持50克左右，这会儿都下降到25克了，还要坚持阳极——杨郁华一看，大事不好，再这么胡闹下去非全面停产不可，便下令停开七个槽，这下子可得罪了这位不懂装懂的军代表，恼羞成怒，破口大骂起来："臭知识分子，不怕打你反革命?！"杨郁华当面辩驳，说明不能破坏技术规章的道理，对方哪里听得下去，甩手就走，杨郁华还紧追不舍，想劝说他回心转意。这时，车间里的工人们都上来拖她："别顶了，胳膊拧不过大腿，人家叫咋干就咋干吧。"第二天一早，柳××赶到厂里来亲自发布命令："停止杨郁华的现任职务，下放班组参加劳动!"杨郁华眼泪吞下肚一声不吭，只是在心里自家对自家说：有什么了不起的！不就是去出几身汗嘛！当工人光荣，当知识分子顶风臭十里！这是军代表的教育呀！我这就干活儿去！让你也见识见识，劳动是豪迈的事业——五十年代有本书的封皮就是这么印的——而不是惩罚！工人们哪让她干重活，七手八脚的全来帮她。可一天下来，她的心却累得不行，回到家里，装笑容也装不像，好在那种年头也没有什么可乐的——王德雍并没有察觉妻子有什么异样。然而，受处分不是一天两天的事，日子长了，王德雍就怀疑起来了——他们两口子历来都是"比赛"谁下班下得迟的，倒不是躲避家务事，而实在是车间里许多工作放不下，不处理完拔不动腿。王德雍问她：最近怎么像工人一样到点收工？迫不得已，杨郁华才告诉了事情的真相。王德雍的反应是既没有责怪，也没有害怕，相反地，着实鼓励了她一番："你干得对！否则，要我们这些人白吃饭哪！"

还有一件事发生在一九七三年。矿山通知杨郁华去兰州进学习班。一共七十个人,其中非党员七人,她是七分之一。结业回到金川,几乎人人都提了职,唯独她没有份。有人悄悄透露给她:本来是提名她当车间主任的,都因为王德雍的"尾巴"坏了事。她听了只当没听一样,工作照干,意见照提,不卑不亢,有理有节。不过,她害怕王德雍受刺激,瞒了许久才说出来。王德雍曾经满怀深情地对我说:"我在政治上连累了她几十年,她却从来没有半点抱怨,我很感激她!"

杨郁华还有一点一般女同志没有的长处,这就是:不爱打扮,不爱婆婆妈妈,也不爱哭穷——尽管他们很穷。王德雍十分欣赏这些非同凡响的优点,用他的不无自豪感的评语,就是:"省了多少不必要的烦恼,我满足不了的,她都不要,这该有多好!打结婚到现在,我们还没有红过脸呢!"

说来也怪,也不知谁影响了谁,杨郁华和王德雍的脾气相似得如同一个人。都有极强的事业心,都有从纷陈杂列的众多表象中一眼找准关键——主要矛盾的主要方面的能力,都有保持内心平衡的自我节制感,都有把别人不在意的死材料变成活材料的聪明,都有不隐瞒自己的观点,并且敢于直说的美德,都富有正义感和同情心,都和周围的同志友爱相处,都能公开批评别人和公开接受别人的批评……诸如此类的这些特色,自然都是他们周围的同志们提供给我的。当我分别问起他们自己来,杨郁华只是爽朗地大笑,摆手摇头,一概否认;王德雍则期期艾艾,显得十分困窘。试将这种不同的反应两相比较,我倒看出了夫妻俩终究有不同的地方,这就是,杨郁华口才比王德雍多少要强那么一两分。

杨郁华虽然拒绝承认在技术方面她丈夫有任何过人之处,倒是爽爽快快表扬了王德雍的文学修养。她说:"儿子借回家来的小说,父亲抢着读,什么《乔厂长上任》哪,《人到中年》哪,没有放过不看的。日久天长,他的文字表达能力当然也就提高了。反正,凡是我写的东西,哪怕一百个字不到的一个报告条儿,人家都毫不客气地拿去审查,还要动手替我改哩……"说着说着她笑了,显然,对王德雍的如此"专擅越权",她是打心眼儿里感到满意的。

如果用时兴的标准去衡量，杨郁华不是一个理想的妈妈。工作不忙（这种机会极少极少）的时候，事无巨细，只要涉及一儿一女，她是必定过问的，吃啦，喝啦，睡啦，功课啦，锻炼啦，这个太好动啦，那个又过分爱静啦，等等，等等，没有不上心的。不过，一旦任务紧迫（这种情况太多太多），对不起，她就把这一切都丢在脑后了。"你们也不小了嘛，能一辈子指望我吗？"她会这么抵挡孩子们的咕哝。一九七〇年，王德雍出差回家，一看，家门锁着，七岁的小儿子也不在了，急得老王四下问讯，最后才知道，杨郁华听说车间出了问题，立即把孩子托给邻居照看，风风火火搬去厂里住了，一待几天，夜晚也不回来。不论是上大电解还是小电解，都按此办理。王德雍完全同情自己的妻子，他本人就是这么干的嘛。至于平素星期天也上班，更是家常便饭。

杨郁华和王德雍是知识的崇拜者。"知识便是力量。"这是他们终生信奉的名言。因此，在"知识越多越反动"的谬论像瘟疫一样流行的十年浩劫期间，作为父母，他们对孩子的基本教育照旧抓得很紧，根本不为不良的社会风气所动。杨郁华自从女儿插队走了以后，就不断和丈夫研究如何"遥控"的办法，他们坚持布置作业，数年如一日，每次致平安家书，总有三分之二的篇幅是关于各门功课的探讨和习题或者答案。他们认为，只有这样，才能督促孩子上进，不把有用的精力浪费在无所事事上，更不会去学坏。当然，事实证明他们是做对了。这个女儿也是"一次投产成功"——被兰州医学院录取，现在学习就更好了，在金川的职工子女中，也算得上一个尖子。儿子如今也长大了，进了财经学院。人们谈论起来，都说杨郁华和王德雍教子有方，很是羡慕。

杨郁华抑制不住自己的高兴，她对我说："家里什么都顺心，经济情况也略有改善，我们买了电视机……只是工作担子压得更重了，电解镍面临着由一万吨提高到一万六千吨的艰巨任务，而且在半年之内，平化炉要上，二钴要上，电收尘要上，阳极泥要上，净化还要扩建。这么一来，九个车间要变成十三个，头绪越多了，而且有许多属于行政事务，我一直觉得乱哄哄的，真够呛!"老实说,她的话,我相信一半,即事出有因,查无实据,杨郁华怎么会胆怯呢?我早就听别人对我转述她的一句口头禅:"干!要干就干个痛快!"这样的人难道会被工作担子压垮吗?不会的!这明明是临战前夕的兴奋!

想来读者们会关心地询问:王德雍、杨郁华双双提升以后,表现如何?反应如何?前景如何?我也曾有意识地四处了解过这些。

王德雍在一九八〇年度被选拔为副总工程师,过了一年,也是四季度,又让他担任了公司技术副经理。杨郁华也在一九八一年七月份宣布了新的任命:冶炼厂总工程师。

可以告慰的是,各种迹象表明,一切良好,绝大多数人的答复都是肯定的,实事求是的,既充分看到两位同志的长处和成绩,又语重心长地说出了弱点和可能存在的隐患。他们答问时态度庄重、诚恳,充满了革命情谊,使我这个采访者也受到了十分有益的教育,请看我的小本本,记着这么几段话吧:"他们二位,特别是王德雍,是作为科技知识分子的代表人物上去的,他们个人贡献再大,也离不开其他同事的心血和工人同志的汗水,更离不开党委的撑腰,没有这些,纵然有三头六臂,也建设不起日新月异的金川。个人和集体的关系,好比分子和分母,要有分母,但还要有分子,互相依存,舍弃了任何一头,都成不了分数。"还有,"我们的责任是做他们的援军,而不是将他们的军,要他们的好看。"这些体现了马克思主义的原则,体现了中国知识分子相濡以沫的道德传统的话语,说得多么的动情啊!不少人还进一步举出许多事例来证明王、杨二人都善于自处,"官升脾气不长"。王德雍保持了一贯的谦虚谨慎,从不颐指气使,为了全面落实党的知识分子政策,更是做了大量的工作,解决了不少同志一拖二十年的户口、待遇、住房和两地分居等具体问题,以致有人开玩笑说他是"专业户代表"。在技术工作中,他也从未以权威自居,没有任何优越感,只要别人的意见正确他就从善如流。他一如既往坚持"自己对自己施加压力"的工作方针,每年都要提出一批新的科研项目,和大家一道讨论,定下来了就按期检查,随时随地解决困难(例如氧气顶吹试验的后勤物资供应,就是他亲自奔走争取来的),以最快的速度使科研成果转化为生产力——如今,金川已经尝到了每年因技术革新而增收一千三百万元的甜头!他还声嘶力竭地向一切人宣传,为什么必须改善经营管理,为什么必须强调经济效益。他深知脑汁和汗水经不起无形的渗漏,而事故和构不成事故的"常事"又怎么将终年辛苦毁于一旦!人属于全社会,因此,打开一把锈锁也需要全社会来配钥匙,他开始学做思想工作了。鉴于各个方面的失调,如今的大学毕业生把分配金川叫作"发配金川"——其实,比起创业阶段,他们应当脸红!上届分配的四十六名,有二十名干脆不露面就通过各种"后门"走了,本届改为动员,越发来得少了,报到的仅有七位。而根据企业的发展,至少应该补充三百六十人!情况是严重的。怎么办呢?王德雍决定,自力更生,筹办职工大学,从工人中择优培训,为此与东北工学院联系,希望对方支援师资。事关百年大计,人们钦佩老王有战略眼光,也衷心祝愿他获得成功。还有一年一度的资源综合利用科研会,也由于王德雍事必躬亲,全力以赴,一般都能做到进展迅速,内容扎实,从而加强了与各协作单位的团结互助关系。去年人大常委下来了解环境保护现状,负责这项工作的同志恰好不在,只好由王德雍顶替,公司领导并未对他寄予很大希望,以为不过是虚晃一枪,应个卯而已,岂知汇报和建议,条理分明,都说在点子上,陪同前来的省里的负责人听了,认为是替甘肃争了光,十分满意。

　　你看,做了多少工作!尽管如此,还是有人发出不和谐的声音。有躲在背后挑剔的,认为他没有经过科一级,怎么可以由技术员一步登天为工程师、副经理呢?太特殊了!有的人属于摇头派,感到王德雍违反了"先入党,后提干"的不成文法,太便宜他了,于是,接下来就在组织问题上卡他,没有什么可说的,又搬出那个家庭出身和海外关系来吓唬老百姓。(然而公司党委态度明确、坚定,终于在去年十一月二十日批准了这个自从一九五六年以来交过十几次申请入党报告的同志为预备党员,看来,某些人的这一招又失灵了。)个别"老资格"借题发挥,说什么"拖拉机倒了运,小毛驴上了阵"。技术人员中也有人公然声称:凡是王德雍主持的会议,我概不参加!大概是借此以示对这个中专生的轻蔑吧。而少数不在车间顶班操作却应名叫工人的人,竟然还抱住"四人帮"的皇历,"不是说'工人阶级领导一切'吗?怎么叫知识分子领导工人呀?!"等等。我想这些都不难理解,一种是跟不上形势,掉了队,另一种是嫉妒心理作怪,不顾大局。令人瞠目的,倒是别有一种流言,说什么王文海(总经理)一手遮天,王德雍就是他看中了,压根儿没有经过党委讨论通过,云云。这可真是耸人听闻!假如真有此事,岂不是严重的违法乱纪?为此,我于八月十日和十二日两次专门访问了党委副书记李林同志(当时,王文海同志在北京出差),李林同志答复的原话如下:"说王德雍同志担任副经理一职未经党委研究,这是不符事实的,也是违反常识的。真实的情况是,自申报到最后批准,前后历时一年,我经手办的,也是我亲口宣布的。党委做出决定后,正式呈文上报省委组织部,组织部又进行了三次考核。第三次考核的主持人是组织部副部长穆永吉同志。当时方毅同志在场。事后,并且向冶金部备了案。"李林同志一口气说到这儿,沉吟片刻,又幽默地补充一句,"就借你的笔为我们郑重辟谣吧!"我想,辟谣固然应该,但更重要的恐怕是,提请人们做出清醒的估计:落实知识分子政策的阻力仍然十分顽强,对"左"的流毒不可掉以轻心!写到这里,我又不免联想起金川从事科研工作的同志的感慨,"沙土不养人"了。一直未能终止的人才外流现象,难道不是到了必须重视和必须消除的时候了吗?

王德雍和杨郁华不是哲学家,也不是文学家,但是,和他们谈话,往往令人十分愉快。他们有些话说得多么深刻、生动而又平易啊,我有时会忽发奇想;处得时间长了,简直可以编一部《嘉言类抄》吧。

请听——

"冶炼事业是集体的事业,因此,一切成果都是大家创造又属于大家的。"

"培养事业心,不亚于培养技术能力。"

"熬一个工程师是要付出一头黑发,当一个称职的工程师却要交出满腔心血。"

"绝不能满足现状,也绝不要一切听候命令,成才的正确公式应该是:理论+工程经验+信息。"

"比如'死炉'事故,是事先设法防止的技术人员过硬呢,还是事后和工人们一道去吹氧抢救——能这样做也是好的,不能抹煞——过硬呢?我看前一种过硬。然而,外行的领导往往欣赏后者。这就是说,我们的习惯观念中有许多是应该革除的陈旧观念,不适应'四化'的观念。"

"怕就怕把时间和精力耗在无效劳动上,倒是做了'功',尽都是无用的'功'。"

"物质的充实不能代替精神的充实。"

"要敢于发表自己的见解,不能抬轿子,看眼色。"

"一个有活力的企业,仅求'安全生产'是远远不够的。要创造条件,让各级人员开阔眼界,不但要熟悉全流程、全行业,甚至外行业也要了解,迟早都有用上的一天,这就看领导人的胸襟了。"

"不能把社会主义的优越性歪曲为养懒汉的'人人有饭吃',还是应该实行'不劳动者不得食'的原则。"

"真正有觉悟的人是那些埋头苦干的人,而不是口头革命派。"

"同一期毕业的学生,也许水平差不多,可十年以后,肯定大不相同,有的锐气不减,有的就钝化了。"

"好书多得很,会读好书的人不一定有好书那么多。"

"在实践中学习,向在1300℃高温条件下流大汗的工人学习,是天经地义的事。"

"解决了一个难题,能高兴好多天,这,大概就是所谓的工作即幸福。"

"要自己给自己为难,忙得团团转,乐在其中。"

"如果能再活一辈子,我还愿一切从头再来一遍!"

上面引用的许多话，有的是出自王德雍之口，有的是出自杨郁华之口，他们讲的时候不在意，我都有心记了下来，现在初步整理出来，物归原主，版权所有，不敢掠美。

金川是百分之百的国货。国家投资四亿三千万元人民币，已上交积累十二亿，也就是说还了本，还净赚了两座矿山。然而，这就算到了头吗？不！当今的世界，每五年至十年，技术就更新换代一次，外国人早已用不锈钢取代了铝制品。不锈钢是合金钢，而发展合金钢，就必须发展镍。根据一般的正常比例，钢与镍是1000:1，那么，到六五计划完成之日，我们至少要上到四万吨，才能适应工业全面开创新局面的需要。

镍是靠人来冶炼的，所以，起决定作用的是人，是大量的有用之才。人才到处都有，只是等待发现，等待使用，等待报效。有感于王德雍同志和杨郁华同志不凭纸上盖印的文凭，而凭大地上盖印的"答卷"脱颖而出，我以为，借用清代大诗人龚自珍的两句诗作为本文的结束，是恰当的："我劝天公重抖擞，不拘一格降人才。""天公"是谁？是党和人民！"天公"已经抖擞了，任何势力都禁止不了人才的崛起！

1983年3月1日—3月19日